El brillo de la seda

AGRADECIMIENTOS

Pese a que la responsabilidad del material incluido en este libro es mía, me gustaría agradecer de todo corazón, por su valiosa cooperación y sus consejos a:

El Centro de Traumatismos del Hospital General de San Francisco.
El Centro de Traumatismos y Quemados del Hospital Peter Brent Brigham, Boston, Massachussets.
La Clínica de Control del Dolor de UCLA.
El doctor Edward Falces.
El Grupo Médico de Cirugía Plástica de San Francisco.
La Sociedad Histórica de California.
La Sociedad Histórica del Estado de Nueva York.
Las Cámaras de Comercio de Hollywood y Berverly Hills.
La Corporación Columbia Pictures.
La Metro-Goldwyn-Mayer/Compañía de Artistas del Espectáculo.
La Warner Brothers, Inc.
La Universal Studios.
La Twentieth Century-Fox Film Corporation.

Por último, quiero agradecer al doctor Ernest H. Huneck su imprescindible ayuda en cada etapa de mi trabajo; a Michael Korda, Patricia Lande y William Grose, mis editores en Simon & Schuster, Libros de Bolsillo, sus expertos consejos y apoyo ilimitado; a Jan Garon, que haya creído en *El brillo de la seda* y la haya distinguido; y, en mi hogar, a Joan, Daisy, Arthur y Spring, que estuvieran conmigo desde el principio y estén ahora junto a mí.

ELIZABETH GAGE

Para Maile

En otros tiempos, el destello de una media
se consideraba algo escandaloso.
Ahora, el Cielo lo sabe,
cualquier cosa se acepta.
El mundo de hoy se ha vuelto loco,
y hoy lo bueno es malo,
y hoy lo negro es blanco,
y hoy el día es la noche...

COLE PORTER

PRÓLOGO

1974

En la vigilia de la tragedia que conmovió al mundo del cine, la noche antes de la ceremonia de entrega de los premios de la Academia de ese año, la policía encontró la siguiente carta entre los papeles privados de una joven conocida como Margot Swift. Pese a que estaba dirigida a su íntima amiga Annie Havilland, quien estaba a punto de ganar su primer Oscar mientras su amiga la escribía, era evidente que ésta no pensaba enviarla y nunca fue recibida por su destinataria.

Ciertos cambios en la letra normalmente firme de la señorita Swift, sugieren que esas líneas fueron escritas unas pocas horas antes de su muerte prematura.

Querida Annie:

Sé que nunca leerás esto. Me estoy despidiendo de ti de la mejor forma que conozco, aquí en mi soledad, desde donde mis palabras nunca podrán llegarte.

De alguna manera, lamento que en el tiempo que pasamos juntas nunca tuviera la oportunidad de decirte que te quería y de qué manera. La ironía es que, ahora que las cosas han llegado a su fin, mi mayor esperanza sea que te ahorres el saber cuánto y por qué.

Todo lo que me importa es que encontramos nuestro camino para las dos y para Damon. Una vez, cuando estuvimos juntos, tuve más suerte de la que merecía.

Por desgracia, fui menos prudente de lo que había planeado. Nuestra felicidad era tan tentadora que, por primera vez en mi vida, me permití sentirla y desearla. Bajé la guardia y estoy pagando el precio.

He matado tres veces para protegernos. Pero sabía que no

funcionaría. Durante largo tiempo la eficacia de mis métodos me engañó acerca de mi destino. Tú no podías saberlo, por supuesto, pero en mi vida he hecho pasar a tantos hombres por el aro que nunca soñé que mi turno de víctima llegaría tan pronto.

Lo más irónico de todo, Annie, es que dos personas tan diferentes como tú y yo llegaron a ser las princesas de las fantasías de los hombres; tú sin pretenderlo, y yo porque me convenía y me parecía el camino más corto y fácil para lo que deseaba.

Tiempo atrás, al principio, eso solía provocarme una insana excitación. Por ser consciente de lo que ocurría. Tenía tantos esclavos que algunas veces parecía que la Tierra misma se postraba ante mí.

Ahora que aquélla se abre bajo mis pies, y bajo el bebé que llevo en mis entrañas —¡oh, si hubiera nacido muerta o no hubiera existido nunca y esta pequeña vida pudiera nacer en tu cuerpo saludable!—, agradezco que nuestros caminos deban separarse y que el futuro quede para ti. Tú has luchado mucho para ser buena, mientras que ser mala ha sido algo natural en mí. Y tú has sufrido agonías que yo nunca conocí, porque nunca sentí nada. Tú resucitaste de tus propias cenizas. Yo quiero fundirme en las mías.

Sé la mejor, Annie. Como diría Damon, hay muchísimas Annies esperando que les des vida mientras creces y aprendes. La órbita que sigues conduce a regiones desconocidas y dolorosos desafíos... pero podrás superarlos porque, en las distancias más oscuras, seguirás siendo tú misma.

Para mí todo ha terminado. Lamento no estar allí para ver lo que sueñas y creas, pero vuelvo la espalda a mi futuro con alivio.

Me voy al desierto con Nuestro Padre. Él sabrá qué debe hacerse.

Creo que he aprendido leyes tan inmutables como la vida misma. Un corazón abierto debe romperse. Una mano extendida se aferra al aire. La tierra sólida sobre la que caminamos es un helado mar de mentiras. Palabras, besos, voces brotan de esas mentiras.

Lo más importante que he aprendido —aunque un poquito tarde— es lo equivocada que está la gente con el tiempo. Es el futuro el que se va y está fuera de nuestro alcance. El pasado es lo que nos espera, acercándose cada vez más, y no importa todo lo que luchemos para escaparnos de él. Hemos matado el futuro en nosotros mismos. El pasado nos matará cuando llegue su tiempo.

Ésas eran mis verdades. Pero ahora que te he conocido, me doy cuenta de que tienen sentido para mí. No para los demás.

¡Sé feliz! Tu sufrimiento ha quedado atrás, donde corresponde, y el tiempo verdaderamente está de tu parte. Lo sé.

Nunca podrás oír cómo me despido, así que lo hago ahora en mi soledad.

Adiós, Annie.

LIBRO PRIMERO

Sensación

ANNIE

CAPÍTULO PRIMERO

1947. 20 de octubre. 15.13 horas

La habitación del hotel estaba en penumbra. Las luces de la tarde quedaban apagadas por las polvorientas cortinas venecianas. Los ruidos del tráfico producían un perezoso contrapunto con el murmullo de la radio.

En el cuarto contiguo la niña dormía. Su madre había jurado que nada la despertaría.

—Duerme como un tronco —dijo mientras se quitaba las medias— . Eso es algo bueno en ella.

El hombre dejó que lo convenciera porque no sabía nada sobre niños. Se daba cuenta de que ella diría cualquier cosa para poder hacer lo que quería, pero su propio deseo le quitó las ganas de contrariarla.

Después de todo, era su problema. Una mujer casada con una criatura... tenía que saber lo que hacía.

—Vamos. Será divertido —le había sonreído en el café, clavando su mirada en él mientras la niña jugaba con los terrones de azúcar—. El destino ha hecho que nos encontremos otra vez. No sería justo que desperdiciáramos la ocasión. La antigua sonrisa de triunfo y deseo apareció de nuevo en sus labios sensuales y el hombre sintió que se excitaba al mirarla.

—Te he echado de menos —agregó.

—Pensaba que estabas bien atendida por tu..., ¿cómo lo has llamado?, tu caballero campestre —había protestado—. ¿Y qué pasa con...? —Levantó una ceja señalando a la niña.

—Lo que él no sepa no le hará daño —replicó en tono despectivo—. Nadie me conoce aquí. Estamos a cien kilómetros de casa. Y de todos modos es hora de que duerma la siesta. —Con una fría sonrisa pellizcó la barbilla de la pequeña—. ¿No es cierto, nena?

Y ahí estaban ahora.

Estaba desnuda al lado del hombre y sus manos recorrían el cuerpo de éste con la pericia de una antigua familiaridad. Él se excitó en seguida, ayudado por la bebida que se había servido en los ordinarios vasos del hotel.

Oyó el murmullo aprobador de la mujer al ver su erección. Conocía cada centímetro de su cuerpo. Pasó dos dedos a lo largo de los muslos y luego jugueteó con el vello de la entrepierna.

Por un instante, el hombre pensó en su marido. Se preguntó por qué había terminado casándose con un abogado de pueblo sin ninguna perspectiva. Podría haber logrado algo mucho mejor. Si lo intentara podría llegar hasta la cima. No tenía sentido.

¿Y por qué una hija? La suponía lo bastante lista como para evitarlo. ¿La había utilizado para comprometer al marido? ¿O sería simplemente otro resultado de su rara perversidad que la hacía un poco menos real, un poco demasiado aterradora para la realidad?

Cuando se quitó las bragas en la penumbra, pudo ver el cambio producido en su silueta por el parto. Era evidente que luchaba para que no se notara.

Pensó que era gracioso que las mujeres tuvieran que llevar las señales del parto y, en cambio, los hombres no. Un hombre podía ser padre mil veces y no se le distinguiría de otro virgen.

De todos modos, el atractivo de ella iba mucho más allá que las curvas de su cuerpo.

Provenía de sus ojos. Eran los más claros y egoístas que jamás hubiera visto o incluso imaginado.

Su ansia de poder, mucho más imperiosa que su necesidad de sexo, era lo que la hacía tan seductora. Como en su interior sólo había codicia, sus hábiles caricias eran sorprendentemente sensuales. Estar con ella era restallar contra la superficie de las cosas, en donde no había profundidades, ni alturas, ni bondad ni maldad, sino tan sólo la locura del contacto.

«Qué casualidad –reflexionó– que nuestros caminos vuelvan a cruzarse.» ¿Cuánto tiempo había transcurrido? ¿Tres años? ¿Dos? El recuerdo era vago, porque había vivido durante mucho tiempo de lo imaginario, llevado por extrañas metas alejadas de la vida diaria de los hombres comunes.

Pero quizá ella tuviera razón al decir que era el destino. Él nunca habría regresado a esa ciudad si la curiosidad no lo hubiera traído una semana antes para controlar la producción en el municipio.

¡Ella otra vez, hambrienta de sexo! Allí estaba, deslizándose por encima de su estómago para ponérselo en la boca. Su piel se estremecía con sorpresa y reconocimiento.

«Sorprendente», pensó. Creía que no volvería a verla. Pero hasta las sendas más dispares encuentran la forma de cruzarse.

Y el pasado nunca queda atrás. Se introduce furtivo en el presente, acechando el futuro. Todo lo que sucedía había pasado con anterioridad, en algún lado, de alguna manera, del mismo modo que esos labios saboreaban y excitaban ahora su virilidad.

Así, pues, ¿no había nada nuevo bajo el sol? Tal vez. Sin embargo, uno nunca podía estar totalmente preparado para el retorno de lo antiguo. El pasado tenía la peculiar cualidad de cogerle a uno desprevenido.

Pero esos pensamientos fueron borrándose mientras el placer inundaba su mente, mientras las manos de la mujer se aferraban a sus caderas y lo guiaban para que la penetrara.

–Hummm... –susurró con teatralidad, actuando hasta el final–. Vamos, nene. Dámelo todo a mí.

Los dedos que habían jugado con su sexo parecían haber sido reemplazados por otros dedos invisibles que lo tocaban desde el interior del cuerpo de la mujer. Nunca había conocido a una mujer cuyos recursos fueran tales que llegaran a rodear a un hombre, excitarlo y agotarlo, con un ritmo de dominación total.

La mujer se retorció suavemente debajo de él. Le maravillaba su vacuidad. Era la insinceridad personificada. No tenía un solo hueso honesto en el cuerpo. No obstante, por eso resultaba tan sexy, y por eso, en otra época, él encontraba una perversa diversión al estar con ella.

Pero ella también era verdad, a su despreciable manera, como proclamaba irónicamente su nombre. Y a él la verdad le preocupaba, siempre. Era la catapulta que lo había enviado hacia su propio futuro. Y en otro momento su impulso enviaría su propia esencia flotando hacia aquella hambrienta entrepierna.

«Bueno, ¿por qué no? El placer de un hombre no es pecado», pensó.

—Muñequito... —las palabras sonaban con voz ronca en la garganta de la mujer—. Vamos...

Pero su voz se apagó y al mismo tiempo su cuerpo se puso tenso. Se aferró a sus caderas. Pudo sentir que ella miraba por encima de su hombro. Oyó el chirrido de una puerta.

Se dio cuenta demasiado tarde de que la niña estaba detrás de él.

Sintió la mirada de reprobación que dirigía silenciosamente la madre a la criatura. Él no se atrevía a darse la vuelta para mirar. Nunca le había ocurrido algo semejante. Esperó, impresionado. No sabía qué sucedería a continuación.

De nuevo oyó el chirrido de la bisagra. La puerta se había cerrado.

Rápidamente había cesado su erección. Su sexo estaba totalmente fláccido.

Pero la mujer volvió a retorcerse, recorriendo con sus manos su cuerpo con caricias.

—Hummm... éste es mi muchacho. —Comenzó a reír de felicidad al notar que el hombre volvía a excitarse, desvaneciéndose la culpa eclipsada por la pura locura—. Vamos, ahora... todo para mí.

Sus dedos habían subido entre sus piernas y, durante un salvaje instante, él se sintió acunado y arrullado, hasta que su risa resonó en su oído.

Entonces su semen se derramó dentro de ella y dejó escapar un gran gemido, más inquieto por la criatura a la que no veía, despierta ahora en el otro cuarto, que por desterrar la lujuria de la madre.

Sintió la presión de sus suaves muslos, satisfechos, victoriosos.

«Oh, bueno —pensó él—. Es su problema.»

Pero por debajo de esa ardiente sensación no podía dejar

de desear, como un adolescente culpable, no volver a encontrarla nunca más.

Esas cosas no podían ser buenas para un hombre.

2

Los Ángeles. 5 de junio de 1967. 21.30 horas

La casa se encontraba muy lejos de la carretera. Se asomaba por detrás de las altas verjas en la oscuridad custodiada por sombríos eucaliptos, acacias y robles dispuestos en armónicas filas, la labor de jardineros desaparecidos hacía mucho tiempo.

Doce acres de invalorable colina rodeaban sus treinta y cinco habitaciones. En el terreno situado delante, donde las fiestas habían difundido sus ecos durante infinidad de noches en los últimos cuarenta años, uno podía permanecer con una copa de Dom Pérignon en la mano y mirar más allá de los sombríos campos del Country Club de Los Ángeles hacia las luces de la ciudad que se extendía hacia abajo.

A la derecha, oculto por las colinas, se alargaba el amplio campus de la UCLA, en lo que había sido una pequeña colección de indefinibles edificios cuando se rodaban las películas mudas en los años veinte.

A la izquierda se encontraban Beverly Hills y Hollywood. Con la mirada se podía abarcar Rodeo Drive, desde la base de las montañas hacia los poblados bulevares, Wilshire y Santa Mónica, cuyas ramas paralelas abrazan los Flats, en dirección al Este.

Desde la parte trasera, con sus enormes palmeras, una colosal piscina de mármol, establos y corrales, se podía mirar hacia el Norte, pasando por los cañones al valle de San Fernando, donde los ranchos y los árboles frutales que ocupaban el lugar décadas atrás habían sido arrasados por el vasto desarrollo suburbano.

Lo que no podía verse desde allí, y no era necesario ver, eran las mansiones vecinas, desde Beverly Glen hasta Benedict Canyon Drive. Sus propios terraplenes de follaje montañoso parecían protegerlas de la comparación con esta propiedad, según opinaba la mayoría la mejor de Holmby Hills, el barrio más rico de Hollywood.

Había sobrevivido a una docena de propietarios, pero ninguno había tenido el éxito suficiente como para conservarla durante mucho tiempo. En la mayoría de los casos habían sido estrellas o productores de cine, y uno de ellos fue el principal compositor cinematográfico de su época. Las carreras de todos ellos habían llegado a su cima cuando vivieron en ella.

Las espaciosas habitaciones habían sido testigo de varios suicidios, una sospecha de asesinato, gran cantidad de romances y peleas ferozmente publicadas y muchas citas de uniones sexuales inaceptables, que no se habían llegado a publicar y en las que se había dado toda combinación posible entre seres humanos, drogas y toda clase de perversiones.

En esa mansión se habían llevado a cabo tratos con repercusiones que forman parte de la historia del cine, porque forjaron o destruyeron no sólo carreras de individuos sino estudios enteros.

En una casa cuyas paredes de piedra caliza, la pujante hiedra, los suelos de parqué y sus cuidados jardines mantenían un halo de leyenda.

Pero esa noche se encontraba silenciosa y oscura. El largo camino de entrada estaba vacío. Los garajes cerrados, la colección de Rolls Royce, Ferrari y Maserati, escondida.

Había sólo un Silver Shadow bajo el cielo estrellado. El chófer ya había entrado en la casa. El propietario permanecía en la entrada trasera, mientras una joven descendía del coche.

Era un hombre de mediana edad, bronceado y en notable forma atlética, pese al exceso de peso disimulado por el traje de mil dólares diseñado para él por Parini, de Roma. Los rayos de luna sombreaban sus cejas grisáceas.

La muchacha no tenía más de veintiún años, pese a que el brillo de su cabello de color arena y el paso seguro la hacían parecer demasiado sofisticada para una estudiante o una oficinista. La falda ceñida que llevaba marcaba perfectamente las caderas y los muslos. Bajo la blusa, la espalda y los hombros armonizaban con los pechos firmes y jóvenes.

Un pequeño bolso le colgaba del hombro. Sonrió a su anfitrión, que le señalaba el camino hacia la puerta lateral.

Por un instante la joven lanzó una mirada interrogativa hacia el camino vacío, como si esperara a alguien. Luego siguió al dueño de la casa.

El hombre mantuvo la puerta abierta para que la muchacha entrara. La mansión se cerró tras su delgado cuerpo como las fauces de un animal de presa.

—¿Sus colegas se han retrasado? —preguntó ella mientras cruzaban un gran hall hacia los salones.

—Ya deberían estar aquí —respondió el hombre—. Los recibiremos juntos.

Su proceder era amablemente paternal y mostraba una confianza que la muchacha había visto en muy pocos hombres.

Podía estar seguro de sí mismo.

Su nombre era Harmon Kurth. Era dueño de esa casa desde hacía siete años, y su fortuna no había disminuido a pesar de la enorme cantidad de impuestos y gastos a los que debía hacer frente para mantenerla.

Kurth era sin duda el ejecutivo más poderoso y respetado en el mundo del cine de Hollywood. Como presidente de International Pictures en una época ensombrecida por los procesos de McCarthy y la casi destrucción de las películas en manos de la televisión, Kurth había sabido dirigir su estudio con una sucesión de éxitos de taquilla sin precedentes desde los días de gloria de Hollywood.

Las pérdidas que tuvo fueron superadas por las ganancias que obtenía en la producción de especiales para televisión, teleteatros y variedades para vender a las distintas cadenas de radiodifusión. Desde el principio, Harmon Kurth poseyó habilidad para descubrir la forma de ganar más dinero.

Para la comunidad cinematográfica Kurth era un genio, cuyo misterioso sentido para captar el gusto del público se mezclaba con la habilidad para manejar a los que trabajaban y mantenían relaciones profesionales con él. Cualquier proyecto que gozara de su aprobación conseguía de inmediato la financiación de aquellos que él designaba. Sin su conformidad, muy poco era lo que llegaba a ver la luz del día.

Ningún hombre desde Mayer había poseído tal poder. Kurth podía impulsar o liquidar carreras a su antojo. Nadie que fuera invitado a sus espléndidas fiestas soñaría con negarse. Y los que no eran invitados sentían esa exclusión durante el resto de sus vidas.

Al mismo tiempo, para el público en general, Kurth era un pilar de responsabilidad y dedicación a la justicia social, y él se cubría de un manto de dignidad oficial más impresionante que el que ningún productor en la historia del cine hubiera mostrado jamás.

Se había ocupado de que International Pictures superara su producción de películas de contenido social y serio tratamiento, consiguiendo premios de la Academia y críticas positivas en mayor proporción que todas las otras compañías.

Kurth había sido consejero de dos presidentes en problemas de cultura y comunicación, consultor de las más importantes agencias de información y de varios comités del Congreso, doctor *honoris causa* de varias universidades y un eficaz contribuyente en innumerables obras de caridad. Aulas en las universidades de Los Ángeles y Berkeley, y el ala dedicada al cáncer del Pacific Children's Hospital llevaban su nombre.

Kurth se reunía con políticos y diplomáticos cuando no estaba ocupado con sus amigos y rivales de Hollywood. En todas las bibliotecas públicas podían conseguirse biografías de su vida y su carrera, y había varias en preparación a medida que sus éxitos aumentaban.

Harmon Kurth era una leyenda viviente.

Esa noche Kurth tenía un proyecto muy importante, y la joven que caminaba delante de él por el tranquilo vestíbulo formaba parte del mismo.

Su nombre era Annie Havilland y era simplemente una principiante. La película sería una comedia romántica, con el título provisional de *Tres en uno.* Los agentes de Carol Swain,

Mark Devany y Jennifer Wise ya habían comprometido a sus representados para el proyecto. David Hoffman sería el productor ejecutivo. Ira Lattimer y el mismo Kurth la producirían.

El autor del argumento era Saul Bernstein, uno de los mejores cerebros en el mundo del espectáculo. Kurth elegiría al director y al guionista cuando se sintiera satisfecho con el reparto.

Allí era donde intervenía Annie Havilland.

Las fotos que había mandado su agencia de modelos en Nueva York habían impresionado al departamento que elegía a los actores del reparto. La habían hecho viajar a la costa y durante tres días le habían realizado pruebas en color cuyo resultado había sido un éxito. Los asesores de Kurth estaban convencidos de que, pese a su inexperiencia, podría actuar en el importante papel secundario de la incontrolable hermana menor de la protagonista.

El papel requería una imagen especialmente sensual. Después de ver el resultado de las pruebas, Kurth tuvo que admitir que el aspecto voluptuoso de los ojos plateados de Annie Havilland, combinado con una gracia natural con la que parecía acariciar la cámara, la convertían en la indicada para ese personaje.

Sólo faltaba algo antes de que aprobara su contrato definitivo y permitiera que comenzara una carrera que podría llevarla al estrellato.

Y por esa razón estaba allí aquella noche.

—¿Le apetece un trago? —preguntó—. ¿O tal vez café?

Habían cenado en Le Provençal una comida fabulosa con David e Ira, quienes habían dado la aprobación a la acompañante de Kurth. Complacido con la velada, Kurth deseaba tomar un brandi.

—Prefiero un café —respondió la muchacha, deteniéndose ante la puerta de una gran biblioteca.

El dueño de la casa se volvió hacia la derecha, donde, sin hacer ruido, había aparecido una sombra.

—Un café para la señorita Havilland, por favor, Juan —indicó Kurth—. Y un Armagnac para mí.

Hizo un gesto para que entrara en la biblioteca. La muchacha lo precedía, dando la espalda al largo corredor lleno de valiosas obras de pintores impresionistas.

Ubicados discretamente en los rincones de la biblioteca colgaban enmarcados los diplomas recibidos por Kurth en el transcurso de esos años y las fotos en las que aparecía estrechándole la mano a un gobernador, a un presidente, a un grupo de delegados de la ONU, al jefe de un comité del Senado con el que había trabajado en una investigación sobre la pobreza en las ciudades norteamericanas...

Por todos los rincones de la casa había tantas muestras de gratitud pública que, de haber figurado juntas en una sola habitación, habrían producido un efecto de extraordinaria arrogancia.

Aquí y allá, colocadas casi con timidez sobre un mantel, se encontraban las estatuillas del Oscar ganadas por una de las películas de Kurth. Todo Hollywood sabía que International era el estudio que había obtenido más premios en la historia del cine.

La alfombra era tupida, la chimenea enorme y los muebles estaban tapizados de cuero. La habitación era en apariencia acogedora, pero tenía algo extraño que hizo que la muchacha mirara con curiosidad.

—Raro, ¿no es verdad? —preguntó Kurth, mientras señalaba un sillón de respaldo muy alto—. Son muebles del siglo XIX, construidos para una familia llamada Gudmundson, que vivía en el valle. Eran granjeros, y probablemente enormes. Encontré los muebles y los hice restaurar.

La muchacha contemplaba una foto enmarcada, colocada en un estante de la biblioteca. Mostraba a una bonita mujer de mediana edad sosteniendo dos lindas criaturas de unos diez o doce años.

—Mi esposa y las niñas —explicó orgulloso Kurth—. Son la luz de mis ojos. —Su voz se suavizó con un dejo de ternura—: Esta semana están en Ginebra, donde Tess y Maggie van al colegio. Lamento que no estén aquí para conocerla.

Señaló un profundo sillón de cuero. La joven adquirió el aspecto de una niña al sentarse allí y dejar el bolso a un lado.

Kurth sintió una punzada de anticipación. La historia de la

familia Gudmundson y sus muebles había impedido que la joven notara que no había ventanas detrás de las pesadas cortinas y que la única puerta era aquella por la que habían entrado.

Un momento más tarde, un hombrecillo muy moreno, con aspecto de español, apareció con una bandeja y colocó el café ante la joven y una copa de brandi para el dueño de la casa. Ella se dio cuenta de que se trataba del chófer, ahora ataviado como criado. Tenía aspecto de boxeador.

—Bien —dijo Kurth, levantando la copa—. ¿De qué podemos hablar?

Ella sonrió.

—Ha sido muy amable al invitarme, señor Kurth. Ha sido una cena maravillosa.

—Quería conocerla mejor. No es necesario que le diga que sus pruebas han resultado muy interesantes para nosotros. Por cierto, hay cierto retraso, por falta de guión. Pero necesitamos llegar a un acuerdo con su agencia. ¿Está personalmente satisfecha con su papel?

La joven asintió, agitando su melena reluciente.

—Pondré todo cuanto pueda de mi parte si deciden aceptarme. Es una gran oportunidad, ya que no poseo mucha experiencia...

—Bueno —respondió—, tiene el aspecto, el estilo. Eso es importante. Daria, si mantenemos ese nombre para la hermana menor, tiene que ser brillante, fogosa, pícara si puede y sensual.

—Creo que entiendo lo que quiere decir —respondió Annie, cruzando las piernas—. Ella posee una sensualidad infantil. Como una adolescente terrible.

—Exactamente. —Kurth movió ligeramente el brandi en su copa—. En tanto que personaje secundario, se hace cargo de la parte más directa de la sexualidad, esa que la protagonista no puede demostrar a su pareja. Va a tener que hacer brillar su encanto, tal como lo hizo en las pruebas.

La muchacha se sonrojó un poco y contempló la taza de café que no había probado. Kurth sabía que estaba impaciente, que se preguntaba qué sucedería con el resto de los invitados. Casi podía sentir el esfuerzo que hacía para no mirar el reloj.

Un fino tirante ponía de relieve la desnudez de sus brazos, que emergían de la blusa, del mismo modo que las delgadas tiras de las sandalias acentuaban la esbeltez de sus tobillos. La ropa de la muchacha tenía un aire elegante y a la vez formal, y eso combinaba de manera muy seductora con sus plateados ojos felinos y figura adolescente bajo sus ropas. El hombre la observaba cómo se movía de un lado al otro de la sala, y sintió cómo sus ahítos deseos renacían mientras el diminuto bolso rebotaba contra su cadera.

–Por supuesto –continuó–, no será la protagonista. Pero su contrato será respetable. Y su presencia será imprescindible para equilibrar el argumento. Se trata de lo que llamamos un papel inteligente. Van a tenerla en cuenta, y lo harán muchas personas importantes.

Kurth se había asegurado de que la joven acudiera sola a esa invitación informal. En la agencia lo habían entendido de inmediato y habían agradecido a la secretaria del estudio su amabilidad con una desconocida.

Kurth volvió a mirarla. Las piernas eran verdaderamente maravillosas, pero lo que más le gustaba era el contraste entre los rectos hombros y sus pechos pequeños y firmes. La blusa le marcaba perfectamente las clavículas. Ah, ésa era su parte favorita en la mujer. Tan finas, tan frágiles.

Vio que la mirada de la joven se dirigía hacia la puerta. Por supuesto, estaba entreabierta.

El viejo cosquilleo excitaba el león de su interior.

Había llegado el momento.

–Ese conjunto que viste es tremendamente atractivo –dijo–. Le queda muy bien. Incluso mejor que la ropa que usó para las pruebas.

–Muchas gracias –respondió ella, ruborizándose.

Sin quitarle los ojos de encima, Kurth bebió lentamente.

–¿Por qué no se lo quita?

Su actitud paternal desapareció con el tono suave de la voz. La observó con atención. La muchacha parecía sorprendida. Eso es lo que esperaba. Pero había más. La emoción que manifestaba era tan compleja como el color de sus ojos plateados.

Una señal de comprensión. Por supuesto. Debía de tener cierta idea de por qué estaba allí.

Y algo de miedo. Era evidente, junto con su segunda mirada de reojo a la puerta, como si se preguntara si la ayuda podría venir de esa dirección.

Y algo más. ¿Conocimiento? ¿Recuerdo? ¿Una chispa oculta de consentimiento?

Fuera lo que fuera, no tenía nada que ver con la mirada ávida y deseosa de una hambrienta estrellita. Como el calor que ilumina el horizonte de verano, brillaba en la parte de atrás de sus ojos un secreto que ella misma desconocía.

El notarlo condujo a Kurth a una anticipada plenitud.

—No comprendo. —La muchacha palideció.

—He dicho —repitió— que por qué no te quitas la ropa, y dejas tu culito al aire en cinco segundos, antes de que aplaste tu carrera como si fuera una colilla y la tire a la basura.

La muchacha se apoyó hacia atrás en el sofá. Sus brazos desnudos lucían como cremosos trazos contra el cuero oscuro.

—Usted..., usted no puede hablar en serio.

Una cruel sonrisa curvó los labios del hombre mientras se acomodaba en el sillón.

—¡Muy divertido! —replicó—. No te has vestido de esa forma y te has colgado de mi brazo para disfrutar de una costosa cena sin saber lo que se esperaba de ti. En ese pequeño cerebro debe figurar el porqué de tu presencia aquí esta noche. Pero para hacérterlo más fácil lo repetiré yo mismo. Si no estás desnuda encima de mí en un minuto, no trabajarás en Hollywood en tu vida, aunque llegues a los cien años.

La joven extendió la mano para recoger el bolso, que se hallaba en el suelo. Se puso de pie. Por primera vez, el hombre la contempló en estado de conmoción. Era maravilloso. Sus ojos rebosaban de indignación y desprecio. Kurth se sentía sorprendido. En realidad, la muchacha se respetaba a sí misma.

—No permito que nadie me hable así. Nadie.

Se encaminó a la puerta. Con sorprendente agilidad Kurth se puso de pie y le cerró el paso. Annie se detuvo mordiéndose los labios nerviosamente, mientras miraba furtivamente en dirección al hall.

—Por favor, quítese de en medio —exigió con firmeza, pese a que era evidente que tenía miedo.

Kurth no se movió.

—¿Te das cuenta —preguntó— de que si atraviesas esa puerta vas a salir perdiendo? Estoy dispuesto a ofrecerte una carrera en el cine por la que mil jóvenes con talento venderían su alma. Tú tienes el potencial. Conmigo serás una estrella. Sin mí, nada. ¿Queda claro?

—Perfectamente. —La extraña mirada seguía en sus ojos—. Quisiera irme, por favor.

Por un momento, Kurth la contempló. Luego se echó a reír, y su calidez paternal reapareció tan súbitamente como había desaparecido.

—Lamento haberla perturbado —dijo—. Tenía que saber hasta dónde podía llegar, como dicen ustedes los jóvenes. No tiene de qué preocuparse, señorita Havilland. Siéntese, por favor. Tome su café. Nuestros invitados llegarán en cualquier momento.

La joven lo miró asombrada, sacudiendo la cabeza. Tal vez un uno por ciento podría quedar convencido con la actuación de Kurth, tal vez un dos por ciento.

—No entiendo... —repuso.

—Hollywood no es como antes —replicó él, riendo para hacerla sentir más segura—. No suponemos que cada joven actriz, o actor (en realidad usted se sorprendería de lo que ha sucedido en esta ciudad con el paso de los años), esté dispuesto a saltar a la cama cada vez que un productor tiene un contrato. Ahora necesitamos profesionales, Annie. Gente con talento, que esté adecuadamente preparada y representada. El cine es un negocio, no una comunidad de pervertidos. Simplemente, necesitaba saber que usted era consciente de ello. Ahora que he averiguado que sí lo es, merece usted todo mi respeto.

La joven permanecía ante él, con el bolso colgando del hombro. Despedía un aroma sensacional. En estado de furia se la veía tan joven y candorosa, tan frágil y precavida.

—Creo entenderlo —respondió, comenzando a moverse—. De todas maneras, debo marcharme. Si quiere que volvamos a encontrarnos, que sea con algún miembro de la agencia o con alguno de sus representantes...

—¿Tanto te he lastimado, Annie? —preguntó riendo y suavizando el tratamiento—. Por favor. Ha sido simplemente una pequeña prueba. No pretendía ofenderte.

—Pero lo ha hecho —asintió—. Nos veremos cuando usted quiera, pero ahora debo irme...

Kurth levantó las manos en un burlón gesto de rendición y se hizo a un lado.

—Lamento haberte molestado. He sido demasiado grosero. Entiendo perfectamente tu preocupación. Haré que mi chófer te lleve a casa. —Señaló la puerta semiabierta—. Adelante, por favor.

Ella empezó a andar con lentitud junto a él.

De súbito la sujetó con fuerza y le propinó un puñetazo, justo en el frágil punto donde la curva de su pecho se unía a la clavícula.

El grito de dolor resonó en las paredes a prueba de ruidos del salón. El impacto del golpe la alejó de la puerta. Debería haber caído de espaldas sobre la alfombra espesa, pero su sentido del equilibrio la ayudó a llegar hasta el sofá. Su bolso rodó por el suelo.

Kurth se lanzó sobre ella antes de que pudiera incorporarse. Su segundo golpe fue una bofetada en la oreja, y el tercero un puñetazo en la espalda. La joven se dobló en dos, a punto de perder el conocimiento.

Antes de que pudiera gritar, la fuerte mano de Kurth le apretó la cara contra los almohadones de cuero.

—Putita —dijo con voz ronca, sujetándole los cabellos y apoyándose sobre ella—. ¿Creías que te dejaría irte sin darte una lección?

Vio las lágrimas de angustia que asomaban a sus ojos. Un murmullo de palabras entre suplicantes y autoritarias se perdía entre los almohadones del sofá.

—Tienes muy buen gusto para vestirte —susurró, clavándole el codo en la espalda—. Marcas bien tu cuerpecito con esa falda ajustada, ¿verdad? Y esperas no tener que pagar por hacerlo, ¿no?

Enterró la rodilla entre las piernas de la joven.

—Pero ahora vas a pagar lo que corresponde, ¿eh? —gruñó—. El hombre malo y grande va a disfrutar de tu suave cuerpecito hasta dejarte llena de moratones. Y nadie, absolutamente nadie vendrá a ayudarte. ¿No te parece que es algo que debes tener en cuenta?

La muchacha sollozaba desesperadamente. Kurth disfrutaba del pánico que provocaba pero era evidente que la joven no se rendía.

Le irritaba el estado de desesperación de la muchacha. Necesitaba verle los ojos.

Le dio la vuelta con violencia, sin dejar de presionarla con la rodilla. La cogió por las muñecas. El rostro cubierto de lágrimas rebosaba una inquietante belleza en ese estado de angustia; era una verdadera máscara de terror.

La escurridiza piel exasperó a Kurth, que abofeteó a la joven hasta hacer que sus labios sangrasen. La golpeó una vez más.

—Esta noche vas a ser mi juguetito, ¿no? —amenazó—. Voy a hacer todo lo que quiera con cada centímetro de tu cuerpo, y me agradecerás de rodillas que no te haya arrancado los pulmones para tirárselos a los perros. Sí, querida, tomarás tu medicina y te gustará, porque para eso has venido aquí con esa ropa tan bonita, ¿no es así?

Al ver la boca ensangrentada de Annie se excitó y la golpeó otra vez emitiendo una carcajada salvaje. La sangre corrió por la mejilla y el mentón de la muchacha. El hombre acarició la sangre y luego, con un movimiento violento, le arrancó la blusa, arañándole la piel.

El grito de agonía sonó a música en los oídos de Kurth. La muchacha se debatía inútilmente. Contempló sonriente la blusa destrozada y se acercó más mientras ella gemía.

El sexo del hombre estaba erecto. Esos pequeños golpes no eran nada comparados con los que sus expertas compañeras le permitían hacer. Pero los gritos de la muchacha eran honestos y puros. No le había pagado por adelantado, no lo hacía gozar para obtener un beneficio. Ella estaba rechazándole totalmente. Era una sensación de desafío tan excitante como no había experimentado en años.

Se echó atrás para contemplarla. Ella miraba aterrorizada

hacia la puerta; era evidente que todavía pensaba en escapar, que calculaba sus posibilidades. Era inteligente, no cabía duda. No se rendiría con facilidad.

—¿Estás buscando una forma de salir? —sonrió—. No tan rápido Annie. No hasta que cada rincón de tu cuerpo reciba su castigo. Sí, pequeña, vas a sentirme en todos tus miembros. Y me vas a pedir que tenga piedad, ¿no es cierto?

La desesperación apagó el brillo del porfiado orgullo en sus ojos plateados.

Kurth estaba disfrutando como nunca.

El cuerpo de la muchacha perdió rigidez frente al tenso empuje de Kurth. Necesitaba oírla gritar. Dejó de sujetarle el brazo y levantó la mano para golpearla.

Pero la pasividad de la joven le engañó. La mano que había soltado lo golpeó con fuerza en la nariz. Probó su propia sangre. Al mismo tiempo el delgado muslo aplastado por las piernas del hombre se liberó para golpearle los testículos.

Kurth gruñó de dolor, enfurecido, y se abalanzó con toda la fuerza de su cuerpo para aplastarla.

Pero con un salto acrobático que le sorprendió, la joven logró evitar la carga y lanzarlo contra los cojines de piel de un empujón cuyo impacto casi lo dejó sin sentido.

Tan súbita fue la liberación de Annie que Kurth necesitó un momento para recuperar el equilibrio.

Se volvió para buscarla y lo que vio lo dejó sin aliento.

Annie estaba de pie ante él, con el cabello revuelto, el rostro y los pechos manchados de sangre. Tenía los brazos pegados a ambos lados del cuerpo, y las lágrimas corrían por las mejillas, pero lo miraba sin parpadear.

Lo más asombroso de todo era que no se volvía para escapar. Como una presa arrinconada, miraba a su cazador, dispuesta a luchar.

Bien afirmada sobre sus esbeltas piernas, lo miraba con furia y desprecio. Deseaba que se incorporara y se acercara. Sin temer el desigual combate, parecía ansiosa por comenzar.

Su belleza era excesiva. Sobrecogido por su propio temor, Kurth experimentó un violento orgasmo mientras se frotaba las ingles con sus largas manos.

Durante un estupendo y prolongado instante la miró disfrutando de la novedad de haber recibido el placer de la rebelión de la muchacha. Era como si ella, y no él, se hubiera hecho con el control de la situación.

Annie permanecía ante él, como una visión angelical, y en sus ojos inyectados en sangre se mezclaban el terror y el desafío.

Pero seguía sin hacer ningún movimiento para escapar.

Kurth era un hombre fuerte y no dudaba de que podría sujetarla y dominarla.

Respiró profundamente cuando su cuerpo dejó de estremecerse.

Entonces se incorporó con los brazos extendidos para apoderarse de ella.

Todo lo que sujetó fue el aire.

Giró sorprendido y la vio frente al sofá. Había perdido la oportunidad de correr hacia la puerta y lo desafiaba, ignorando el camino de su seguridad. ¿El terror la confundía?

Sin detenerse a pensar en su extraña actitud, intentó tirarla sobre el sofá.

Esta vez la joven saltó, dejando a Kurth caído sobre los almohadones.

Se puso de pie con un rugido de ira y corrió hacia ella. La joven se apartó, evitando la mesa que él había esquivado en la persecución.

Pero en su huida fue a dar a un rincón entre las dos falsas ventanas. Kurth empujó un sillón para cerrarle el paso. Sintió que su respiración se volvía más agitada a medida que se acercaba a la joven, cuyos ojos brillaban como estrellas.

Esta vez estaba seguro de atraparla. Las paredes serían sus aliadas.

Pero cuando extendió el puño para golpearla en el estómago, ella se evadió otra vez. Dio media vuelta, enfurecido ante la burla y el esfuerzo que le causaba perseguirla.

En los ojos de la chica volvió a percibir una mirada de desprecio y de odio. Sin embargo, ahora vislumbró también un destello de triunfo.

Avanzó lentamente hacia ella. Ella retrocedía de igual modo, mirando de reojo hacia la puerta, dispuesta a escapar a la menor oportunidad.

Kurth podía sentir la humedad de su reciente placer en su ropa interior. En aquellos momentos había gozado intensamente de su dominio. Ahora realmente había cambiado la situación. La fuerza y la sorpresa habían sido una ventaja inicial para él; ahora la juventud y la resistencia estaban a favor de ella. Con cada instante que pasaba, la muchacha se fortalecía y él se debilitaba.

¡Y ella lo deseaba así! ¿De qué otra forma podía explicarse su renuncia a escapar cuando tuvo la oportunidad?

Con toda su fuerza, empujó una mesa en un intento de aplastarla. Ella se escabulló hacia un lado con toda facilidad y se plantó en el centro de la habitación.

La furia se impuso a los fríos razonamientos y la persiguió enloquecido, jadeando y pronunciando palabras casi ininteligibles.

–Puta..., putita... Vas a pagar por esto...

Pero siempre quedaba fuera de su alcance. Era una criatura salvaje y adorable, dotada por la Naturaleza de una velocidad sobrehumana que le impedía atraparla.

Cuando finalmente cayó de rodillas ante ella, humillado por las manchas de esperma en sus pantalones, luchando por respirar, demasiado agotado para continuar la persecución, ella lo miró henchida de satisfacción.

En ese instante la joven desapareció por la puerta corriendo como un cervatillo.

El corredor se extendía ante ella como un túnel, débilmente iluminado por las luces de los cuadros. La alfombra casi le hizo perder el equilibrio. Tenía que esforzarse por no caer.

Sabía que las llaves todavía estaban en el coche, porque el chófer las había dejado puestas al llegar. Sabía que la verja estaba probablemente cerrada. No importaba; podía conducir hasta allí y escalarla si era necesario.

Un terror indescriptible se apoderó de su estómago al percatarse de las paredes que la rodeaban y que parecían comprimirla. Recordó las sádicas amenazas de Kurth: «Te arrojaré a los perros...».

Se obligó a actuar con lucidez. No tenía tiempo para pensar en lo que podía encontrar fuera. Todo lo que importaba era salir de aquella casa.

No se detuvo a inspeccionar las habitaciones contiguas. Sólo veía cómo se iba acercando a la puerta, cuyo tirador de latón centelleaba entre las sombras. Y, surgiendo de ellas, la cerradura que suponía su libertad se impuso a todo lo demás.

El ansia de sentirse libre la empujaba poderosamente. La furia y los nervios le impedían sentir dolor alguno en el pecho, la espalda o la clavícula.

Cuando se encontraba ya frente a la puerta resbaló, y tuvo que asirse al tirador para no caerse.

Antes de que pudiera girarse, un brazo se cerró en torno a su cuello. Se vio lanzada contra el suelo de un violento empujón. La respiración de un hombre le golpeó la oreja.

—Un *momentito* —dijo una voz aguda— un *momentito puta.*

Reconoció el cuerpo de boxeador del hombre llamado Juan, el chófer que se transformara en criado para servirle el café.

Supo que estaba perdida.

La conciencia luchaba contra el abandono cuando se sintió arrastrada a lo largo del salón hacia una estancia en la que no había estado antes.

Unos brazos de hierro la sujetaron contra el suelo. Kurth había entrado antes que ella, desnudo de cintura hacia abajo. Con una sonrisa se inclinó hacia ella.

Una lluvia de golpes cayó sobre los hombros, el estómago y las piernas de la muchacha. Al tiempo que la golpeaba, Kurth profería brutales insultos e imprecaciones contra ella.

Le arrancó la falda y le rasgó las medias. En una especie de danza macabra, le lamió los pechos, le pellizcó la carne magullada y le chupó los pezones. En su interior, Annie gemía de desesperación.

Las manos que no podía ver le dieron la vuelta con brusquedad. Kurth la penetró por detrás salvajemente. Le pareció que el dolor abrasador que la invadía la partía en pedazos. Kurth se inclinó con una sonrisa hacia ella. Monstruosos empujones la zarandeaban, al tiempo que las manos de Kurth aporreaban sus caderas y su espalda. Asimismo, sus dedos tiraban con frenesí de sus cabellos y pellizcaban su tierna carne.

La voz de Kurth seguía resonando en los oídos de la joven cuando ésta se desmayó.

Cuando recuperó el conocimiento, la joven se hallaba en un coche. El dulce aire de la noche entraba por las ventanillas.

Asombrada, descubrió que estaba vestida y peinada.

La sensación de mareo no era natural. Sospechó que la habían drogado.

—¿Dónde vive, señorita? —preguntó Juan—. Ahora la llevo a su casa.

No respondió.

—Ha conseguido trabajo —la tranquilizó—. Le ha gustado al señor Kurth. Me lo ha dicho. No se preocupe. La convertirá en una estrella. Dígaselo mañana a su agente.

Ella permaneció en silencio. Contemplaba por la ventanilla la calle donde se encontraba y empezó a identificarla vagamente; se trataba de una calle de Hollywood. Las palabras de Juan parecían llegar desde otro planeta.

—El señor Kurth es un hombre muy importante. ¿Comprende, señorita? Siempre consigue lo que quiere. ¿Entiende eso, verdad? Usted le gusta. Consiguió su papel. ¿O.K., señorita? ¿Su dirección, por favor?

Sacudió la cabeza. Las palabras de Juan le provocaban una sensación de absurdo horror insoportable. El futuro permanecía detrás de un velo impenetrable, más allá del alcance de su entendimiento.

Entonces vio el coche de la Policía.

Estaba estacionado ante una hamburguesería. Había dos oficiales comiendo en el interior del coche.

Annie abrió la puerta del Rolls-Royce al tiempo que Juan pisaba el freno de manera instintiva. La muchacha se dejó caer y rodó por el pavimento ignorando las bocinas, y corrió hacia los policías, que la miraban con curiosidad.

—Me han violado —dijo sin aliento, aferrándose a la ventanilla–. Me han golpeado..., violado. –Se volvió para señalar el coche, mientras Juan cerraba la puerta sin inmutarse–. Él ha colaborado. Él... me sujetaba. ¡Ayúdenme, por favor!

La oscuridad la envolvió, mientras resonaban voces en sus oídos. Unos brazos fuertes la sostuvieron. Desde cierta distancia, un oficial uniformado se aproximó al Rolls Royce. Juan lo esperaba con tranquilidad, muy seguro de sí mismo enfundado en su uniforme gris.

«Todo ha terminado», pensó Annie, mientras el cielo de la noche giraba sobre su cabeza.

Pero la voz que sonó a sus espaldas le advirtió que estaba involucrada en algo que no había hecho más que empezar.

–Muy bien, señorita Havilland. Puede ponerse la bata. Voy a redactar mi informe y se lo entregaré al teniente Hernández. Ha recibido muchos golpes, pero por suerte no hay fracturas.

El doctor Russelle era un joven residente, cuya frialdad resultó reconfortante para Annie. Ahora se sentía atendida por gente competente, ya que además, afuera, en el corredor, esperaba la oficial Barbara Tauer de la sección de violaciones.

Ahora el médico sabría la verdad desde el punto de vista clínico con tanta seguridad como el informe policial registraría el horror sucedido entre las paredes de la mansión Holmby Hills de Harmon Kurth.

Se ajustó la bata. Sentía dolor en las articulaciones y se acostó en las frías sábanas. Estirada sobre la cama, miró sin atención a los lados, contemplando la desnudez de las paredes de la habitación.

Se sentía confundida y enojada. El calmante que le habían dado en la sala de urgencias no había aliviado su incomodidad y, en cambio, había aumentado la sensación de desorientación. Era como si su mente flotara en un campo de algodón.

Sonrió débilmente a la oficial Tauer cuando ésta entró en la habitación. En el corredor pudo distinguir las siluetas de varios hombres.

–¿Se siente con fuerzas para tratar algunos problemas? –preguntó Barbara Tauer, acercándose a la cama.

Annie asintió. Entró un policía desconocido.

—Mi nombre es oficial Campion, señorita Havilland —se presentó sin sonreír—. Lamento molestarla, pero no tengo más remedio que hacerlo. Tengo el deber de informarle que está usted detenida.

Vaciló, mientras sostenía en la mano la orden de arresto.

—¿Yo? —preguntó Annie, tratando de recobrar la lucidez—. ¿Por qué? Tiene que haber un error.

El policía sacudió la cabeza.

—No hay ningún error. Ha sido presentada una denuncia contra usted por prostitución. La ha formulado el abogado del señor Kurth, Martin Farrow. De acuerdo con la denuncia, hay tres testigos. Estoy aquí para informarle de que está arrestada y de cuáles son sus derechos legales, así como para ocuparme de que la trasladen a la sala de detenciones en cuanto se halle en condiciones.

Annie sacudió la cabeza consternada.

—Todos deben estar locos —replicó—. Míreme, oficial. ¿Cree usted que pedí que me castigaran así? ¿Hay una ley contra las víctimas de violación?

El policía se encogió de hombros visiblemente incómodo.

—Sus magulladuras no tienen nada que ver con este arresto. Los cargos que usted presentó contra el señor Kurth son un caso aparte. Todo el asunto se decidirá en el juzgado.

Annie se giró hacia Barbara Tauer.

—¿Qué debo hacer ahora? —preguntó.

—Lo primero que necesita —respondió la policía— es conseguir un abogado. ¿Tiene uno?

Annie sacudió la cabeza.

—¿Conoce a alguno especializado en estos problemas?

—No conozco a nadie aquí —respondió Annie—. Excepto a Beth Holland; estoy viviendo en su casa. Se suponía que no iba a estar más que unos pocos días...

—¿Hay alguna persona a quien podamos llamar para que la ayude?

Annie permaneció en silencio. Tenía la sensación de estar perdiendo el control de sí misma, pues la habitación había empezado a dar vueltas ante sus ojos.

Mientras luchaba por conservar la calma, pensó en Beth, una chica muy activa y desenfadada cuyos padres vivían cerca de su apartamento en Valley. Ninguno de ellos debía conocer a un abogado especialista en defender a mujeres acusadas de prostitución. El mero hecho de pensarlo le parecía absurdo. Por otra parte, Annie casi no conocía a Beth, y no tenía ganas de mezclarla en esa locura.

Parecía que lo más lógico era llamar a Renée Greenbaum, la agente que Annie tenía en Cyrena, Manhattan, y pedirle ayuda. Renée había sido quien la había puesto en contacto con Beth, después de utilizar su influencia para enviar los datos de Annie para la prueba en International Pictures. Hacía tres años que Renée era la infatigable promotora de la carrera de modelo de Annie, además de su amiga y consejera.

Pero esta situación extraordinaria estaba muy lejos del terreno que Renée dominaba. Una llamada desesperada en ese momento le causaría problemas y preocupaciones, porque se sentiría culpable de haber enviado a Annie a lo que había resultado ser una terrible desgracia.

Al pensar en todo eso, la vergüenza de saberse una víctima la sacudió con fuerza. Se sintió desfallecer ante la idea de rememorar los repugnantes sucesos que había tenido que vivir, y de nuevo experimentó la mortificación de ser arrestada.

Meneó la cabeza lentamente. Estaba sola en el mundo desde la muerte de su padre, tres años atrás. Ninguna de sus amistades era tan íntima como para acudir a ella en una situación así. La idea de pedirles ayuda era algo que iba contra su manera de ser.

–No –admitió por fin, descorazonada–. No tengo a nadie.

–En ese caso –repuso en tono amable Barbara Tauer–, déjeme que busque a alguien en la oficina de abogados de oficio. Él sabrá lo que tiene que hacer.

Pero su bondadosa mirada expresaba más simpatía por la joven que confianza en sus propias palabras.

–Ya sé que esto suena muy cruel, Annie –remarcó Jerry Steinberg, jugueteando con su gastado maletín, mientras la contemplaba sentado en una silla, próxima a la cama–. Pero hay una sola cosa inteligente que usted puede hacer en estas circunstancias, y es retirar los cargos contra Kurth y Juan

Carera. Ya he hablado con los abogados del bufé de Martin Farrow. Están de acuerdo en retirar los cargos por prostitución.

–¡Pero eso es mentira! –gritó Annie–. ¿Creen que podrán librarse del castigo por atacarme y violarme simplemente mintiendo a la policía?

El joven abogado se encogió de hombros.

–La violación es un delito complicado –explicó–. Annie, usted es una aspirante a actriz. Una «estrellita», como dijo el abogado de Kurth. Y usted fue a casa de Kurth para discutir un papel importante. Para Kurth será tan fácil decir que usted se le insinuó como lo es para usted decir que él la forzó.

El abogado suspiró.

–Por otra parte, tiene tres testigos, todos pilares de la comunidad, que contribuyen con su dinero a mejorar las instituciones, entre ellas la Policía, y que almuerzan cada semana con los jueces más importantes de la ciudad. Es decir, los tres jurarán que estuvieron allí todo el tiempo, que oyeron que usted se insinuaba y que la vieron marcharse intacta. Es su palabra contra la de todos; un testimonio contra cinco, si incluye a Juan.

–Pero todos los golpes y lesiones... –Annie reparó en su pecho vendado y el dolor en los muslos.

Jerry Steinberg asintió. El informe médico en su maletín confirmaba los golpes, las magulladuras y la violación.

–Las lesiones son reales –asintió–. Pero la coartada de Kurth está confirmada por cuatro personas, Annie. Él simplemente declarará que todo eso sucedió después de que usted se marchara, y que lo simuló todo para poder sacarle dinero.

–¿Y qué me dice... qué me dice de su semen? ¿Y su saliva? –preguntó, forzándose a pronunciar las palabras y a recordar los hechos.

–Las pruebas de semen y saliva pueden ser exclusivas, pero no concluyentes –subrayó sacudiendo la cabeza–. Eso significa que si Kurth fuera inocente las pruebas confirmarían que él no fue el hombre que la violó. Pero en general esas pruebas, en caso de resultar positivas, sólo demostrarían que él o un millón de otros tipos con el mismo grupo sanguíneo la violaron. No es una prueba definitiva.

Cerró el maletín.

–Escuche, Annie. Le han hecho daño. Lo que tiene que hacer ahora es reponerse, preocuparse por su futuro y olvidar a Harmon Kurth. Lo máximo que podría lograr peleando contra él, con mi ayuda o con un costoso abogado de Los Ángeles, es molestarlo. Con eso no ganaría nada. Mi consejo es que retire los cargos y no vuelva a acercarse a él.

La furia se sumó al dolor en los ojos de Annie.

–¡Lo que quiere decir es que deje que se salga con la suya!

El joven abogado bajó la voz.

–Trate de entender esto: Harmon Kurth no es simplemente un productor de Hollywood. Él *es* Hollywood a los ojos del mundo. Tiene una reputación impecable que ha mantenido durante toda su vida. Kurth le ha devuelto a Hollywood la verdadera respetabilidad social. Ahora bien, Annie, todos sabemos que suceden muchas cosas desagradables en esta ciudad. Pero Kurth...

Sacudió la cabeza.

–¿Se imagina el poder que tiene? ¿Su influencia en los tribunales de California? ¿Los impuestos que paga? Lamento decirlo, pero, aunque consiguiera cientos de testigos para apoyarla, tendría que iniciar una guerra legal hasta encontrar un juez y unos jurados que dieron crédito a su historia.

Dejó de hablar al notar que la joven lo miraba con odio.

–¿*Usted* me cree?

–Yo soy abogado, Annie –repuso incómodo–. Si usted me dice que Kurth la violó, en lo que a mí se refiere, Kurth lo hizo. No le estoy hablando de la verdad, sino de las posibilidades legales. ¿Se da usted cuenta de la diferencia?

La expresión en los ojos de la joven hizo que desviara la mirada.

–Mire, Annie –insistió–. Escuche mi consejo: no es el momento de pensar en qué es lo más justo sino en sobrevivir. Tiene que considerar su vida personal y profesional.

Mientras pronunciaba estas últimas palabras, se abrió la puerta y un hombre alto, muy bien vestido, hizo un gesto a Jerry. El abogado se disculpó y salió al corredor.

Annie esperó inquieta hasta que finalmente regresó solo. Parecía complacido y avergonzado a la vez.

—Muy bien —explicó—, el trato es éste y espero que lo acepte: ambas partes retirarán todos los cargos. Kurth pagará sus gastos médicos. Lamenta el malentendido y espera que usted considere que el problema está solucionado y que olvidará lo ocurrido esta noche. —Jerry se arregló la corbata con ademán nervioso—. Depositarán diez mil dólares en la cuenta que usted elija. Con toda discreción.

Annie lo miraba fijamente. Durante largo rato permaneció en silencio. Luego respiró profundamente.

—Ya lo he decidido. Retiraré los cargos. Pero puede guardarse su dinero.

Jerry Steinberg observó la frágil figura que yacía en la cama. La habían golpeado, era cierto, pero no la vencerían con tanta facilidad. Había un brillo oscuro en sus ojos que casi le atemorizaba.

Le estrechó la mano y se alejó.

Por fin estaba sola.

El agotamiento luchaba con la ira y la desesperación. El silencio del hospital parecía aumentar su nerviosismo.

Se esforzaba en considerar su situación de forma desapasionada. Sabía que ser víctima de una violación no era el fin del mundo. Las heridas le dejarían cicatrices, pero sobreviviría al dolor.

Por un momento se dejó llevar por el impulso de cerrar los ojos. La somnolencia hizo que desfilaran por su memoria los recuerdos de los tres años en la agencia Cyrena, años felices, como modelo. Y las imágenes de su infancia sin madre cruzaron su mente.

Tomó cuerpo la figura del sereno y afectuoso Harry Havilland, su protector en el mundo hasta que su muerte la sumió en la soledad con dieciocho años.

Las lágrimas se agolparon en sus ojos. Sintió el impulso de acurrucarse en las rodillas de su padre para buscar protección. Parecía que había transcurrido un siglo desde la época en que podía permitirse depender de la fuerza de otra persona.

«¿De qué servía ser débil?»

El severo autodominio que la caracterizaba le recordó cuán infructuoso había resultado suspirar por la seguridad y la comodidad, pues ambas se habían resquebrajado en su vida del mismo modo que el hielo frágil se parte bajo los pies del patinador incauto. Cuando la súbita muerte de su padre la convirtió en huérfana, pronto se dio cuenta de que el dolor y la pérdida eran enemigos capaces de devorar su existencia si no recurría a su voluntad para ser feliz y medrar.

De este modo, ella había seguido adelante, esquivando la tristeza como si hubiera conseguido agudizar su capacidad de enviar sutiles mensajes controlados a las cámaras que la habían convertido en la modelo de las últimas creaciones de los diseñadores europeos y estadounidenses. Las sonrisas convincentes que prodigaba como modelo eran tan deliberadas como aquellas con que hacía frente a los desafíos diarios de una ajetreada nueva vida.

Su plan había funcionado. Sus esfuerzos se habían visto coronados por el éxito profesional en Nueva York, y la vida había empezado a resultarle tan agradable que jamás se había considerado una persona con cicatrices invisibles o deseos irrealizados.

Pero esa noche no podía negar lo que era evidente. La desgracia en su forma más brutal había vapuleado su cuerpo y su mente. La injusticia, triunfante en su crueldad, la acechaba oculta entre las sombras de la habitación.

Su confianza en que el mundo no era su enemigo la había abandonado. En su interior, voces enfurecidas clamaban venganza por el mal que le habían causado. Algo en su interior le decía que le sería imposible vivir asumiendo el papel de víctima impotente.

Se revolvió en la cama hasta que el dolor, los calmantes y la fatiga le impidieron seguir pensando. Sin resolver su batalla interior se sumergía en el sueño.

No podía darse cuenta de que su personalidad vacilaba en una frontera entre dos futuros incompatibles. Uno era la extensión de la vida tranquila y disciplinada que había llevado desde la muerte de su padre. El otro suponía un terreno desconocido que recorría una persona diferente de la joven despreocupada que había sido hasta aquella noche.

Inconsciente de los años que pesaban en la balanza de su destino, se quedó dormida. No podía saber que, antes de llegar la mañana, la balanza se inclinaría a un lado y la enviaría por un sendero de un solo sentido hacia una Annie Havilland a la que ella misma no reconocería.

3

Una hora antes del amanecer el teléfono comenzó a sonar.

El insistente sonido no consiguió despertar a Annie. El agotamiento nervioso, unido a la acción de los sedantes, la habían sumido en un sueño profundo.

En su sueño era una niñita otra vez. Dormía en la cama de su infancia.

Un olor raro la despertaba. Se daba cuenta de que la casa estaba incendiándose.

Saltaba de la cama. La escalera y el pasillo le parecían interminables mientras corría hacia abajo. Parecían estrecharse para no dejarla pasar, pero de todo modos lograba abrirse paso.

Por fin llegaba al salón. Su padre se encontraba allí, durmiendo en su vieja mecedora.

Había una niñita con él, también dormida. Annie sabía que debía despertarlos antes de que las llamas los alcanzaran.

Tiraba de la mano de su padre. Era demasiado tarde. No se movía y, en realidad, ya no parecía la misma persona.

Se volvió hacia la niña. Era ella misma. Ésa era su última oportunidad.

Cuando estaba a punto de tocarla, la acometió una súbita y terrible sospecha. La verdad la sacudió cuando sus manos se encontraron.

«Ella no es yo.»

El descubrimiento convertía la esperanza en pánico.

Contemplaba los ojos cerrados de la niña. Se abrieron de golpe. Un maligno olor inundó la habitación mientras Annie veía, demasiado tarde, que las llamas salían de esos ojos, unos ojos que lanzaban monstruosas lenguas de fuego.

Annie se volvía para huir, pero no podía moverse. La niñita la sujetaba de las manos.

Tiraba con toda su energía, pero cuanto más lo hacía con más vigor la retenía. La apretaba cada vez con más fuerza.

Su grito, apenas audible, era casi un murmullo mientras las llamas comenzaban a devorarla.

Se despertó sobresaltada. El eco de sus gritos se entremezclaba con el sonido de la campanilla del teléfono al lado de la cama.

Contempló el aparato confundida. El sueño fue dando paso a la realidad y un fuerte dolor en el pecho la hizo reaccionar.

Descolgó el teléfono.

–Escúcheme –instó una voz cortante–. Ya me ha molestado bastante. Le sugiero que acepte el dinero.

Durante un largo instante escuchó en silencio.

–Ya conoce mi respuesta –replicó por fin–. Puedo arreglármelas sin su dinero.

–Quiero que entienda esto –continuó la voz–: nunca trabajará en Hollywood. Nunca. Y si en el futuro se me acerca, me encargaré de destruirla. ¿Me entiende?

Annie colgó bruscamente el teléfono.

Volvió a apoyar la cabeza en la almohada todavía caliente. Curiosamente, la voz de Kurth no la había asustado. En cambio, regresó el sueño y, junto con él, el reconocimiento de que no era algo nuevo. Lo había soñado en el pasado, muchas veces, y siempre lo olvidaba.

Era bueno sentirse con vida, aunque el despertar confirmara que Harry Havilland se había ido para siempre y que solamente la visitaba en sueños. El tiempo se mueve hacia delante, nunca retrocede. Lo que se perdía, se perdía.

Por la misma razón, meditó, las torturas de Harmon Kurth eran sólo algo del pasado. Para poder dejarlo atrás, debía fijar su mente en el futuro y no apartarse de ello.

No importaba de qué se tratase.

Una extraña alegría se apoderó de ella. Ahora y sólo ahora comprendía la desesperación que sintiera al correr hacia el coche de la policía. Ya sabía entonces que la policía no podría ayudarla.

Estaba sola.

Pero la soledad confería un invalorable control. No necesitaba depender de nadie.

Había algo más. Se dio cuenta de que la tranquilidad que sentía no provenía simplemente de un pensamiento sino de una decisión. La había tomado entre el comienzo del sueño y ese momento.

Sabía lo que debía hacer. ¿Cómo había podido dudarlo alguna vez?

Por supuesto, nunca se lo confiaría a nadie. Parecería demasiado absurdo. De todos modos le pertenecía —o se había apoderado de ella—, y le daba el impulso necesario para continuar.

Se le presentaba una batalla desigual en la que la victoria era ridículamente improbable.

Pero esa desigualdad era su verdadera arma y el elixir de un poder oculto que incluso ahora calmaba sus dolores y le devolvía la voluntad. Recordó a la niña del sueño, cuya fuerza inhumana aumentaba ante la sorpresa de la enloquecida víctima.

Annie se convertiría en una mujer famosa. Y lo haría en Hollywood. Ahora lo sabía.

Y al llegar el momento indicado haría justicia con Harmon Kurth.

Con esos pensamientos cerró una puerta mental a la imagen del hombre, porque sabía que de otra forma jamás podría volver a dormir tranquila.

Cerró los ojos. Con el pasado atrás, el futuro la tomó en sus brazos, acunándola hasta llevarla a un sueño profundo.

4

Nueva York. 8 de septiembre

Era un sábado frío y lluvioso. El estruendo del motor de un camión en la callejuela retumbó en el estudio. El aroma procedente del restaurante Moroccan embriagaba los sentidos de Roy Deran en una combinación de hambre y deseo.

Odiaba esa época del año. No tenía identidad. Navidad todavía estaba lejos. Igual que el Día de Acción de Gracias, aunque para él carecía de significado. El verano, su época preferida en Nueva York, ya terminaba, ahogado por la lluvia. Le faltaba valor para esperar la llegada de los escasos días brillantes de otoño que le proporcionarían algo de paz y seguridad mientras compraba comida cerca de su apartamento en West Villagen o paseaba por los alrededores.

Roy estaba solo, y el frío le penetraba hasta los huesos. La contemplación de la lluvia lustrando la Calle 37 bajo los taxis y los autobuses constituía un ronco contrapunto para su propia vacuidad.

Esa noche tenía que ir al teatro. Tres de sus alumnos trabajaban en una obra de Albee en el Threepenny. Ninguno de ellos era brillante, pero su presencia calmaría sus temores.

Cualquiera de los maricas que eran aceptados como críticos teatrales andaría por allí para conseguir opiniones de Roy.

«¿Qué piensa de la producción, señor Deran? ¿Usted habría dirigido a los actores con ese criterio?»

Las preguntas serían siempre respetuosas, invitando a Roy a representar el papel de gurú, ya que sus opiniones siempre constituían un valioso material para conseguir un buen artículo. Pero en el fondo de los ojos que se cruzaban con los suyos descubría un familiar toque de desprecio, una mueca que indicaba que conocían la parte sucia de su vida.

«Y no es que no me lo merezca», pensaba Roy. Casi no había un marica en los teatros de Nueva York que no conociera, por experiencia o de oídas, la debilidad de Roy por los homosexuales jóvenes, que le ofrecían sus cuerpos con la esperanza de recibir ayuda profesional.

Conmovido por la generosidad de la entrega, Roy trataba de recomendarlos a algún productor amigo.

Pero todos sabían que en el amor era un perdedor, que los usaba para reanimar un órgano muerto, y los que se acostaban con él lo hacían con una condescendencia no muy alejada de la piedad.

Roy detestaba la avidez y la amabilidad escritas en sus rostros transparentes. Y no porque le mostraran sus corazones venales. No, eso no; hacía tiempo que había dejado de considerarse a sí mismo un ser por encima de las debilidades humanas.

Era porque aquellos ojos evidenciaban su juventud y su infinita capacidad para la esperanza. La impaciencia y la inquietud por lograr la oportunidad que iluminara sus vidas brillaba en ellos.

Le resultaba deprimente ver cómo otros ensayaban los pasos de un tonto vals olvidado por él hacía ya mucho tiempo...

Sonó el teléfono. Roy respondió.

—Señor Deran, estoy juste enfrente de su casa. Quería estar segura de que me esperaba.

—Puede subir —repuso, y cortó la comunicación sin agregar una palabra más.

Era la joven Havilland, esa que lo había perseguido por teléfono hasta conseguir finalmente que le concediese una entrevista para considerar su ingreso como alumna en sus cursos siempre completos.

La insistencia de la muchacha le había irritado. La voz que llegaba por el auricular, tan clara e inocente, le fastidiaba. Era una modelo, o por lo menos eso decía ella, lo que únicamente podía significar que poseía buenas piernas y nada de talento.

Se acercó a la ventana y miró hacia la calle. Pensó en sus alumnos. Una fría melancolía se apoderó de él mientras los rostros desfilaban por su mente.

Por una extraña alquimia, su vacuidad se transformaba en fuerza cuando tenía que dar clase. A causa de que las ilusiones habían muerto para él, podía probar las defensas naturales de sus alumnos ante la vulnerabilidad latente en el fondo de todo gran personaje.

Y como la fuente de esperanza era enorme, ellos podían sobrevivir al tratamiento de Roy y convertirse en mejores actores. Iban a sus clases para recibir su visión ácida, y salían renovados porque eran jóvenes y tenían confianza en el futuro.

Por supuesto, se trataba de un delicado equilibrio que casi siempre se inclinaba en favor de la mediocridad, porque sólo un actor entre mil tenía la peligrosa necesidad de entregarse en un papel a expensas de su propio yo.

Los alumnos de Roy eran demasiados sanos, demasiado preparados para actuar y triunfar, amar y ser amados. Nunca serían como un Barrymore, cuyos ojos brillaban con suicidio y destrucción mientras se sumergía en personajes que nunca habían existido.

Sin embargo, Roy dedicaba su vida a mejorar actores mediocres. Y por sus esfuerzos era conocido como el mejor profesor de teatro en el mundo de habla inglesa. Durante veinticinco años su fama había crecido en proporción a las canas en su pelo y a la depresión interior. Mientras tanto, muchos se lamentaban por lo que había perdido la profesión cuando lo recordaban como actor.

No lo comprendían. El exilio era el hábitat ideal para Roy. Años atrás había tenido la oportunidad de aparecer en grandes producciones y figurar entre los grandes actores del momento. Rechazó todas las ofertas al respecto porque sabía que no tenía nada que entregar a un personaje; carecía de calor humano para transmitirlo al público.

Si hubiera podido elegir, habría querido destruir su cuerpo fláccido y henchido de deseos.

Pero sus principios religiosos no le permitían suicidarse. Era un religioso intimista, y no podía permanecer indiferente al destino de su alma, aunque considerara que toda su vida era profundamente ridícula.

Así que se mantenía aferrado a toda clase de experiencias, azotado por la ironía de que a sus cuarenta y nueve años le quedaba aún mucho que hacer antes de llegar al final. Desafiaba el paso del tiempo; olía la sucia madurez de la Calle 37 y del fétido callejón, deambulaba por Washington Square Park al anochecer y daba sus clases con el vestigio del fuego que alguna vez había ardido en su interior.

Un órgano muerto.

Oyó sonar el timbre de la puerta. El ruido de unos tacones resonó en las escaleras.

–Señor Deran, muchas gracias por recibirme.

La muchacha que caminaba hacia él vestía pantalones y

jersey azules. Llevaba un abrigo en el brazo y el bolso colgando del hombro.

Poseía una extraña belleza. Los curiosos ojos felinos, la figura esbelta, el pelo color arena. Le había dicho que trabajaba para Cyrena. Ahora reconocía su rostro, ya familiar en los anuncios de las revistas y periódicos de la ciudad.

Era evidente que la joven esperaba que su aspecto le proporcionara una prometedora carrera.

—Siéntese —indicó Roy señalando un viejo sillón. Lo utilizaba como punto de apoyo durante las clases y lo ofrecía como asiento a quien pudiese resistir sus pinchazos.

Annie se sentó con cuidado. El profesor cogió tres libros muy gastados que estaban sobre la mesa de café. No tenía intención de dejar que fuera ella quien tomara la iniciativa.

—¿Conoce *Hedda Gabler*?

Annie asintió.

—¿Y qué me dice de *Fedra*?

—La leí en la escuela, en clase de francés.

—Bien —repuso—. Ésta es una vieja traducción. Busque la página noventa y seis. Fedra habla con Hipólito.

La joven acarició el libro como si fuera un objeto desconocido y enigmático. Se puso pálida. Debía advertir que Roy trataba de atemorizarla e intentar reaccionar.

Él la observaba mientras buscaba la página. Sus pupilas se movían con rapidez escudriñando las palabras del texto.

Roy recitó de memoria la entrada de Hipólito.

La muchacha frunció el entrecejo. En diez segundos tenía que prepararse para representar a una madre que seduce a su propio hijo.

Roy sabía que era imposible.

Pero esa batalla perdida sería significativa para él y una experiencia para la joven.

De pronto, los ojos de Annie se quedaron sin expresión. Parecía descompuesta. Roy se preguntó si el terror la haría desmayarse.

Pero no. Su rostro recuperó la expresión anterior, entre cándida e inescrutable.

Comenzó a leer.

El corazón de Roy casi se detuvo antes de que ella llegara al tercer párrafo.

Annie sabía desde el principio que tendría una única oportunidad con Roy Deran. Y el destino haría que ésa fuera la única posibilidad de abrir la puerta al futuro. Especialmente porque sus puentes con el pasado ya estaban medio hundidos.

Su cuerpo todavía conservaba las marcas de su experiencia en California. El médico le había asegurado que la cicatriz en el pecho se borraría con el tiempo, junto con la rigidez de la espalda, y que su clavícula quedaría como nueva.

Al regresar a Manhattan le había explicado a Renée que las pruebas para International Pictures habían concluido con un «no nos llame, nosotros la llamaremos».

Con el rostro, las piernas y los brazos sin marcas, podía trabajar como modelo, excepto con trajes de baño o ropa interior.

Pero casi de inmediato puso en marcha su plan, que requería la drástica interrupción de su carrera de modelo.

Se retiró de la CUNY, donde había comenzado su cuarto año de clases nocturnas para graduarse en teatro y diseño. Una carta impersonal del registro de alumnos unida a una copia de sus documentos acusó recibo de su decisión.

Annie retiró sus ahorros, una suma importante dado el éxito de su trabajo durante tres años como modelo.

Dio con uno de los mejores maestros de canto de Manhattan y empezó a educar sus cuerdas vocales para cantar y adiestrar la voz para el teatro.

Se apuntó a clases de danza profesional, y comenzó los agotadores ejercicios para poder trabajar en grupo o individualmente si era necesario. Descubrió que aquella férrea disciplina le resultaba fácil, porque durante todos sus años escolares había pertenecido al equipo de gimnasia y natación.

El instructor de baile, un hombre habitualmente agrio, quedó impresionado ante su habilidad para dejarse llevar en cada movimiento con un talento notable.

Los pasos iniciales de su plan se iban cumpliendo. Como era de esperar, Renée Greenbaum no aceptó fácilmente que Annie abandonara su carrera de modelo.

—Mira, Annie —le había advertido, mirándola por encima de sus bifocales—, espero que entiendas lo que estás arriesgando. Una carrera como la tuya puede llegar muy lejos, pero solamente si se maneja bien. Creo que estás muy cerca de conseguir la portada del *Vogue* si juegas bien tus cartas. Pero tienes que estar disponible y no abandonar este trabajo. Si te alejas ahora, toda tu carrera puede derrumbarse como un castillo de naipes. No sería la primera vez que ocurre algo así...

Annie fue amable pero firme.

–Te agradezco todo lo que has hecho por mí, Renée. Pero ahora tengo otras prioridades, y debo cumplirlas.

Cuando Annie abandonó la estancia, Renée frunció el ceño ante la gran cantidad de planes e ilusiones de la muchacha. Se había percatado de la singularidad de Annie en el mismo instante en que la había conocido, cuando sólo tenía dieciocho años. Había resultado casi demasiado fácil confeccionar una impresionante carpeta acerca de su extraña amalgama de sana y oculta sensualidad. Multitud de secretos parecían salir de aquellos dulces iris plateados con cada ángulo de la cámara.

Y ahora lo estaba poniendo todo en peligro. La mayoría de las modelos no contaban más que con una única oportunidad. Si tenía sentido común, Annie tenía que reconocer eso.

Por otra parte, sus adorables ojos habían mostrado semejante determinación hacía unos instantes que le hacía pensar que tal vez no se equivocaba al abandonarlo todo, que quizá tenía algo más que sentido común.

Sin preocuparse por los riesgos que correría, Annie se mudó de su pequeño apartamento en el Village a un oscuro piso que compartía con tres azafatas, a dos de las cuales no conoció hasta diez días después de ocupar su habitación. Las tres eran sombras para ella y se comunicaban por notas que pegaban en la puerta del frigorífico. Era tan privado como vivir sola, aunque mucho más económico, y el barrio no resultaba tan malo como esperaba.

Se concedió un plazo de unas pocas semanas para acostumbrarse a su nueva vida antes de dar el paso más difícil. Sabía que tenía que acercarse a Roy Deran y convencerlo de que la aceptara como alumna, por la simple razón de que era el mejor. Sin él o alguien tan bueno como él nunca sabría cómo convertir su potencial capacidad para la interpretación en algo concreto.

Al principio, el sonido de la voz fina e irritable de Roy en el teléfono fue suficiente para ponerla nerviosa. Pero se obligó a insistir, aunque podía sentir la antipatía que crecía en Roy con cada llamada.

Y ahora estaba sentado en una silla frente a ella, examinándola implacable con sus ojos fríos.

«Así que ésta es la cara de la oportunidad», pensó Annie. El rostro hostil de un hombre preocupado se enfrentaba a una voz interior que le susurraba: «Ahora o nunca».

Pero estaba preparada para contestar.

Sus ojos perdieron la expresión.

En su mente veía una pared negra que pasaba ante ella a una velocidad inimaginable. La pared volaba porque ella caía hacia algo oscuro, desconocido, como un océano que se cerraba por encima de su cabeza.

Una ola de náuseas subió por su estómago. Dejó que pasara por sus brazos, hasta sus dedos, y que continuara por la página hacia las palabras impresas. Cuando sintió que podía respirar con tranquilidad, leyó con profunda calma, sin ninguna expresión premeditada.

Roy Deran la contemplaba, con las cejas levantadas.

—Repita eso —ordenó.

Annie miró otra vez las palabras. Sabía que no le pertenecían, de la misma forma que el aire que respiraba y que, sin poder atraparlo, flotaba hacia afuera, siempre afuera, como algo muerto a lo que daba cuerpo y forma.

Una vez más leyó el texto con tranquilidad, sin tratar de agregar matices. Cada palabra salía impulsada por el vértigo que se apoderaba de ella.

Roy la detuvo.

—En realidad ella lo acaricia —explicó— a través de sus palabras justo entre las piernas. Pero no puede oírse porque no puede aceptar que siente eso. Trata de darme esa sensación.

Annie leyó otra vez. Roy sonrió y asintió con un gesto antes de que ella terminara.

—Muy bien —aprobó.

Se puso de pie y le tendió la mano para ayudarla a levantarse. El libro quedó sobre la mesa.

—Le costará veinticinco por clase —indicó—. Nos veremos tres veces por semana, desde las seis hasta que ya no nos aguantemos más. ¿Le conviene?

Se atragantó al pensar en el precio. El resto de las clases ya le costaba bastante y su cuenta en el banco iba disminuyendo pese al ahorro del alquiler.

—O una oferta mejor —continuó—. Pague lo que pueda. Más tarde arreglaremos la diferencia.

El rostro de Annie se iluminó. ¡La había aceptado!

—Pero recuerde una cosa —remarcó—. Tiene un largo camino por delante. No tiene técnica. En absoluto. Ni control, ni sentido del tiempo. O desarrolla todo eso o nunca será actriz. Nada de falsas esperanzas, ¿de acuerdo?

Sonrió obediente.

—Y una cosa más. El desempleo en nuestra profesión llega al noventa y cinco por ciento o más. Siempre ha sido así y así seguirá siendo. Si está en esto por dinero, mejor será que lo deje.

Como respuesta, Annie le tendió la mano, con la mirada cargada de ansiosa expectación.

—Muchísimas gracias, señor Deran. No lamentará haberme aceptado. Se lo prometo.

—Eso ya lo veremos. —replicó.

Su semblante sonriente no armonizaba con su aire cauteloso. ¡Qué delgado era, qué ardiente!

—Nos veremos el lunes por la noche —se despidió.

Annie salió a la Calle 37. La lluvia caía con fuerza sobre sus hombros, pero no pensó en abrir el paraguas.

Ahora formaba parte del Studio 37.

Era una alumna de Roy Deran.

Se dirigió hacia el metro sin reparar en el denso tráfico de la calle. La alegría y la sorpresa se mezclaban con otra emoción casi demasiado íntima y visceral para poder admitirla: antes de subir las escaleras para entrar en el estudio de Roy, sabía que la aceptaría.

5

Nueva York. 2 de febrero de 1968

—A través de sus personajes os encontraréis a vosotros mismos.

Roy Deran caminaba por la sala mientras un silencioso grupo de alumnos, sentados en diferentes posturas, lo observaban.

—Nunca creáis a los actores —continuó— cuando os digan que debéis entregaros por entero al personaje. Vuestros recuerdos, emociones, experiencias y todo lo demás. No.

Sus ojos recorrieron el grupo con severidad.

—Olvidaos de vosotros mismos. Eliminad un poco de vosotros mismos en beneficio del personaje. Y, si lo hacéis bien, el personaje os devolverá algo. Algo a lo que podréis asiros... durante un rato.

Se giró súbitamente, dirigiendo una mirada sardónica a Annie, situada detrás de un joven, con un libreto en la mano.

—Ahora bien —dijo, agitando un dedo hacia ella—, allí tenéis a una actriz que cree saber quién es. Su personaje no es para ella más que un nuevo abrigo que se va a probar o un par de botas que se ajustan a sus lindas piernas mientras camina por la Quinta Avenida eligiendo sus conjuntos de primavera.

Una risa nerviosa recorrió la sala. Los alumnos estaban acobardados ante el sarcasmo de Roy y sentían pena por Annie.

—Os diré lo que creo —continuó—. Creo que nuestra Annie quiere llegar a triunfar en este negocio del teatro. Tal vez convertirse en un símbolo sexual. Desea gustar a la gente y que la gente la admire. Y espera que Maggie, Ofelia, Inés y todos los personajes se ciñan a ella como lo harían unos cuantos vestidos nuevos, simplemente para permitirle que se luzca interpretándolos mejor. Así, pues, ¿qué puede obtener de esos personajes, dado que no son sino meros escaparates para exhibir su propio ego?

—Ya es suficiente.

Se volvió sorprendido al oír la voz. Annie lo miraba con

firmeza. No parecía enojada, lo que hacía su interrupción mucho más desconcertante.

—Me gustaría volver a hacerlo, por favor —sugirió.

Sin una palabra, Roy le hizo una señal con su ejemplar de la obra a Nick Marciano, el despierto y joven actor que representaba la escena con ella

Nick se volvió hacia Annie y le indicó una línea. Era una escena enloquecedora de *La gata sobre el tejado de cinc.* Annie tenía que representar la Maggie de Tennessee Williams en el momento de su mayor frustración sexual y personal.

Hubo una pausa cargada de pasión. Nick se dio cuenta de que los ojos de su compañera parecían ponerse vidriosos por un momento. Esperó, incómodo, mientras los otros los miraban.

Ellos no podían darse cuenta de que Annie estaba en otro mundo. Esa antigua sensación de oscuridad la envolvía de nuevo. Le recordaba los terribles dolores de oído que sufría de pequeña. Tan persistentes y tan ineludibles.

Pero ahora era algo más familiar y sabía que no debía dejarse sumergir. En un instante se sintió acometida por sentimientos indefinibles que se mezclaban como sustancias capaces de quemar la carne desprotegida.

Eso le sucedía sólo en momentos de extrema tensión, y nunca dejaba de atemorizarla. Pero sabía que una vez superase ese horrible ataque, se diluiría en sombras entre sus palabras, a las que daría una nueva forma al salir de los labios.

Se volvió hacia Nick con una sonrisa extraña en los ojos y dijo las primeras palabras de Maggie. Aturdió a la sala como un repentino relampagueo.

Representaron toda la escena otra vez. Annie no salió de su trance hasta que terminaron.

La clase observó en silencio mientras Nick se desplomaba en el sofá. Annie se apoyaba contra la pared, con la cabeza entre las manos.

—Bien —asintió Roy Deran—. No ha estado mal. Nada mal. Hacedlo otra vez el miércoles y estaremos en camino. Bien.

Contempló a Annie. Era evidente que estaba agotada.

—Tenéis que alcanzar vuestra locura para sacar algo de ella —hizo notar irónicamente a los otros, mientras miraba con genuino afecto a la muchacha–. Pero cuando Annie muestra lo que tiene debajo de esa linda cara, me hace sentir algo. ¿Qué decís vosotros?

Los aplausos estallaron en la habitación, cortos, pero sinceros y entusiastas. Annie los aceptó con una sonrisa cansada, sacudió la cabeza incómoda, y la bajó otra vez.

–Y en cuanto a nuestro Nick –prosiguió Roy, dirigiéndose al musculoso joven actor de cabello oscuro rizado y nariz aguileña–, él también es otra historia.

Sus comentarios sobre la actuación de Nick fueron más técnicos, pero sus pensamientos privados seguían centrados en Annie.

Sus alumnos eran honestos y actuaban con mucha motivación. Pero eran sólo humanos. Annie era algo más. Roy lo supo desde el momento en que la hizo leer por primera vez.

Podía hacer que uno se estremeciera con sólo pronunciar una frase. El simple recuerdo de su actuación podía conseguir que un principiante no pudiera dormir esa noche.

Pero eso únicamente aparecía como un chispazo. Era evidente que no podía controlarlo.

Si lograba aprender a manejarlo, llegaría a ser una gran actriz.

Si eso no la devoraba antes.

Y qué bella era. «Si hubiera sido heterosexual –pensó–, Annie se habría adueñado de mis huevos y de mi corazón desde el instante en que puse los ojos en ella.»

Ahora estaba medio enamorado de ella y, cuando contemplaba la forma en que se movía y hablaba, recordaba la breve época en que idealizaba a las mujeres.

Había una tremenda dosis de sexualidad subliminal en cada gesto de la joven.

Aquella extraña combinación de candidez femenina y espontánea sinceridad estaba en el fondo de cada una de sus actuaciones, y eso la hacía inolvidable.

Sí, tenía un largo camino que recorrer. Pero a donde ella iba ninguno de los actores de aquella aula –tal vez ninguno de los profesionales– podría seguirla.

Annie estaba sentada contra la pared, observando a tres de sus compañeros que interpretaban una escena difícil pero divertida.

Admiraba la actuación, pero su mente estaba lejos.

Los meses con Roy Deran ya habían cortado los últimos lazos de sus pasadas ambiciones.

Su rostro, muy conocido por los neoyorquinos y también por todo el país a través de los periódicos y revistas, iba desapareciendo gradualmente de la vista. Ya no podía aceptar el trabajo que Renée y Cyrena le ofrecían. Dedicaba todo su tiempo a las clases.

Renée le dirigía miradas doloridas cada vez que iba a la oficina. Annie se forzaba a sonreírle, lamentando alejarse de la mujer que tanto había hecho para ayudarla, pero sin querer ni poder cambiar el curso de los acontecimientos.

Además, no estaba sola. El camino elegido colmaba sus días de nuevos rostros que reclamaban su tiempo y habilidad.

Blane Jackson, su profesor de danza, había hablado con ella en privado hacía poco tiempo.

—No me gusta decir esto a una principiante —le había advertido— porque no quiero crear falsas esperanzas. Pero creo que deberías considerar la posibilidad de buscarte un buen agente, trabajar conmigo durante otro año y luego hacer de la danza el centro de tu carrera.

Desde el comienzo de las clases Annie había demostrado que podía dar personalidad a los pasos más simples y, con ese talento, podía llegar a ser una buena bailarina.

Además, era indescriptiblemente *sexy*.

—Si dejas todas las distracciones y me dedicas doce horas al día —había sugerido—, creo que podrías empezar en Broadway dentro de dos años. No lo digo por halagarte, sino para informarte. Todo lo que necesitas ahora es una dirección en tu carrera.

Annie sonrió y se lo agradeció con amabilidad.

—Pensaré en lo que me dices. Pero mientras tanto, ¿puedo seguir viniendo a clase como hasta ahora?

—Por supuesto.

Blane Jackson no podía saber que el baile era un medio para conseguir un fin, tal como lo eran las clases de canto, la carrera de modelo... e incluso Roy Deran.

Nick Marciano se apoyó en los codos y observó los ojos de Annie siguiendo al trío de actores que representaban la escena para Roy. Su cabello color arena le caía sobre el pecho como la melena de un personaje de leyenda.

Nick cayó bajo el influjo de su complicado encanto desde el día en que llegó al estudio y la acaparó de inmediato. Iban al cine, discutían las interpretaciones, veían las obras de teatro *off-Broadway*, y Nick le había presentado a sus amigos. Todos eran actores, que trabajaban de día y se permitían largas conversaciones nocturnas sobre el mundo del espectáculo.

Joven y asombrosamente atractivo, con un poderoso apetito sexual, Nick no ocultaba sus intenciones hacia el maravilloso cuerpo de Annie. Estaba casi seguro de que cuando la besara, se produciría una corriente intensa entre ellos.

Pero para su sorpresa y malestar, Annie lo rechazó.

—No creo que por ahora pueda estar con nadie —le explicó—. Espero que lo comprendas.

Y pese a su frustración e incredulidad, Annie convirtió la relación entre ambos en un juego amistoso; le acompañaba feliz a almorzar, a caminar por Central Park, a recorrer museos y galerías y a funciones nocturnas de teatro.

De este modo pasó a ser su amiga, en una relación no del todo platónica, dada la forma en que la cogía de la mano y le acariciaba el pelo, que ponían de evidencia el deseo que sentía hacia ella.

Como no estaba acostumbrado al rechazo, Nick no sabía qué debía hacer. Aunque era evidente que a Annie no le desagradaba en absoluto, no podía olvidar que ella provenía de un pueblo pequeño, pese a su aire de sofisticación. Tal vez alguien le hubiera contado historias sobre su conducta pasada. Había fumado marihuana en algunas fiestas y bebido vodka barato hasta emborracharse.

Y, por supuesto, había sido hasta el momento un apasionado cazador de mujeres...

Sin embargo, nada parecía indicar que Annie lo juzgara por su conducta. Pese a esa curiosa distancia que ponía entre ambos, parecía estar totalmente de su lado. Por otra parte, la amistad que le brindaba tenía la sombra de una sutil intimidad. Pero él sabía que su amable rechazo procedía de una férrea determinación.

Con resiguada indolencia, aceptaba lo que le ofrecía y la admiraba por su fuerza de voluntad.

—Nena —le explicó—, no sé qué ve Roy cuando haces tu papel en clase, pero yo hace un tiempo que estoy en la ciudad y puedes creerme: lo has conseguido. Tienes el talento y la fuerza. Vas a llegar lejos —rió—, y espero que me lleves contigo.

—Muy gracioso —sonrió Annie—. Yo aún estaré intentando conseguir un papelito cuando tú ya tengas tus propias series de televisión, y lo sabes bien.

Annie sabía bien que la televisión era el destino elegido por Nick. Aunque era un actor consciente, Nick no alimentaba ilusiones sobre su talento para los clásicos o para el teatro. Sus ambiciones eran comerciales y no se disculpaba por ello.

Ese hecho aumentaba la desaprobación de su rígido padre, quien oficialmente lo había borrado del clan Marciano de Newton, Massachusetts, cuatro años atrás, cuando Nick se negó a trabajar en los negocios de la familia y se marchó a Manhattan.

Cuando Annie le preguntó si el tiempo no había suavizado las cosas, Nick negó con la cabeza.

—No es posible. Para un hombre como él, los actores son pura y simplemente putas. Considera que no es una profesión para hombres. Nunca podré cambiarlo y él nunca me cambiará a mí. Así que nos mantenemos a muchos kilómetros de distancia y nos va bien.

Nick parecía aceptar su alejamiento sin problemas, pero Annie nunca logró convencerse. Era un joven de naturaleza irritable y al mismo tiempo muy vulnerable. Y eso, combinado con los desafíos de la carrera de actor y la falta de empleo, constituía una mezcla explosiva.

Al detectar sus luchas interiores, Annie se encontró muy pronto animándolo en tono casi maternal, al mismo tiempo que le hacía sentir que ella dependía de su experiencia en la profesión.

Muy pronto Nick dejó de lado su narcisismo masculino con Annie, porque descubrió que le gustaba aceptar sus consejos y su apoyo.

–No sé cómo podía vivir en esta loca ciudad antes de que tú aparecieras –solía decirle, mientras corrían para coger el metro.

–Igual que lo harás cuando yo me vaya –rió–. Serás el actor más buscado y tendrás chicas trepando por las ventanas de tu apartamento sólo para tocarte.

«Claro, –pensó, mientras sonreía–, todas menos tú.»

Advirtió también que con sus palabras Annie evidenciaba su intención de no quedarse allí para siempre.

Y esto era más cierto de lo que él pensaba. Ella se marcharía, aunque sin decir adónde.

La clase llegó a su fin.

Annie se puso de pie para marcharse. Al salir miró los ojos fríos de Roy. Tenían ese habitual aire imperioso, junto con un toque de aprobación. Y, como siempre, una peculiar intensidad que indicaba las agonías personales que ella nunca llegaría a conocer, ya que él guardaba en secreto su vida privada.

Aun en los peores momentos de la clase, cuando la humillaba de manera intencionada, nunca olvidaba la tragedia de sus ojos y sentía un lazo que los unía mucho más profundamente que sus ocasionales resentimientos. La última cosa que deseaba era abandonarlo.

Pero había llegado el momento de actuar contra los deseos de Roy.

El plan de Annie no admitía dilaciones. Casi desde su primer encuentro con Roy se había mantenido atenta para encontrar oportunidades de trabajo en el teatro.

Él tenía pocas dificultades para leer su mente.

–La impaciencia –le dijo un día– es la debilidad que los dioses reservan para ti. Eres demasiado ansiosa. A menos que te concedas tiempo, vas a romper tu talento como la cáscara de un huevo.

Sabía que Roy creía que ella necesitaba por lo menos otro año antes de intentar actuar ante el público de verdad y enfrentarse a la despiadada crítica de Broadway. Sin embargo, en la última semana se le presentó inesperadamente una oportunidad.

Y, con Roy o sin él, iba a aceptarla.

6

Nueva York. 8 de febrero de 1968

La obra se llamaba *La dama blanca.*

Comenzaría a montarse en unas cuatro semanas. Había sido un éxito en el West End de Londres veinticinco años atrás, y había sido llevada a la pantalla con igual suerte. Se la consideraba un clásico entre las obras modernas de género ligero.

Lo que hacía que su reposición en Nueva York fuera algo especial era, por supuesto, la protagonista. Rima Baines era desde hacía bastantes años la estrella principal de Hollywood.

Había aparecido en escena a comienzos de los años veinte, cuando no era más que una desconocida de sorprendente atractivo, en un drama romántico titulado *Conocerlo de memoria*, por el que había recibido de inmediato una nominación para el Oscar. No llegó a conseguir la estatuilla porque era una recién llegada, pero de todos modos se convirtió en estrella de la noche a la mañana.

Annie tenía once años cuando estrenaron *Conocerlo de memoria.* Aunque el tema de la película no era demasiado indicado para alguien de su edad, Harry Havilland se rindió a sus súplicas y la llevó a verla. Desde ese día nunca se había perdido una sola película de Rima Baines.

Muy pronto la estrella trabajó en obras prestigiosas y de diferentes géneros, desde comedias románticas hasta temas policíacos y de aventuras. Era una actriz versátil, pero también exigente y a menudo difícil de complacer. Discutía con frecuencia con directores y guionistas durante los rodajes y, como resultado, llegaban a generar éxitos de calidad con un toque distintivo casi semejante al de su personalidad voluble y sensual.

Durante la adolescencia, Annie se miraba el espejo deseando que su rostro se pareciera al de Rima Baines, con su cabello ondulado de un dorado natural y facciones perfectas para realzar sus ojos castaños. Éstos eran famosos porque podían transformar su sonrisa seductora en una mirada de odio, de inteligencia o de locura total en un instante.

Aunque Rima era demasiado compleja para encasillarla, los personajes que creaba tenían en común la excentricidad y una sexualidad perturbadora. Los mejores talentos de Hollywood escribían para ella, y cada película suya se consideraba un acontecimiento.

Además de hacer cine, trabajaba en Broadway, porque insistía en que el instinto de una actriz puede atrofiarse ante la cámara impersonal y era necesario renovarse ante un público vivo.

Lo que Annie más lamentó durante su adolescencia fue no poder viajar a Nueva York para ver esas célebres representaciones.

Nunca llegó a soñar por aquel entonces que un día podría aspirar a trabajar en una obra con Rima Baines.

La dama blanca iba a ser algo importante para Rima. Era una fantasía romántica que alternaba la comedia con el drama. En ella, un apuesto escritor pasaba sus vacaciones en una casa habitada por el fantasma de una apasionada dama del siglo XIX, que fuera la amante del poeta más grande de esa época.

El protagonista, hechizado, se enamoraba perdidamente del hermoso espíritu, se enteraba de su tempestuoso pasado, escribía una nueva novela sobre ella y, finalmente, gracias a la piedad de la dama, se veía liberado de su recuerdo y regresaba al mundo con una novela cuya creación constituía un misterio para él mismo.

La sublime y sensual Rima era ideal para el romántico fantasma. Aunque el papel masculino todavía no estaba decidido, se suponía que sería algún actor importante, porque el productor, uno de los más veteranos en Broadway, Sam Spector, era un perfeccionista que no escatimaba esfuerzos para hacer que sus montajes fueran memorables.

Se habló seriamente sobre la posibilidad de llevar de nuevo la obra a la pantalla si tenía éxito y de las evidentes posibilidades de Rima para obtener el Oscar por el papel protagonista. La obra incluía intensos momentos en los que ella revivía tragedias y amores pasados. Nadie dudaba de su habilidad para interpretar su papel brillantemente.

Annie nunca hubiera imaginado que podría compartir el escenario con su admirada heroína.

En *La dama blanca* había un papel breve pero interesante, el de una actractiva adolescente que se enamora del escritor famoso que alquila la casa contigua. Las escenas del escritor, llenas de comicidad, tenían un toque de ingenua sensualidad que compensaba las escenas serias de la fantasmal dama.

Annie había visto la película de niña y ahora leía con mucha atención la obra. Estaba muy bien estructurada, y el papel de Jill, la vecina, era perfecto para ella. Con sus ojos fascinantes y su cabello color arena podría proporcionarle un toque exótico.

No dudaba de que podía representar el papel de Jill y hacerlo bien.

El único problema era conseguirlo.

El teatro en Broadway atravesaba por una crisis profunda, y los riesgos que comportaba montar una obra eran mucho mayores que en los tiempos de la feliz época anterior a la televisión.

Incluso un hombre como Sam Spector, cuyas obras seguían produciendo dinero a pesar de los problemas, difícilmente se fijaría en una desconocida para el papel de Jill.

Annie se preparó para una batalla desigual. Las posibilidades en contra se duplicaban por el hecho de que Roy Deran, su único aliado potencial en una confrontación semejante, se reiría de ella si se enteraba del paso que pensaba dar.

Pero hasta la autoridad de Roy decaía ante la imperiosa urgencia que Annie sentía de continuar el camino que se había trazado. No podía esperar más.

Tenía que reunir el coraje suficiente para dar aquel paso.

Sin embargo, el talento y el coraje, y eso debería aprenderlo con dolor, algunas veces no eran suficientes.

Un martes por la mañana, a las once cuarenta y cinco, Sam Spector seguía su ruta habitual desde las oficinas del Bell Theater Associates por el corredor, camino del ascensor que lo conduciría a la planta baja en la Calle 43 para almorzar con un grupo de compañeros del mundo del espectáculo.

Annie había preparado el encuentro con detalle. Subió al ascensor con Spector. Estaban solos, pero él no se volvió para mirarla sino que contempló fijamente la antigua aguja que indicaba los pisos.

–Señor Spector –Annie se obligó a hablar–, lamento mucho molestarlo. No lo haría si me quedara otra alternativa. Verá, trabajé de modelo para Cyrena, aquí en Manhattan, y estudio con Roy Deran. Bueno, no tengo agente teatral, pero daría cualquier cosa por la posibilidad de hacer una prueba para Jill en *La dama blanca*. No quiero ser pesada, pero si alguien pudiera oírme leer, sólo durante unos minutos...

Con un suspiro de resignación, Spector se volvió. Las fotos de prensa no habían preparado a Annie para la enorme nariz del productor.

–Mire, jovencita –repuso–, ¿cuántas veces cree que me encuentro a actores en los ascensores, en mi oficina o recibo llamadas cuando estoy a punto de montar una obra? Me encantaría poder atenderlos a ellos y a usted, pero soy sólo un ser humano. ¿Comprende? Ahora bien, consígase un agente, que él se ponga en contacto con la gente que se ocupa del reparto en la próxima obra que le parezca adecuada y tendrá una oportunidad como todos en Broadway. No puede hacerse de otra manera. ¿Está claro? Esas historias de mendigo a rey ya no ocurren en el teatro, jovencita. Hay que pagar el derecho de suelo. ¿De acuerdo?

Su discurso, evidentemente, había sido perfeccionado por las miles de repeticiones ante aspirantes. Lo declamaba con algo de cansancio.

Pero mientras lo hacía, sus ojos examinaban el pelo y el rostro de Annie con aire aprobador. Recorrió su cuerpo de arriba abajo y se fijó en la ropa elegida cuidadosamente para el encuentro.

El brillo de sus ojos negros sólo podía significar una cosa: la tenía en cuenta como mujer.

No podía dejar escapar aquella oportunidad. Se obligó a seguirlo mientras él atravesaba a toda prisa el hall en dirección a la calle.

—De verdad siento molestarlo así —insistió—. Pero estoy segura de tener las cualidades que Jill necesita. Si ya dispusiera de un agente no le molestaría a usted...

Spector se detuvo con brusquedad ante la puerta giratoria.

—¿Cuál es su nombre?

—Annie. Annie Havilland.

—Havilland —murmuró, frunciendo los labios—. ¿Y está con Roy? ¿Cómo está él?

—Bien, muy bien por lo que sé. Sólo lo veo en clase. Él es muy...

—Sí, lo es. —Spector terminó la frase por ella, con un brillo de picardía en los ojos.

Pero Annie advirtió algo más que humor en los ojos que la examinaban.

Annie había visto esa mirada cientos de veces en los ojos de los hombres desde su adolescencia. Era una mirada extraña, impersonal y casi inhumana, como si una entidad superior se adueñara de sus personalidades.

Había aprendido a asumir el efecto que producía en el sexo opuesto. No tenía otra opción, ya que su cuerpo estaba destinado a atraer la atención masculina.

La mayoría de los hombres ocultaban sus emociones con bromas o cierto machismo, porque necesitaban defenderse de su encanto.

La mirada de Sam era particularmente atemorizadora. Parecía una gigantesca ave de presa dispuesta a devorarla.

Le devolvió la mirada y notó algo de indecisión. Comenzó a confiar otra vez en sí misma.

—Bueno, salude a Roy de mi parte cuando lo vea —concluyó él—. Y dígale que le consiga un agente.

Sin una palabra más, se alejó y desapareció por la puerta giratoria.

El corazón de Annie se detuvo.

Durante un largo rato permaneció mirando a los transeúntes.

Había conseguido llamar la atención de Sam Spector... y lo había dejado escapar.

Y ese fallo podía alterar todo el curso de su futuro.

Pasó la tarde meditando entristecida sobre lo sucedido.

Sabía que podía hacer el papel de Jill. Pero Sam Spector era al mismo tiempo la oportunidad y el obstáculo que se interponía entre ella y el papel.

Si hubiera sido otra clase de mujer podría haber usado su voz, su cuerpo, la mirada, para hacer que Sam Spector la complaciera.

Pero no lo era. La sexualidad que demostraba en su trabajo no aparecía de forma natural cuando estaba con un hombre. No podía fingir como hacían muchas mujeres.

Durante años, esa autodisciplina la había protegido, pero ahora sentía que era una prisión que la alejaba de su futuro.

Sacudió la cabeza confundida. ¿Qué hubiera debido hacer? ¿Venderse como una principiante sin moral? ¿Arriesgarse a sufrir otra terrible humillación como ocurriera con Harmon Kurth? No, su integridad no se lo permitía.

De todos modos, la puerta para *La dama blanca* permanecía cerrada para ella, y había agotado sus recursos.

Eso era lo que creía...

Regresó al apartamento después de las nueve para darse un baño caliente y acostarse. Mientras se quitaba la ropa, apretó el botón del contestador automático.

El primer mensaje era de Sam Spector:

«Señorita Havilland, he conseguido su número a través de Cyrena. Si puede, me gustaría que hiciera una prueba para Jill en La dama blanca *en el Bell, mañana a las cuatro de la tarde. La esperarán por la entrada de la Calle 43. Si tiene algún problema avíseme. Supongo que tiene mi número. La veré mañana.»*

Terminó la grabación. La voz sonaba cansada pero firme.

Annie no podía imaginarse qué había sucedido. Su buena suerte la sorprendió.

Se pasó la mañana siguiente leyendo la obra y tratando de calmar sus nervios para concentrarse en la adolescente personalidad de Jill.

A las tres estaba convencida de que nunca debería haber intentado semejante locura. Pero, por otra parte, sabía que cuando subiera al escenario de Bell, haría una actuación impecable.

Llegó al teatro a las cuatro, y un joven con gafas la hizo entrar. No le presentó al pequeño grupo instalado en la platea, sino que subió al escenario con ella.

—Soy David —se presentó sin sonreír—. Voy a leer contigo. Simplemente relájate. —Se volvió hacia el grupo invisible de la platea—: Annie Havilland, caballeros.

Una voz que Annie no reconoció ordenó:

—Prueben la primera escena juntos.

Era la escena en la que Jill se presenta, pícara y llena de buen humor, a su nuevo vecino y rápidamente empieza a demostrar su interés por él.

El joven leyó la primera línea del protagonista.

Durante un instante, Annie vaciló. Luego como en tantas y tantas ocasiones, sintió las náuseas y el vértigo. Obrada la transformación, comenzó a leer.

Su cuerpo se movía con entera libertad mientras leía. Caminaba alrededor del joven, lo observaba con impertinencia y miraba al escenario como si fuera la casa vecina. Sus palabras lo acariciaban y se burlaban de él. Su provocación era fresca e inmadura y, por la misma razón, mucho más sensual.

El joven replicaba sin prestar atención a la sensualidad que parecía envolverlo sin ni siquiera tocarlo.

Mientras, un sexto sentido indicaba a Annie que el silencio de la platea provenía de un verdadero interés. El pequeño grupo estaba compuesto de fríos profesionales; no estaban allí para entretenerse sino para tomar decisiones. De todos modos, había conseguido captar su interés y no tenía intención de perderlo.

—Muy bien —volvía a ordenar la voz—. Acto primero, escena quinta.

—Último acto, por favor. Página ciento noventa y tres.

—Acto segundo, escena primera.

—¿Puede volver al acto primero, por favor?

Repitieron todas las escenas de Jill. Con cada lectura la actuación de Annie ganaba seguridad y fuerza. Era graciosa, provocativa, un poco triste en su perdida batalla para conquistar al protagonista y, al final encantadoramente humana e inocente.

Cuando terminó, el silencio que invadía el teatro hablaba por sí mismo.

Los tenía en la palma de la mano y lo sabía.

El próximo movimiento era cosa de ellos.

—Muy bien, señorita Havilland. Ya sabemos cómo comunicarnos con usted. Gracias por venir aun habiéndola avisado con tan poco tiempo.

Había terminado. El joven le señaló la escalera. Annie recogió sus cosas y bajó del escenario.

Estaba satisfecha. «¡Que busquen a otra si quieren!», reflexionó. Podrían no darle el papel, pero nadie lo haría mejor que ella. Lo había demostrado.

Cuando abandonaba la sala, Sam Spector le salió al paso.

Por primera vez vio una sonrisa en su rostro huraño. De pie frente a ella, parecía más corpulento que nunca.

—Has estado excelente, Annie —afirmó—, realmente una sorpresa. Debo admitir que esta prueba se ha hecho a petición mía. No esperaba que te entregaras tanto. Lo has hecho extraordinariamente bien.

—Muchas gracias —replicó Annie, poniéndose la chaqueta sobre los hombros y echándose hacia atrás el cabello—. Gracias por darme la oportunidad.

—Me gustaría discutir el papel contigo. Me parece que hay algunos detalles que te ayudarán a mejorar la actuación.

Annie lo miró con amabilidad, pero sin demostrar lo que pensaba.

—Yo... Sí, por supuesto.

—¿Qué te parece si cenamos juntos mañana? —preguntó,

observándola a través de las gafas–. ¿Por qué no nos reunimos y charlamos un poco? Estoy convencido de que eso facilitará las cosas.

«No seas tonta.»

«Las oportunidades no se presentan dos veces.»

«¡Piensa!»

Las emociones luchaban salvajemente entre sí bajo la placentera sonrisa de Annie.

–Por supuesto –continuó Sam Spector, advirtiendo su inseguridad–, lo comprenderé perfectamente si estás ocupada. Después de todo, es una época del año en que hay mucho trabajo. Pero me vendría bien si pudieras...

Con el rostro resplandeciente y los ojos desprendiendo encanto e inocencia, se decidió.

–Estaré encantada. Muchas gracias.

–¡Bien! –exclamó–. Estoy seguro de que no te arrepentirás. Quiero saber más sobre tu vida. Voy a hacer que Alice anote nuestra cita.

Señaló a una mujer de mediana edad, con cabello rizado y canoso y bifocales, que los miró desde su asiento y asintió.

–¿Qué te parece a las siete de la tarde?

Antes de que Annie pudiera contestarle, una voz de mujer les llegó desde las espaldas de Sam.

–Eso está muy bien para ti, Sammy. Pero mañana es mañana. Si puedo convencer a la señorita Havilland para que cene conmigo esta noche, podremos hablar a tus espaldas y yo le explicaré tus puntos débiles.

El corazón de Annie casi se paralizó al ver a la mujer que había pronunciado esas palabras.

Espléndida, con un vestido de seda con adornos de piel y un abrigo de marta colgando del brazo, sus ojos castaños brillando a la media luz, Rima Baines avanzó y besó a Sam Spector en la mejilla.

–¡Rima! Qué sorpresa. Pensaba que estarías fuera todo el fin de semana.

–Detesto ser fácilmente predecible –replicó Rima Baines, tendiendo una mano enguantada para estrechar la de Annie–. Nunca se sabe lo que hacen los ratones cuando uno no está. Por ejemplo, ¿dónde has encontrado a esta brillante joven actriz?

Volvió la cabeza, dirigiendo a Annie una sonrisa cálida, mientras tomaba nota de la sorpresa de Sam.

–Me hizo el honor de revelarme su existencia ayer en la oficina –replicó–. ¿Has visto toda la prueba?

–Así es, y me alegro de haber estado aquí, porque de lo contrario la habrías escondido y nunca me habría enterado de lo buena que es.

–Me alegro de que te guste –respondió Sam, lanzando una mirada paternal a Annie.

–He tratado de convencerlo –explicó Rima con tono de conspiración dirigido a Annie– de que necesitábamos una actriz con cierto atractivo sexual para el papel de Jill. Creo que finalmente lo has convencido.

Apretó afectuosamente la mano de Annie.

–Bien –dijo Sam mirando su reloj–. Tengo que regresar a la oficina. Señorita Havilland, espero que nos veamos mañana por la noche. Rima, llámame más tarde e infórmame de tus planes. Tenemos que trabajar.

–El negrero de siempre –bromeó Rima–. Vuelve a tus minas de sal. Nos mantendremos en contacto.

Spector estrechó la mano de Annie, lanzó una última mirada a sus ojos y se apresuró a reunirse con su secretaria.

–Bueno –dijo Rima–, estoy en el Plaza con mis hijastras. Me encantaría que vinieras y las conocieras. Luego comeremos juntas, solas las dos para poder charlar, y te hablaré sobre todos los defectos del señor Spector. ¿Qué te parece?

Incapaz de articular palabra ante la presencia de la gran actriz, Annie tartamudeó una respuesta emocionada.

Mientras se dirigía al Plaza, Annie recordó lo que sabía sobre la vida de Rima.

El único embarazo, complicado a causa de una severa infección, le había dado un precioso niño, el único que podría tener. El muchacho tenía ahora doce años y estudiaba en California. Las hijastras de Rima eran de su tercer marido, un ejecutivo de la empresa cinematográfica.

La relativa estabilidad de su último matrimonio era atacada casi a diario por la prensa sensacionalista, que publicaba aventuras reales o imaginarias entre Rima y cada hombre del mundo del cine, además de algún que otro político.

Durante una década, Rima fue una sensación viviente que cada día se acercaba más a la leyenda. Annie no podía dejar de sentirse como en un sueño cuando la acompañaron a la lujosa *suite*. Allí, la actriz la recibió con un abrazo y un beso, y luego llamó a las chicas para que vinieran a saludarla.

Con un sencillo vestido de noche, Rima se mostraba asombrosamente real. Su forma de ser era directa y brillante, con un toque de entusiasmo casi infantil. Parecía mayor que su imagen en la pantalla y al mismo tiempo más humana y comprensiva. Tan pronto como uno se acostumbraba a la diferencia, el brillo de su personalidad la hacía parecer más estrella que nunca.

—Realmente eres encantadora al haber venido —afirmó—. Tina, Gerry, preguntad a Annie qué quiere tomar. Si sois buenas con ella apuesto a que querrá asistir al ensayo de la obra del colegio.

Las niñas, encantadoras y muy bien educadas, sirvieron a Annie una copa de jerez y recitaron la obra que ensayaban con la ayuda de Rima.

Cuando las dos mujeres se quedaron solas en un comedor privado, Rima insistió en que Annie le hablara de su carrera y sus ambiciones.

—Fuiste *muy* inteligente al elegir a Roy —comentó Rima cuando les sirvieron un cóctel de marisco—. Es el único hombre en el espectáculo que realmente entiende a las mujeres, y es un gran maestro. Tienes que buscar lo mejor, Annie. Ahora Broadway es un lío... manejado por abogados. No se ha estrenado una obra decente desde hace años. Y lo mismo sucede en Hollywood. Las corporaciones lo manejan todo y no saben nada sobre cine. —Frunció los labios—. Es una mala época para los actores. Pero si tienes talento, y tú ciertamente lo tienes..., y un buen agente y paciencia, conseguirás tu oportunidad.

Cuando sirvieron el café, preguntó a Annie qué sabía sobre Sam Spector.

—Casi nada —admitió Annie—, excepto que ha conseguido grandes éxitos y que es muy respetado.

Rima adoptó una expresión seria.

—Voy a revelarte un secreto. Me alegro de haber estado allí hoy. Sam es un hombre impredecible y hay que manejarlo con guantes. —Cogió su copa de vino—. Me dijiste que no tenías agente...

Annie negó con la cabeza. No tenía agente teatral. Todo lo que tenía era Cyrena.

—Bueno, eso es una desventaja —reconoció Rima, curvando sus sensuales labios—. Debes conseguir uno, y pronto. Puedo sugerirte algunos nombres, y hablarles si quieres. Pero ahora el asunto es que necesitas que tu agente sea el único que decida por ti. Todo lo que Sam conoce de ti, si he entendido bien, es que te vio en un ascensor, un poco ansiosa aunque ciertamente profesional, y hoy en el escenario. Está bien por ahora.

Se atusó con aire distraído el cabello.

—No se puede contar con conocer la mente de un productor, Annie. Son hombres poderosos y pueden ser peligrosos. Realmente necesitas que alguien luche por ti...

Juntó las manos con gesto decidido.

—Muy bien —continuó—. Te voy a dar mi mejor consejo. No creo que debas ir a cenar mañana con Sam. Por lo menos, no debes ir sola. ¡Maldición, si no fuera porque tengo que estar en la costa, insistiría en estar presente! Es imprescindible que ahora lo impresiones con tu frialdad y profesionalismo. Él ya sabe que quieres y necesitas el papel, y sabe qué puedes hacer en el escenario. Ahora te toca a ti hacer que demuestre que verdaderamente piensa ponerte en el reparto. ¿Me comprendes?

Annie asintió. Lo que Rima le decía de la forma más amable posible era que una velada con Sam podía hacerle perder el papel de Jill en lugar de ganarlo.

—Pero no podemos hacerle enfadar —remarcó Rima pensativa—. Y no tienes un agente que lo haga por ti...

Chasqueó los dedos y sonrió.

—¡Espera! ¡Deja que lo haga yo! Él me conoce... Aceptará lo que yo le diga.

Tomó la mano de Annie.

—¿Puedo? Imagina que le digo que yo te necesito mañana por la noche. Eso nos hará ganar tiempo y te dará un respiro.

Dime si estás de acuerdo. Pero realmente creo que es lo único seguro.

Annie lanzó una imaginaria moneda al aire. Seguidamente, asintió.

Rima hizo un gesto al mozo para que le alcanzara un teléfono. Marcó a toda prisa un número y esperó.

—¿Sam está todavía ahí, Alice? —preguntó, sonriendo a Annie—. ¿No? Bueno, escucha, Alice. Tengo un mensaje para él. Dile que le ha llamado Rima. Estoy comiendo con Annie Havilland, la chica que hoy ha realizado la prueba para la obra... Eso es, con dos eles. Bueno, ella tiene un compromiso conmigo mañana por la noche y no va a poder cenar con Sam. Dile que la llame para quedar otro día. Y no te olvides de decirle que soy yo quien se lo dice. Puede llamarme si quiere... Sí, ella está aquí conmigo.

Un momento más tarde cortó la comunicación y dirigió una brillante sonrisa a Annie, mientras el mozo retiraba el teléfono.

—¡Todo arreglado! —dijo—. Él lo entenderá. Y me hago responsable. Es todo lo que necesita saber. Ahora deja que yo maneje a Sam. No debe pensar que estás demasiado ansiosa. Es un momento delicado; la próxima vez tendrás un agente, ahora necesitas una amiga.

Annie tuvo que ocultar su emoción. Le resultaba difícil aceptar que su ídolo, la gran Rima Baines, no sólo estaba sentada a su lado, sino que además estaba tan impresionada por su actuación que iba a interceder personalmente por ella.

Se sentía flotando en el aire cuando Rima se despidió de ella y la besó cariñosamente. Se había liberado no sólo de las complicaciones de una velada íntima con Sam Spector, sino que además había ganado una amiga importantísima que la apoyaba.

Rima, por supuesto, no tenía nada que ganar o perder al ayudarla. Era la estrella de la producción y su razón de ser. La elección de una ingenua desconocida no podía afectar a Rima. Simplemente ayudaría a la actriz elegida, a quien podría transmitírsele algo de la presencia estelar de Rima.

Con esos pensamientos, Annie se dirigió con paso apresurado a su casa para leer *La dama blanca* y prepararse para el día siguiente.

Habían pasado tres días.

Annie estaba en las nubes, pensando que estaba relacionada con Sam Spector y la gran Rima Baines.

De alguna manera, esperaba que Spector o su secretaria la llamasen para una nueva invitación, pero se sintió aliviada cuando no lo hicieron. Tal vez Rima había explicado a Sam que quería estar presente en esa cita. Y como Rima se encontraba ahora en la costa, la reunión se había postergado...

Annie continuó asistiendo a las clases del Studio 37 sin demostrar su excitación a Roy, cuyos ojos la observaban con intensidad. Actuaba con mayor confianza porque sabía que, sucediera lo que sucediese, ya había probado que podía cautivar al público más exigente de Broadway.

¡Y lo había hecho en su primera prueba!

Los tres días se convirtieron en una semana.

La semana pasó y se convirtió en diez días.

Annie comenzó a preguntarse seriamente por qué no la llamaban.

Entonces, de pronto, la verdad apareció ante sus ojos.

Una nota publicada en una revista le informó de que el papel de Jill en *La dama blanca* ya estaba adjudicado. La actriz era una joven que había hecho unos cuantos anuncios y un papel en una serie de televisión.

Su nombre era Patty McClure. Era graciosa y rebosaba energía. Pero no podía considerarse atractiva, ni mucho menos hermosa.

Y entonces Annie lo comprendió todo.

Patty McClure podía hacer el papel de Jill, pero carecía de la intensidad de Annie, de su belleza y sensualidad. Patty podía encarnar a una Jill adolescente y divertida, mientras que Annie era capaz de encarnar a una muchacha provocativa, conmovedora por su incapacidad de competir con la tempestuosa dama fantasma.

Annie permaneció durante horas preguntándose qué había sucedido. Cuando finalmente decidió apagar la luz, una sonrisa amarga curvaba sus labios.

No podía menos que culparse a sí misma. Se había implicado en un juego de expertos, muy por encima de sus posibilidades, y había perdido, pero no por las razones que ella suponía.

No podía dejar de asistir a una representación para satisfacer su curiosidad.

Una tarde de febrero consiguió entrar para ver un ensayo en el Bell. Lo que había pensado sobre Patty era exacto. La joven actriz era competente, pero no conseguía estar a la altura del personaje de Jill.

Pero la lección de Annie todavía no había terminado.

Mientras estaba sentada en la oscuridad de la sala, oyó una voz a sus espaldas.

—Deberías haber interpretado ese papel, jovencita.

Era la secretaria de Sam Spector, que venía de la Calle 43 con café y bocadillos para el grupo de producción.

—Déjame que te diga algo —continuó, sentándose por un instante detrás de Annie—. No se puede dejar plantado al mejor productor de Broadway y esperar que salga a buscarte.

Annie no contestó y asintió con una débil sonrisa.

La mujer la contempló con curiosidad por encima de sus gafas bifocales.

—Así que era algo más complicado, ¿no? Vi tu prueba. Vi que Rima aparecía sin que nadie la esperara. —Sacudió la cabeza con una sonrisa—. Sabes, Annie, la señorita Baines está en un momento de su carrera en que la transición a otros personajes está cada vez más cerca. No me sorprendería que no tenga ganas de compartir la escena con alguien de tus condiciones.

Entrecerró los ojos.

—¿Qué sucedió? ¿Te dijo que lo dejaras todo en sus manos? Es un viejo truco, querida, pero funciona.

La expresión en el rostro de Annie le dijo que había dado en el clavo.

—Bueno —suspiró—, no puedes saberlo todo. Pero la próxima vez recuerda: tienes que ir a una prueba preparada para la gente con quien tienes que tratar tanto como para el papel que vas a representar. ¿Comprendes?

Annie asintió. La mujer se levantó para irse.

—Le gustaste a Sam —terminó diciendo—. Nos gustaste a todos. Nos mostraste algo en el escenario. Apóyate en eso.

La secretaria desapareció por el pasillo, cargada con la gran bolsa y envuelta en el olor del café y la comida que aquélla despedía.

Annie abandonó el teatro sin mirar hacia atrás.

De alguna manera, la Calle 43 le parecía menos terrible ahora que cuando había llegado al teatro. Se sentía tan limpia como humillada.

Sacudiendo con un gesto irónico la cabeza, se preguntó algo más. ¿Con quién había hablado Rima Baines en el comedor privado del Plaza?

¿Con la operadora?

¿Con el informativo meteorológico?

Eso poco importaba.

Sí, meditó. Había cometido un gran error. Pero sería el último.

«Tienes que estar preparada para la gente con la que vas a tratar.»

Era una amarga lección, pero ahora la había aprendido. Y no tenía que repasarla nunca más.

CHRISTINE

7

Nueva York. 8 de abril de 1968

Debes viajar fuera de ti mismo para poder encontrarte.

—De rodillas, nene. Eso es.

La muchacha no tenía más de veinte años. Su cabello rubio era natural y le caía en suaves ondas sobre los hombros desnudos.

Llevaba sólo corpiño y medias. Con un movimiento de su

esbelto brazo se desabrochó el corpiño mientras lanzaba una mirada al hombre que estaba ante ella.

Los senos perfectamente formados quedaron libres. Sus pezones se endurecieron cuando pasó un dedo por ellos.

Su cintura era delgada y los muslos largos y firmes. Era evidente que cuidaba su cuerpo para mantenerse en forma.

Tras un rápido movimiento, el corpiño se escurrió entre sus manos. En sus labios se dibujó entonces una sonrisa burlona.

—¿Qué pasa? —preguntó—. ¿Ves algo que te gusta?

Se tocó el cabello, atenta a las reacciones del hombre. Sus claros ojos azules brillaban.

Él estaba arrodillado ante ella, desnudo, cubierto tan sólo por las medias brillantes que ella se había quitado unos momentos antes para hacérselas poner. Quedaban ridículas en las piernas del hombre, cuyas manos estaban atadas a la espalda con un cordón de seda. Ella había apretado los nudos de forma dolorosa, como a él le gustaba.

Los bíceps y los pectorales estaban estirados por la postura. Los músculos del estómago eran potentes, y los muslos largos y fuertes. El pene erecto entre las piernas parecía una cobra al acecho dispuesta a atacar a su víctima.

Por milésima vez, la joven pensó con indiferente curiosidad que aquel hombre era lo que cualquier mujer consideraría como muy buen mozo.

—El nene está caliente —canturreó, levantando las cejas con gesto burlón de admiración—. El nene está caliente.

Imprimía a las palabras un tono divertido y musical, como si fuera un canción infantil. Mientras las pronunciaba, la respiración del hombre se hacía más agitada. La contemplaba y los ojos se le salían de las órbitas.

Cualquiera que observara el rostro de la muchacha se impresionaría por la inteligencia de su expresión. Pero en ese momento todo su cuerpo estaba dedicado a la parodia de lujuria que estaba representando.

—¡Oh, oh! —exlamó suavemente—. ¡Qué nene tan cochino eres!

Cada palabra que decía había sido repetida muchas veces antes; cada movimiento, calculado al milímetro. Y sin embargo, en ese momento, su mente se hallaba muy lejos de allí.

Debes viajar fuera de ti mismo para poder encontrarte.

Meditó sobre la paradoja, mientras daba un paso hacia él, con el corpiño en la mano.

«¿Cómo puedo alejarme de mí y encontrarme, si ya estoy en mí misma?»

El concepto la preocupaba. Pero la examinaba con paciencia, ya que confiaba en su capacidad para llegar a comprenderlo. Simplemente se trataba de ordenar sus pensamientos de forma correcta, para entenderlo desde el ángulo adecuado.

El corpiño se balanceó por los hombros de él y bajó por su pecho hasta rozar su miembro erecto, que se estremeció ante el contacto.

La muchacha se arrodilló detrás del hombre.

Cuidadosamente, comenzó a deslizar el corpiño entre las piernas del hombre y lo pasó por encima de sus testículos. Las manos atadas, pálidas por la falta de circulación, comenzaron a agitarse. Continuó acariciándolo con el corpiño hasta que se dio cuenta de que ya estaba listo.

—Nene malo —dijo, golpeándolo de repente en los testículos con el elástico, no con la fuerza suficiente como para lastimarlo, pero sí con suficiente fuerza como para hacerlo gemir—. ¡Creo que estás pensando en cosas asquerosas que querrías hacer conmigo!

Le pasó el corpiño por el torso, lo abrochó y se lo acomodó sobre los pectorales.

—Sé lo que quieres —lo retó—. Quieres quitarme toda la ropa para usarla tú. Entonces te parecerás a mí. ¿No es cierto, nene?

Se levantó, anduvo alrededor de él y deslizó la entrepierna con ligereza por sus labios, permitiendo que él la oliera a través de las bragas.

—Pobrecita de mí —se quejó—. ¡Entonces me quedaré desnuda y no tendré nada con que taparme!

Durante un largo instante, onduló ante él, plena de gracia, provocándolo. La lengua de él empezó a buscarla con ardor.

—¡Oh, oh! —exclamó atormentándolo, mientras él dejaba escapar un profundo gemido—. ¡Qué vergüenza!

Se alejó un paso, pero siguió provocándolo con los movimientos de sus caderas.

—Hummm —murmuró, pasando los dedos por el elástico de las bragas y bajándoselas hasta las rodillas.

Por un instante le quedaron colgando y dejaron al descubierto su vello dorado.

Luego, en un momento, volvió a subírselas.

—¡Chico asqueroso! ¡Mira lo que casi me obligas a hacer!

Se volvió hacia la cama. Allí estaban su falda escocesa y la blusa blanca que se había quitado momentos antes. La cinta que sujetaba sus cabellos también estaba allí, junto con el bolso y una bolsa de compras de plástico. La abrió, sacó lentamente un brillante látigo negro y se puso de espaldas al hombre. Luego se volvió para que él lo contemplara. Pudo sentir la tensión sexual que eso le causaba.

—Eres un chico perverso —dijo y comenzó a castigarlo, con golpes cortos en la espalda, el pecho y los hombros—. ¡Eres un niño perverso!

Ella le azotaba los muslos y veía como se rasgaban las medias. Le mordió con fuerza las nalgas y las caderas y oyó cómo gruñía en el momento en que le flagelaba los genitales.

El hombre lanzaba gemidos de placer. Sus ojos la miraban con la torturada beatitud de un santo que eleva su mirada hacia el Cielo.

Por enésima vez se preguntó dónde encontraban los hombres esa capacidad, tan extraña en las mujeres, para vivir climas de una inmaculada rectitud moral, aunque después cayeran en una inmunda perversión creada por ellos mismos.

¿Por qué gozaban así? ¿Por qué necesitaban humillar a las mujeres o que éstas los humillaran?

Esa cuestión era constante motivo de preocupación para ella, ya que era la razón de su profesión.

Miró los resultados de su trabajo. El rostro no tenía marcas, y así debía ser para que nadie sospechara. Las marcas rojizas en sus piernas y en el torso eran responsabilidad de él y ella no necesitaba saber qué le explicaría a su esposa.

Su pene relucía con brillantes gotas que caían en delgadas líneas.

—El nene se está quedando pegajoso —protestó ella con fingida sorpresa y desesperación—. ¿Te ponen pegajoso esos sucios pensamientos sobre mí?

La muchacha dejó caer el látigo a un lado y se arrodilló ante él.

—¿Todos esos pensamientos sucios? ¿Sí? ¿No quieres contárselos a mamá?

Colocó el pene entre sus piernas. Empezó a apretarse contra su estómago y a presionar el duro látigo contra sus musculosos muslos. Ella notó que las bragas se humedecían a causa de la excitación.

—El nene quiere correrse —volvió a hablar con voz susurrante, estrujando y presionando el viscoso pene al tiempo que agitaba sus caderas contra él—. El nene quiere correrse...

Había necesitado muchas sesiones para que le contara sus fantasías. Lo había emborrachado para que le susurrara al oído sus deseos. Todo parecía una broma inocente hasta que ella lo obligó a ser sincero y salvó sus escrúpulos.

Desde la primera noche supo que la clave era su ropa interior, y decidió dejársela, después de cada encuentro.

—Tan sólo piensa —solía decirle— que cuando me voy a casa nadie puede darse cuenta de que no llevo nada debajo del vestido.

Los pasos siguientes habían sido más fáciles. Sabía, antes de que se lo dijera, que lo que quería era ponerse su ropa interior y que lo castigara por hacerlo. Ese fetichismo no le sorprendía. Su única preocupación era controlar su propia seducción.

No es que le preocupara lastimarlo seriamente. Era una profesional seria y lo castigaba con profesionalidad.

Se puso de pie y se quitó las bragas. Acercó a los labios del hombre su pubis dorado. Antes de que pudiera besarlo, le apoyó la mano en la frente y lo empujó sobre la alfombra.

—¡Vamos, nene! —canturreó mientras le ponía las bragas— ¡Es hora de ser una nena mala!

Era el momento en que debía tocarlo. Eso no le disgustaba, aunque prefería, siempre que fuera posible, evitar un contacto que pudiera estropear su ropa o causarle un malestar físico. Se consideraba una experta en lograr que los hombres tuvieran un orgasmo usando cualquier parte de su cuerpo. Pero ahora podía elegir a sus clientes y escogía a los que no tenían deseos de tocarla, que eran, sorprendentemente, muchos. Las palabras y las imágenes eran suficientes para que encontraran el placer.

Las bragas apretaban las caderas del hombre. La joven deslizó las manos hasta tocar sus genitales. Comenzó a masturbarlo.

—¿Qué pasa? —preguntó al notar que temblaba—. ¿No puedes pararte? ¿Es esto demasiado fantástico?

Sabía por cada gemido y cada suspiro cuánto le faltaba para llegar al orgasmo, y calculaba el tiempo con pericia y exactitud.

—¿Sólo un poco demasiado bueno? —repitió ella—. ¿Un poco demasiado *sexy*? Va, cuéntaselo a mamá.

Él se estremeció. Sus caderas empezaron a contonearse. Ella se percató que faltaban sólo dos segundos.

—Enséñaselo a mamá —susurró—, enséñale cómo te corres.

Gimió y el pene quedó laxo en la mano de la joven.

—Oh, oh —ella lo acariciaba con su voz—, oh, oh.

Hubo un instante de inesperada demora, transcurrido el cual el esperma roció los suaves dedos de la muchacha y empapó las medias hasta quedar pegado a sus cuerpos como una fina capa de seda.

—Muy bien —le arrullaba la joven—, buen chico.

Ella dirigió una mirada a las paredes y espejos del apartamento.

Había esperado hasta la culminación del ritual, y había captado visualmente toda la actuación de él para deleitarse con ello, antes de seducirlo allí.

Sabía que, detrás de esas paredes, un aparato muy sensible estaba grabándolo todo.

Todo el proceso con aquel hombre le había ocupado ocho semanas. Como no iba a la ciudad muy a menudo, había tenido que crearle la necesidad de poseerla.

Pagaba sus honorarios con tal presteza que eso la indujo a averiguar sus antecedentes y de qué familia procedía. Una breve investigación había hecho el resto

Era demasiado joven para disponer de tanto dinero. Todavía le faltaban años para alcanzar los treinta. Por otro lado, la juventud le hacía ser temeroso. Estaba casado, tenía un hijo y un padre poderoso.

En conjunto, se trataba de un cliente aceptable.

Le dio suaves palmaditas mientras recuperaba el aliento. Parecía un muñeco grotesco tirado en la alfombra, que respondía a las órdenes de la joven. Podía sacarle enormes cantidades de dinero y, tal vez, hasta programar su autodestrucción.

Sin embargo, no sentía alegría por ese poder. Era mera curiosidad.

Debes viajar fuera de ti mismo para poder encontrarte.

8

Nueva York. 10 de abril de 1968

Tony Pietranera, con su inseparable maletín de cocodrilo, entró en el hall del pequeño hotel del centro de la ciudad donde Christine lo esperaba.

El maletín era un regalo que le había hecho, cuatro años atrás, el jefe de la familia Corona de Miami, en reconocimiento a muchos favores. Tony lo usaba desde entonces como una especie de insignia personal y amuleto de la suerte. El toque de distinción que le daba hacía juego con los trajes oscuros a rayas finas que le gustaba vestir.

En realidad, hasta que se le oía hablar con su tosco acento de Brooklyn, se podía pensar que Tony era un triunfador, un joven abogado o banquero. Esa impresión a menudo no era tenida en cuenta por sus compinches; ni por las víctimas de sus diversos delitos, que iban desde la usura y el tráfico de drogas al chantaje, negocio que le traía allí esa noche. Pero le confería una dignidad que consideraba parte de su personalidad.

Y necesitaba eso más de lo que nadie pudiera imaginar.

Esa noche, el maletín contenía los frutos de ocho semanas de trabajo de Christine con su joven y apuesto cliente del oeste de Nueva York. Había negativos, cassettes y cintas de vídeo que documentaban un elaborado ritual de travestismo, con lo que Tony se aseguraría un pago de diez u once mil dólares una vez que el sujeto se enterara de su existencia.

El apartamento de Park Avenue estaba ahora vacío y el nombre de Christine ya no figuraba en el casillero del buzón, donde había sido colocado tres días atrás. El equipo de filmación permanecería en los huecos de las paredes hasta que Tony o algún otro necesitara el lugar para sus negocios.

Tony pagó al personal de vigilancia agradeciéndoles sus servicios, y añadiendo a sus agradecimientos varias botellas de exquisito Barolo, otro de sus rasgos distintivos, y se dispuso a celebrarlo con Christine.

Saludó con un gesto al empleado que dormitaba detrás del mostrador y se encaminó hacia el ascensor. El viejo ascensorista no le dirigió la palabra mientras subían.

—Aquí tiene algo para arreglar sus problemas, Pop —sonrió Tony poniéndole un billete de cinco dólares en la mano.

El hombre levantó la vista sorprendido y le devolvió la sonrisa.

—Siempre es un placer verlo, señor.

Tony le palmeó la espalda riendo, con una ruda indiferencia en apariencia natural, forzada en realidad.

El efecto combinado de las diversas actitudes de Tony no podía ocultar la verdad que sólo él conocía. Mientras se aproximaba a la habitación donde Christine lo esperaba, no parecía otra cosa que el despreocupado macho que vivía de las mujeres, que era lo que quería y necesitaba ser.

En ese oficio debían tenerse derechos sobre la mujer y la posibilidad de tomar su cuerpo cuando se lo deseara. Ella debía ser su objeto, y él su dueño.

Pero en ese instante sus emociones se balanceaban entre las de un colegial en su primera cita y las de un jugador preparándose para apostar sus últimos dólares en una partida.

Estaba excitado, nervioso y bastante asustado. En aquellos tres años de trato no había podido dominar esas emociones. En realidad, empeoraban cada semana.

No podía negarlo, Christine le producía ese efecto.
Y eso le molestaba.

Cuando le abrió la puerta la vió sentada junto a la ventana.

El aparato de televisión estaba colocado ante ella, pero sin sonido. Christine nunca escuchaba la televisión, a menos que se tratara de los informativos. Prefería ver las silenciosas imágenes, porque decía que la ayudaban a aclarar su mente. A Tony con frecuencia le parecía que ella entraba en una especie de trance, mientras las luces brillaban sobre su cara.

Vestía una falda fruncida y una camiseta de punto; unos pequeños aros hacían juego con el colgante que llevaba en el cuello. Su piel, bronceada tras una reciente estancia de una semana en Miami, era tersa y llena de vida. Las sandalias acentuaban el aspecto juvenil de sus piernas esbeltas.

Tony nunca había visto a una puta con menos aspecto de serlo. Y no era que las putas no pudieran parecer respetables cuando se lo proponían. Sin embargo, Christine tenía una forma de ser muy personal, orgullosamente rígida y controlada, que lo sorprendía. Parecía una joven mujer de negocios, una bailarina, una recién casada, cualquier cosa menos una prostituta.

Y eso también le molestaba.

Se volvió para mirarlo con sus claros ojos azules.

–¿Ha salido todo bien? –preguntó.

–Fantástico –respondió, golpeando el maletín–. El miércoles iré en coche hasta su casa y se lo enseñaré todo. Te veré en Boston. Funcionará.

El cliente provenía de una pequeña comunidad. Se aterraría al ver que sus aventuras en Manhattan con Christine lo atrapaban a través de un italiano bien vestido que le chantajeaba justo ante las narices de su familia y sus amigos. Si las cosas salían como las habían planeado, pagaría cualquier cosa con tal de que Tony abandonara el pueblo.

Tony evitó felicitar a Christine por su parte en el trabajo. Tenía los ojos clavados en la pantalla de la televisión, con sus bellas facciones en reposo.

—¿Quieres un trago? —le preguntó en cambio, sacando del maletín una botella de whisky de doce años. Lo había comprado para celebrarlo.

—No, gracias —respondió sin mirarlo.

Se sirvió en un vaso de plástico del hotel y se aflojó la corbata.

Christine se puso de pie, todavía con la vista fija en el televisor.

Se movía con la elegancia de un gato. Él lanzó una mirada a sus piernas tostadas y recorrió el cuerpo esbelto hasta llegar a los pechos firmes bajo la camiseta.

Apoyando el peso de su cuerpo en una pierna, se tocó la falda. Se la desabrochó y la dejó caer al piso, mientras apagaba el televisor. Seguía sin mirarlo, mientras se quitaba la camiseta con un movimiento elegante y la dejaba sobre la silla junto a la falda.

Tony tuvo que hacer un esfuerzo para no mirar sus largos muslos. Eran los más hermosos del mundo, y terminaban en una pequeña curva, resaltando el pubis.

El cabello caía sobre sus hombros cuando movía la cabeza. ¿Se daría cuenta de que la simple visión de su cuerpo le provocaba una erección? Esperaba que no fuera así.

«Pero las putas se dan cuenta de todo lo que les sucede a los hombres», pensó Tony mientras bebía.

Y eso también le molestaba.

Con los delgados brazos doblados hacia atrás, Christine se ajustaba el corpiño. Inmóvil, parecía la quintaesencia de la flexible hembra, sus miembros tan perfectamente formados como los de las modelos más cotizadas.

Hundió sus finos dedos en su pelo y se lo echó atrás, al tiempo que emitía un suave suspiro.

Era un suspiro de fatiga. El día había llegado a su fin. Pero también parecía una señal dirigida a Tony, que siempre se excitaba al oírla.

Incómodo, tomó otro trago mientras la muchacha se paseaba en ropa interior. Necesitó hacer un esfuerzo para mantener la calma.

Respiró su fragancia cuando se aproximó. Por un instante

visualizó la imagen de la película que guardaba en el maletín, con su cuerpo tan adorable como en ese momento, pero ofreciéndose a la ansiosa y patética faz del joven cliente.

La frustración y el deseo se enfrentaban en el corazón de Tony. Su respiración se volvió entrecortada.

Sin una palabra, Christine pasó ante él, entró en el cuarto de baño y cerró la puerta.

Tony se quedó solo, con una erección que lo humillaba, sosteniendo en la mano el vaso de plástico vacío.

Al quedarse solo, Tony se dio cuenta del poder que la joven ejercía sobre él y de lo mucho que la echaba de menos cuando el trabajo los separaba durante una semana. Era un secreto que le hacía sentirse culpable, y lo ocultaba aunque le atormentaba.

Tony no había sentido otra cosa que deseos y lujuria animal durante los primeros treinta y cuatro años de su vida. Pero tres años atrás, cuando Christine se le acercó como una profesional consumada con aspecto de colegiala, aunque realizaba los trabajos más sucios con la dedicación de un cirujano, las cosas cambiaron.

Había pagado una pequeña fortuna para comprarla y pagarle su carrera, negociando con otro vividor que afirmaba que no la quería debido a su conducta demasiado independiente.

Aquella advertencia la comprendió demasiado tarde. Cuando se dio cuenta de que Christine poseía una fuerza de voluntad superior a la suya, el daño ya estaba hecho y la joven lo dominaba con ideas ininteligibles para él.

Todo comenzó lentamente. Un día no acudió al lugar donde él le había indicado que debía estar. Luego rechazó una cita que Tony aceptó para ella, y luego otra vez, y otra más. Le explicaba que se debía a su criterio profesional y aceptaba su castigo con una indiferencia y desprecio que lo aterraban.

A Tony no le preocupaban las decisiones que ella pudiera tomar. Lo único que sabía era que tenía que controlarla y dominarla, y que ella le demostraba de mil maneras distintas que no iba a permitírselo. Christine seguía siendo la dueña de sus actos y pensamientos, y en ese sentido no era una prostituta.

Al cabo de poco tiempo habían dejado de tener problemas y trabajaban como un equipo. Pero algo le decía que la victoria era de la muchacha. Podía sentir la rebelión a través de su suave voz. La tranquila disciplina con la que ella se desenvolvía le hablaba de una autoestima que superaba a la propia. Y contra eso no tenía armas.

Y todo eso le confundía.

Por supuesto que ella sabía que él quería poseerla, y se lo permitía. Aceptaba incluso las caricias más desagradables, dejando que la penetrara por donde ninguna mujer italiana le hubiera permitido hacerlo. Pero lo trataba de una forma que parecía una burla a su autoridad.

Sí, ella se mantenía severamente distante cuando él intentaba abrazarla y la frialdad con que aquellos ojos azules le miraban indicaba que el contacto físico con él no era sino una mera cortesía profesional que no la obligaba, en absoluto, a sentir o mostrar emoción alguna hacia él.

Sin poder evitarlo, su cólera y sus recelos dieron paso a sentimientos más siniestros. Cuando contemplaba la excitante belleza de Christine y la serena arrogancia de su cuerpo y de sus artes, tenía la sensación de que su corazón iba a estallar. Le encantaba su sedoso pelo rubio, al igual que sus labios y sus ojos inteligentes, y el dulce candor de su piel y sus miembros.

Le volvía loco, y ella lo sabía. Ardía en deseos de abrazar aquel delicado y orgulloso cuerpo como un amante, estrecharla entre sus brazos como a una amante.

La insensatez de tal deseo le hacía reír. No obstante, no podía librarse de él y sabía que era ésa, precisamente, la relación que jamás lograría mantener con ella. Era una obsesión que crecía en su mente hasta el punto de confundirlo e irritarlo.

Christine vivía en la inmundicia. Pero su juventud y su orgullo hacían que apareciera limpia, fresca y hermosa. Tony contemplaba con admiración cómo se cepillaba el pelo, cómo se maquillaba, cómo atravesaba la habitación con paso airoso. Era un ángel.

A medida que transcurría el tiempo, aumentaban sus deseos sexuales hacia ella, pero le dominaban la timidez y la cautela en cuanto pensaba en la posibilidad de forzarla en la cama. Incluso si intentaba hacer gala de su fuerza viril cuando se la tiraba, sabía que ella percibía la necesidad y la súplica detrás de su contacto. No podía imponerse cuando debía darle órdenes. De ese modo, empezó a consumirse pensando en ella. Y cuanto más maldecía su propio sufrimiento, más ansiaba pertenecerle.

Parecía que Christine no fuera consciente de todo lo que ella, en sí misma, provocaba en él. Prescindía por completo de Tony y no percibía el mar de confusiones en que éste se hallaba.

Y eso era lo que molestaba a Tony por encima de todo.

Se sirvió otra copa y, recostado en la cama, esperó a que el licor calmara su excitación mientras oía el ruido de la ducha.

Volvió a llenar la copa y se tendió sobre la cama para escuchar el rumor del agua procedente del cuarto de baño.

Al cabo de un rato, Christine saldría con un pijama corto y se dormiría tranquilamente, mientras él se consumía sufriendo a causa de su proximidad.

Sospechaba que todo estaba calculado intencionadamente por ella, pero no podía hacer nada, ya que había perdido el valor para acercársele.

Los suaves sonidos procedentes del baño, familiares y reconfortantes, resonaban en la estancia con una ironía que la mente obtusa de Tony no podía captar.

Tony tan sólo percibía el chasquido del tornillo que giraba dentro de su cabeza, cada vez más hundido en frágiles paredes ya agrietadas a causa de su penetración.

Oyó que la puerta del baño se abría y que comenzaba a girar el ventilador de techo. Trató de permanecer con los ojos cerrados porque no quería que Christine advirtiera su excitación.

Además, no soportaba verla.

Pero no pudo reprimir el impulso.

Se volvió para mirarla. Ella se le acercaba envuelta en una toalla. Sus pies descalzos andaban por el suelo enmoquetado a pasos silenciosos

Christine se sentó al borde de la cama, le quitó el vaso que sujetaba con una mano y lo dejó sobre la mesita de noche.

Olía a jabón y a crema. La toalla que cubría sus pechos se aflojó, sus delgadas caderas y su pecho avanzaron desnudos hacia él, que entonces pudo distinguir la suave mata de pelo rubio entre aquellas estilizadas piernas.

Sus labios sensuales se combaron y dibujaron una sonrisa para besarle. La melena cubría sus ojos y sus mejillas. Él notó que el cuerpo de la joven se agitaba, y en ese instante se colocó a horcajadas sobre él.

Christine se inclinó hacia atrás, erguida como un animal joven y potente, balanceando el pubis por encima del sexo de él. Sus manos descubrieron su cinturón y lo desabrocharon con un rápido movimiento.

Él clavó su mirada en ella. La luz de la lámpara que se hallaba sobre la mesita de noche hizo brillar su exuberante melena. La curva de sus labios quedó medio oculta en la sombra. Su silueta misteriosa se erigió ante él.

Un inmenso alivio inundó sus sentidos con la llama de su propia debilidad, por lo que supo que tan sólo le faltaba unos segundos para estar dentro de ella, para que su sexo se sintiera arropado en el cálido interior de Christine, a pesar de que el misterio que la envolvía le produjera espasmos cada vez más fuertes y le consumiera hasta agotarlo.

Y cuando ello ocurriera, sabía que no sería él quien dominaría la situación.

Parecía que Christine fuera al mismo tiempo su bendición y su condena, como la Virgen a la que de niño rezaba antes de confesarse con tal obsesiva devoción que le llenaba de vergüenza y le hacía pronunciar promesas de redención por ese amor imperturbable y distante.

Sintió que Christine le cercaba hasta el extremo de sofocarlo, como si de un halo de vida se tratara. Horrorizado por su propia redención, Tony se entregó a ella.

9

Nueva York. 11 de abril de 1968

A la mañana siguiente, Christine había regresado a su pequeño apartamento cercano al lado oeste de Central Park, y ya había dejado atrás a Tony y al tiempo obligadamente pasado con él.

Se levantó temprano y comenzó la rutina que caracterizaba todos sus días, una rutina que nada ni nadie podía alterar.

Hizo ejercicios aeróbicos durante quince minutos. Aunque su apariencia era delicada, Christine era extremadamente fuerte y quería conservarse en forma.

Cuando terminó sus ejercicios, se sentó en la alfombra con las piernas cruzadas y meditó durante veinte minutos, controlando la respiración. Este proceso aclaraba su mente. No usaba *mantras* y despreciaba la moda del misticismo, pero consideraba que la disciplina de dirigir sus pensamientos a voluntad era relajante y vigorizante a la vez.

Cuando abrió los ojos, su respiración era profunda y su piel estaba fría. Sin cambiar de posición contempló el nuevo día. Tenía citas para almorzar y cenar con clientes ricos, y un encuentro con el presidente de un banco que la consideraba su amante. Aquella noche no tendría tiempo para el joven ejecutivo que estaba frecuentando.

No vería a Tony durante varios días. Pero no necesitaba de su presencia ni de su protección. Su larga experiencia le había enseñado a dar los pasos para solventar los problemas que pudieran surgir con sus clientes.

Durante todo el complicado ritual para atrapar a un cliente, hacer que la necesitara y quizá se enamorara de ella y conseguir sacarle todo el dinero posible, Christine conservaba su sangre fría y su natural agudeza psicológica. Era una maestra en su profesión y se sentía orgullosa de su sentido de la responsabilidad.

Tenía clientes regulares en varias ciudades y recorría los circuitos según la temporada. Todos dependían por completo de ella y la dependencia aumentaba al alejarse e incrementar el precio.

Su llegada a la ciudad de Nueva York para pasar unas cuantas semanas era como un cargamento de heroína para los ansiosos adictos. Dos docenas de acaudalados hombres de la zona esperaban con avidez su piel sedosa y su armoniosa voz.

Lo mismo sucedía en Boston, Chicago, Atlanta, Filadelfia, Baltimore y, por supuesto, Washington. Cada una de las noches de Christine valía miles de dólares. Como una máquina de hacer dinero, ganaba más de un millón de dólares al año, y lo sabía.

Y Tony era consciente de que lo sabía.

Mientras desayunaba zumo de fruta con un plato de cereales con leche, Christine leía con suma atención las páginas del *New York Times* y del *Wall Street Journal*. Estaba atenta a los acontecimientos económicos y políticos que podían afectar a sus clientes y, por consiguiente, a ella. Más de una vez en los años pasados, malas rachas en la bolsa o una investigación en el Congreso la habían obligado a cambiar sus planes ante un ricachuelo que olvidaba sus encantos a causa del peligro de la bancarrota o la prisión.

Ese día leyó noticias sobre los disturbios en Baltimore, Chicago y otras ciudades, como consecuencia del asesinato de Martin Luther King. Eugene McCarthy había derrotado al presidente Johnson en las primarias de Wisconsin, aunque esa noticia no tenía valor, puesto que Johnson ya había anunciado que no aceptaría una nominación para un segundo mandato.

Por su parte, Richard Nixon había ganado claramente las primarias.

Había finalizado el sitio de Khe Sanh después de que Washington interrumpiera todos los bombardeos por encima del paralelo 20. Ambas partes estaban armando mucho alboroto en torno a las negociaciones oficiales, que quizá tuvieran lugar en París. Eso sólo podía significar que el increíble éxito de la ofensiva Tet llevada a cabo en enero y en febrero –considerada un fracaso por Johnson y por Westmoreland– había obligado a los norteamericanos a negociar.

De todas aquellas noticias, Christine tomó en consideración dos. En primer lugar, Nixon ganaría las elecciones. Con Johnson fuera de juego y Rockefeller reacio a comprometerse él mismo, nadie podría detenerlo.

Nixon en la presidencia resultaría beneficioso para ella. Nixon favorecería el que los ricos ganaran más, y ése era el dinero que Christine buscaba.

Por otra parte, no había dudas sobre Vietnam. El Norte ganaría. El Sur sería derrotado.

No le preocupaba cómo se las arreglaría Nixon con aquella guerra. Pero sí el colapso financiero que afectaría hasta a la clase más pudiente tras la pérdida de Vietnam.

Así que, mientras doblaba los periódicos, su mente trataba de encontrar la mejor forma de proteger su dinero en un momento de inestabilidad económica.

Ella poseía bienes y capital que precisaban protección.

Tanto para su chulo como para sus clientes, ella era la puta más cara. Contaba con su propio presupuesto, no sólo para ropa, viajes y gastos personales, sino también para sus ahorros. Ella pedía el dinero partiendo de un estricto porcentaje, y no admitía el más mínimo retraso cuando tenía que cobrar.

Invertía todo lo que podía en bonos, acciones y propiedades. Sabía que podría seguir con su trabajo durante diez años más, y quería asegurar su futuro.

A diferencia de casi todas las mujeres de su profesión, no permitía que la explotaran. Iba a disfrutar de lo que consideraba que le correspondía.

Ésa era una actitud que ningún chulo toleraría. Pero Tony se había visto forzado a aceptarla, porque cuando se dio cuenta estaba medio enamorado de ella, y también bastante atemorizado.

Y, por supuesto, todo lo había planeado Christine.

Faltaba un cuarto de hora para las once de la mañana.

Tenía una hora hasta la cita para el almuerzo.

Miró su biblioteca. Contenía una pequeña colección de libros de bolsillo, todos muy usados y llenos de marcas. También había un cuaderno.

Tenía sólo los libros que más le interesaban, aunque había leído e incluso estudiado muchísimos más.

Años atrás había decidido ser autodidacta. Sabía que su futuro dependía de su habilidad en tener la misma cultura que los miembros de la clase alta.

Lectora voraz por naturaleza, consultaba las listas de libros en las bibliotecas de las universidades de las ciudades que visitaba. Aunque sus conocimientos de matemáticas seguían siendo rudimentarios, su mente lógica le permitió familiarizarse lo suficiente con el vocabulario de las ciencias exactas como para parecer universitaria.

Durante un tiempo, la novedad de aprenderlo todo fue motivo de orgullo para Christine. Pero luego, leer se convirtió en una pasión y su ambición de parecer culta se transformó en el deseo de llegar a serlo de verdad.

Esto sucedió en gran parte porque le parecía que los libros y los autores que el mundo respetaba estaban lleno de evidentes mentiras.

Había leído varias autobiografías y biografías de hombres con los que había tenido relaciones. Sonreía al ver cómo se daba importancia a sus carreras y pensamientos, cuando ella sabía que sus fantasías les hacían actuar como niños con ella. Y cuando leía las ideas de los grandes hombres cuyas acciones han cambiado el curso de la historia del mundo, no pudo dejar de preguntarse cuál habría sido su talón de Aquiles. Como sabía que los actos públicos de los hombres ocultaban obsesiones profundas, llegó a la conclusión de que la verdad sobre el pasado no se encontraba en los hechos externos.

Bajo la severa luz de su inteligencia práctica y en absoluto sentimental, leyó a las grandes figuras de la literatura. Había leído a Tólstoi, Joyce, Flaubert y Faulkner, y había comprobado con amargura la arrogancia con que esos autores se introducían en las almas femeninas, la condescendencia con que trataban a la mujer y la enorme ignorancia que de la misma tenían.

Por último, Christine dejó a un lado el mundo que los hombres consideraban verdadero, porque era un punto de vista en el que, evidentemente, resaltaban su poder e importancia y se cegaban convenientemente ante lo que pudiera mostrar debilidad.

Las ilusiones no tenían sentido para ella. Mientras que la mayoría de las prostitutas combinaban el cinismo sobre la sociedad con una piadosa credulidad en los hombres que vivían de ellas, Christine no dependía de nada ni nadie que no fuera ella misma. Por eso podía evaluar cosas y personas con una desapasionada falta de misericordia.

Pero su curiosidad intelectual permanecía tan activa como siempre, pese a sus desilusiones.

Y por eso el pequeño grupo de libros de bolsillo conservaba un lugar de honor en sus estanterías.

Extrajo un libro de un estante y lo colocó sobre la mesa de café, junto a su cuaderno.

Sentada en el suelo, con las piernas cruzadas, abrió el libro y lentamente copió una línea:

Debes viajar fuera de ti mismo para conocerte.

Durante largo rato estudió la frase. Luego miró el libro y copió otra frase:

Estás viniendo desde el punto hacia el que te diriges.

La segunda paradoja era aún más discordante y poética que la anterior. Christine se imaginó llegando ciega a una oscuridad frente a ella. Luego encontraba un toque extraño, cálido, en el que no había nada más que la aproximación de sus propios dedos viniendo de ninguna parte para apretarla y traerla a la vida como una nueva persona, de alguna forma irreconocible pero, de todos modos, ella misma.

Christine dejó el lápiz y se quedó pensativa.

Las paradojas habían importunado su mente fértil durante mucho tiempo. Una parte de ella se resistía a aquéllas: la parte que deseaba creer sólo en sí misma, en su iniciativa, su fuerza de voluntad y su poder para controlar los acontecimientos. Esa parte tenía muy poca paciencia para aceptar la idea de que el destino individual pudiera conducirse desde fuera de uno mismo.

Sin embargo, su innata testarudez no le permitía dejar de lado esos pensamientos como simplemente incomprensibles. No soportaba abandonar hechos o ideas potencialmente útiles. Por eso casi nunca perdía objetos, olvidaba citas o tenía desordenado su apartamento. Encontraba el secreto mecánico de casi todos los objetos, y podía inventar ingeniosos repuestos cuando no podía comprarlos. Dominar el mundo en que habitaba era inevitablemente una verdadera obsesión para ella.

Pero encima de todo eso, una parte de ella podía advertir lo aventurado y frágil de sus propósitos de ser lógica.

Después de todo, ¿no consistía acaso su propia vida en una total metamorfosis que había convertido a una chica indenfensa en una mujer fuerte, capacitada para recorrer el mundo con profunda sabiduría? ¿Y no había sido totalmente olvidada y reemplazada la ingenuidad de su mente infantil por el intelecto de la orgullosa cazadora en la que se había transformado?

¿Y quién le había ofrecido una mano para ayudarla en el comienzo del camino para llegar a ser lo que era? Nadie. Lo había hecho sola, como un rizoma que pujara en tierra extraña, tomando su aliento de lo desconocido para crecer cada vez más fuerte y resistente.

Sí, había llegado a ser ella misma, dejándose atrás a sí misma. Había permitido que lo nuevo devorara lo antiguo en ella, y por eso había crecido.

Y eso la situaba en diferente posición que los demás.

La gente corriente vivía su vida con calma, como si no hubiera nada nuevo bajo el sol para ella, nada que la forzara a cambiar y crecer.

Esas personas eran los incautos del mundo. Víctimas fáciles para cualquiera que quisiera atraparlos, constituían el medio de vida de Christine.

¿No era acaso su tarea hacer que sus clientes aprendieran cosas nuevas y sorprendentes sobre ellos mismos? ¿Hacer que reconocieran sus necesidades, los deseos desesperados que nunca soñaron que fuera posible hacer realidad a la cruda luz del día?

Sí, Christine estaba por encima de las sombras y la inercia natural de sus clientes. Y podía hacerlo porque vivía en un mundo aparte del de ellos.

Eso era indudable. La soledad constituía su fuerza.

Pero no sólo desde el pasado las paradojas le proporcionaban poder. Estaba también el futuro que titilaba frente a ella, un futuro tan inescrutable como magnético.

Christine creía firmemente que su destino, el verdadero propósito de su vida, todavía estaba por llegar. Era lo más cercano a una convicción religiosa en ella.

Estás viniendo desde el punto hacia el que te diriges.

No había escapado de una infancia desamparada y pasado a una profesión que era un desafío; en absoluto. Consideraba que su juventud era una preparación para algo más.

«¿Pero qué?», se preguntaba.

No lo sabía. El futuro era un cristal oscuro. Pero no temía encaminarse en esa dirección.

Sabía que era capaz de creer en algo más que el dinero y las técnicas relativamente simples requeridas para el despojo de los hombres.

En alguna parte, de alguna manera, una identidad distinta a todo eso estaba esperándola. Una identidad más hermosa y más ineludible que ninguna que conociera y, por lo tanto, necesariamente, un misterio.

De ahí que las ya familiares paradojas, tan oscuras, tan tensas, se le antojaran a Christine verdaderamente reales, mientras que el inmutable mundo exterior se volvía pálido e ingrávido.

Con esos pensamientos examinó las dos frases que había copiado en el cuaderno, y escribió luego sus propios pensamientos. Consultó otros pasajes marcados en el libro. Al hacerlo, el libro se rompió por el lomo y las páginas comenzaron a caer.

Pronto tendría que comprarlo otra vez. Ya lo había hecho en dos ocasiones.

Volvió a colocarlo en el estante, junto con otros libros tan gastados como aquél.

Aunque se trataba de la única posesión que valoraba, nunca se detenía a pensar que podían robárselos o incluso perderse en un incendio.

Al fin y al cabo, se sabía de memoria el contenido de todos ellos.

Unas pocas semanas después de hacerse cargo de Christine, Tony descubrió su cuaderno.

Por las mañanas, ella se sentaba con las piernas cruzadas ante la mesa, como una hermosa colegiala, y escribía en el cuaderno con una dedicación que le sorprendía. La expresión de su rostro era serena, y sus ojos miraban sin reflejar ninguna emoción.

Tony le arrancó el cuaderno de las manos y lo examinó. Lo que leyó lo dejó mudo. Esperaba encontrar tonterías infantiles o notas sobre sus clientes, el dinero que poseían y datos sobre sus familias. Necesitaba saber si contenía información que lo comprometiera.

Pero lo que encontró fueron disquisiciones lógicas cuidadosamente organizadas y escritas en un lenguaje cuya densidad superaba su capacidad de comprensión.

—¿Qué es esta mierda? —preguntó despectivo—. ¿Qué diablos tiene que ver contigo, nena?

Lo miró sin decir nada y esperó que dejara el cuaderno sobre la mesa. La mano que sujetaba serenamente el bolígrafo no se movió.

La confrontación era definitiva y Tony lo sabía. Sus instintos de vividor le decían que debía romper el cuaderno, castigar a Christine y luego acostarse con ella para someterla. El cuaderno representaba una región separada y desconocida en la que la joven se movía libre e independiente de él, acentuando esa privacidad con el lenguaje incomprensible que usaba.

Tenía derecho a ser el dueño de su mente e imaginación. De otro modo sería infiel a su papel.

Pero no tenía miedo. La forma en que lo miraba sin verlo, su expresión paciente, toda su actitud demostraba que su voluntad era más fuerte que la de él.

Se lo habían dicho. No era como las demás putas.

Tony hizo su primera capitulación importante al devolverle el cuaderno y retirarse a la cocina para servirse un trago.

«Por lo menos, la putita no dice nada de mí», se dijo, con la estupidez de un hombre que, al haber evitado un peligro imagina que no hay otros en su camino.

Era hora de irse.

Christine dejó el cuaderno en un estante, se acercó al espejo y se contempló en él.

Tenía una cinta blanca en el pelo, que le caía brillante sobre los hombros.

El corpiño bajo el jersey blanco era del mismo color, al igual que sus bragas. Los pantalones eran de un blanco nieve.

Buscó en una bolsa de plástico. Contenía dos cajas de preservativos, otras bragas para ella, una pelota, tres barras de labios de diferentes colores, una cajita de hojas de afeitar y una ampliación brillante de una fotografía hecha de una de las copias que guardaba en su armario.

Era una foto tomada cuarenta años atrás, de una saludable familia de Long Island. El padre y el hijo estaban a ambos lados de la madre, una mujer de aspecto dulce. El padre parecía arrogante, respetable y frívolo. El niño, destinado para tantos éxitos públicos con el transcurso de los años, miraba a su madre con aire devoto, sin duda idealizándola.

Las hojas de afeitar eran para que Christine cortara la imagen de la madre, separándola de los otros, antes de usarlas en la carne del hijo. El alcohol y las vendas que necesitaría para curar las heridas esperaban para ser usadas.

Bastante exagerado para el vicepresidente de importantes empresas.

10

Nueva York. 13 de abril de 1968

El miércoles por la mañana Tony se dirigió por el puente George Washington hacia Fort Lee y siguió la carretera 80 a través de Nueva Jersey en dirección a Nueva York. En su viaje al pequeño pueblo situado al oeste de Nueva York pasó por Binghamtom y Elmira.

Era un trayecto agradable, que transcurría entre colinas

con pequeños bancos de nieve. Pero la mente calenturienta de Tony no percibía la belleza del paisaje.

Una y otra vez su mirada se dirigía al reloj. Sabía que Christine se encontraba en ese momento en una habitación de hotel procurando placer y tormento a un cliente rico. Su sonrisa burlona, sus caderas ondulantes y sus dedos tentadores valían más que los de cualquier otra mujer del país.

¡Su tiempo era tan valioso! Y hasta Tony, como un recadero, cruzaba el estado para terminar lo que ella había empezado con su joven y apuesto cliente. Tony debía hacer el trabajo sucio después de que la muchacha lo dispusiera todo como una delicada operación quirúrgica.

Por milésima vez, Tony sintió que la humillación se transformaba en una furia repentina. ¡Si pudiera herir a Christine por una vez, hacerle daño de verdad! Para poder mitigar la terrible dominación que ejercía sobre él, o al menos tan sólo para aliviar el dolor de ese lazo...

Pero ese impulso se volvía demasiado peligroso ante el pasado sombrío de Christine.

Aunque nunca se dignó a hablarle de los años en que no se conocían, había oído los rumores sobre sus anteriores protectores y la venganza que se había cobrado por recibir malos tratos.

A los dieciséis años la protegía un hombre llamado Ray D'Angelo, quien se negaba a pagarle lo que le correspondía. Sin que él lo supiera, la joven sedujo a uno de los capos más poderosos de Detroit, donde Ray era una figura sin importancia, y lo convenció de que Ray había vendido secretos de la organización a una banda rival.

En una tarde calurosa del mes de julio, Ray D'Angelo desapareció. Su cuerpo nunca fue encontrado, y tampoco nadie lo echó de menos.

Un tiempo después, Christine trabajaba para Nunzio Lunetta, un gigante brutal perteneciente a un sindicato de Miami que manejaba a un grupo de chicas. Un piadoso hombre de familia, que trataba a Christine como a su hija favorita, y sólo se acostaba con ella en ocasiones especiales.

Pero Nunzio creía que la disciplina requería que las golpeara una vez al mes hasta dejarlas moradas. Christine no soportaba aquellos castigos porque limitaban su actividad profesional.

Un lunes de diciembre, Nunzio le fracturó una costilla, le torció el cuello y la dejó atada toda la noche.

Lunetta fue asesinado dos semanas más tarde con una ejecución al estilo del hampa. El submundo quedó sorprendido porque no tenía enemigos ni problemas con la comunidad. Los rumores afirmaban que Christine lo había asesinado, y que había colocado su cadáver en el maletero de un coche para que la policía lo encontrara. Muy pocos lo creyeron porque era muy joven y de aspecto frágil, y Nunzio había sido estrangulado antes de que le dispararan.

Tony compartía esas dudas. Pero de todos modos, dos historias de esa clase eran demasiado significativas para tratarse de una prostituta, y le indicaban que no debía correr riesgos con ella.

Y la dureza de su mirada en la época en que tuvieron conflictos concluyeron lo que los rumores habían iniciado. Tony aceptó que la violencia contra ella sería probablemente su ruina.

Tony sacudió la cabeza, consciente de que si permitía que continuara ese estado de cosas su destino sería todavía peor que la muerte.

Sospechaba que, como todos los predadores, Christine nunca dejaría de jugar de forma estudiada con su dependencia de ella hasta destruirlo tan completamente como lo hacía con los clientes a los que desangraba. Ésa sería su comunión con esa raza patética de hombres.

Sí, Christine era a la vez el veneno y el irónico antídoto que ofrecía alivio temporal a sus estragos. Una enfermedad incurable y el adorable y tranquilizador cuidado que lo acompañaría hasta la muerte.

A menos que en algún momento la detuviera.

¡Debía detenerla! Sin embargo, le faltaba fuerza de voluntad para intimidarla...

Mientras el coche corría velozmente entre los grandes valles salpicados de nieve, su conductor cerraba los dientes con silenciosa indecisión.

11

Nueva York. 2 de mayo de 1968

Annie sabía que no tendría la oportunidad de otro papel como el de Jill en *La dama blanca* durante bastante tiempo.

Peor todavía, desde el punto de vista profesional volvía a encontrarse en el miserable punto inicial del que había partido. No tenía antecedentes como actriz, ni agente que la representara.

Por supuesto, si necesitara desesperadamente dinero, la influencia de Roy Deran bastaría para conseguir alguna clase de trabajo. Pero no era el dinero lo que la angustiaba.

Estaba pendiente de cualquier rumor, no importaba lo improbable que fuera, sobre oportunidades en el mundo del espectáculo. Leía las noticias y pasaba su tiempo libre con los amigos de Nick en sus cafés favoritos, atenta ante cualquier conversación sobre el tema.

Escuchó docenas de historias sobre obras de teatro, comedias musicales, series de televisión, funciones benéficas y festivales; pero o los proyectos se evaporaban o los papeles no le convenían.

Hasta que apareció algo.

Se iba a filmar un ambicioso anuncio publicitario sobre una popular agua de colonia llamada Daisy, usada por todas las mujeres que no podían comprar algo más caro. Los fabricantes querían que el producto adquiriera una imagen más elegante.

La llave que la convertía en candidata para el papel era la sensualidad que requería el anuncio. Al principio del mismo, el personaje del ama de casa salía en bata y rulos y, gracias a la colonia Daisy, se transformaba en una sensual bailarina, vestida con un provocativo conjunto y acompañada de un grupo de admiradores.

El papel era para alguien que actuara, bailara y cantara bien, que fuera especialmente atractiva y fotogénica.

Annie estaba convencida de que podía hacerlo.

En cuanto oyó a sus amigas hablar animadamente del tema, Annie empezó a pensar en su incompleta formación de baile, en su fina pero eficaz voz y en los numerosos trucos que había aprendido de Roy Deran sobre cronometraje y proyección. Iba a necesitar todo el talento y pericia que poseía...

Pero todavía tenía que salvar otro obstáculo.

–Creo que es demasiado tarde –opinó su amiga Judy–. He oído decir que ayer encontraron a la chica. Han estado buscando durante una semana.

–¿Quién es el productor? ¿Cuál es la agencia? –preguntó Annie.

–La agencia es Birnbaum y Smith –respondió Judy–. Cogieron como director a un viejo de Hollywood llamado Hal Parry. Todo un tipo. Hacía musicales buenísimos. –Suspiró–. Qué lástima que ya hayan elegido a la chica. Oh, bueno, ya saldrá otra cosa.

–Seguro –sonrió Annie–. Siempre es así.

En su mente todo giraba a gran velocidad.

Hal Parry había sido poderoso en Hollywood en su época. Poseía una mansión en Coldwater Canyon Drive, una colección de coches, todas las mujeres que deseaba y una cantidad ilimitada del bourbón Jack Daniel's, que le encantaba.

Pero cuando empezó a beber durante el desayuno, el almuerzo y la cena, ya no pudo cumplir con sus obligaciones en el estudio, ni mucho menos mantener la sutil guerra de integridad y compromiso que implicaba el complicado mundo del cine.

A todo ello sumó el hecho de que la era de los grandes musicales, tras haber llegado a su máximo esplendor, había iniciado ya su declive.

Hal, un hombrecito regordete y con gafas, cuyo aspecto ocultaba su tremenda energía y humor, se encontró súbitamente en la ruina. Su esposa se divorció de él antes de que pudiera gastar el resto de su dinero en whisky y coristas. La pensión por manutención era superior a sus posibilidades.

Vendió la mansión de Coldwater Canyon en pública subasta, y la compró un joven guionista que por aquel entonces estaba alcanzando la fama. Hal sobrevivió durante unos años ejerciendo de guionista asesor, de coreógrafo ayudante o de simple correveidile de otros directores; su nuevo hogar era un pequeño *bungalow* situado en Hollywood Flats. Cuando esa fuente de subsistencia finalmente se agotó, Hal se encontró trabajando tras la barra de un pequeño café de San Bernardino.

Como era un hombre poco inclinado a la reflexión, no se molestó en lamentarse por su desgracia. Decidió que había conocido buenos y malos tiempos y que éstos eran de los malos.

De esa forma, transcurrieron veinticinco años de su vida. Entretenía a los clientes con sus cuentos sobre las grandes comedias musicales y las estrellas de los años treinta, y luego los aburría cuando repetía una y otra vez las mismas cosas.

Hal era un hombre olvidado.

Hasta que un día un desconocido con aire afeminado apareció en el bar y se presentó como un crítico de cine que estaba escribiendo un libro sobre los grandes musicales y quería dedicar un capítulo a los éxitos de Hal.

Hal le invitó a un café, le narró todas las historias sobre Hollywood y borró la suciedad de las estrellas que eran a todas luces las heroínas del crítico, de cuya homosexualidad no cabía duda.

El visitante no olvidó a Hal. Cuando regresó a Nueva York, mencionó su nombre en varias reuniones y eso hizo sonar más de una campana.

Después de que las comedias musicales entraran en decadencia, la técnica de la coreografía y puesta en escena no había avanzado demasiado, pero los espectáculos de televisión significaron una opción.

Sucedió que un anuncio al estilo de los años treinta, con una Mae Samson bien conservada y preparada para cantar y bailar pese a sus sesenta y cinco años, necesitaba un director. Un agente amigo de Hal convenció a los productores, quienes hicieron que éste se desplazara para ocuparse del proyecto.

Hal pasó su primera velada en Nueva York bebiendo con Mae Samson, riendo y llorando al evocar los viejos tiempos pasados juntos.

A la mañana siguiente apareció en el estudio, categórico y dictatorial, con su personalidad de profesional intacta pese a los treinta años transcurridos. Dio toda clase de indicaciones, fue contratado y realizó el rodaje en el tiempo convenido y con menos gasto.

El anuncio tuvo un éxito enorme. Las ganancias aumentaron, Mae Samson consiguió un papel principal en una obra en Broadway y Hal Parry inició una nueva carrera. Dirigió dos anuncios más y firmó un contrato para la coreografía de un nuevo musical.

En la actualidad, Hal manejaba su ola de inesperado éxito con epicúrea complacencia. Había alquilado un lujoso ático en Park Avenue y pagado una pequeña fortuna para tener una bodega de vinos importados.

Y, como era de esperar, comenzó a dar fiestas espléndidas para toda la gente del mundo del teatro y de la publicidad. Se consideraba una celebridad y otra vez bebía Jack Daniel's en exceso.

Y hacía todo cuanto se hallaba a su alcance para seducir al mayor número posible de modelos neoyorquinas, de coristas y de actrices.

Todos aquellos que se interesaban por los rumores referentes al mundo del espectáculo estaban al corriente de todos estos hechos.

De ahí que fuera del dominio público que el nuevo anuncio publicitario de Hal para Daisy, la popular colonia de mujer, estaba en esencia preparado y casi a punto de ser lanzado.

Annie sabía todo eso. Y también sabía que esa misma noche Hal Parry daría una de sus fabulosas fiestas para promover el nuevo anuncio.

Tenía la intención de asistir.

12

Nueva York. 2 de mayo de 1968

El teléfono sonó a las once.

El joven había pasado un día agotador tratando de conseguir pequeños préstamos de sus indiferentes socios. Ahora descansaba estirado sobre la cama del hotel, en calzoncillos.

Diez mil dólares era mucho dinero. No para su familia, tal vez; pero sí para él, porque su padre le pagaba intencionadamente un salario bajo para reducir impuestos.

Tras la horrible visita que aquel hombre, Tony, le hiciera al despacho, no le había quedado más remedio que pagarle. Eso le había salvado de la amenaza inmediata. Ahora el problema consistía en devolver el dinero de forma que nunca nadie averiguara que lo había gastado.

La familia esperaba que ese verano diera una paga y señal para una nueva casa. El cheque de papá de la última Navidad tenía la indicación de que debía gastarlo en una casa, pues, de este modo, Ginny y él comenzarían a aumentar la familia.

Pero ahora todo había cambiado.

Recordó la forma casual en que Tony había colocado las espantosas e increíbles fotos sobre la mesa de la sala de reuniones. Al cabo de unos días, después de su temerosa capitulación, las ampliaciones y los negativos habían llegado por correo.

Al quemarlas con frenética urgencia, no pensó en contarlas para saber si verdaderamente estaban todas.

No tuvo tiempo.

Con un suspiro levantó el auricular del teléfono.

—¿Sí?

—Hola —dijo una voz conocida—. Soy yo.

Por un momento apretó los dientes. Deseaba colgar, pero tenía curiosidad por saber qué le diría.

—Puedo imaginar cómo te sientes —continuó.

—¿Qué mierda quieres decir?

—Escúchame, por favor —instó ella—. Lo que sucedió me sorprendió tanto como a ti. Me lo dijo Tony. Es espantoso.

—Debes de estar bromeando —contestó—. No nací ayer, Christy.

—Por favor, créeme —insistió—. Una mujer como yo tiene que tener un Tony para protegerse. Es un mal necesario. Pero él sabía, y lo sabe, que no tenía derecho a chantajear a la gente por lo que hace conmigo. Yo hago mi trabajo con corrección y me pagan por ello. Y eso es el final de todo. Si hubiera sabido lo que planeaba, jamás habría ido a ese apartamento contigo. Habría insistido en ir, como siempre, a un hotel.

El joven suspiró.

—Dame un cheque por valor de diez mil dólares y entonces te creeré.

—Eso es exactamente lo que intento hacer. —replicó con total calma—. Tony se ha llevado el dinero y se ha ido de la ciudad unos días, pero cuando regrese se lo sacaré. Si se niega, simplemente me negaré a seguir trabajando con él.

Aunque era un novato en materia de chantaje, no le engañaba. Trataba de embaucarlo otra vez. Muy pronto afirmaría que no podía controlar a Tony y vendrían nuevas exigencias de dinero. Su objetivo era lograr que siguiera dependiendo de ella hasta sacarle todo el dinero que tenía, y también el de su padre. Ahora todo estaba muy claro para él.

—Te lo juro —prosiguió—. Déjame demostrártelo. Entonces las cosas volverán a ser entre nosotros como antes. Siempre me has pagado lo que te he pedido y nunca he reclamado más. Valoro tu amistad..., tu respeto.

Hizo una pausa.

—¿Y qué? —preguntó él en tono suspicaz.

—Entonces, ¿por qué no nos encontramos? —preguntó convoz relajada y cantarina—. Deja que te demuestre que soy sincera.

—Estás bromeando, Christine. ¿Por quién me has tomado?

—Si quieres esperar hasta que pueda devolverte el dinero, lo comprenderé. Sólo sugería que, sobre la base de mi promesa, podríamos estar juntos mientras tanto. Si fallo en cumplir lo que te he prometido no estarás peor por eso.

Midió sus posibilidades. Sabía que volver a verla era algo suicida. Pero algo en su voz le recordaba los momentos pasados. Sus pensamientos se volvieron desesperados.

—¿Y cuánto se supone que me va a costar eso? —preguntó.

—Si soy sincera contigo —respondió ella con calma—, tú lo serás conmigo. Será lo mismo de siempre.

—¿Más cuánto para Tony? —inquirió con sarcasmo, aunque estaba preso de ansiedad.

—No digas eso —replicó, con voz aún más suave—. Será como siempre. Ya sé que no soy barata. Pero estoy orgullosa de lo que hago.

El joven permaneció en silencio. Christine tenía que saber que lo estaba tentando, ya que no había cortado la comunicación.

—Por otra parte —continuó, con un nuevo tono melifluo—, si quieres ser un chico malo ya sabes que tienes que pagar por ello.

Sus palabras resonaban como caricias. Podía sentir que la voluntad de la muchacha lo paralizaba.

—¿No quieres volver a ser un chico malo para mí? —preguntó, suspirando con sensual inflexión.

No respondió nada. Sus ojos contemplaban la erección que tensaba sus calzoncillos.

—Me gustas cuando eres malo —insistió suavemente.

Su calzoncillo se humedeció. Su respiración se volvió agitada. Pensó en el placer, un placer que le hacía enloquecer.

—Puedo estar ahí dentro de veinte minutos —murmuró—. Ahora estoy desnuda, pero puedo ponerme las bragas, el corpiño y las medias... Tardaré un minuto. —Suspiró otra vez—. Y detesto tener que decirlo, pero un pajarito me está contando que estás pensando en cosas muy sucias sobre mí en este preciso instante.

El joven cerró los ojos con fuerza y apretó los dientes.

—¿Qué te sucede? —preguntó ella—. ¿No puedes contárselo a mamá?

Con una fatal sensación de alivio, el joven le dio el número de la habitación del hotel.

13

2 de mayo de 1968

Annie caminaba con paso apresurado hacia el desconocido edificio donde se encontraba el ático de Hal Parry.

Vestía un traje de noche de seda con delgadas tiras en la espalda, y zapatos a juego con tacones suficientemente altos como para destacar las curvas de sus piernas. Se había puesto el colgante de marfil, que era su amuleto de la suerte.

El perfume que usaba, mezclado con su aroma natural, sugería algo a mitad de camino entre un jardín inglés y la llamada de los animales en celo en la jungla.

Era tarde, las once y media de la noche. Conocía los hábitos de bebedor de Hal Parry, y no tenía intenciones de acercársele mientras estuviera sobrio.

Si bien la parte superior de la zona este de la ciudad parecía tranquila y silenciosa contra el oscuro cielo, Annie miraba a un lado y a otro antes de cruzar la calle y escudriñaba precavida al pasar por delante de los portales de las casas.

A pesar de todo, oyó algo parecido a un silbido procedente de unos paseantes nocturnos, ocultos cerca de ella. Y ya en el edificio que la separaba de su punto de destino, un coche apareció por una esquina y el conductor intentó llamar su atención. Sin dignarse contestar, Annie dio la vuelta sobre sus talones y reanudó su camino con paso enérgico.

Esa momentánea distracción hizo que chocara contra alguien.

—Perdón —se excusó.

Tenía frente a ella a una joven asombrosamente bella, tal vez algo más joven, que se inclinaba para recoger una bolsa de plástico que se le había caído al suelo.

La muchacha llevaba un impermeable, por el que asomaba suelto el pelo rubio. No le contestó. En un impulso, Annie se arrodilló para ayudarla.

Su mano se detuvo en el aire al ver un mango de cuero negro con un cordón de nailon. En el fondo del bolso se veía algo de seda, que parecía ropa interior de mujer.

La muchacha guardó las cosas en el bolso y se incorporó. Sonrió levemente a Annie, mirándola con unos ojos de color azul claro sin ninguna timidez.

—Lo siento —insistió Annie—. No miraba por dónde iba caminando.

La desconocida no respondió. Pero al lanzar una última mirada a Annie, algo extraño brilló en el fondo de sus ojos.

Con un encogimiento de hombros, Annie siguió su camino. Había visto cientos de miradas en Nueva York cuyos ojos hablaban de complicadas, fascinantes y posiblemente peligrosas historias. Tal vez lo mejor era no conocer los detalles.

Al cabo de un instante había olvidado a la joven, pues el desafío que la esperaba ocupó de nuevo su mente. No obstante, la furtiva imagen de aquella brillante cabellera rubia y de las esbeltas caderas hizo que se planteara que serían muchas las muchachas hermosas con las que tendría que competir esa noche para conseguir captar la atención de Hal Parry. Era un conocido mujeriego, y no pasaría su fiesta solo.

Tendría que ser la mejor.

Hal Parry había empezado a animarse sobre las ocho y media, y hacía todo lo posible por mantenerse sobrio al menos hasta medianoche. Después de eso, *noblesse oblige*, habiendo pagado el adecuado tributo, dejaría que el mayordomo y el camarero que había contratado se encargaran de la multitud de bailarines, directores, productores, publicistas y diversos parásitos que iban amontonándose en el ático y en la terraza.

Era una batalla desigual, debido a la frivolidad de la ocasión, combinada con el sentido de la fraternidad que Hal tenía para con los presentes; había decidido servirse un whisky tras otro, mientras el sentido común le inducía a beber ligeros sorbitos de champaña y a comer canapés con el fin de mantenerse sobrio.

No tenía idea de la hora que era cuando una criatura de una belleza casi extraterrena apareció ante él con un vestido de noche que dejaba al descubierto su sedosa espalda.

El cabello color arena caía sobre sus hombros, y la curva

perfecta de sus senos acariciaba su vista al mismo tiempo que un aroma inolvidable llegaba a su olfato.

En un segundo recobró la sangre fría para poder encontrarse con unos plateados ojos de gata. Entonces se sintió perdido. La mirada de la joven era clara y bondadosa, pero tenía ojos que sugerían un dormitorio, con una invitación y un encanto que seducían antes de que hubiera dicho nada.

—¡Me alegro de verte! —saludó Hal exuberante, mientras le estrechaba la mano—. ¿Conozco tu nombre, querida?

—¡Pero señor Parry, me sorprende! Nos conocimos en la fiesta de Julius Meara la semana pasada —alegó, mirándole provocativamente—. ¿Se ha olvidado de mí? ¿O se está burlando otra vez?

Hal no recordaba haberla conocido. De haberla conocido, con toda seguridad recordaría esa voz y la extraña mezcla de aspecto saludable, inteligencia y sensualidad que en general nunca se reúnen en una sola mujer.

Pero en la fiesta de Meara había bebido como un cosaco. Cualquier cosa era posible.

De repente, algo en ella le hizo recordar.

La miró con sus ojos de coreógrafo y le preguntó algo lógico.

—¿Eres bailarina, preciosa?

—Entre otras cosas —sonrió—. Me gusta cantar. ¿Pero no me recuerda, señor Parry? Estuvimos hablando todo el tiempo de mí, la semana pasada. ¿No podemos hablar de usted para variar?

Sus palabras le sacudieron, porque Hal sabía bien que siempre hablaba exclusivamente sobre sí mismo.

Por otra parte, ella era muy amable al decir aquello.

Dejó que la joven se cogiera de su brazo. Mientras iban de un lado a otro, trató de que ella le repitiera la información oída y olvidada la semana anterior. Sus palabras se entrelazaban caprichosamente en su cabeza llena de alcohol y la magia de su encanto lo distraía de todo, hasta que ella mencionó que había sido modelo. En ese momento su rostro se convirtió en el de esa anónima modelo que adornaba las revistas de moda.

Hal tenía buena memoria para las caras. Ésta era dinamita

en las fotos, fría en la superficie pero caliente como el infierno en el interior. Casi demasiado caliente para el trabajo de modelo.

Y ahora estaba allí, en carne y hueso, de su brazo, tratándolo como a un padre adorado.

Por un instante sus ojos deambularon contemplando a todas las féminas que había en el ático. Por fin parecía que había logrado controlar los efectos de la bebida, que ahora le proporcionaba una agradable y persistente sensación de bienestar. La confusión disminuía, y dejó que su acompañante le condujera entre la multitud.

La velada fue un éxito.

Hal no se acostó hasta pasadas las tres de la madrugada. Para su deleite, la muchacha no lo había abandonado en toda la noche. Pudo hablarle de su famoso pasado y su excitante porvenir. Ella estuvo pendiente todo el rato de sus palabras.

Habló sin cesar del anuncio de Daisy, de la producción preliminar y de los dolores de cabeza del lanzamiento. En realidad, ni siquiera recordaba su nombre, si bien estaba seguro de que se lo había dicho.

Siguiendo su vieja costumbre, se dirigía a ella llamándola querida, lo cual a Annie parecía encantarle.

Contuvo su creciente excitación cuando ella lo acompañó a despedir a los invitados y también a supervisar el trabajo del mayordomo y del camarero a quienes había contratado.

Hal se sentía en la gloria y aquella maravillosa joven era su ángel privado. Casi no se atrevía a imaginarse lo que sucedería si ella se quitaba la ropa y se le ofrecía esa noche. Podía morir de felicidad.

Sin embargo, no sintió desilusión sino un temor respetuoso y una sensación de paz interior cuando se acostó y ella lo besó maternalmente en la frente antes de dejarlo.

Recordaba vagamente haberle insistido para que asistiera a una prueba para su anuncio a la una. Había marcado la hora en su libro de citas mientras ella lo observaba.

Pero ella era como la Cenicienta. Seguramente de día se convertiría en un ser natural. Con seguridad olvidaría la cita. Era demasiado increíble para ser real.

Mientras comenzaba a dormirse, se sorprendió al sentir que su nombre acudía a sus labios. Revoloteó en el aire durante toda la noche.

Annie Havilland.

14

3 de mayo de 1968

El joven sentía que Christine se agitaba ante él en la oscuridad. Del otro lado de la ventana, la ciudad murmuraba, en tranquila complicidad.

Cálida y suave en su desnudez, se acurrucó cerca de él. Permanecería en sus brazos unos minutos más antes de escabullirse.

Había llegado media hora después de llamarlo, vestida con una blusa y una falda muy ceñida, debajo de las cuales, y él lo sabía, estaba la ropa interior que usaría para provocarlo y excitarlo hasta adueñarse una vez más de su semen.

Y lo había conseguido.

Pero la verdadera fatalidad de ese hecho convirtió la noche en algo especial. Tan especial que, cuando terminó, empujó su cuerpo desnudo sobre la cama y la abrazó sintiendo la realidad de su piel suave, besando sus senos, hombros y mejillas mientras ella lo miraba con sus ojos inescrutables.

Comprendió que lo que sentía era gratitud y alivio. Porque había creído que no la vería nunca más, hasta que ella telefoneó esa noche. Y sabía que algo moriría en su interior si no la volvía a ver. Su llamada fue la conmutación de la condena.

Pero ahora era quinientos dólares más pobre. Y había viajado a Nueva York específicamente para conseguir todo el dinero que pudiera y depositarlo en el banco.

Sabía que el asunto no terminaría ahí. Aquella adorable criatura rubia le chuparía hasta la última gota de sangre y después se desprendería de él. Su infinita maldad, su esencia criminal, todo contribuía a aumentar su insoportable atractivo.

Ya al hablar con ella por teléfono se había dado cuenta de que se encaminaba hacia una tortuosa ruta que lo llevaría a su propia destrucción.

Pero al mismo tiempo pudo ver dónde se encontraba su salvación.

La tersa piel que ahora tenía entre sus brazos le perseguiría hasta causarle la muerte si se dejaba dominar por su propio deseo.

Pero ahora era el deseo lo que le daba vida.

Su ordalía terminaría sólo con la muerte de Christine.

Y sin ella en el mundo no habría nada que le hiciera desear seguir viviendo.

Por eso ahora la abrazaba tiernamente, sorprendido de pensar que una máquina de fatalidad podía hacerse con un simple y cálido cuerpo humano. Lo colmaba el saber que sus días con ella estaban contados. No le importaba que el futuro planeado alguna vez se perdiera en la nada.

Unas pocas semanas más, unos pocos meses, mirarla mientras se quitaba la ropa, oír su voz... Y entonces todo terminaría para los dos.

Tenía tiempo para planearlo. Cuando llegara el momento, estaría sereno y resignado. Su mano sería firme y certera.

Morir con Christine haría al menos que la muerte fuera un placer.

15

3 de mayo de 1968

A la tarde siguiente, ante un Hal Parry agotado pero muy impresionado, Annie utilizó cada milésima de su talento y ambición en la prueba para el papel protagonista en el anuncio publicitario de Daisy.

Al haber soñado con ella toda la noche, Hal estaba en ascuas. Aunque asustado por su impulsiva decisión de hacerle una prueba, se moría por verla una vez más.

No se sintió desilusionado. Estaba tan hermosa bajo las

luces del escenario como en su ático. Y cuando se quedó en mallot para las pruebas de color, la visión de su piel cremosa lo dejó sin aliento.

Mientras le daba instrucciones y charlaba con ella entre distintas tomas, Annie seguía teniendo una mirada especial para él. Lo seducía profundamente, y lo dejaba confundido y feliz.

La conducta de la joven, tan llena de vida y natural dignidad, hacía que no se animara a pensar en que podía llegar a tocarla. Pero la luminosa invitación que había en sus ojos era demasiado palpable para olvidarla.

Su sonrisa parecía decir: «Sé lo que estás pensando. Piensas que soy una mujer y despierto tus instintos masculinos. Me gustas mucho, pero no me gustaría que me tocaras. Me molestaría y me dolería si lo hicieras. Pero estoy pensando en ello y... sé que tú también lo haces...».

Hal estuvo en trance durante todo el tiempo. Casi no podía quitarle los ojos de encima para examinar las pruebas. Pero cuando lo hizo, las cintas fueron una revelación.

Toda su provocativa ambigüedad aparecía plasmada allí: bailando, en los *travellings* y *zooms*, incluso cuando aparecía en casa con la bata. No había una sola secuencia en la que faltara su encanto especial.

Cuando hubo revisado todo el material, Hal tomó una decisión. Ella era demasiado buena para dejarla escapar.

—Querida —anunció—, tienes el papel.

Annie lo abrazó y le suplicó que le permitiera cocinar para él ese fin de semana. Y prometió estar en el estudio a las seis de la mañana siguiente para ensayar con la ropa.

Hal suspiró con resignación y secreto deleite. Tendría que explicar la situación a la gente de la agencia. Ellos inventarían alguna historia para el agente de la otra chica.

Pero con Annie en el anuncio, éste sería pura dinamita. Y eso era lo que más le importaba.

Al día siguiente, Annie se vio a sí misma como un agente en su primer intento.

Fue muy sencillo. Entró en la oficina de Continental Artists Management de Manhattan y dijo a la secretaria que tenía un contrato para el papel principal en un anuncio y que necesitaría ayuda. Luego se sentó a esperar.

Al cabo de media hora le asignaron a Barry Stein, un joven empleado de la importante agencia, quien le estrechó la mano y le hizo una pregunta que era de esperar.

–¿Cómo lo has hecho, Annie?

Sonrió antes de responder.

–Digamos que estuve en el lugar adecuado en el momento oportuno.

Barry la vio alejarse por el corredor. Tenía un aspecto espléndido. Y debía de tener talento. Era alumna de Roy Deran, después de todo...

Pero había oído que ya habían elegido a la estrella para Daisy.

Algo no cuadraba.

Por supuesto, Barry estaba al corriente del alcoholismo y la fama de sátiro de Hal Parry.

Pero Annie parecía una chica tan limpia e íntegra...

«Oh, bueno», pensó, lanzando una mirada al contrato que estaba sobre su escritorio. Cómo había conseguido el papel era asunto de ella. En cuanto a él, tenía una nueva clienta.

La campaña publicitaria de Daisy era importante. El anunciante se preparó para comprar versiones de treinta y sesenta segundos para el anuncio inicial y continuar en el caso de que la respuesta del público fuera favorable. Annie obtendría cuantiosos beneficios de la transmisión del anuncio por la radio.

Por supuesto, el dinero no le importaba tanto como el hecho de la publicidad. La gente que conocía su imagen en las revistas podría verla hablando, bailando y cantando.

Annie casi echó a perder el compromiso. Observó a los miembros de la compañía de agentes ejecutivos. Cuando el baile rutinario cesó, vio cómo se revolvían en sus asientos, con una expresión absorta en sus rostros.

Annie comprendió. Eran hombres antes que ejecutivos. La visión de la ligera indumentaria que cubría su cuerpo no les dejaba indiferentes.

Sonrió para sus adentros. Había aprendido la lección de

Rima Baines y Sam Spector. En esta ocasión se había preparado antes de acercarse a Hal Parry. Había acudido equipada con todas sus armas y sabía hacia dónde debía enfocar la principal fuerza de esos individuos.

Había sido fácil.

Tal vez demasiado.

Su triunfo se vio ensombrecido por una sola cosa.

Unos pocos días después de que comenzaran a realizar el anuncio se encontraba en las oficinas de la agencia de Madison Avenue con el fin de charlar con el ejecutivo a cargo de la producción.

Cuando se sentó a esperar en la espaciosa oficina, oyó voces que subían de tono. Al cabo de un rato, salió de la otra oficina una joven con tejanos y jersey acompañada de un hombre bajo. La joven agitó su cabellera pelirroja con gesto de enojo. Tenía los ojos llenos de lágrimas.

Annie la reconoció de inmediato como actriz y modelo. Era una buena profesional, llena de vitalidad y energía.

Pero ahora parecía muy disgustada y no se avergonzaba de alzar la voz ante el hombre que parecía ser su agente.

–¡No lo admiten! –exclamó, ignorando la mirada de la secretaria–. ¡Son unos sucios cobardes! Vámonos de aquí, Sandy.

–Tómatelo con calma, Tina –respondió el hombrecillo–. Esto no es el fin del mundo. Ya hablaremos en mi despacho.

Se volvió hacia él con los ojos llenos de frustración.

–Tenía el papel, Sandy. ¡Trabajé como una loca y lo tenía! Tú viste la cinta.

–Por supuesto que sí, nena –repuso, bajando la voz para calmarla–. Pero hablaremos después. ¿De acuerdo, querida? Ven, vamos.

–Tú sabías lo mucho que esto significaba para mí –le reprochó–. ¡Ya no aguanto toda esta mierda! Si pueden hacerme esto, nada vale la pena.

La secretaria respiró con alivio al oírla desistir; pero Annie pensó que aquellas palabras sólo acentuaban la feminidad de la joven.

Un momento después se fueron. Al entrar en el despacho para su cita, Annie hizo lo que pudo para reprimir el pensamiento de que lo sucedido era por su culpa.

No era un trabajo fácil.

Unos días más tarde, mientras esperaba en la oficina de Hal Parry a que éste regresara de una reunión con los productores, Annie vio un estante lleno de videocintas entre las que se hallaba la de su propia prueba para el anuncio publicitario. Un nombre le llamó la atención.

«Tina Merril», decía la etiqueta.

Como sabía que Hal tardaría en llegar, introdujo la cinta en el aparato de vídeo. Reconoció a la airada joven actriz que vio en la oficina del productor. Era la última prueba para el papel que finalmente había ganado ella.

Se sintió impresionada y arrepentida. Tina tenía un encanto y una energía muy personales que ajustaban perfectamente en el papel. Carecía del aire provocativo de Annie, pero era una maravillosa profesional. Tenía un especial toque de humor en el que Annie no había pensado.

Al terminar la cinta, Annie había aprendido mucho más que un truco técnico de la brillante actriz que la había protagonizado. Un truco que le resultaría con seguridad de gran ayuda para su propia representación.

Fue un momento de incómoda revelación.

Se daba cuenta de que había hecho más por convencer al pobre Hal que por el anuncio en sí. Y lo había hecho porque creía que era imprescindible para su futuro.

Y el papel era suyo ahora.

Pero también veía a Tina, afligida y furiosa por haber perdido esa oportunidad. Tina ya no era la Competidora. Era una joven derrotada y acongojada por no poder luchar contra gente mucho más poderosa que ella.

Annie se sentía como una criminal.

Pensó impulsivamente en rechazar el papel y obligar a Hal a que llamara de nuevo a Tina. Pero se dio cuenta de que esa actitud caprichosa haría daño a su carrera y a la presente producción, en la que ya se había invertido mucho tiempo y dinero.

Con frustración, se preguntó por qué tenía esa sensación de culpa. Pensó que, al fin y al cabo, ella era perfecta para el papel, y le confería una electrizante sensualidad de la que Tina no era capaz. Si Tina tenía más humor, ella poseía mayor intensidad.

¿Qué tenía eso de criminal?

¿Era culpa de Annie que la gente de la agencia olvidara su compromiso con Tina? ¿No era acaso responsabilidad de ellos?

Esos pensamientos no la tranquilizaron. Al fin y al cabo, ella había iniciado el proceso que había dejado fuera de juego a Tina. Y Tina era la perdedora.

Annie reconoció en ella a otra competidora, otra mujer que quedaba en el camino del mundo del espectáculo. En otras circunstancias la comunidad de esfuerzos, esperanzas y frustraciones habría establecido un lazo natural de amistad entre ellas.

En otras circunstancias...

Esa noche, Annie trató de dormir porque sabía que al día siguiente su trabajo empezaría temprano.

Acostada sobre la cama meditaba sobre la necesidad de ensuciarse las manos para conseguir cada cosa que uno merecía. Decidió que la injusticia era parte integral del juego, por lo menos en el mundo del espectáculo. Alguien debía perder –injustamente quizá– para que otro ganara.

¿Ocurría lo mismo en otras profesiones?

No parecía posible. El mundo no podía ser tan cruel.

Quizá en el mundo del espectáculo el éxito pudiera ser el resultado del talento, sin esa horrible experiencia que la turbara...

Pero el episodio con Rima Baines había demostrado a Annie que no tenía sentido esperar ese final feliz. Uno tenía que crearse sus propias oportunidades, abrir sus propias puertas...

Y a expensas de colegas como Tina Merrill.

Todo era tan doloroso que Annie pudo dormir sólo cuando se prometió que un día pagaría la deuda con Tina. Encontraría la forma de ayudarla, aunque le llevara años.

Pero, como estricta moralista, se preguntó si esa reparación sería suficiente para Tina o para ella misma.

Cuando comenzaba a dormirse, un rostro que no evocaba desde hacía meses apareció en su mente.

Era el rostro de Harmon Kurth.

Durante mucho tiempo Kurth había sido su pesadilla privada y nunca lo recordaba directamente. Siempre lo dejaba al margen de sus pensamientos. Pero Kurth la esperaba de frente al final del camino.

Era el propio Kurth quien la había iniciado en ese camino y quien la esperaba al final del mismo. Él era el motivo principal de su inspiración. La fecha de su encuentro constituía el principio de su itinerario. Precisamente en ese camino hacia él, había pasado por encima de Tina.

Así, pues, era en el mundo de Kurth donde Tina había sido herida y Annie había anotado su primer gran éxito.

¿Era el mundo real? ¿El único? ¿Habían sido sus primeros años en Cyrena simplemente una vida encantadora que de forma inevitable la llevó hasta Kurth y a mayores problemas y peligros hacia los que ahora avanzaba?

El sueño le evitó buscar las respuestas. Pero sí recordó el tiempo anterior a Harmon Kurth, aun antes de Cyrena, una época en la que el éxito y una carrera profesional no figuraban en su mente infantil.

Eran recuerdos dolorosos. Se le aparecían con sonrisas desfiguradas, como si se tratara de viejos amigos ya olvidados. Annie se removía inquieta en el lecho. No deseaba volver a ellos, ni en sueños. Su mente luchaba por abrirse paso hacia el futuro, sin entretenerse ni siquiera un instante en el pasado.

Desterrados de sus pensamientos, aguardaban en silencio anclados en el universo de los sueños. Ella no sabía que en ellos podía encontrarse la respuesta a sus interrogantes, pero había cerrado una enorme puerta ante ellos tiempo atrás.

16

Durante mucho tiempo creyó que había matado a su madre al nacer. Ella consideraba que ésa era la razón por la que estaba sola con papá.

Pero Harry Havilland era un padre bueno y sensible. Adivinó las preocupaciones de su hijita de menos de seis años y le contó parte de la verdad, para que dejara de fantasear con sus culpas.

De haber sabido la verdadera causa, quizás habría podido contarle incluso algo más a su hija.

–Tu madre era una mujer muy guapa –explicó– y te quería mucho. Pero murió cuando tú eras un bebé. Tuvo que ser ingresada y murió en el hospital.

Sonrió. En sus ojos azules se reflejaba el cansancio, pero conservaban un toque de afectuosa picardía detrás de las gafas. Annie estaba sentada en sus rodillas.

Le cogió la mano y preguntó:

–¿Estabas triste cuando se murió?

Asintió, conmovido por su candor.

–Estuve triste mucho tiempo. Pero estabas tú, princesa, y eso me consoló.

Miró a su padre. Para ella su padre era tan imprescindible y reconfortante como la tierra bajo sus pies. No podía advertir lo que vaticinaban sus sienes, canosas pese a que todavía era joven; y no podía darse cuenta de que cada día envejecía más.

La única foto de su madre era una pequeña instantánea enmarcada en blanco y negro sobre la cómoda. Cuando Annie era una niña casi no alcanzaba a verla. Al crecer podía mirarla cuando su padre estaba trabajando y la señora Dion en la cocina.

Nunca pudo comprender por qué su padre había elegido una foto que mostraba a su madre de perfil.

En la foto se veía una sonrisa amistosa. La nariz era recta y delicada, los pómulos bien delineados. Los hombros eran redondeados y se le marcaban los pechos a través de la blusa...

Pero los ojos no se podían ver bien. Annie pudo captar un brillo de inteligencia, aunque no el color del iris.

Su madre había sido bella. De eso estaba segura.

Y el hecho de que hubiera muerto tan joven, de manera tan trágica, convertía a su madre en una heroína de leyenda, cuyo destino la había arrancado tan pronto del mundo. Era como el perfil de una moneda romana, que sugería objetivos mayores que la vida. Y así comenzó el mito para Annie. Y lo mantuvo en secreto, evitando el desafío de confirmarlo con referencias de los demás.

Como todos los mitos, mantuvo su brillo hasta que la curiosidad empezó a empañarlo.

Pero cuando dejó atrás los tranquilos años de colegiala, Annie comenzó a percibir, ya en el instituto, que era objeto de una molesta atención en el pequeño pueblo de Richland.

Era un lugar agradable para pasar la juventud. Aunque estaba cerca de ciudades como Buffalo, Siracusa y Rochester, mantenía un encanto pastoril.

Pero, como todos los pequeños pueblos, su comunidad era muy cerrada y permanecía atenta a las pequeñas debilidades humanas.

Annie oía extraños murmullos y silencios poco naturales cuando estaba en la escuela, o cuando jugaba enfrente de su casa, o cuando iba de compras a la calle principal.

Poco a poco fue comprendiendo que, a pesar de que Harry Havilland era un ciudadano respetable y pertenecía a una de las familias más antiguas e influyentes, había algo desagradable e incluso escandaloso relacionado con su matrimonio.

Por supuesto, Annie era la última persona a la que alguien diría la verdad sobre el asunto. No se animaba a tratar el tema con su padre, cuya veneración hacia su esposa muerta era demasiado inflexible.

Por otra parte, las propias creencias de Annie hacían que eso fuera imposible.

De ahí que se alejara de la verdad que la perseguía con obstinación. Hasta que un día ya no pudo esquivarla.

Paseaba en bicicleta con Jeannine Spencer, su única amiga íntima en el vecindario. La madre de Jeannine Spencer estaba en el porche de la casa con Marian Blandish, una vieja solterona chismosa.

Las chicas dejaron las bicicletas y entraron por la parte trasera de la casa. Annie llegó a la cocina, recordó que había dejado su bolsa del colegio y regresó a buscarla por la parte lateral de la casa.

Las voces en el porche la detuvieron, porque el tono era confidencial. Se quedó muy quieta por miedo a que la descubrieran.

–Es una chica muy bonita –decía Marian Blandish–. Y ya empieza a tener curvas. Recuerda mis palabras.

–Oh, Marian... –respondió en tono de reproche la madre de Jeannine.

–Puedes ver lo mismo que yo, así que no lo niegues. Va a ser igual que su madre. La sangre es más espesa que el agua. Esa mujer le puso los cuernos a Harry delante de todo el pueblo. Detesto pensar en la cantidad de hombres que debieron de acostarse con ella.

–Y ahora él tendrá que soportar lo mismo con la hija. Espera a que los muchachos empiecen a rondarla. Lleva la marca, y puedo leerlo en esos ojos de mirada sensual.

Annie regresó a la cocina, olvidando su bolsa. Cuando Jeannine le dijo que estaba pálida como un fantasma se esforzó por sonreír y aceptó un bocadillo mientras escuchaban el nuevo disco de Elvis Presley.

Esa noche Annie se miró largo rato en el espejo. Sus ojos eran de plata y amatista, con toques de magenta y jade. La superficie era limpia, pero el fondo tenía algo de misterioso e inevitable.

Eso la preocupó, porque nunca los había examinado así y ahora le parecía que pertenecían a una desconocida.

Ojos de mirada sensual.

Esa noche durmió mal, y lo mismo le ocurrió la noche siguiente.

Comenzó a pensar en algo que hasta ese momento jamás había considerado: su padre nunca se veía con sus parientes, excepto con tía Celeste, la excéntrica de la familia, que los invitaba a tomar el té dos veces al año y le enviaba cinco dólares para su cumpleaños y para Navidad...

Había muchísimos Havilland. Hombres ricos cuyos rostros aparecían a menudo en primera página del periódico local, que estaban introducidos en el Ayuntamiento y donaban grandes sumas de dinero para obras benéficas. Y hermosas mujeres que llevaban a sus hijas casaderas a las fiestas que daban otras familias importantes del pueblo.

Pero Annie nunca había estado en las casas de los Havilland de la calle principal. No había asistido a las reuniones familiares de los domingos.

Tales pensamientos, al igual que la percepción de su propia pobreza, se impusieron ante ella. Se dio cuenta de que la destartalada casa que compartía con su padre en Elm Street no era sino una sombra de aquellas en las que vivían sus familiares. De hecho, se trataba de una de las casas más obsoletas de ese barrio tan pasado de moda en el que ella vivía, y que era comúnmente conocido como Dublín en memoria a los inmigrantes irlandeses que lo habían habitado cien años atrás.

Annie examinó su ropa desde una nueva perspectiva. A los trece años se había convertido en una experta en confeccionar sus propios vestidos siguiendo los patrones comprados por la señora Dion. Las telas solían ser, sin embargo, de algodón basto, por lo que los conjuntos que ella misma se hacía, aunque aceptables, no podían compararse con los que lucían otras chicas de la familia Havilland. Ellas compraban la ropa en las tiendas más caras de Rochester, o incluso en Nueva York.

Por primera vez reparó en su bicicleta de segunda mano, los muebles gastados de la casa y el vetusto coche de su padre. La vida de Harry era distinta a la del resto de su familia. Y ese exilio había sido causado por su matrimonio. Annie estaba segura de ello.

De la noche a la mañana se volvió más furtiva, más curiosa ante cosas insignificantes. Cuando se quedaba sola en la casa subía al altillo y buscaba en las cajas llenas de polvo.

Antes de que supiera qué era lo que buscaba, lo tuvo en sus manos.

Era un álbum lleno de fotos de su madre. Habían sido tomadas por la misma cámara, en un verano, porque la joven llevaba siempre los mismos vestidos.

La máquina era barata y las tomas imperfectas, pero Harry

había enfocado el rostro de Alice Havilland con atenta adoración. Tenía el cabello suelto largo hasta los hombros; las manos eran largas y finas y los labios sensuales.

Y, por fin, Annie vio los ojos.

Como los de ella, eran claros y atractivos. Pero había un brillo irónico, lleno de una inteligencia tan aguda que no tenía trazas de bondad. Detrás de la iluminada sonrisa flotaba una sombra de maldad y capacidad destructiva.

Annie pensó en los rumores que había evitado escuchar hasta ese momento en Richland, rumores captados por oídos infantiles tan poco predispuestos a escuchar como atentos a cualquier información prohibida.

Sintió que un desagradable escalofrío recorría todo su cuerpo en medio de la soledad del altillo.

Alice Havilland no pertenecía a Richland. Harry la había conocido en un viaje de negocios. Su boda había disgustado a su familia y jamás había conseguido superar esas desavenencias.

¿Era Alice una mala mujer? El tiempo ensombrecía la respuesta. Pero de algún modo –Annie no podía o no quería comprender la causa–, los años que Alice vivió en Richland fueron una humillación fatal para Harry que aún perduraba.

Y Alice no había muerto, como Harry decía. Se había ido, y su desaparición completó la vergüenza de su marido. Su muerte había ocurrido después.

Eso era todo lo que Annie sabía. Los detalles se perdían en el taciturno silencio de los habitantes del pueblo, en la evidente negativa a tratar esos temas con una chiquilla curiosa y en su propia dificultad para comprender la cosas que oía.

Pero Annie sabía lo suficiente como para darse cuenta de que el mito sobre su madre era falso. Alice Havilland no era una princesa de cuento de hadas que había muerto. En cambio, era el origen de la soledad de Harry y la infelicidad de Annie.

Pero, ¿por qué?

Mientras meditaba la pregunta, volvió a mirar la foto que más le había llamado la atención. Había captado la mirada de Alice de tal forma que ésta parecía conocer el corazón de su hija.

Annie la miró largo rato. Comenzó a estremecerse. Su

respiración se volvió entrecortada. Así como sus propios ojos en el espejo le habían parecido los de una extraña, los de la instantánea parecían robarle parte de su esencia y se la mostraban cínicamente cambiada, como un talismán maligno.

Antes de que pudiera alejarse, un súbito chispazo de color y movimiento saltó en su mente, demasiado rápido para atraparlo e identificarlo, pero demasiado real para negarlo. Se estremeció. Sentada sobre el suelo, se sentía como si el mundo girara ante ella.

Tenía vida; esa pequeña convulsión vivía dentro de ella y trataba de salir. Podía sentir que la llamaba desde mucho tiempo antes de que fuera la familiar Annie cuya piel ocupaba tan fácilmente ahora, un tiempo anterior a aquel en que había tenido un yo verdadero que proteger, o defensas para protegerlo.

Una época en que su único umbral hacia el mundo exterior y resguardo contra él había sido su madre.

Cerró los ojos, aturdida, durante lo que le pareció una eternidad.

Luego guardó la foto con las otras y cerró la caja.

Cuando bajó la escalera del altillo y regresó a su habitación, había dejado de pensar en Alice Havilland.

Cuando Harry regresó a su casa ese día encontró a su hija exactamente igual que siempre: una chica brillante y cariñosa en el umbral de la adolescencia. Lo recibió, se sentó a su lado en el sofá mientras él leía el periódico —ya era muy mayor para sentarse en sus rodillas— y ayudó a la señora Dion a preparar la comida.

Pero esa noche, mientras se lavaba la cara y se cepillaba el cabello, Annie procuró no mirar directamente a los felinos ojos brillantes y suaves reflejados en el espejo.

Para el mundo exterior, Annie era todavía Annie. Y en su interior no reconocía cambios, ya que los instintos de su corazón juvenil no le permitían ver que por primera vez en su vida no se sentía sola dentro de su propio cuerpo.

Por otra parte, no había testigos que vieran que en la soledad de su cuarto de baño había empezado a evitar su propia mirada.

Desde ese día, Annie se convirtió en la mayor experta del mundo en superar la desdicha y en la mejor actriz del mundo para actuar de acuerdo con tal superación.

Trabajaba mucho en el colegio y, cuando sus notas no eran todo lo buenas que debían ser, con expresión ingenua preguntaba a sus profesores el motivo. Las respuestas ocultaban el hecho de que una chica con su historia familiar no debía esperar poder competir con los mejores alumnos.

Annie se encogía de hombros, sonreía y seguía adelante.

Pero, de repente, comenzó a redoblar sus esfuerzos en matemáticas, ciencias e historia –cuyas respuestas exactas no podían desvirtuarse con juicios subjetivos– y muy pronto consiguió las mejores calificaciones.

Destacó en los equipos de natación y de gimnasia y compitió con empeño durante el segundo curso. No prestaba atención al hecho de que sus brillantes actuaciones recibieran menos aplausos que las de sus compañeros.

Si en su interior temía que Harry Havilland, que estaba entre aquella gente, pudiera advertir la generalizada frialdad hacia ella, no lo demostraba.

Y nunca advertía que en las competiciones con otros colegios, cuyos alumnos ignoraban su posición social en Richland, miles de ojos se fijaban con admiración en su rostro y su silueta.

Porque Annie había madurado pronto y era, sin lugar a dudas, la joven más atractiva del instituto.

Su belleza era evidente. Pero lo extraño era que tal hecho permaneciera invisible incluso para ella. Para las gentes del pueblo esos dones constituían un vergonzoso recuerdo del pasado de su madre. Y cuando ella se contemplaba en el espejo advertía la perfección de su cuerpo, del mismo modo que había descubierto sus impresionantes ojos, que parecían misteriosos estanques en los que se escondían maravillas jamás soñadas.

Entonces dejó de admirar su imagen reflejada en el espejo y concentró su mente en el mundo cotidiano, del que se resistía a reconocer que pudiera serle hostil.

Excluida de la sociedad por el grupo de chicas Macmillan y Dowling, más codiciadas, Annie llevaba una vida hogareña y entregada al deporte. Jeannine Spencer era su única amiga.

Annie siempre encontraba alguna excusa para justificar ante su padre el que no fuera invitada a asistir a fiestas y bailes y, de este modo, casi llegó a autoconvencerse de que no era en absoluto raro que, después de tres años en el instituto, nadie la hubiera invitado aún a salir alguna vez.

El estudio, los deportes y la casa la mantenían ocupada. Se inscribió en el grupo de teatro del instituto y representó papeles sin importancia en obras como *Arsénico y encaje antiguo*. Hasta que, en la mejor noche de su vida, encarnó a Laura en *El zoo de cristal*, de Tennessee Williams.

La velada pasó como un sueño. Annie no sólo fue el centro de la atención del público —un público entre el que se encontraba Harry—, sino que descubrió que podía controlar esa atención.

Recibió un aplauso entusiasta, pero casi ni lo oyó. Flotaba en el aire. Por una noche en su vida, protegida por el hecho de haber representado a otra persona, se había sentido completamente libre.

Nunca se percató de que lo que había hecho a lo largo de toda su adolescencia había sido perfeccionar esa habilidad en el terreno personal. Se había convertido en una especialista en el arte de ocultar la tristeza y la verdad acerca de su madre ante Harry Havilland, cuyos problemas de circulación iban agravándose con el paso de los meses y debilitándole poco a poco.

De esta manera iba transcurriendo el tiempo para Annie. El único contratiempo importante que sufrió en aquel entonces se produjo cuando, al empezar el último curso en el instituto, no fue admitida en la Sociedad Nacional de Honor, pese a haber logrado que los poco predispuestos profesores de Richland le concedieran una puntuación que sobrepasaba en casi cuatro puntos la nota media. Aunque sus notas eran superiores al promedio de las notas de los miembros de la mencionada sociedad, la votación secreta de éstos juzgó a Annie no apta debido a «su falta de aportaciones sociales a la comunidad».

Esa noche, y sólo esa noche, Harry vio sus lágrimas.

Cuando le preguntó el motivo, ella le dijo que había leído una novela romántica con un final triste.

Más pálido que nunca, Harry la abrazó sin convencimiento, porque se sentía incapaz de ayudarla.

Dos semanas antes de que Annie se graduara, Harry tuvo que ingresar en el hospital. Al parecer, los medicamentos que tomaba desde hacía alrededor de diez años para combatir sus problemas crónicos de corazón empezaban a resultar insuficientes.

Entregó a Annie un colgante de marfil con forma de sol como regalo de graduación.

—Siempre has sido mi rayo de sol, princesa —dijo, tocándola con su mano en exceso delgada—. Que sea tu amuleto de la suerte.

Annie fue a la ceremonia sin su padre. Al regresar a su casa, la señora Dion lloraba. Habían llamado del hospital. Su padre había muerto.

Annie nunca supo de dónde surgió su falta de temor a partir de aquel momento.

Se mantuvo serena y amable con sus parientes durante el funeral. Puso la casa en venta. Los muebles fueron subastados.

Guardó unas pocas cosas personales de Harry y las dejó en una caja de seguridad del banco local. Entre ellas estaba la caja llena de fotos de su madre.

No las miró. No necesitaba hacerlo.

Nunca olvidaría los ojos de aquellas fotografías. Tampoco había olvidado la experiencia en el altillo, de la que aprendió que en alguna zona de su interior sabía más sobre Alice Havilland de lo que admitía.

Harry y Alice pertenecían ahora al pasado. Había llegado el momento de ir hacia adelante.

Con sorprendente rapidez, cortó sus lazos con Richland y tomó un tren hacia Nueva York, llevando consigo sólo una maleta.

Consiguió una habitación en un respetable hotel para mujeres y se dirigió a la Quinta Avenida para comprarse las mejores ropas que pudiera encontrar.

Aterrada por los precios, las compró de todos modos y las usó al día siguiente cuando salió a visitar las agencias de modelos de Manhattan.

Para su sorpresa, no tuvo problemas. Sabía lo que quería. Si su belleza la había perseguido en el pasado, la emplearía ahora para construir su futuro.

Media hora después de haber franqueado las puertas de Cyrena se encontraba en un estudio lleno de gente, donde le hicieron fotografías y por último la dejaron sola.

Veinte minutos después, una agradable mujer de mediana edad y con gafas se sentó a su lado.

—Soy Renée —se presentó, mirándola por encima de sus gafas bifocales—. ¿Realmente quieres ser modelo?

—Sí —respondió Annie.

Igual podría haber estado aceptando unas vacaciones en Marte. Tan inescrutable le resultaba su futuro.

—Bueno, felicidades —dijo Renée Greenbaum, tendiéndole la mano—. Tienes un lugar entre nosotros. Ahora ven, tenemos mucho que hacer.

Casi sin darse cuenta, Annie firmó un contrato, recibió y llenó un pesado portafolios bajo la supervisión de Renée y empezó a ver que sus fotografías aparecían en los anuncios de los departamentos de diversas tiendas de moda. Annie había iniciado su carrera.

Pese a todo lo que había acerca de los horrores de la gran ciudad, Nueva York fue una revelación de encanto y amistad para ella.

Renée le proporcionó un apartamento para compartir con otra modelo. Comenzó a explorar todos los rincones de la ciudad. Se inscribió en la CUNY, disfrutó con los cursos y le parecieron interesantes sus compañeros, con sus bruscos modales neoyorquinos y los diferentes acentos del Bronx y de Brooklyn.

Rápidamente tuvo amigos. Casi de la noche a la mañana, se sintió más en su casa en medio del vibrante mundo de Nueva York de lo que se había sentido en Richland.

Muchos jóvenes la invitaban al cine, al teatro y al ballet. Al principio le asombró la novedad de ser considerada normal, interesante y deseable, y pronto aprendió a aceptarlo como algo bueno de la vida.

Durante tres maravillosos años, Annie disfrutó del hecho de ser simplemente ella misma en un mundo donde a nadie le interesaba compararla con nadie, ni averiguar su nivel social o murmurar sobre su vida privada. La impersonalidad de Nueva York parecía maravillosa.

A los veintiún años tenía una brillante carrera de modelo y estaba en vías de obtener un título universitario. Se sentía feliz y en paz con ella misma, y no se molestaba en pensar en su futuro, ya que su presente era infinitamente valioso.

Ésa era su vida cuando Renée la envió a Hollywood con el fin de que realizara las pruebas para un importante papel en una película que el famoso Harmon Kurth, de International Pictures, iba a producir. Annie se dirigió a Hollywood sin temores, impulsada tan sólo por un espíritu aventurero.

Gracias a Harmon Kurth, nunca volvería a ser ingenua.

17

Annie consiguió más papeles. El anuncio de Daisy fue simplemente el principio.

Estudiaba todas y cada una de las producciones que se planteaban en Nueva York, de cuya existencia se enteraba tanto por medio de los anuncios oficiales aparecidos en las publicaciones especializadas como a través de los rumores que corrían entre los miembros del mundo del espectáculo.

Cada una de las producciones constituía un férreo desafío para ella. Aprendía todo cuanto podía de quienes se encargaban de aquéllas. Averiguaba si un productor era promiscuo, si un artista era homosexual, si un director era un obseso sexual. También se enteraba de quién bebía demasiado, quién era jugador, qué actriz tenía la menopausia, quién era un solterón, quién estaba ascendiendo en su carrera y quién había entrado en declive.

Buscaba un punto débil: una persona con influencias en la

producción que se dejara seducir por sus encantos sin forzarla a una confrontación en la que tuviera que elegir entre una relación sexual o perder su oportunidad de conseguir el papel.

En muchas producciones no había eslabones flojos. Annie buscaba con calma en otro lado.

Pero descubría oportunidades que la compensaban a través de sus cuidadosas investigaciones.

Aquel verano Annie logró tomar parte en otros dos anuncios publicitarios. Pudo realizar dos breves papeles con diálogo en sendas obras teatrales representadas fuera de Broadway, las cuales, si bien estuvieron poco tiempo en cartelera, obtuvieron buena crítica.

El resultado de todos esos esfuerzos fue el aumento de la oferta de trabajo para Annie en Cyrena. Ella aceptaba todos los que podía, pues, aparte de que se trataba de trabajos lucrativos, de esta forma su imagen elegante y sensual aparecía en las mejores revistas de moda.

Hizo con Hal Parry un segundo anuncio de Daisy, que también tuvo gran éxito, y una serie de anuncios del producto para revistas. Hal consideraba a Annie parte integrante de su nueva carrera y sostenía que era su «amuleto de la suerte». La llevaba a cenar a lujosos restaurantes, como el Russian Tea Room, cada vez que su trabajo se lo permitía. Le encantaba presentarla como su adorable protegida y disfrutaba imaginando que quienes le observaban debían preguntarse qué relación existía entre ambos.

Incluso ahora sentía un poderoso estremecimiento ante su presencia. Pero tal deseo derivó misteriosamente en un instinto de protección y cuidado hacia ella, en lugar de convertirse en una baja pasión irrefrenable.

Y como ella le trataba con mucho afecto y bromeaba con él reprochándole su incorregible conducta, la vieja chispa de su secreta sensualidad nunca sobrepasaba la superficie del encanto. Ello le hacía sentir que tenía el privilegio de brindarle galantemente su respeto y le satisfacía igualmente hacer el amor con cualquier otra mujer. Annie se había apoderado de él en cuerpo y alma, y a Hal le gustaba sentirse así.

Lo que Hal no podía saber era que Annie no había reservado su encanto única y exclusivamente para él. Su encanto, semana tras semana, encontraba nuevas víctimas, cada una de ellas, hombre o mujer, seleccionada con sumo cuidado en función de su vulnerabilidad. El propio Hal constituía el paradigma a partir del cual ella había moldeado a sus otras conquistas, que combinadas con su talento le proporcionaban sus nuevos trabajos.

Por supuesto, Roy Deran constituía la excepción. Para él Annie nunca sería un objeto sexual, sino la hija que nunca tuvo.

Mostraba hacia ella una preocupación paternal porque sabía el poder de su influencia en su trabajo.

No decía nada sobre sus iniciativas independientes, aunque seguía con atención todas sus actuaciones

Estaba orgulloso de ella. Pero su preocupación aumentaba. Era consciente de su gran talento, pero también veía que tenía más ambición que ninguna otra actriz de las que había conocido, y que trabajaba muy duro para conseguir lo que buscaba.

Algo la devoraba. Roy lo notaba. ¿Un desengaño? ¿Una antigua herida? ¿Un corazón destrozado...?

Lo que fuera, era insaciable. Annie seguía adelante sin mirar atrás, sin brújula ni ancla, y en su inocencia no podía saber que la competencia en la cima podía devorar a cualquiera a pesar de su inteligencia y talento.

Roy lo sabía. Veinticuatro años antes le había sucedido a él.

Una relación con un amigo al que amaba, las ambiciones de éste y la intervención de un peligroso productor habían terminado con la carrera de Roy en el cine antes de haber empezado.

Por supuesto, su capacidad para la inocencia había muerto al mismo tiempo que su único amor. Sin embargo, Annie no era como él.

No obstante, Roy conocía peligros que ella no podría evitar. Soñaba con protegerla y prevenirla, pero se daba cuenta de que lo único que ella escucharía era la llamada de su futuro.

En silencio, Roy rezaba por Annie. El éxito en el mundo

del espectáculo no armonizaba con la felicidad. Roy lo sabía mejor que nadie. Nunca había visto una excepción a esa regla.

Quizá Annie fuese la primera.

Le hizo un favor.

Después de una llamada telefónica, la envió a una prueba para Century Players, una compañía teatral que no actuaba en Broadway, dirigida por un excéntrico pero brillante director, Teague MacInnes.

Teague, un escocés chillón y de espesa barba, se enamoró al instante de Annie y le dio el papel de Ofelia en una versión vanguardista de *Hamlet* que su compañía estaba representando en el viejo teatro de la Calle 14.

Annie confirió al papel una fabulosa combinación de trágica inocencia y juguetona sensualidad, y Teague siguió proporcionándole trabajo en obras de Albee, Genet, Pirandello, Chejov, Ibsen y varios dramaturgos de vanguardia cuyo trabajo subvencionaba.

Hasta tuvo la oportunidad de volver a representar el papel de Laura en *El zoo de cristal* y asombrarse de sus propios progresos desde que era alumna en el instituto.

Por supuesto, las obras nunca duraban mucho en cartel, no siempre tenían público y el sueldo era muy bajo.

Sin embargo, la experiencia era de valor incalculable para Annie. Y Teague MacInnes, a su manera, era una versión más excitante de Roy Deran, un gran maestro.

A través de su trabajo en el escenario, Annie fue aprendiendo muy pronto cada vez más sobre las obras de teatro, su estructura y la magia de las palabras. Comenzó a sentir afecto por la mano invisible del escritor, ya fuera antiguo o moderno.

Así fue como hizo un descubrimiento que pronto se convirtió en pasión para ella. La compañía de Teague llevó a cabo la reposición de una obra escrita veinticinco años atrás llamada *Parábola,* del entonces desconocido Damon Rhys. Éste ganó luego varios premios Pulitzer y Tony por sus obras de teatro y novelas, y en los últimos años había triunfado en Hollywood gracias a sus originales guiones.

Parábola fue una revelación para Annie. La obra había sido escrita cuando Rhys tenía poco más de veinte años, pero rebosaba de sutilezas psicológicas y evidenciaba un magistral dominio del idioma. En los personajes podía encontrarse complicidad, ambivalencia, amores y odios contenidos, incluso en los diálogos más casuales.

Lo único que *Parábola* tenía en común con los más famosos trabajos posteriores de Rhys era el tono oscuro y trágico. Las pasiones de sus personajes los abocaban inexorablemente a una destrucción que ellos casi imploraban. Sin embargo, cuando uno abandonaba el teatro –o, en el caso de Annie, el escenario– salía con una extraña sensación de regocijo. En Rhys, lo genial consistía en descubrir conflictos cósmicos detrás de vidas ordinarias, conflictos que eran decretados por violentos destinos.

Después de que *Parábola* fuera retirada, Annie se dedicó a ver las cinco famosas películas de Rhys y a leer todos los libros que de él podía encontrar. Todos eran igualmente buenos y perturbadores, y dejaban una indeleble huella estética.

Un día, en una librería de segunda mano de la Calle 44, Annie encontró un ejemplar de *Parábola*, cuya contraportada mostraba una foto de Rhys a la edad en que lo había escrito.

El rostro le impresionó. Rebosaba de juventud y arrogancia. Tenía una barba rala y ojos pequeños, con una intensidad que sólo podía provenir de la creación misma. Le produjo una sensación parecida a la de su obra.

Al mismo tiempo, Annie se dio cuenta de que nunca antes había reparado en el aspecto de Rhys, pese a que tenía mucha fama y se le consideraba uno de los grandes genios de las letras norteamericanas.

«Seguramente –pensó– habré visto docenas de fotos de él en las librerías, en las revistas e incluso por televisión.» Le sorprendió no haber reconocido antes su cara.

Aunque su arte era perturbador, Annie resolvió seguir explorándolo. Porque sentía, como todos aquellos que caen bajo el influjo del genio, que Rhys mostraba en la superficie de sus historias algo que reconocía en ella misma, si bien permanecía enterrado bajo las capas defensivas de su personalidad.

—Muy bien, Annie —solía decir Barry Stein con cada nuevo contrato que le traía—. Sigue así.

—Es lo que intento —era la invariable respuesta de ella.

Barry se sentía molesto porque se daba cuenta de que casi no era el agente de Annie Havilland, sino más bien el escribiente que leía y controlaba sus contratos. Ella conseguía sus trabajos con trucos e iniciativas que lo sorprendían. Sabía que era mala época para los jóvenes actores y, sin embargo, ella conseguía nuevos papeles.

Le faltaba curiosidad y tiempo para preguntarse cómo podía cumplir con todas sus obligaciones profesionales. El hecho era que la cantidad de compromisos dejaba a Annie en un estado de agotamiento que sólo controlaba mediante una estricta disciplina.

Annie dormía cinco horas por la noche, tomaba vitaminas, dormitaba en los entreactos y se dormía en el metro.

Lo que la mantenía en pie era la inflexibilidad de sus horarios. Nunca miraba hacia atrás, sino que fijaba su mente en el desafío que se le presentara.

Sin embargo, no podía evitar que sus pensamientos se perdieran en otras direcciones perturbadoras. Con el paso del tiempo se dio cuenta de que estaba lejos de librarse del espectro de Tina Merrill y otras jóvenes como ella.

Con cada victoria que obtenía, sabía que estaba frustrando a otra esperanzada actriz que podría haber hecho el trabajo igual que ella y, admitía para sí misma con honestidad, tal vez mejor.

No podía dejar de meditar sobre la crueldad de ese juego de competencias en el que alguien terminaba herido.

Recordaba las competiciones deportivas en las que había participado, así como los triunfos teatrales obtenidos en su época de estudiante. También entonces había alcanzado sus éxitos a costa de otros compañeros que habían dedicado el mismo esfuerzo que ella obteniendo resultados menos brillantes. ¿Por qué, no cesaba de preguntarse, no experimentó entonces esta sensación de culpa? Por supuesto, en aquellos años sus triunfos no ponían en juego los medios de subsistencia de nadie...

Pero la diferencia era más profunda y, pese a su confusión, Annie no podía dejar de percibirla.

En el colegio confiaba en la justicia y sobrevivía lo mejor que podía cuando la injusticia frustraba sus esfuerzos. Pero ahora contaba con ésta en sus planes, y se aseguraba de que recayeran en otro. ¿De qué otra manera podía explicar sus ingeniosos planes para aproximarse a personas que se dejaban seducir por su encanto, personas que podían ayudarla sin pedir a cambio favores que de todas formas no les daría?

¿Qué más debían tener en consideración las jóvenes actrices con ganas de trabajar cuyo talento era igual que el suyo pero que habían perdido papeles frente a ella porque carecían de la sutil capacidad que Annie poseía para calcular y preparar la estrategia adecuada, así como de sus dotes de seducción?

Sí, ella había cambiado con el transcurso del tiempo. La Annie de antaño competía con honestidad y perdía tan a menudo como ganaba. Pero, gracias a Harmon Kurth y a Rima Baines, la Annie actual jugaba sin ningún escrúpulo y ganaba.

Annie creía en su talento. Pero el mundo del espectáculo era un mundo en el que la supervivencia de los más aptos no significaba necesariamente la de los mejores.

Por lo tanto, debía sobrevivir, sin reparar en las consecuencias.

Aunque éstas pudieran ser serias.

Esa ecuación era como una luz que cegaba su intelecto. Se le aparecía de madrugada, a lo largo del día la llevaba pegada a ella mientras desempeñaba su trabajo agotador y, en definitiva, la perseguía siempre hasta que lograba quedarse dormida. Pero, por suerte para Annie, no podía competir con su fatiga.

Por otro lado, esa luz no llegaba a extinguirse.

Pero ahora había tantas Annies y tan poco tiempo para seleccionarlas...

Hacía ya un año desde que, en el sofá de Roy Deran, había descubierto la náusea en la que debía sumergirse para crear un personaje. Había aprendido a respirar y funcionar y a que no la destruyera ese terrible poder.

Pero el vértigo de esa experiencia se había ido esparciendo

poco a poco por todos los rincones de su personalidad de actriz. Y ahora parecía como si cada vez cayera más profundamente en un lugar cuyos filtros intoxicantes la transformaban en seres de extravagantes proporciones, dejando su propia identidad a lo lejos.

Cada noche su propio yo se enfrentaba a la seductora vacuidad del personaje de ficción que creaba. En ese juego peligroso podría encontrarse a sí misma como artista o perderse para siempre.

La sensación era tan embriagadora, tan sensual, que emergía para saludar como una sonámbula, drogada por la intensidad de su propia actuación.

Recordaba la máxima que Roy les repetía: «Debéis matar un poco de vosotros mismos en beneficio del personaje. Si lo hacéis lo suficientemente bien, el personaje os dará algo a cambio.

»Algo que debéis guardar.»

Confiaba en que Roy tuviera razón. Pero cada vez descubría que se enriquecía más con el juego en sí mismo. Se estaba transformando en la sangre de su vida.

Annie estaba convirtiéndose rápidamente en una maestra de la ilusión. Era un poder peligroso, impersonal, porque cuanto más se aproximaba al público por su belleza, su misteriosa sexualidad, su perfecta técnica, más retrocedía la Annie Havilland real, una pálida sombra atrapada interminablemente entre el personaje y el público.

Mientras tanto, Annie destinaba todas su energías, y con una astucia que jamás había poseído hasta entonces, a la dura batalla de encontrar trabajo.

Planeaba la jugada con un espíritu vengativo que reconocía ante sí misma. Empleaba tal tono de voz que parecía como si lo que persiguiera no fuera el éxito, sino simplemente poder, un poder que le permitiera hacer lo que a ella le viniera en gana, manejar a los demás y cambiarse a sí misma.

La devoradora compulsión de su trabajo la atemorizaba. Algunas veces se preguntaba si eso era lo que deseaba de la vida. Tal vez en lo más profundo de su interior clamaba por una sensación de calma y paz que no sentía desde la muerte de Harry Havilland y que tampoco conocía del todo. Una paz que estaba más allá de su alcance, detrás del próximo papel, del próximo logro, del siguiente desafío...

Pero no se permitía esos pensamientos porque conseguirían desequilibrar su pequeña balanza.

Encontrar trabajo. Conseguir otro papel. Crear otro personaje. Hacerse notar. ¡Seguir trabajando! Dejar que los productores la contrataran por razones equivocadas si eso les gustaba... siempre que la contrataran. Y dejar que el público aplaudiera por las razones más extrañas que ocultaban en sus corazones. Mientras eso le permitiera actuar, sumergirse en su personaje y desplegar en él su carácter, tenía que trabajar.

Trabajar, trabajar, trabajar. ¡Encontrar más trabajo! Todo lo demás sucumbía ante la única e invisible búsqueda de Annie. Era como un misil guiado por una fuerza que estaba más allá de su comprensión. Su talento la consumía como una llama, y crecía con tanta urgencia que debía hacerlo salir costara lo que costara.

Y, para su sorpresa, descubría que en ese remolino en el que giraba locamente sonaba una irónica voz que la felicitaba por el proceso que la devoraba.

Eran las críticas.

Sin excepción, las críticas eran delirantes, sólo amortiguadas por no ser tan conocidos los lugares donde actuaba.

Embriagadora, hermosa...

Una actriz de precoz madurez y gran talento...

La alumna más prometedora del exclusivo Studio 37 de Roy Deran en las dos últimas décadas...

Sus ojos nos llaman con extraña energía, proyectándose hasta la última fila de la sala...

Una actriz con un gran futuro. Seguiremos observándola...

Annie no prestaba atención a los detalles de aquellas notas, no sólo porque Roy le había aconsejado miles de veces que no leyera las críticas, sino también porque lo que los críticos decían siempre parecía irrelevante ante lo que trataba de entregarse en su actuación y lo que sentía que había logrado.

Pero el hecho de merecer aquellos comentarios y el brillante futuro que unánimemente le prometían eran, de nuevo, algo más. Porque Annie sabía que su carrera había alcanzado un punto en el que no podía permitirse detenerse por más tiempo. Su itinerario no podía interrumpirse.

Y con críticas o sin ellas, su trabajo no la acercaba a Hollywood, donde sabía que le esperaba la próxima etapa de su destino.

Ante la insistencia de Annie, Barry había hecho averiguaciones en la Costa.

Annie le había asegurado que estaba preparada para representar cualquier papel y que no le importaba que éste fuera breve, siempre y cuando le sirviera de trampolín para entrar en una compañía productora de Hollywood. La televisión sería tan válida como el cine, con tal de que ella pudiera estar frente a una cámara. Con toda seguridad, su currículum bastaría para encontrarle algo.

Cuando le comunicó su fracaso, Annie pareció más meditabunda que enojada.

–Tienes que tener paciencia, querida –aseguró Barry–. Nadie consigue trabajo en la Costa. Cálmate y quédate en Nueva York. Aquí eres conocida.

–En eso estás equivocado –repuso Annie, sacudiendo la cabeza–. Aquí la gente conoce mi rostro por los anuncios. Pero no sabe quién soy. Soy simplemente un rostro. Soy anónima. Ni los que me ven en el teatro me relacionan con mi nombre porque todavía no soy bastante conocida.

Barry suspiró.

–Annie, existe un viejo refrán entre los agentes: el reconocimiento viene primero; la identificación más tarde. Todo lo que debes hacer es mantener tu cara ante el público. Ya descubrirán quién eres muy pronto. Conseguirás la identificación de la noche a la mañana con una actuación. ¡Lo harás! Deja de preocuparte.

Pero Barry había interpretado mal su preocupación. El infructuoso intento de buscarle trabajo en Hollywood era una simple prueba que confirmaba sus sospechas sobre los obstáculos invisibles a los que tendría que hacer frente allá.

Ni el más importante de los agentes –y ella era consciente de eso– podría haber triunfado donde Barry había fracasado. No, no había trabajo.

Aunque llegara a la cima de Broadway y tuviera a toda la crítica a sus pies, no encontraría trabajo en Hollywood.

No mientras ese trabajo proviniera de los jerarcas de la producción en Hollywood, capitaneados por Harmon Kurth.

Sin embargo, tal conclusión no la acorbardó. Antes al contrario, resultó una provocación para su aguda inteligencia.

Dedicaba sus horas libres a calcular los lejanos muros que estaba decidida a escalar, e imaginaba dónde estarían las grietas en sus gruesas armaduras.

Decidió que debía comenzar por lo menos importante. Sin duda incluso menos importante que el papel con el que había empezado con Hal Parry, quien le proporcionara un importante anuncio publicitario.

Menos que eso.

¡Qué desafío! Tenía que darse a conocer, pero de forma que los poderosos de Hollywood no lo advirtieran.

No hasta que fuera demasiado tarde para detenerla.

«¿Pero cómo?», se preguntaba.

Se aprestaba valerosamente a la batalla, pero no encontraba la clave del rompecabezas.

Pasaron las semanas. Interrogaba a todos su conocidos sobre oportunidades en cine y televisión. Revisaba todo lo que sabía o suponía sobre Hollywood.

La fortaleza parecía inexpugnable. Era un mundo cerrado en el que todos conocían a todos. Y los que estaban exiliados no podían mostrar la cara sin que les cerraran la puerta en las narices. Aun en la actualidad, las víctimas de las listas negras de McCarthy no conseguían trabajo.

Entonces, de modo sorprendente, le llegó la respuesta.

Estaba sentada en su apartamento, a cuatro mil ochocientos kilómetros de su blanco, hojeando *Los Ángeles Times*, en una nevada mañana de diciembre.

Leía las noticias locales sobre disturbios raciales, problemas de polución y drogas. Irónicamente, le llamó la atención una nota que anunciaba que la legislatura del Estado tenía la intención de entregar un Premio al Mérito a Harmon Kurth por sus servicios a la comunidad.

Annie sonrió y reconoció el poder de su enemigo. Pero su diversión duró poco, porque la lectura cuidadosa de las noticias de California la había dejado sin una gota de inspiración.

Entonces echó un vistazo, sin un propósito fijo, a la página de anuncios.

18

Los Ángeles. 3 de enero de 1969

Al Cantele era un hombre preocupado.

Cantele and Beale, Inc., los más importantes vendedores de automóviles de Los Ángeles desde hacía años, estaban perdiendo dinero. Y lo perdían rápidamente.

Los incentivos de los automóviles de fabricación nacional, junto con el bajo precio de la gasolina, el incremento del desempleo y un fuerte suministro de dinero, habían hecho que las ventas de Cantele and Beale sufrieran una reducción del 30 % en los dos últimos años. Los recelos de los estadounidenses con respecto a los productos importados debido a la persistencia de la locura de Vietnam no hacían sino empeorar la situación.

Al había conseguido, tras no pocas dificultades, introducirse en los negocios de importación cuando los graciosos y diminutos coches extranjeros constituían aún una novedad en ciernes. Parecía tratarse de la única salida que le había quedado a un empresario astuto para subsistir.

Ahora la novedad estaba decayendo. Las tres compañías automovilísticas de Los Ángeles, que estaban atravesando una fuerte crisis, se centraban en la venta de coches usados en un desesperado intento de frenar las pérdidas. Sin embargo, a menos que una mejora imprevista se produjera pronto y salvara la situación, una de las salas de exposiciones tendría que ser clausurada en breve, o tal vez dos.

Siguiendo el consejo de uno de sus asesores, Al Cantele había convencido a su socio Jerry de la conveniencia de intensificar la campaña publicitaria local. Los tradicionales anuncios de Cantele and Beale empezaron a aparecer con más frecuencia en las emisoras de radio a horas inusuales. De este modo la empresa complementaba su propaganda regular, que aparecía durante la emisión de las películas del viernes y del sábado en el canal 4, patrocinadas a lo largo de una década por esta firma.

El anuncio, una verdadera institución para los espectadores de los programas televisivos de madrugada, consistía en mostrar a dos hombres corpulentos y de mediana edad sentados junto a algún lustroso coche de importación, cuyo precio se exhibía con orgullo mientras ellos ensalzaban sus virtudes. Finalizaban el anuncio con las siguientes palabras. «¡Cantele and Beale es el lugar al que debe usted dirigirse!»

El matrimonio de Jerry con Doris Beale estaba, desde hacía años, tan lleno de hielo como el whisky que bebía en el Country Club. Al, nacido como Alonzo Cantele en Detroit, cincuenta y cuatro años antes, no lo pasaba mejor. Su esposa Shirley estaba menopáusica e irritable, y hacía casi un año que no lo admitía en su cama.

Su hijo David, que estaba en la Universidad, mostraba todas las características de un homosexual y le sacaba un coche todos los fines de semana para ir a San Francisco.

Lia, la hija, tan adorable a los trece años, era ahora una horrible jovencita que perdía el tiempo con el inservible hijo de los Lagadon, unos vecinos ricos. El muchacho era un malcriado y Al sospechaba que se drogaba. Era pálido, delgado, con aire siniestro, llevaba el pelo sucio y largo y toda clase de amuletos. Cada vez que iba a buscar a Lia, saludaba a Al con ese ridículo signo de la paz.

La familia estaba desmoronándose. Y a menos que las cosas mejoraran pronto, Cantele and Beale, debería ser vendido con pérdidas y Al tendría que encontrar, a su edad, una nueva ocupación.

Esos amargos pensamientos ocupaban la mente de Al, un jueves por la mañana, mientras bebía su acostumbrado café con crema y azúcar y contemplaba la pila de facturas que evidenciaba el mal curso de sus negocios.

Jerry, como siempre, estaba en el campo de golf. Ésa era su respuesta ante cualquier cosa que sucediera.

La secretaria apareció en el umbral, observándolo con escepticismo por encima de sus gafas bifocales.

—Hay una joven que quiere verlo. Dice que es importante. No quiere decirme de qué se trata

Al se puso en pie irritado y miró por encima de la puerta de cristal de la oficina. La sospecha se mezcló con un infructuoso intento de contener su admiración al observar a la joven sentada en el sofá, con los ojos fríamente clavados en la pantalla de televisión.

Levantó la vista y le dedicó una sonrisa radiante. Armonizaba curiosamente con la sensualidad de sus ojos. Le saludó con un gesto, agitando su cabellera que caía hasta los hombros.

Al tiró al aire una moneda imaginaria para decidirse.

—Que pase, pero que sea rápido —indicó a Margaret.

Margaret —y él lo sabía— hablaba por teléfono con Shirley por lo menos dos veces por semana y debía mantenerse a toda costa ignorante de las aventuras sexuales que tenía para poder mantenerse cuerdo.

Ante una seña de la secretaria, la joven se puso de pie y entró en su despacho.

—¿Señorita...? —inquirió Al, indicándole una silla.

—Havilland —respondió—. Annie Havilland. Gracias por recibirme, señor Cantele.

—Bien. —Al juntó las manos, mirándola fijamente—. ¿A qué debo este placer?

—Voy a ir directa al grano —alegó, cruzando las piernas—. Creo que podemos ayudarnos el uno al otro. Estoy buscando algún trabajo interesante en el campo de la publicidad y, si mis sospechas son correctas, usted necesita ayuda en ese tema.

—No comprendo —repuso Al—. Ya estamos adecuadamente representados por Fiore y Asociados desde hace años. No sé qué le ha traído aquí, señorita...

—Llámeme Annie. Lo que me ha traído aquí es el hecho de que Cantele and Beale ha perdido casi un millón de dólares en los últimos años y que el dinero que gasta en esos aburridos anuncios es una pérdida de dólares.

El rostro de Al enrojeció.

–Escuche, jovencita, no necesito que una desconocida venga a decirme cómo manejar mi negocio. Ahora bien, si lo que quiere es comprar un coche...

Annie se puso en pie de un brinco. La visión de sus muslos bajo los pantalones dejó a Al sin aliento. Decidió ser más amable.

–A eso es exactamente a lo que quiero llegar –adujo, arreglándose el pelo, al tiempo que hacía resaltar sus pechos bajo la blusa–. Si quisiera comprar un coche, buscaría algo que estuviera de acuerdo con mi imagen. Esos anuncios presentan a Cantele and Beale como una pareja de gordos vendedores de coches usados en busca de incautos. Personalmente, busco algo más moderno y aerodinámico, menos estereotipado.

Le sonrió.

–No he querido decir que está gordo. Usted realmente es un hombre muy atractivo, señor Cantele. Me refería al anuncio.

Al se preguntaba para sus adentros cuál sería el punto de vista de la joven cuando sus retardados sentidos se percataron de que ésta tenía una deslumbrante figura. Nunca había visto a una mujer tan hermosa en carne y hueso.

–¿Qué es lo que usted sugiere? –inquirió.

–He estado pensando que ustedes necesitan una chica en el anuncio. Alguien que proyecte una imagen más juvenil y divertida.

–Alguien como usted –resumió Al con los labios fruncidos.

Annie asintió, agitando su cabello.

–Quisiera que viera algo, si tiene un momento. En la sala de exposiciones.

Con un encogimiento de hombros, Al se puso de pie y la siguió, observando el movimiento de sus caderas al caminar.

En la sala de exposiciones, Annie abrió la puerta de uno de los nuevos sedanes y se sentó ante el volante. Se colocó el cinturón de seguridad y miró a Al.

–Venga a Cantele and Beale –recitó con voz ronca y una

leve sonrisa— y consiga algo confortable, como he hecho yo.

Al la contemplaba intrigado.

—Cantele and Beale me ha permitido hacer un gran negocio —susurró, mientras estiraba las piernas—. ¿Por qué no deja que lo haga con usted?

Era tan sensual que Al estuvo a punto de sonrojarse.

Annie seguía sonriendo, mirándolo como si lo hipnotizara.

—¿Bien? —preguntó—. ¿He podido convencerlo?

Al respiró profundamente.

—Bien —admitió resignado—, me ha convencido de que debo invitarla a almorzar.

—Es un trato —respondió. Se desabrochó el cinturón de seguridad y se deslizó ágilmente fuera del asiento. Al le tendió la mano para ayudarla a bajar.

Sentía una excitación que superaba sus ansias de comer. Decidió escucharla. Si no llegaban a nada, por lo menos habría pasado una hora en su compañía. Un hombre puede construir miles de fantasías en una hora así.

Pero quizá, quizá eso le llevaría a algo más importante.

Habían pasado once meses desde la última vez que su esposa accediera a hacer el amor.

Al Cantele nunca supo qué fue lo que le sucedió.

Una imponderable fuerza que le hacía querer impresionar a la adorable joven invasora de los confines de su atribulado negocio, lo llevó a uno de los más privados restaurantes del bulevar Wilshire. Allí discutieron las ideas de Annie sobre la nueva imagen de la firma. Cada paso iba contra las propias ideas de Al, no sólo sobre él mismo y la empresa, sino sobre la correcta imagen de los poco románticos coches importados que vendía.

Sin embargo, después de dos martinis y treinta minutos de contemplar los ojos plateados de su invitada, todo parecía tener sentido para él.

Esa tarde, más tranquilo, se miró un largo rato en el espejo del aseo de hombres del negocio y decidió que Fiore y Asociados debía ser informado de su nueva idea y concertar una entrevista con la joven por él encontrada para una prueba en el anuncio.

Al principio, Martin Fiore pareció escéptico. Después de todo, él y su agencia habían convertido a Cantele and Beale en una institución en Los Ángeles. Los rostros sonrientes de los dos vendedores estaban asociados en la mente de los telespectadores con el programa de las siete y media de la tarde y miles de viejas películas. El eslogan «¡Cantele and Beale es el lugar para comprar!» era tan querido para Fiore como su propia familia, porque lo había creado una década atrás.

Por otra parte, estaba preocupado por los negocios de Cantele and Beale. Sus clientes estaban gastando su dinero en él, y sus empresas perdían beneficios a marchas forzadas; si las cosas seguían así, sus clientes podían probar con otra agencia o venirse abajo.

Por eso Martin Fiore estaba dispuesto a escuchar todo lo que Al Cantele tuviera que decir.

Y la joven, Annie Havilland, era tan maravillosa que Martin estaba intrigado. Se preguntaba cuál sería la verdadera relación de Al con ella. Todos sabían que Shirley Cantele había echado de la cama a su marido varios meses atrás, y que éste era un hombre de familia que no pasaba de inocentes flirteos.

Por lo tanto, Martin Fiore escuchó, mirando de forma alternativa a la muchacha y a su cliente. Cuando terminaron, sonrió.

–Vamos a hacer unas pruebas con una cinta –determinó, aceptando probar algo nuevo por lo menos una vez.

Jerry Beale, que estaba pasando dos semanas de vacaciones para jugar al golf en Palm Springs, no supo nada de los nuevos planes de su socio hasta que, a su regreso, encontró un mensaje que le pedía que se encontrara con Al en Fiore y Asociados para una «pequeña sorpresa».

Más moreno que nunca bajo su fino cabello rubio, Jerry llegó a las oficinas de Martin Fiore mientras apagaban las luces y comenzaban a pasar la cinta.

Lo que vio le hizo parpadear.

Mostraba a Annie Havilland sentada ante el volante de un pequeño coche importado, con pantalones bien ajustados y una camiseta que revelaba las curvas de su firmes pechos y dejaba al descubierto sus brazos esbeltos y de piel sedosa.

«Vine a Cantele and Beale para encontrar algo confortable —sonreía, con voz sensual e incitante—. Y, créanme, me voy satisfecha. Si ustedes disfrutan conduciendo, ¿por qué no vienen a vernos? Cantele and Beale les permitirá hacer un negocio fabuloso.»

Se ajustaba el cinturón de seguridad a la cintura. La tira cruzada le marcaba los pechos.

El anuncio terminaba con las palabras sobreimpresas «Los más sexy están aquí».

Al Cantele se volvió hacia su asombrado socio. Jerry Beale se había puesto pálido.

—¿Bueno? —preguntó Al—. Hemos visto al enemigo y éramos nosotros, compañero. ¿Por qué entonces no probar con algo nuevo?

Jerry pensó desesperadamente. Estaba harto de Al Cantele. Durante años había deseado poder vender su parte a Al y retirarse para poder jugar al golf. Pero con todo el dinero perdido recientemente, su sueño se esfumaba.

Y ahora aparecía esa chica, con el cabello flotando, los ojos sensuales y la sonrisa seductora, salida de quién sabe dónde. Simplemente era increíble.

Si alguien podía mejorar el negocio, tenía que ser ella.

—Si crees que va a funcionar, Al —asintió en tono cauteloso—, no estaría mal probarlo por un tiempo.

Al sonrió.

—Cerramos el trato, Marty.

Todos se estrecharon las manos. Con orgullo, Al le ofreció el brazo a Annie y salieron de la oficina.

Durante dos semanas había estado constantemente cogiéndola del brazo o hablándole por teléfono. Pero no se había acercado ni un milímetro más a ese cuerpo que ella mostraba ante él como un talismán.

De todos modos, eso no le importaba. Lo que Annie había hecho en la cinta de vídeo era tan fabuloso que sus esperanzas de mejorar el negocio lo consolaban de sus frustraciones sexuales.

El anuncio apareció por primera vez a finales de febrero. Se pasó junto con una película muy popular entre la gente joven.

El resultado fue instantáneo.

Las salas de exposición de Cantele and Beale estaban tan llenas a la mañana siguiente como en ningún sábado en los pasados seis años.

Martin Fiore había sido bastante listo como para imprimir fotos de Annie en tamaño natural y colocarlas en carteles entre los coches en venta para que los clientes se fijaran en ella.

Los tres encargados de las tiendas se vieron obligados a contratar sin pérdida de tiempo a una docena más de vendedores con el fin de dar abasto, de forma provisional, a la súbita avalancha de clientes. Ninguno disponía de tiempo para almorzar, ni siquiera para tomar un café. En medio de la confusión provocada por el tintineo de llaves, el ruido de portazos y motores, la expedición de facturas y los acuerdos financieros con los compradores, el día transcurrió a un ritmo frenético.

La nueva imagen de Cantele and Beale había destruido la antigua en veinticuatro horas.

El sábado por la noche el anuncio apareció de nuevo, y se repitió el domingo con los programas de deportes.

Las noticias circulaban con rapidez en el mundo de los negocios automovilísticos y cada comerciante importante, desde Malibú a San Bernardino, puso en marcha el televisor para ver el nuevo anuncio. Todos se sintieron impresionados por el coraje de Cantele and Beale al abandonar la probada y confiada imagen tradicional. Esa iniciativa sería aplaudida, por más desesperada que pareciese después de todo el dinero que habían perdido.

Nadie se dio cuenta de que tres vendedores de coches en particular observaron el anuncio con especial interés. Porque esos tres no iban a demostrar públicamente su pesar.

Don McCarthy, de Pacific Motors, reconoció a Annie Havilland de inmediato. Se había acercado a él cuatro semanas antes con la misma idea y amablemente hizo que su secretaria la echara.

Paul Piotrowski, de West Side Imports, reconoció a Annie como la bella joven que había aparecido en su oficina hacía un mes y a la que se había negado a recibir porque su mujer y su hija estaban allí en ese momento.

Dean Ferratin, de Ferratin Motors, se puso rojo al ver el anuncio. Annie Havilland le había mostrado todo lo que ahora hacía para Al Cantele.

Y la había rechazado.

19

Los Ángeles. 16 de abril de 1969

Un viernes por la noche, seis semanas más tarde, Annie paseaba con Beth Holland por la parte sur del bulevar Santa Mónica, en dirección a La Ciénaga. Beth tenía que encontrarse allí con su novio Michael para tomar una copa, mientras que Annie pensaba terminar la velada leyendo en casa.

A raíz del éxito del anuncio para Cantele and Beale, Annie había vuelto a la Costa en dos ocasiones más para planear una serie de nuevas cintas, y había aceptado agradecida la invitación de Beth de convertir el apartamento de ésta en Valley en su centro de operaciones de Los Ángeles.

El rostro de Annie había causado ya su anónima pero provocadora impresión en dos millones y medio de californianos en Los Ángeles, y muchos estaban considerando las ventajas de comprar un pequeño coche importado.

Al Cantele se sentía en la gloria, pues habían mejorado tanto sus negocios como la actitud con respecto a éstos de su indolente socio. Jerry Beale estaba reconsiderando su plan de vender a Al su parte en el negocio con el fin de retirarse a vivir a Palm Springs y jugar al golf, ya que ahora sus negocios parecían demasiado excitantes para abandonarlos.

Annie se sentía cada vez más optimista con respecto a su estratégica incursión en el mundo de la publicidad en la periferia de Hollywood. Había conseguido convertirse en noticia, de acuerdo; pero estaba claro que todavía no con la gente adecuada. Se preguntaba cuál debería ser su próximo movimiento.

Entretanto, disfrutaba de la oportunidad de su reencuentro en Hollywood. Cuando no tenía que trabajar con Martin

Fiore y su equipo de vídeo, recorría la zona con un coche proporcionado por Al Cantele. Lentamente, iba superando su terror a las autopistas; era simple falta de costumbre, ya que jamás conducía en Nueva York.

Pero la densidad de tráfico que afectaba a la mayor parte de las avenidas no la acobardaba, y le encantaba explorar las tranquilas callejuelas del centro tanto como las opulentas zonas residenciales de las colinas.

Así, pues, Annie había encontrado tiempo para recorrer la encantadora zona sur de Sunset que acaba de mostrar a Beth, donde se encontraban algunos de los más venerables e históricos bloques de apartamentos de la ciudad.

Beth había escuchado asombrada cómo Annie se refería a aspectos y peculiaridades poco conocidos de Hollywood, tales como el viejo edificio gris, en North Laurel, donde F. Scott Fitzgerald había escrito *El último magnate* pocos meses antes de morir; y el edificio de Hayworth Avenue, donde el escritor había muerto en el apartamento de la periodista Shielah Graham destruido por el alcohol y la desesperación.

—¡Querida —exclamó Beth, mientras le tiraba con ademán cariñoso del pelo—, ya sabes más de este lugar que yo! ¡Y eso que yo he crecido justo al otro lado de las colinas! Me alegro de que me hayas traído aquí.

Beth empezó a recordar las calles suburbiales y las construcciones con pretensiones de asemejarse a un bloque de apartamentos en las que había vivido desde que abandonara a su familia seis años atrás. Jamás había concebido esta parte del oeste de Hollywood como algo más que un mero núcleo urbano por el que uno tenía que pasar cuando se dirigía a Beverly Hills o regresaba por la autopista. Había tenido que percatarse por mediación de Annie, una forastera, de que tras las fachadas que uno veía a través del parabrisas se ocultaba alguna historia fascinante.

—¿Quién sabe? —Annie sonrió, al tiempo que, mientras paseaban, iba balanceando el bolso—. Tal vez algún día te traslades a vivir aquí.

—¿Con esos alquileres? ¡Bromeas! —replicó Beth.

Mientras lo decía calculaba mentalmente su sueldo de secretaria con la esperanza de que ella y Michael, o cualquier otro Michael, pudieran formar una familia y hacerse con alguna casa en Valley.

—De todos modos, resulta agradable pensarlo —admitió—. ¿Cómo descubres estos sitios?

—Me encanta explorar nuevos lugares. Hacen que no me olvide de la realidad —respondió Annie—. Algunas veces siento que no puedo vivir en ellos a menos que los sitúe en su historia. Quiero que me cuenten cosas de la época en que fueron construidos los edificios. Nací para turista.

Sus palabras eran más ciertas de lo que Beth podía imaginar. En su primer viaje a Nueva York, Annie dedicaba los fines de semana a recorrer cada calle, desde Battery Park hasta los Cloisters, ignorando los consejos sobre lugares peligrosos.

Ahora que su decisión de encontrar trabajo en Hollywood le daba la oportunidad de viajar, aprovechaba para conocer todo en coche, pues en Los Ángeles no existían transportes como en Nueva York.

Pero sus motivos eran algo más que turísticos. Estaba convencida de que muy pronto cortaría sus lazos con Nueva York y se instalaría allí.

Recorría en coche Sunset Boulevard docenas de veces, desde las lejanas playas de Pacific Palisades, atravesando las colinas, hasta llegar al basto y grotesco Sunset Strip. A continuación, proseguía su paseo hacia el loco enredo de las autopistas.

Mirara donde mirara, descubría siempre la huella de la historia del cine, ya fuera en las decrépitas siluetas de los abandonados estudios, en los parajes desolados o en los bulevares e intersecciones desprovistos de su legendario resplandor y que tan sólo ofrecían a la muchedumbre hamburgueserías y tiendas en absoluto lujosas.

Hollywood era una tierra de reliquias. Desde el cartel que lo anunciaba en el monte Lee, al que le faltaba una de las oes de la palabra HOLLYWOOD, hasta las huellas impresas sobre cemento en el Graumand's Chinese Theater en conmemoración a las estrellas consagradas, muchas de las cuales ya habían fallecido o habían quedado relegadas al olvido, así como los vestuarios y propiedades vendidos en pública subasta por la mayor parte de los estudios, en fin, todo lo que fuera representativo de una época dorada parecía languidecer.

Como todos decían, Hollywood era un lugar deprimente. Annie no podía negarlo. Pero sentía algo más parecido a la entusiasta curiosidad de un científico que a la fascinación o las críticas de los turistas.

La superficie actual de Hollywood le recordaba las secciones de geología que veía en sus libros escolares, con los niveles de la tierra en los que había vida y las capas inferiores de materia orgánica que salían a la luz cuando se producían fenómenos de erosión.

Desde luego, en los libros escolares los estratos de color verde, marrón y gris habían sido señalados con notaciones referentes a cientos de miles de años atrás. Pero, al fin y al cabo, ¿no era el mítico territorio de Hollywood como una geología expuesta que hubiera sido acelerada un millón de veces? Después de todo, desde los días en que los primeros cineastas irritaban a los terratenientes locales porque utilizaban sus tranquilas calles como escenarios para los rodajes, hasta los años esplendorosos de Hollywood y la decadencia de la época de posguerra, toda aquella ajetreada historia se había concentrado en un período de tiempo consistente en tan pocas décadas que muchos testigos de los orígenes del cine vivían todavía.

Algunos de ellos eran respetables estrellas que vivían en las grandes mansiones de las colinas. Otros eran achacosos octogenarios que pasaban los últimos años de sus vidas en pequeños *bungalows* alejados del mundanal ruido, en habitaciones miserablemente amuebladas de Flats o quizás en la Casa de Campo, la famosa casa de Hollywood tan popular entre las viejas generaciones.

Casi ninguno, por supuesto, tenía ahora trabajo, y no lo habían tenido desde que se eclipsara el esplendor de los estudios en los años cincuenta. Pero estaban ahí, en carne y hueso, como los árboles y hierbas en la cima de las secciones de geología de los libros escolares de Annie. Todavía vivos, pese al inevitable declive que pronto pondría punto final a sus días en la superficie de la tierra; sí, llenos de recuerdos del mundo del cine de antaño.

¡Ellos recordaban el pasado y lo evocaban! Annie los había visto en entrevistas realizadas en programas locales de televisión, los había escuchado en la radio, había leído sus nostálgicos artículos en diversas revistas. Sus palabras le infundían gran respeto. Eran los testigos actuales de la época gloriosa de Barrymore, Harlow, Lombard, ¡nombres que se citaban y evocaban con lealtad, admiración e inefable sentimentalismo! Mas, ¿durante cuánto tiempo? ¿Cuándo desaparecerían esos últimos testigos?

Los individuos que habían levantado Hollywood y que habían vivido en él eran, en verdad, perecederos. Pues la mayor ironía de todas consistía en que el recuerdo permanente, inmortal, de los soberbios trabajos de esos profesionales —unánimemente reconocido como el mayor esfuerzo colectivo en la historia del mundo del cine— desaparecería antes que sus artífices.

Se trataba de creaciones realizadas en frágil celuloide, en rollos de película gradualmente mutilados a causa de las reposiciones, perdidos o desechados porque los estudios habían considerado que no podían aprovecharse más.

A Annie le entristecía pensar que, en muchos casos, los ajados supervivientes aún existían mientras que los recuerdos de su maravillosa juventud, su enorme talento y su fascinante encanto se habían eclipsado y perdido. Del mismo modo que en otoño caen y se secan las hojas de los árboles, aquellos recuerdos se habían perdido en esencia. Tan sólo permanecían vivos en la superficie, y sobrevivían a la evocación de viejos amores y resentimientos, persistentes como decadentes esperanzas.

Pero Hollywood siempre había sido y seguía siendo una tierra de inextinguibles esperanzas, una tierra soñada, inagotable en su creación de fantasías.

Utilizando tal vez el cinco por ciento de su ejército de actores, directores, diseñadores y técnicos, Hollywood seguía rodando películas. Y hasta el más desesperado de quienes no tenían trabajo lucía su mejor sonrisa mientras imaginaba un futuro en el que, gracias a un imprevisible milagro, renacía el mundo de las estrellas y con él sus carreras.

Tales sonrisas rompían el corazón de Annie más que cualquier otra cosa, pues daban fe de la capacidad casi malsana de los hombres de aferrarse al futuro incluso cuando sus crueles zarzas estaban ya arañando la vida de sus cuerpos tanto como de sus sueños.

Pero, a pesar de todo, era un futuro lleno de voces vibrantes y ojos luminosos e inquisitivos. Porque con cada nuevo día, los jóvenes aspirantes a actores llegaban a la ciudad y ocupaban apartamentos junto a los inmigrantes de habla hispana y los orientales, más interesados en sobrevivir que en alcanzar la fama.

Casi sin prestar atención a aquellos que les rodeaban ni a la pobreza de sus vidas, los jóvenes esperanzados llegaban con su talento para escalar las alturas de la industria del cine.

Tan sólo un puñado llegaría a la cima, y luego tal vez caería. Sin embargo, ninguno quería abandonar todavía.

Y Annie era uno de ellos.

Por supuesto, su mente advertía el hecho de que ella pertenecía a esa muchedumbre. Porque su confianza en su talento, junto con una creencia casi religiosa en su futuro, le decía que ella era diferente.

A pesar de ser consciente por completo de los múltiples niveles que hacían de Hollywood un lugar tan fascinante, Annie no se molestaba en preguntarse sobre los suyos propios.

Permitía que coexistieran ignorándose mutuamente, de la misma manera que los tenderos y camareros de Flats vivían en los apartamentos donde habían vivido los jóvenes actores destinados a ser las grandes estrellas de los años veinte y treinta.

Ella no podía retroceder y obtener una visión clara de su propia complejidad. De ahí que no percibiera en realidad el juvenil idealismo que perseveraba en ella junto con el frío y frágil cinismo que la protegía de las trampas de la vida, todo encubierto por una aparente inocencia.

Y no se trataba de que no advirtiera que poseía una arcaica pero crucial necesidad de ser amada, cuidada y consolada. Era consciente de ello tanto como de su férreo carácter realista que se resistía a la idea de depender de otro.

Bajo su tranquila superficie latían una brutal ambición,

terrores reprimidos, fantasías infantiles, temor a la soledad, una desesperada necesidad de ser feliz y anhelos de algo más que la felicidad.

Cada una de esas fuerzas reclamaba su territorio sin reconocer a las otras. Y era entonces cuando Annie se preguntaba por qué continuaba esperando el éxito en un mundo del espectáculo decadente como aquel, en el que no había trabajo. Ella rechazaba los temores que la asaltaban con la serena reflexión de que el público, fueran cuales fueren sus transformaciones, siempre necesitaría entretenimientos.

La gente siempre buscaría a actores que crearan personajes para ellos, que dieran vida a sus sueños y fantasías, que asumieran los destinos gloriosos y los horribles castigos que por suerte nunca llegaban a sus vidas; desde tiempos inmemoriales la gente había deseado y necesitado identificarse con esos personajes a través del teatro.

Y el teatro, en el mundo moderno, significaba cine.

La historia de la ascensión y caída de Hollywood no incluía solamente el pasado. Requería un futuro. Y donde había un futuro necesariamente tenía que haber oportunidades.

Eso era evidente para la rápida mente de Annie. Pero quedaba una cuestión crucial.

Entre los miles de jóvenes con talento que ardían de ambición y dedicación por su trabajo y que ahora coincidían en Hollywood, todos destinados al fracaso, ¿por qué Annie Havilland encontraría el camino hacia el éxito?

Porque tenía que hacerlo.

La respuesta era simple e imposible de enunciar, pues dejaba de lado el sentido común para dar paso a una determinación y una fe fanáticas.

Y esa muda transición se producía cada noche cuando, en su apartamento de Manhattan o en el de Beth en Valley, Annie se sentía arrastrada desde las preocupaciones de un día de trabajo hacia una zona de instrospección que la conducía a sus sueños.

Debía triunfar porque tenía que hacerlo. Nunca traicionaría su vocación ni abandonaría su camino.

Y había otra razón.

Beth Holland no podía adivinar, mientras caminaba con su hermosa compañera, que sus viajes no eran los de una simple turista.

Cada día sin falta iba en coche a Holmby Hills, la mansión de Harmon Kurth, y se detenía ante las verjas de hierro que cerraban el acceso a la misma.

Mientras examinaba el lugar, volvían a su memoria las palabras con las que Kurth había tratado de truncar su futuro.

«Nunca trabajarás en Hollywood. Nunca.»

Su voz a través del teléfono aún retumbaba con perfecta claridad en su memoria.

«Si te acercas a mí en el futuro, me ocuparé de destruirte.»

Repetía aquellas palabras con deliberada lentitud, mientras miraba de reojo las rejas. Kurth no la asustaba. Al contrario, el simple eco de las palabras cuando las evocaba la hacía sentirse peligrosamente fuerte, y el protegido mundo de Kurth se tornaba frágil e ingenuo frente a ella.

Entonces volvía a poner en marcha el coche, daba la vuelta y se encaminaba a la siguiente visita. Pero la sombra de Kurth permanecía al acecho en el espejo retrovisor ante sus ojos, haciendo que se confundiera la carretera que se extendía delante de su coche con el tramo de la misma que dejaba atrás.

Annie todavía no había acabado con Harmon Kurth.

—Bueno, creo que ya ha llegado la hora —indicó Beth mirando el reloj mientras esperaban para cruzar la calle en La Ciénaga—. A ver si Michael es puntual.

—Seguro que sí —respondió Annie sonriendo—. ¡Está loco por ti!

—Me gustaría; pero creo que quiere tener una casa con dos coches en el garaje, tres perros y el cuarto de los niños listo antes de pedirle a una chica que se case con él.

—Espera y verás —insistió Annie.

Annie contempló a su atractiva y esbelta amiga, al tiempo que pensaba en las profundas diferencias que las separaban.

Hija de unos modestos profesionales de San Fernando

Valley, Beth era tan hermosa que, tras finalizar sus estudios en el instituto, había decidido viajar al otro lado de las montañas de Santa Mónica para probar fortuna en el mundo del cine.

La insignificante prominencia de su nariz y sus ojos un poco demasiado juntos no le permitieron pasar de papeles irrelevantes, por lo que decidió cambiar el rumbo de sus prioridades y buscar compañeros masculinos adecuados con un trabajo estable y económicamente seguro.

Sin embargo, mantenía el contacto con su agente y de vez en cuando la llamaban para alguna prueba. Leía *Daisy Variety* y permanecía atenta a los rumores del ambiente. Pero era evidente que su interés se centraba en el buen sueldo que ganaba como secretaria.

Annie no se daba cuenta de que Beth disfrutaba de sus visitas, en parte debido a su propia renuncia a ese mundo. Desde el día en que Annie había vuelto del hospital sin querer explicar el origen de sus heridas, Beth había quedado sorprendida por la determinación de su mirada.

En las lacónicas cartas que le había mandado desde entonces, Annie le informaba con brevedad de sus progresos en Nueva York. Y ahora que ese trabajo la había mandado a la Costa, era fácil comprobar que su ambición la había endurecido hasta cubrirla con una coraza que le permitiría resistir los más fuertes vendavales. Annie, desde luego, poseía una gran firmeza de carácter.

Beth se preguntaba a menudo si era posible aún que alguna suerte de imperiosa misión pudiera lanzar a alguien al éxito en aquel Hollywood moribundo. Y le intrigaba el enigma de Annie, cuya inteligencia, limpia y honrada, ocultaba algo, una esencia misteriosa de la que tal vez ni siquiera ella misma era consciente.

Fuera lo que fuere, ello le confería un atractivo todavía mayor. Esa noche, como siempre había sucedido en Hollywood a lo largo de dos generaciones, las calles estaban repletas de jóvenes hermosas. Sin embargo, era obvio que todos los hombres clavaban su mirada en Annie.

A pesar de que su atuendo era muy corriente —tejanos, camiseta de algodón ceñida y unos vulgares zapatos de goma—, causaba sensación en medio de la noche.

Algunos transeúntes reconocieron a la chica del nuevo anuncio de Cantele and Beale, y un par de adolescentes incluso le pidió un autógrafo, que ella firmó sonriente.

–Eso ha sido un auténtico reconocimiento –señaló Beth cuando las jóvenes se alejaron–. Ya estás a medio camino del Oscar.

Pero Beth sabía muy bien que Annie no necesitaba de su modesta fama para llamar la atención. Aunque hubiera sido una completa desconocida, habría sido de todos modos el blanco de las miradas de los transeúntes. Annie era especial. Tanto cuando estaba trabajando como al natural, había algo en ella que la hacía diferente. Beth disfrutaba con su compañía. Nunca había conocido a ninguna otra chica que tuviera el extraordinario magnetismo de Annie, ni, de hecho, a nadie tan encaminado al éxito.

Beth estaba convencida de que Annie triunfaría en Hollywood o moriría en el intento.

Llegaron al Tangerine, el bar musical donde se habían citado con Michael.

–Anímate, Annie –le suplicó Beth–. Quédate con nosotros. Quizá conozcas a alguien interesante.

–Tengo que irme –respondió Annie con una sonrisa–. Saluda a Michael de mi parte.

–De veras, querida –insistió Beth–, nunca sales. No puedes pasarte la vida sólo trabajando y saliendo sola. Necesitas salir con amigos.

Annie se encogió de hombros, en una amable negativa.

–Me iré a casa.

–No te vayas a dormir –le rogó Beth–. Y ten cuidado por el camino.

–Divertíos –se despidió Annie, con un dejo de ironía en su voz.

Acto seguido, empezó a andar en dirección a su casa con la intención de pasar una noche tranquila.

Annie se dirigía al aparcamiento del bulevar Santa Mónica, donde la esperaba el coche rojo que le había proporcionado

Al Cantele. Sus pasos eran enérgicos a pesar del largo paseo que había dado con Beth.

La zona estaba repleta de tiendas y restaurantes, así como de establecimientos nocturnos de toda clase que frecuentaban ricos habitantes de la ciudad y de los alrededores, numerosos homosexuales y adolescentes que acudían con la idea de verse y ser vistos. Era un área muy concurrida y ruidosa, pero no particularmente peligrosa.

Annie pasaba sin prisa por delante de una taberna cuando sucedió lo inesperado.

Un hombre corpulento, con pantalones arrugados y chaqueta a cuadros, salió disparado y aterrizó a sus pies.

Annie casi perdió el equilibrio. Al mirarlo se dio cuenta de que estaba muy borracho. Durante un instante sus ojos se cruzaron. Eran los ojos más extraños que Annie hubiera visto. Pequeños, azules, con un brillo tal que parecía que estuvieran iluminados desde dentro, conscientes y torturados, pese a la embriaguez.

Annie supuso que la ira debía ser la fuente que alimentaba aquella luz, porque en ese momento un camarero salió del bar y cogió al hombre del brazo.

—Váyase a casa —aconsejó—. Ya ha bebido bastante. Dentro hay tres tipos que quieren partirle la cara. ¿Quiere que le llame un taxi?

El hombre respondió con sorprendente claridad.

—Una copa más. Te daré una propina tan grande que tu madre no necesitará trabajar de puta durante un mes.

El joven enrojeció.

—¡Márchese! ¿Quién se ha creído que es?

—Liberace, con una mano atada a la espalda —sonrió el hombre—. Y lo bastante hombre como para darte una patada en el culo.

—Escuche —respondió el camarero—, conozco a los tipos como usted. No les gusta irse hasta que alguien les pega. Hágame el favor de irse a otro lado. No quiero problemas.

—Encantado.

Con una mirada esquiva, lanzó un puñetazo a la mandíbula del joven. Pese a estar borracho, la fuerza del golpe hizo tambalear al muchacho, que respondió al instante con un golpe en el estómago.

El hombre se dobló en dos ante la impresionada Annie. Maldiciéndolo, el camarero regresó al bar.

El hombre se sentó en la acera, apoyando la espalda contra la pared. Con un gemido de dolor, lanzó una carcajada.

Al mirarlo, Annie pensó que la observación del mozo debía de ser correcta. El hombre parecía más tranquilo, inclusive victorioso, por haber logrado una pelea.

A través del cristal del bar, pudo ver al joven con el teléfono en la mano.

Algo en la conducta crónica y el orgullo del hombre la obligó a no abandonarlo. Él levantó lentamente la cabeza para mirarla. Era evidente que no reconocía en ella a la chica contra la que acababa de chocar.

Entonces levantó una ceja con gesto burlón.

–¿Concepción? –inquirió con voz histriónica–. ¿Eres tú? ¿Aquí? ¡Qué sorpresa! ¿Cómo están las chicas del orfanato?

Annie se inclinó para ayudarlo a levantarse.

–El camarero está llamando a la policía –alegó, ignorando sus burlas–. Si no se va de aquí pasará la noche en la cárcel.

–¡Maravilloso! –replicó él, apoyándose con tanta fuerza que casi la hizo caer–. Vámonos juntos, vejestorio mío. Tendremos la oportunidad de hablar de amores pasados. Cógete de mi brazo.

Se tambaleó tan repentinamente que Annie estuvo a punto de perder el equilibrio. Era evidente que estaba demasiado borracho para caminar. Y el puñetazo había terminado con sus fuerzas.

Con un ademán impulsivo, Annie volvió la cabeza justo a tiempo para ver un taxi que se acercaba. Lo llamó. Cuando el vehículo se detuvo, el taxista la ayudó a introducir en él al hombre.

–Por favor, apresúrese –apremió Annie. Temía que el desconocido tuviera problemas con la policía–. Ahora vaya a su casa –le aconsejó–. Ya ha tenido bastante por esta noche.

–¿Bastante?

La miró con una lucidez que le permitió advertir una gran inteligencia, y también una voluntad de autodestrucción junto con algo más que la conmovió y asustó al mismo tiempo.

–Nunca debes decir esa palabra, criatura. Eres un ángel de

bondad y puedes conducirme a la muerte, pero nunca digas esa palabra.

Agitó un largo dedo, en burlón gesto de reproche.

El conductor se volvió para mirarlo.

—Ya lo he llevado a casa otras veces, señor Rhys. Benedict Canyon, ¿no es cierto?

El hombre asintió distraído. Annie lo observó, mientras el hombre la contemplaba con una sonrisa de ironía y triunfo.

Luego, como si mentalmente cerrara una puerta, sus ojos se apagaron y pareció como si dejara de verla. Se negaba a aceptar ayuda.

El taxi se alejó. Cuando Annie llegaba al final de la manzana, un coche de la policía se detenía frente al bar.

Sonrió al pensar en su buena acción. Tal vez el hombre hubiera preferido pasar la noche en una celda.

Luego se olvidó de todo y se dirigió a toda prisa al aparcamiento, se metió en el coche y se fue a casa.

Una vez que se hubo duchado y se acostó para leer una novela, borró de su mente el nombre que había pronunciado el taxista.

Por fin, se quedó dormida, sin saber que acababa de tener el encuentro más importante de su vida.

20

Pasaron varios meses.

Meses dolorosos para Annie. Transcurrían los plazos que se había fijado y no conseguía ningún progreso palpable.

De regreso en Nueva York, continuó con las clases de baile y canto y las del estudio de Roy Deran. Actuaba en el grupo de Century Players, algo excitante pero agotador, y aceptaba trabajos de modelo para asegurarse ingresos que le permitieran viajar con regularidad a Los Ángeles. Allí la esperaba Beth, que la recibía encantada y siempre le hacía preguntas sobre su carrera y sus próximos planes.

Nick Marciano se había lanzado a la aventura antes que ella, y se marchaba a Hollywood.

Su último encuentro tuvo un dejo agridulce. Aunque Nick todavía carecía de un trabajo fijo, rebosaba de confianza en sí mismo. Cuando Annie le dijo que admiraba su valor, se echó a reír.

—No me admires, nena —replicó—. Esos tipos de la Costa no pueden aplastarme. Voy a conseguir papeles en las series de televisión. Espera y verás. Actuaré en series policíacas, y antes de que te des cuenta seré el mejor secuestrador y violador de la pantalla.

Annie miró sus ojos oscuros, la mandíbula cuadrada y la nariz aguileña. Pese a su musculosa vitalidad, tenía un aire travieso y vulnerable. Temía por él, porque su carácter lo definían la ternura y la fragilidad. Y en ese momento necesitaría exactamente lo contrario, una dura frialdad que jamás llegaría a poseer.

—No, Annie —sonrió, abrazándola—, no me admires. Tú eres la única en la clase que tiene futuro. Tú eres la única actriz, y Roy lo sabe.

—No digas eso —le retó Annie—. Sabes que no es cierto...

Por un instante, Nick la apartó y la miró profundamente a los ojos. Ella llegó a creer que estaba enojado. Luego advirtió la luz febril y torturada de sus ojos.

—Nena —dijo con voz suave—, te amo.

Sabía que era verdad, y también sabía que nunca podría corresponderle.

—No sé cuándo volveré a verte o qué sucederá —continuó—. Tenía que decírtelo ahora. No te sientas mal por esto. Y no te preocupes, no volveré a decirlo. Pero siempre tendrás mi amor si lo necesitas. ¿De acuerdo?

Annie asintió, hundiendo la cabeza contra su pecho. Nick besó su frente, sus ojos y le levantó el mentón para besarle los labios. Fue un beso lleno de renuncia. Sabía que nunca le pertenecería y aceptaba el hecho como algo permanente.

Annie sabía que no podía preparar a su apuesto amigo para afrontar la dureza del mundo. No podía entregarle su corazón, y menos aún el placer de su cuerpo, sin el consentimiento de su corazón.

Aquella noche lo dejó marchar con un gesto de afectuosa amistad.

Dos días más tarde comenzó a sentir el vacío que dejaba en su vida, ya que no podía llamarlo para citarse con él. Nick se había ido.

Una semana más tarde recibió una postal con la nueva dirección de Nick y un mensaje. Firmaba «tu amigo» y la inicial «N».

Cumplía su palabra.

Sin Nick en Nueva York, Annie se sentía terriblemente sola. Era su mejor amigo y confidente, la única persona a la que había confiado sus íntimos temores sobre la vida que había elegido.

Nadie podía llenar ese vacío. Su inhumano plan de trabajo no le dejaba tiempo para tener verdaderos amigos entre sus compañeros en la clase de Roy o sus colegas en Cyrena.

Sus antiguas amigas en el mundo de las modelos habían quedado atrás debido a su nueva carrera. Y las actrices y actores que encontraba en las pruebas no eran sino «la competencia».

Annie comprendía que Nick se hubiera marchado. No tenía sentido esperar cuando el futuro se hallaba a kilómetros de distancia. Había que correr el riesgo.

Pero todavía no se decidía a dar el paso, y se sentía cada vez peor porque el tiempo se le iba de las manos. Trataba de consolarse con el hecho de que el anuncio de Daisy había sido un gran éxito y su rostro figuraba en todas las revistas femeninas que promocionaban el producto. Mientras tanto, en Hollywood tenía una identidad visible como la sensual chica de Cantele and Beale.

Visible, pero anónima.

Sabía que necesitaba algo más, un salto mucho más largo, pero no sabía cómo darlo.

21

Antes de finalizar la primavera, en Manhattan, Fiore y Asociados pidió a Annie que regresara a Hollywood para realizar un anuncio de Cantele and Beale para la prensa.

Al Cantele la recibió como a una hija e insistió en llevarla a cenar a su casa, donde su esposa Shirley, antes tan fría, la trató como a una sobrina comprensiva con la que podía quejarse de sus díscolos hijos.

La gran noticia de esa semana fue el compromiso de Beth y Michael. Annie estaba encantada, aunque sabía que perdería el lugar donde hasta ahora se había hospedado en Valley y que debería buscar otra residencia.

Iba a echar de menos la amistad y el sentido del humor de Beth, y también tendría que buscar otro motivo para regresar a la Costa. En ese momento, las colinas de Hollywood le parecían más cerradas que nunca, a pesar de que su rostro ya formara parte, todavía humilde aunque visible, del lugar.

Se alegraba por Al Cantele y Jerry Beale, pero no tenía idea de cómo pasar de los anuncios publicitarios a otra clase de trabajo. Ese cambio requería una imaginación y empuje que su cansancio le impedía poner en práctica.

Vio a Nick dos veces durante esa semana. Bronceado y feliz, la recibió con un fuerte abrazo y una rosa de tallo largo.

Pero cuando observó con más detenimiento su rostro apuesto, lo notó perturbado. Le contó que le estaban haciendo unas pruebas para una serie de episodios de un productor en ascenso, llamado Bob Romero, un trabajo que lo encumbraría si jugaba bien sus cartas. Pero no parecía excitado u orgulloso por su logro.

El apartamento de Nick estaba en un viejo edificio a pocas manzanas de los llanos de Santa Mónica. Era superficialmente atractivo, con un pequeño aparato de aire acondicionado, pero bastante semejante al que tenía alquilado en Nueva York.

Annie trabajaba duro con Martin Fiore, tratando de distraerse de los malos pensamientos. Percibía malas vibraciones a su alrededor. Trató de hacer frente a su inevitable regreso a Nueva York en busca de iniciativas que nunca aparecían.

Entonces sucedió lo inesperado.

La voz, grabada en el contestador automático de Beth le resultó encantadoramente familiar.

«Querida –decía Hal Parry–, ponte los zapatos de baile. Estoy en Beverly Wilshire. Vamos a ir a una fiesta. ¡Una de las grandes, muñeca! Es en la casa de Harry Gold, uno de los más grandes productores. Todos los peces gordos estarán allí, así que tendrás que aparecer espléndida, es decir, tal como eres. Te recogeré en coche mañana a las ocho. Llámame.»

Cuando le llamó, confirmó la invitación. Gracias a su nueva celebridad en Nueva York, a Hal le habían ofrecido muchos trabajos. Se hablaba de volver a rodar uno de sus famosos musicales y de dejar a su cargo la coreografía.

Hal volvía a estar en la cima.

Pasó a recogerla en un gran coche de alquiler, y la saludó con un fuerte abrazo.

–¿Me acompañas, querida? –sonrió feliz, sacando una botella de Jack Daniel's del bar camuflado entre los asientos.

–No, gracias. Y contrólate, Hal. Esta noche necesito que cuides de mí.

–¡Tonterías! –replicó, encogiéndose de hombros y llenando su copa–. No pasa nada en las fiestas de Hollywood, Annie. Simplemente tienes que circular. Y no estarás sola, de eso estoy seguro. Mucho menos con ese vestido.

Contempló con admiración el vestido verde que dejaba al descubierto la espalda y los brazos. Un colgante de jade hacía juego con los pendientes. El cabello suelto le caía en cascada sobre los hombros. El aroma de su perfume resultaba embriagador.

–Espero no hacer el papel de tonta. No conozco a nadie en esa fiesta.

–Mucho mejor –respondió Hal, tomando un largo trago de su copa–. Disfrutarás observando a los invitados. Es fácil hacerlo cuando no les debes nada. Pero recuerda –advirtió con más seriedad–: todo en una fiesta de Hollywood es negocio. Cada palabra, cada sonrisa. ¿Comprendes? Esa gente no está allí para pasar un buen rato. Está buscando negocios, y la manera de apartar del camino a los que molestan. Ésa es nuestra ciudad, querida.

Annie asintió, nerviosa pese a la seguridad de que las indicaciones de Hal eran correctas. Después de todo, ¿qué podía suceder esa noche que la afectara personalmente?

Al poco tiempo de llegar a la fiesta, Annie pudo comprobar la veracidad de las palabras de Hal.

Harry Gold vivía en una mansión en Bel Air, una monstruosidad neogótica, con por lo menos treinta habitaciones. En el aparcamiento había más Rolls-Royce de los que Annie jamás había imaginado llegar a ver en un solo lugar. Junto a ellos, el Mercedes de Hal casi pasaba desapercibido.

Con el corazón en un puño, entró con Hal, quien al poco rato la abandonó.

Observó cómo su amigo desaparecía con otro hombre a quien ella desconocía.

Aceptó la copa de champaña que le ofrecía un camarero demasiado solícito y se dirigió a los grandes salones de la planta principal. Los muebles eran de estilo Luis XVI, las alfombras deslumbrantes. Annie reconoció los diversos estilos de los cuadros que colgaban de las paredes. Asimismo, había esculturas colocadas sobre pedestales o en estanterías en grandilocuente silencio.

Los invitados eran tan exóticos como el entorno. Todos vestían con tonos suaves y delicados, los hombres elegantes trajes y las mujeres provocativos vestidos o vaporosos volantes. Todo a la última moda, lucían los mejores diseños y sus accesorios eran de un gusto exquisito. Annie no pudo menos que sentirse como una pobretona con su hermoso vestido.

Le sorprendía sobre todo la muda languidez de los asistentes, pese a que todos mantenían animadas conversaciones. Hablaban en voz baja, no perdían el control y mostraban una asombrosa delicadeza en sus movimientos y gestos. De hecho, reflejaban su riqueza y su ocio del mismo modo que los poseían; todos ellos eran famosos o estaban a punto de serlo. Daban la impresión de ser especies de invernadero, alejadas y distintas del resto de los mortales.

¡Y qué morenos estaban! Su bronceado era tan omnipresente como los Rolls-Royce y las copas de champaña de cristal tallado. Bruñidos e impecables, confirmaban la sensación de que una raza de seres tranquilos y serenos había llegado a las colinas, refinados por el sol tanto como por el dinero. Annie se movía entre ellos con cautela, temerosa de parecer un vagabundo en medio de una fiesta de Rockefeller.

Para su sorpresa, a los pocos minutos de la desaparición de Hal se le acercó un hombre elegantemente vestido, con aspecto de estar muy seguro de sí mismo.

–Stan Rusin –se presentó–. Encantado de conocerte. Te he visto en la campaña de Cantele and Beale. Fabuloso.

–¿De veras? –preguntó Annie–. Muy amable.

–Oh, yo siempre estoy al corriente de todo. ¿Cómo te llamas?

–Annie. Annie Havilland.

–Ahora, dime. ¿Te gusta California, Annie?

–Oh, sí, mucho. Yo...

–Escucha, Annie, eres justo lo que esta ciudad necesita.

La voz de Stan Rusin era tranquila pero en sus palabras había un toque de urgencia que armonizaba con el extraño brillo de sus ojos.

–Tienes una sensualidad natural que puede hacer perder la cabeza a muchos –prosiguió–. Soy el agente de Jack Seaton, y he estado hablando con él de algunos proyectos en los que encajarías perfectamente.

Empezó a describirle escenas que necesitaban mujeres atractivas, y se explayó comentando la cantidad de ocupaciones de su cliente. Jack Seaton era un nombre que Annie havía visto en las películas para televisión en más de una ocasión. Supuso que los proyectos estarían destinados a ese medio.

–Escucha –dijo Stan con gran seriedad–, deja que hable mañana con Jack. Si puedes, podríamos encontrarnos la semana que viene. ¿Estarás disponible?

—Bueno, sí claro. Eres muy amable al tomarte la molestia de...

—¡De ninguna manera! Mi trabajo es buscar gente con talento. Jack estará encantado de conocerte. Le encantaron tus anuncios publicitarios.

—Muchas gracias —respondió, incapaz de seguir el ritmo enloquecido de la conversación.

—Escucha —la interrumpió, mirando por encima de su hombro—, detesto irme así, pero tengo que saludar a alguien antes de que se vaya. Los negocios, ya sabes. —Le estrechó la mano—. Estoy encantado de haberte conocido. Jack se sentirá fascinado. Te llamaré. Que lo pases bien.

Con gesto de preocupación, Stan Rusin se alejó.

Unos minutos más tarde pudo verlo conversando con dos hombres a los que no reconoció. Aunque seguía con su aire controlado, evidenciaba un toque de servilismo en el trato. Era evidente que aquellos hombres le producían temor.

Más tarde le habló a Hal sobre ese encuentro. No le sorprendió en absoluto.

—Conozco a Stan —afirmó Hal—. Es una basura y todo el mundo lo sabe. No ha ganado un centavo desde hace seis años. Hablaba contigo para probar el terreno.

Se acercó más a Annie.

—Recuerda: no prestes atención a lo que la gente dice en Hollywood. Sólo cuenta lo que hace. Ahora, si Jack Seaton hace llamar a tu agente, te hacen una prueba y te envían un contrato, eso será algo. Le deberás un favor a Jack. Pero nada de lo que Stan Rusin diga en una fiesta quiere decir nada, excepto que quiere averiguar si estás disponible y en qué andas metida.

Hal se encogió de hombros.

—Además, Stan es drogadicto. Nadie lo tiene en cuenta. Eso no quiere decir que los demás no se droguen. —Levantó orgulloso su copa de bourbón—. Por lo menos, tu acompañante puede decir que sólo bebe algo honesto.

Lo interrumpió una ola de gente. Mientras se alejaba, Annie comprobó que su paso era tambaleante y, lo que era peor, vio que trataba a una pareja con la que se saludaba con una adulación semejante a la de Stan Rusin.

A lo largo de la noche, Annie conoció a más individuos al estilo de Stan Rusin.

En seguida se cansó de las falsas demostraciones de simpatía y de las ofertas de distintos proyectos.

A lo que ya sabía sobre la fauna humana de Hollywood se añadía una nueva etapa de conocimiento. Todos en la mansión de Harry Gold usaban la misma máscara, una infatigable mezcla de juventud, éxito e irreprimible excitación placentera.

Las criaturas de Hollywood, a juzgar por las apariencias, pasaban momentos maravillosos y siempre los habían pasado. Y se detenían para hacer una pausa en sus lucrativos trabajos sólo el tiempo suficiente para mirar hacia un futuro interminable de logros creativos, ganar más dinero y juguetear al sol.

Bastaban, por desgracia, unos pocos minutos para poder descubrir detrás de esas máscaras debilidades, una silenciosa desesperación y, muy a menudo, peligrosas cantidades de droga.

Annie no podía dejar de darse cuenta de que junto con los rostros bronceados, los modales elegantes y la ropa costosa había un toque en las voces y un brillo en las miradas que significaban una combinación de drogas y alcohol. Si bien eran voces y miradas demasiado complejas para comprenderlas, resultaba imposible ignorarlas.

Para Annie no era una novedad el uso de las sustancias llamadas psicodélicas, muy populares en los últimos años. Muchos de sus amigos de Nueva York, Nick entre ellos, experimentaban con LSD y mescalina, y el olor entre amargo y dulzón de la marihuana era muy frecuente en la mayoría de las fiestas de Manhattan.

Pero a diferencia de sus amigos, en los que el efecto se limitaba a risas tontas, ataques de furia y un sueño pesado en medio de la música *rock*, esos californianos, al parecer, tomaban drogas todo el día y éstas estaban tan íntimamente ligadas a sus vidas como el sol que bronceaba su piel.

«Dios me salve de las drogas», rogó Annie con un estremecimiento más cerca de la piedad que del desprecio hacia la gente que la rodeaba. Agradecía su suerte porque le permitía que la única adicción de su vida fuera el trabajo. Eso ya la consumía bastante.

Lanzó una mirada a su reloj. Para su asombro, habían transcurrido apenas dos horas. Tenía la sensación de estar allí desde hacía un año.

Escuchar las conversaciones era deprimente. Hal tenía razón. Detrás de cada palabra y de cada sonrisa se ocultaban un frío temor y una avidez implacable.

No le gustaba demasiado la gente que tenía ante sí, pues su abyección llegaba a tal extremo que eran incluso capaces de mandarse unos a otros al infierno. Se trataba de una especie creada por el 95 % de desempleo en una industria que, a pesar de todo, podía laurear a una reducidísima parte de ellos con fama y enormes riquezas.

No podía dejar de sentir admiración por la capacidad de aquella gente de sobrevivir bajo ese árido sol, dispuestos a devorarse unos a otros. La mayoría de ellos había sacrificado lo mejor de sí mismos, y hacía tiempo que sus corazones estaban rotos por el esfuerzo.

Y lo que más la impresionaba era la infinita tristeza de ese inútil coraje que flotaba por los salones de Harry Gold.

Una agradable excepción fue Norma Crane, una hermosa mujer de unos setenta años que Hal le presentó en el tranquilo solárium.

El rostro afable, pecoso a causa de la edad y los años de sol, resultaba tan familiar para Annie que se declaró encantada de conocerla antes de que Hal mencionara que había sido una estrella del cine mudo.

—Norma Crane —anunció Hal con los ojos húmedos de emoción— fue y es una de las más grandes damas de esta ignorante ciudad. Vosotras dos tenéis que conoceros.

Para sorpresa y alivio de Annie, Norma resultó ser como una bocanada de aire fresco en aquel ambiente tan cargado.

—Estoy aquí sólo como un vestido en un escaparate —dijo—. A Harry le gusta disponer de media docena de estrellas a mano para la decoración en ocasiones como ésta. Y, amigos, eso os da la oportunidad de sentiros un poco importantes por una noche.

A Annie le hubiera encantado que le hablara de su excitante pasado, pero era evidente que Norma deseaba hacer gala de su agudo ingenio en ese momento.

—Mira a tu alrededor, Annie —instó—. Lo que estás viendo es un cementerio. Está lleno de cadáveres como yo, con los pies en la caja y lamentándonos por un mundo que dejó de existir hacer ya veinte años.

—¿Fue culpa de la televisión, como dice la gente? —preguntó Annie.

—La televisión, sí —aprobó Norma—. Oh, sí se habló de los cambios del gusto después de la guerra y los problemas de los años cuarenta. Pero la simple verdad es que la gente empezó a preferir quedarse en casa viendo la televisión porque era más barato que ir al cine.

Norma sonrió.

—Por supuesto —prosiguió—, la televisión nunca ha sido tan entretenida como ir a ver una buena película, y la publicidad la ha empeorado. Pero ha cumplido su misión: ha matado las películas, y a Hollywood con ellas. Me refiero al viejo Hollywood, al sistema de los estudios.

Norma rió con suavidad.

—Demonios, Annie, ahora nuestros estudios son un simple recuerdo. MGM, Warners y Fox están sólo para alquilar sus instalaciones a los productores independientes para que hagan películas y series de televisión.

Annie asintió.

—La gente echa de menos a las estrellas como usted, señorita Crane —aseguró.

—Por amor de Dios, llámame Norma. Bueno, querida, la gente como yo se extingue. Nosotros y el mundo en el que vivíamos. ¿Y por qué no? Todo muere.

Tocó la mano de Annie.

—Todos creen que pueden hacer volver el pasado y que todos volvamos a trabajar. Bueno, pues eso no es posible. Se pueden cambiar algunas cosas, pero no se puede hacer que vuelvan aquellos locos tiempos nuestros, en que se nos trataba como esclavos de lujo, malcriados y vestidos como muñequitos de pastel de bodas. No, ese mundo pertenece al pasado. Era cruel y divertido, pero, sencillamente, se ha ido.

Al captar la mirada melancólica de Annie, hizo una mueca para disculparse.

–No me hagas caso, querida –continuó Norma–. Creo que tengo demasiado tiempo para pensamientos sombríos. No hay que tener nostalgia del pasado. ¿Para qué está, sino para dar paso al futuro? Siempre habrá estrellas. La gente las necesita. Piensa en esos muchachos ingleses del *Sergeant Pepper*. Son dioses.

Annie meditó a fondo sobre las palabras de Norma. Un mundo se había ido de Hollywood para no regresar. Norma pertenecía a ese mundo y lo conservaba intacto en su interior, como el genio de la botella. Solamente podía resucitarlo con la memoria.

Por otra parte, seguían produciéndose películas y con ellas surgían astros y estrellas como Warren Beatty, Faye Dunaway, Dustin Hoffman y Barbara Streisand. Lo mismo sucedía con un puñado de destacados directores, escritores y productores.

Hollywood era una tierra en la que las valiosas oportunidades crecían con tozudez, como retoños en el desierto del presente.

–¿Y qué pasa con usted, Norma? –preguntó Annie.

–Tengo a mis nietas, mi casa, mi álbum de recuerdos –repuso la anciana, sonriendo mientras fumaba–. Y –rió– a mi gente. Apuesto a que no sabías que las agencias importantes mantienen a viejos como yo para que podamos decir a nuestros amigos que todavía tenemos representantes, que todavía trabajamos, que tenemos esperanzas. No hacen, claro está, nada por nosotros, porque no hay trabajo ni interesamos a nadie. Pero algo de nuestro encanto se les pega y nosotros no nos sentimos del todo olvidados. Es un beneficio mutuo.

Un brillo de picardía apareció en sus ojos.

–Me gusta llamarlos de vez en cuando, nada más que para divertirme un rato con ellos.

Norma apagó su cigarrillo.

–No, Annie; soy una vieja feliz y eso es todo. Si algo he aprendido ha sido que tienes que encontrar respeto por ti misma cuando tu estrella empieza a apagarse. Demasiados de nosotros en Hollywood aprendimos la lección cuando fue demasiado tarde. Me alegro mucho de haberme casado con Jim, que en paz descanse, y haber podido hacer mi vida.

Apretó la mano de Annie.

—Si aceptas el consejo de una vieja, Annie, haz lo que yo hice: busca un hombre que te ame y cuélgate de él con toda tu fuerza, no importa lo alto que subas o lo bajo que caigas.

Annie sentía que ésas eran las primeras palabras de auténtico valor que oía esa noche. De todos modos, la perturbaban, por la nota de prevención.

Parecía que Norma, con todo su cinismo sobre el mundo del espectáculo, creyera instintivamente, pese a no conocerse, que un futuro aguardara allí a Annie.

Y Norma parecía sentir que aquella muchacha estaba lejos de cultivar una relación romántica que la alejara de su meta. Sus amables palabras implicaban que no era demasiado tarde para cambiar el curso de algo que podía tener desastrosas consecuencias, y reflejaban el convencimiento de que Annie era capaz de ese cambio.

Norma se retiró temprano, bromeando sobre la necesidad de dormir para conservar la belleza. Prometió a Annie que la llamaría para invitarla a almorzar y presentarle a sus nietas. La joven tuvo la sensación de que esa sería la única promesa en aquella fiesta que se cumpliría.

Después de la partida de Norma, Annie acusó la fatiga del esfuerzo por mantener conversaciones con gente totalmente desconocida.

Empezó a evitar los grupos y a recorrer los opulentos salones, al tiempo que admiraba las pinturas, esculturas y antigüedades. Harry Gold se había rodeado de ellas con el fin de garantizar una aparente respetabilidad, no muy distinta de la que caracterizaba el ático de Hal en Manhattan con muebles alquilados y una bodega provisional.

Por último, desembocó en la biblioteca, donde los libros se alineaban sobre estanterías de cristal. Los cuadros oscuros que colgaban de las paredes contribuían a aumentar el aura tenebrosa de la estancia.

Había un pequeño bar colocado sobre una mesa del siglo XVIII en la esquina, como al parecer había en cada habitación de la casa. Entre las botellas de licor Annie descubrió una de soda. Se sirvió un poco en un vaso, con hielo y una rodaja de limón, antes de empezar a hojear los libros.

Pero se quedó inmóvil en cuanto se percató de que no estaba sola.

En un sillón de cuero, con un libro en las rodillas y un vaso de whisky en una mesita, estaba el hombre con el que había tropezado en el bulevar de Santa Mónica, al que había salvado de que lo arrestaran por embriaguez.

Él no levantó la vista. Parecía absorto en la lectura. Un cigarrillo se consumía en el cenicero.

Mientras Annie lo observaba, giró la página del libro. Su cabeza, coronada por el pelo rizado y de tonos grises –cosa que ella notó por primera vez–, asentía de manera casi imperceptible. Tenía los dedos amarillos debido a la nicotina de los Lucky Strike, a juzgar por el paquete que había sobre la mesita de marmol.

Annie se sentía incómoda. Era evidente que no la había visto, a pesar de que estaba muy cerca de él.

Trató sin éxito de pensar en algo que decir y luego decidió alejarse sin que la oyera. En ese momento el hombre comenzó a reír. Luego marcó la página con un dedo y tomó un largo trago del vaso.

–¡Ah! –rió otra vez–. Dios mío...

Entonces, al terminar el whisky, descubrió a Annie.

No dijo nada durante un momento. No había señales de reconocimiento en su rostro.

Parecía casi sobrio en comparación con la noche en que ella le había prestado ayuda, pero el brillo de sus ojos sugería un estado de excitación nerviosa o los efectos del whisky. Se preguntó cuánto habría bebido ya.

No parecía sentirse violento ante su presencia. A Annie no se le ocurría nada que decir. El cúmulo de emociones de la noche la había dejado en blanco.

Por fin, con una sonrisa, el hombre abrió el libro y se aclaró la garganta. Entonces empezó a leer en voz alta.

«La mayoría de las mujeres, a medida que pierden su belleza con el paso del tiempo, tratan de descubrir por qué, con el rostro que les queda, no pueden formarse otro. Al desplazar el centro de gravedad de sus rostros y recomponer las facciones de una nueva manera, tratarán, a los cincuenta, de conseguir una nueva clase de belleza, más o menos del mismo modo que uno intenta una nueva profesión en la segunda mitad de su vida, así como en un terreno que ya no sirve para las vides se plantan remolachas.»

Lanzó una mirada hacia la puerta que les separaba del bullicio de la fiesta. Annie entendió la alusión a toda una categoría de mujeres que se encontraban presentes esa noche en la fiesta.

Antes de que pudiera decir nada, el hombre levantó un dedo y siguió leyendo.

«Otras tratan de estar en contacto con los que fueran los aspectos más individuales de su encanto, pero a menudo el nuevo material de sus rostros no las ayuda. La mujer cuya sonrisa melancólica y ambigua era su principal atracción ya no puede contar con la graciosa línea de sus envejecidas mejillas.

»Abandonando la lucha, adopta una nueva máscara, esta vez una brillante sonrisa llena de diversión. Y, con suerte, se las ingenia para atraer un nuevo círculo de admiradores, demasiado jóvenes para recordar su aspecto original, a menos que la hayan visto en retratos. Pero lo que la convierte en el alma de la fiesta, en una hada sin edad, es también, nadie puede negarlo, que sea más que liberal con el dinero.»

Cuando terminó de leer, miró a Annie con un brillo de agudeza en sus ojos azules.

–Proust –indicó, agitando el grueso volumen.

Annie esbozó una ligera sonrisa. Había desafío en los gestos del hombre, pero también genuina amabilidad. Parecía orgulloso de las irónicas palabras que había leído y la invitaba a darle su conformidad.

–Sabrás, supongo –agregó, frunciendo el ceño–, que esto era bastante antes de las operaciones de cirugía estética.

–Sospecho que una operación de cirugía estética no lo habría impresionado –contestó Annie, quien nunca había leído a Proust, pero captaba la amarga ironía de sus pensamientos.

Ante sus palabras, el hombre levantó una ceja con admiración. La observó con agrado.

–Bueno –dijo–, no necesitarás preocuparte por estas operaciones durante mucho tiempo.

Advirtió la burla en su tono paternal, pero no abandonó su amistosa sonrisa. Se la devolvió con un brillo cálido en la mirada.

Luego el hombre miró su copa, y verla vacía pareció alarmarlo. Hizo un gesto para levantarse, pero se lo impidieron el libro y el paquete de cigarrillos. Sin saber qué hacer, miró a Annie.

–Sé buena y lléname el vaso –le pidió.

Extendiendo lentamente el brazo, se lo alcanzó. Annie pudo darse cuenta de que estaba borracho por la forma en que movía la mano.

Se dirigió hasta el bar y señaló interrogativamente una de las botellas de cristal. El hombre levantó las manos en un teatral gesto de aprobación. Echó un poquito; vio su mirada de reproche y añadió un poco más. Al ver su gesto, volvió a llenar el vaso hasta donde estaba cuando entró en la biblioteca.

Se acercó y se lo entregó. Lo recibió y bebió un largo trago antes de apoyarlo sobre la mesita. Por un instante pareció perderse en sus pensamientos. Luego le dirigió una mirada mefistofélica con sus inquisitivos ojos y sus cejas tupidas. Su mirada era distante e íntima a la vez, como si la contemplara a través de un telescopio.

–No me gusta contribuir a... –comenzó a decir ella.

Pero los ojos del hombre ya no la veían.

Después de un momento, abrió el libro y comenzó a leer, olvidándose de su existencia hasta tal punto que Annie no se molestó en disculparse por haberle interrumpido y se alejó sonriendo para sus adentros.

Más tarde, cuando estaba a punto de irse, vio al hombre de la biblioteca cruzando el salón, indiferente a todos. Preguntó quién era.

—¡Por Dios, querida! —le contestaron—. Es Damon Rhys. El primero y el único. ¿Dónde has estado? Tiene esta ciudad en el bolsillo. Me han dicho que está a punto de hacer una película más ardiente que nunca. Todos hablan de eso, pero él no quiere decir de qué se trata. Realmente, querida, deberías conocer a Damon Rhys. ¿Quién puede olvidar esa cara?

La pregunta la persiguió durante el camino de regreso a casa.

22

Cuando llegó al apartamento de Beth, se sorprendió al ver a Nick Marciano apoyado contra la puerta de un Mustang oscuro en el estacionamiento del edificio.

—¿Qué dices, nena? —preguntó—. ¿Qué te parecería un paseo?

—¡Nick! —exclamó Annie—. ¿Qué haces aquí? ¿No quieres entrar?

Negó con la cabeza.

—Beth me ha dicho que estabas en una fiesta. He estado dando vueltas porque no tenía ganas de hablar con ella. ¿Damos un paseo?

Notó urgencia en su petición y aceptó obediente.

—¿Es tuyo, Nick? —preguntó al subir al Mustang.

—De ninguna manera —respondió, poniendo en marcha el motor—. Es un coche de la compañía. Un pequeño privilegio por los servicios prestados.

Había un dejo de amargura en su voz. Comenzó a conducir demasiado deprisa hacia la autopista.

Annie podía ver que no era el mismo de antes, pero no sabía cómo abordar el tema. Trató de mantener la calma, mientras Nick conducía a mucha más velocidad de lo permitido.

Cuando estuvieron de vuelta en Hollywood, Annie se obligó a hablar.

—Nick, ¿qué pasa? —preguntó—. Vamos, a mí puedes decírmelo.

Hizo un gesto de reprobación.

—Es justamente eso, dulce niña. —replicó, con una mueca sombría—. Si lo hago, no me respetarás nunca más.

Annie lo observó. En unos pocos meses había visto cómo se transformaba de un fuerte y confiado actor en un pálido, debilitado, y de alguna manera humillado joven. Esa noche veía algo verdaderamente salvaje en él. Aunque había ido a buscarla, la tensión interior no le permitía confiar en ella.

—Muy bien —aceptó Annie—. No tienes que decírmelo. ¿Por qué no vamos a tomar algo?

De repente, la miró con aire de sospecha; luego volvió la vista hacia la carretera.

Sus ojos la asustaron. Había esperado felicitarlo por sus perspectivas en televisión, pero el efecto parecía ser el contrario.

El silencio de Nick era insoportable.

—Por favor, Nick, detén el coche —le rogó—. Quiero darte un abrazo.

—Ah, muñeca, si lo hubieras hecho cuando de verdad lo necesitaba...

—Nick, por favor —insistió, tocándole la manga.

—No importa. —Su voz no tenía apenas fuerza—. A Bob Romero no le gustan los jóvenes que están muy cerca del sexo opuesto.

Annie comprendió. Se preguntó si las cosas estarían muy mal.

Buscó las palabras adecuadas para consolarlo. Antes de que pudiera hablar, Nick giró el volante con violencia y se dirigió hacia Sunset Strip.

Empezaron a pasar por calles atestadas de prostitutas y drogadictos. Nick aceleraba cada vez más.

—¡Hermoso lugar para visitar...! —exclamó ferozmente.

—Nick...

Annie no sabía qué decir. Su mente estaba llena de imágenes de Harmon Kurth, Sam Spector, Rima Baines y otros poderosos del mundo del espectáculo. Había tantas formas de someter a presión a los jóvenes actores. Tantas rocas donde estrellarse. ¿Acaso no había fallado su cauta forma de vida para protegerla al menos de un terrible desastre?

Nick, era tan ansioso, tan frágil...

Detuvo bruscamente el coche ante un bar; la acera estaba llena de hombres. Hizo que Annie entrara en el local.

El salón estaba en penumbra. La música era suave. Annie pudo ver a muchos hombres con bigote y puñados de llaves colgando de los cinturones. Los miraron con curiosidad cuando entraron.

Nick pidió un vodka doble.

–¿Para ti Coca-Cola?

Annie asintió, preocupada al ver cómo bebía.

–Ahora, querida –dijo en voz demasiado fuerte–, no hay una sola persona aquí que no se pregunte de dónde he sacado tan bella acompañante. O qué va a hacer ella esta noche y con quién.

Nick hizo un gesto brusco al camarero, quien le sirvió una segunda copa con mirada cautelosa.

Annie tocó el brazo de Nick. Él se volvió hacia ella. Por primera vez notó con horror que los ojos de Nick tenían el mismo brillo que había notado en tantos rostros en la fiesta de Harry Gold.

–Por amor de Dios, Nick –susurró–. ¿En qué te has metido? Por favor, vámonos de aquí.

–Coca-Cola –dijo, arrastrando las palabras–. Un poco de Coca para la damita.

Annie se dio cuenta de que cientos de ojos se clavaban en el cuerpo musculoso del joven. En cuanto a ella, con el llamativo vestido de fiesta, era objeto de miradas cargadas de una intención sexual muy diferente de aquella a la que alguna vez había estado expuesta. Miró suplicante a Nick.

Con aire de furiosa satisfacción, apoyó violentamente el vaso, dejó unos billetes y la condujo hacia la puerta.

–Déjame conducir –pidió, asustada por su paso inseguro.

–No, señora.

Puso el motor en marcha y salió a toda velocidad en dirección a las colinas.

–Por favor, Nick, más despacio –apremió ella, ajustándose

el cinturón de seguridad–. Párate un momento y charlaremos.

–Encantado, querida –repuso, y su voz se quebró en una risa extraña–. ¿De qué podemos hablar? ¿Amor y arte? ¿Los respectivos méritos de Stanislavski y Raquel Welch? Me pregunto qué diría Roy sobre ese tema...

Absorto en su amargura, apretó el acelerador. En ese instante, otro coche dobló la curva, deslumbrándolos con sus luces.

Cuando las luces se alejaron, Annie comprobó horrorizada que Nick se había salido de la carretera.

Sintió una tremenda sacudida de muelles y caucho. La grava salpicó el coche hasta convertirse en una espesa brocha. Annie salió despedida por delante, notó un golpe seco contra su cabeza y sus rodillas y perdió el conocimiento.

23

Tres horas más tarde, Annie estaba sentada junto a la cama de Nick en el Centro Médico Presbiteriano de Hollywood.

Una simple gasa le cubría la frente. El médico de la sala de urgencias la envió a la sala de rayos, donde le dijeron que se había salvado de algo serio. Unos providenciales arbustos habían amortiguado el vuelco del coche, y su cinturón de seguridad había hecho el resto.

Nick no había tenido tanta suerte, porque no llevaba puesto el cinturón. Se le veía más pálido que nunca, con el brazo fracturado y escayolado hasta el pecho, la nariz rota y la mejilla herida, todo envuelto en vendajes.

Se veía el dolor en su mirada. Los médicos se habían negado a administrarle los calmantes fuertes que necesitaba, porque al examinarlo descubrieron que en su sangre había una peligrosa mezcla de alcohol y tranquilizantes, probablemente responsables del accidente.

–Dicen que eres un muchacho con suerte –dijo Annie, cogiéndole la mano–. ¡Qué pena que no llevaras puesto el cinturón de seguridad! No te habrías hecho daño.

Sacudió la cabeza, mirando su frente con aire culpable.

—Dios, nena. ¡Lo siento tanto! Si sólo hubiera sido yo... Pero que te hayas lastimado tú... ¿Puedes perdonarme?

—Por supuesto, chico tonto —bromeó—. ¡Pero no lo hagas de nuevo!

Le oprimió la mano al ver que sus ojos empezaban a nublarse. No soportaba que se alejara de la realidad. Su indiferencia la asustaba.

—Es hora de que vuelvas a casa —sugirió—. Beth debe de estar preocupada.

—Ya he hablado con ella —repuso Annie con una sonrisa—. Y no me iré hasta que me prometas que vas a cuidarte. Volveré mañana por la mañana, pero no puedo quedarme siempre en la Costa para vigilarte. Así que ahora quiero que me prometas que te portarás bien.

Nick hizo un ligero ademán de asentimiento.

—Nick —continuó Annie con calma—. Nada es para siempre. ¿Puedes entender eso? Hubo épocas en que todo lo que deseaba era enterrarme en lo más profundo y no salir nunca más. Pero eso pasó. Siempre pasa. Por favor, prométeme que te cuidarás cuando no esté contigo.

Nick se obligó a sonreír.

—Bueno —repuso—, tal vez con la nariz rota sea más adecuado para hacer de tipo malo en la serie del FBI.

—Tonterías —rió—. Tendrás el papel de un atractivo detective privado.

Nick asintió, mientras sus ojos la miraban con una mezcla de impulsos que lo llevaban a querer comunicarse y, al mismo tiempo, lo alejaban para sumergirse en sí mismo.

Annie cogió un taxi, con la intención de dormir unas horas antes de volver a visitar a Nick.

Sintió una punzada de pánico cuando vio que el taxi no tenía cinturones de seguridad.

—¿No tienen cinturón de seguridad en los taxis? —preguntó al conductor.

—No es obligatorio —respondió éste—, así que la empresa no se molesta en ponerlos. De todos modos, a la gente no le gusta usarlos.

Annie contemplaba el paisaje cuando, de pronto, algo surgió en su mente, primero como una broma indefinida y luego con toda claridad.

—*Cinturones de seguridad* —murmuró.

Lo sucedido esa noche le había dado una idea.

24

No fue difícil descubrir cuál era la agencia de publicidad que usaba el departamento de transportes para sus anuncios del servicio público.

Bernard Euer, el director de la agencia, le concedió una cita y escuchó con expresión amable lo que ella tenía que decirle.

Cuando terminó, la miró sin comprometerse. Admitió haber visto la publicidad de Cantele y Beale y se confesó impresionado. Por otra parte, la imagen que ella proyectaba parecía muy poco apropiada en una campaña para hacer que la gente usara los cinturones de seguridad.

—Estaría de acuerdo con usted —respondió Annie— si no fuera por una cosa. La razón por la cual la gente no usa los cinturones es porque los encuentra limitativos. Les gusta conducir para divertirse y correr aventuras, en especial en un estado como California, y creen que los cinturones estropean su estilo. Lo que habría que hacer, señor Euer, es unir las dos ideas: diversión y seguridad. Es ahí donde mi razonamiento tiene sentido.

Pese a sus argumentos, el director parecía escéptico.

—Por otra parte —añadió ella—, es necesario hacer algo y pronto. Este estado es uno de los que tiene más accidentes en el país.

Ante esas palabras, Euer se aclaró la garganta.

—Entiendo su punto de vista —replicó con frialdad—. Es mejor que trate esto con Jim McEwen.

McEwen, Annie lo sabía por la firma impresa en todas las licencias de conducir de California, era el secretario de Estado.

Estudió el aspecto distinguido del canoso ejecutivo. Parecía indiferente a sus encantos. Su cortesía muy bien podía ocultar las ganas de que se fuera de su despacho.

No tenía más que decir, así que se despidió con una sonrisa y regresó a su casa.

Allí se debatió ante la idea de ir ella misma a ver al secretario de Estado.

Era una decisión difícil. Podía hacer más mal que bien. Después de todo, Jim McEwen era un hombre muy ocupado.

Por último, tuvo que regresar a Nueva York para continuar con sus trabajos.

No le quedaba más remedio que esperar y ver qué sucedería.

Tres semanas más tarde estaba de regreso en Nueva York, trabajando en los ensayos de una obra de LeRoi Jones.

Nick había salido del hospital y Annie lo llamaba tres veces por semana, atenta a las modulaciones que pudieran denotar optimismo o depresión en su voz.

Sus obligaciones profesionales la mantenían más ocupada que nunca. Encogiéndose de hombros, decidió que su idea para la campaña de los cinturones de seguridad se había perdido en los laberintos de la burocracia.

Entonces, en un oscuro anochecer de un miércoles, cuando regresó a su casa, encontró un mensaje en el contestador:

«Habla Bernard Euer, señorita Havilland. Hemos estado pensando en su idea sobre los cinturones de seguridad y el secretario de Estado se ha interesado en el asunto. Nos gustaría hacer una prueba con usted. Si la semana próxima le parece bien...»

El 15 de junio, el primero de una serie de anuncios apareció por televisión en toda California, justo antes del informativo de las seis de la tarde.

La sensual y provocativa muchacha conocida ya en Los Ángeles como la protagonista de Cantele and Beale aparecía ante el volante de un coche, ajustándose el cinturón de seguridad y diciendo:

«Cuando conduzco, quiero diversión. No quiero accidentes. La próxima vez que estés ante un volante, ¿por qué no haces como yo? Siéntete cómodo y seguro.»

Su mensaje era tan sensual, que resultaba imposible apartar la vista de su imagen. Annie conseguía transmitir la sensación de que, en verdad, el coche la abrazaba. El cinturón parecía acariciar su flexibles brazos.

El anuncio terminaba con un reclamo que ocupaba toda la pantalla:

SIÉNTASE SEGURO.
ABRÓCHESE EL CINTURÓN DE SEGURIDAD

Con esa advertencia se daba una nueva imagen al concepto aburrido y conservador de la seguridad. Y resultaba ideal para los californianos, que vivían encima de un coche.

La noche que salió al aire, cruzaron los dedos para desearse suerte, Annie la primera.

La respuesta del público fue inmediata y sobrecogedora. En unas pocas semanas, la chica de Cantele and Beale fue conocida desde San Diego a Oregón como el símbolo sexual de los cinturones de seguridad. Su rostro aparecía en revistas y diarios y en los carteles de las autopistas, y su voz ronca y seductora se oía por las radios de los coches.

En poco tiempo los resultados se reflejaron en las estadísticas de accidentes, que disminuyeron gracias al uso de los cinturones de seguridad.

El secretario de Estado estaba eufórico y confiaba en que aquellos resultados afianzaran su campaña como gobernador.

Bernard Euer sonreía de forma desacostumbrada. Era la primera vez en veinticinco años que su agencia tenía un éxito semejante.

Y Annie Havilland, aunque estaba lejos de ser un nombre conocido, era un rostro familiar en toda la Costa.

25

Otra vez llegaba el otoño.

Habían transcurrido dos años desde el episodio en Holmby Hill que había supuesto el inicio del plan de Annie.

Contempló su calendario con los labios fruncidos. Había hecho todo lo que su talento, esfuerzo e imaginación le habían permitido para cumplir con su programa. Había trabajado realmente duro para que los demás reconocieran sus habilidades.

Casi había triunfado.

Era una actriz en la antesala de un éxito real. Ahora todo lo que necesitaba era una gran oportunidad para demostrar lo que podía hacer, para demostrarle al público quién era.

Pero esa oportunidad no se presentaba. Una vez más, su carrera se había detenido en un punto del que no parecía poder salir.

Era cierto que su larga lucha había producido profundos cambios en su vida. Dos años atrás era una joven modelo sin mayores ambiciones para quien el futuro era una nebulosa. En la actualidad, podía mantener un medio de vida atractivo y excitante con los anuncios publicitarios, con una buena posibilidad de actividad protegida y prolongada en el teatro. ¿Podía quejarse de ese destino?

«Sí, puedo», meditaba con amargura. Uno podía sentirse estafado cuando todo el mundo del cine permanecía fuera de su alcance.

Annie había hecho todo lo posible por salvar los obstáculos. Pero, pese a sus esfuerzos en la Costa, no lo había logrado todavía.

Por otra parte, la ausencia de esa auténtica oportunidad le sugería que ya era hora de hacer el próximo y más crucial movimiento.

Jim McEwen y Bernard Euer estaban de acuerdo en considerar que Annie debía convertirse en ciudadana de California.

—Si de verdad quiere seguir adelante con la campaña —sugirió Euer—, necesita tener un permiso de residencia en California y ser ciudadana de nuestro estado. Para los californianos sería terriblemente molesto si se enteraran de que usted es de Nueva York. Por otra parte, Annie, este proyecto del cinturón de seguridad es algo que continúa. Puede durar muchos años. La necesitamos aquí. Usted es un buen elemento para nuestro estado y la queremos aquí.

Annie no pudo negar la lógica de sus argumentos, ni se sintió indiferente frente a la seductora sensación de ser bien recibida en un lugar que ya conocía.

Entretanto, sus frecuentes conversaciones con Nick la intranquilizaban cada vez más desde que sufrieran el accidente.

La voz de su amigo sonaba falsa. A pesar de los esfuerzos que hacía para que creyera que estaba bien, ella notaba que le ocultaba la verdad.

La serie de televisión en la que había actuado el invierno anterior había comenzado a emitirse. La actuación de Nick perturbaba a Annie, no sólo porque lo veía blando y sin motivaciones, sino también delgado y enfermizo.

Nick estaba cayendo en picado y necesitaba ayuda. Y parecía darse cuenta de que su destino dependía de ella, pues la última llamada, en la que se mostró muy excitado, fue para decirle que había encontrado apartamento en Hollywood para ella. Un actor amigo suyo lo dejaba, y en un par de semanas estaría disponible.

—Es una ganga, nena. Si lo quieres, es tuyo. Está bien situado. Puedes ir caminando a Warners y Paramount para discutir tus contratos.

Annie pasó una angustiosa semana considerando los lazos que la ataban a Nueva York y el inescrutable futuro que la esperaba a miles de kilómetros de distancia.

Después, respiró profundamente y decidió lanzarse.

Se puso en contacto con una de las azafatas con las que compartía el apartamento y con varios amigos e hizo los preparativos para abandonar el lugar.

Canceló sus clases de canto y se despidió de Blane Jackson, quien nunca le había perdonado que no siguiera su consejo de dedicarse por completo al baile.

Lo mismo hizo con Renée Greenbaum, si bien en este caso la despedida fue más triste y los sentimientos de culpabilidad de Annie más profundos. A lo largo de cinco años Renée había hecho todo lo posible para que Annie triunfara en su carrera de modelo y había depositado en ella todas sus esperanzas profesionales y personales. De nada sirvieron todas sus reconvenciones, pues tuvo que conformarse con la partida de Annie, cosa que entonces calificó de gran pérdida para Cyrena y, con respecto al mundo de la moda en general, poco menos que una catástrofe.

También le llegó el momento de despedirse de Teague MacInnes, quien consideraba una locura el traslado a Hollywood. Pero le deseó, con su voz de ogro y un fuerte abrazo, la mejor de las suertes.

—Eres una actriz, pequeña —refunfuñó—; no permitas que te hagan olvidar eso. Y regresa con papá Teague cuando te canses del sol y la maldad. Siempre tendrás un lugar aquí.

Le resultó interesante comprobar que las mayores quejas contra su decisión provenían de Barry Stein. Aunque rechazó amablemente sus consejos reflexionó que, pese a sí mismo, Barry le había revelado que era muy consciente de los poderosos obstáculos que la aguardaban en Hollywood. Era una mezcla de deseo de protegerla y disgusto por las comisiones que perdería con su marcha.

Sus objeciones simplemente confirmaron su determinación de dar ese paso. Ya había esperado demasiado. No sabía si fracasaría o triunfaría pero, en cualquier caso, sentía que debía hacerlo ahora.

La última fue la más desgarradora de las despedidas.

El día de la partida, después de colocar sus cosas en la furgoneta que le había proporcionado Al Cantele, fue a despedirse de Roy Deran en la soledad de su estudio.

La miró largamente a los ojos, lleno de afecto y prevención.

—Escúchame —dijo por fin—. Te conozco. Sé lo que te devora por dentro. No sólo porque tengo ojos y oídos y porque he estado metido en esto durante mucho tiempo, sino porque muchos años atrás albergué muchas esperanzas y tuve que pagar por ello. Escucha esto de alguien que tomó la decisión equivocada y sufrió por ello: nunca dejes que el fuego te abandone. Aunque te deje heridas que nunca se cicatricen. —Le cogió las manos—. Y recuerda, Annie: no pueden quitarte el alma a menos que tú la entregues voluntariamente.

Se encogió de hombros y prosiguió:

—Ya no hay más consejos. Ya he dicho lo que tenía que decir. Pero nunca te olvides de esto. Si alguna vez necesitas una ayuda o un hombro para llorar, aun si no quieres admitirlo, y tú no eres de la clase de personas a las que le gusta admitir que necesita algo... si alguna vez lo necesitas, yo te estaré esperando. Tienes un gran futuro por delante. El dolor será tan grande como la alegría, debes creerlo. Si puedes vivir con eso, nada te detendrá. ¿De acuerdo?

Annie lo abrazó con fuerza y él, en silencio, la acompañó hasta la puerta.

Buscó su coche y se dirigió hacia el puente George Washington.

En el silencioso estudio, Roy Deran lloraba por primera vez en veinte años.

26

El viaje le pareció interminable.

Los vuelos directos a Los Ángeles no la habían preparado para el paisaje llano del Medio Oeste y las montañas. A cada instante se veía obligada a detenerse para poner agua en el radiador.

Tardó seis días en recorrer la distancia que separaba Manhattan de Los Ángeles. Cuando llegó estaba satisfecha por la experiencia de conducir por autopistas, pero agotada por el esfuerzo.

Se dirigió directamente al apartamento de Nick, que la recibió con los brazos abiertos, le sirvió café y la condujo hasta el apartamento donde viviría, en Anita Street.

El edificio formaba parte de una serie de bloques antiguos de diversos estilos. Al cabo de pocos minutos Annie estrechaba la mano de la señora Hernández, la propietaria, una mujer baja y regordeta.

—¡Dios! —murmuró la mujer al mirarla—. Es usted mucho más bonita de lo que él había asegurado.

Mostró a Annie el modesto apartamento de un ambiente en el tercer piso. Tenía aire acondicionado y muebles presentables. La cocina era antigua pero se hallaba en buen estado. Lo más agradable de todo era la luz que entraba por las ventanas, y una vista parcial de las colinas.

—No hay cucarachas, ni hormigas, ni ruidos —remarcó sonriendo y con voz agradable la señora Hernández—. Tenemos un edifico respetable. Los inquilinos son los mejores. Estará cómoda aquí.

El alquiler era caro, pero no más que en Manhattan. La calle eran tranquila y la señora Hernández una patrona a todas luces seria y formal.

—Me gusta —le dijo a Nick—. Te agradezco muchísimo que te preocuparas de conseguírmelo.

—Bueno, tenía que hacerte venir —sonrió burlón, pese a la mirada atribulada de sus ojos oscuros—. Vamos a conquistar esta ciudad, nena. Ya verás.

Annie trató de ocultar su preocupación ante su aspecto delgado y pálido.

—Bueno —apremió—, ¿por qué no usas esos brazos tan fuertes y me ayudas a subir mis cosas? Luego iremos a hacer compras y te prepararé la comida. Hace seis días que no como otra cosa que bocadillos de atún y estoy hambrienta.

—Lo que quieras, preciosa.

Esa noche, tarde, Annie estaba sola en su nuevo apartamento, escuchando el ruido distante del tráfico y el canto de los pájaros. La señora Hernández había dicho la verdad; no había ruidos procedentes de los otros apartamentos o del pasillo.

La cama era cómoda, el sofá y el sillón bastante nuevos y la mesa de la cocina y las sillas firmes. Era un bonito lugar.

Pero ahora que Nick se había marchado, Annie se sentía tristemente sola.

Había encontrado a su amigo peor que nunca. Hollywood parecía haber abierto una herida en su carácter que cada día se volvía más amenazadora. Deseaba compartir con él sus preocupaciones sobre el futuro, pero lo notaba ausente. Temía que ya tuviera parte de su ser fuera de este mundo, y no estaba segura de poseer la fuerza suficiente para hacerlo volver a la vida.

Decidió que lo que estaba devorando a Nick encontraría

en ella a una acérrima enemiga. Pero su personalidad realista sabía que, en última instancia, Nick era el dueño de su propia existencia. Aunque no pudiera evitar preocuparse debía cuidar de sí misma.

Con esa idea había comprado un ejemplar de *Daily Variety*. Se sentó en el suelo al lado de la mesita de café y dio la vuelta a la primera página.

Al ver el titular de la página 3, su mano se detuvo.

NUEVO GUIÓN DE RHYS, MÁS EXCITANTE QUE NUNCA

Damon Rhys, autor de novelas de enorme éxito y reconocido guionista cinematográfico, ha terminado su nuevo guión titulado MEDIANOCHE *para el que pronto se comenzará a buscar reparto.*

Rhys ha revelado que la antiheroína de su nueva obra será diferente de todos su anteriores personajes femeninos. Una mujer fatal ardiente y devoradora llamada Liane seducirá al protagonista, destruyéndolo en un violento final que dejará al público sin aliento.

La elección de Liane será digna de consideración, pues el papel dará explosiva notoriedad a la actriz que elija Rhys.

«Joven, maligna, bella.» Ésa es la lacónica descripción de la heroína. Lo cierto es que una docena de conocidas actrices quieren conseguir el papel.

Buena suerte, señoras (y agentes), y buena caza.

Annie cerró la revista sin acabar de leerla. Algo había cobrado vida en su interior y ahora se adueñaba de ella.

Como una sonámbula, se duchó y se metió en la cama. El agotamiento adormecía su mente, pero la compulsión que crecía en su interior se adueñaba de todos sus pensamientos.

Tenía que leer el nuevo guión de Rhys.

No era supersticiosa. Pero eran demasiados presagios en las últimas semanas relacionados con California y su futuro allí como para no tenerlos en cuenta. Ahora, por cuarta vez, Damon Rhys se cruzaba en su camino; ya no era el brillante joven autor de *Parábola*, el borracho violento del bulevar Santa Mónica o el irónico lector de Proust en la biblioteca de

Harry Gold, sino un desconocido agitando una oportunidad e invocándola por su nombre.

Porque veintitrés años atrás había nacido como Liane Virginie Havilland.

27

3 de septiembre de 1969

Sabía que no sería fácil, pero la empujaba una fuerza tan imperiosa que todos sus temores se evaporaban.

Dos días después de su llegada a Hollywood se vistió con todo cuidado y se dirigió a International Pictures, donde sabía que Damon Rhys tenía un despacho desde hacía diez años.

Se unió a un grupo de visitantes para poder entrar. Una vez en el interior, se separó de ellos para encaminarse al edificio de los despachos, donde dos años atrás había llenado los impresos para las pruebas de *Tres en uno.*

Lo más irónico de todo era que, desde el último piso, Harmon Kurth controlaba no sólo International, sino a casi todo Hollywood.

En sentido literal y figurado, Annie estaba justo debajo de su nariz.

Encontró sin dificultad las señas que buscaba en la guía telefónica:

Rhys, Damon. 6C

Con un profundo suspiro, Annie entró en el ascensor.

La moqueta que cubría el suelo del sexto piso era de color naranja. El corredor estaba sumido en un silencio sepulcral. Todas las puertas, que eran de nogal, estaban cerradas. No había ventanas en ninguna de ellas. Era obvio que la intimidad era algo esencial para los productores, directores, guionistas y jefes de sección que trabajaban allí.

La puerta que ella buscaba se encontraba casi al fondo del pasillo:

DAMON RHYS

Las letras en relieve eran cuadradas y modestas.

Empujó la puerta y entró. Había una secretaria hablando por teléfono. Cuando terminó miró con ojos inquisitivos a la joven, quien sonrió con una expresión planeada de antemano.

—¿En qué puedo ayudarla? —preguntó la secretaria.

—Llego un poquito tarde —respondió Annie—. He tenido problemas en la autopista. Espero que el señor Rhys no se haya olvidado de mí.

La secretaria le dirigió una mirada cautelosa.

—Perdone, señorita, ¿cómo ha dicho que se llamaba?

—Annie Havilland. Como le decía, debería haber llegado antes...

—¿Tiene una cita con el señor Rhys?

Buscó en el libro de citas fingiendo un desconcierto que evidentemente no sentía.

—Sí, claro. —La sorpresa de Annie era convincente—. Él no... quiero decir, ¿no lo tiene anotado?

—Con franqueza, no.

—Bueno, no sé qué decir —tartamudeó Annie—. El señor Rhys me dijo el martes por la noche que viniera hoy. Él estuvo..., bueno, fue muy claro...

La secretaria levantó una ceja.

—Desde luego —continuó Annie teatralmente—, si usted no lo tiene anotado, debe de haber algún error. Como estábamos en una fiesta, tal vez lo olvidara...

El rápido brillo de comprensión en los ojos de la secretaria dijo a Annie lo que necesitaba saber. La otra mujer pensaba que Rhys debía de estar borracho cuando invitó a aquella atractiva desconocida a su oficina. Probablemente ahora no recordaba nada.

—Tal vez —sugirió Annie con voz apesadumbrada—, tal vez si le dejo a usted un mensaje para que se lo entregue a él... Tal vez en otro momento..., como a él le parezca, por supuesto, pero me gustaría que sepa que he venido.

La secretaria suspiró.

—¿Por qué no se sienta, señorita Havilland? Voy a hablar con el señor Rhys para ver si aclara esto. ¿Para qué era la cita?

—Para *Medianoche* —respondió, sorprendida por la pregunta.

—Muy bien —la secretaria se mordió el labio—. Por favor, tome asiento.

Desapareció en el despacho contiguo y cerró la puerta. Annie pudo oír la voz de Rhys. Debía de estar con una visita o hablando por teléfono.

Con el corazón en un puño, comenzó a revisar el escritorio. Como no encontraba nada, abrió el cajón, dispuesta a revisar su contenido.

Encontró lo que buscaba. Había montones de fotocopias, la mayor parte probablemente enviadas por productores o agentes cuya intención era que Rhys colaborara con ellos.

Una intuición se había apoderado de Annie, que empezó a examinar a toda prisa un carpeta tras otra. Finalmente, en una de ellas encontró una copia de *Medianoche*, sin duda destinada a una de las preproducciones de Rhys o al agente de uno de los artistas conocidos para hacerle una serie de pruebas.

Rezando en silencio para tener tiempo suficiente, Annie se quedó aquella carpeta y la guardó dentro de su bolso. A continuación, volvió a sentarse frente al escritorio de la secretaria y trató de recuperar la calma.

Por fin, la secretaria regresó.

—Lo lamento, señorita Havilland. El señor Rhys realmente no recuerda su cita. Puede usted dejar su mensaje y nosotros la llamaremos.

Annie se puso de pie, con aire de sincero abatimiento.

—Oh, bueno, está bien. En realidad es culpa mía. Debería haber llamado antes de venir; sé que está muy ocupado y es muy probable que ni me recuerde. Lamento haberla molestado.

Resultó tan convincente que la secretaria la miró con auténtica simpatía.

—No se disculpe, sucede a cada momento —explicó con un toque de resignación—. Por favor, llame cuando quiera.

—Lo haré —respondió con sonrisa confiada, aunque sabía

perfectamente bien que Damon Rhys no la atendería ni en un millón de años–. Adiós y muchas gracias.

–Hasta pronto, señorita Havilland.

Ya en el ascensor, Annie lanzó un suspiro de alivio.

Tenía el guión de *Medianoche*.

No sabía qué iba a hacer con él, pero al menos lo tenía.

De regreso a casa, sonrió para sus adentros al pensar en su desesperada maniobra. Se preguntaba qué la habría impulsado a realizar una acción tan melodramática como aquélla.

Sin embargo, pronto se olvidó de esos nervios, pues mientras conducía se percató de que había algo extraño en el guión que había dejado sobre el asiento contiguo al suyo. El contenido de aquella carpeta atraía su mirada con tal insistencia que apenas si podía mantener los ojos fijos en la carretera que se extendía ante ella.

Era como si se tratara de un genio dentro de una botella, dispuesto a salir en cualquier momento para revelarle su futuro.

Sus sentidos hervían en su interior, y Annie apretó aún más el acelerador.

Tenía que llegar cuanto antes.

28

Cuando llegó a su apartamento, se quitó los zapatos, se acomodó en el sofá y comenzó a leer.

Después de las dos primeras páginas su respiración se volvió agitada. Estuvo leyendo durante una hora sin levantar la vista de la carpeta.

Cuando llegó a la última página, estaba totalmente exhausta e impresionada. Era una obra maestra, mejor que ninguna de las que había leído hasta entonces.

Pero, a diferencia de todo lo que Rhys había creado con anterioridad, se trataba de una historia de violencia sexual tan simple y aterradora que uno no podía olvidarla.

Sin pensar en prepararse una taza de té, ni siquiera en quitarse las medias, Annie empezó a leer el guión de nuevo.

El protagonista se llamaba Terry. La historia comenzaba con su regreso del servicio militar a su pueblo, un pequeño lugar del Sur, donde se esperaba que hiciera un buen matrimonio y heredara el imperio agrícola de su familia.

En el tren, Terry se encontraba con una chica del pueblo llamada Liane, quien durante su ausencia había superado la adolescencia para convertirse en una joven devoradora cuya gran belleza ocultaba su venenosa personalidad.

Annie leyó fascinada las escenas en las que Liane seducía a Terry y lo apartaba de su diseñado porvenir para reducirlo a una total dependencia, de la que sólo la muerte podía librarlo. Con una lucidez nacida de la desesperación, Terry manipulaba a su mejor amigo con el fin de que Liane también lo sedujera. El amigo llevaba la historia a su trágico fin, asesinando a Terry por celos, sin darse cuenta de que ése era precisamente el deseo de Terry.

La obra, de una profunda delicadeza, se encaminaba a su importante clímax. El «suicidio» del protagonista, a través de su amigo, era claramente algo más que el simple resultado de la pasión que lo dominaba. Surgía de la oculta debilidad de su brillante y encantadora personalidad. Aquella debilidad era la fuente de su vulnerabilidad ante Liane.

El argumento dejaba un extraño sabor de boca, tan amargo como excitante. Uno podía sentir sólo una profunda desesperanza por el destino del protagonista, sobre todo porque le sorprendía cuando estaba a punto de empezar una vida feliz y provechosa.

Sin embargo, ese destino se desarrollaba con una trágica belleza, tan perfecta como una puesta de sol. Rhys tenía un don especial para conseguir que uno se sintiera culpable por admirar un caso tan espantoso.

¡Y Liane!

Como un ángel de la muerte, aparecía en el centro de la obra, bella, esquiva, sensual, ensimismada y absolutamente maligna.

La actriz que representara ese personaje tendría que enfrentarse a un aterrador desafío, y a una gran oportunidad.

Durante una hora, Annie permaneció sumida en sus pensamientos. Luego volvio a leer el guión, maravillándose por la gran maestría de Rhys en los diálogos y en la consecución de climas.

Después de la cuarta lectura, miró el reloj y descubrió que eran las once de la noche. Se sentía tan fatigada que no tenía apetito. Así, pues, se quitó la ropa y se dispuso a darse una ducha.

Contempló su cuerpo desnudo y de alguna manera le resultó distinto.

«¿Y si fuera yo quien interpretara el papel de Liane?», pensó de pronto.

Antes de que pudiera distanciarse suficientemente como para considerar la falta de probabilidades, la idea se apoderó de su corazón con la misma seguridad con que sentía el agua que corría por su cuerpo.

«Desde luego, es una extravagante locura», se dijo.

El papel de Liane sería para una conocida actriz de Hollywood o tal vez para alguna extranjera con talento, pero con toda seguridad para alguien con un agente importante y con contactos.

La última persona en el mundo a la que se lo ofrecerían sería a una desconocida cuya experiencia en cine consistía en unos pocos anuncios publicitarios.

Sonrió al pensar que la oficina de Rhys estaba a unos pocos pisos del recinto sagrado de Kurth.

No, a Annie Havilland no le ofrecerían el papel de Liane en *Medianoche*.

Por otra parte, lo absurdo del asunto empezó a roer la férrea voluntad de Annie, tentándola con ideas imposibles.

Ya habían sucedido antes cosas muy extrañas.

Recordó a las actrices desconocidas que habían sido lanzadas al estrellato a partir de oportunidades únicas en papeles importantes. Pensó en Jean Seberg en *Juana de Arco*, en Julie Christie en *Doctor Zhivago* y en Faye Dunaway en *Bonnie & Clyde*. Esas actrices, a quienes se había concedido una sola oportunidad para demostrar hasta dónde podían llegar en la interpretación de un papel estelar, habían alcanzado el éxito gracias a su talento y a su presencia.

Si ellas habían podido, Annie Havilland también podría hacerlo.
Le gustara o no a Harmon Kurth.
Su sentido común se rebeló ante ese pensamiento. Pero la obsesión que la impulsaba no se dejaba atemorizar.
Permaneció desnuda ante el espejo del dormitorio. Contempló sus plateados ojos gatunos, como lo había hecho tantas veces en el pasado. Parecían más remotos que nunca. Se obligó a mirarlos.
Y súbitamente Liane apareció ante sus ojos. Se desvaneció de inmediato, demasiado esquiva para retenerla. Sin embargo, al cabo de unos instantes regresó, hermosa, seductora, si bien maligna, casi infantil en su inocente destructividad.
Intrigada, Annie contempló su propio cuerpo desnudo.
Observó que sus labios dibujaban una sonrisita inteligente. Se pasó una mano por el pelo y lo dejó caer lánguidamente sobre su cuello. Ladeó la cabeza con tímido gesto narcisista. Admiró su cuerpo, su piel cremosa, sus flexibles piernas hechas para el amor, irresistibles para el deseo de un hombre...
Liane estaba en el espejo, impetuosa, egoísta y peligrosa. Parecía crecer de una pequeña semilla oculta en un rincón de la personalidad de Annie, una semilla que había yacido latente en una tierra fértil, hasta esa noche y ese momento.
Y a cada momento crecía con más fuerza.
Sí, era eso: Liane tomaba cuerpo y poder desde los ojos que la miraban. Y como el doctor Jekyll cuando observaba los cambios que le convertían en un Hyde que le sonreía con expresión triunfal, Annie contemplaba la aproximación de una desconocida que vivía dentro de su propio cuerpo.
Buscó en su ropero un vestido que se pareciera a lo que Rhys había previsto en el guión. Se contempló ante el espejo.
Las palabras del diálogo, que había memorizado de modo inconsciente, acudieron a sus labios.
«Hace tanto calor. ¿Por qué tienes tanta prisa?»
Aquella voz melodiosa no le pertenecía.
«Acércate. Estás excitado, ¿no es cierto?»
El eco de las palabras quedaba en sus labios. Estaba totalmente preparada para ejercer la dominación sexual.

En el espejo, Annie se había ido. Liane era la que dominaba la escena.

La suerte estaba echada.

29

Annie averiguó todo lo que pudo sobre el pasado y la personalidad de Damon Rhys, sus métodos de trabajo y su rutina diaria.

Y al hacerlo, en seguida comprendió que Rhys era uno de los más extravagantes genios que dominaban la escena norteamericana.

Rhys residía la mitad del año en Hollywood, donde tenía una casa de construcción irregular, en un callejón, fuera de Benedict Canyon Drive. Su fiel ama de llaves era la que se encargaba, desde hacía años, del funcionamiento de la casa.

El resto del tiempo, Rhys lo pasaba en su amada casa del lejano desierto de Mojave, al oeste de Las Vegas, cerca del lago Mead, en la zona noroeste de Arizona. Sus dos grandes pasiones eran las formas de vida en el desierto y el Gran Cañón.

Se decía que ambas casas estaban decoradas con extraños artefactos que hacían juego con la tenebrosa imaginación de Rhys. Eso incluía armas medievales e instrumentos de tortura, una auténtica cabeza reducida, antiguas estatuas de la fertilidad y otras rarezas. Pero más macabro aún, de acuerdo con los rumores, era el hecho de que ambas casas, en realidad, estaban equipadas con cámaras para el suicidio, con todo lo necesario para terminar sin dolor la vida de Rhys cuando decidiera que era el momento adecuado.

Ésa era la peculiaridad más extraña de aquel hombre. Varios años atrás, en un reportaje, había hecho públicas sus ideas sobre el suicidio con la misma naturalidad con que habría hablado de cualquier otro hecho de su vida.

Según decía, había hecho las paces con la vejez y la muerte, pero si sufría una enfermedad incurable o decidía que la vida había dejado de interesarle, no esperaría a que llegara la muerte. Elegiría su propio momento.

No se conocía el método de suicidio que iba a usar, aunque se hablaba de explosivos, gas letal y venenos con los que Rhys prepararía su propio cóctel.

Se había casado a los veinticuatro años para divorciarse de inmediato. Y nunca tuvo hijos.

Durante muchos años mantuvo una salvaje actividad sexual, pero al cumplir los cuarenta años se abstuvo deliberadamente de tener contacto con las jóvenes actrices que lo rodeaban. Había tenido sucesivas amantes, bastante duraderas, de su edad, y en los reportajes declaraba que temía envejecer y que quería estar cerca de las mujeres maduras.

También protegía a un grupo de pintores y escultores norteamericanos, y sus dos casas estaban llenas de obras abstractas y surrealistas.

Detestaba los coches y Los Ángeles, la ciudad que más dependía de ellos, pero no tenía más remedio que vivir allí.

Lo paradójico era que adoraba los aviones por el peligro y el desafío que entrañaba volar. Y amaba las paradojas, tanto como la violencia y lo grotesco.

Sentía un malsano placer en declarar en público su entusiasmo por cosas que los escritores más intelectuales menospreciaban: los restaurantes de comida barata, los luchadores profesionales, la pornografía, e incluso las cadenas de televisión, a las que definía como «la mayor contribución norteamericana al surrealismo».

Y tenía un vicio que Annie ya conocía: el alcohol.

Hacía años que era conocido como gran bebedor y pendenciero. Cuando no se hallaba inmerso en la tarea de escribir una novela, una obra de teatro o un guión cinematográfico, mantenía una conducta alocada. Sus borracheras duraban semanas o acababan provocando que se le echara de las tabernas. Además, intervenía en peleas con otros borrachos o incluso con la policía.

Había sido arrestado innumerables veces por embriaguez, y sólo gracias a la brillante actuación de sus bien retribuidos abogados los cargos contra él se habían reducido a delitos de menor cuantía y se había salvado de las fuertes condenas que, en realidad, se merecía por agresiones físicas y escándalo público.

Por otra parte, cuando trabajaba en un proyecto parecía llevar una vida tranquila en lo referente al alcohol. Tras un día de trabajo agotador, sólo bebía, con calma, al anochecer; y a las once se iba a dormir hasta las tres de la madrugada, hora en que reanudaba con la máxima seriedad su trabajo, esto es, sin beber ni una gota. Al parecer, éste era el método con el que obtenía mejores resultados.

Sólo con un vaso de agua podía escribir con intensidad febril hasta el amanecer, momento en que hacía una pausa de unas tres o cuatro horas para dormir. Desayunaba un huevo crudo junto con un zumo vegetal, se tomaba doce tazas de café expreso y empezaba el día.

A medianoche comía una ensalada verde con anchoas precedida de cuatro potentes whiskies irlandeses y seguida de media docena de cafés expresos. Por la tarde trabajaba en el estudio o en casa, e iniciaba la hora del cóctel a las cinco y media en punto. Tomaba fuertes bebidas hasta la hora de la cena y hacía unas cuantas llamadas telefónicas al empezar la noche. Pero sobre las once, el efecto de los coñacs ya se había añadido al de los cócteles y se desplomaba muerto de sueño.

Al día siguiente repetía el mismo proceso.

En definitiva, parecía que Rhys vivía en lo que a todas luces era una oscilante batalla con el alcohol. Todo el mundo sospechaba que su negativa a conducir tenía algo que ver con un comprensible temor a encontrarse solo en medio de la noche bajo la rueda de un coche.

Así era la vida de Rhys.

De acuerdo con su rutina, estaba en su despacho de International Pictures cada mañana y cada tarde, donde se encargaba de los aspectos financieros de la preproducción de *Medianoche* en colaboración con los productores y las personas del estudio. Intervenía no sólo en la contratación de las estrellas de la película, sino también en la de todos los que debían participar en el proceso, incluso en la de los técnicos de iluminación.

Rhys se tomaba su trabajo con absoluta seriedad, y con el

transcurso de los años había logrado formar un gran equipo de diseñadores, ingenieros de sonido, cámaras y técnicos. El resultado quedaba de manifiesto en sus cinco famosas películas, todas ellas caracterizadas por su inconfundible y común fondo intelectual y dramático. Rhys trabajaba tras la cámara con Mark Salinger, su director, e intervenía en la dirección de los actores tanto como en la elección de las tomas.

Annie estudiaba todo ese material cuidadosamente y trataba de calcular sus posibilidades para entrar en contacto con Rhys.

Después de una semana de profundas meditaciones, decidió intentar lo más obvio.

Volvió a entrar con un grupo de turistas a International. Cuando Rhys salió de su despacho para ir a almorzar, se cruzó en su camino de forma intencionada.

—¡Hola! —saludó radiante—. ¿Me recuerda?

Aminoró el ritmo de sus pasos y la miró directamente con aquellos ojos inquisidores que tanto la habían impresionado.

—Usted me leyó unos pasajes de Proust en la biblioteca de Harry Gold en una fiesta en primavera. Fue muy interesante.

Una mirada que no indicaba reconocimiento fue todo lo que consiguió. Lo siguió unos pasos más y luego se echó el pelo hacia atrás y encogió los hombros.

—Bueno —insistió—, supongo que no me recuerda. De todos modos, me alegro de haberle visto.

Sin haber pronunciado ni una palabra, Rhys siguió su camino.

De regreso a su casa, Annie pensó que tal vez Rhys tenía prisa por tomar el primero de sus cuatro whiskies del mediodía y no quería que lo detuvieran. Por otra parte, tal vez había pensado que ella no era más que una interesada. Pero resolvió no abandonar la partida.

Trató de cruzarse en su camino en los lugares habituales a los que acudía.

Lo encontró en la entrada de un restaurante mexicano y simplemente se cruzaron las miradas, pero sin intercambiar palabra alguna.

En otra ocasión Annie le adelantó en la acera del parque

de International Pictures, donde Rhys daba de vez en cuando breves paseos para hacer una pausa en su trabajo. De nuevo le dedicó la mejor de sus sonrisas, pero guardó silencio. La mirada esquiva de Rhys le indicó que la había visto y que estaba decidido a no prestarle atención.

Annie incluso iba sola a la taberna favorita de Rhys en Hollwyood para escuchar disimuladamente las conversaciones que mantenía con otros clientes y con el tabernero, un hombre de mediana edad que le trataba con mucha familiaridad.

Rhys alternaba lunáticos silencios con episodios de explosiva locuacidad, en los que su voz resonaba por todo el local.

Como Rhys salía de aquel establecimiento relativamente sobrio, una noche Annie decidió abordarlo.

—¡Volvemos a encontrarnos!—le saludó con una sonrisa.

Esta vez la miró con un indicio de reconocimiento, mezclado con incomodidad y una firme resolución de no darse por enterado. Se alejó sin contestarle.

La preocupación de Annie iba en aumento. Se había encontrado con Rhys sobrio y borracho. Ebrio podía hablar con ella, pero sin recordarla. Sobrio, se negaba a saludarla. En sus obras demostraba que no creía en el azar. Era evidente que se daba cuenta de que lo acosaba. Y eso hacía que su resistencia fuera más tenaz.

Y sabía que no iba a seducirlo con su sonrisa o su cuerpo, ya que su falta de interés por las mujeres jóvenes era de sobras conocida.

Era necesario recurrir a medidas desesperadas.

Una mañana, cuando Rhys salía de su casa para coger un taxi que lo esperaba para llevarlo al estudio, Annie le salió al paso.

—Por favor, señor Rhys —pidió—. ¿Podría llevarme?

La furia enrojeció sus ojos. Por un instante, creyó que iba a pegarle.

Luego se encogió de hombros, lanzó una amarga carcajada y le hizo un gesto para que subiera.

No le dirigió la palabra y Annie permaneció en silencio, sintiendo la incomodidad del hombre.

—Lamento molestarlo —se excusó por fin.

Rhys miraba por la ventanilla como si ella no existiera.

—Supongo que no es un secreto para usted que estoy buscando una oportunidad para hablarle.

No obtuvo respuesta.

—No hace mucho tiempo interpreté el papel de Sarah en *Parábola* con la compañía de Teague MacInnes —alegó con cautela—. Es una obra maravillosa, señor Rhys. No puedo apartarla de mi mente. El personaje de Sarah y su ambivalencia... Fue un placer representarla.

—Eso fue hace mucho tiempo.

Por fin había hablado. Eran las primeras palabras que le oía decir desde el breve encuentro en la casa de Harry Gold.

Annie permaneció en silencio por un momento, luego se obligó a continuar.

—Pero creo que aun entonces su técnica era asombrosa. Le confieso que no conocí su obra hasta entonces, pero ahora lo he leído todo y le admiro de verdad.

La miró con dureza.

—Usted no es la indicada para ese papel.

La cogió por sorpresa.

—Lamento que piense eso. Lo hice lo mejor que pude y conseguimos buenas críticas. Realmente pienso que Sarah y yo tenemos dos o tres cosas importantes en común. Su sentido de la familia, su fe...

Rhys sacudió la cabeza.

—Me refiero a Liane.

Su sonrisa era cruel. Mientras Annie lo miraba fijamente, notó que había pronunciado aquel nombre como lo harían los habitantes de la ciudad sureña de *Medianoche*.

—Ella es rubia —continuó, mirándola con algo parecido al disgusto—. Y con pechos más grandes. Sensual.

Se encogió de hombros.

—Pero tiene usted unos ojos bonitos. Que su agente le busque algo en televisión. En *Misión imposible* o *FBI*. Con un poco de suerte, algún día podrá tener su propia serie.

Rhys había leído su mente y le devolvía el golpe. No sabía cómo justificarse.

—Lo siento —se excusó—. Chófer, ¿puede parar? Me bajo aquí.

Estaban cerca de la autopista. Rhys no trató de detenerla.

Al apearse lo miró.

–Lamento haberle hecho perder el tiempo. Sigo pensando que es usted un gran escritor.

–Gracias –respondió fríamente–. Voy a ajustarme el cinturón de seguridad.

El taxi se alejó.

Así, pues, él había sabido quién era ella durante todo el tiempo.

Con el paso de los días, la presión interior de Annie aumentaba.

Cada vez que se miraba al espejo veía a Liane.

Pensó en la cantidad de buenas actrices que habían perdido la oportunidad de representar papeles que las condujeran al éxito por la simple razón de ser demasiado jóvenes o demasiado viejas para conseguirlos. ¡Qué frustrante debería haber resultado eso!

¡Y qué afortunadas las que estaban en el lugar adecuado en el momento preciso! Como Joanne Woodward en *Tres caras de Eva* o Vivian Leigh en *Lo que el viento se llevó.*

Annie casi podía sentir cómo Liane la exhortaba a que le diera vida.

Perder a Liane sería como si le amputaran una parte de sí misma. No podía abandonar la batalla sin un último intento. Estallaría si no lo intentaba una vez más.

Una oscura noche de un miércoles, Annie, que sabía que Rhys estaba cenando en casa, se desplazó hasta Benedict Canyon Drive, aparcó al final del callejón sin salida y atravesó con sigilo el espeso follaje hasta llegar a la terraza.

Deseaba echar una ojeada por la ventana antes de reunir el coraje suficiente para tocar el timbre. En ese momento oyó que se abría la puerta. Era el ama de llaves, una atractiva hispana, que se retiraba a dormir.

Por lo tanto, Rhys estaría probablemente solo.

Annie caminó hasta las ventanas traseras. Para su sorpresa, el salón se hallaba a oscuras. Retrocedió justo a tiempo para ver a Rhys sentado en una mecedora a menos de dos metros de donde estaba ella. Era evidente que no podía volver a moverse sin ser descubierta. Tendría que esperar hasta que se fuera.

Rhys tenía un gran vaso lleno de coñac colocado sobre una mesa, y un violín, que cogió en ese momento y con el que comenzó a tocar una lenta pieza barroca. Tocaba con evidente pasión, y estaba absorto en esta tarea.

Los muebles del amplio salón eran viejos pero acogedores. Había una mesa redonda llena de papeles, libros, ceniceros y objetos insólitos. Entre estos últimos, Annie distinguió un cuchillo ritual, un artefacto de bambú, que parecía un instrumento de tortura, y la figura de un dios de la fertilidad esculpida en piedra, cuyo pene erecto era tan grande como el resto del cuerpo.

Rhys terminó su interpretación. Entonces se sentó y fijó su mirada en una parte de la estancia que Annie no alcanzaba a ver. Lanzó un suspiro y depositó el violín sobre sus rodillas. Annie contuvo prácticamente la respiración, ya que en ese instante el silencio era tal que podía escucharse el chasquido de una gota al caer.

De pronto, el teléfono sonó y el sobresalto casi arrancó un chillido a Annie. Murmurando entre dientes, Rhys descolgó el auricular con una mano, mientras con la otra sostenía la copa de coñac.

–Sí, sí, hola.

Durante un momento escuchó mientras bebía. Luego apoyó el vaso con gesto violento e interrumpió encolerizado a su interlocutor.

–¡Escúchame a mí, maldición! Me vais a matar. Ya os he dicho dos veces que Rima no puede tener ese papel. ¿No os entra en la cabeza? ¡Rima no tendrá el papel, es demasiado vieja! ¿Me explico?

Al oír la respuesta lanzó una carcajada.

–Vosotros creéis que un escritor es tan despreciable que puede convertir el océano Pacífico en el Sáhara tan sólo porque vuestra estúpida actriz no tenga ganas de mojarse los pies. Si de vosotros dependiera, Otelo sería albino para darle el gusto al marica de vuestro jefe. ¡Por Dios, dejadme en paz!

Siguió discutiendo con un sarcasmo cada vez más punzante, que hizo recordar a Annie la furia con que golpeara al mozo la primera vez que lo vio.

Por fin cortó la comunicación.

—¡Putos de mierda...! —continuó mascullando entre dientes—. ¡Rima! —Pronunciaba el nombre con tono de burla.

A continuación, Annie escuchó su risa, cada vez más fuerte. Era la risa de un borracho. Apuró el contenido de la copa de coñac de un solo trago, depositó ésta sobre la mesa y de nuevo se echó a reír.

—¡Rima! —rugió, con tal fuerza que pareció que la habitación iba a derrumbarse. No cesó de reír hasta que le sobrevino un acceso de hipo.

Cogió el violín, pero acto seguido lo dejó sobre la mesa, al parecer convencido de que ya iba demasiado bebido para tocarlo.

De repente, pareció que le llegaba una súbita inspiración y cogió a toda prisa pluma y papel. Durante un largo instante, Rhys no se movió. La pluma reposaba sobre el papel. Tenía los ojos medio cerrados y los labios fruncidos. Su respiración era pesada.

La pluma rasgueó el papel. Los dedos de Rhys se movían inseguros mientras escribía. Entonces lanzó una maldición, rompió el papel y lo tiró con fuerza al suelo junto con la pluma.

Maldijo una vez más.

—Deja que la lámpara fije su brillo —murmuró.

Aquellas palabras dejaron a Annie perpleja.

Parecía que su momentánea tentativa de escribir le había deprimido. La intensidad del silencio puso nerviosa a Annie. Se acercó un poco para poder verlo.

Rhys miraba hacia delante inexpresivamente.

En ese momento sus ojos se llenaron de lágrimas, y mostró una desesperación tal que Annie se sintió conmovida.

Suspiró de nuevo. El teléfono y la copa estaban a su alcance, y el violín en el suelo, cerca de él.

—No-debo-escribir-más —canturreó—. Basta ya de cuentos. No.

Cerró los ojos. Otra vez se sentía inmerso en el silencio. Annie no se atrevía ni a parpadear.

De pronto, una risa amarga surgió de los labios de Rhys.

—¡Rima! —Sacudió la cabeza—. Vieja zorra, no interpretarás a mi chica. No, de ninguna manera. Voy a matarla yo mismo.

Tratando de no perder el equilibrio y sosteniendo trabajosamente el vaso, comenzó a vociferar:

—¡Rima, maldita zorra...!

Fue entonces cuando descubrió a Annie.

30

Durante un momento se balanceó ante ella, contemplándola como si fuera un fantasma. La confusión y la fatiga le nublaban la vista.

Entonces surgió la furia.

—¡Encantado de verte! —exclamó en tono irónico—. Quédate ahí, querida. Espera que llame a la policía y te recibiremos juntos.

Comenzó a avanzar con gesto amenazador. Era realmente alto, alrededor de metro ochenta, y los anchos hombros le daban un aspecto formidable, en particular cuando sus ojos azules brillaban de indignación.

Todavía se encontraba al menos a más de un metro de distancia de ella, junto a la baranda, cuando intentó asirla e introducirla en la estancia de un fuerte tirón. Pero Annie reaccionó de forma instintiva dando un paso atrás.

El esfuerzo hizo perder el equilibrio a Rhys, que con un gruñido de frustración cayó a los pies de Annie.

Ella lo contempló, confundida. El hombre se volvió para mirarla, mientras reía a carcajadas.

—Voy a denunciarte por esto —amenazó, riendo divertido por lo absurdo de la situación—. Por premeditación o algo por el estilo. Por cruzarte en mi camino con intención maliciosa. Has convertido mi casa en una amenaza. Eso no puede ser legal.

Mientras hablaba, comenzó a salirle sangre de la nariz. Se tocó la cara y comenzó a reírse otra vez.

—La sangre de los justos. Mira lo que has hecho. ¿No tienes

misericordia? ¿Qué clase de bruja eres? ¿De las buenas o de las malas?

De pronto, dejó de reír. La contempló con un brillo de identificación.

—¡Eras tú! —exclamó—. Tú me metiste en un taxi la noche que me echaron del bar...

Annie asintió, desconcertada. Se le ocurrió que tal vez, según el estado de embriaguez en que estuviera, la recordaba en algunas ocasiones y la olvidaba en otras.

—¡Dios mío! —exclamó, con una mirada de verdadero temor—. ¡Dios mío!

—Tome —repuso Annie, sacándose un pañuelo del bolsillo—. Eche la cabeza hacia atrás.

Se arrodilló para que apoyara la cabeza en su brazo. El olor a alcohol era sofocante.

—La cabeza hacia atrás —suspiró Rhys—. Dios mío.

Por un momento pareció recostarse feliz, luego dejó caer la cabeza y habló consigo mismo.

—Uno puede controlar la bebida en una alegre persecución. Pero al final hay que bailar al compás que ella marca. Es una cuestión de tiempo.

Chasqueó la lengua y estiró los brazos.

—Vamos, señorita Cinturón de Seguridad, ayúdeme a entrar y trate de despertarme.

Lo ayudó a incorporarse y lo acompañó a entrar en la casa.

—¿Quiere que le prepare café? —preguntó.

Rhys lanzó una carcajada.

—No sabes nada de borracheras, jovencita. Éste es mi momento de perder la conciencia. No quiero despertarme. Si vienes a las tres de la madrugada me encontrarás con los ojos brillantes y en forma.

Se sirvió un vaso de whisky. Miró a Annie y le hizo un gesto para que se sirviera. La joven negó con la cabeza.

Se dirigieron al salón. Rhys se dejó caer en la mecedora y Annie se sentó en un sillón frente a él.

—Lo siento —se excusó por fin Annie—. No quería..., pero yo tenía que venir. Tenía que intentarlo una vez más...

—El grandioso y poderoso Mago de Oz —le guiñó un ojo— sabe para qué has venido.

Tomó un largo trago de whisky.

Annie seguía sin poder hablar. Los ojos del hombre comenzaron a recorrerla con aire crítico. Sacudió la cabeza y buscó un ejemplar del guión. Cuando dio con él, se lo alcanzó.

–Escena 64 –bostezó.

Con aire de desafío, tomó otro sorbo.

Cuando Annie encontró la escena, levantó la cabeza sorprendida. Era la parte más sensual e intensa de la obra, en la que Liane consigue acostarse con Terry.

Y eran las primeras palabras con las que Liane se había adueñado de Annie.

LIANE –*¿Adónde crees que vas?*
TERRY –(En la puerta.) *A casa. Tengo que irme.*
LIANE –*Hace tanto calor. ¿Por qué tienes tanta prisa?* (Cruza la cocina hacia él y se coloca las manos en las caderas.) *Acércate. Estás excitado, ¿no es cierto?* (Lo empuja lentamente hacia el dormitorio.)

Annie se aclaró la garganta. Rhys la observaba con interés. En sus ojos había un brillo de desprecio y burla.

Annie sabía que quería ponerla nerviosa para que leyera la escena sin convicción. Por un instante se sumergió en sí misma, buscando la marea de náusea que alimentaba su inspiración en las actuaciones. ¿Acudiría ahora en su ayuda?

La visión del cuerpo imponente de Rhys produjo un súbito cambio en ella. No, meditó; ya estaba cansada de ser una víctima. Esta vez sería diferente. El evidente escepticismo del hombre le abría la puerta hacia su propia identidad.

Esa noche la iniciativa tenía que partir de ella. No existía pasado al que pudiera regresar, ni futuro sin Damon Rhys. Iba a borrar la incredulidad de aquellos ojos azules, y lo haría ahora mismo.

Dejó a un lado el guión. Un cuerpo extraño creció dentro de ella, guiándola de la mano.

Con un susurro felino, leyó la primera línea. Rhys le dio la respuesta de Terry. Annie se puso de pie, mostrándole su cuerpo, que sufrió un ligero estremecimiento a causa del aire de la noche.

La segunda línea surgió con una violencia sexual que iba

más allá de las simples palabras. Se fue acercando con movimientos que recordaban a un predador hambriento en busca de su presa.

Se arrodilló ante él, apoyó las manos en sus rodillas y lo miró a través de los ojos de Liane, mientras repetía las últimas líneas.

–Acércate. Estás caliente, ¿no es cierto?

La miró decidido e intrigado. Annie sabía que la llama que ardía en su interior había dado en el blanco al metamorfosearla en la infinita malicia de Liane.

–¿Puedes repetirlo? –preguntó.

Se alejó, cruzó la habitación y empezó de nuevo con movimientos llenos de inflexiones que incluso la sorprendieron a ella, porque eran diferentes de la primera vez. La excitación se apoderó de ella. Podría repetir la escena mil veces y Liane nunca la abandonaría.

Rhys sacudió la cabeza, con los labios fruncidos.

–Maldición –murmuró. Miró resignado el vaso de whisky y luego a la joven–. Se supone que a esta hora debería de estar durmiendo.

Luego hizo un gesto de aprobación.

–Ahora sí tomaría café.

Leyeron juntos hasta las cinco de la mañana.

Al cabo de unos minutos los recelos de Rhys habían desaparecido. El entusiasmo se apoderó de él, junto con una nerviosa alegría ante la actuación de Annie.

Con un nuevo e impersonal respeto le iba dando indicaciones. De vez en cuando, cambiaba algunas palabras del texto y a toda prisa las anotaba en el guión.

Le enseñó a caminar como Liane y a realizar ciertos gestos. Sin embargo, en ningún momento criticó la entonación; una especie de ósmosis le decía a Annie cómo era el acento sureño que él deseaba.

Prepararon varias jarras del café expreso que le gustaba a Rhys. Repitieron una y otra vez las escenas.

Rhys la observaba con una mezcla de temor y angustia. Pero en ciertos momentos un brillo de afecto paternal iluminaba sus ojos.

Para Annie esa noche era como un parto. No se daba cuenta del transcurso del tiempo. Hacía todo lo que Rhys le decía, pero con sus sentidos atentos a las órdenes secretas que surgían de su interior.

Parecía que en la habitación hubiera tres personas. Liane, la invisible, sorprendía sin cesar a los otros dos. Rhys sacudía la cabeza y volvía a pensar en ideas que no había expresado, mientras que Annie repetía las escenas como al borde de un abismo tan bello como peligroso.

Cuando Rhys miró su reloj y señaló la baranda, Annie parpadeó asombrada.

—Ayúdame a levantarme.

Annie le cogió las manos. Rhys se incorporó y la abrazó con delicadeza. Le acarició el pelo con admiración.

—Ella es rubia —sonrió con agotamiento y resignación.

Luego se giró, cogió el vaso de whisky y bebió el contenido de un trago.

La condujo a la cocina. Señaló el teléfono y un viejo bote de café lleno de monedas y billetes. Luego la condujo por el corredor hasta su dormitorio.

Se dejó caer pesadamente sobre la cama y la contempló.

—Coge algo de dinero y llama a un taxi. A menos que quieras quedarte a dormir aquí.

Annie sacudió la cabeza, mirando de reojo la cama.

—No me refiero a esta cama —sonrió—. Hay dos habitaciones más.

Volvió a negar con un gesto, devolviéndole la sonrisa.

—Mi coche está al final de la calle.

—Ah.

Annie lo miró con afecto porque sentía que, después de aquella larga noche, lo conocía muy bien.

—¿Tengo ajustado el cinturón? —preguntó él, con burlona ironía.

Annie asintió y se volvió para irse.

—Espera —murmuró—. Dame un beso de buenas noches.

Permaneció absolutamente inmóvil, observando cómo le besaba en la frente.

—Nunca tuve una hija.

Sus ojos azules estaban semicerrados.

—Deja tu número en la agenda que está al lado del teléfono

–suspiró–. No te molestes en cerrar. –Una sonrisa jugueteó en sus labios–. Buenas noches, asaltante de hogares. Conduce con cuidado. Ya tendrás noticias mías.

Al retirarse oyó un ronquido. Estaba dormido.

Annie escribió el número de teléfono y su dirección en la agenda y salió a buscar su coche.

Mientras conducía, el sol de la mañana le quemaba los ojos. Agradeció que las calles estuvieran casi vacías. Al llegar a su apartamento estaba totalmente agotada.

Se duchó y se acostó. La noche con Damon Rhys le parecía un sueño. No obstante, un último pensamiento la tenía preocupada.

Si todo era un sueño para ella, seguramente también resultaría irreal para Rhys, quien además estaba borracho. Tampoco estaba segura de cuáles serían sus recuerdos.

No la llamaría.

«No importa», pensó. Lo había hecho todo lo mejor que podía. Mañana sería otro día.

Se sumió en un sueño tan profundo como la muerte.

31

Daily Variety. *29 de septiembre de 1969*

RHYS ELIGE ACTRIZ DESCONOCIDA PARA UN PAPEL EXPLOSIVO

Damon Rhys ha vuelto a hacerlo. Sin tener en cuenta la opinión de su departamento de producción ni de la jerarquía ejecutiva de International Pictures, anunció el martes que ya había elegido a la desconocida modelo y actriz Annie Havilland para el papel de Liane, la seductora sureña en su nueva película Medianoche.

La señorita Havilland, una popular modelo, es más conocida para los californianos como la atractiva chica de las campañas publicitarias sobre cinturones de seguridad y de los anuncios de Cantele and Beale.

No hay información acerca del contrato de la señorita Havilland con International o de las pruebas que hizo para conseguir el papel. Se oyó comentar ante la sorpresa de la elección: «El señor Rhys siempre sabe lo que quiere y, en lo que se refiere a sus películas, habitualmente lo consigue».

El nombre de una docena de actrices de primera fila de Hollywood se barajaba para ese papel y, agregan los rumores, todas ellas estaban dispuestas a dar el brazo derecho para conseguirlo. Para una desconocida como la señorita Havilland, el papel de Liane significa mucho más que una simple revelación. Es el papel clave en una película importante, y puede convertirse en su lanzamiento al estrellato.

La joven se enfrenta a un desafío. Los ojos del público no la abandonarán en los próximos meses y sufrirá una serie de presiones a causa de esta súbita fama.

Le deseamos lo mejor. Y a aquellas que han perdido a Liane, mejor suerte la próxima vez.

La señora de Ralph Sonderborg cerró el ejemplar de *Variety* y lo dejó sobre la mesa de la cocina junto con el resto de las revistas de Lulú, su criada. Ésta era una ex actriz de ópera a quien le gustaba estar al corriente del mundo del espectáculo. Lo mismo le sucedía a la señora Sonderborg, aunque eso resultara indecoroso en la sociedad de Palm Springs para una mujer de su posición.

Se contempló en el espejo, mientras le llegaban los ecos de la conversación en el comedor. Se arregló el maquillaje, sin prestar atención a la delgada voz de Ralph contando las monótonas historias de sus años de guerra a los Keating.

La guerra era la única fuente de orgullo personal de Ralph. Era un oficial de bastante edad en aquel entonces, y su corazón lo había obligado a permanecer en un escritorio en Washington. Pero las películas de guerra eran sus preferidas, y cuando encontraba un auditorio tan atento como los Keating le gustaba repetir las mismas viejas historias.

Russ Keating era un joven empleado en el banco del que Ralph era presidente. Las invitaciones se debían a que Keating tenía buenos antecedentes para aspirar a la vicepresidencia en unos años y ése era el caramelo con el que el First National le hacía aceptar un salario bajo y muchas horas de trabajo.

En general, la señora Sonderborg detestaba aquellos almuerzos de negocios; pero cuando vio a los Keating en persona sus ideas cambiaron.

Russ era alto, fornido y apuesto; no respondía al estereotipo de un banquero con lentes. Era a todas luces, inteligente, agresivo y ambicioso. Y tenía una manera de mirar que interesó a la señora Sonderborg.

Su mujer, en cambio, era gorda, con el pelo descuidado y pechos colgantes que hablaban de recientes partos: un hijo de tres años y otro de dieciocho meses. El matrimonio debió celebrarse por conveniencia, suponía la señora Sonderborg. Y ahora, por supuesto, era algo sin sentido.

En cinco minutos de conversación, la joven esposa se las había imaginado para aludir a la falta de dinero para hacer un viaje, para hablar de la hipoteca de la casa y para quejarse porque su marido no la ayudaba en las tareas de la casa. Era una quejica.

Entretanto, las miradas del joven a la esposa de su jefe demostraban un interés que iba mucho más allá del simple respeto.

Al mirarse en el espejo, la señora Sonderborg entendía las miradas de Keating. Sus miembros eran elegantes y suaves bajo el conjunto Pucci que tan bien le quedaba. Sus ojos brillaban, y los labios sensuales y la nariz recta completaban la impresión de una sexualidad escondida detrás de una serena inteligencia.

No cabía duda: para su edad era un adorable espécimen del sexo femenino, con la capacidad suficiente para conseguir lo que quisiera de un hombre.

Ralph era un caso especial, desde luego. Una noche de vez en cuando, con las caricias adecuadas, lo dejaba más que satisfecho. El resto del tiempo la admiraba a distancia, feliz por comprarle ropa para que vistiera con elegancia y participando con ella en las actividades sociales con amable condescendencia.

La diferencia de edades era la causa de que la colocara en un pedestal desde el principio. Para él, ella era la hermosa joven que no había tenido juventud, y a la que había encontrado de milagro gracias a que ella había enviudado.

El matrimonio funcionaba a la perfección. La señora Sonderborg era, con diferencia, la mujer más atractiva del círculo social que ahora dominaba. Un verdadero pilar de la comunidad de Palm Springs. La admiraban por sus obras de caridad y su actuación en las reuniones sociales.

Por supuesto, la señora Sonderborg tenía necesidades. Y, para saciarlas, sabía cómo preservarse de miradas curiosas.

Por eso, cuando se dirigía hacia el comedor, tenía la sensación de ser un confiado cirujano entrando en la sala de operaciones. Sabía que no iba a fallar porque la iniciativa era de ella.

Sin embargo, por un instante, sus pensamientos se detuvieron en la nota de *Variety*.

Annie Havilland...

El nombre tendría que haber sido suficiente para convencerla, pero la foto que acompañaba la nota había borrado todas sus dudas.

La joven poseía una adorable sensualidad, el cabello color arena enmarcaba un rostro encantador, con unos ojos extraños y cristalinos. Para un hombre debía semejarse a un ángel.

La señora Sonderborg la había reconocido con facilidad. Le divertía ver que ese rostro que se cruzaba en su camino después de tanto tiempo y que estaba completamente cambiado seguía, sin embargo, siendo el mismo.

Entró sonriendo en el comedor.

—¡Oh, señora Sonderborg! —exclamó la señora Keating, con los labios húmedos de sopa—. Su cocinera es absolutamente genial. Le estaba diciendo al señor Sonderborg que es el consomé más delicioso que como desde que era niña. Le pediría la receta, pero con los niños no tengo tiempo de cocinar nada especial.

—Voy a decirle a la señora Ames que se la dé —sonrió la señora Sonderborg—. Aunque creo que un consomé no será suficiente para un físico atlético como el de su marido...

—Estoy tratando de que comamos menos calorías por el bien de ambos —respondió con una risita tonta.

—Oh, a mí no me parece que esté gordo —replicó la señora

Sonderborg, recorriendo con la mirada el cuerpo musculoso del bronceado joven.

El presidente, con la mente sumida en sus pensamientos, no advertía las miradas que cruzaba su mujer con el joven empleado del banco. Era evidente que Russ Keating estaba dispuesto a aceptar cualquier invitación de la mujer de su jefe. Después de todo, era un joven que quería progresar con rapidez y la señora Sonderborg era el camino más rápido; siempre que la dejara satisfecha, por supuesto.

La joven señora Keating, ante el momentáneo silencio, optó por los comentarios efusivos.

—Su vajilla de plata es tan elegante —manifestó—. Nunca he visto un diseño tan bonito como éste...

Mientras hablaba, su marido lanzó una última mirada significativa a la esposa de su jefe y formuló a Ralph en tono respetuoso una pregunta acerca de la verdadera situación del barrio.

La señora Sonderborg escuchaba con aire distraído el parloteo de su interlocutora sobre la vajilla de plata. Sus pensamientos se habían centrado de nuevo en Annie Havilland, la actriz desconocida que tanto revuelo había armado.

¡Qué extraordinaria suerte la de haber empezado en Hollywood como la estrella de una película de Damon Rhys! No cesaba de preguntarse cómo se las habría arreglado. Rhys era un excéntrico, claro, pero también un perfeccionista.

¡Y Rhys había bautizado a su personaje con el nombre de Liane! ¿Sería eso mera coincidencia?

Por otro lado, decidió la señora Sonderborg, coincidencia no era tal vez la palabra adecuada. Era más apropiado hablar de conexión.

En cualquier caso, vaya ironía. ¡Qué irritante resultaba imaginar que ahora el destino abría todas las puertas ante esa joven! Un destino cuyas trampas y giros no podían predecirse pero que, desde luego, implicaba tener tantos amigos como enemigos, sorpresas desagradables y gratas. La señora Sonderborg tan sólo conocía Hollywood desde Palm Springs, pero se hallaba lo bastante cerca de esa famosa jungla como para oler sus salvajes fragancias.

Sí, la joven Havilland se hallaba ante un peligroso destino. Un destino que la señora Sonderborg podía contemplar a distancia, o alterar a su antojo. Ésa era la elección más tentadora de todas. Sí, concluyó la señora Sonderborg, a partir de ahora prestaría más atención a la revista *Variety.*

Pero, mientras tanto, decidió centrarla en el joven que estaba sentado frente a ella, cuya mirada atenta seguía clavada en su rostro al tiempo que el eco de la plañidera voz de su esposa retumbaba entre ellos.

Barry Stein, sentado ante su escritorio de la compañía Continental Artists Management, sacudió la cabeza.

Annie Havilland había vuelto a hacerlo.

Allí estaba él, su agente, el hombre que debería estar peleando para conseguirle papeles. En lugar de eso, leía el *Daily Variety* y se enteraba de su último triunfo, mientras esperaba a que lo llamara para darle detalles del asunto.

Lo humillaba verse convertido en un simple mensajero, aunque debía admitir que, desde el principio, ella había conquistado todas sus victorias.

¡Pero el papel protagonista en una película de Damon Rhys! ¿Cómo lo había conseguido?

Sobre todo teniendo en cuenta que las señales de que las puertas de Hollywood estaban cerradas para ella habían sido muy claras (si bien a Barry le había faltado valor para decírselo), por lo menos durante dieciocho meses.

Bien, lo había logrado de todos modos. Todo por sí misma.

El oculto talento de Annie no conocía obstáculos para hallar un oasis de oportunidad en el más desolado de los yermos. Y era inútil lamentarse por el hecho de que de nuevo ella hubiera hecho el trabajo por él. Lo que importaba ahora era negociar los términos del contrato y encontrar la forma de hacer creer a los altos directivos de Continental Artists Management que gran parte del mérito de ese acontecimiento le correspondía a él más que a la estrella. Pues en una estrella era en lo que acabaría convirtiéndose un día Annie.

Con ese pensamiento en mente, Barry esperaba la llamada telefónica.

Al Cantele reía.

Su feliz rugido resonó en la cocina. El plato de *antipasto* servido por su mujer seguía intacto, la copa de *chianti* medio vacía.

Tras recibir una llamada de Martin Fiore con las excitantes noticias, había mandado a su secretaria a comprar de inmediato un ejemplar de *Variety*.

Ahora observaba encantado la noticia y la foto sonriente de Annie.

–¡Shirley! ¡Mira esto! –exclamó, golpeando la mesa con la palma de la mano–. Nuestra Annie ha conseguido un gran papel. ¡Realmente grande! ¡Dios, qué maravilla!

Su esposa se acercó a mirar con una sonrisa insegura. Por supuesto se alegraba por Annie, una de las jóvenes más sensibles que había conocido desde que los horribles años sesenta habían terminado con todas las tradiciones decentes.

Pero por más que le gustara Annie, no disfrutaba teniéndola en su casa. El evidente enamoramiento de Al resultaba incómodo, en especial cuando su marido podría ser el padre de la joven.

Sólo Dios sabía qué cosas imaginaba Al con aquella joven. De todos modos, gracias al Cielo, Annie estaría a partir de ahora demasiado ocupada para visitarlos con tanta frecuencia.

–Me alegro por ella –afirmó Shirley, palmeando la espalda de su marido–. Ahora termina el almuerzo.

Al se sentía como un padre orgulloso. Decidió enviarle una canasta de fruta y unas botellas de Asti espumoso.

En el fondo de su corazón estaba loco por ella, pero gracias a Dios nunca había pasado nada, dada la buena relación que Annie mantenía con su familia.

Volvió a sonreír feliz.

–¿Qué me dices de esto, Shirley? ¿Qué te parece?

Nick Marciano estaba en traje de baño ante una enorme piscina. Procedentes del interior de la casa, se oían una risa masculina y una voz que hablaba por teléfono.

Nick tenía frente a él el ejemplar de *Variety* abierto, con un cenicero y un vaso de vodka. Contemplaba el rostro de Annie fotografiado en la revista.

«Así que lo ha conseguido.» El pensamiento resonaba fuertemente en su cabeza. ¿Sería un sueño? Últimamente todo le parecía un sueño.

Las drogas y el alcohol eran sus mejores amigos durante la noche, pero sus peores enemigos por la mañana. Porque cuando se miraba al espejo no podía reconocerse.

Cerró los ojos un largo rato y volvió a abrirlos. Sí, la foto de Annie seguía allí. ¡Qué hermosa era, qué frescura y delicadeza poseía!

Tenía que llamarla para felicitarla, prometerle que la invitaría a cenar, aceptar sus ruegos para que se cuidara. Aceptar cualquier cosa.

Si no fuera porque la amaba, ahora estaría en paz. Algo lo devoraba por dentro y ya no le importaba.

«Anda, conviértete en una puta», habían sido las palabras con que su padre lo había despedido indignado. «Vete al infierno con mis bendiciones. Desde hoy, no eres mi hijo.»

Nick sonrió. Muy pronto se cumpliría la maldición y sus preocupaciones terminarían.

¡Pero Annie...! Se merecía una larga vida, con hijos, feliz.

¿Qué clase de hombre sería Rhys? ¿Qué le exigiría?

¿Aceptaría ella?

No.

¡No!

La pregunta le lastimó más que todas sus heridas juntas.

De repente, sintió una mano en la espalda desnuda.

—Buenas noticias, ¿eh, Nick?

Era la voz que se había oído en el interior de la casa. La mano bajó acariciándolo.

Nick asintió, mirando fijamente la copa de vodka.

—Vamos, amor —instó la voz—. Vamos a darnos un baño.

Roy Deran sonrió para sí mientras se sentaba ante el mostrador del bar. Con cuidado arrancó la página de *Variety.*

¡Annie protagonista en una película de Damon Rhys!

Alguien había dicho que no había mejor lugar para empezar que la cima.

Roy se debatía entre el orgullo paternal y el temor. Sabía que Annie era capaz de hacer el papel. Cuando la conoció tenía uno de los más grandes talentos que él hubiera visto jamás. Y ahora estaba preparada.

Por otra parte, Hollywood intentaría devorarla por ser una estrella salida del anonimato. La odiarían por no haber labrado su carrera empezando desde la última fila.

Ése era el monstruo que se lo había comido vivo veinticuatro años atrás, cuando pensaba que se encontraba en la cumbre de su carrera. Encogiéndose de hombros abandonó el bar, con la página que contenía la noticia en el bolsillo.

A pesar de sus tristes pensamientos, la mañana le pareció más fresca que nunca. Se preguntó qué hacía que el mundo pareciera tan limpio. Luego sonrió. Era Annie, claro.

Aunque se preocupara, ella era una superviviente y lo lograría. Tenía tantas agallas que ni los mayores poderes de Hollywood podrían derrotarla.

Cruzó los dedos.

«Véncelos, Annie –pensó–. Y que no haya prisioneros.»

En el corazón de Bel Air, Rima Baines estaba sentada con un ejemplar de *Variety* hecho pedazos. Con un leve temblor, se llevó la copa de Bloody Mary a los labios.

Lanzó una mirada al teléfono rosado y en ese momento éste sonó.

Era su agente. Lo saludó con una retahíla de obscenidades.

–Supongo que ya has visto las revistas –dijo–. Esa pequeña Havilland de mierda... No sabía que Rhys se ocupara de las jovencitas. Un viejo chivo como él debería dejar su pito tranquilo...

El agente la escuchaba mientras ella continuaba bebiendo e insultándolo.

–Rima... –intentó interrumpirla.

Se lo impidió varias veces hasta que por fin aceptó escucharlo, con un suspiro de indignación.

–¿Rima? –preguntó con diplomacia.

–¿Qué?

–Rima, no podemos malgastar nuestro tiempo con un borracho como Rhys. Ese hombre está loco y tiene éxito por la publicidad —cruzó los dedos mientras mentía—, y éste debe ser su final. Ahora bien, tú vales demasiado como para comprometerte en proyectos delirantes. Tú eres una reina y ese hombre es un payaso.

De nuevo cruzó los dedos. El papel de Liane hubiera sido fantástico si Rima tuviera diez años menos. O tal vez incluso cinco.

Bueno, por lo menos siete.

Ocho.

—Muy bien —respondió por fin—. Voy a nadar. Te llamaré más tarde. Pero te prevengo, será mejor que te asegures de que mi próxima película haga que *Medianoche* resulte la mierda que realmente es.

—Por supuesto, Rima. Tú estás a miles de kilómetros de distancia de esa basura. Recuerdos a la familia. Te llamaré pronto, querida.

Suspiró aliviado; la tormenta había pasado. Sacudió la cabeza.

Diez años.

Rima colgó el teléfono con un gesto de frustración. «¡Maldita puta! ¿Cuántas veces se habrá acostado con Rhys para conseguir el papel?»

Lo peor era que no podía saber todo lo que Rima conocía de los hombres simplemente porque era muy joven.

Pero lo había conseguido.

«¡Maldición, maldición, maldición!»

Hal Parry bailaba por las habitaciones de su ático en Park Avenue con un ejemplar del *Variety* en las manos.

Se detuvo ante el teléfono y marcó un número para hablar con California, donde eran las diez de la mañana.

Oyó el contestador automático.

«Hola, habla Annie Havilland. No puedo atenderle en este momento pero, por favor, deje su mensaje y le llamaré tan pronto como pueda.»

—Soy Hal, querida. Te llamo para felicitarte. Eres absolutamente fantástica, Annie querida. Estoy verdaderamente orgulloso de ti. Escuha: llámame cuando puedas. Tenemos que...

—¿Hal? —inquirió una voz adormilada—. Pero ¿de verdad eres tú?

—¡Nena! —gritó encantado—. ¡Te adoro!

—Yo también, Hal. Eres un encanto por llamarme. El teléfono no deja de sonar, pero todo el mundo quiere conseguir contratos o dinero. Voy a volverme loca en esta ciudad.

—No, no lo harás querida. Tú, no. Ahora escucha al viejo Hal. Conoce las cosas buenas, y tú vales mucho.

Creía en lo que le decía. Para ser una joven sin experiencia, Annie tenía una gran inteligencia y valor.

—Hal, ¿cuándo nos vamos a ver?

—Cuando quieras, querida. Te llamaré la semana próxima. ¿De acuerdo?

—Gracias, Hal. Muchas gracias.

—Cuídate mucho. Cuando vaya pondremos esa ciudad al rojo vivo.

Después de colgar, Hal se sirvió una copa de bourbon. ¡Annie convertida en estrella! Por supuesto, él le había dado la oportunidad de empezar con el anuncio de Daisy.

Tenía que llamar a un grupo de gente. Esa noche daría una gran fiesta.

Harmon Kurth estaba sentado en la terraza. El ejemplar del *Variety* descansaba sobre sus rodillas. Juan se lo había entregado sin decir una palabra; la única señal de que lo había leído fue la botella de Armagnac que puso en la bandeja con el café.

Kurth leyó la noticia una sola vez. Conocía a Rhys y sabía lo que debía de haber pensado.

Desde la piscina llegaba el murmullo de risas. Rosemary había organizado un picnic para Tess y Maggie y sus amigas. Era la despedida, porque las chicas volvían al colegio, en Ginebra.

Kurth tomó un trago de licor mientras meditaba. Luego cogió el teléfono y marcó un número.

—Localíceme a Walter Wenenber y a Lou Hammer, Myron Shubov, Teho Kirk y a Paul Ozhinski. En ese orden. Estaré aquí durante media hora. Luego en el coche, y después en el despacho. Gracias.

Colgó el teléfono.

El rostro de Annie Havilland flotaba en su mente, en absoluto deformado por los dos años transcurridos desde que la viera por primera vez. El hermoso pelo oscuro cubría sus mejillas de porcelana como un soplo.

Al evocar mentalmente aquella imagen, la fascinación absorbió su mirada. Las heridas empezaban en las comisuras de su seductora boca, mezclando los hilos de sangre con el carmín. La catarata roja se extendía en violentas oleadas, al tiempo que los labios desgarrados pronunciaban gritos de clemencia.

Aquel cuerpo esbelto flotaba con elegancia retorciéndose contra la luz mientras manos masculinas desgarraban su piel, golpeaban sus muslos y pechos, hasta encontrar por fin sus caderas. Los frenéticos chillidos de dolor inundaban la tenebrosa estancia de la fantasía como cánticos provocadores en su desesperación.

Kurth se agitó enfundado en sus pantalones, pues empezaba a sentir la evocación de la sangre entre las piernas, una cascada carmesí cayendo pesadamente al suelo. La carne desnuda se estremecía, el aire se mezclaba con la sangre, la delgada cintura llenaba sus manos mientras introducía su pene en la parte más sensible de la herida.

La respiración de Kurth se volvió agitada. En menos de cinco minutos se correría, tan vívido había sido el recuerdo.

En ese preciso instante una manita se deslizó en la suya y Kurth oyó una voz musical en su oído.

—¿Papá?

Era Tess.

Contempló a la niña de nueve años, de lindos ojos, cara pecosa y cabello dorado peinado con una cola de caballo. Sonreía y tenía el traje de baño mojado.

—¿No vas a venir? —preguntó.

La abrazó sin importarle que el agua mojara su camisa de seda.

—Esta mañana no puedo, princesa. Tengo que ir al despacho. Esta tarde saldremos a caballo. ¿Qué te parece?

—Muy bien, papá —sonrió con encantadora inocencia.

La abrazó y le arregló la toalla. Le encantaba abrazarla. Era como tener un ángel propio. Ella y Maggie eran la única parte hermosa y limpia de su vida, junto con su esposa, por supuesto. Hacían que todo lo demás resultara soportable.

–Ten cuidado en la piscina, princesa. Te quiero mucho.

–Yo también, papá.

La observó y luego su mente volvió a los negocios. De un momento a otro empezaría a sonar el teléfono. Todos querrían saber cuáles eran sus órdenes. Sonrió con cautela. Era hora de hacer algo.

En la otra punta de Central Park, en el lado opuesto al del ático de Hal Parry, alguien más leía la noticia del *Variety*.

Unos delgados dedos sostenían el periódico mientras una mirada fría corría por encima de las líneas una y otra vez.

La foto de Annie Havilland sonreía desde la página, una imagen sensual y elegante.

Estudió la foto. Estaba segura de que había visto antes a aquella chica. Estaba segura. En el anuncio de Daisy sí. Pero también la había visto en otra parte, en persona. ¿Cuándo? ¿Dónde?

Cerró los ojos y puso la mente en blanco. Hizo un esfuerzo por recordar.

Entonces llegó la respuesta.

Se habían encontrado por casualidad.

«*Se me ha caído el bolso...*»

Por supuesto, no había sido simplemente un accidente. No después de esto. Alguien había dicho una vez que el accidente era una forma oculta de la necesidad. Debía de ser verdad para que dos órbitas tan dispares se unieran en un punto del tiempo y el espacio...

Buscó unas tijeras y recortó el artículo. Luego lo guardó entre las páginas de un libro.

Fue al espejo y se miró a los ojos. Le fascinaba pensar en la joven modelo que salía de la oscuridad para representar un gran papel, escrito por el más grande de los creadores.

¿Qué ocurriría con Annie Havilland cuando despertara y pensara en su buena suerte? ¿Controlaría el miedo y la alegría? ¿Se daría cuenta del cambio de su futuro?

La foto no le daba la respuesta.

O tal vez sí, quizá una muy importante. Lo mismo que vio en sus ojos aquella noche.

Una hermosa joven. Con ojos especiales.

Pero actriz de nacimiento. Esos ojos nunca dirían la verdad abiertamente. Tenían un complicado velo que podía cambiar la verdad.

Con una sonrisa, Christine se dio la vuelta. Todavía tenía el libro en la mano. Lo colocó en el estante y contempló un momento la pequeña colección que conocía tanto como sus pensamientos más íntimos.

Aquellos libros contenían un mundo. Sin duda el único que importaba. Y ahora involucraban el destino de la desconocida Annie Havilland con el destino de ellos.

Como ya habían involucrado a Christine.

Aquellos libros eran la colección completa de Damon Rhys.

LIBRO SEGUNDO

Ángel

I

Sus primeros recuerdos se remontaban a la época en que los amigos de Alethea la llevaban a la cama.

Comían los tres juntos —pizza, hamburguesas, ensalada de patatas— y después iban al cine o a ver un partido de baloncesto antes de regresar al hotel o al cuarto amueblado donde dormían.

Christine podía oír los ruidos de los adultos haciendo el amor, los jadeos y gruñidos del hombre, los supiros de Alethea o los extraños silencios. Desde niña había aprendido a no interrumpirlos por temor a los castigos y la venganza de su madre.

Cuando Alethea salía de casa y se iba a trabajar, el amigo de turno, al que distinguía por un aroma especial, el bigote o algún defecto físico, se aprovechaba de Christine.

En esos momentos, la indiferencia entre los hombres era insignificante, porque el dolor que le causaban eran el mismo, igual que las bruscas disculpas y ambiguas recomendaciones. Mantenía los ojos cerrados.

Había algunas excepciones. Y, cuando alguno de los amigos de su madre no la tocaba, se preguntaba la causa con preocupación. De acuerdo con su visión del mundo de los adultos, dejarse lastimar por un hombre era una forma de ganarse su respeto y afecto.

O, por lo menos, de evitar los castigos.

A los cinco años, la carne entre las piernas había quedado reducida a algo parecido a un onírico olvido, totalmente insensible, independiente del resto de su cuerpo e incluso de su mente.

A los siete años su cuerpo le resultaba tan ajeno como un mapa lo es con respecto a la tierra misma.

Se dio cuenta de que debía mantener su piel limpia y cuidarla, ya que eso significaba más dinero para Alethea. Y debía ingeniárselas como pudiera para conseguir que significara más dinero aún y evitar al mismo tiempo que su madre la castigara.

Le resultaba cada vez más fácil lograrlo, dado que el cuerpo dejó, de hecho, de pertenecerle.

Sus diversas sensaciones se regían por normas a las que Christine se sometía con la aceptación de un niño. Podía sentir alivio cuando se cortaba con un cristal o cuando se daba un golpe en la espinilla. Sin embargo, cuando un hombre le hacía daño entre las piernas, en el ano o en los pezones, era como leer en un libro que la Peste Negra había provocado un drástico incremento de la mortalidad en el siglo XIV, o como leer en un periódico que una docena de personas había muerto en un accidente de coche.

Para Christine el placer residía en comer una pizza o una hamburguesa, o ver una película en la televisión, mientras los mayores se dedicaban a sus asuntos en la habitación contigua. Como su muñeca de trapo, a salvo de esperanzas y desengaños, Christine vivía en aquella casa, que era como un radiador poco potente en invierno y como una asquerosa boca de incendios en verano.

El dolor era Alethea.

El desafío de la vida era bastante simple. Uno debía cuidarse de Alethea hasta que las señales de que podía acercarse sin peligro fueran bien claras. Pero esas señales podían resultar ambiguas. Uno podía equivocarse a cada instante.

Si Alethea extendía los brazos con ojos brillantes, sacudiendo sus bucles pelirrojos alegremente mientras sus dedos se agitaban, Christine podía acercarse a ella con cautela, seducida por la promesa de las extrañas y dulces caricias que a veces ofrecía.

Pero en cuanto se encontraba al alcance de su mano, los ojos de Alethea se volvían crueles, la voz áspera y un fuerte pellizco premiaba la ingenuidad de su hija.

Aunque Christine sabía que lo mejor era evitar el trato con ella y dejar que descargara su ira en discusiones con el amante de turno, ella suplicaba que la abrazara de forma imperiosa, a modo de tributo, y albergaba un rencor despiadado durante días como no lo consiguiera.

Siempre hacía señas con una mano mientras en la otra, escondida detrás de la espalda, guardaba un secreto.

—¡A ver si adivinas qué tiene mamá para ti!

¿Un regalo? ¿Un castigo? Advertida por sus anteriores errores, Christine vacilaba. Pero de nada servía reflexionar, pues Alethea estaba siempre un paso por delante de cualquiera.

Si se acercaba, la mano oculta salía con ademán brusco y la asía por el talle, a la vez que en su oreja sonaban crueles insultos, y los fuertes dedos de Alethea iban pellizcando las partes donde más le dolía y se hundía en ellas.

Si Christine se escondía atemorizada, ella tiraba a la papelera el caramelo que había estado escondiendo detrás de la espalda.

—Si es así como tratas a tu madre, mejor será que lo tire. *Yo* no lo quiero, de eso no cabe duda.

Y durante horas, quizás días, el caramelo, todavía envuelto, permanecía asequible en lo alto de la papelera, una tentación difícil de resistir. Christine podía intentar recuperarlo por la noche, a última hora, o a la mañana siguiente, muy temprano; pero Alethea se percataría de ello y el castigo sería severo.

Así, pues, Christine dejaba en paz el cebo. Y al final, al terminar la semana, el tentador caramelo iba a parar a la basura.

Cuando Alethea le cepillaba el pelo, Christine podía escuchar la arrulladora voz de su madre:

—Eres tan guapa. Me cuidarás cuando sea una anciana, ¿verdad?

Y los dedos sobre sus hombros le producían una placentera sensación, demasiado excitante para resistirla.

Pero la sola idea de su propia vejez enfurecía a Alethea. En un abrir y cerrar de ojos, golpeaba entonces la cabeza de su hija, a la vez que sus dedos, ahora crueles, sujetaban sus pequeñas muñecas.

¡Cuán a menudo el último pedazo de pastel, las últimas patatas fritas, la última ración de pizza iban a parar a la basura cuando el estómago de Christine aún los pedía a gritos! Y Alethea lo sabía, Alethea siempre lo sabía. Christine aprendió así a ocultar el apetito incluso a sí misma, ya que éste sólo le abría puertas de juegos dolorosos que ella no podía ganar.

La vida con Alethea la iba convirtiendo en un político consumado, experto en leer entre líneas o andar sobre cáscaras de huevo. Aunque sabía que tenía la batalla perdida aun antes de empezarla, con un oponente tan sagaz y fuerte se iba especializando en minimizar la falta de comodidades y en procurarse pequeños placeres y ventajas.

Y de ese modo sobrevivía.

Christine nunca soñó que pudiera haber en el mundo niños para quienes el peligro se halla en los monstruos de la noche, en los sótanos oscuros, en los duendes y en la muerte, pero no en sus madres.

Esos niños, si de verdad existían, debían pertenecer a otra raza.

Fueron pasando los años. Vivieron en doce ciudades distintas a lo largo de su viaje de Cleveland a Baltimore; pero el entorno apenas cambiaba, siempre en habitaciones de hotel o en pensiones. La rutina no se modificaba. Bollos para desayunar, hamburguesas para almorzar, y el tiempo en que Alethea y su amigo estaban ocupados y hombres desconocidos la tocaban y podían causarle dolor. Pero Christine no lo sentía.

No tenía cumpleaños; se enteró de la existencia de las fiestas de cumpleaños por televisión. Tampoco celebraban la Navidad o el Día de Acción de Gracias. Alethea jamás la besaba para darle las buenas noches ni le hacía un regalo. Su generosidad se limitaba a unas monedas los días en que las cosas marchaban bien. Aprendió a recibir regalos de los hombres.

A Charlie, el mejor de los amantes de su madre, le gustaba llevarlas a cenar y pedía el menú de niños para Christine. Algunas veces la llevaba a tomar un helado y le regalaba goma de mascar, cintas para el pelo, y una muñeca de trapo. Y en la cama era dulce y considerado con ella. De alguna manera, parecía quererla, y la niña no sabía qué actitud adoptar ante algo tan inesperado.

No tenía juguetes, sino la ropa que Alethea elegía con cuidado para resaltar el cuerpo de su hija. Y los hombres.

Christine veía y oía todo lo que Alethea hacía con sus clientes, y aprendió muy pronto. Se dio cuenta de que, aunque los actos eran físicos, los hombres constituían una raza de soñadores. Iban a buscar a Alethea para castigarla o para que ella los castigara. Christine aprendió a sufrir y hacer sufrir.

Todo lo que sucedía entonces no tenía importancia. Lo que la mantenía a salvo era el vacío que albergaba en su interior y que la hacía insensible a todo.

A los nueve años llevaba una vida de adulta. Solía ganar en una semana más dinero que cualquier empleada de hogar. Carecía de educación escolar, pero había aprendido todos los trucos necesarios para sortear y hacer frente a la clase de vida que le había tocado vivir.

Sabía cómo provocar a los hombres con sólo levantarse un poco la falda y mirarlos con ojos seductores. Pero no sabía jugar a la pata coja.

Sabía cómo coger un taxi, un autobús o el metro para dirigirse a un hotel de las afueras, encontrar el camino que conducía a una habitación donde un desconocido se la iba a tirar a cambio de un sobre lleno de dinero y regresar a casa cuando ya había anochecido. Sin embargo, no sabía ir en bicicleta.

Nunca había tenido una caja de lápices de colores, un libro de dibujo, una goma de borrar o un sacapuntas. No sabía qué eran las vacaciones, ni los campamentos de verano. Nunca había visto el interior de una escuela.

A pesar de todo, su mente era despierta, brillante e introspectiva. Y, a su manera, tenía algo de filósofo.

Su callada contemplación de la vida a través de la televisión le había hecho comprender que el ser humano, en conjunto, no ocultaba sus pasiones y debilidades mejor o peor que los clientes a los que ella y Alethea servían. La apariencia ordenada del mundo se fundamentaba en unos invariables cimientos de violencia y carencias, de la misma manera que las ropas limpias de sus clientes no cubrían más que sucios y culpables pensamientos.

Supervivencia quería decir lucidez. Éxito significaba averiguar las ilusiones de otros con mirada sagaz y explotarlas en provecho propio.

Christine realizaba un trabajo de mujer con un cuerpo de niña. Nunca sospechó que la vida la había privado de la oportunidad de vivir en un mundo infantil.

Sin embargo, a medida que iba madurando, empezó a percibir que disponía de la inteligencia y los dones suficientes para vivir fuera de la órbita de Alethea.

Sabía que era demasiado joven para enfrentarse al mundo sin la protección de un hombre. En consecuencia, aprovechó el tiempo centrando sus habilidades en mostrarse diplomática con Alethea mientras iba preparándose en silencio para la vida más allá del oscuro mundo que ella conocía.

Su cuerpo se desarrolló pronto. A los doce años sus curvas adolescentes se habían añadido a su pura belleza rubia.

Ahora Alethea se sentía más celosa de ella, más tentada a castigarla. No obstante, se sentía intimidada por la mirada vacía de la joven, que parecía evaluarla cuando la contemplaba, y por la indomable voluntad que intuía tras su apacible aspecto. Sospechaba que una encolerizada Christine llevaría a cabo una venganza peligrosa. De ahí que recelara y que se mantuviera a la expectativa.

Una fría mañana, en Cleveland, Christine, que ya había cumplido trece años, abandonó el motel cuando su madre aún dormía con su amigo. Con el dinero que les había cogido, huyó a Miami.

Borró todo recuerdo de la vida con Alethea. No se llevó consigo la muñeca de trapo, ni las baratijas que con el tiempo había ido adquiriendo. Ahora bien, en el fondo de su pequeño bolso, bajo los dólares robados a Alethea, se hallaba la única cosa de la que Christine no deseaba desprenderse. Era una fotografía.

La había descubierto cuando tenía ocho años. En la foto aparecía su madre, muy joven, junto con un hombre corpulento de unos treinta años. Tenía barba y manos con dedos largos y sensibles. La niña quedó impresionada por los ojos del desconocido. Si la foto no mentía, aquel hombre debía de ser alguien muy especial.

Dos años después, cuando hojeaba un ejemplar de la revista *Tribune* de Chicago, volvió a ver de nuevo el rostro de aquel hombre.

A Christine le encantaban los periódicos. De niña los recortaba a fin de hacerles vestidos a sus muñecas. Le fascinaba fragmentar el mundo y reconstruirlo en forma de figuras de papel. Más tarde aprendió a leer a través de ellos.

Pero ahora, de pronto, el desconocido de la foto la miraba desde la revista dominical. Había envejecido un poco, y el pelo se le estaba llenando de canas. No obstante, aún conservaba aquella luminosa mirada, posada en la cámara casi con arrogancia.

Era un escritor famoso, leyó Christine. Su nombre era Damon Rhys y su novela acababa de ganar el premio Pulitzer. El periodista sugería que Rhys era el mejor escritor de Norteamérica, tal vez el mejor del mundo.

El artículo contenía datos biográficos. Rhys se había dedicado durante muchos años al teatro, y todavía escribía piezas teatrales tan famosas como sus novelas. Además, había escrito el guión de dos películas de Hollywood que habían alcanzado un gran éxito.

El artículo finalizaba con una entrevista. Las opiniones de Rhys eran extrañas y dejaron a Christine vivamente impresionada, si bien en ese momento muchas cosas resultaron incomprensibles para su mente infantil.

«La gente cree que los seres humanos estamos protegidos por una coraza, hasta que un día horrible la muerte la destruye y termina con ellos —decía Rhys—. La verdad es lo contrario. Sólo saliendo de esa coraza y muriendo cada día, uno cree y aprende a ser una persona nueva.

»Por lo tanto —concluía—, el mundo entero está lleno de mentirosos, la gente niega la realidad de la vida y del tiempo, porque sabe que debe destruir lo que es hoy para que mañana sea posible. Usan una máscara para esconderse, creyendo que pertenecen a una fraternidad de criaturas similar a un cajón de fruta. Y hacen todo lo que pueden para olvidar que nadie puede morir por ellos y que, les guste o no, el futuro es algo solitario.»

Christine lo leyó como si fueran las oraciones de alguna extraña religión. Y lo aprendió de memoria. Guardó el artículo junto con la foto y escondió ambos donde nadie pudiera encontrarlos.

Le parecía fascinante la idea de que Alethea pudiera haber trabajado durante algún tiempo en el teatro. Tal vez lo hubiera conocido allí.

De acuerdo con el contenido del artículo, Rhys escribía con frecuencia sobre órbitas expansivas e intersecciones casuales. Christine pensó que la influencia de él en su propia vida a través de Alethea y de la foto era un acontecimiento misterioso. Aún más, fantaseó Christine, esa intersección podía haber sido el origen de su propia vida.

¿Por qué no? Ella tenía el pelo rubio, como el de ese hombre en su juventud. Sus ojos eran azules, como los de él. Y Alethea, la más indiferente de las mujeres, había guardado esa foto. ¿Por qué?

Salvo que Rhys fuera algo especial para ella.

A menos que fuera el padre de su hija.

Dejó de pensar en esa teoría, si bien la escondió en el rincón más profundo de su interior, del mismo modo que había ocultado la foto donde nadie pudiera encontrarla.

Y empezó a comprar los libros de Rhys en las librerías. Aunque de nivel demasiado elevado para ella, los leía con piadosa aplicación, igual que un niño entusiasmado con la religión ambiciona una Biblia.

Christine temía que su comportamiento con ese credo proscrito fuera descubierto. De ahí que, como sólo podía tener los libros de uno en uno si quería estar segura de no levantar sospechas, los tirara todos y cada uno de ellos tras haberlos estudiado a lo largo de semanas o meses y que comprara otro para reemplazar el anterior.

Los libros iban de la novela hasta el cuento, las obras teatrales y los guiones cinematográficos. Consistían en fantásticas y misteriosas historias de obsesión y desgracia, y algunas mantenían a Christine despierta toda la noche.

A medida que transcurría el tiempo y se acercaba la adolescencia, la introducción de Christine en el mundo de Rhys se volvió más intelectual y obsesiva. El lazo de unión entre su complejo mundo y su mente joven era el punto de vista de Rhys frente a los seres humanos, a los que concebía como soñadores y simuladores natos, seguidores del placer que vivían en medio del terror del desorden mientras permanecían ciegos frente a la impactante realidad tras su remilgado mundo.

Rhys veía caos donde otros tan sólo veían apacibles grietas que podían corregirse fortaleciendo el control y el poder humanos. Y Christine, que se había pasado años viendo imágenes en televisión que reflejaban el concepto de la seguridad burguesa entre cita y cita con sus gruñones clientes, que había recortado muñecas de papel de los periódicos repletos de historias de violencia y crueldad, reconoció la verdad que Rhys había captado.

No se trataba de una verdad reconfortante y protectora. Era una verdad abrasadora como el ácido, que nada ofrecía para reponer las ilusiones que destruía. Nada salvo la macabra belleza de la soledad, del hecho de hundir la cabeza en un destino propio, ajeno e irrelevante para el destino de los demás. Un destino que emanaba de la destrucción del presente de uno mismo.

Rhys se enfrentaba solo a la vida, tal y como ésta era. Veía las debilidades que constituían la base de la profesión de Alethea, las que empujaban a los hombres hacia las mujeres acosados por sentimientos de culpa y humillación.

Estaba preparado para la crueldad de la vida y confiaba en que la salvación, o al menos la realidad, emanarían de esa misma violencia.

Christine devoraba sus libros uno a uno, descubriendo asombrada que podía recordarlos tan fácilmente como el gusto de una comida conocida o el aroma de la hierba, la lluvia o el humo.

Por primera vez en su existencia su mente cobraba vida y encontraba en el mundo exterior un eco de sus propias experiencias. Decidió que la relación de Alethea con Rhys era algo más que un buen momento del pasado. Era también la llave que abría la puerta para el resto de su vida.

Cuando escapó, destruyó la hoja con el reportaje. No quería dejar rastros de su contacto con él. Después de todo, Rhys no pertenecía al mundo que ella estaba dejando atrás.

Él era el futuro.

Christine descubrió que la diplomacia aprendida con Alethea iba a resultarle muy útil. Y que había muy pocas cosas que una mujer no pudiera resolver con el inteligente uso de su cuerpo.

En Miami conoció a Johnny, que le ofreció un lugar para vivir, pero la golpeaba y no le daba dinero.

Permaneció con él hasta que consiguió robarle dinero y escapar. Entonces encontró a un nuevo protector llamado Frank, al que Johnny temía. De la noche a la mañana tuvo ropa nueva, mejores clientes y la posibilidad de chantajearlos por ser menor de edad.

Christine se convirtió en una joven espectacular y en una maravillosa prostituta. Protegida por el provincial talento de confiar única y exclusivamente en ella misma, era su mejor amiga y protectora.

Sabía que sus posibilidades iban más allá de la limitada visión de Frank. Y tenía una precoz capacidad analítica para considerar su trabajo. Conocía las debilidades de los hombres que vivían de las prostitutas, y el desprecio que sentían hacia ellas. Ése era su talón de Aquiles. Porque una mujer inteligente podía sorprenderlos y manejarlos a su antojo.

Los clientes, aunque parecía raro, estaban cortados por el mismo patrón que los chulos. Era fácil controlarlos y extorsionarlos porque se evadían de la realidad por el poder sexual de sus fantasías y hacían cualquier cosa por ocultarlo.

Los jefes que manejaban el negocio eran la clave para protegerla de la policía. Y con ellos se mostraba obedientes y dispuesta a devolver favores.

En posesión de esas verdades, Christine no necesitaba más que cuidar de su aspecto personal y de su habilidad con los clientes.

Cada vez que lo consideraba necesario, cambiaba de protector. Y si para lograrlo había que recurrir a la violencia, jamás vacilaba.

Entonces apareció Tony. En aquella época, Christine ya contaba con una buena reputación de fiable y honesta, y había adquirido gran experiencia en el chantaje.

Tony tuvo problemas para sacarla de la protección de Joseph Mancini, un anciano patriarca que manejaba a muchas mujeres. Le costó muy caro, pero consideraba que la joven valía la pena. Se dio cuenta en seguida de que debía de ser algo fuera de lo común en la cama. De lo que no se dio cuenta fue de que terminaría dejándose dominar por ella.

Por aquel entonces, Alethea era apenas una sombra en su mente, un pasado muy lejano. Desde el día en que escapó, no había vuelto a tener noticias de ella. El único símbolo que conservaba de aquella época era el rostro de Damon Rhys.

Seguía leyendo a fondo todos sus libros. Había abandonado sus fantasías infantiles sobre su posible paternidad. Después de todo, Alethea también era rubia y tenía ojos azules. Por otra parte, prefería su solitaria orfandad. Confirmaba la teoría de Rhys de que tenía un destino separado del resto del mundo.

Se ocupaba de su cuerpo, educaba su mente y ahorraba dinero. Y esperaba. Sabía que un día encontraría el sentido de su vida.

Nunca admitía que, pese a todos sus cuidados, sus sueños infantiles continuaban ocultos en lo más profundo de su ser, sueños en los que aún creía que Damon Rhys tenía alguna relación con su propio destino.

Se decía a sí misma que Rhys era simplemente un mentor, un desafío, un entretenimiento.

Pero leía sus libros una y otra vez con avidez. Y la pequeña foto seguía guardada en su agenda personal.

Y seguía esperando.

ANNIE

2

The Hollywood Reporter. *12 de octubre de 1969*

El mundo del cine está conmovido debido a la noticia de que la desconocida Annie Havilland será la actriz principal en la nueva película de Damon Rhys, el genio de Hollywood con el toque de Midas, y que el papel masculino corresponderá nada menos que a Eric Shain.

Fuentes oficiosas nos han comunicado que Shain, el número uno en taquilla desde hace varios años, había sido elegido para el papel de Terry en Medianoche, *pero que no pudo aceptar por tener compromisos anteriores.*

Una semana después de que las pruebas decidieran que la señorita Havilland interpretará el papel de Liane, Shain cambió de idea, se puso en contacto con Rhys, pidió hacer una prueba con la señorita Havilland y, ante los resultados, se firmó el contrato.

Rhys y sus estrellas fueron entrevistados el martes. Shain, conocido por su timidez ante los periodistas, respondió a las preguntas con monosilábica ambigüedad. Pero parecía complacido de volver a trabajar con el creador de El tiempo dirá, *la película que lanzó al estrellato a Rhys hace nueve años.*

A la señorita Havilland le preguntaron cómo esperaba superar el doble desafío de actuar en la película de Damon Rhys cuando el público no la conocía y hacerlo con un actor de la talla de Shain.

La suavidad y educación de la joven cautivaron a los reporteros por su candor.

«Cuando leí el guión de Medianoche *–dijo–, pensé que podía hacer el papel de Liane con la dirección adecuada. Ahora que he conseguido el papel, tengo que admitir que no estoy tan segura. Pero, por fortuna para mí, el señor Rhys parece tener la confianza que a mí me falta. Si se me contagia un poquito, todo saldrá bien.»*

Cuando le preguntaron sobre su actuación con Shain, demostró un inesperado sentido del humor.

«Bueno –respondió, con una tímida mirada a su compañe-

ro —, yo considero que ser actriz es algo muy serio. Creo que puedo prometer que seré profesional y responsable en el estudio. Si Eric Shain puede soportar mi falta de experiencia, probablemente todo irá bien. Pero no me sorprendería que en los descansos se aleje de mí todo lo posible para poder comer en paz.»

La preproducción de Medianoche *se inicia esta semana y oficialmente será patrocinada por Harmon Kurth en International. Se espera que la dirección corra a cargo de Mark Salinger, el colaborador de Rhys en varias películas, y Duncan Worth, cuya fotografía consigue el llamado «clima de Rhys». El propio Rhys será el productor ejecutivo y la producirá su socio de toda la vida, Clifford Naumes. Se ha sugerido que conseguir a Eric Shain para el papel de Terry —otro personaje en la línea de su especialidad— era la última pieza del rompecabezas que Rhys necesitaba encajar para empezar el rodaje. Pero parece que Rhys considera que el papel clave es el de Liane. Eso significa que Annie Havilland, la asombrosamente atractiva joven, tendrá que soportar un peso que muy pocas actrices con su experiencia podrían tolerar. No sólo tendrá que dar vida a uno de los personajes más explosivos sexualmente de esta época, sino que tendrá que conferir la suficiente profundidad a su actuación para ponerse a la altura de uno de los mejores actores de Hollywood, cuyo famoso* sex appeal *caracteriza todas sus actuaciones.*

Para una actriz cuyas únicas actuaciones nos remiten a un par de anuncios publicitarios, el papel de Liane es un peligroso reto, y tal vez no sea tan favorable como parece.

Damon Rhys, tan imperturbable como siempre, restó importancia a las preguntas en torno a la capacidad de su nueva estrella para soportar las presiones.

«Esperen hasta que lo vean —fue la respuesta mientras daba un paternal abrazo a la señorita Havilland—. Entonces se sorprenderán.»

3

Harmon Kuth estaba solo, sentado en su salón de proyecciones privado, habilitado en el sótano de su casa. Había dado estrictas indicaciones para que no lo molestaran. El teléfono era sólo para hacer llamadas. La única que conocía el número era su secretaria privada.

En la pantalla se veía la imagen de Annie Havilland interpretando el papel de Liane, en las pruebas hechas diez días atrás con Eric Shain.

Los labios de la joven se curvaban en una astuta sonrisa mientras contemplaba a Shain, en el personaje de Terry.

Descalza y con un simple vestido de algodón, se apoyaba en la mesa de la cocina, con el cabello suelto como la melena de un animal.

Kurth oprimió el botón para rebobinar.

«¿A dónde crees que vas?», preguntaba la muchacha con un dejo del melodioso acento sureño.

«A casa. Tengo que irme», replicaba Shain en una toma de primer plano, hablando con su acostumbrada mezcla de encanto y ambigüedad.

Kurth asintió frunciendo los labios. Shain era un actor extraordinario, no cabía duda. Sin un nombre conocido, la película no tendría público, pero Shain no tenía rival en taquilla.

Ahora la cámara recorría a Liane de la cabeza a los pies.

«Hace tanto calor. ¿Por qué tienes tanta prisa?»

La joven parecía ronronear como un gato. La suavidad de sus movimientos tenía algo de violento, como la mirada de un predador antes de llevarse su víctima a la boca.

Cruzaba ante Shain y se detenía casi tocándolo con la pelvis.

«Vamos —susurraba mientras la cámara se centraba en sus labios—. Estás excitado, ¿no?»

Kurth sintió que su pene se endurecía al ver cómo la joven se humedecía los labios con la lengua.

Lentamente empujaba a Shain hacia el dormitorio; casi podía sentirse el aroma de su sexo. Kurth no podía creer lo que estaba viendo.

La Annie Havilland a quien él había violado hacía dos años y medio era una criatura recta y limpia, cuyo rígido respeto por sí misma constituía su característica sobresaliente. Su inocencia fue lo que lo enloqueció. Nunca olvidaría la forma en que trataba de escapar hasta que Juan la detuvo.

Pero ahora, en la pantalla, sus ojos plateados brillaban con lujuria. Su sensualidad era tan perversa que hasta el ojo de la cámara parecía hacer guiños de demoníaco placer.

Por quinta vez, Kurth volvió a ver la escena desde el principio, cada vez más excitado.

La chica era una buena actriz. De eso no cabía duda. Tenía técnica, era inteligente y, sobre todo, muy ambiciosa.

Pero su presencia en la pantalla era un insulto intolerable para el poder de Kurth. Le había cerrado todas las puertas del mundo de Hollywood y aquella prohibición llevaba su sello personal.

Y sin embargo, allí estaba, ante él, con toda la impudicia de su juventud y talento.

Gracias a Damon Rhys. El maldito, condenado Rhys. Era el único hombre que podía ayudarla en ese mundo. A Rhys no podía controlarlo. Ningún estudio dejaría escapar a un hombre que conseguía premios y dineros con sus películas.

Y la chica Havilland debía de saberlo. No podía menos que admirar su astucia.

Había ido del brazo de Rhys a la fiesta de la producción. Rhys, totalmente borracho, se la había presentado henchido de orgullo.

Annie había estrechado la mano de Kurth sin demostrar que lo conocía.

—Hace años que admiro su trabajo —le dijo—. Para mí resulta emocionante estar aquí.

El frío control de sus ojos plateados fue lo que hizo que Kurth notara el peligro. Ni una pizca de animosidad, ni un destello de triunfo. Sólo el simple hecho de que ella estaba allí, en su propio estudio, la estrella de su producción, pese a que él mismo le había asegurado que jamás trabajaría en Hollywood.

Y eso era sólo el comienzo. Ése era el verdadero significado del apretón de manos. Veía que su estrella se elevaba en un futuro que para Kurth supondría un inevitable declive.

Y eso podía sólo significar que ella veía su venganza.

Kurth detuvo la proyección. Tenía que destruirla. No había otra salida.

Pero ya tenía el papel. Y, lo que era más importante, era muy buena. Muy buena actriz. Kurth estaba francamente asombrado por su capacidad de transmitir emociones a través de la cámara.

Ante todo, Kurth era un profesional. Tanto en su mente como en sus actitudes, el primer lugar lo ocupaba el bien del estudio. Pero debía calmar su odio. Sólo había una solución. Por una vez, usaría a la chica y luego la aniquilaría.

La solución dejaría su orgullo malparado, porque tendría que retractarse de su promesa de dos años atrás. Pero mataría dos pájaros de un tiro: produciría una buena película para International y eliminaría una seria amenaza a su autoridad.

Pero su mente no podía concentrarse, pues ella seguía en la pantalla, burlándose de él con su belleza y su sonrisa; su carne se le aparecía como una brillante soga que rodeaba con fuerza las pasiones más bajas de los hombres.

Annie ahora se había multiplicado, pues Kurth veía en sus ojos no sólo a Liane, sino también a la aterrorizada y desesperada chica a la que había violado dos años y medio atrás, y entonces, otra vez, a la serena protegida de Rhys que le había dado un apretón de manos en la fiesta y cuya victoria tan sólo ella y Kurth conocían.

Y, por añadidura, era una brillante actriz —pues resultaba evidente que durante aquellos dos años y medio se había preparado a fondo para conseguir serlo— que se introducía a la perfección en la sensualidad de Liane, identificándose con ella. Rezumaba peligro, sed de dominio y sexo por todos sus poros. Sobre todo sexo. Seductora nata, Annie había encontrado su arma y la utilizaba sin escrúpulos.

Kurth, ardiente de excitación, intentó controlar sus pensamientos. Descolgó el auricular del teléfono y marcó un número.

—¿Sí? —llegó la voz por el aparato.

—¿Sandra? —preguntó con un suspiro de alivio—. Soy yo. Ven aquí. Ahora.

—Bueno, yo..., me esperan en otro lugar...

—Olvídate de eso. Ganarás más si vienes. Si llegas en diez minutos recibirás un billete de mil extra.

Cortó sin esperar respuesta. Tendría que conformarse con

el cuerpo de Sandra, aunque lo que en verdad quería era la sangre de Annie Havilland.

4

El corazón de Annie no había dejado de palpitar desde el momento en que Eric Shain entró en el estudio para hacer la prueba con ella.

—Llámame Eric —dijo, arrojando su jersey sobre una silla antes de estrecharle la mano—. Espero que lo imprevisto de esta reunión no te haya traído problemas. Has sido muy amable al aceptar.

Era imposible reconciliar aquel desconocido alto, atractivo pero muy humano, con el personaje de la pantalla que había poblado las fantasías de Annie al igual que las de casi todas las norteamericanas desde hacía años. Lo único que pudo hacer fue un gesto amistoso y prepararse para lo que le esperaba.

Pero no hubo tiempo para preparativos. En unos minutos estuvieron bajo las luces con Damon tras la cámara y, como Liane, tuvo que besar a Eric por primera vez.

Dudó que pudiera volver alguna vez a la realidad.

De todos modos, la suerte estaba echada. Por increíble que pareciera, iba a compartir el estrellato con Eric Shain en una película de Damon Rhys.

«Yo me he metido en esto —se dijo—. No tengo más remedio que terminar lo que he empezado.»

Con lo dedos cruzados y los dientes apretados, se esforzó en conservar la calma. Era más fácil decirlo que lograrlo.

Sólo un puñado de actores en Hollywood eran tan respetados como Shain. Pero ninguno poseía una leyenda tan poderosa.

Su primer papel estelar había sido el de un perturbado adolescente en un violento drama psicológico titulado *El juego del espejo.* Con aquel papel se convirtió en un ídolo de la noche a la mañana y se le comparó con Montgomery Clift y James Dean.

De jovencita, Annie lo idolatraba, y había visto todas sus películas miles de veces. Su ambigua personalidad lo convertía en la figura más sensual, con algo de encanto y tristeza. Millones de mujeres deseaban protegerlo y sentirse indefensas entre sus poderosos brazos. Acariciar su cabello oscuro y mirarse en sus brillantes ojos azules.

Durante su juventud había sido un brillante actor de teatro, pero luego se entregó de lleno al cine. Pese a su indiscutible talento y éxito, jamás había ganado un Oscar. Annie suponía que su intenso magnetismo ocultaba su gran capacidad de actor.

Shain elegía con sumo cuidado los papeles para crear nuevas dimensiones en su carrera de actor.

Pero no cabía duda de que era una persona con problemas. Los personajes que elegía tenían un encanto y candor superficial que encubrían un alma torturada que los conducía a la autodestrucción.

No era extraño que hubiera logrado el éxito con la segunda película de Damon Rhys, *El tiempo dirá*. La natural afinidad entre actor y personaje resplandecía en la pantalla.

Rhys ganó el Oscar por su guión de *El tiempo dirá*, y cuando pronunció unas palabras de agradecimiento aseguró que Shain era virtualmente un coautor en su creación del personaje. Desde entonces, las carreras de ambos habían seguido cursos separados e igualmente brillantes. De ahí que no sorprendiera el hecho de que Rhys recordara a su famoso amigo para el papel de Terry en *Medianoche*.

Y ahora, tras las dificultades iniciales que habían llegado a parecer insuperables, Shain había aceptado el papel.

Annie no podía saber si estaba viviendo una pesadilla o un sueño hecho realidad. Compartir la pantalla con Shain era algo increíble. Después de todo, era el número uno en taquilla, mientras que ella era una completa desconocida. Y peor aún, Shain era el mayor símbolo sexual de su generación. Y ahora debía actuar como la seductora que lo destruía. ¿Cómo podía confiar en que crearía un personaje lo bastante fuerte como para estar a la altura de Shain? Incluso durante la breve prueba había sentido el magnetismo sexual que emanaba del fuerte cuerpo de Shain. Sus años de admiradora no la habían preparado para enfrentarse a él en persona.

Ahora sabía que era verdad lo que se decía de él.

Todo Hollywood hablaba de la personalidad irresistible de Shain, y nadie parecía capaz de oponerse a su encanto ni a su insaciable apetito por el otro sexo.

Annie no se preocupaba por eso, porque dudaba de que se interesara por ella. Pero durante los pocos minutos que pasaron juntos sintió la necesidad de cuidarlo y protegerlo.

Era una emoción embriagadora, porque sabía que en el papel de Liane debería aniquilarlo.

Hizo lo posible para borrar esos extraños sentimientos y mantener la mente lúcida para el desafío que le esperaba. En dos días debería ensayar con Shain bajo la mirada exigente de Damon Rhys. En menos de un mes comenzaría el rodaje de *Medianoche*. Le estaban concediendo la oportunidad de su vida como actriz y debía aceptarla y aprovecharla.

Porque algo le decía que podía ser la última.

5

En su época, Harvey Conklin había sido el zar invisible de Hollywood, y los astros y estrellas sus mimados esclavos.

Durante cuarenta años, aunque empleado bajo distintos títulos por los cuatro estudios principales, que reclamaban sin cesar sus servicios, Harvey Conklin había sido la única verdadera Voz de Hollywood para el mundo exterior.

Todo lo que se sabía a través de los medios de comunicación sobre romances, amistades, enemistades y chismes escandalosos era orquestado personalmente por Harvey Conklin.

Gracias a Harvey, docenas de desconocidos habían pasado de la noche a la mañana a ser estrellas, cientos de películas mediocres se habían convertido en éxitos de taquilla, y muchos productores, directores y escritores lo habían perdido todo al caer en desgracia con él.

Con muy poca modestia, Harvey consideraba que Hollywood era su creación personal y que las estrellas eran sus mascotas.

Había vivido sin problemas los terrores de la era McCarthy, no sólo porque se le consideraba institución americana de valor incalculable para Hollywood, sino también por su prudencia en elegir amigos y cobrarse los favores.

Y lo que también era cierto era que Harvey detestaba el comunismo y, más que eso, aborrecía la idea de que cualquiera de sus estrellas pudiera tener opiniones políticas diferentes a las del estudio, a las del sistema y a las suyas propias.

Era el invisible maestro de ceremonias en la fábrica de fantasías que era Hollywood.

Pero en los últimos años, con el auge de la televisión, los productores independientes y el colapso del *star-system*, el poder de Harvey Conklin había ido disminuyendo. Él era el consejero de máxima autoridad de una ciudad moribunda, y practicaba un arte que ya había desaparecido: la creación de estrellas.

Por eso, a los setenta y tres años, no era más que el vulnerable caparazón de su antiguo poder. Y, a pesar de todo, seguía aferrado con terquedad al pasado.

Ese día, Harvey Conklin estaba sentado en la opulenta sala de espera del despacho de Harmon Kurth, en el último piso de International Pictures.

Hacía treinta minutos que esperaba, cosa que habría resultado inconcebible en su época gloriosa. Una secretaria lo había citado sin ninguna ceremonia, lo que resultaba decididamente un mal presagio.

Por fin, la secretaria le hizo un gesto para que entrara. Kurth no fue a recibirlo a la puerta, sino que simplemente se incorporó desde su sillón detrás del escritorio.

—Harvey —sonrió en tono amistoso—. Siéntate, por favor.

—Buenos días, Harm —murmuró Harvey, tendiéndole la mano—. Me alegro de verte.

—El placer es mío —respondió Kurth—. Lamento mucho no haber podido llamarte personalmente, pero tenía una de esas malditas reuniones con el Gobernador por los impuestos. Una pesadez, pero tengo que tener mucha consideración con ese tipo, por el bien de todos. ¿Quieres un trago, Harvey?

El anciano levantó las manos, negándose amablemente. Sabía que debía mantener la mente despejada durante esa entrevista.

—Nunca antes de las cinco —sonrió—. Mi viejo estómago no lo soporta. ¿Qué puedo hacer por ti, Harm?

Harmon Kurth juntó los dedos y clavó su mirada en los ojos de Harvey.

—Bueno, Harvey, en realidad se trata de lo que yo puedo hacer por ti.

Hizo una pausa deliberada, disfrutando del efecto sorpresivo de sus palabras.

—Harvey —indicó por fin—, creo que conoces a un joven chófer de Beverly Hills —abrió una carpeta— que se llama Tom Pasnek. ¿Es cierto?

Lo miró con frialdad.

—Harm —respondió con voz débil—. No entiendo...

—El joven trabaja para una empresa llamada Prestige Livery si no me equivoco. Ahora bien, mi pregunta es muy simple, Harvey. ¿Tienes relaciones con ese joven?

El anciano se movió incómodo en su asiento. Se había puesto pálido y miraba suplicante a Kurth.

—Harm... de veras, no sé qué decir.

Kurth se puso de pie y habló con gesto despectivo.

—Harvey, quiero que entiendas una cosa. Hoy estamos todos en este negocio y sabemos a quiénes apreciamos. Ahora bien, International Pictures no va a dejar que un chantaje barato dañe a un hombre de tu prestigio e importancia en nuestra profesión, un hombre con el que International ha disfrutado de una amistad cordial y de beneficios mutuos durante tantos años. Eso es primordial.

Lanzó una mirada reflexiba a través de las ventanas hacia las distantes colinas.

—Y precisamente por esa razón —prosiguió, volviéndose hacia Harvey— he pensado que debías conocer cierta información sobre tu relación con ese joven que ha llegado a nuestras manos. De dónde proviene no creo que necesites saberlo. Lo que importa es que no salga de esta habitación. Te he llamado simplemente para decírtelo.

Harvey Conklin asintió, demasiado precavido para dejar escapar un suspiro de alivio.

Había contratado como chófer a Tom Pasnek el invierno pasado, cuando su chófer habitual se puso enfermo. El joven eran tan encantadoramente inocente en sus opiniones, tan respetuoso y modesto, que resultó una sorpresa deliciosa terminar desnudo con él en un cuarto de hotel. Y su virilidad resultó tan impresionante como su apuesto rostro.

Desde entonces eran amantes. Tom era un buen muchacho. Nunca pedía demasiado y aceptaba regalos de poca importancia. La relación era perfecta para alguien de la edad de Harvey, que necesitaba un amante tierno y delicado. Nunca se le ocurrió que pudiera haber alguien detrás de Tom. Alguien menos modesto y amistoso.

Nunca hasta ese momento.

Harmon Kuth se acercó a su escritorio y volvió a abrir la carpeta.

–Harvey –dijo con seriedad–, Hollywood ya no es lo que era. Y la gente ya no es la misma, ni se comporta como antes si intenta sobrevivir. Nos damos cuenta de que en el mundo de hoy tenemos que unirnos y cuidarnos unos a otros. Es nuestra reputación colectiva la que necesita el más escrupuloso cuidado y atención.

Otra vez cerró la carpeta, clavando los ojos en el anciano.

–Un hombre como tú necesita protección, Harvey –continuó–. Y nosotros aquí, en International, nos sentimos muy felices y agradecidos de poder brindártela. ¿Estoy hablando con claridad?

Su tono era a la vez de advertencia y corroboración.

–Comprendo perfectamente, Harm. No puedo decirte cuánto agradezco...

–No digas más, Harvey. –Kurth levantó las manos con burlona desaprobación–. Ni una palabra. Sabía que lo comprenderías. Y puedes confiar en mí, te doy mi palabra.

Bajó la voz, con rostro sombrío.

–Por supuesto, de igual forma, necesito saber que puedo confiar en tu discreción de ahora en adelante. Nada de errores ni indiscreciones. Recuerda, viejo amigo: ya no hay nada sagrado. Todo, cosas o personas, es sacrificable. –Se encogió de hombros–. Ése es el mundo en que vivimos.

Harvey Conklin entendió perfectamente la amenaza.

–Puedes confiar en mí, Harm –respondió, mientras el sudor le corría por la frente y notaba el ritmo agitado de los latidos de su corazón.

El dolor dio paso al miedo en su interior. Pensó en el joven Adonis al que ya no acariciaría más. La pena era muy grande, pero se esforzó en mirar hacia delante. Ahora el problema era sobrevivir. Y eso estaba en manos de la persona que estaba sentada frente a él, uno de los seres más crueles e inhumanos de cuantos conocía.

–No hablemos más de eso –dijo Kurth, alejando la carpeta con un gesto de desprecio–. Vamos a hacer como si esto no hubiera sucedido, si tú estás de acuerdo.

El anciano asintió rápidamente.

–Maravilloso –respondió Kurth, sentándose mientras esbozaba una sonrisa.

Se sentía secretamente encantado de haber podido atrapar al viejo maricón. No era la primera vez que usaba su fuente personal de chantaje para intimidar a ejecutivos de International y a aquellos de la comunidad de Hollywood que dependían del estudio.

Había cuidado a Harvey durante casi una década porque se daba cuenta de que debía esperar una ocasión importante. El poder de Harvey, aunque había disminuido, todavía era considerable y había que usarlo con inteligencia.

–Maravilloso –repitió Kurth, como distraído en sus propios pensamientos.

Se mordió los labios.

–Mira, Harvey –continuó de pronto–. Hay algo más que quiero discutir contigo. Algo importante. Tengo la impresión de que podrás ayudarnos.

–Lo que quieras, Harm –repuso Harvey, disimulando el temblor de su voz–. Dime.

–Tenemos una situación delicada en International. –Kurth frunció el entrecejo–. Una de esas cosas que aparecen antes de que uno pueda prepararse. Realmente molesto. Se refiere a una joven actriz. Su nombre es Annie Havilland...

–Por supuesto, Harm –contestó Harvey, sacando un pañuelo para secarse el sudor del labio superior–. ¿Qué puedo hacer para ayudar?

Kurth sonrió.

–Haciendo lo que tú haces mejor, Harvey. ¿Qué otra cosa?

Media hora más tarde, Harvey Conklin se retiró. Kurth le había explicado lo que se esperaba de él. Harvey estaba preparado para cumplir las instrucciones al pie de la letra, porque sabía que Kurth lo tenía en su poder.

Kurth permaneció sentado durante un momento. Luego cogió el teléfono y marcó un número de larga distancia. Al cabo de un instante le contestó una voz masculina, algo ronca.

–Investigaciones Dugas. ¿En qué puedo ayudarle?

–Soy Kurth.

Se produjo un tenso silencio.

–¿Ha ido todo bien? –preguntó la voz.

–Sí, totalmente perfecto. Muchas gracias señor Dugas. Su cheque ya ha sido enviado por correo. Me pondré en contacto con usted si vuelvo a necesitar su ayuda en el asunto Conklin.

–Muy bien, señor.

La voz tenía un tono de orgullo profesional y un toque de condescendencia quizás algo irónicos.

–Hasta pronto, entonces –respondió Kurth en tono impersonal.

Su mente estaba ya en otra parte.

Wally Dugas colgó el teléfono y escuchó el crujido de su vieja silla giratoria, mientras se volvía hacia la pared sin ventanas de su pequeño despacho.

Colgados en ella había un diploma enmarcado y un cuadro con un paisaje otoñal. Nunca recibía a sus clientes en ese despacho.

Wally realizaba todas sus investigaciones confidenciales solo. Trataba con sus clientes única y exclusivamente por teléfono, y percibía sus honorarios mediante un depósito directo en una cuenta bancaria personal. Su nombre apenas era conocido entre sus compañeros de profesión, ya que sólo aceptaba a un reducido número de clientes.

Los profesionales veteranos del oeste del Mississippi eran los únicos que sabían que Wally Dugas era quizá el más sagaz y astuto en la actualidad. Sus servicios habían sido contratados por la mayoría de grandes agencias cuando éstas no habían dispuesto entre sus propios empleados de ninguno con la habilidad y eficacia suficientes. Los cuerpos de policía de una docena de estados habían recurrido a él de manera extraoficial.

Sus colegas lo consideraban un especialista en los crímenes de guante blanco, pero Wally se consideraba a sí mismo un experto en desenterrar secretos. Concebía el mundo como una compleja red de camuflajes, y su vocación era ver a través de ellos.

Debido a su expresión inocente, a su exceso de peso, a su cara redonda y a sus hábitos caseros, la apariencia de Wally era la de un inútil cero a la izquierda. Había cultivado esa imagen durante veinte años, al tiempo que perfeccionaba su conducta y su técnica hasta conseguir manejar a sus más astutos adversarios. Y lo hacía con tal habilidad que lograba inducirlos a confesarle, precisamente, aquello que no deseaban que él supiera.

Seis años atrás había aceptado trabajar para Harmon Kurth. La remuneración que percibía de éste era excepcional, y aunque el trabajo en sí no le interesaba mucho, quería continuar con él para llegar a conocer bien a Kurth. Lo consideraba un personaje raro, que merecía un estudio detenido.

Harmon Kurth pensaba que utilizaba a Wally y nunca hubiera imaginado que Dugas tenía sus propios motivos. Kurth creía que Wally era su arma, pero ignoraba que esa arma podía estallarle un día en la cara.

6

Un miércoles por la tarde, Annie y Eric Shain empezaron a ensayar en privado para Damon Rhys.

Annie acudió temprano a casa de Rhys, a petición de él, y almorzaron juntos. Después la joven se puso a leer el guión, mientras Rhys interpretaba al violín su pieza favorita de Bach. Annie llevaba tejanos y una blusa con el colgante de marfil en el pecho.

Damon Rhys seguía tocando el violín. El olor de la vegetación exterior penetraba por las ventanas abiertas; era una fragancia seca. Los minutos se convirtieron en horas y Annie empezó a pensar que si esa inactividad se prolongaba le daría un ataque de nervios. Se preguntaba si Rhys habría notado su inquietud y no le hablaba con el fin de que se tranquilizara.

Por fin se oyó el motor de un vehículo y el sonido de la campanilla. Annie se levantó de un brinco y fue abrir.

Shain estaba en la puerta. En el sendero se veía su moto. Annie tartamudeó sin saber cómo saludarlo.

El actor la ayudó sonriendo y levantando una mano.

—¿Cómo estás? —preguntó—. Me alegro de verte otra vez.

—Yo también —respondió con una sonrisa incómoda, mientras su mano desaparecía en la de él.

—He visto tu foto por toda la ciudad. Parece que me estás robando la escena.

—Oh, señor Shain... —protestó.

—Llámame Eric. Lo prometiste, ¿recuerdas? Y no te preocupes por eso. Vas a atraer mucho la atención en tu papel de Liane. Puedo llamarte Annie, ¿no?

—Por supuesto— aceptó, ruborizándose.

Damon Rhys se acercó a ellos. Los dos hombres se dieron un apretón de manos y bromearon como viejos amigos, mientras Shain se quitaba el jersey y se quedaba con una camiseta que le marcaba los músculos.

Annie no pudo dejar de admirar el esbelto cuerpo del hombre. Su simplicidad en el trato completaba la agradable imagen y lo hacía más atractivo aún.

—¿Café, Eric? —preguntó Rhys—. ¿Té? ¿Una copa?

—Me tomaría un té helado.

Damon Rhys se marchó, dejando a Shain sonriendo ante una Annie totalmente incapaz de hablar. Cuando Rhys volvió, después de unos segundos que parecieron una eternidad, se oyeron ruidos en la cocina.

Conchita, el ama de llaves, apareció con una bandeja con vasos, mientras Rhys mostraba a Shain unos cambios en el guión.

—Bueno —asintió Rhys con una sonrisa—. ¿Empezamos con la primera escena en que estáis juntos?

Abrieron los guiones. Annie se aclaró la garganta. Sabía que debía ser la primera en hablar. Shain mantenía los ojos fijos en su guión, esperando a que Annie comenzara. Ella sintió que se le encogía el corazón.

«No pasa nada», pensó con un estremecimiento.

Leyeron cinco veces la primera escena antes de seguir adelante.

Annie hizo su parte de la mejor manera posible, aceptando las indicaciones de Rhys. Entretanto escuchaba a Eric con creciente respeto. Era evidente que había ensayado antes. Era joven y vulnerable, y su exterior ocultaba las sombras de su personaje detrás de una pantalla invisible. Al igual que Annie, debía añadir motivaciones complejas a cada palabra que pronunciaba. Y lo hacía, pero con una maestría tal en las inflexiones y el ritmo que realmente sorprendía a la joven.

Annie empezaba a sentirse cada vez más incómoda. Se veía a sí misma como una aficionada ante un veterano.

Observó a los dos hombres, que discutían el personaje de Terry. Eran genios, maestros en sus profesiones. Ella se sentía como una extraña, incapaz de estar a la altura de ellos. «¿Para qué me necesitan?», se preguntaba con angustia.

Hasta su acento sureño empezaba a fallarle, y sentía que se le revolvía el estómago. Comenzó a palidecer.

—Perdóname —se excusó Eric, después de que ella leyera particularmente mal—. Te lo he dicho mal, si no te importa te lo dire de nuevo, para que salga mejor.

Rhys no dijo nada y empezaron de nuevo.

De forma asombrosa, el cambio de Eric hizo que Annie pudiera retomar el ritmo. Más animada, leyó con mayor aplomo. De reojo, notó un imperceptible gesto de aprobación de Rhys.

Casi sin darse cuenta, acababa de experimentar la primera manifestación de generosidad de Eric Shain como actor. La había ayudado, y gracias a ello estaba dando un paso difícil en el camino hacia el éxito de *Medianoche*.

Al anochecer, Annie se sentía como una rudimentaria Galatea en manos de dos brillantes Pigmaliones. Cuando Rhys les indicó que hicieran un descanso, Annie sintió que la fatiga le golpeaba con fuerza.

–¿Bien? –les preguntó Rhys, dejando su guión sobre la mesa de café–. ¿Qué os parece? ¿Tenemos ya una película?

–Que conteste Annie Havilland –repuso Eric, echándose hacia atrás en el sillón.

–Creo –respondió Annie, reuniendo todo el valor de que era capaz de para hablar con la misma naturalidad que ellos– que realmente es una gran película. Lo único que molesta entre nosotros es una cosa, y esa cosa soy yo.

Los dos hombres rieron de sus temores. Shain se puso de pie para irse. Le estrechó la mano en la puerta.

–Felicidades otra vez por tener este papel. Y no te preocupes, Damon nunca se equivoca. Sé que estarás fantástica.

Se puso el jersey y se volvió para irse.

–Hasta mañana.

–Buenas noches, señor... Eric.

Levantó una ceja con aprobación.

–Buenas noches, Annie.

Y se fue.

7

Annie recordaría los cuatro meses siguientes como la época más paradójica de su vida.

Por una parte, fueron meses de soledad y terror, durante los que su capacidad de resistencia fue puesta a prueba hasta el límite.

Por otra parte, fue una época de descubrimientos y animación asombrosa, junto con la excitante proximidad de la gente que la rodeaba.

Antes de que hubiera podido captar por completo a Liane, terminaron los ensayos privados con Rhys y Eric y llegó el momento de empezar con las doce semanas de rodaje, que incluían dos semanas de trabajo en Carolina del Sur. Allí

Annie vería por primera vez los árboles de magnolias y el musgo, elementos cruciales de la película.

Cuando empezaron a rodar, Annie conoció al productor, Clifford Naumes, un hombre antipático que parecía irritado cada vez que tenía que dirigirse a ella.

—Se necesita un animal como él para poder rodar —rió Damon Rhys al ver la reacción de Annie ante la antipatía de Naumes—. Si te molesta, escúpele a la cara. Te adorará si lo haces.

Rhys trabajaba detrás de la cámara junto con Mark Salinger, un director famoso, que se mostraba siempre amable cuando repetía una y otra vez las escenas hasta lograr lo que quería.

Duncan Worth era otro hombre bueno y paternal, el mejor operador y el autor de la iluminación indefinida que caracterizaba las anteriores películas de Rhys.

Annie pronto trabó amistad con el técnico de sonido Jerry Falkowski, cuya especialidad le interesaba mucho. Jerry estudiaba francés y en los descansos practicaban juntos con conversaciones absurdas y graciosas.

La mejor amiga que Annie hizo durante la producción fue la supervisora del guión, Aleine de Graw, que tenía el insólito apodo de *Deedle*. Mientras trabajaba, masticaba con calma un chicle y su dulzura fascinaba a Annie. Salían juntas de compras los fines de semana.

Todo el grupo trabajaba con un confortable espíritu de camaradería y Annie aprendía de todos ellos. Pero todos eran superados por el imperioso genio de Damon Rhys, quien cada día les daba una descarga de peligro y excitación, de una intensidad que Annie jamás hubiera creído posible.

Damon controlaba todos los aspectos técnicos de la actuación de Annie y le daba instrucciones precisas. Sin embargo, le hablaba poco de la propia concepción que ella tenía sobre el personaje de Liane, dejando que profundizara en la indagación de su papel. Parecía impulsarla hacia lo desconocido.

Cada día, Damon decidía leves cambios en la escena que Annie tenía que rodar. Eran tan insignificantes que Annie no comprendía su sentido. Pero, de alguna manera, facilitaban su actuación.

Aunque era rígido en el trabajo, Rhys siempre estaba dispuesto a alabar una escena bien hecha. Su confianza en Annie era indispensable para ella, dada la palpable antipatía de la publicidad.

«¿Podrá hacerlo ella?», decía un titular.

«Agitada carrera para la chica del Cinturón de Seguridad», decía otro.

«¿Durará la suerte de la principiante?», preguntaba un tercero.

Annie agradecía la buena suerte que había tenido con Damon Rhys. Era su guía y su mentor en el desafío más difícil de su vida y nunca la abandonaba.

Pero aunque la apoyaba en todo, no había nada verdaderamente personal en su amabilidad para con ella. Estaba demasiado sumergido en su visión de *Medianoche* como para considerarla en tanto que individuo.

Annie sabía que bebía mucho por las noches, pero por la mañana siempre estaba listo para el trabajo. No había rastros de su agresividad y depresión. Pero cuando observaba sus movimientos nerviosos y sentía la mirada de sus pequeños ojos azules, volvía a confirmar su primera impresión de que Rhys pertenecía a una raza extraña, regida por un metabolismo distinto, un tiempo diferente y, por encima de todo, peculiares pensamientos.

Era evidente que su única amante era su película. Fuera lo que fuese para Annie, no era realmente su amigo. Y sin embargo, cuando lo veía en el gastado sillón, muy parecido al de Harry Havilland, se sentía más solitaria que nunca desde la muerte de su padre.

Y quedaba Eric Shain.

Annie nunca hubiera imaginado un compañero menos egoísta. Constantemente la animaba, aceptaba sus sugerencias y las apoyaba, incluso la instruía de un modo sutil en un arte tan nuevo para ella.

A diferencia del tenso y explosivo Damon Rhys, Eric era tan fríamente impersonal en su trabajo como un médico, un abogado o un banquero en los suyos. Jamás levantaba la voz con ira o resentimiento ante los pequeños problemas que se sucedían durante el rodaje. Al terminar, se alejaba en su moto, con sus tejanos y un jersey o una chaqueta de cuero.

Para Annie todavía resultaba extraño despedirse en tono amistoso después de haberse pasado el día personificando a una joven que lo seducía y que trataba de apoderarse de él con el poderoso veneno de su sexualidad.

Durante una semana rodaron los interminables retoques para la larga escena en que ambos estaban desnudos. Una y otra vez, Annie debía apoyar sus senos sobre el pecho de Eric y besarlo con suavidad mientras la cámara tomaba primeros planos.

Entonces las luces se encendían para retocar el maquillaje de sus cuerpos desnudos y se reanudaba la escena: los lánguidos dedos de Annie volvían a acariciar quedamente los miembros de Eric hasta llegar a su pelo, mientras iba tomando gradualmente posesión de él.

La incongruencia del contacto con ese bello especimen del sexo masculino dejaba a Annie agotada e involuntariamente excitada. En esos momentos podía sentir los indicios evidentes del imperioso deseo del hombre en las caricias de Eric y en el brillo de sus ojos.

Él no temía mostrar el lado físico de sus emociones. En realidad, con ello conseguía conferir aún más fuerza a su personificación de Terry. No desperdiciaba elemento alguno de la tácita atracción mutua entre ambos. Todo en aras del bien de la película.

Y, aunque Annie no lo notara en ese preciso momento, sus propios confusos sentimientos hacia Eric Shain eran inteligentemente aprovechados por Damon Rhys.

Eric poseía un atractivo tan poderoso que no podía evitar admirarlo. Y entonces, por debajo de la cruel iniciativa de Liane, algo de ternura y entrega se hacía oscuramente palpable en la actuación de Annie. Liane se volvía más compleja y el papel ganaba credibilidad.

Por la misma razón, algo más se agregaba a la personalidad egocéntrica de Liane; el temor reverencial de Annie ante la brillante capacidad interpretativa de Shain y su empatía por el íntimo núcleo de dolor que escondía tras su magnífica actuación.

Así fue como Liane cobró vida en la pantalla con una invisible aura de femenina ternura mezclada con sus felinos gestos de triunfo. Y de esa manera ganó una profundidad impresionante.

Sólo cuando pudo ver las escenas que compartía con Eric filmadas durante las últimas semanas comprendió el verdadero propósito y el efecto de los pequeños cambios que Damon introducía en el guión durante las noches.

Los cambios habían resultado ser toques maestros, pues gracias a ellos. Liane resultaba más aterradora en carne y hueso que en el guión, y Terry más acosado aún.

Al recordarlo, no podía comprender cómo se las había arreglado para dormir durante aquellas enloquecedoras semanas, cómo llegaba a las seis menos cuarto de la mañana con una sonrisa en los labios. Pero lo había hecho. Dormía, comía, repetía una y otra vez la misma línea, los mismos movimientos, hasta pensar que estallaría de frustración.

Con el transcurso de las semanas, Annie era consciente de que mejoraba su actuación y la hacía más consistente y verosímil, y al mismo tiempo sentía deseos de rehacer las escenas anteriores. Por supuesto, era demasiado tarde. La ironía final del celuloide era que, al terminar cada toma, uno había tenido una oportunidad y ya la había aprovechado para bien o para mal.

Y los días pasaban, siempre más agotadores, más apasionantes, más aterradores, más excitantes. Y justo cuando la intensidad de *Medianoche* parecía alcanzar la cima, como un extraño sueño del que nunca despertaría, todo terminó.

Se celebró una fiesta de despedida para todo el equipo y luego comenzó el trabajo para Rhys y Mark Salinger con la directora de montaje Eileen Mahler y su equipo.

Los grupos que habían hecho *Medianoche* se dispersaron a los cuatro vientos, tal vez para no volver a trabajar juntos nunca más.

Para Annie todo había terminado.

O casi terminado.

8

Annie estaba sentada junto a Eric Shain en el estudio de pruebas de sonido de International. Ante ella tenía una hoja con el texto de Liane. Ambos usaban auriculares.

Detrás del panel de cristal estaba el técnico de sonido con el texto de los diálogos y los números correspondientes a las tomas.

Ése era el último día de doblaje. Annie y Eric debían repetir de forma sincronizada los diálogos que originalmente habían hecho en exteriores en Carolina del Sur, estropeados por los ruidos del ambiente. Una vez grabados, el técnico añadiría sonidos ambientales para que las voces sonaran naturales.

En la pantalla se proyectaba la película sin sonido. Al oír el tercer timbre, Annie comenzó a hablar de forma sincronizada con la película. Mientras lo hacía, recordaba el agotamiento que había experimentado cada día del rodaje y agradecía la suerte de haber trabajado con alguien tan profesional y serio como Eric.

Cuando terminaron, Eileen Mahler sonrió y levantó los pulgares.

–Ya está, muchachos. Se acabó.

Eric Shain se puso de pie y tendió la mano a Annie.

–Señorita Havilland, ha sido un placer –afirmó con una sonrisa– Esperaré ansioso el estreno y... tal vez volvamos a trabajar juntos.

Annie le estrechó la mano, repentinamente sobrecogida y perpleja.

–¿Quieres decir que... de verdad hemos terminado? –preguntó, recordando los seis meses de constante trabajo.

–Así es –respondió, saludando a Eileen y al técnico de sonido mientras acompañaba a Annie hasta la salida–. Si Damon, Eileen o Mark encuentran algo mal, te llamarán. Pero el contrato ha finalizado. Por supuesto, los ayudaremos, pero oficialmente el trabajo está listo.

Mientras caminaban, Annie se dio cuenta de que echaría de menos todo aquel movimiento intenso de gente, todo aquel azaroso y sorprendente trabajo. Todos habían creado algo juntos, y eso hacía que una fraternal nostalgia los uniera como viejos compañeros de armas.

Ahora todos ocupaban un lugar en su corazón. Pero todos se separaban. Y Eric Shain, el último de ellos, que había trabajado tan cerca de ella, iba a decirle adiós.

Llegaron a la zona de estacionamiento. Vio la moto de Eric y sonrió al pensar en los comentarios de Damon Rhys, quien temía que tuviera un accidente en la carretera.

–Bueno –dijo Annie, mirando su rostro apuesto–, no sé qué decir. Ha sido maravilloso trabajar contigo. He aprendido tanto... Lo echaré todo de menos.

–Me gustaría preguntarte algo. Si te molesta, me dices que no y lo olvidas. ¿De acuerdo?

La joven asintió, y Shain sonrió, nervioso.

–¿Quieres salir conmigo el viernes por la noche?

Annie lo contempló asombrada.

–Estás bromeando.

La miró disculpándose.

–Lo lamento. No he querido molestarte.

Su rostro tenía una expresión que ella nunca había visto en él. Parecía un niño, vulnerable y verdaderamente molesto consigo mismo.

–Supongo que hablas en serio –repuso Annie–. ¿Pero por qué? Quiero decir, ¿por qué después de todo este tiempo? ¿Por qué no me lo has pedido antes? No creo que...

Se encogió de hombros, incómodo.

–Bueno, podría decirte que no quiero mezclar los negocios con la vida social, o que no quería confundir lo que sentías por Liane y Terry, o complicar tu vida tan pronto después de tu llegada a Hollywood. Supongo que todas esas cosas son ciertas. Pero el hecho es que traté de pedírtelo. Traté de reunir todo el valor de que era capaz, pero no pude. Pero ahora que nuestro trabajo ha terminado y ya no te veré más, me he dado cuenta de que te voy a echar de menos.

Rió.

–Es ahora o nunca.

Sorprendida, Annie contempló aquel tercer Eric cuya existencia nunca había sospechado. Ni el frío profesional, ni el actor brillante e intuitivo, sino un hombre tierno y vacilante, que quería salir con ella.

—Es la mejor invitación que me han hecho nunca —respondió con una sonrisa.

—Está bien si no quieres —le aseguró rápidamente—. Lo comprenderé. Podemos almorzar juntos alguna vez... Me gustaría verte de vez en cuando.

—No tan rápido —lo detuvo, tocándole impulsivamente el pelo—. Nadie te ha dicho que no.

El rostro de Eric se iluminó. Annie se sentía deliciosamente confundida. En el papel de Liane lo había besado y acariciado, pero de repente Eric parecía un terreno nuevo, inexplorado, excitante e incitador.

—¿Y qué me dices de ti? —preguntó Annie—. ¿Estás seguro?

Le cogió las manos y la miró con ojos resplandecientes.

—Nunca he estado seguro de nada en mi vida.

—De acuerdo, entonces —sonrió.

—¿El viernes por la noche? ¿A las siete?

Annie asintió.

—El viernes por la noche.

9

Eric Shain acudió a la cita en un coche deportivo terriblemente caro con el que Annie no le había visto nunca.

Llamó a su puerta cuando estaba casi lista y alabó su apartamento mientras ella terminaba de arreglarse.

No pudieron advertir la sorpresa de la señora Hernández, que los espiaba por la ventana, cuando ellos salieron a la calle.

—¡Estás fantástica! —afirmó Eric, mientras le abría la puerta del automóvil.

—Lo mismo digo —respondió con candidez mientras observaba su ropa deportiva. Y su bronceado, más intenso que durante el rodaje.

Cuando llegaron a Jean-Marc, un restaurante nuevo del

bulevar Wilshire, Annie vio el resplandor de un flash. Pero en un momento el encargado los condujo a un comedor privado y el camarero les sirvió champaña en unas hermosas copas.

—Espero que te guste el champaña —dijo Eric, levantando su copa—. Para mí, ésta es una ocasión especial.

—No eres el único —repuso Annie, brindando con él—. Una chica no sale todos los días con Eric Shain.

—No te sientas una privilegiada, no soy tan especial.

—Sí lo eres —corrigió Annie—. Eres un actor muy especial.

Eric sonrió y se encogió de hombros. Annie iba tranquilizándose poco a poco, mientras bebía Dom Pérignon.

Después de cenar, Eric la llevó hasta Malibú y le mostró su casa, de habitaciones amplias pero decoradas con sencillez. Luego salieron a caminar descalzos por la playa. Se cruzaron con varias personas, pero nadie pareció reconocerlos en medio de la oscuridad.

Annie empezó a hablar de sí misma, respondiendo a las preguntas de Eric. Ahora que Liane había quedado atrás, se sentía libre para recordar su vida.

—No debes dejar que siga hablando —rió finalmente—. Debo de estar aburriéndote.

—De ninguna manera —respondió con seriedad—. Eres como un soplo de aire fresco para mí. Muchas veces me he preguntado cómo habría sido tu vida antes de Damon y de la película. Para ser sincero, me preguntaba cómo podías representar tan bien a Liane sin ninguna experiencia verdadera en cine. Ahora creo que lo comprendo. Es tu propio equilibrio lo que te permite soportar la prueba y ser creativa al mismo tiempo. Tienes una mente despierta, Annie.

La muchacha sonrió, agradecida.

—Vas a necesitarla aquí. Éste es un lugar muy loco.

—No sé si me quedaré mucho —respondió Annie.

—Creo que es mejor que te prepares para una larga estancia. Conozco el mundo del cine y tengo la sensación de que *Medianoche* va a convertirte en una estrella, te guste o no.

La idea era tan aterradora que Annie se quedó silenciosamente pensativa mientras regresaban a la casa.

—¿Una copa? —preguntó Eric—. Nada de drogas, te lo prometo.

Aceptó con una carcajada. Unos momentos después estaban sentados en un gran sofá en el salón con dos copas de Calvados sobre la mesa de café. Annie observó la decoración masculina y de alguna manera impersonal del lugar y luego se volvió hacia Eric, que la miraba indeciso.

–Es curioso –dijo Eric–. Hemos hecho el amor docenas de veces ante las cámaras. Pero eso parece empeorar las cosas. Quiero besarte, Annie, y no me atrevo.

Sus manos bronceadas se aferraban al sillón con nerviosismo.

–Creo que ahora ya he oído todo lo que podía oír –replicó riéndose Annie–. Eric Shain con miedo de besar a Annie Havilland...

Impulsivamente, la interrumpió con un suave beso.

–Bueno –dijo Eric con un suspiro de alivio–. Tal vez así rompa el hielo.

Entonces, la joven lo acarició con ternura y acercó su cara a la de ella. Asombrada por la novedad de esa piel que ya conocía, lo besó largamente mientras él la abrazaba.

–Tengo que decirte algo –dijo él, mientras le acariciaba el pelo–. No te rías –añadió, incómodo.

Annie lo miró expectante, apretándole la mano.

–Yo..., bueno, no soy un gran amante –alegó sin mirarla.

Annie esperó en silencio.

–Lo que quiero decir es... –se mordió los labios–, si no estoy con alguien que me gusta mucho y en quien confío, bueno, en realidad no puedo hacerlo. –Rió–. Supongo que te das cuenta de lo que quiero decir.

«Ahora *realmente* lo he oído todo», pensó ella.

Otra vez, con el mismo impulso juvenil, se inclinó para besarla con suavidad. Sus ojos rebosaban de necesidad y soledad.

–Todas esas mujeres con las que salgo en las revistas de chismes son sólo amigas. En realidad, ni siquiera eso. Desean que se las relacione conmigo por razones profesionales. Lo creas o no, la mayor parte de las veces las citas las conciertan los agentes.

Suspiró.

–Muchas son mujeres encantadoras. Pero no son mi tipo. Eso es lo que Hollywood hace con la gente. Primero hay que pensar en uno. Es algo que entiendo. Pero dejan de ser personas. Ni chicas..., ni mujeres. No sé qué son, pero no puedo hacer el amor con ellas.

Respiró con fuerza, con el fin de darse ánimo para terminar.

–En una ocasión conocí a una chica que me gustaba mucho, y confiaba en ella. El problema era..., que yo no le gustaba.

Por un instante, permaneció mirando a la chimenea apagada. Luego clavó su mirada en los ojos plateados de Annie.

–He trabajado contigo durante medio año, y te conozco como actriz. Pero creo que siento algo por la chica que hay debajo de la actriz. Y... no sé cómo decirlo, me gustas, Annie. Es algo nuevo para mí. Me gustas mucho. Verte me produce deseos de sonreír. La idea de no verte me hace sentir muy mal.

Le acarició la mano.

–No puedo hacer promesas. Pero puedo prometerte que te agradeceré de veras que vuelvas a besarme.

Annie lo abrazó y le acarició el pelo. Empezó a besarlo sintiéndose más mujer que nunca. Era Eric Shain quien dudaba de sí mismo. Ella no.

Annie lo cogió de la mano y lo condujo al dormitorio. Lo abrazó otra vez y Eric comenzó a desvestirla. Desnuda, su cuerpo perfecto brillaba a la luz de la luna.

Mientras lo besaba lo ayudó a quitarse la ropa. La urgencia de sus besos le hacía suspirar.

Era un amante tan tierno que ella no temía acariciarlo, conducirlo y compartir la gloria de su éxtasis. Sus cuerpos se movían con suavidad uno encima del otro y el ritmo de sus caricias demostraba que, pese a conocerse muy bien, no se conocían en absoluto.

Por fin, Annie le dijo que deseaba que estuviera dentro de ella. Sostuvo el rostro de Eric mientras el cuerpo de éste se aproximaba al suyo. Y, de pronto, él la poseyó.

Eric se sentía tan bien dentro de ella que la sorprendió con un profundo gemido de felicidad. Annie, con las manos sobres sus nalgas, le ayudaba a adentrarse en sus entrañas. «Éste es el momento mágico», reflexionó Annie un instante antes de que su pensamiento se borrara poco a poco ante el inminente estallido de júbilo de sus sentidos. Estaba encontrándose a sí misma, en tanto que mujer, limpia, femenina y deseable, e incluso le parecía estar ayudando a Eric a aceptarse a sí mismo.

Fue indescriptiblemente hermoso, tan sensual, tan lento, que gimió y se estremeció una docena de veces antes de sentir que la intensidad de los deseos de Eric la elevaban empujándola cada vez más arriba, hasta que extraños gritos que nunca antes había oído sonaron en su garganta y placeres jamás imaginados zarandearon su corazón.

10

Daily Variety. *10 de junio de 1970*

Información interna de International Studios: El largamente esperado preestreno de la explosiva película de Damon Rhys, Medianoche, *tendrá lugar esta noche en el Dial Theater de Westwood.*

Aquellos que recuerden las circunstancias extraordinarias que han rodeado la película, empezando por la elección de la desconocida Annie Havilland para el papel de la seductora heroína frente a la superestrella Eric Shain, desearán estar entre el público esta noche.

Lo mismo les ocurrirá a todos los que hayan oído el rumor sobre la secreta relación entre Havilland y Shain, que sería la causa de que la heroína consiguiera el papel — independientemente de su talento, para algunos inexistente — y que causó bastantes problemas durante el rodaje, en el que Damon Rhys, tan perfeccionista como siempre, tenía que suplicar a sus estrellas que dejaran de hacer el amor fuera de la cámara para que pudieran hacerlo en escena.

Sea cual fuere la verdad, la película estará ante el público esta noche y, con toda seguridad, añadirá leña al fuego de rumores que desde hace tiempo circulan por la ciudad.

Annie cerró la revista, la tiró al suelo y puso la cabeza entre las manos.

—¡Dios mío! —suspiró, con los ojos llenos de lágrimas—. ¿No terminarán nunca?

Esta nota era la última de la larga serie que había saturado todas las revistas del mundo del espectáculo durante los cinco meses inmediatamente posteriores al rodaje.

Al principio, Annie trató de quitarles importancia, pero luego se dio cuenta de que no se detendrían.

«LIANE HIPNOTIZA A SHAIN», decía un titular.

«LIANE: SÉ QUÉ QUIEREN LOS HOMBRES», decía otro, colocado junto a una fotografía en la que ella y Eric aparecían cogidos del brazo.

Cualquiera que tomara en serio aquellas declaraciones creería que Annie era muy superior en sensualidad y egoísmo a la propia Liane.

El asedio era constante y cada vez más venenoso. La prensa aseguraba que era una actriz sin talento que había seducido y dominado a Eric hasta el punto de inducirle a utilizar su influencia con Damon Rhys, su viejo amigo y colaborador, para que le concediera el papel a ella a pesar de su falta de aptitudes.

Y eso no era todo. Las historias sugerían incluso que había mantenido relaciones íntimas con el productor Clifford Naumes, con Mark Salinger, con el mismo Damon Rhys y con todos los componentes de la jerarquía de International Pictures, desde el presidente, Harmon Kurth, hasta el último conserje.

El súbito cambio de tono de la prensa, que de un simple escepticismo ante la inexperiencia de Annie había pasado a las morbosas especulaciones sobre sus supuestas aventuras sexuales, era insoportable. Aquella campaña había suscitado un turbulento y agitado interés por la película y, de forma simultánea, había cubierto a Annie de una dolorosa humillación que había acabado obligándola a rechazar toda clase de entrevistas y a ocultarse.

Damon Rhys había respondido a los rumores con desprecio, señalando que Annie había sido elegida antes de que fuera contratado Eric Shain. Pero la prensa no atendía a razones.

Annie se dio cuenta de que no podía hacer nada más que alejarse de la tormenta hasta que se estrenara *Medianoche*. Entonces su esfuerzo y su talento se harían patentes ante el público.

Ahora lamentaba su decisión. Esa noche un hastiado público de Hollywood la rodearía mientras Liane saliera a la luz del día por primera vez. Pero sería una audiencia bombardeada por el inagotable rumor de que Annie no estaba actuando ante la pantalla, sino simplemente mostrando la maligna sexualidad con la que había conseguido el papel.

Lo que deseaba en realidad era esconderse en un agujero y dormir durante los próximos veinte años. Entonces tal vez despertara, lejos de ese momento y de ese lugar, y pudiera ver *Medianoche* a salvo de miradas de censura y de historias horribles.

Pero debía vivir en el presente y sacarle el mejor provecho posible. Las lágrimas le caían por las mejillas mientras contemplaba un *Variety* tirado en el suelo.

Entonces notó que una mano le tocaba el hombro con ternura y sonrió, volviéndose a mirar a Eric Shain.

La abrazó y la recostó en la cama, donde unas pocas horas antes se le había entregado de todo corazón.

—No te preocupes —dijo, con ese tono íntimo que ya conocía tan bien—. Escriben todo lo que se les ocurre para el preestreno. Les encantaría masticarte y escupirte después, si pudieran, Annie. Pero después de que el público te vea en la película, será otra cosa.

Annie asintió dubitativamente y escondió el rostro en el pecho de Eric. Durante cinco meses había conocido la amistad y el respeto de Eric, junto con la maravilla de su amor. Aunque no podía explicarle la causa de la malignidad de lo que decían sobre ella ni quitarle importancia, él se había convertido en su consejero e interlocutor.

—A mí me han tildado de maníaco sexual durante quince años —aseguraba Eric—. No hay forma de detenerlos. Si me hubiera acostado con todas las mujeres que dicen, no me habría quedado tiempo ni para ir al baño. Esto es parte del juego. Son unos cerdos, pero son una institución en la ciudad. Deberás soportarlos hasta que decidan dejarte en paz.

Pero a menudo sus ojos denotaban perplejidad y preocupación mientras leía aquellas notas de prensa. Y Annie se sentía consumida por la culpa de que su vergüenza lo alcanzara a él. La prensa lo presentaba como un escolar subyugado en lugar del excelente profesional que era.

Pero Eric jamás había mencionado ese lado del problema. En su mente Annie era la única víctima.

—Eric —dijo Annie, abrazándolo con desesperada ternura—. No puedo ir contigo esta noche. Será peor, todos creerán...

—No importa lo que los demás crean. Vamos a ir juntos. Quiero ver sus caras cuando te vean actuar. Además —agregó, con una sonrisa—, verlos no quiere decir que ellos nos vean.

Sin preguntárselo, Annie ya sabía qué tenía Eric en mente.

En los últimos cinco meses había descubierto que era un maestro en evitar a los periodistas. Y ahora que eran amantes, hacía gala de su habilidad compartiendo la incógnita con ella.

Comían en restaurantes pequeños donde conocían su necesidad de intimidad. Iban al cine a horas en que nadie estuviera despierto para reconocerlos. Y lo más divertido eran los paseos en moto sin que nadie los descubriera.

En tales paseos iban por las colinas, donde Eric conocía rincones solitarios en los que podían estar solos. Uno junto a otro, aspiraban la fragancia del chaparral y el lejano olor del océano que la brisa arrastraba hasta aquellos remotos parajes.

No obstante, esos momentos que pasaban juntos no podían borrar la creciente sensación de soledad que invadía a Annie. El hecho es que ahora veía a Eric con mucha menos frecuencia. Trabajaba en el rodaje de otra película que le mantenía ocupado la mayor parte del tiempo. Annie se pasaba las horas esperando ansiosa las llamadas de Barry Stein o sus ocasionales visitas a la Costa. Le faltaba valor para buscar trabajo por su cuenta, y cuando Barry le habló de un intervalo de calma en las ofertas mientras la gente esperaba el estreno de *Medianoche* ella escuchó desilusionada su versión de los hechos.

Visitó a Beth Holland, fue de compras con Deedle Degraw y almorzó con Norma Crane y sus nietas, todo ello en un intento de disipar su ansiedad y su desánimo. Pero todo era en vano; los días transcurrían como insoportables dolores de cabeza.

La única alegría que le quedaba era saber que Eric la telefoneaba casi todas las noches, incluso cuando se encontraba rodando en Nuevo México, y sus tranquilizadoras palabras lograban atenuar un poco su sufrimiento.

Cuando estaba en Hollywood, a Eric le encantaba salirle al paso en el momento más inesperado. Su moto se detenía ante ella cuando andaba por Anita Street.

—¿Quiere dar un paseo, señorita?

A menudo Annie se encontraba en el buzón una nota escrita a mano en la que Eric la citaba para salir a cenar. Había noches, llenas de encanto, en las que él aparecía por sorpresa a altas horas con un intenso brillo de deseo en sus ojos.

Eric insistió en darle las llaves de su casa y le hizo prometer que, por lo menos, pasaría con él dos días a la semana o los fines de semana.

Eric era como un camaleón, una criatura multiforme, proteica e inasible, y ésa era la clave de su terrible atracción, tanto en persona como en pantalla. Era abierto y confiado en su vulnerabilidad y, sin embargo, uno no llegaba a comprenderlo del todo.

Annie estudió los ojos en los que se reflejaba. Estaban llenos de secretos y deseó sumirse en su profundidad. Una vez más, empezaron a acariciarse y se abandonó con un deleite que la impresionaba, mientras le pedía que la poseyera otra vez.

Con la misma intensidad con que deseaba su cuerpo, Eric mostraba una curiosidad insaciable por el pasado de Annie, sus ideales y sus planes. Después de unas pocas semanas de intimidad, Annie sentía que había penetrado en todos los rincones de su personalidad. Pero había llegado a temer sus juicios sobre ella y le preocupaba ser demasiado superficial para él. Cuando se lo dijo, Eric rió sorprendido, como si considerara que ella no lo comprendía.

—Eso es lo último por lo que debes preocuparte —replicó—. Eres una persona muy profunda, Annie. Pienso que más de lo que crees. Y ésa es la clave de tu talento.

—¿Qué talento? —preguntó—. ¿Ser la preferida de la columna de chismes?

Eric sacudió la cabeza con seriedad.

—Te diré lo que pienso —respondió—. Eres una persona demasiado buena para aceptar en ti la necesidad de poder, el egoísmo de Liane. Pero, del mismo modo, supiste darle vida porque eres lo bastante valiente como para encontrarlo en alguna parte de tu ser y dejarlo salir, por suerte para Damon. Eso se hace con talento y con algo más. Ese algo que hace a los verdaderos actores ser lo que son.

Había sonreído, agradecida, pero escondió el horrible pensamiento que la acosaba. Desde que se filtró la información de que su verdadero nombre era Liane, la prensa se había deleitado en identificarla con el personaje que representaba.

La curiosidad de Eric sobre su pasado trajo de nuevo a su mente el recuerdo de la misteriosa Alice Havilland y de las fotos que la habían aterrorizado. Entonces empezó a preguntarse si en las horribles mentiras de la prensa no habría un fondo de verdad.

No podía molestar a Eric con aquellos perturbadores pensamientos. Sobre todo porque era consciente de que los rumores sobre su relación con Eric también tenían un fondo de verdad. Sabía que volvería a hacer lo que había hecho, porque no tenía nada de que avergonzarse y, por encima de todo, sabía que su relación con Eric era algo maravilloso.

Con el tiempo, Eric le contó detalles de su vida personal y eso hizo que se avergonzara de sus preocupaciones sobre la de ella.

Sabía, como casi todo el mundo, que había empezado a actuar desde niño y que su madre era una enérgica actriz. Él y su hermana, varios años mayor que él y ahora una respetada actriz de Broadway, habían sufrido el trato de animales adiestrados bajo la presión y el rigor de aquella madre posesiva, sin ninguna estabilidad en el hogar debido a sus divorcios y amantes.

Esa situación había creado un lazo especial entre los dos hermanos, que seguían llamándose por teléfono una vez por semana, aunque nunca se visitaran.

Eric había sobrevivido hasta llegar a convertirse en una leyenda de Hollywood. Pero no era casualidad que se especializara en personajes torturados. Era una forma de ahuyentar a sus propios demonios para que no lo devoraran.

No dudaba de su propio talento; sabía que valía como actor y que esa elección era la más significativa de su vida.

Y curiosamente, Annie se sentía unida a él precisamente por esa elección, aunque nunca se imaginaba en un plano de igualdad con respecto a él.

Eric era como un hermano de sangre para ella. Ambos habían sufrido en su niñez y adolescencia; compartían el mismo destino, aunque a él le hubiera faltado un padre afectuoso y comprensivo como Harry Havilland.

Y Annie era como una hermana cuando lo escuchaba y lo calmaba. Pero era una esposa cuando compartían la cama y alcanzaban un éxtasis nunca soñado por ella.

Eric, a su vez, era un esposo cuando la miraba lleno de respeto y protectora ternura.

Amigo, colega, hermano, amante, Adán para su Eva, sombra que eclipsaba su pasado y se alargaba sobre el futuro de su corazón, lentamente Eric había llegado a significarlo todo para Annie. Se sentía una persona diferente. Pero el mundo que los rodeaba era hostil e invadía su intimidad. Estaba viviendo una doble vida, la mitad demasiado buena para ser verdad; la otra mitad demasiado horrible para ser real.

Eric había conseguido que les reservaran dos localidades en el Dial Theater. Una vez se hubieron apagado las luces de la sala, que estaba llena, se acomodaron sin que nadie los reconociera.

En medio de una total oscuridad, se iluminó la pantalla y Annie oyó la voz de Liane, cantando para sí misma.

Luego fueron apareciendo los títulos de crédito.

INTERNATIONAL PICTURES
PRESENTA A
ERIC SHAIN

La aparición del nombre legendario fue acompañada por suspiro masivo.

ANNIE HAVILLAND

Se produjo una nueva reacción, pero demasiado ambigua para describirla.

EN UNA PRODUCCIÓN DE
CLIFFORD NAUMES
DE UNA PELÍCULA DE
RHYS / SALINGER
MEDIANOCHE

Había empezado.

Annie se dejaba seducir por la música compuesta por Rhys y orquestada por Kenju Nishimura, mientras el paisaje de Carolina del Sur se adueñaba de la pantalla. Observó los nombres de sus compañeros y por primera vez pudo reconocer los rostros de todos los que habían actuado en la película.

Luego el nombre de Mark Salinger apareció en la pantalla. Annie apretó la mano de Eric, al tiempo que empezaba la película.

La cámara seguía a Terry en su camino desde la estación de tren por un sendero polvoriento hasta su casa. Llevaba una maleta y caminaba sin prisa. Entonces aparecía Liane, en bicicleta; se cruzaba en su camino y, sonriendo, le hablaba.

A partir de ese instante el corazón de Annie se detuvo.

Annie escuchaba su diálogo como si se tratara de una pesadilla. Su voz sonaba en sus oídos terriblemente afectada, como la música de Mozart interpretada por un estudiante de primer curso con un violín roto. Su voz le parecía forzada, su acento absurdo. Annie odiaba su rostro, sus expresiones. Cada movimiento de sus facciones y rasgos le parecía inoportuno y torpe.

Tenía las manos húmedas y la respiración se le había vuelto agitada.

Eric le oprimió la mano. ¿Trataba de calmar sus temores o la consolaba por su justificada vergüenza?

Al cabo de un rato, una persona se puso de pie y salió de la sala. A continuación, le siguió una pareja de avanzada edad. Alguien tosió. Annie creía estar muriendo. Sólo se animaba a mirar la pantalla cuando la cámara no la enfocaba a ella.

La actuación de Eric era asombrosamente brillante. Ahora Annie podía ver los resultados de su generosa ayuda. La película la sorprendía cada vez más por su fuerza y profundidad.

Cuando terminó la proyección, el aplauso fue amable pero sostenido. Annie no se atrevió a interpretarlo.

Permanecieron en un rincón oscuro, observando las reacciones de los espectadores. Se les veía pálidos, pensativos.

«No es de extrañar», pensó Annie. El horror del argumento de Rhys todavía los tenía atrapados.

Muchos recogían las fichas para dar su opinión y, tras rellenarlas, las depositaban en los buzones colocados por el estudio. Annie no se atrevía ni a imaginarse lo que escribían en ellas.

Luego la sala quedó vacía y Eric la llevó a casa en moto.

Annie no osaba hablar.

—¿Bueno? —preguntó Eric, cerrando la puerta—. No me tengas en vilo. ¿Qué te ha parecido?

Trató de hablar, pero las palabras no le salían.

—¿Tan mal he estado?

—¿Tú? —gritó con una carcajada—. Oh, Eric, ¿cómo puedes preguntarme eso?

No la comprendió. Permaneció mirándola con una sonrisa entre perpleja y dolorida.

—Vamos —insistió Eric—. Puedes tratar de ser generosa. Has estado sensacional, me has borrado de la escena, tal como te dije. Los has tenido a tus pies durante dos horas. Dame un respiro, Annie. ¿Tan terrible he estado?

—Oh —le echó los brazos al cuello, demasiado sobrecogida por su bondad como para preguntarse si era sincero—. ¡Oh, te amo!

Eric la palmeó suavemente, preparado para apoyarla hasta que pasara lo peor.

Después Annie recuperaría el autocontrol y podría decirle

cuán maravillosamente sobrehumana había sido su interpretación de un personaje tan exigente y complejo, y que agradecería durante el resto de su vida la oportunidad de haber trabajado a su lado.

Pero en ese preciso instante sólo permanecía abrazada a él, sus dedos apretando su rostro contra el suyo, y escuchando a pesar de sí misma el eco de las dos palabras que acababan de encontrar salida y habían escapado por sus labios.

11

A la mañana siguiente despertó en brazos de Eric.

La casa estaba fría y silenciosa. Durante mucho rato Annie permaneció observando el rostro dormido del hombre. «¿Qué estará soñando?», se preguntó. Salió con sigilo de la cama y se dirigió a la puerta. La abrió y recogió los periódicos. Los colocó sobre la mesa de la cocina.

Se forzó a preparar el café sin apresurarse, conservando la calma, como cuando de niña esperaba para abrir los regalos de Navidad.

Hasta que finalmente se sentó y echó una ojeada a la primera página del *Times*. Sus ojos se encontraron con su propia imagen.

«ÁNGEL DEL SEXO ASOMBRA A LOS ESPECTADORES DEL PREESTRENO, decía el titular. DETALLES Y COMENTARIOS, página 38.»

Antes de dar vuelta a las páginas, pudo ver que su foto aparecía también en la primera página del *Daily Variety* y del *Herald-Examiner*. El extraño apelativo «ángel del sexo» figuraba en los tres títulos.

Buscó la crítica del *Times*. La firmaba Porter Atkinson, tal vez el crítico más influyente en materia de cine en Hollywood.

Recorrió la nota que rodeaba una gran foto de ella en el papel de Liane y dos más pequeñas de Eric y Damon. Tuvo la sensación de que alababa con poco entusiasmo la película.

Por fin encontró la crítica a su actuación.

«La señorita Havilland podrá no ser una actriz, escribía Atkinson, pero es lo más ardiente que se haya visto en la pantalla en muchos años. Proyecta una casi insoportable sensualidad, un deseo felino. Uno siente la presencia de una monstruosa sexualidad dedicada sólo a su propio triunfo, la más pura perversión dentro del cuerpo y detrás de la cara de una madonna.»

Annie arrugó la frente mientras seguía leyendo.

«Sólo puede felicitarse a Damon Rhys por descubrir y moldear a este verdadero ángel del sexo, fueran cuales fueran los dolores de cabeza que sorportó en el rodaje y fuera de él. Havilland es definitivamente algo que hay que ver, con sus ojos plateados, piel cremosa y sus gestos voluptuosos. Puede llegar a ser uno de los mayores símbolos sexuales de su generación, una verdadera sucesora de Bardot, Monroe, Mansfield y otras semejantes.»

Annie leyó las otras dos críticas mientras se ruborizaba. Como la primera, felicitaban en tono amable a Rhys y trataban con frío respeto la actuación de Eric, pero toda la atención se centraba en el impacto sexual de la película y Annie constituía el centro de la cuestión. Pero apreciaban su actuación o incluso reconocían que había *actuado* y no hecho una simple parodia provocativa y sexual de su propia persona frente a la cámara.

Todo resultaba muy extraño. El apodo de «ángel del sexo» estaba presente en los otros dos artículos. ¿Qué querría decir aquello?

Las tres notas tenían un plan en común, misterioso y vergonzoso.

Annie se había puesto pálida. Se sintió culpable al darse cuenta de que su actuación como Liane había contaminado toda la película, eclipsando el soberbio trabajo de Damon y Eric. Al leer las notas uno quedaba en la más completa ignorancia acerca del verdadero significado de *Medianoche*. La profundidad de que Damon había dotado a la obra ni siquiera se mencionaba.

Seguía sentada, ante la taza de café intacta, cuando sintió una mano cálida en su hombro.

—No estarás sorprendida, ¿verdad?

La voz de Eric era bondadosa.

—Me lo han hecho durante quince años. Ése es su trabajo, Annie. Promocionar una película, hacer un favor a un amigo, crear un eslogan. No les importa la película en sí misma o el empeño que pusimos. Son críticos.

En su voz había desprecio y una gran fatiga. Pero cuando Annie lo miró, observó que Eric miraba las críticas con verdadera preocupación. Algo marchaba mal y Annie lo sabía.

Y Eric también lo sabía.

Pero sintió la desesperación de Annie y se arrodilló para besarla, acariciándole el pelo.

Annie cerró los ojos, más desesperada que nunca, y deseó que la apartara del mundo. Pero sabía que eso no sería bueno. El mundo no se desvanecería tan fácilmente. La quería a ella y no se alejaría hasta que librara su propia batalla.

De una vez y para siempre.

12

Harmon Kurth permanecía ante la ventana de su despacho mirando hacia el enorme terreno exterior de International Pictures.

El teléfono de su escritorio permanecía en silencio. En el despacho de sus secretarias se recibían las llamadas de felicitación por el sensacional preestreno de *Medianoche.*

Era seguro que la película supondría cincuenta millones de beneficios. Todos los ejecutivos, competidores y amigos llamaban para decir que Kurth «lo había hecho otra vez».

El primero en llamarlo fue Howard Mann, el presidente de American Studios, y el más seguro sucesor de Kurth, si alguna vez éste perdiera su poder.

Pero Kurth seguía en la cima y tenía intención de permanecer en ella. El plan elaborado a lo largo de los seis meses anteriores funcionaba a la perfección. El romance de los protagonistas de *Medianoche* había avivado el fuego. Aunque había estudiado hasta el más mínimo detalle, sabía que la chica podía actuar, por lo que el futuro se volvía incierto. Los acontecimientos, Kurth lo sabía, podían malograr el plan más perfecto del mundo.

Con los labios fruncidos, descolgó su teléfono privado y marcó un número de larga distancia.

Después de varias llamadas obtuvo respuesta.

—Investigaciones Dugas. ¿Qué puedo hacer por usted?

—Soy Kurth.

—Sí señor. ¿Qué puedo hacer por usted?

—Tenemos una nueva persona aquí. Una desconocida, aunque ahora es muy visible. Es la que protagoniza junto con Eric Shain *Medianoche*, la película de Damon Rhys.

—Annie Havilland.

Como todos los que tenían algún interés por el mundo del espectáculo, Wally conocía la publicidad de la película y había oído hablar de la desconocida modelo.

—Necesito antecedentes de ella.

—Muy bien. ¿Tiene algo con que empezar?

—Casi nada. La biografía que facilitó al estudio y su ficha de la agencia en Nueva York. Tendrá que indagar. —Hizo una pausa—. Ahora bien, quiero que entienda que deberá ser un informe muy minucioso.

Wally entendía perfectamente el código de Kurth. Su tarea era encontrar datos sobre Annie Havilland tan perjudiciales para ella que pudieran usarse para hundir su carrera.

Cómo fueran utilizados era asunto de Kurth.

—Si hay algo, lo encontraré, señor —respondió en un tono que sabía que era insoportable para Kurth.

—Espero que sí. Es esencial que esta situación sea manejada sutil y rápidamente.

—Cuente conmigo, señor.

La comunicación se cortó. Kurth nunca se molestaba en despedirse cuando quería algo.

13

—Buenas noches, damas y caballeros. Bienvenidos al show de Tommy Granger.

La orquesta comenzó a tocar la conocida sintonía del programa y se oyeron aplausos.

—Los invitados especiales de esta noche son Ran Siegel, Marilyn Prince, Allen Rubin y... ¡la señorita Annie Havilland!

El apuesto y sonriente Tommy Granger entró en el estudio, saludando con su habitual gesto de levantar los pulgares.

—Muchas gracias —dijo—. Esta noche tendremos un show absolutamente sensacional. Como les ha anunciado Don, tenemos aquí al *Sultán del Insulto*, el señor Ran Siegel...

Los aplausos saludaron el nombre del comediante. Siegel era alto, moreno, con ojos brillantes y modales calculadamente lujuriosos.

—Y —continuó Granger— Marilyn Prince, la adorable soprano del Metropolitan. Y también el joven cantante Allen Rubin...

Cada nombre era recibido con aplausos corteses.

—Y por último, pero no menos importante —concluyó, levantando una ceja con aire confidencial hacia la cámara—, alguien a quien ya conocen, a menos que sean de las pocas personas que no han visto todavía *Medianoche*. Créanme, esta joven es... —Con las manos dibujó en el aire una figura femenina—. Bueno, realmente es algo grande. La señorita Annie Havilland está aquí.

Los fuertes aplausos ahogaron el final de su frase. Era evidente que estaban llenos de expectación.

Annie esperaba a que pasaran los otros invitados. El monólogo de Ran Siegel estaba repleto de improperios contra todo el mundo. Marylin Prince cantó dos breves arias y charló unos minutos con Tommy antes de irse. Allen Rubin habló de las canciones que estaba componiendo.

El nerviosismo de Annie iba en aumento. Sabía que no debería haber aceptado aquella invitación, pero cuando lo hizo no sabía que Ran Siegel iba a estar en el programa. Pero el éxito de *Medianoche* era tan grande y las ofertas de trabajo eran tan escasas, que Barry Stein la había convencido de que mostrara su verdadera personalidad al público.

—Si quieres hacer carrera, Annie —le había dicho—, debes hacer que el público conozca otra personalidad distinta a la de Liane. No puedes seguir escondiéndote.

Todas las entrevistas se reducían a preguntarle si en la vida real era como Liane y cómo era Eric Shain como hombre. Sus respuestas evasivas y las negativas no conseguían nada, y aquella noche no iba a ser diferente. Incluso podía resultar peor.

El maquillador retocó a Annie mientras oía la presentación.

—Y ahora —anunció Tommy—, para todos los que me permiten entrar en sus dormitorios con mi programa, ha llegado el momento que realmente esperaban. Quiero presentarles a una joven que ha impresionado a mucha gente con su sorprendente actuación en la famosa película *Medianoche*. Para todos los que se preguntaban si una mujer podía ser tan *sexy* fuera de la pantalla como el personaje que ella encarnó en el cine, ahora lo descubrirán. ¡Un aplauso para la señorita Annie Havilland!

Annie echó una última ojeada a su vestido floreado. Había sido el resultado entre su propio deseo de usar un traje pantalón clásico y la presión de Barry para que buscara ropa similar a la de Liane. No quería parecer una reprimida maestra de escuela temerosa de su propia sexualidad, pero tampoco quería aparecer como una estrellita voraz.

Recordó que estaba allí para demostrar su propia personalidad, por lo que estrechó la mano de Tommy y se sentó en el lugar de los invitados.

—Es un verdadero placer tenerla con nosotros —saludó Tommy—. Vi *Medianoche* la semana pasada y el público estaba fascinado. Por supuesto, se trata de una película seria y profunda, pero su actuación es sorprendente. Dígame, ¿cómo es trabajar con gente como Eric Shain y Damon Rhys? ¿Se sentía fuera de lugar o resultó fácil trabajar con ellos?

—Bueno, en realidad, ambas cosas —respondió Annie—. Me sentía terriblemente fuera de lugar, porque los admiro desde hace tiempo. Y ambos son impresionantes trabajando, en especial Damon Rhys, quien posee gran firmeza para conseguir lo que quiere...

Una risita inapropiada recorrió el público, perturbando a Annie.

—Eric Shain es mucho más relajado... —continuó, oyendo otra vez risas, esta vez más fuertes—. Es un perfeccionista, pero los dos se llevan muy bien e hicieron todo lo posible para que me sintiera a gusto...

Nuevas carcajadas la interrumpieron. Miró a Tommy, buscando apoyo, pero él la miraba con ojos soñadores, evidentemente tratando de divertir a la audiencia mientras ella hablaba. Annie tenía ganas de abofetearse por no encontrar frases que carecieran de doble sentido.

Como si volviera de forma repentina a la tierra, Tommy preguntó:

—¿Fue una experiencia terrible el intenso trabajo del rodaje?

—Bueno, sí. Al principio fue una experiencia agotadora. Era como estar en otro mundo. En cuanto terminó, me di cuenta de lo cansada que estaba...

Su voz se perdió entre las risas de la concurrencia. Esta vez no entendió la causa de la hilaridad. Miró a Ran Siegel. Como un escolar culpable sorprendido en su travesura, cambió su mirada astuta por otra de inocencia.

Entonces se dio cuenta de que las cámaras enfocaban las caras de Tommy y Ran mientras ella hablaba. No era raro que la gente la interrumpiera con sus risas.

Mientras trataba de seguir hablando, observó que Ran hacía gestos obscenos que eran visibles sólo para el público del estudio, pero no para los millones de televidentes.

—Liane, la muchacha a la que usted personifica en la película, es una criatura increíblemente sensual y manipuladora. ¿Es usted así en la vida real?

Una carcajada la hizo vacilar.

—Bueno, bajo la dirección de Damon traté de hacer de Liane un personaje que se preocupara ante todo por el poder. Como es muy joven y pobre, su única arma es su potencial erótico.

—¿Cree que eso es cierto en la vida real? —preguntó Tommy—. ¿En Hollywood, por ejemplo?

—Bueno —respondió Annie, incómoda—. Hace muy poco que estoy en Hollywood y no tengo una opinión formada, pero estoy segura de que cualquier persona puede usar sus encantos sexuales para manejar a otras...

Nuevas risas y una presión en su hombro hicieron que se girara. Ran Siegel había adoptado la postura de esclavo, apoyando la cabeza en su hombro.

—Puedes manejarme cuando quieras —dijo con voz lánguida.

El público estalló en carcajadas. Annie se ruborizó y sonrió con valentía a Tommy.

—Vete, chico —lo retó Tommy riendo,

Ran volvió a su lugar.

—Ahora, hábleme de Eric Shain. Por supuesto, es una leyenda. Pero, ¿cómo es en la vida real? ¿Es tan atractivo como dicen?

—Claro que sí —rió Annie—. Es un hombre apuesto y encantador. Pero también muy profesional. Siempre quiso lo mejor para la película y para mí, tanto como para su propia interpretación.

—He oído que interpreta muy bien algunos papeles... —comentó Ran.

Annie se ruborizó.

—Dígame algo más de cómo consiguió su papel de Liane —inquirió Tommy con una sonrisa—. Es toda una historia...

Pero no pudo continuar porque Ran hacía bromas con el público, tratando de abrazar a una señora. Tommy se levantó y arrastró a Ran por el escenario, llevándolo de una oreja.

Annie miró de reojo el reloj y vio que le quedaba sólo un minuto de una entrevista y un programa entero que Ran Siegel había monopolizado por completo. Le aliviaba pensar que ya faltaba poco para terminar.

Tommy regresó a su asiento, señalando con un dedo a Ran.

—Tiene que perdonarlo —dijo a Annie—, no sé qué le pasa.

—Pregúntale qué le pasará a ella esta noche —gritó Ran con súbita maldad en la voz.

—Me disculpo por mi desagradable amigo —alegó Tommy.

Annie los miró.

—Los niños siempre serán niños —replicó, con sonrisa tolerante.

—Sí, es su forma de demostrar que usted le gusta —afirmó Tommy con burlona seriedad.

—¡Me gustaría algo más que eso! —exclamó Ran, levantando una ceja.

—Vamos, vamos —lo reconvino Tommy.

Pero Ran sabía que le quedaban treinta segundos y quiso aprovecharlos. Se tiró a los pies de Annie, con la cabeza al nivel de sus rodillas.

—¡Seré tu esclavo! —gimió—. Olvida a Eric Shain. ¿Qué tiene él que yo no tenga?

Faltaban cinco segundos. Annie estalló sin poder evitarlo.

—No sé —respondió con una sonrisa tranquila—. ¿Por qué no se lo pregunta a su esposa?

El rostro de Ran se volvió rojo de furia. No tuvo tiempo de contestar y el público, sorprendido por la respuesta de Annie, demostró su aprobación.

—Puta de mierda —siseó Ran, pero sólo Annie lo oyó.

Ran se volvió con gesto de impotencia hacia el productor, quien se encogió de hombros. Ya era demasiado tarde, millones de espectadores los habían visto y oído.

—El mundo es pequeño, nena —le previno—. Nos volveremos a ver.

—Estaré esperando —respondió Annie—. Ha sido muy agradable trabajar con usted, señor Siegel.

Siegel se dio la vuelta con una mirada preocupada, mientras las risas sonaban a su espalda.

14

Wally Dugas conocía los pueblos pequeños.

Había realizado centenares de investigaciones por todo el país a lo largo de su carrera. Por eso su llegada a Richland fue discreta y eficiente. Sabía que allí encontraría datos sobre Annie. Su investigación en Manhattan no había aportado otra cosa que lo relacionado con sus trabajos como modelo y actriz de teatro. Ni drogas, ni homosexualidad, ni sexo para conseguir trabajo, ni siquiera novios o amantes.

Cuando llamó a Kurth para informarle de los resultados, lo hizo con una pizca de placer sádico.

—Por lo que he averiguado señor, no hay nada escandaloso en la vida de esa chica desde que se trasladó a Nueva York para trabajar de modelo. A menos que consideremos la visita que le hizo a usted hace tres años, señor. Una denuncia por violación y otra por prostitución podrían ser consideradas como un escándalo en la mente de algunas personas, aunque ninguno de los cargos prosperara.

El silencio de Kurth fue muy elocuente.

Wally se sentía en su elemento: la ambigüedad de una vida privada, cuya superficie no tenía manchas, pero en cuya profundidad se escondían ramificaciones hacia el pasado. Veinte años trabajando como detective le habían demostrado que no existía una persona sin pasado y que no había pasado sin un secreto.

En su primera aproximación al pueblo de Richland, Wally se hizo pasar por un agente de seguros y mostró un periódico con la foto de Annie Havilland.

—¿Es aquí donde nació y creció ella? —preguntó.

—¡Claro! —fue la respuesta.

—Bueno, ¡qué me dice! —exclamó Wally—. Una verdadera estrella de cine.

Sus interlocutores, orgullosos de que les relacionara con alguien de importancia, no tuvieron inconveniente en empezar a hablar del tema. Así, Wally no tuvo dificultad en enterarse de la vida de Annie Havilland. Su padre, Harry Havilland, era el hijo mayor de un hombre muy rico. Se había preparado para hacerse cargo de la fortuna familiar, ya que su hermano menor era un inútil y sus primos unos irresponsables. Había estudiado derecho en Buffalo, igual que su padre. En un cálido día de agosto de 1945, viajó a Buffalo para recoger su título. Regresó tres días más tarde, sorprendiendo a todos al salir del coche de su padre con una joven a la que presentó como su esposa.

—Eso —explicó uno de los hombres— fue una bofetada para todos. Se suponía que un Havilland debía casarse con una Dowling o una Macmillan, cuyas familias comparten el poder con los Havilland. Y, por supuesto, con una gran boda. Pero no, señor; Harry apareció con su esposa sin avisar a nadie.

Wally imaginó la sorpresa inicial de la familia y el resentimiento que de forma inevitable surgiría.

—También hay que recordar —intervino un anciano— que la gente de aquí pensaba que Alice pertenecía a un medio social inferior. Era actriz, ¿sabe? Dicen que Harry la conoció en el teatro de Buffalo y la invitó a salir. Nadie sabe por qué decidieron casarse tan pronto. Harry se llevó el secreto a la tumba. Pero aquí consideraron que era una oportunista y que Harry seguramente le había hablado de su fortuna familiar.

—Cosas que pasan —asintió Wally.

En su mente se formaba una dolorosa imagen de la historia. Un joven abogado que desafía a su familia e instala a su mujer en el pueblo, en una casa destartalada, para iniciar su nueva vida.

—Lo que sucedió —explicó otro hombre mayor —fue toda una historia. El viejo Havilland nunca perdonó a Harry. Lo llamó para decirle que debía abandonar a Alice y buscar a alguien de su clase, pues de lo contrario lo desheredaría. Bueno, Harry eligió ese momento para anunciar con orgullo que Alice iba a tener un hijo. El viejo casi tuvo un ataque y repitió su amenaza: o se divorciaba o lo desheredaría. Harry se marchó de la casa paterna y nunca más se hablaron. Había abierto su despacho de abogado, pero nunca llegó a tener éxito, ya que poca gente se atrevía a desafiar al viejo Havilland. Ésta es una ciudad pequeña, y los Havilland una de las tres familias más ricas. A los ocho meses de que llegaran a Buffalo, Alice tuvo a Annie.

—Solía ver a Alice por la calle —explicó otro de los interlocutores de Wally—. Tenía ojos brillantes, cabello abundante y precioso, así como un porte especial. Sabía que no había otra mujer como ella en todo el condado.

—Me imagino que con el tiempo las cosas se suavizarían —observó Wally—. Después del nacimiento de la nieta...

—No señor, usted no conoce a los Havilland. Y el viejo era el peor. La criatura fue una desgracia para él. Se fue a la tumba sin conocerla. —Se encogió de hombros—. Y Alice trató de romper el hielo, trató de hacerse amiga de la gente.

Invitó a la familia al bautizo de Annie. Todo a espaldas de Harry. Pero no consiguió nada. Esos Havilland eran muy duros, y aún lo son...

Hizo una pausa, y Wally pudo sentir que ocultaba algo en lo que siguió contando.

—Bueno, luego ella se fue. Harry se quedó solo con la niña, pobre como las ratas, pero orgulloso como si nada hubiera sucedido. Dijeron que Alice se había llevado todo el dinero que había encontrado, pero Harry jamás contó nada. Ni permitió que la criticaran.

—Todo un tipo —asintió Wally.

—Él era así. Y Alice murió después. No sé de qué. Algunos dicen que de tuberculosis..., las malas lenguas hablan de otro tipo de enfermedad. De todos modos, el matrimonio de Harry pasó a ser historia. Pero eso no lo acercó a su familia. Los Havilland son así, tranquilos, pero orgullosos y rígidos. No se humillan.

Wally sonrió y decidió que conocería el resto de la historia charlando con las mujeres del pueblo.

—Yo fui la única de la familia que siempre acepté que Harry y Annie existían —alegó Celeste Havilland, la tía soltera que vivía en una antigua casa victoriana—. Todos mis parientes son unos cobardes y unos necios. Creo que Harry fue el primero en mostrar algo de iniciativa. Desde luego, Alice fue una mala elección. Ella quería su dinero y eso era evidente. ¿Pero quién puede culpar a un hombre de volverse loco por una mujer? Eso forma parte de su naturaleza.

Parecía encantada de poder hablar con Wally.

—Lo importante fue que se impuso a su padre y fue un buen marido mientras Alice estuvo con él. Fue un padre excelente para Annie, mantuvo su dignidad y se la inculcó a ella. Harry no tenía amigos, y para Annie tampoco fue fácil. Pero le aseguro que aquella muchacha tenía la fuerza de los Havilland. Siempre cariñosa y activa. No era de las que lloran por la leche derramada.

Mostró a Wally las felicitaciones de Navidad que Annie le había enviado durante esos años.

—Todo lo que dicen sobre ella ahora en Hollywood es una

sarta de mentiras. Puede creer en mi palabra. Annie es la joven más honrada del mundo.

La anciana lanzó un suspiro.

–Por supuesto, aquí le dirán que todo ese escándalo era de esperar, por la madre que tuvo y cosas por el estilo. No son más que tonterías. Conozco la naturaleza humana y no he vivido tantos años sin aprender un par de cosas. Sólo porque su madre fuera así, no es razón para pensar mal de Annie. De hecho, eso es parte del motivo de que Annie fuera tan buena chica. La gente trata de no repetir los errores de sus padres. Y además, ella era noble por naturaleza. Si la conociera como yo, sabría que no tenía un ápice de inmoralidad.

Suspiró de nuevo.

–Los cobardes de este pueblo no la ayudaron. Pero creo que eso la ayudó más que nada –concluyó.

Paula Spicer, profesora de inglés y asesora tutorial del instituto y consejera, ya retirada, confirmó a Wally la impresión de que la vida para Annie no había sido fácil.

–La gente de los pueblos suele ser de mente estrecha –puntualizó–. No le gusta perdonar y nunca olvida. Annie se parecía mucho a su madre. En la figura, la forma de caminar, la belleza... y sobre todo en los ojos. Cuando la gente la miraba, veía en ella a Harry y su deshonra. Nadie olvidó que había nacido demasiado pronto.

Lo miró apenada.

–No me gusta pensar en todo esto, porque en esa época pude ayudar y no lo hice. Nunca olvidaré las cosas que se decían en la sala de profesores sobre la madre de Annie. La niña era una alumna excelente, pero tuvo que luchar más que ninguna para que se le reconociera... –Sacudió la cabeza–. Tenía pocos amigos... Siempre admiré su coraje, porque mantenía la cabeza alta, sin dejarse abatir. Obtuvo varios premios y actuó en las obras de teatro del colegio. En el último año no la aceptaron en la Sociedad de Honor por los prejuicios del pueblo, y nunca me perdonaré no haber luchado por ella; pero... –Paula Spicer se secó los ojos llenos de lágrimas.

Wally sabía que todavía faltaba la última pieza del rompecabezas.

Siguió probando suerte hasta que al quinto día encontró a la chismosa del pueblo. Su nombre era Marian Blandish, una anciana solitaria confinada en una silla de ruedas y deseosa de compañía. Wally la escuchó con amabilidad mientras la mujer le contaba todo lo que ya había oído, hasta que bajó la voz para referirse a la parte más jugosa.

—No debería contarle esto, pero conocí a una chica que trabajaba en el banco el otoño en que Alice se fugó. Lo cierto es que se llevó todo el dinero de la cuenta. Era una mala mujer.

—¡Qué cosa tan horrible! —afirmó categórica y teatralmente Wally—. ¿Cree que todo eso es cierto? Me refiero a lo que la gente dice de ella.

Un brillo de maldad apareció en los ojos de la anciana.

—Déjeme decirle algo, joven: yo *sé* que es verdad. En un pueblo como éste se puede saber todo si uno mantiene abiertos los oídos. Alice estuvo liada con Leon Gutrich hasta el día en que se fue. Él también estaba casado. —Frunció los labios—. Era el peor mujeriego de la zona. Su esposa ya murió, pobre mujer.

—¿Él vive aún?

—Todavía sigue viviendo en el mismo lugar. Creo que ni se ocupa de la granja. Bebe mucho. Sí, él y Alice eran dignos el uno del otro. Pájaros del mismo plumaje.

—¿Supone usted que hubo otros? —preguntó Wally en tono reprobador.

—No me sorprendería, joven. Era una mala mujer, nada sobre ella me sorprendería.

Wally le agradeció que le hubiera atendido. Ya era hora de despedirse de la anciana.

Su siguiente paso se centró en el County Medical Society. Allí descubrió que el ginecólogo que atendió a Alice había muerto sin dejar las historias clínicas de sus pacientes.

No le sorprendió demasiado que en el periódico local no tuvieran fotos de archivo de Alice Havilland. En el ejemplar de mayo de 1946 anunciaban el bautizo de Annie, sin fotografías de los padres.

Wally se dirigió al hospital y encontró la ficha de nacimiento de Annie. Alice había nacido el 20 de octubre de 1925, en Towson, Maryland. Annie, el 22 de abril de 1946. Wally dejó que sus pensamientos regresaran al mes de agosto de 1945, ocho meses antes del nacimiento. Debería visitar los juzgados de varios pueblos cercanos a Buffalo, entre ellos sin duda el de las cataratas del Niágara.

El grupo sanguíneo de Annie era AB, el de Harry B y el de Alice A.

Wally evaluó su viaje a Richland. Tenía un fascinante perfil de Alice Havilland, pero su retrato no se completaría hasta saber de dónde venía antes de cruzarse con Harry y adónde había ido después. Su instinto le decía que ahí radicaba el verdadero misterio. Todos en el pueblo aceptaron ingenuamente la muerte de Alice. Había llegado el momento de seguir su pista.

Leon Gutrich era un cincuentón calvo y con una pequeña barba. Estaba en la puerta de su casa y contempló a Wally con ojos inexpresivos mientras éste le mostraba su tarjeta de agente de seguros.

–Estamos realizando una investigación referente a Alice Havilland –alegó Wally con voz neutra–. Nos hemos enterado de que alguna vez estuvo usted relacionada con esa dama.

El hombre tardó en contestar.

–No puedo ayudarlo –respondió por fin.

–Esperaba que usted pudiera facilitarme el trabajo. –Wally suavizó el tono–. Tenemos una póliza y la beneficiaria es esa tal Alice. Hasta ahora no he conseguido averiguar nada. Tengo entendido que se fue de Richland hace unos veinte años. Creen que ha muerto. Pero si no fuera así, tendría ahora unos cuarenta años, y recibiría bastante dinero. Tengo que encontrarla.

El rostro del hombre era una máscara imperturbable.

–Por supuesto –prosiguió Wally–, lo de Alice es una historia antigua, no es raro que ya no la recuerden por aquí. Pero a lo mejor usted se acuerda de un nombre, una dirección..., cualquier cosa serviría.

–Nunca la conocí.

Detrás de los fríos ojos de Gutrich, Wally reconoció un destello de preocupación. La historia de Marion Blandish tenía su parte de verdad.

—Bueno —Wally suspiró, sacando una tarjeta—. Si recuerda algo, le agradecería que me lo haga saber.

Wally se alejó en su automóvil, aparcó en un lugar apartado y regresó caminando. Se acercó a la casa y escupió. Gutrich estaba sentado ante un viejo escritorio: abrió un cajón y guardó algo. Luego salió. Wally se ocultó y esperó a que el hombre se alejara en su camión. Al cabo de unos segundos entró en la casa y revisó el cajón del escritorio. Encontró una tarjeta postal. Estaba fechada el 7 de noviembre de 1947, en Buffalo, Nueva York. Decía, en una clara letra femenina: «Esoy pasando unos momentos maravillosos; espero que tú también». Le dio vuelta. Era una foto del Hotel Excelsior, y la autora había señalado con un círculo una de las ventanas. La ironía de la nota sugería que había deseado que también la leyera la esposa de Gutrich. Y que deseaba molestar a su ex amante.

Ya tenía lo que necesitaba.

Alice le había dado una dirección.

15

Christine rodeó la esquina en la plaza Beekman, con su impermeable blanco abotonado para protegerse de la brisa de octubre. Llevaba un paraguas y una bolsa de Bloomingdale con una larga caja en el interior.

Se dirigió al edificio que ya conocía y tocó el timbre. El portero le abrió con una sonrisa.

—Qué agradable sorpresa señorita Whitney —saludó—. Hacía tiempo que no venía.

—He estado muy ocupada —respondió sonriendo Christine—. ¿Cómo está su familia, señor Johnston?

—Bastante bien, señorita. Los estudios de los hijos, por suerte, van muy bien.

—Espero que Doris esté en casa —dijo Christine.

—La está esperando. Suba, por favor.

Christine, tras sonreír al portero, se dirigió al ascensor privado y apretó el 6. Un momento más tarde salía y tocaba el timbre.

Le abrió una atractiva mujer de unos cuarenta años.

—¡Querida! —la saludó alegremente—. Qué suerte que hayas llamado. Hoy es el día libre de Myra, así que estaremos solas. Ven y deja tus cosas.

Christine dejó el impermeable y el paraguas y siguió a su anfitriona con la bolsa de Bloomingdale en la mano.

El apartamento era enorme y lujoso. Doris Hastings estaba casada con uno de los ejecutivos con más éxito de Manhattan. Por su parte, ella pertenecía a una familia rica y de gran prestigio social. Tenían dos hijos que estudiaban en el extranjero.

—¿Cómo está Charles? —preguntó Christine mientras se sentaba en un sofá del tranquilo salón.

—Aburrido, como siempre —rió Doris—. Casi no lo veo desde hace semanas. Se pasa el día en Wall Street y en el Rockefeller Center. Pero es un amor. Dime, Chris, ¿cómo está Jack?

Christine sonrió.

—Creo que es la misma historia. Está esperando un ascenso y hace todo el trabajo del despacho. Yo creía que los abogados tenían tiempo libre.

—Espera a que tengas hijos. Entonces será peor. Hablando de eso —agregó en tono de conspiración—, ¿Jack te ha dicho algo al respecto?

Christine sacudió la cabeza.

—Trabaja demasiado; no puedo conseguir que hablemos en serio.

—Tomaos unas vacaciones después del Día de Acción de Gracias. Fuera de ese maldito despacho podrás hacer que hable.

Doris se puso de pie y fue a buscar una bandeja con dos copas y una botella de jerez. Era una mujer realmente bien conservada, y en su cuerpo no se notaban las huellas de los dos embarazos, ni las cicatrices de la cirugía plástica. Era la típica mujer rica y aburrida. Aunque era joven, no tenía otras ambiciones en la vida más allá de las obras de caridad, la educación de los hijos, Forest Hills y sus amigos. Igual que Christine.

Bebieron el jerez e intercambiaron comentarios sobre sus matrimonios. Luego Doris descubrió la bolsa de Bloomingdale.

—Algo me dice que has encontrado una maravilla. ¿Me la enseñas?

—Por supuesto —respondió Christine, sacando la caja de la bolsa y abriéndola para mostrarle un encantador vestido de noche con un gran escote.

—¡Caramba, es adorable! —exclamó Doris—. Te quedará sensacional. Espera a que Jack te lo vea puesto. Ya no pasará tanto tiempo en el despacho...

Christine sacudió la cabeza.

—Me lo he probado y no me queda bien el color, así que lo he cambiado por otro de tu talla. ¿Por qué no te lo pruebas?

—¡Oh, Chris! No puedo ponerme algo así, no tengo edad. Es demasiado *sexy*.

—¡Tonterías! —rió Christine—. Está hecho para ti, Doris. Con tus ojos y los accesorios adecuados... Vamos, pruébatelo.

—Bueno —aceptó escéptica—. Creo que estás loca, pero...

—Vamos... ¿Dónde hay un espejo? Te ayudaré con el cierre.

Doris se puso de pie.

—En la habitación de huéspedes. Es el mejor.

Las dos mujeres entraron en la espaciosa habitación, amueblada con una gran cama de matrimonio y una puerta con espejo.

Christine observó mientras Doris se quitaba la ropa. Con una sonrisa le alcanzó el vestido, le ayudó a colocárselo y le subió el cierre. Le quedaba perfecto. Doris se contempló encantada.

—Chris, lo has hecho de nuevo. ¡No puedo creerlo!

—Ahora —respondió Christine, arreglándole el cabello y acomodando el vestido en las caderas—, todo lo que tienes que hacer es ponerte los zapatos adecuados y Charles no perderá el tiempo en el club.

–Eres una maravilla. Me conoces mejor que yo misma. Ojalá pudieras elegir toda mi ropa.

–No te concedes libertad –repuso Christine–. Te olvidas de que tú eres para tecnicolor, no para blanco y negro como el resto de los que te rodean.

–Bueno, no sé, pero sí creo en tu buen gusto. ¿Por qué no venís Jack y tú más a menudo? No os hemos visto juntos desde hace un año.

Doris se contemplaba complacida en el espejo.

–¡Hombres! –respondió Christine, ayudándola con el cierre–. No paran ni un minuto y nosotras tenemos siempre que seguirlos.

Doris suspiró.

–Te comprendo.

Christine tocó los extremos del vestido por última vez con cuidado, alisando las arrugas. Lo contempló de nuevo y empezó a bajar la cremallera.

El día era nublado y eso hacía que la estancia estuviera más oscura. Cuando el vestido empezó a descubrir los hombros de Doris, pareció que el crepúsculo se apoderara de la ciudad.

La cremallera estaba abierta del todo. Christine hizo que el vestido se deslizara por los hombros de Doris. Al caer, el sordo crujido de la tela era el único ruido que se oía en la habitación. Entonces el ajustado corpiño y las bragas de Doris quedaron al descubierto.

Complacida por el suave tacto de la tela sobre su piel, Doris lanzó un suspiro. El vestido cayó al suelo. Con ojos entornados, Doris se miró los muslos al tiempo que los dedos de Christine tocaban el tirante de su corpiño.

Doris abrió los ojos del todo, llena de sorpresa, mientras el tirante se le caía y unas manos cálidas se le posaban sobre los hombros. Atónita por el inesperado contacto, se contempló en el espejo y vio la figura de Christine recortada detrás de ella.

Las cálidas manos empezaron a descender por los brazos de Doris, que empezó a temblar a causa de las suaves caricias.

Notó que su amiga colocaba las manos en sus caderas. Sin osar girarse, Doris habló a la imagen reflejada en el espejo.

—Chris..., no.

Pero las manos le quitaron el corpiño, que cayó al suelo.

—Chris, por favor..., somos amigas.

Un estremecimiento de involuntario placer la recorrió cuando la muchacha le bajó las bragas.

—Por favor —susurró Doris, con los ojos cerrados—. Nunca he hecho esto, Chris. Nunca.

—¡Shh! —le habló al oído—. No es tan terrible desear algo. Te vas a sentir bien, Doris.

Las manos acariciaron su vientre y subieron hasta los pechos. Los pezones se endurecieron súbitamente.

Doris bajó los ojos fascinada. Christine comenzó a quitarse la ropa.

«Es una diosa», pensó Doris al verla aproximarse.

—Oh, Chris.

—Está bien, Doris —replicó suavemente, mientras la abrazaba—. No te avergüences de desearme. Los hombres tienen lo que quieren, pero de vez en cuando es bueno y natural que estemos juntas.

Rió mientras le acariciaba los pechos.

—Y ya es hora de que te liberes.

Se besaron y sus cuerpos desnudos se unieron. Sin una palabra, Doris se dejó caer en la cama. Gimiendo de placer, sintió cómo Christine besaba su cuerpo. Con una urgencia cada vez mayor, atrajo el cuerpo de la joven y también la besó, sintiendo la suave piel que se le ofrecía.

Cuando todo terminó, permanecieron abrazadas, besándose en los labios.

Al cabo de un rato se separaron. Christine se vistió y se cepilló el pelo. Luego ayudó a Doris a vestirse. El placer compartido les confería un aire de luminosa languidez. Doris terminó de vestirse y se comportó como si nada hubiera sucedido.

—Eres un encanto por haberme traído el vestido —adujo, mientras acompañaba a Christine al salón—. Voy a darte un cheque. ¿Cuánto te ha costado?

—Sólo dos setenta y cinco, más los impuestos —sonrió Christine—. Me ha parecido baratísimo.

Doris buscó su talonario, escribió el cheque y se lo entregó a Christine, que lo guardó en su cartera.

—¿Quieres tomar una copa? —preguntó Doris—. ¿Algo de comer?

—No, de veras, tengo prisa. Nos llamaremos. Jack os envía saludos.

—Salúdalo de nuestra parte. Y no dejes de buscarme ropa. Sé que a Charles le encantará este vestido.

La puerta se cerró y Christine se marchó. La bolsa y la caja todavía estaban sobre el sofá. Doris iba a recogerlas cuando recordó su talonario. Lo cogió y escribió: C. Whitney, modista, 775 dólares.

La cantidad variaba. Doris agregaba quinientos dólares a cualquier cifra que Christine le indicara y expedía los cheques como ella le había dicho.

El ritual de la conversación correspondía a las necesidades de Doris y la imaginación de Christine. Cada vez, por supuesto, era la primera vez para Doris, ya que ésa era su fantasía. Christine no sabía cuántas relaciones homosexuales había tenido su rica clienta, y tampoco le importaba.

Y Doris no sabía nada sobre Christine, salvo el hecho de que Jack no existía. A veces tenía que esperar durante varias semanas la llamada de Christine. Eso la enloquecía. ¡Si pudiera llamarla! Sería maravilloso pasar todo un fin de semana con ella. Pero era imposible. Lo único que podía hacer era agradecer la buena suerte de haberla encontrado en Cartier, un año y medio atrás. De todos modos, el arreglo era satisfactorio. Aunque Charles se molestara en controlar su talonario, los gastos de Christine no llamarían su atención.

Los hombres no tenían ni idea de lo que sus mujeres pagaban por un vestido.

16

Annie iba a visitar a Nick.

Se sentía algo incómoda por el encuentro, ya que hacía más de seis meses que no se veían. El trabajo del rodaje y el período de agonía hasta el estreno la habían alejado de él.

De todos modos, le había llamado muchas veces, confiando en encontrar el apoyo de su amistad. Pero Nick, aunque feliz por su éxito, evitaba los encuentros. Su voz por teléfono sonaba monótona y sin fuerza. Al mismo tiempo, Annie intuía que Nick sentía celos de Eric y de su precoz notoriedad, y sospechaba que eso le avergonzaba.

Para empeorar las cosas, Annie había visto los primeros episodios de la serie televisiva en la que Nick intervenía, grabada después del accidente. Tal como él había vaticinado, su papel era el de un secuestrador. Estaba demacrado, y sus ojos eran inexpresivos. Su actuación carecía de fuerza, y Annie se preguntó si se trataría del efecto de las drogas.

Ella no podía abandonarlo a su suerte. Si Nick necesitaba ayuda, se la prestaría. También le resultaría positivo dejar de preocuparse por sus cosas para atender a alguien que tanto significaba para ella.

Pero, además, Annie tenía otra razón para ayudarlo, quizá un tanto egoísta. Eric estaría en España durante casi tres semanas. Sus llamadas no serían muy frecuentes, y a Annie le afectaba la soledad.

Nick era la única persona con la que podía recordar épocas mejores. Tal vez los recuerdos les hicieran bien a ambos. Porque, si no encontraba algo que la distrajera de sus problemas, estallaría.

La persistente campaña de publicidad sensacionalista se proponía calumniar a Annie personalmente, mientras que la promoción de *Medianoche* había recibido un nuevo ímpetu procedente de un hecho que nadie había previsto: el arrollador impacto de la película en el público.

Había sido estrenada en los cines locales y había generado asombrosos beneficios. Poco después había sucedido lo mismo con los cines al aire libre. Ahora, al cabo de cuatro meses, no había indicios de que fuera a perder su casi enfermiza popularidad.

International Pictures promocionaba la película con un nuevo cartel muy impactante. Mostraba a Annie, en el papel de Liane, en bragas y corpiño en la escena de la seducción de

Eric en la cocina. Se decía que aquel cartel estaba en los dormitorios de todo el mundo y que la película era la más excitante de los últimos tiempos. Y todo a causa de Annie.

La sensual camiseta de algodón con la que se vistió para interpretar el personaje de Liane se había convertido en una prenda de última moda. En Sunset Strip se podían comprar camisetas Liane, muy holgadas, e incluso, en una tienda en particular, muñecas Liane.

Asimismo, se rumoreaba que en las clases de masajes y en establecimientos pornográficos semejantes se confeccionaba y promocionaba una muñeca hinchable, de tamaño natural, para uso de los clientes.

Y eso no era más que el principio. El aura sexual de Annie se iba extendiendo como un gas letal e iba minando todos los demás aspectos de su carrera, estropeando toda nueva oportunidad que le salía al paso.

Cada semana Barry Stein la llamaba para hablarle de lucrativas pero extravagantes ofertas. Una marca de lencería, conocida por sus artículos descaradamente provocativos, quería lanzar una línea de prendas Liane, y pretendían que Annie fuera la presentadora de la misma. Por otro lado, una marca de perfumes tenía una esencia preparada y pretendía bautizarla con su nombre, siempre y cuando ella participara en la promoción del nuevo producto.

Por su parte, todas las revistas para hombres ofrecían a Annie cuantiosas cifras de dinero a cambio de que apareciera desnuda en sus páginas. Era el símbolo sexual más ardiente que se había dado desde la época de Marilyn Monroe, y todas aquellas revistas estaban dispuestas a pagar cantidades de seis cifras por sus desnudos.

Renée Greenbaum había telefoneado a Barry para informarle de que docenas de agentes y publicistas habían ofrecido a Cyrena importantes sumas por los derechos del álbum fotográfico de Annie como modelo. Había propuestas para confeccionar un álbum fotográfico muy caro que documentaría acerca de la carrera y personalidad de Annie.

Antes de que Annie y Barry tuvieran tiempo de discutir todas aquellas propuestas, se enteraron de que circulaban unos libros clandestinos de muy mala calidad que contenían biografías de Annie cuya elaboración se basaba en una mezcla de mentiras y de datos obtenidos de lo que la prensa ya había publicado de ella.

Annie salía en la portada de todas las revistas de chismes, semana tras semana. Y la denominación de «ángel del sexo» encabezaba todos los titulares. Había dejado de aceptar reportajes, y la prensa proseguía su campaña basada simplemente en su imagen.

Para su asombro, Annie descubrió que Eric estaba en lo cierto en cuanto al papel de los agentes para manejar los romances de Hollywood. Barry recibió ofertas de agentes de numerosos actores famosos que estaban interesados en que se les relacionase con Annie. Barry reía al explicar que la mayoría eran homosexuales y deseaban resguardar su intimidad haciéndose publicidad con ella.

—Por lo menos —bromeaba Barry—, tu honor está a salvo con ellos.

Annie recibía casi cada día invitaciones para aparecer en programas televisivos locales y nacionales. El público del programa de Tommy Granger deseaba que volviera, en especial a raíz de la brillante y mordaz respuesta que había dado a Ran Siegel. Sin embargo, tales invitaciones no se debían meramente al hecho de que ella fuera una celebridad. Se trataba de una especie de indigna curiosidad sexual.

Barry había recibido un montón de ofertas para que Annie trabajara en películas que, en realidad, no eran sino producciones pornográficas baratas de cineastas independientes de dudosa reputación.

A medida que la batalla se acentuaba, el coraje de Annie iba flaqueando. Se hallaba en manos de un monstruo impersonal, que poseía mil caras y vivía pendiente del dinero. Nadie podía oponerse a él. Gracias a la ilimitada capacidad de explotación de Hollywood, su propio rostro y su cuerpo se habían convertido en cosas por completo ajenas a ella, de las que se habían adueñado otros, distorsionándolas para su propio provecho y para saciar sus perversos placeres. Se sentía desterrada de su propio cuerpo, de su propio talento, lejos del mundo en el que ella había soñado vivir si se entregaba a la carrera de actriz.

Pero su soledad carecía de intimidad. Su teléfono sonaba a cada instante. De nada había servido no incluir su número de teléfono en la guía telefónica. Sólo el contestador automático la salvaba del incesante acoso.

Por la calle la gente le pedía autógrafos constantemente. Asimismo, había sido invitada a gran cantidad de fiestas, a las que se negó a acudir desde el principio.

El rostro de Annie era el más sensacional de todo el mundo del cine. Tal y como se decía en Hollywood, era «caliente» como ninguna actriz lo había sido desde hacía una generación.

Ahora bien, en medio de tantas proposiciones y de tanta publicidad, por increíble que pudiera parecer, no tenía trabajo.

Annie casi no podía dar crédito a sus oídos cuando Barry le hablaba de la absoluta falta de calidad de los guiones que le ofrecían. Con la salvedad de los programas de televisión y de los inaceptables papeles en películas pornográficas, ningún productor de Hollywood estaba dispuesto a tener en cuenta a Annie al elegir el reparto de alguna de sus películas.

Llena de frustración, Annie barajó la posibilidad de regresar a Broadway. Incluso pensó en volver con Meague MacInnes. No obstante, Barry le informó de que no podía aceptar papel alguno en el teatro. Le explicó que en el contrato con International Pictures le habían impuesto la condición de que debería hacer por lo menos tres películas para el estudio antes de aceptar otro trabajo. Había intentado evitar esa cláusula, pero International Pictures no había dado su brazo a torcer.

Estaba sola. Todos la reconocían, pero nadie la conocía de verdad. «Yo no soy ella», deseaba gritar ante los reportajes que sólo buscaban identificarla con Liane. Era como si le hubieran robado el alma.

Con su habitual intuición, Eric comprendía exactamente por lo que estaba pasando Annie, ya que había sufrido presiones semejantes durante su carrera.

—La enfermedad que sufres, Annie, es Hollywood —decía—. Puede ser terminal si no luchas. Recuerda que no pueden robarte tu talento. Y deja que yo te ayude. Me duele tanto como si me lo hicieran a mí.

Pero sus palabras no eran el bálsamo que necesitaba. Annie sabía que todo lo que le sucedía no era casualidad. Sus sospechas se habían convertido en certeza. La presencia de Harmon Kurth era palpable. ¡Qué astuto había sido Kurth! Se había asegurado del éxito de la película y al mismo tiempo había destruido la carrera de la joven actriz, tal como se lo había prometido.

Comprendió que probablemente Damon Rhys era el único que tenía el poder y la libertad de elegir a quien quisiera para sus películas, a pesar de Kurth. Debió de sentirse furioso cuando la aceptaron en su propio estudio. Y ahora se tomaba la revancha. Deseaba enfrentarse a él o demandarlo ante los tribunales, pero se daba cuenta de que eso no serviría de nada. Si razonaba con frialdad, se daba cuenta de que era una jugada de póquer y de que Kurth aún tenía todas las cartas en su poder. La ira sería su peor enemigo. Debía mantener la calma y pensar que se jugaba su carrera.

Le hubiera gustado poder contárselo a Eric, pero sabía que él, al conocer la verdad, trataría de defenderla y que eso sólo perjudicaría su propia carrera. Annie se conformaba con su apoyo moral y su amor. Pero Eric estaba lejos y Annie se sentía sola.

Se dio cuenta de que echaba de menos a Damon Rhys. «Nunca tuve una hija», solía repetirle bromeando, cuando le palmeaba el hombro o le tocaba el cabello. Sin embargo, ahora Rhys estaba lejos, en su casa del desierto, trabajando en un nuevo libro. Otra vez en su propio mundo. Siempre sería un amigo distante al que quizás Annie podría pedir alguna vez ayuda, pero sabiendo que ya pertenecía a su pasado.

Annie estaba sola. Por eso, pese a que era evidente que Nick la evitaba, iba a visitarlo esa noche.

El vestíbulo del edificio de apartamentos estaba a oscuras.

El portero electrónico no funcionaba. Mientras esperaba, salió una joven con peinado estilo afro que desprendía un aroma extraño. Subió al apartamento de Nick. Oyó música y golpeó la puerta con los nudillos. No hubo respuesta. Accionó el tirador y, al comprobar que no estaba cerrada con llave, empujó y entró.

El salón estaba vacío. Había vasos sucios y se percibía el olor dulzón de la marihuana.

–¿Nick? ¿Dónde estás?

Miró en la cocina. Estaba llena de platos sucios. Se dirigió al dormitorio, para lo cual tuvo que pasar entre botellas y latas de cervezas vacías. Sobre la cama revuelta, Nick dormía. Respiraba con dificultad y su rostro tenía una palidez aterradora.

–¿Nick?

Annie se acercó. El cenicero rebosaba de cigarrillos de marihuana y junto a él había una caja llena de cápsulas rojas. Trató de despertarlo. Encendió la luz y le abrió un ojo. La pupila reaccionó a la luz, pero no movió el párpado.

–Nick, soy yo. Por favor, despierta.

Lo único que consiguió fue un suave quejido. Sabía que debía hacer algo. Si llamaba a una ambulancia, Nick se pondría furioso, pero era demasiado pesado como para poder moverlo ella sola. Pensó en Eric o en Damon, pero no estaban en la ciudad. Cruzó los dedos y marcó el número de la señora Hernández.

–Hola, Apartamentos Regency.

–Hola, señora Hernández. Soy Annie, del piso de arriba.

–Ah, Annie. ¿Qué puedo hacer por usted? ¿Tiene algún problema en el apartamento?

–No, señora Hernández, no estoy en casa. Estoy en casa de un amigo y lamento molestarla, pero no tengo a quién recurrir.

–¿Qué pasa Annie? ¿En qué puedo ayudarla?

–¿Conoce algún médico? Necesito uno urgentemente.

Una hora más tarde, el doctor Viruet, médico de la familia Hernández, reconocía a Nick. Luego salió del dormitorio con Annie.

—¿Cómo está? —preguntó Annie—. ¿Está muy mal?

El médico, un hombre apuesto de unos cincuenta años, de mirada inteligente y comprensiva, la miró con simpatía.

—Su amigo es víctima de los barbitúricos. Y hace ya bastante tiempo. Su vida corre peligro. Son esas cápsulas rojas. También hay un problema de alcohol, y probablemente cocaína, a juzgar por las fosas nasales. Este joven ha probado de todo. ¿Le ha visto usted tomar esas drogas?

Annie negó con la cabeza.

—Hacía meses que no lo veía, pero sospechaba algo así.

El médico asintió.

—Su amigo está tratando de suicidarse, señorita. Y, a juzgar por su estado, ya ha recorrido el ochenta por ciento de su camino.

—¿Qué puedo hacer? —preguntó angustiada.

—Sus constantes vitales son estables, no morirá esta noche. De todo modos, le recomiendo que lo interne y lo someta a un programa de rehabilitación de drogadictos.

Advirtió la mirada de preocupación de Annie.

—Si no es posible hospitalizarlo, déjelo aquí por esta noche, le pondré una inyección por si acaso. Quédese con él. Por la mañana déle aspirina, café y toda la comida que pueda conseguir que acepte. Y que acuda, al mediodía, a mi consultorio. Le daré mi dirección.

—Miró a su alrededor.

—Creo que debe sacarlo de aquí. Si usted va a hacerse responsable, ése es mi mejor consejo.

—Gracias, doctor —repuso Annie—, no sé qué hubiera hecho sin usted...

—No confíe demasiado en la medicina en lo que respecta a su amigo —la interrumpió—. El tiempo lo liberará de las toxinas, pero su deseo de morir se encuentra más allá de mi ciencia. Ningún centro de rehabilitación puede curar a los que no desean ser curados. —Suspiró y miró a Annie con ojos comprensivos—. Usted no tendrá el mismo problema que su amigo, ¿no?

Annie hizo gestos negativos con la cabeza.

—Bien, saque a su amigo de aquí. Lo veré mañana. Trate de enseñarle a vivir, de lo contrario será demasiado tarde para él.

Annie pensó a toda prisa.
—Tal vez la señora Hernández me deje tenerlo en mi apartamento hasta que mejore. Es lo único que se me ocurre. Si lo llevo a un hospital, se escapará.
—Cuando despierte —aprobó el médico—. María Hernández es una buena mujer.
En la puerta, se volvió hacia Annie.
—Usted es realmente muy bella, señorita Havilland. No he podido ver la película que tanto alboroto causa porque soy un hombre ocupado y con una gran familia.
Annie sonrió aliviada.
—Me alegro de conocer a alguien que no me ha visto en la película.
—Pero he leído los periódicos. La vida no es muy buena con usted en este momento. Recuerde, no siga su ejemplo. —Señaló al dormitorio—. Dios se ocupa de los que se cuidan a sí mismos.
—Muchas gracias, doctor, muchas gracias; de veras.
—No me acompañe. Hasta mañana.
La puerta se cerró y Annie oyó los pasos que se alejaban por la escalera.

17

Harry Havilland se había examinado en Buffalo los días 21, 22 y 23 de agosto de 1945. En aquella época había varias compañías de teatro en la ciudad. En uno de los teatros, el Civic, el grupo teatral Dane Players representaba todas las noches *Vida con papá*.
El que fuera empresario en 1955 había muerto, y no se conservaba en la actualidad documentación sobre los actores de aquel período.
Pero el juez de paz de Batavia recordaba la fecha de la boda de Harry Havilland: el 24 de agosto. El nombre de la novia era Alice Crawford y su fecha de nacimiento el 20 de octubre de 1925; había nacido en Towson, Maryland. Ésas eran las mentiras que había repetido en el certificado de nacimiento

de su hija. Wally sonrió al descubrirlo y decidió que era hora de viajar a Buffalo.

El Hotel Excelsior había dejado de existir catorce años atrás, después de más de sesenta años de historia. El barrio en el que había sido erigido se hallaban ahora en plena decadencia. Muchos de sus bloques estaban medio derruidos. Por todas partes asomaban las ruinas de los edificios, que recordaban la imagen de una ciudad devastada por un bombardeo. Los pocos tugurios que aún quedaban en pie eran tabernas y pensiones de mala muerte ocupadas por borrachos y por prostitutas, nostálgicos de los viejos tiempos del barrio.

Ahí, en medio de aquel barrio decadente, se encontraba Wally, que podía sentir a Alice Havilland en el casco urbano en ruinas que le rodeaba. Aquí había empezado la intervención de aquella mujer en la vida de Harry Havilland, y aquí había acabado. En el ínterin había nacido una niña. Y al final de esa historia que se había iniciado aquí, Alice había muerto.

Wally necesitaba averiguar cuándo y cómo.

Caminaba por la calle donde antaño se encontraba el Hotel Excelsior. Iba dispuesto a hacer preguntas acerca del hotel y del teatro a los desgraciados que encontrara en su camino. ¿Quién de ellos recordaría los días del final de la guerra? ¿Quién poseería suficiente lucidez para conservar recuerdos claros?

Encontró sin dificultad a la viuda del último propietario del hotel y al gerente del teatro; a la encargada del vestuario, ahora postrada en una cama; a un botones que en ocasiones también había ejercido de alcahuete, y a una camarera de la cafetería del hotel. Pero ninguno de ellos recordaba a Alice o a Harry.

Wally siguió intentándolo. Pasó tres días en aquel barrio, durmiendo en una destartalada pensión cuyas sábanas estaban apolilladas. Al cuarto día, decidió regresar directamente a Hollywood y dirigirse a la misma Annie Havilland. Unas cuantas preguntas juiciosas hechas con cautela y delicadeza podrían proporcionarle alguna pista: una foto, un recuerdo, un nombre.

Por otra parte, reflexionó Wally, se habían escrito tantas inmundicias acerca de ella, que tal vez pensara que su investigación tenía como objetivo perjudicarla, como, en efecto, de eso se trataba en realidad. Así, pues, era probable que se negara a hablar de una madre que había sido la causa de tanto sufrimiento durante su niñez.

Además, existía sólo una posibilidad entre un millón de que conociera ni siquiera una parte de la verdad acerca de la vida de soltera de su madre.

En consecuencia, Wally decidió no abordar a Annie hasta más adelante. De momento, se conformaría con los datos e indicios que había ido reuniendo.

La historia de la muerte de Alice tenía un aire de falsedad, al igual que su firma en la licencia matrimonial. A Wally le sonaba a fantasía urdida de cara a Harry y a toda la ciudad que había sido testigo de su humillación.

Alice era una mujer sana y había parido sin problemas. Wally dudaba que su temprana muerte hubiera sido consecuencia de una enfermedad de rápido desarrollo.

Mientras tanto, Wally volvió a llamar a Leon Gutrich. El hombre había ocultado su desazón tras su expresión hosca cuando Wally le había hablado de su amante perdida.

Así, pues, Alice sabía cómo hacer que los hombres la necesitaran. De ahí, razonó Wally, que la boda se celebrara por la noche.

Pero Alice había muerto.

«Bien —pensó Wally—, si ella mandó una postal de despedida a Leon, ¿por qué no se la mandó también a Harry?»

«Estoy pasando unos momentos maravillosos; espero que tú también.» ¿Cómo habría reaccionado Harry ante una provocación como aquélla? Él era abogado: se habría fijado en el matasellos, como había hecho Wally. Y era un Havilland, o sea, una persona tranquila pero estricta, orgullosa, que no se daba por vencida.

Wally formuló la suposición de que Harry hubiera corrido tras ella y la hubiera matado. Se imaginó el orgullo sereno de Harry tras la desaparición y muerte de su esposa. Nunca, se decía, había pronunciado una palabra en contra de ella. ¿Pudo haber ocurrido porque, por sí mismo, había descubierto que ella no pertenecía a su clase?

¿Porque sabía que no muy lejos de su casa Leon Gutrich disfrutaba de su cuerpo?

Wally suspiró. La vida de un detective nunca era fácil. La más sencilla de las puertas se abría para dar paso a un laberinto de corredores que conducía a lo desconocido y quizás a lo que no se podría conocer jamás.

Pero una cosa era cierta y evidente: Annie Havilland tenía un pasado.

De momento, no había nada que hacer, salvo pasearse por aquellas calles y esperar llamadas telefónicas que nunca se producirían. Buffalo era el único sitio en el que por lógica Wally debía detenerse antes de continuar su búsqueda.

Si aquí fracasaba, todo el caso se derrumbaría ante él. Wally temía ese fracaso intelectual mucho más que la cólera imponente de Harmon Kurth.

Nunca se le habría ocurrido ni siquiera imaginar que el hilo de Ariadna que esperaba encontrar estuviera sentado en la habitación contigua a la suya.

Su nombre era Buster Guthiel, un octogenario alcohólico con quien Wally se cruzó cuando se dirigía al baño, en su quinta mañana en Buffalo. Tras unos minutos de conversación, se enteró de que Buster había sido el ascensorista del hotel durante sus últimos veinte años de existencia. Wally lo invitó a tomar vino en su habitación.

Le dijo que recordaba muy bien el período de 1945. Y también a los Dane Players. Se hospedaban en el Excelsior cada vez que iban a Buffalo. Los actores compartían las habitaciones.

Y, milagro de milagros, recordaba perfectamente a Alice, la joven actriz. ¿Y recordaba por qué dejó a los Dane Players?

—Sí, señor —respondió—. Recuerdo al muchacho que se la llevó. Un joven que acababa de recibir el título de abogado. Se hospedó aquí durante tres noches. Se fueron a las cataratas del Niágara o donde sea que va la gente joven a casarse.

—Podría usted ahorrarme bastante trabajo —dijo Wally, sacando un billete de cinco dólares— si recordara un par de cosas. Por supuesto, es una vieja historia, pero cualquier cosa ayudaría.

—Yo lo recuerdo —repuso el anciano con curiosidad.

—Hábleme de ese abogado —indicó Wally.

—Un joven muy tranquilo, bien vestido. Un muchacho serio.

Miró de reojo el billete, deseando ganarlo, pero preocupado por saber si lo que decía tenía más o menos valor.

—Bueno —continuó—. Alice estaba trabajando en el teatro y el muchacho la vio. La felicitó en el ascensor. Un muchacho tímido, ¿sabe? Y Alice actuó muy bien, con dignidad y encanto. Ella no era así, pero lo pescó. Incluso el Presidente de los Estados Unidos se hubiera puesto de rodillas al verla.

—¿Alguna vez la vio en el escenario? —preguntó Wally.

—¿Yo? No. Mi trabajo me mantenía ocupado por las noches.

Wally sonrió pensando que el ascensor debía de haber sido otro escenario de pasiones humanas.

—Por supuesto —dijo, moviendo el billete—, ya ha pasado mucho tiempo y a nadie le importa. ¿Cómo era ella con los hombres?

—Podía hacer lo que quería con ellos. Eso lo he visto con mis propios ojos.

Wally lo inquietó sacando un billete de diez dólares y colocándolo al lado del de cinco, como si dudara entre dejarlos o volverlos a guardar.

—Me imagino que el joven abogado no tuvo muchas oportunidades para elegir.

—Creo que estaba un poco solo y Alice le fascinó.

—¿Alguien la echó de menos cuando se fue? —Wally hizo la pregunta crucial con rostro inexpresivo.

—Sí, señor —respondió Buster—. A su amigo no le hizo ninguna gracia. —Vaciló un momento—. Nunca recuerdo su nombre...

Wally permaneció en silencio. Por último, el anciano suspiró.

—Creo que era Fontaine; sí, Mike Fontaine. Sí, eso es. Había llegado con el grupo. No era actor, pero se mantenía cerca de Alice. Era un joven apuesto y, si me pregunta, le diré que creo que se encargaba de entretener a Alice cuando ella se aburría.

Wally sonrió.

–¿Qué pasó con Mike Fontaine?

–Oh, estaba bastante molesto, pero la vida es así. La gente va y viene. Se fue a Baltimore, si no me equivoco. Pero lo más gracioso fue el día en que ella regresó...

Buster se detuvo demasiado tarde, dándose cuenta de que había destapado su triunfo.

–El día que ella regresó, sí. –Wally terminó la frase por él–. Un año y medio más tarde. ¿Qué era tan gracioso?

–Ahora iba a contárselo –respondió molesto–. Lo gracioso fue que preguntó por Mike.

Sus ojos se abrieron alarmados cuando Wally retiró el billete de cinco dólares, pero luego se asombró al ver que lo reemplazaba por uno de diez. Ahora había veinte dólares sobre la mesa, mucho más de lo que había visto en bastante tiempo.

–¿Usted la ayudó a encontrarlo?

–Bueno, le dije que fuera a Baltimore. Me pareció que les hacía un favor a los dos.

–¿Le habló de su vida de casada?

–Alice no hablaba de ella, sólo decía lo que quería. Ésa era su forma de ser.

–¿Y volvió a verla alguna vez?

–No, señor. Nunca más. Pero mantuve los oídos atentos –respondió Buster mirando con codicia el dinero.

–¿Su verdadero nombre era Alice Crawford?

–En esa vida no se preocupaban mucho por los nombres. Ella era Alice, lo demás no importaba.

–¿Cómo puedo encontrar a Mike Fontaine?

–No puede, hijo; Mike murió. Hace más de doce años, lo mataron en una pelea en un bar de Pittsburgh.

–Muy bien. ¿Alice lo encontró en Baltimore?

–Oh, sí. –El rostro arrugado del anciano se iluminó–. Lo encontró. Las noticias se extienden deprisa entre la gente que trabaja en hoteles.

Se produjo una pausa.

–Sí –dijo Buster con un suspiro–, Mike la aceptó de nuevo sin reproches. Y hasta creo que estaba contento. Ella tenía mucha clase y encanto. Pero creo que lo dejó al poco tiempo. Eso no me sorprendió. Ella debía de tener algo mejor en mente, creo.

—¿Y lo encontró?

—Bueno, le perdí la pista. Pero me dijeron que se fue a Cleveland y que se lió con un tipo que tenía más amigos que Mike. De mejor clase. Su nombre...

Wally estiró la mano hacia el dinero.

—Era un nombre italiano..., espere un minuto, a ver..., claro: Fiorenzo, Sammy Fiorenzo. Nunca lo conocí, pero sé que tenía buenas relaciones en Baltimore.

—¿Él todavía está allí?

—No hay nada seguro en este mundo, hermano. Sammy murió. Un problema del hampa.

—¿Qué sucedió con Alice?

El hombre permaneció en un incómodo silencio.

—Cualquier cosa puede ayudarme, Buster. ¿Está viva? ¿Dónde está?

El anciano se mordió los labios. Wally lo observó. Si Alice hubiera muerto en la época de Harry Havilland, el viejo lo sabría.

—¿Alguien preguntó por ella? Necesito encontrarla.

Buster suspiró.

—Mike Fontaine no tenía a nadie, pero Sammy tenía amigos y familia. Y un hermano vive todavía.

—¿Dónde puedo encontrarlo?

—Tiene suerte, hijo. Todo lo que tiene que hacer es ir a la prisión de Attica. Hace mucho que está preso.

—¿Cuál es su nombre?

—Se llama igual que yo: Buster.

Wally puso una tarjeta sobre el dinero.

—He oído decir que Alice había muerto. ¿Sabe algo de eso?

Frunció el entrecejo. Parecía intrigado de verdad.

—No, señor, nunca oí eso. Claro que tampoco oí que estuviera viva. Pero pregunte a Buster Fiorenzo, él es su hombre.

Wally añadió cinco dólares más y señaló la tarjeta.

—Si oye algo que pueda ayudarme a encontrar a Alice, llame a este número; yo pagaré la llamada. Es un servicio de llamadas. Si es algo que me sirve le enviaré dinero. ¿De acuerdo, Buster? —Le tendió la mano.

—Muy bien, señor.

—Le estrechó la mano, todavía mirando los veinticinco dólares con incredulidad y pena.

¡Si hubiera sabido algo más!

18

La prisión de Attica estaba a pocos kilómetros de Buffalo, pero Wally viajó primero a Cleveland, antes de ver a Buster Fiorenzo.

Podía imaginarse a Harry Havilland saliendo del Hotel Excelsior una noche para ver la obra de teatro. Probablemente vería la actuación de Alice y debió quedarse prendado de ella. Y esa noche, al entablar conversación con ella en el ascensor, debió sentirse muy afortunado.

¿Era Harry reticente a la idea de casarse al regresar a Richland, como su familia había decidido, con una Dowling o con una Macmillan y llevar una vida dominada por su padre? ¿Se trató de un acto de rebelión? ¿Fue la soledad en medio de una ciudad que no conocía?

Suponiendo que tales razones debilitaran los prejuicios de su personalidad conservadora, Alice estaba esperándolo. Realizó ante él una actuación de brillante sinceridad desde el primer instante del encuentro. Era actriz de profesión, lo cual la hacía atractiva, la convertía en la fruta prohibida ante los ojos de Harry; pero, al mismo tiempo, Alice debió de actuar como una chica honesta, tierna y con un corazón de oro.

¿Habría actuado así realmente aquella noche? ¿O habría estado dos horas hablando con Harry y le habría hecho beber más de la cuenta hasta llevárselo a la cama?

Fuera cual fuere la manera en que actuó aquella noche, lo cierto era que Alice debía poseer una prodigiosa sensualidad. Eso parecía evidente.

Y si había sucedido de ese modo, tal vez ella se hubiera hecho pasar por una joven virgen que acababa de vivir su primera experiencia amorosa. Eso habría sensibilizado el sentido del honor de Harry.

Su suposición tenía sentido. Harry no habría querido deshonrarla, por lo que, con el fin de reparar el daño que había causado con su pasión, se habría casado con ella.

Ahora bien, dado que era un Havilland, no habría querido avergonzar a su familia, ni a sí mismo, llevando a casa a una joven desconocida, procedente de otro nivel social, y celebrar una boda pública que les pusiera a todos en evidencia. De ahí que insistiera en casarse antes de llegar a Richland. Y Alice no habría dudado en aceptar esta condición y en contarle que era huérfana y que no tenía familia. Su firma falsa que en la licencia matrimonial parecía corroborar ese punto.

El único cabo suelto que a Wally le quedaba por atar consistía en la decisión de la propia chica. Una mujer como ella sabría con seguridad qué tipo de vida, aburrida e insulsa, le esperaba en Richland. ¿Por qué habría aceptado casarse con él? ¿Sólo por dinero? Quizá. ¿Por un hogar seguro y estable? Tal vez. Podía ser que existiera otro motivo, más oscuro y complejo.

En cualquier caso, la vida en Richland debió resultarle mucho peor de lo que ella había imaginado, puesto que, al final, su marido había sido desheredado, su casa no era en absoluto lujosa y se quedó embarazada sin desearlo. Por consiguiente, tras un período razonable de tiempo, debió largarse con todo el dinero de Harry.

¿Y si no estuviera muerta?

¡Si pudiera encontrar una foto de Alice!

Una guardia de la prisión de Attica hizo que se sentara ante una ventana de cristal blindado. Cogió el teléfono y habló al hombre con expresión de hastío y amargura que tenía enfrente.

—Mi nombre es Wally Dugas. Estoy buscando información sobre una mujer que estuvo relacionada con su hermano Sammy. Su nombre podría ser Alice Crawford, Alice Havilland... Estuvo en Baltimore, era muy bonita, de ojos azules, tal vez rubia o castaña. Muy buena figura.

El rostro permaneció inmutable. Los ojos brillaban con furia.

—Señor Fiorenzo —continuó Wally—, ayer hablé con su

hermana en Cleveland. Está muy enferma y necesita dinero. Me gustaría ayudarla.

El rostro cambió; al mencionar a la familia había roto el hielo.

—Su hermana necesita tratamiento médico y no quiero molestarlo a usted, pero yo tengo algunos amigos médicos y estoy seguro de que podrían hacer algo por su Anne-Marie.

—Ella no era buena —contestó Buster sin ninguna emoción.

Wally vaciló, intrigado. ¿Se refería a su hermana?

—No comprendo.

—Ali. Nunca oí que la llamaran Alice. Simplemente Ali.

—¿Qué quiere decir con que no era buena?

—¿Qué le pasa a Anne-Marie? —preguntó Buster, ceñudo.

—Tenía un cáncer de mama y la han operado, pero necesitará un tratamiento.

—¿Por qué está tan interesado en Ali?

Su mirada estaba cargada de desconfianza.

—Necesito saber qué pasó con ella. No hay nada que lo involucre a usted o su familia.

—Bueno, creo que se ha dirigido al lugar equivocado, amigo. Hace veinte años que no sé nada de ella. Le costó mucha pasta a mi hermano, y después se escapó.

—Muy bien —respondió Wally—, ya me está ayudando. Simplemente cuénteme lo que recuerde.

—Tenía clase —se encogió de hombros—. Usaba ropa cara y Sammy la puso en contacto con la gente adecuada. Pero no quería trabajar. Lo único que le importaba era gastarse la pasta de Sammy, lo manejaba como le daba la gana...

Entonces Buster Guthiel tenía razón. Pese al insignificante cambio de nombre, Wally estaba convencido de que hablaban de la misma mujer.

—¿Qué sucedió entonces?

—Atraparon a Sam por una estupidez y le cayeron cinco años. Salió al año y medio, pero la muy perra no lo esperaba. Juntó todo lo que pudo, cogió a la niña y se largó.

Wally hizo lo posible para ocultar su sorpresa.

—¿La niña? —preguntó—. ¿Tenía la niña entonces?

—Claro. Así fue como enganchó a Sammy. Una pobre mujer sin hogar y con una criatura. Sammy era un blando con los niños. Lo mismo le pasaba a Anne-Marie. Ella la había ayudado mientras Sammy estaba en la cárcel. Pero no tenía sentimientos, lo único que le importaba era el dinero. No era buena para Sam. Él se pasaba el tiempo tratando de hacerla feliz. La vida volvió a la normalidad después de que ella desapareciera.

—La niña. —Wally eligió con cuidado las palabras—. ¿Cómo se llamaba?

—Espere un momento... Tal vez se llamara Honey, no sé. Era solamente una criatura. En realidad, no sé si tenía un nombre.

—¿Y cómo era?

—No sé, como todos los bebés.

—¿El pelo? ¿Los ojos?

Buster sacudió la cabeza.

—¿No habrá alguna foto?

—Nosotros no sacábamos fotos, compañero.

—Está bien. A ver si puede ayudarme con las fechas, señor Fiorenzo. ¿De qué año está hablando?

—Oh, tal vez de 1949, o de 1950. Puede preguntarle a Anne-Marie, ella recuerda esas cosas.

Wally asintió. Anne-Marie agonizaba en el hospital de Cleveland, devorada por un cáncer. Pero podía averiguar las fechas de la detención de Sam Fiorenzo.

—¿Cuánto tiempo le parece que estuvo Ali viviendo con su hermano?

—Tal vez un año. Un año y medio.

—¿Podría decir qué edad tendría la niña cuando Ali llegó a casa de su hermano?

—Una niñita. No sé. Todavía usaba pañales. Recuerdo haberla visto cambiándoselos.

—¿No caminaba?

—No.

—Le agradezco su ayuda. Haré todo lo que pueda por su hermana. ¿Entonces nunca supo qué paso con Ali?

—Hoy aquí, mañana en otro lado.

Mientras se dirigía a la prisión, Wally seguía pensando sólo en Harry Havilland y Alice. Pero ahora una tercera imagen aparecía en el intrincado panorama que rodeaba el destino de Annie Havilland.

—Una niñita... —dijo para sí.

Cada vez más intrigado, Wally puso en marcha el motor del coche alquilado.

19

Había transcurrido una semana.

Cuando Nick se despertó en la cama de Annie, estaba enojado, pero aceptó la situación. Cuando la muchacha le explicó que ella había dormido en el salón, una chispa de su antiguo sentido del humor reapareció.

—Después de todo lo que hice para poder meterme en tu cama, lo he conseguido. ¡Pero tenías que estar en ese maldito salón!

Era un humor ácido, pero Annie confiaba en que fuera un paso en la dirección correcta.

Había solicitado los servicios de la señora Hernández para que la ayudara a cuidar a Nick. También le había dicho que podía entrar cuando quisiera en el apartamento, usando su llave maestra, pensando que así la mujer estaría satisfecha al poder salvaguardar la reputación del edificio. Y la señora Hernández resultó ser una amiga cariñosa e inteligente.

Annie informó a Nick de que no le dejaría ver a sus amigos y, si era necesario, lo tendría prisionero.

—Después de todo —afirmó—, tengo tiempo. No estoy trabajando. Puede que te interese saber que no hay trabajo para mí. Soy una de las grandes estrellas del mundo del espectáculo, y una vez más estoy sin empleo.

Nick pareció olvidar sus problemas al comprender, justo en ese instante, la magnitud del dilema de Annie.

—Soy un cerdo por haberme alejado tanto —se acusó—. Si hubiera imaginado lo que te estaba haciendo..., pero supongo que estaba celoso. Pensaba que lo habías logrado y que no querrías encontrarte con gente como yo. Pero ahora me doy cuenta de todo lo que has pasado

Pese a su orgullo innato, Annie dejó que se apiadara de ella, porque le parecía que la mejor manera de llegar a él era apelando a sus instintos protectores. Si sentía que podía protegerla, eso le daría la oportunidad de no perderlo de vista.

–Me sentía mal con tu alejamiento –explicó Annie–. Pero ahora, muchacho, no voy a dejarte escapar.

–Date el gusto –bromeó, acomodándose en la cama–. Si tu vida amorosa te permite cuidarme, yo también puedo tener vacaciones de la mía.

La frase era de doble sentido y Annie lo captó. Mientras jugaban a las cartas o miraban la television, escuchaba sus comentarios ácidos sobre los programas y se preocupaba por la falta de vitalidad de su mirada. Sus ojos rebosaban soledad y desesperación. Se dio cuenta de que sólo una parte de Nick se hallaba realmente allí; el resto estaba fuera de su alcance.

Sin embargo, seguía confiando en que mientras estuviera con ella se comportaría bien, pues tenía sentido del honor y la amistad. Pero tenía miedo de que la amistad no pudiera competir con el invisible predador que lo había acosado durante todos aquellos terribles meses.

Por eso se quedaba todo el tiempo con Nick y sólo salía a hacer compras.

Pero ese día debía salir. Tenía que cumplir una misión que no podía esperar.

Días atrás, Nick le había hablado de una audición para una nueva película para televisión, producida por Norman Malkevich. Nick se había presentado para uno de los papeles.

Annie estaba interesada en el papel protagonista femenino. La película era una comedia romántica sobre una joven que se casaba con un riquísimo miembro del gobierno, con hijos de su misma edad. Se convertía en la madrastra y eso daba pie a una serie de situaciones ridículas. Era un papel que a Annie le habría encantado interpretar, pero ni siquiera podía plantearse algo así. Sin embargo, era ideal para la joven y vibrante actriz que siempre estaba presente en la mente de Annie: Tina Merrill.

Annie no había olvidado el estilo de Tina en el anuncio de Daisy. Quiza fuera ésa la oportunidad de ayudar a Tina, ya que Barry era amigo de Malkevich y Annie le había hecho prometer que haría cuanto pudiera para conseguirle la prueba.

Encontró su dirección en Sherman Oaks. Después de su nombre figuraba el de Skyler Rusch; así, pues, estaba casada.

Cuando llamó, una niñera le dijo que la señora Rusch estaría en casa por la tarde. Annie comprendió que el embarazo debía de haber sido el motivo por el que no había trabajado durante ese año. «Razón de más para que estuviera ansiosa por volver al trabajo», pensó Annie.

Condujo por la autopista de San Diego a través de las colinas hacia Sherman Oaks, y encontró la calle de la casa de Tina.

Bajó del coche y, al tocar al timbre, oyó el llanto de un bebé.

La joven que le abrió la puerta la miró asombrada.

—¡Dios! —exclamó—. ¡Annie Havilland! No puedo creerlo...

Antes de que pudiera continuar, el llanto del bebé se hizo más fuerte.

—Bueno, adelante —invitó sonriendo—, tengo que atender a la niña. No sé a qué se debe este honor, pero estás en tu casa.

La hizo pasar a un modesto salón y volvió con una niñita en brazos.

—¿Cómo se llama? —preguntó.

—Natalie... Natalie Ann Rusch. Mi marido es Skip, Skyler en realidad. ¡Es toda una institución aquí en Valley!

Annie contempló a Tina, que mostraba los signos evidentes de su reciente maternidad: cierto exceso de peso, la piel un poco ajada y sin el aspecto de adolescente que se requería para el papel. Ahora tenía el aire de una mujer casada.

Al pensarlo, Annie sintió una punzada de celos. Tina irradiaba felicidad.

—Bueno —dijo Annie—, no debería haberte molestado. No sabía que tenías un bebé y...

Tina la observaba con curiosidad.

—Nosotras nos conocemos, ¿no?

—Bueno, no exactamente. De alguna forma nos cruzamos...

—¡Oh, ya recuerdo! —exclamó, mientras se acomodaba a la niñita para darle el pecho—. Te vi una vez en el despacho de Bob Tudor. Estaba peleándome por el anuncio de la colonia Daisy...

Miró a Annie con encantadora franqueza.

—Te vi en él. Realmente buena, muy buena.

Annie se movió incómoda en su silla. No sabía cómo continuar.

—¿Hace mucho que te casaste? —preguntó—. Pensé que te habías cambiado de domicilio a causa del trabajo.

—No exactamente —rió Tina—. Aunque el trabajo tuvo que ver con mi encuentro con Skip. Me vio en una obrita del off-Broadway y me invitó a salir. Nos enamoramos y me trajo aquí. Es gracioso, todos esos años tratando de llegar a Hollywood y ahora estoy justo en la entrada. Pero, como tantas otras chicas en Valley, es lo más cerca que llegaré.

Miró a su bebé.

—Abandoné para siempre cuando me casé —continuó Tina—. El invierno pasado empecé a estudiar psicología en la UCLA. Espero graduarme para hacer algo con chicos con dificultades para el aprendizaje. Y en cuanto esta niñita camine, quiero más. ¡Un montón! ¿Te gustan los niños, Annie?

—¡Oh, sí! —asintió, ansiosa—. Nunca tuve hermanos, pero solía cuidar a dos niñas del vecindario.

La niñita había terminado de mamar, y Tina, sin ninguna ceremonia, se la pasó a Annie.

—¿Me la sostienes mientras hago un poco de café?

Al sentir el cuerpo tibio, Annie experimentó una terrible sensación de soledad. Tina regresó con dos tazas de café en una bandeja y la miró interrogativamente.

—¿Qué te ha traído por aquí?

—Bueno —respondió Annie, acunando a la niña—, ahora ya no importa, porque has dejado todo y es evidente que te va muy bien. Me enteré de un papel; a mí no me lo ofrecieron, pero pensé que sería bueno para ti. Quería saber si te interesaba hacer una prueba.

La sonrisa de Tina era amable pero compleja.

—Es muy amable por tu parte; pero, como bien has dicho, ya lo he dejado.

Observó cómo Annie acunaba a su hijita.

—Pero Annie, tú no me conoces. No soy nada para ti. ¿Por qué te has tomado esta molestia?

Annie se ruborizó.

—Tina, quisiera preguntarte algo. ¿Por qué abandonaste? ¿Fue porque te casaste? Tenías... mucho talento.

Tina suspiró y su mirada se volvió reflexiva.

—Sentí que el talento no era suficiente. Por lo menos, no para mí y para la gente como yo. Hay que convertirse en una esclava y besar muchos culos, si me perdonas la expresión. Sé que tenía talento, pero no sé desenvolverme con la gente. ¿Me comprendes? Es toda una guerra nada más que para conseguir que te hagan una prueba. —Su rostro se iluminó—. Algún día intentaré actuar en un pequeño teatro comunitario, si alguna vez tengo tiempo libre. Creo que eso sería divertido. Pero el mundo del espectáculo no, eso nunca más.

Se encogió de hombros.

—Pero estoy hablando de gente común como yo. Ése no es tu caso. Hace un mes Skip y yo vimos *Medianoche*. Enloquecí desde entonces, Annie. Tienes un talento muy especial. Te espera un gran futuro y debes sentirte orgullosa. Pero para una simple mortal como yo, no tiene sentido seguir intentándolo con anuncios y series de televisión. Es mucho mejor y más feliz dedicarse a un hombre y a un puñado de niños. En serio.

Annie se sintió mal al escuchar aquellas palabras simples y elocuentes. Tina sabía quién era y qué quería. Y era caritativa. No podía haber olvidado la injusticia del anuncio de Daisy.

La niñita se aferró a su blusa. Annie se la devolvió a Tina.

—Creo que todavía tiene hambre.

—¡Come como un caballo! —rió Tina—. No podría parecerse más a su padre.

Señaló con un gesto a una foto de la familia. Skip era un hombre de ojos azules, mirada amistosa, rubio y atlético.

—Se parece a los dos —respondió Annie mirando a la niña.

—Bueno, Skip dice que tiene mi carácter. ¡Y qué pulmones!

Dios, tal vez sea cantante. Pero, por suerte, duerme como su padre.

Tras un instante de vacilación, Annie reunió coraje para hablar.

–Tina, yo vi la cinta de tu prueba para el anuncio de Daisy. Estabas fantástica. Para ser totalmente sincera contigo, ésa es la razón por la que he venido. Creo que merecías aquel papel y que deberías haberlo tenido. Yo me presenté cuando ya se había cerrado la prueba. Por aquel entonces, estaba desesperada; pero eso no es una excusa. Todos estábamos desesperados. Sentí que te habían hecho trampa. Y pienso en ti desde entonces...

Una vez más, Tina la miró con seriedad. Pensó un momento antes de contestarle.

–Pobre criatura –replicó por fin–. Creo que te hicieron más daño que a mí. Escucha, Annie, es simplemente la naturaleza de este mundo. Alguien tiene que perder para que otro gane. Evidentemente, me sentí muy mal; pero vi lo que tú hiciste. No fue un accidente que te dieran el papel. ¿No te das cuenta? Fue tu talento. No debes preocuparte por algo que no puedes remediar.

Annie agradeció la humanidad de sus palabras, pero no llegaban al fondo del problema, que había empezado en el ático de Hal Parry. ¡Que ironía que Tina, la aparente perdedora, tratara de consolar a Annie, una de las más famosas figuras del mundo del espectáculo! Una ironía y, sin embargo, tenía sentido.

«Ella tiene cicatrices –pensó Annie– pero está entera. ¿Realmente puedo decir lo mismo de mí?» Era una pregunta sin respuesta.

–No te preocupes por nada. Agradezco al teatro el haber podido conocer a Skip. Tengo lo que quiero, Annie.

«¿Y yo? –se preguntó– ¿Tengo lo que quiero? ¿Alguna vez lo tendré?»

Se esforzó en sonreír.

–Ya me doy cuenta, Tina, y te envidio.

Los ojos de Tina la miraron fijamente.

–He leído lo que han publicado. Te han hecho pasar momentos terribles. Nada de eso es cierto, ¿verdad?

Annie negó con la cabeza.

—Lo supe cuando vi tu película. Pusiste una motivación tremenda en el personaje. Cualquier tonto puede ver que no tienes nada que ver con ella. Tan sólo hiciste uso de tu técnica para lograrlo.

—Muchas gracias —respondió Annie otra vez sonriendo—. Viniendo de ti significa mucho, Tina.

—No dejes que te desanimen, Annie. Una persona como tú está obligada a dar salida a su talento. Y el tuyo es muy grande. Sigue adelante y lo conseguirás.

La miró con expresión maternal.

—Y por el amor de Dios, no pierdas tu tiempo preocupándote por cosas que son historia. Si yo he podido dejarlas atrás, tú también podrás. —Súbitamente rió—. ¿No quieres quedarte a cenar? Skip viene a las cinco. Le dará un ataque cuando te vea. ¿Qué me dices?

Annie se puso de pie.

—Ojalá pudiera —repuso—. Tengo a un amigo enfermo en casa, parece una excusa pero es verdad; está muy enfermo y tengo que cuidarlo. Aunque sí me gustaría volver otro día y ver cómo ha crecido Natalie.

—Trato hecho, pero espera un segundo.

Fue corriendo a la cocina y regresó con un papel y un bolígrafo.

—Fírmale un autógrafo a Skip. Estará furioso por no haberte visto, pero por lo menos tendrá algo para mostrar a los muchachos del despacho.

«Para Skip Rusch —escribió Annie— y su hermosa familia. Con los mejores deseos de Annie Havilland.»

Tal como había imaginado, Tina era una persona que hubiera podido ser su amiga. Pero no estaba segura de poder volver. Había ido preparada para ayudarla, para pelear con ella, incluso para compadecerse. Pero no para envidiarla. Trató de dejar atrás sus penas. Ya no podía detener el reloj. Ya no podía detener lo que empezara tres años antes. Estaba fuera de control.

Esos pensamientos la mantuvieron ocupada durante todo el viaje. Cuando llegó, se desvanecieron. La señora Hernández la esperaba con un rostro que reflejaba una profunda ansiedad. Nick se había ido.

—¡Ah..., ah..., vamos...! ¡Éste es mi chico...!

El cuarto del motel estaba oscuro. Las dos figuras en la cama estaban enlazadas en un violento frenesí.

La señora Sonderborg gozaba. Era la tercera vez en la última hora, y había durado largo rato. Un verdadero semental, tal como lo había sospechado la primera noche que comió en su casa. No era raro que hubiera conseguido con tanta rapidez a su mujercita.

—Hummm... —suspiró—. ¡Oh! Hummm... Un poquito más... Espera... No...

Por último dejó escapar una risa sorda, triunfal, mientras él jadeaba agotado. Era un amante ignorante y necio y tenía que dirigirlo para lograr que la satisfaciera. Pero no era fácil conseguir un buen amante, en especial para una mujer de su posición.

Un simple pene no era suficiente para la señora Sonderborg y nunca lo había sido. Tenía que apoderarse del hombre, si no en cuerpo y alma por lo menos de alguna debilidad en su carácter, para poder encontrar su propio placer.

Y a éste lo tenía dominado. O casi.

Conocía sus pensamientos mejor que él mismo, y sabía que en su arrogancia fantaseaba con librarse de ella. En ese aspecto todavía no era del todo dueña de él. Y por eso lo castigaría.

Dejó que descansara un rato.

—Esto no puede durar mucho más —alegó.

Él asintió.

—Vas a tener que dejarla.

Esta vez la pausa fue más larga, pero finalmente asintió.

Hacía tres meses que trataba de convencerlo. Le había dicho que ella y Ralph vivían gracias al dinero de su familia. Ella tenía, además, el dinero que había heredado de su primer marido. Se había casado con Ralph porque era una viuda joven y confundida, aunque él no la satisfacía en absoluto. Pero ahora que lo había encontrado a él, Russ, una nueva vida los esperaba. Era mayor, ciertamente, pero estaba convencida de que ninguna mujer podía compararse con ella en la cama. Y juntos tendrían una vida excitante y romántica.

—Serás tú mismo, Russ, por primera vez. Nadie podrá detenernos. ¿Lo harás pronto?

Russ suspiró.

—Sí, pronto.

Lo palmeó y se dirigió desnuda al cuarto de baño. Al pasar vio un ejemplar del *Hollywood Reporter* que Russ había traído. Ella le había dicho que le gustaba leer los chismes, pero que no podía hacerlo en su casa, y él tomó por costumbre traérselo cuando se encontraban en los moteles.

Sabía que aquel ejemplar estaría dedicado a los rumores sobre la pobre Annie Havilland.

Ángel del sexo.

Consideró que la campaña estaba muy bien orquestada. Pero, ¿sería cierto?

La había visto en varios reportajes y parecía buena y dulce. Pero también había visto la película, y la actuación como Liane le había interesado mucho. Los hechos, ella lo sabía bien, hablaban con más fuerza que las palabras. Annie era algo más que la simple muchacha que decía y quería ser. Cualquiera que la observara podía darse cuenta de eso, y la señora Sonderborg mejor que nadie.

¿Cómo se vería aquella adorable carita si la forzaran a afrontar la verdad, toda la verdad? La señora Sonderborg podría encontrar la respuesta a esa pregunta en el momento que quisiera.

Sus pensamientos sobre Annie tendrían tiempo de desarrollarse hasta que urdiera su propio plan. En ese momento, su amante era lo primero.

Mañana le pediría a Ralph que concediera a Russ Keating el ascenso que ella le había prometido.

Todo formaba parte del plan.

21

Harry Havilland había mentido.

La joven esposa que lo abandonó no había muerto al poco

tiempo. Desde luego, podría haber muerto después, pero al dejar a Harry se lanzó a una nueva vida que la alejó de su mundo. Ahora Wally estaba convencido de que Harry nunca llegó a saber qué había sido de ella.

La prueba era que volvió con Mike Fontaine y luego se unió a Sammy Fiorenzo, con absoluta tranquilidad. Y, como Wally sabía ahora, su camino había seguido más lejos.

La historia de Harry era una cortina de humo para protegerse y proteger a su hija. Se había concentrado en educar a su hija para darle una vida lo mejor y más normal posible. Con su orgullo y su feroz lealtad hacia Annie y su madre ausente, Harry mantuvo la cabeza alta. No había misterios en Harry Havilland. Era simplemente una víctima.

Alice era otra historia.

Alice era como un cometa. Uno podía ver su paso por el rastro que dejaba. Wally la comprendía cada vez más y al mismo tiempo se escapaba de su campo visual. No había encontrado su número de Seguridad Social, ni su permiso de conducir, ni seguros de ninguna especie. La información de la licencia matrimonial era falsa, igual que la que facilitó al nacer Annie. Y lo más significativo para Wally era que no tenía antecedentes policiales, en absoluto.

Pero Buster Guthiel tenía razón. Con seguridad vivía de los hombres antes de conocer a Harry, y siguió haciéndolo después. Y ese hecho, junto con su juventud, hizo que necesitara de la protección de distintos hombres. Descubrió el nombre de varios y todos tenían algo en común: una absoluta mediocridad. Y Wally probablemente no habría podido encontrarlos o seguir la pista de Alice tras el episodio de Fiorenzo, de no haber sido por un episodio providencial que la distinguía de las otras mujeres en su situación.

La niña.

Todos la recordaban, por un apodo u otro, como parte del equipaje del viaje vital de Alice. Pero nadie tenía idea de por qué estaba allí o de dónde venía.

Tenía sentido que Alice, después de dejar a Harry, hubiera ido a Baltimore en busca de Mike Fontaine. Y también tenía sentido que, como era ambiciosa, hubiera dejado a Mike por una compañía mejor. Y finalmente encontró a Sammy Fiorenzo. Pero había un intervalo entre esos dos episodios. Y en ese tiempo había tenido a la niña.

La lógica indicaba que una mujer de su clase tendría que haber buscado un buen marido. En lugar de eso, se lanzó a la prostitución, viviendo con hombres torpes y brutos. Y su segunda hija, llamada con diversos nombres, Honey, Tippy, Tina, Chris, estaba con ella en todos los tramos de su camino. Wally hubiera dejado de lado ese dato de no ser por un hecho crucial.

Todos los que recordaban a la madre y la hija estaban de acuerdo en dos puntos. Primero, en que la niña era extraordinariamente bella, hasta el extremo de que Alice la involucró en la pornografía y la prostitución casi desde el día en que pudo caminar. Segundo, y resultaba aún más chocante, en que Alice era sin duda una de las más sádicas pervertidoras de menores que Wally había conocido en su carrera de detective.

Y la niñita era su víctima.

Los castigos eran constantes, aunque no dejaban rastros visibles. Entretanto, los amigos de Alice que querían dormir con la hija no encontraban resistencia, pese a que si se entusiasmaban mucho tenían problemas de celos con Alice. Más tarde, la niña tuvo sus clientes regulares, y muchos también la castigaban.

El asunto dejaba perplejo a Wally. ¿Por qué, en primer lugar había tenido Alice a la niña y la llevaba consigo? El primer embarazo había sido a todas luces una forma de atar a Harry; pero ese segundo era sólo de ella.

No tenía sentido.

¿Sería algo más que lujuria?

¿Sería rabia?

¿De qué otra forma explicar aquella voluntad autodestructiva que la llevaba a rodearse de hombres estúpidos y brutales? Si Harry Havilland había sido el último punto saludable en el camino de Alice, la misteriosa aparición de la hija era el punto de partida de lo que había venido después.

Si la hija la hubiera molestado, la habría abandonado. Pero

a Wally le parecía que la niña era la clave de la conducta de Alice. La castigaba y la sometía a una vida espantosa, sin dejarla jamás.

¿Por qué?

Esa pregunta no dejaba descansar a Wally. Sabía que las variedades de avaricia y perversión humanas podían ser clasificadas en grupos y subgrupos con muy pocas excepciones.

Alice era una de esas excepciones.

Pero no podía saber que la próxima parada de su viaje le permitiría, al menos, ver su rostro.

22

—¡Vamos, Candy! Me muero de ganas...

Nick estaba acostado en una cama desarreglada de uno de los apartamentos amueblados de Poinsettia Avenue, casi a la sombra de los estudios de la Paramount.

Eran unos apartamentos impersonales que, en general, se usaban para fiestas y para drogarse. Nick había ido directamente allí esa noche, porque pensaba que Annie lo buscaría en su casa.

Antes de abandonar el apartamento de Annie, echó una ojeada al lugar. Lo que hubiera dado por hacer el amor con ella..., aunque fuera una sola vez...

Pero casi era mejor haberla amado sin mezclarla en su vida. El mundo ya la había maltratado demasiado. Se alegraba de no haberse sumado al resto.

Por otra parte, ella tenía un destino mucho más importante de lo que le pudiera suceder a él. Estaría mejor sola.

Antes de irse, le dejó una nota: «Eres una gran Florence Nightingale, pero yo soy muy mal paciente. Un millón de gracias, nena. Búscame este otoño en la serie del FBI. Tendré el papel de un gran violador».

Luego llamó a Candy para pedirle que se encontrara con él en Poinsettia Avenue.

—Vamos, nena —insistió impaciente, mientras se hacía un torniquete en el brazo con una goma—, hace diez días que no me pongo nada. Ésta es mi última oportunidad. Tengo una prueba mañana.

—Está bien, adelante.

La joven se acercó con una jeringuilla, su pelo rizado enmarcándole la cara delgada.

La debilidad de Candy era la metedrina, que la estaba matando poco a poco. Sólo por diversión acompañaba a Nick y a otros con barbitúricos, cocaína y heroína. Le colocó la aguja en la vena y lo observó con humor y afecto.

—Eres un loco de mierda —dijo riendo—. Vas a estar demasiado acelerado para cualquier audición.

—Ah... —sonrió Nick, tocándole un pecho—. Ah..., mierda.

Por un largo rato la contempló. Le pareció ver a Annie sentada al lado de su cama, dándole la sopa, acariciándole la frente.

Entonces se convirtió en Candy otra vez, que, a su manera, también lo cuidaba.

Nick sabía qué necesitaba ahora.

—Vamos a tomar un trago —propuso.

Candy le alcanzó un botella de whisky y bebieron.

—Ah —suspiró Nick, mientras sentía que el licor se mezclaba con los tranquilizantes que había tomado sin que ella lo supiera—. Espera, tengo que ir al baño.

Cerró la puerta y tomó las pastillas que le quedaban.

Cuando salió del baño, Candy estaba sentada en la cama.

Sus ojos le dijeron que también se había inyectado.

—Vamos, nena —dijo, encendiendo el estéreo—. Uno para el viaje.

Obediente, la muchacha se quitó la ropa y él la imitó. Candy se sorprendió al ver su miembro, erecto pese a la heroína.

—¿Querido, cómo lo haces?

—Secreto de estado —repuso, mientras se colocaba encima de ella con las últimas fuerzas que le quedaban.

La imagen de Annie no se apartaba de su mente.

«Por lo menos no estoy solo», pensó. Millones de hombres debían de estar haciendo el amor con sus mujeres mientras pensaban en Annie.

Sintió placer por el privilegio de contarse entre ellos. Era su último tributo, porque nunca la había tocado y ya no la vería más.

–Eres un semental –suspiró Candy cuando terminaron.

–Ven, vamos a descansar. No me despiertes hasta las ocho. O deja puesto el reloj si te vas antes.

–Claro, querido. Ahora descansa.

Lo acomodó contra su pecho. Dentro de ella quemaba su esperma, muerto de antemano por las píldoras anticonceptivas.

«Perfecto», pensó, agradecido por la eficacia de los productos químicos del mundo que facilitaban su partida.

Un profundo alivio se apoderó de Nick. Cada célula de su cuerpo caía, dejando atrás las esperanzas que habían muerto en su interior.

Buscó el último destello de la luz al final del túnel, ahora muy lejano.

El rostro sonriente de Annie, infinitamente distante, pero al mismo tiempo tierno, se le aparecía reprochándole y perdonándolo a la vez.

«Lo siento, nena, no podía perderme esto.»

Cerró los ojos.

«Adiós.»

23

Charles Grzybek atendía el bar Tip Top de la calle Grove, en Scraton, desde hacía doce años. Era un hombre regordete de edad indefinida, amistoso y comprensivo, incapaz de lastimar a nadie.

Esa tarde, estando el local casi vacío, un hombre bajo se acercó a pedirle una cerveza. Su aire amistoso hizo que Charlie entablara conversación con el cliente.

–¿Es nuevo por aquí? –preguntó Charlie.

–Estoy de paso –respondió, mirándole con sus ojos claros.

–¿Vendedor? –preguntó Charlie con una sonrisa–. Me parece que es vendedor. Mi afición es descubrir profesiones.

–No, señor Grzybek –respondió el desconocido, mientras le tendía la mano–. No soy vendedor.

Perplejo, Charlie le estrechó la mano. El desconocido no se la soltó. Seguía sonriendo, pero su gesto era autoritario.

–Soy detective y estoy buscando unas personas a las que usted conoció. Una mujer y una niña. Ali o Alice sería el nombre de la mujer, y la niña... Bueno, mejor dígame por qué nombre la conocía usted.

El hombrecillo adoptó un aire tan dominante que a Charlie le pareció como si se estuviera adentrando en su propia alma. Alarmado, éste se aclaró la garganta.

–¿Qué te hace pensar que yo...?

–La gente me habló de ustedes tres –repuso interrumpiéndolo–. Hice averiguaciones antes de venir a verlo.

Su mirada amistosa volvió tan rápidamente como había desaparecido, y con gesto afable soltó la mano de Charlie.

–Me llamo Wally Dugas. Lo que estoy investigando no está relacionado directamente con usted, señor Grzybek. Sólo necesito su colaboración.

Charlie parecía descompuesto. Le dirigió una mirada de preocupación y se fue hacia el interior del bar. Cuando salió, estaba quitándose el delantal.

–Danny cuidará el bar durante un rato –explicó–. Venga a mi casa. Está muy cerca.

–Muchas gracias.

Wally dejó un dólar al lado de su cerveza intacta.

–Su nombre era Alethea. O por lo menos así quería que la llamara.

Charlie puso dos botellas de cerveza sobre la mesa de su apartamento.

–¿Y la niña? –preguntó Wally.

–Chris –suspiró Charlie–. Chrissy, para mí.

Sus ojos parecieron llenarse de lágrimas mientras Wally le explicaba que estaba intentando recopilar datos de la mujer y la niña. No se molestó en inventar pretextos, pues veía que Charlie estaba muy asustado y que cooperaría.

–¿Cuánto tiempo estuvo con ellas? –preguntó.

–Tal vez un año, tal vez un poco menos –respondió con nerviosismo Charlie–. En 1956, en primavera y verano, recuerdo que iba a los partidos...

—En Filadelfia —señaló Wally.
—Sí, y en Baltimore. A Alethea le gustaba viajar. Yo trabajaba en un bar, como siempre...
—¿Le conseguía usted citas con hombres? —inquirió de nuevo Wally, regresando al tono autoritario.
Charlie asintió, mirándole con ojos atemorizados.
—No muchas —alegó—. Ése fue el principio de los problemas, si quiere que le diga la verdad. Yo no era lo bastante agresivo para Alethea. Soy de la clase de tipos a los que les gusta la vida tranquila. Creo que era demasiado aburrido para ella.
Sacudió la cabeza.
—Tenía un carácter terrible cuando se le ocurría algo. Cualquier tontería le molestaba, el color de mi corbata, un ruido en el coche... Nunca cedía, pero realmente no era tan mala persona. —Parecía incómodo—. Para ser sincero, señor Dugas, desde entonces me alejé bastante de las mujeres. Nada estable, en todo caso.
—Dígame algo más sobre su aspecto físico.
—Bueno, era algo especial. Preciosa. Piel suave, ojos azules que parecían estrellas. Cabello abundante, color arena. Y una figura espléndida.
Sus ojos tenían una mirada de nostalgia y terror.
—Ella era... aterradora. Siempre mandaba. Eso siempre me ponía un poco nervioso.
Se encogió de hombros.
—No es que no fuera buena. ¡Cielos, era tremenda con los hombres! Siempre imaginé que me dejó porque debió de encontrar algo mejor. Yo era un pasatiempo. Supongo que siempre lo fui. En realidad, nunca entendí por qué me eligió. Pero, como le dije, ella era diferente.
Wally asintió.
—Trataba mal a la niña, ¿no?
—¿Cómo sabe eso? —preguntó preocupado.
Wally no respondió.
—Bueno, supongo que no tiene sentido mentir sobre el pasado. Era dura con Chris. La castigaba con mucha frecuencia. Y lo hacía cuando uno menos lo esperaba. Ése era su estilo. No me gustaba, pero no podía interponerme. Traté de suavizar las cosas...

—La niña también entraba en el negocio, ¿no?

Los ojos de Wally Dugas no se apartaban del rostro de Charlie.

—Como le he dicho —alegó—, no podía oponerme a Alethea. Sabía lo que sucedía, pero no podía evitarlo. Si decía algo, sabía que ella me atacaría como una leona. Así que mantenía la boca cerrada.

Sacudió la cabeza.

—¿Se da cuenta, señor Dugas? Yo nunca viví de las mujeres. Fue sólo durante ese año. Era lo que Alethea quería y, por Dios, lo consiguió. Cuando me dejaron, me sentí aliviado. Triste porque se iban, pero aliviado.

Se produjo una pausa.

—¿Se acostaba usted con la niña? —Más que una pregunta, era una afirmación.

Charlie no respondió, pero su rostro hablaba por él.

Por último, suspiró.

—Traté de ayudarla, de ser bueno con ella. Era un angelito, un angelito rubio.

Sus ojos volvieron a humedecerse.

—Era tan seria y tenía una voluntad tan firme como la de su madre. Y creo que Alethea siempre lo supo. Sí, creo que lo sabía.

Se secó el sudor del labio.

—Cuando estaban juntas, yo me mantenía apartado. Pero cuando me quedaba con Chrissy, le hacía regalos o me la llevaba y le compraba caramelos. Diablos, me habría gustado cepillarle el cabello, pero ella no me dejaba. El apartamento era de ellas. ¡Y la forma en que vestía a esa chiquilla! Era muy cuidadosa con su aspecto. Cuando salían juntas era todo un espectáculo verlas.

Su rostro se ensombreció.

—Pero siempre había problemas. Creo que, de alguna manera, Alethea sentía celos. No es que no fuera hermosa, pero Chris tenía algo que no era de este mundo. Detesto decirlo, pero la niña ganaba mucho dinero. Y cuanto más ganaba, peor se ponía la madre. —Sacudió la cabeza—. Era más de lo que yo podía soportar.

Wally asintió lentamente.

—¿Estaba enamorado de ella? —inquirió.

«¿De cuál?», se preguntó al mismo tiempo.

La pregunta fue como una flecha en la herida abierta dentro de Charlie en la última media hora. En la mente de los hombres no cupo duda acerca de cuál de las dos se trataba.

Charlie se puso de pie, abrió el armario zapatero, revolvió en una caja de zapatos y regresó con una pequeña fotografía. La colocó sobre la mesa.

—Es de aquel verano —explicó—. En la bahía. Alethea odiaba que le hicieran fotos, pero me habían prestado una cámara y conseguí que aceptara.

Wally ocultó su excitación mientras miraba la foto. Era la primera vez que veía a Alice.

Era una atractiva mujer de casi treinta años, de cabellera espesa y ojos grandes, nariz fina y mentón delicado. La figura era impresionante.

Su expresión resultaba ambigua. Era evidente que le molestaba que la fotografiaran. Pero se forzaba a sonreír, tal vez en beneficio de los que la veían.

Sin embargo, había algo en el fondo de sus ojos. Algo más que molestia, que complacencia, un pequeño destello entre irónico y malicioso.

Wally comprendió de inmediato. Era el brillo de su dominio sobre el fotógrafo, de una fortísima voluntad rayana en la locura.

Y destellaba en ellos también el conocimiento de la admiración de Charlie por la niña que estaba a su lado.

El viento agitaba el cabello de la niña. Delgada, pálida, con un vestido un poco demasiado formal para la ocasión, facciones perfectas y cuerpo de niña.

La madre sostenía a la niña por los hombros. La niña parecía querer escapar, aunque permanecía inmóvil.

Entonces Wally observó la mirada de la niña.

Los ojos miraban con suavidad y amabilidad, con un asomo de tímida sonrisa.

Pero precisamente la fragilidad de la superficie era lo que atrapaba al observador. En el fondo de aquellos ojos había algo salvaje. No miedo, pero sí preocupación. Y más aún, algo que Wally no sabía cómo describir.

Se acercó aún más la foto para contemplarla con detenimiento. Sacudió la cabeza, y quedó deslumbrado por el descubrimiento.

Entonces lo supo.

Paciencia.

Era eso. Eran ojos pacientes, que esperaban. La sonrisa no era más que una sombra que ocultaba la fuerza de su voluntad.

Era la foto de una pesadilla. Madre e hija a la orilla del mar en una tarde de verano. Torturadora y víctima descansando, sus cuerpos unidos por un tenso abrazo.

La prisionera miraba a la cámara como si buscara un camino de salida que se le escapaba cada vez que creía encontrar la libertad. La playa era una celda; la bahía y el cielo, los barrotes; el sol, un cómplice en un mundo cerrado para siempre a la felicidad, a la paz.

—Me gustaría sacar una copia. No se preocupe, tendré cuidado —afirmó Wally.

—Se lo agradezco; no me gustaría perderla, señor Dugas. Es la única que tengo.

A la mañana siguiente, Wally regresó al Tip Top. Dejó la foto sobre el mostrador del bar.

—Una cosa más —preguntó Wally—. Alethea maltrataba a su hija. ¿Alguna vez se le fue la mano?

Charlie palideció mientras contemplaba la foto.

—En una ocasión. Debió durar varios días; Chrissy estaba muy mal. Me preocupé y la llevé a un médico a quien conocía. Tenía el cuerpo cubierto de magulladuras. Yo tenía miedo de que sangrara, por dentro, ¿sabe? Bueno, aquel tipo era de confianza, hacía abortos y esas cosas. Examinó a Chrissy. Me dijo que la habían golpeado mucho, pero que era fuerte. Fuerte para su tamaño y edad. No había hemorragia interna. Me dijo que la cuidara.

Se sumió en un silencio tan desesperado que Wally tuvo que tocarle la mano para volverlo a la realidad.

—¿Me avisará si averigua adónde fueron? ¿Si oye algo?

Los ojos de Charlie se llenaron de lágrimas.

—Si alguna vez la encuentra..., espero que esté bien.

Era evidente que no podía imaginarla como la mujer crecida que debía ser ahora. En su mente todavía era la niña valiente e indefensa, a la que había amado pero no defendido.

—La encontraré —aseguró Wally—. ¿Quiere que le mande recuerdos de su parte?

—No, no lo haga. Dudo que me recuerde. Para ser honesto, creo que es mejor que no recuerde nada.

Wally iba a retirarse, pero se volvió.

—Aquel médico...

Charlie se encogió de hombros.

—Lo detuvieron por vender drogas. Él también era adicto. Y no guardaba fichas, ¿comprende?

—Sí, comprendo —asintió Wally.

24

De no haber sido por la forma enloquecida en que Annie buscaba a Nick, la noticia le habría llegado mucho después.

Su cadáver fue encontrado por dos clientes de los apartamentos, quienes huyeron atemorizados. Candy lo encontró después del mediodía y avisó, sin dar su nombre, a la policía de Los Ángeles.

Annie, sospechando lo peor, había llamado esa misma noche a la policía y a los servicios de guardia de los hospitales, pero hasta la tarde del día siguiente no la llamaron de un hospital para decirle que había un caso de muerte por sobredosis que respondía a su descripción. Tras unos minutos de horrible incertidumbre, le dijeron que se trataba de Nicholas Marciano y le rogaron que fuera a identificar el cadáver.

Annie identifició un cuerpo pálido que había sido Nick.

No podía creer lo que veía. El apuesto y encantador Nick, lleno de energía y humor, no era lo que veía ahora en la mesa del depósito. Hollywood lo había matado, haciendo que se prostituyera para conseguir trabajo y proporcionándole drogas para aletargar su orgullo.

Y ahora, en tan poco tiempo, de forma tan inútil, Nick, se había puesto a salvo del peligro.

Annie tuvo que llamar a los padres de Nick a Newton, Massachusetts.

Al atender a su llamada, la señora Marciano estaba tan excitada por el hecho de estar hablando con la famosa Annie Havilland, que no comprendía la trágica noticia.

Finalmente, el padre de Nick se puso al teléfono y aseguró a Annie que tomarían el primer avión.

Fue a buscarlos al aeropuerto y los condujo al hospital. La madre de Nick era pequeña, con aire de pajarito, y estaba destrozada. El padre era moreno, apuesto como Nick y muy varonil, con pelo entrecano. Se ocupó de los trámites para trasladar en avión el cadáver de su hijo.

–¿Era usted amiga suya? –preguntó el señor Marciano.

Annie asintió.

–¿Sabía lo que estaba sucediendo?

–Todo fue por mi causa –respondió sobrecogida por la culpa–. Cuando lo vi hace diez días, era la primera vez desde hacía meses. Estaba tan mal que le instalé en mi casa; mi patrona y yo cuidábamos de él. Nunca me perdonaré por haberlo dejado esa tarde. Se sentía deprimido, pero podría haberse recobrado si no lo hubiese dejado...

El señor Marciano le tocó el hombro. Por fin se suavizó la dureza de su mirada. Ahora eran los ojos de Nick, luminosos y bondadosos.

–Señorita Havilland, cuando mi hijo se fue de casa para ser actor le dije que no regresara. Su madre trató de hacerme recapacitar, pero no quise escucharla. Ahora ha sucedido lo que yo temía. Pero sólo puedo culparme a mí mismo. Si Nicholas hubiera sentido que tenía una familia, una casa, una gente que volvería a aceptarlo, esto no habría ocurrido. No se culpe por haber intentado salvarlo y haber fracasado. Piense en cómo me siento yo, que ni siquiera lo intenté. Ni una sola vez.

Abrazó a su esposa, todavía demasiado afectada para hablar.

Annie los acompañó hasta el avión, y en todo el trayecto no dejó de hablar de Nick. Hizo todo lo posible por dejarles el recuerdo del joven sensible, inteligente y con talento que murió debido a una trágica equivocación.

Una vez se hubieron despedido, Annie regresó a toda prisa a su casa. Subió corriendo las escaleras y cerró la puerta.

Ahora podría llorar a Nick. ¡Si Eric estuviera con ella! Él lo comprendería todo. Conocía Hollywood, sus fauces malignas y sus venenosas tentaciones mejor que nadie.

Pero Eric no regresaba de Europa hasta el domingo. Y no quería llamarlo e interrumpir su trabajo con aflicciones.

Permaneció de pie, sintiendo que algo horrible crecía en su interior. Se miró en el espejo. Estaba pálida y agotada, y había perdido el apetito. Mientras obligaba a Nick a comer, ella apenas podía probar bocado.

Pensó en Nick y Tina: una, feliz superviviente; el otro, ya sin futuro.

¿Habría sentido paz al elegir su muerte? ¿Acaso la muerte escondía secretos invisibles para los que seguían con vida, pero mostraba un brillo especial para aquéllos cuyo destino los ponía en contacto prematuro con su propia aniquilación?

Ése fue su último pensamiento antes de que su imagen se nublara en el espejo.

Antes de que las lágrimas salieran de sus ojos, cayó desmayada al suelo.

25

Cuando volvió en sí, la señora Hernández le frotaba las manos hecha un manojo de nervios, mientras su hijo permanecía en la puerta con expresión de alarma.

Annie trató de disculparse, pero antes de que pudiera terminar el doctor Viruet entró en la habitación. Le tomó el pulso, le auscultó el corazón y sacudió la cabeza.

–Venga conmigo –instó, ayudándola a ponerse de pie–. Iremos a mi consultorio.

Demasiado cansada para protestar, Annie se dejó llevar. En el consultorio, la enfermera le ayudó a quitarse la ropa, le tomó la tensión y la dejó esperando al médico.

Al cabo de un rato, el doctor Viruet le hizo un examen completo, finalizado el cual le indicó que podía vestirse.

La invitó a sentarse en una silla frente a su escritorio.

–Experimenta usted un estado de fatiga que casi llega a la

postración —señaló el médico—. Está desnutrida. Ha estado sufriendo depresión y ansiedad y se ha ocultado a sí misma la tensión.

—Dígame algo que no sepa —replicó Annie, sonriendo con amargura.

—Eso es lo que intento. Está usted embarazada.

Annie se quedó sin habla.

—La prueba confirmará mi diagnóstico en un par de días. Pero los síntomas no mienten. De cuatro a cinco semanas. ¿Ha tenido faltas, no?

Annie se encogió de hombros.

—Siempre he sido irregular. Y desde que empezó todo esto, la publicidad y todo, me he sentido rara. Mis menstruaciones han sido irregulares —suspiró—. Supongo que, de alguna manera, no quería sentirme mujer.

No podía decirle toda la verdad. Sus sentimientos hacia Eric aumentaban en la intimidad, pero cuando estaba lejos de él no soportaba pensar en el sexo; tan manchada estaba su propia imagen ante sus ojos.

Sólo se sentía mujer en los brazos de Eric, protegida y purificada a la vez.

El médico la miró con ternura.

—Ese joven amigo suyo, Nick, ¿es el padre?

Negó con la cabeza.

—Pero usted sabe quién es el padre.

Asintió.

—¿La hizo Nick tomar drogas?

—¡No! —gritó Annie—. Nunca las mencionó siquiera.

—¡Hay tantas clases de droga en Hollywood! En estas últimas seis semanas, ¿ha tomado algo? ¿Un tranquilizante? ¿Algún estimulante? ¿Pastillas para dormir? ¿O algo más fuerte?

Annie sacudió la cabeza.

—Nada.

—Eso está bien. De ahora en adelante no debe tomar nada si yo no se lo indico. Cuando vuelva a su casa, tiene que descansar. María la cuidará. Ahora le toca a usted ser la paciente. Duerma todo lo que pueda. Llámeme si tiene insomnio. Tome sopa hasta que se siente más fuerte. Luego bocadillos y comida caliente. Mucha leche. Nada de alcohol. ¿Tiene síntomas de mareo por las mañanas?

—No..., sí... —respondió vacilante Annie—. Quiero decir que no estoy segura. No me he sentido muy bien, pero suponía...

—Basta de suposiciones. Llámeme si vuelve a marearse. En cuanto a la depresión a causa de su amigo y la ansiedad, conozco a un psiquiatra muy bueno. ¿Quiere que le concierte una entrevista?

Negó con la cabeza.

—Me pondré bien. —Se esforzó en sonreír—. Se lo prometo.

—No me lo prometa a mí. Prométaselo a usted misma. Compréndase a usted misma. ¿Está claro? Ahora hay una nueva persona en su cuerpo. Es una gran responsabilidad. ¿Se siente bastante fuerte como para aceptarla?

Annie asintió, conmovida por su firmeza y por el hecho de que empezaba a darse cuenta de que iba a ser madre.

—Tres preguntas más —dijo, mirando su reloj—. Primero: ¿ha sido un embarazo accidental?

Asintió.

—¿Quiere este bebé?

—Yo... ¡Sí!

La sorpresa y un súbito deleite sonaron en su voz.

—Bien. ¿Cuál supone que será la actitud del padre?

Los ojos de Annie se abrieron mucho mientras lo miraba.

No se le había ocurrido preguntárselo.

26

Wally se levantó del banco de la iglesia de Santa Catalina de Cleveland y siguió al sacerdote hacia la rectoría, mientras los fieles iban al cementerio.

Anne-Marie Fiorenzo había muerto de cáncer, tras seis semanas en estado de coma. De acuerdo con su propio código profesional, Wally no había olvidado su promesa a Buster Fiorenzo en la prisión de Attica y se había ocupado de la enferma. Ahora intentaba hacer un último favor al prisionero.

–Padre –detuvo al sacerdote–, quisiera pedirle un favor. El hermano de la difunta está preso; quería mucho a su hermana y me pregunto si no podría mandarle un mechón de su cabello como recuerdo.

El padre Daniel Trombetta le miró sin sorpresa, ya que los Fiorenzo, una familia muy religiosa, tenía muy a menudo a sus hombres en la cárcel.

–Si la familia no tiene objeción... Le pediré a una de las hermanas que lo ayude.

–Se lo agradezco.

–¿Cómo conoció a Buster?

–Soy detective, lo entrevisté a raíz de una investigación vinculada con su hermano Sammy. Una mujer llamada Alice. Tenía una niña..., pero no voy a molestarlo más, padre. Buster me ayudó y prometí ocuparme de su hermana...

El sacerdote asintió lentamente.

–Recuerdo muy bien a Alice. Y a la niña, por supuesto. Yo la bauticé.

Wally casi se ahogó de la sorpresa. Nunca habría imaginado que la religiosidad de los Fiorenzo hubiera alcanzado a Alice y su hija.

–Perdone mi sorpresa, padre. Me ha impresionado. No se me había ocurrido...

–He conocido a los Fiorenzo durante treinta años. Cuando Sam tomó a aquella mujer bajo su protección, insistió en que la niña fuera bautizada. Era un hombre muy devoto. La madre no se opuso.

–¿Tiene todavía en su poder el certificado? Podría resultar de gran ayuda, padre.

Fueron juntos hasta el archivo de la parroquia y el padre Daniel encontró el certificado de bautismo.

> Certifico que Christine Marie Smith, hija de Daniel Harry Smith y Alice May Crawford, nacida en Towson, Maryland, el 4 de julio de 1948, fue bautizada el 8 de septiembre de 1948, de acuerdo con el rito de la Iglesia Católica Romana, por el reverendo padre Daniel Trombetta, siendo los padrinos Samuel J. Fiorenzo, Anne-Marie

Fiorenzo y Rose Fiorenzo, como consta en el registro bautismal de esta iglesia.

Wally tardó un rato en memorizar el texto. Y tomó nota de las habituales mentiras de Alice. Había elegido el impersonal apellido de Smith, por razones obvias; el nombre de Daniel seguramente era por el sacerdote. Quizá se tratara de un toque de su ironía, como la fecha del 4 de julio, el día de la fiesta nacional. Towson, Maryland, era el mismo dato falso que figuraba en su certificado de matrimonio. El nombre de Marie para la niña era por la hermana de Sam, y el bautismo dentro de la Iglesia Católica le debió sugerir la idea de ponerle Christine.

En todo caso, todo era una sarta de mentiras, pero las fechas eran importantes.

—Padre —dijo Wally—, no quiero molestarlo, pero, ¿recuerda a la niña?

—Creo que sí. Una niña adorable. Rubia, de ojos azules. Lo recuerdo porque la madre era asombrosamente bella y las comparé durante la ceremonia. El parecido era evidente.

—Déjeme preguntarle algo más, padre. La señora Smith dijo que su hija había nacido el 4 de julio de 1948. Supongo que la niña tendría unos dos meses cuando la bautizó.

—Nunca es demasiado tarde.

Wally sonrió.

—Lo que quiero decir es si la niña parecía de dos meses.

El padre Daniel hizo un gesto de resignación.

—He bautizado a tantos...

—¿No podría haber un error en la fecha? ¿La niña no podría ser mayor?

El recuerdo iluminó la cara del sacerdote.

—No —repuso decidido—, ahora recuerdo. Por el peso y el cuerpo se veía que tenía dos o tres meses. Además aquellos lindos ojos azules no tenían la vivacidad de una niña mayor. Mi impresión es que tenía dos meses.

—¿Y el padre de la niña, padre?

—Creo recordar que había muerto. Por supuesto, no puedo asegurar que sea verdad. Nosotros, los sacerdotes, vemos tantas cosas...

—Comprendo. El caso es que el señor Fiorenzo desearía

que bautizaran a la niña, y él y sus hermanas serían los padrinos.

—Exacto.

Wally sacó la foto de Alethea y Chris en la bahía.

—¿Es ésta la mujer a quien vio en la ceremonia aquel día?

El sacerdote miró la foto con atención.

—Sí, así lo creo. Un poco mayor... Y esta niña, ¿es Christine?

—¿A usted le parece que es ella?

—Podría ser. Rubia, muy guapa..., todavía se parece a la madre. Puede ser ella.

Miró otra vez la foto con expresión de curiosidad. Luego se la devolvió.

—¿Algo más, señor Dugas?

—No, padre —respondió Wally, guardando la foto—. Le agradezco mucho su ayuda.

Wally dejó la iglesia, respirando aliviado por la información providencial y culpándose mentalmente por no haber pensado antes en aquella conexión.

Le quedaba una pregunta por responder. Y se maldijo por no saber ya la respuesta.

Para descubrirla tendría que hacer otro viaje a Richland, Nueva York.

27

Las cuarenta y ocho horas siguientes transcurrieron como un sueño.

Annie se sometió a los cuidados de María y tomó su sopa casera con un apetito que la sorprendió. Leía, veía la televisión y saboreaba su secreto.

La confirmación del laboratorio llegó, no como una sorpresa, sino como una bendición. En esos días había dudado entre la conveniencia de tener un hijo y el temor de que los síntomas fueran falsos.

«Un bebé —se repetía una y otra vez—, un bebé de Eric.»

El mundo estaba lleno de ironías; de las cenizas de las mayores desgracias surgía la más grande de las bellezas. ¿Cómo se podía odiar al mundo por su crueldad cuando reservaba inesperadas e inmerecidas gracias?

Ella llevaba una nueva vida en su interior.

El hijo fruto de su amor por Eric.

Deseaba reír de felicidad. ¿Qué problemas relacionados con su carrera podrían molestarla ahora? ¿Cómo iban a molestarla los rumores y los chismes? Iba a ser madre.

Mientras la señora Hernández se preocupaba y consultaba al médico por cualquier cosa, Annie meditaba en secreto sobre Eric.

Desde el primer día no pudo concentrarse en el problema de darle la noticia a Eric. Tan agradecida estaba por el simple hecho de haberla hecho mujer en el más sutil sentido de la palabra, deseándola, poseyéndola y, finalmente, dejando su semen para que la fecundara.

Sólo por un breve momento se preocupó por su reacción. Luego se dio cuenta de que no debía preocuparse. La alegría y la responsabilidad eran de ella. Por supuesto, ni soñaba en hacerlo responsable. Respetaba su libertad para elegir su propio futuro, del mismo modo que sabía que él la respetaba. Su hijo no debía ser una consecuencia no deseada o una carga resultante de su relación.

¡No! La vida que crecía en su interior era el fruto de una hermosa unión. De un amor tan fuerte que podía florecer. ¿Qué más podía sentir por Eric, más allá de su amor y su infinita gratitud?

Sin embargo, empezó a pensar que estaría haciéndole trampa si no compartía con él la noticia. Podía herirlo si vacilaba en confiarle su felicidad. Era un hombre sensible y le dolería pensar que ella le atribuía falta de interés en conocer su parte en el milagro que le había sucedido.

¿Quién podía predecir el futuro? La propia elección de Eric en ese asunto, hecha con entera libertad, podría sorprenderla.

¿Acaso no le había jurado que ella era diferente de todas las otras mujeres a las que conocía? ¿Que lo hacía sentir diferente, de una forma que no había sentido antes? ¿Que era real para él de una forma muy especial?

¿No existiría la posibilidad, tal vez la esperanza, de que su primera reacción al saber la noticia fuera pedirle que compartiera su vida con él?

¿Y cuál sería su respuesta?

Pensar en ello cegaba su mente. Decidió que no dejaría que la esperanza o el temor la distrajeran de su felicidad. Ya que había decidido liberar a Eric de su responsabilidad, ¿qué debía temer? Su sorpresa sería simplemente el ofrecimiento de un regalo cuya belleza compartirían de la forma que él quisiera.

Después de todo, ¿qué se podía temer de un don del cielo?

El viernes tuvo una idea: lo sorprendería en Malibú cuando llegara a su casa el domingo por la mañana. ¡Cuántas veces le había suplicado que lo esperara allí cuando regresaba del estudio!

Esta vez cumpliría su deseo. Pero su sorpresa sería mil veces más encantadora de lo que él pudiera imaginar.

Ensayó sus palabras cientos de veces. Lo tranquilizaría, asegurándole que nada cambiaría entre ellos, que sus sentimientos hacia él no habían cambiado, y entonces le contaría lo sucedido y le diría lo feliz que se sentía.

Tal vez, tal vez harían el amor antes de que ella se atreviera a darle la noticia, o después, cuando él supiera todo lo que significaban sus caricias y su cuerpo.

Su mente era una combinación de dolor y alegría, mientras se preparaba impaciente para la sorpresa de su vida.

28

El proceso había sido lento y largo y había estado lleno de altibajos. Pero eso no constituía una sorpresa para Christine.

Al principio, el joven había pagado su chantaje con indefensa frustración. Su necesidad era mayor que sus escrúpulos y su miedo. Y cuando ella le pidió más —sumas verdaderamente importantes— para evitar que Tony usara las fotos que se había guardado, tuvo suerte y lo logró.

—Me está chantajeando a mí más que a ti —le aseguraba—. Está tratando de controlar mi vida y destruir mi reputación. Si no puedo contenerlo hasta encontrar protección, nos perjudicará a ambos.

Discutían juntos planes con los que poder amenazar a Tony, alejarlo de su vida, usar otros profesionales para derrotarlo. Todo eso costaba dinero.

Durante el primer año consiguió sacarle veinte mil dolares. Dadas las circunstancias, consideraba que estaba haciéndolo bien.

Entonces el joven desapareció.

Trató de llamarlo a la compañía de su padre. Luego a su casa. No pudo conseguir contactar con él.

Entonces esperó y ordenó a Tony que insistiera por ella.

Pasaron nueve meses. El tiempo de un embarazo.

Y regresó con dinero en el bolsillo y sus fantasías a punto de ebullición. Satisfecha de su propia paciencia, Christine se dedicó a estrechar aún más el cerco.

Unos pocos meses después volvió a desaparecer, pero su ausencia se prolongó tan sólo ocho semanas. Desde luego, sabía que estaba enamorado de ella. Y que sus recursos se habían agotado. No había comprado la casa que su padre quería. Ya no tenía ahorros. Sospechaba que sus desapariciones eran para mover cielo y tierra en busca de préstamos.

La próxima etapa consistiría en convencerlo de que pidiera dinero a su padre; una vez conseguido eso, los pagos se multiplicarían. Le sugeriría que utilizara como pretexto las deudas de juego.

Esa noche la había llamado desde un motel en Queens donde admitió que había estado tratando de conseguir dinero. Christine le prometió que lo haría sentir mejor después de aquella difícil jornada.

Cuando llamó, él le abrió la puerta. Entró, y sin decir una

palabra se quitó el abrigo y lo miró. Estaba en mangas de camisa.

–¿Cómo estás? –preguntó ella.

–Bien.

–Parecía sereno y tenía aspecto de haber perdido la voluntad.

–Tienes buen aspecto –dijo, apoyando las manos en su cintura y contemplándolo–. Por supuesto, tienes cara de haberme echado de menos.

El joven se sentó en la cama.

–Lo que quiero decir es que pareces un poco caliente, si me perdonas la expresión.

Parecía como si luchara consigo mismo.

–¿No has tenido algunos pensamientos sucios con respecto a mí? ¿Algo más sucios de lo que quieres admitir?

De golpe, sacudió la cabeza, se puso de pie y cruzando la habitación la tomó por los hombros y le habló al oído.

–Así, no. No esta noche. Quiero que sea como al principio. Por favor, quítate la ropa.

Al mismo tiempo, empezó a besarla con apasionada ternura. Desconcertada, dejó que la ayudara a desvestirse. Cuando estuvo desnuda, la abrazó y acarició como un sonámbulo. Christine siguió sus movimientos, le acarició la nuca, el pelo y lo besó, como una joven novia.

Le desabrochó la camisa y luego le ayudó a quitarse el pantalón, dejando al descubierto su miembro erecto. Lo condujo a la cama y durante un largo rato se besaron. Luego el joven empezó a besar sus pechos. Christine había superado ya la sorpresa de aquella extraña regresión a la normalidad. Si eso lo ataba más a ella, le daba igual.

La penetró y empezó a moverse lentamente. Su rostro tenía la misma expresión que cuando le rogaba que le pegara; pero en sus ojos había una confianza y una pasión casi trágicas. Sintió los estremecimientos de placer del joven, quien le acariciaba el cabello mientras iba sacando la almohada de debajo de su cabeza.

«Ahora es mío –pensó Christine, pese a la señal de alarma que resonó en su mente–. Quiere ser mi esposo.»

Durante un instante, demasiado largo, no permaneció alerta.

Tenía las manos apoyadas en las caderas del joven, sin sospechar nada, cuando, de pronto, él cogió la almohada y la oprimió contra la cara de Christine mientras su pene la penetraba aún más profundamente.

29

En las colinas corría una brisa con fragancia a eucaliptos y limoneros. Annie conducía por la autopista en dirección a Malibú. La noche estaba cargada con su propia excitación. Llevaba consigo sus cosas para dormir allí, y tenía la intención de estar en la cama cuando Eric llegara a casa. La alegría de su sorpresa infantil se mezclaba con la profunda felicidad al pensar en la nueva vida que llevaba en su vientre.

Justamente ahora le parecía estar recuperándose verdaderamente del golpe que había supuesto la muerte de Nick. El imperioso futuro eclipsaba su pena y la colmaba de nuevas esperanzas.

Nunca se había sentido así.

Cuando vio a Nick y sin vida, acudieron a su mente las imágenes de Tina y su sincera felicidad, y tuvo el horrible presentimiento de que todas las decisiones que tomara en su vida estarían teñidas de errores y debilidad.

Parecía que todas sus energías habían tenido éxito sólo en alejarla de un destino feliz como el de Tina, algo que habría merecido de haberse comportado de otra forma.

Ante ella sólo quedaba un largo y estrecho corredor oscuro.

Pero estaba equivocada. La más evidente verdad del universo, encarnada en la hermosa niñita de Tina y la horrible muerte de Nick, parecía ser una advertencia para Annie que pretendía demostrarle que su loca carrera hacia la fama era un error y una pérdida de vida.

Pero ahora tenía un nuevo propósito.

Algo más que la frustración y la loca ambición la dirigían, borrando el dolor y el espanto de su senda. Se encaminaba hacia su amante, el mejor hombre del mundo, y en su interior guardaba la creación del amor de ambos, una nueva vida con su propio destino.

En ese momento, en realidad, se dirigía hacia algo más que una casa y un hombre. Parecía que, por fin, la verdadera Annie Havilland se reconocía en aquella noche apacible.

La casa estaba a oscuras, tal como esperaba.

Dejó el coche en el camino de entrada. Le pareció ver un resplandor en las ventanas de atrás; pero, como sabía que Eric no había llegado, supuso que era un reflejo de la carretera.

Abrió la puerta principal con su llave. El salón estaba a oscuras, pero había una luz en la cocina. Decidió que debía tratarse de una precaución contra los ladrones.

Había botellas esparcidas por el suelo de la cocina. Annie se detuvo; de alguna manera tuvo la sensación que la casa no estaba vacía.

Se alarmó al pensar en instrusos. Luego se le ocurrió que Eric podía haber prestado la casa. ¿Por qué no? Después de todo, era su casa. Había muchos aspectos de su vida que desconocía. Tal vez, al llegar así, estaba invadiendo su territorio. Se maldijo por no haber tocado el timbre al entrar. Debía hacer algo para que supieran que estaba allí. Se detuvo indecisa en la entrada. La puerta del dormitorio principal estaba entreabierta. Vio un resplandor.

Al mismo tiempo, oyó un murmullo de voces desde el dormitorio. Sí, había gente. Dio otro paso hacia la salida, pues no deseaba molestar a nadie. Pensó durante un instante y luego golpeó la pared.

–Perdón..., ¿hay alguien aquí?

La puerta entreabierta le permitía ver el dormitorio y la cama como si mirara por un telescopio. Había tres figuras desnudas. Al sonido de su voz, uno de los cuerpos se levantó.

La puerta se abrió del todo. Una chica desnuda estaba de pie. En la cama, detrás de ella, estaba Eric. A su lado, un joven también desnudo.

La muchacha parecía irritada y molesta.

Pero Annie sólo tenía ojos para Eric.

La mirada de Eric tenían una expresión que nunca había

visto antes, tan extraña como si se tratara de una criatura de otro planeta. Era el rostro de Eric, pero con otro hombre viviendo en su interior.

Y en un segundo cambió, metamorfoseándose como una máscara. Annie vio en aquellos ojos preocupación, arrepentimiento, ira y algo más que simpatía. Pero mientras lo observaba, los ojos perdieron expresión, la miraron con total indiferencia, como drogados, tal vez con algo más profundo de lo que ninguna droga podría producir.

–Lo siento –se excusó Annie, mirando a la chica desnuda–. No he querido... lo siento.

Nadie dijo una sola palabra. Annie dio media vuelta y se marchó.

30

La presión sobre el rostro de Christine era intensa y dolorosa. Tenía la nariz aplastada contra la mejilla y la boca abierta, y la lengua tocaba la almohada.

Trató de respirar y se dio cuenta de que no podía. Nunca había tomado en serio la familiar imagen cinematográfica de la mujer asfixiada con una almohada, pero ahora comprendía que los fuertes brazos masculinos no la dejaban respirar. Enloquecida, trató de mover la cara, pero el joven le restregó la almohada y apretó más.

Le clavó las uñas en la espalda y luego en el pecho, hasta conseguir que sus pezones sangraran. Por el espasmo del cuerpo se dio cuenta de que lo había lastimado, aunque sólo oía sus propios gruñidos desesperados. Sus pulmones iban a estallar y sabía que no le quedaba mucho tiempo para luchar.

Trató de levantar las rodillas para golpearlo, pero no pudo separar su cuerpo de la cama, clavado en ésta por el miembro del joven.

Presa del pánico, trató de apoyarse en los codos. Pero fue inútil; la urgencia de la presión de la almohada le indicaba con toda claridad que deseaba matarla.

Estaba a punto de perder el conocimiento. En un instante, encontró los testículos y los retorció con toda su fuerza. Oyó el grito y la almohada se aflojó. Mientras respiraba le zumbaban los oídos. Estaba demasiado débil para moverse. Pero la desesperación la ayudó a sobreponerse, porque sabía que volvería a intentar asfixiarla. Lo miró. Estaba con las manos entre los muslos. La nuca quedaba expuesta. Levantó el puño y lo golpeó con fuerza. La respiración del muchacho se volvió entrecortada. Ahora Christine sabía que tenía una ventaja. Los pensamientos fluían a su mente. Tenía que saber por qué. Por qué esa noche y por qué allí. Tenía que saberlo antes de matarlo o decidir que lo dejaría con vida. Matarlo podía constituir un error muy grave.

Se puso de pie y lo observó. Estaba luchando por respirar. Sin perderlo de vista, caminó hasta el armario.

No le sorprendió encontrar una pequeña pistola en el bolsillo del abrigo. Era una automática. Rebuscó en la prenda hasta que encontró la cartera. Doblada entre los billetes, encontró una nota.

«Perdonadme –leyó–. Os amo a todos.»

No tenía firma.

Christine pensó con calma. Era evidente que había planeado algo más después de matarla a ella. ¿Tenía la intención de suicidarse allí y que encontraran su cadáver junto al de una prostituta? No lo creía. Incluso ante la muerte, guardaría las apariencias. Iba a dejar el cadáver de ella allí, y él se suicidaría en otra parte. Sería así, a menos que, con Christine fuera de su camino, lo pensara de nuevo y se permitiera otra oportunidad.

Dirigió su mirada a la cama. Tenía los ojos abiertos y jadeaba tratando de respirar.

Christine cogió la pistola por el cañón, se arrodilló y lo golpeó con fuerza en la sien. Todavía respiraba.

Christine se sentó en la cama y consideró sus posibilidades. Le tomó el pulso. Por último, se decidió. Asió una mano del hombre y la apretó a la culata. Apuntó el cañón a la sien donde lo había golpeado. Usó la almohada para ahogar el ruido y disparó.

Cuando sacó la almohada, estaba cubierta de sangre. La colocó debajo de la cabeza y la sangre del agujero la inundó.

Estudió la habitación. La policía se daría cuenta fácilmente de que había estado allí con una mujer. Podrían encontrar restos de su pelo; por otro lado su saliva estaba en la almohada y el aroma de su perfume flotaba en el aire. También descubrirían la nota de suicidio. Sus esfuerzos por reconstruir los hechos resultarían infructuosos.

Buscarían a la mujer como testigo material del hecho o quizá como sospechosa de asesinato.

Nadie la había visto entrar en la habitación. Había tomado las precauciones de siempre.

Sin embargo, la policía podría llegar hasta ella si era lo bastante persistente. Por consiguiente, tenía que hacer que Tony destruyera las fotos de inmediato.

Después de borrar sus huellas de las pocas superficies que había tocado en la habitación, miró hacia la cama.

El cadáver yacía de espaldas, las palmas hacia arriba, la boca abierta.

Por un momento pensó en las consecuencias de lo sucedido.

Al morir, había escapado de ella. Y, con suerte, su familia nunca llegaría a conocer la verdad sobre él.

Y ni ella ni Tony llegarían a ver jamás los sesenta o setenta mil dólares que les habría pagado de haber seguido vivo.

«Oh, bueno; los negocios son los negocios», pensó.

Se vistió con calma, ordenó la habitación y se marchó.

31

Annie no se dio cuenta de que ponía el motor en marcha, ni oyó el ruido que hacía al arrancar. Todo lo que sabía era que se extendía ante ella la autopista de la Costa que, como una enloquecida cinta, la incitaba a ir más deprisa.

Su mente albergaba un solo pensamiento: escapar. Tomaba las curvas sin cuidado, sin percatarse de que su cuerpo, sin el cinturón de seguridad, se balanceaba de un lado a otro en el asiento.

No sabía adónde se dirigía. Comprendía que Eric podía buscarla en su casa, o que tal vez estuviera siguiéndola.

Y eso era lo peor de todo. Tenía que escapar. Tenía que estar sola. Mejor para ella, mucho mejor si no la seguía. Mejor aún si nadie llegaba a encontrarla... Y se le ocurrió que lo mejor sería no llegar nunca a ningún destino. Alejarse de la raza humana sin que la condenaran por haber extendido los brazos suplicante.

Sí, ningún lugar sería un lugar maravilloso para pasar esa noche.

«Siempre la última en saberlo.» La vieja frase la golpeaba con toda su fuerza, tan brutal como humillante.

¿Acaso no había oído interminables historias sobre la salvaje vida sexual de Eric, sobre su legendaria promiscuidad? ¿No lo habían relacionado con una actriz tras otra por rumores demasiados unánimes como para estar basados por completo en una ilusión?

¿Y, pese a sus astutas negativas, no sabía Annie por experiencia propia que era uno de los mejores amantes del mundo?

«La última en saberlo», se repetía.

La imagen del rostro en la cama, los ojos huecos, rodeados de desnudez, volvió a su mente. Invadida por la náusea, deseaba aplastar con el pie aquel rostro, borrarlo con un salvajismo y un espíritu de venganza que nunca hubiera imaginado posible en ella.

«Pensar que quería *casarme* con él», murmuró, apretando el acelerador. Luchó con desesperación por librarse de ese rostro que la miraba con ojos indiferentes, pero no podía. Conducía cada vez más deprisa, impulsada por el odio hacia el hombre, que no era menor que la humillación de haber confiado en él.

¿Cómo, se preguntó, podía haber sido tan imperdonablemente estúpida? ¿Se creería Eric un astuto seductor cuando afirmaba que dudaba de su propia virilidad? ¡Un casanova pretendiendo ser impotente! ¡Y ella había caído en la trampa, con sus instintos maternales ansiosos por acudir al servicio del deseo de Eric y de su propia necesidad de ser amada! Pero, ¿qué podía reprocharle a Eric? ¿Había hecho algo para herirla o traicionarla, salvo estar en la intimidad de su casa mientras ella la invadía? ¿Era un crimen llegar de Europa un día o dos antes de lo que ella esperaba? ¿Lo era obtener placer a su manera antes de llamarla?

Durante todos aquellos meses había sido su mejor amigo, su única fuente de afecto, tan cercano a ella que le parecía que era todo lo que podía esperar de un hombre. ¿Podía culparlo por el hecho de que un estrecho corredor los separara, cuando aquello ocurría en privado y ella no podía saberlo, ni tenía derecho a averiguarlo?

¿De qué podía culpar a Eric? De nada.

Nada.

¿Por qué entonces la enfurecía tan profundamente esa palabra?

El poder de su furia la aterrorizó. Después de todo, lo que había visto esa noche le hacía más fácil comprender a Eric y apiadarse de él.

Tal vez hubiera un fondo de verdad en sus pretendidas dudas sobre su virilidad. Tal vez la chica y el muchacho desnudos en el dormitorio eran su forma de luchar contra su profunda impotencia interior, esa impotencia que lo convertía en un perfecto actor trágico, que lo volvía tan necesitado de Annie, de algo real, como si su vida hubiera sido vaciada para siempre por su terrible juventud.

Sí, esas cosas eran sin duda ciertas. El mismo Eric no era del todo real. Y había escondido todo eso con valor, mostrándole sólo su mejor parte, sin dejarle ver que nunca podría ser un hombre completo para ninguna mujer. ¿Podía culparlo por sus limitaciones? No.

En realidad, no importaba lo sucedido. ¿Entonces por qué la envenenaba aquella furia?

No lo sabía.

Como tampoco sabía realmente quién era ella. ¿El vacío en su interior no sería tan aterrador como el de Eric? ¿No sería ésa la causa de su ira?

Sí, se trataba de eso.

¿Qué era real? ¿Su relación con Eric? ¿Las imágenes desconocidas en la piel de Liane? ¿Los ojos vacíos del hombre en la cama?

¿Qué había sido real? ¿Su vida en Richland? ¿Harry Havilland y las falsas historias del pasado? ¿Su propia excitación al descubrirse como actriz en la carne falsa de personajes irreales que nunca existieron?

Decidió que no era nada de eso. Al creer sólo en ella, de alguna manera se había perdido a sí misma hacía mucho tiempo. Al fijar su mente en el futuro hipnotizada por el trabajo, el éxito y la venganza, había perdido la visión del mundo. Nunca había sido entera, nunca real... y nunca lo sería.

«Cuanto más rápido, mejor», murmuró con curiosa indiferencia, y apretó más el acelerador. Más rápido, menos real. Sin saber por qué, giró bruscamente por la carretera de Benedict Canyon y tomó una calle residencial con un nuevo giro.

Oyó la queja atemorizada de una bocina, mientras un coche la adelantaba. Entonces se dio cuenta de adónde iba.

La casa de Damon Rhys se alzaba ante ella. Estaba oscura y vacía. Rhys no estaba allí, sino en el desierto o en alguna remota taberna.

De repente, vio la señal de SIN SALIDA, la barrera de troncos, los árboles y la zanja.

La ira se tranformó en terror porque no podía controlar el coche.

Se produjo el choque. Sobrevino el ruido de madera rota, una seductora sensación de caída y olvido. Le llegó el sonido del metal al golpearse, y un olor desagradable llenó el coche y su mente.

Demasiado tarde, recordó a la criatura.

32

El teléfono privado de Harmon Kurth sonó a las nueve y media. Solo en su santuario, atendió la llamada.

–¿Sí?

–Habla Dugas, señor.

–Gracias por llamar. ¿Tiene algo para mí?

–Eso creo. Como le he informado antes, la mujer conocida como Alice Havilland volvió a la vida después de abandonar a Harry Havilland y llevarse su dinero. Le dejó a su hija, quien quizá fue ilegítima por un mes. Ahora bien, no he podido determinar quién era realmente esa Alice o de dónde venía. Pero de lo que estoy seguro es de que no murió, como Harry afirmaba. Tengo pruebas de que seguía viva por lo menos ocho o nueve meses después de que lo dejara.

Kurth no dijo nada.

—Pero lo más complicado de la situación —continuó Wally— es esto: un tiempo después de abandonar a Harry, apareció en Cleveland con un bebé. Una niñita. Conseguí una foto de ambas tomada pocos años más tarde. Es su hija; el parecido es inconfundible.

—Señor Dugas... —replicó Kurth con creciente impaciencia.

—Deje que termine —le interrumpió Wally—. Bien, ahora tiene que usar un poco de psicología. Es razonable, conociendo a Alice y los obstáculos con que tuvo que enfrentarse en Richland, que se librara de Annie al mismo tiempo que dejaba a Harry. ¿Para qué iba a querer una niña que le arruinara la vida? Después de todo, el matrimonio había sido sólo un experimento

Tras una breve pausa, Wally prosiguió.

—Muy bien. Pero entonces, sorprendentemente, aparece con otra niñita, a la que durante los años siguientes maltrata con crueldad, pero sin dejarle marcas. ¿Por qué no abortó, o la dejó en adopción o en el umbral de una puerta? Ésas serían las soluciones obvias para una mujer de su clase. Ésa es la cuestión.

Se produjo un silencio. Kurth estaba intrigado por la historia.

—No pudo ser simplemente para castigar a la niña —prosiguió Wally—. ¿Por qué castigarla? Por supuesto, le hizo vivir un infierno, obligándola a ejercer la prostitución, castigándola como una experta; pero creo que debía de haber una razón. Y para una razón se necesita una persona. Me refiero a alguien detrás de la criatura. ¿Me sigue?

—Siga —ordenó con brusquedad Kurth.

—Bien, no he tenido mucho éxito en conseguir el grupo sanguíneo de la niña. Cuando lo consiga, puede resultar útil. Pero estoy trabajando con el factor tiempo. El protector de

Alice en Cleveland resultó ser muy religioso e insistió en que bautizaran a la niña. Tenía unos dos meses por aquel entonces. Fue en septiembre de 1948, lo que significa que la niña nació en julio, o tal vez en junio.

Wally hizo una breve pausa.

–Ahora bien –continuó–, tuve que regresar a Richland para controlar unas cosas. No resultó fácil, pero me las arreglé para mirar los informes del banco referentes a la cuenta conjunta de Harry y Alice. Allí consta que Alice lo dejó, llevándose el dinero, el 3 de noviembre de 1947. Pasó un tiempo en Baltimore y luego llegó a Cleveland, al verano siguiente, con la niña.

–¿Cuál es la conclusión, señor Dugas?

–Ya estoy acabando. Esas fechas me engañaron al principio. Supuse que la segunda hija, Tippy o Chris o como sea que la llamaran entonces, fue concebida después de que Alice dejara a Harry. En Baltimore, probablemente. Un error después del regreso a la prostitución. Si así fuera, por supuesto esa chica no significaría nada para usted. Pero suponga que fue concebida *antes* de que Alice dejara a Harry. Y suponga que era la hija de Harry. Eso significaría que, además de dejarlo y sacarle el dinero, Alice tuvo la oportunidad de herirlo aún más: se quedó con su segunda hija y la maltrató todo lo que pudo.

Hizo una pausa para que su interlocutor captara bien.

–Como verá –continuó–, eso indicaría un sentido de la crueldad casi estético. Deja a Annie frente a una humillación pública, sabiendo que su nacimiento prematuro era conocido en Richland. Pero luego se da cuenta –tal vez sólo inmediatamente después de marcharse– de que está de nuevo embarazada. Tal vez el embarazo no fuera intencionado. En cualquier caso, decide tener la criatura y traerla al mundo para arruinarla, para destruirla.

–¿Cómo era esa segunda hija? –preguntó Kurth.

–Rubia. Muy bonita. No tengo más información después de los ocho años, pero podría ser hija de Harry. Él tenía el pelo oscuro, pero hay muchos Havilland rubios. Y, por supuesto, Alice tenía el pelo claro.

–Me parece una forma bastante enferma de burlarse del señor Havilland –comentó Kurth con escepticismo.

—Bueno, señor creo que estamos hablando de una mujer muy enferma —repuso Wally—. El trato que concedió Alice a su segunda hija fue perverso, pero también lo fue la elección de su propia vida. Los hombres que eligió, la forma en que malgastaba su talento... Todos aquellos años vivió una vida de prostituta barata.

»Hasta que vi la información del banco, creí que estaba escondiéndose. Pero lo que me intrigaba era que se hubiera quedado con la niña. Ahora creo que lo comprendo. El hecho de que se quedara con la niña constituye la clave de todo. Es la razón de su forma de vida. Todo fue a causa de la hija: los vividores de baja estofa, la pornografía y prostitución, todo.

Kurth se aclaró la garganta.

—¿Qué quiere decir exactamente, señor Dugas?

—Bueno, señor, si las cosas son como yo creo, Annie Havilland tiene una hermana.

Se produjo una pausa.

—Una hermana —Kurth continuó en su lugar— que fue criada como una prostituta por una madre enferma y corruptora. Y que puede estar viva en algún lugar.

Un largo silencio transcurrió mientras los dos hombres meditaban. Wally debía estar calibrando la veracidad de los hechos. Kurth estaba seguro de ello, de que su detective debía de estar revisando estrategias, buscando nuevas armas.

Cuando, por fin, Kurth habló, sus palabras no constituyeron una sorpresa.

—Encuéntrela.

LIBRO TERCERO

Algo escandaloso

I

Los Angeles Times. *11 de diciembre de 1970*

La actriz Annie Havilland, famosa por su papel en la reciente película de Damon Rhys Medianoche, *resultó gravemente herida anoche en lo que la policía llamó «una colisión de un solo automóvil» a una manzana de la casa del señor Rhys, en Hollywood Hills.*

Oficiales del Departamento de Policía de Beverly Hills dijeron a los periodistas que el coche de la señorita Havilland rompió una barrera y cayó en una zanja, al final de la calle. La casa del señor Rhys estaba desocupada en ese momento.

Portavoces del hospital UCLA califican el estado de la señorita Havilland de crítico. Esta mañana temprano ha sido sometida a una operación de cirugía interna abdominal, cuyos resultados aún se desconocen. Se ha informado de que ha sufrido heridas en el rostro, cuello y columna, así como fracturas múltiples.

Los oficiales de la Policía de Beverly Hills informaron a los periodistas de que la señorita Havilland no llevaba colocado el cinturón de seguridad en el momento del accidente.

La señora Sonderborg dobló el *Times* y lo dejó a un lado. La nota sobre Annie Havilland aparecía en la primera página y continuaba a la vista mientras ella sonreía a su esposo.

Ralph estaba de muy buen humor esa mañana. Acudiría a su sesión semanal en el club, donde le darían un masaje y luego jugaría un artrítico partido de squash con un amigo octogenario.

Había tratado de disuadirlo en su práctica de actividades atléticas, ya que podían dañar su corazón —su color no había sido muy bueno en los últimos años— y el médico estaba preocupado, aunque en su fuero interno le importaba muy poco que le pudiera suceder algo.

Y en todo caso, ese día él se sentía bien. Igual que ella.

Y la carrera de Annie Havilland estaba acababa.

A la señora Sonderborg le gustaban los desastres. Le alegraba enterarse de ellos, en particular cuando se trataba de gente que le interesaba. Ello constituía un tónico y un entretenimiento. Porque el mundo era cruel.

¿Qué había hecho que la pequeña Annie terminara en una zanja? ¿Sería a causa de toda aquella incesante publicidad?

No. De eso estaba segura. La chica Havilland era demasiado terca, estaba demasiado segura de su futuro. El motivo tenía que ser otro. Algo íntimo, una debilidad que el mundo exterior desconocía.

Oh, bueno, la señora Sonderborg tenía algo en mente para Annie, tal vez para esa primavera; pero el accidente cambiaba sus planes. Ahora necesitaría pensarlo más.

Volvió a centrar su atención en su marido. Había decidido que aquél era el momento de dar el golpe de gracia al joven Keating. Hacía semanas que preparaba a Ralph.

—Querido —dijo—, he estado pensando en lo que me dijiste sobre Russ.

Usó el nombre de pila de forma deliberada.

El marido enrojeció y dejó el diario a un lado. La miró con furia.

—Me temo que tenías razón —continuó, advirtiendo su ansiedad—. No creo que sea alguien de confianza. Divorciarse así, con tres hijos tan pequeños...

—Eso no importa —farfulló Ralph, sombrío—. Ya te he dicho que no es por eso. La vida privada de un hombre no me concierne.

Justo antes de la separación de Keating ella había comenzado a inquietarlo, confiándole que la noche en que los habían invitado a cenar Keating había intentado propasarse. Ralph se había indignado, pero ella lo había calmado, culpándose de exceso de sensibilidad ante una conducta posiblemente debida al exceso de alcohol. Al mismo tiempo, previno a Russ, diciéndole que alguien los había visto juntos y se lo había contado a Ralph. Y le hizo prometer que no trataría de hablar con su marido para defenderse.

Mientras tanto, en casa, se había dedicado a echar leña al fuego contra Russ.

Ralph era demasiado necio para tener celos, pero ella había logrado obsesionarlo con el apuesto y arrogante Russ.

—He estado reflexionando y tenías razón, querido —alegó—. Creo que su conducta es inadecuada. Ya sé que traté de defenderlo, pero me parece que lo que intuiste desde el principio era lo correcto.

Ralph resplandeció, aliviado. Se sentía muy orgulloso de ella. Era la única persona en la que confiaba por completo. Y ahora le demostraba que él había tenido razón. Aquel joven era un egoísta, una persona inestable que abandonaba a su familia.

—Me ocuparé de esto el lunes por la mañana —afirmó con resolución—. El lunes será su último día de trabajo en el banco.

—¿Estás seguro, querido? —preguntó débilmente, como si estuviera aterrorizada por su poder de decisión.

—Ya lo he decidido. No te preocupes más, mi amor. Ya lo defendiste bastante y trató de sacar provecho de ello.

—Bueno, entonces... —aceptó, obediente.

Mientras hablaban, miró de reojo la noticia de Annie Havilland. Imaginó el rostro destrozado, el dolor..., la chica estaba mutilada y a punto de morir.

Sonrió a su marido, con un brillo en la mirada.

—¿Por qué no celebramos una comida íntima esta noche, querido? Sólo nosotros dos. Le he dado la tarde libre a la señora Ames. Has estado trabajando tanto y te echo de menos...

Otra vez el rostro de Ralph resplandeció. Estaba encantado. No sólo pasaría el día en el club y se libraría de Keating, sino que aquella noche sería una de esas raras ocasiones en las que su esposa lo hacía sentirse un hombre de verdad. El brillo de sus ojos no dejaba lugar a dudas. En su interior, la señora Sonderborg hervía de desprecio. Pero esa noche haría feliz a Ralph. Era bastante poco a cambio del placer de destruir por completo a Russ.

El juego había sido divertido, pero el ratón ya estaba muerto y el gato necesitaba descansar.

Luego buscaría algo nuevo.

Una vez más, pensó en Annie Havilland. La chica estaba acabada. Así que lo que había planeado para ella –tan simple, tan efectivo– ahora no sería necesario.

Tal vez.

Harmon Kurth se enteró de la noticia a través de su secretaria, que había estado en contacto con el hospital desde el inicio de la jornada.

–¿Cómo está? –preguntó Kurt.

–Peor de lo que dicen –contestó–. La columna vertebral es lo más grave. Ella permanece inconsciente y no pueden saber si existe parálisis. Al mismo tiempo, las heridas en la cara son serias. Tiene fracturada la mandíbula y la nariz y heridas en la frente. Durante la noche le han practicado una operación de cirugía plástica, y necesitará nuevas intervenciones.

–¿Nuestra situación respecto al seguro?

–No hay ningún problema. Tiene contrato con nosotros. Sin embargo, como no trabajaba en este momento no puede llevarnos a juicio.

–Muchas gracias. –Kurt colgó.

Se quedó inmóvil y pensativo. Su problema podía quedar resuelto gracias a un accidente de coche.

Sintió un súbito sentimiento de pena al pensar en la sensual Annie Havilland. Pero después de una operación de cirugía plástica ya no sería la misma. *Ángel del sexo...*

Kurt sonrió. Pero sabía que nunca se era lo bastante cuidadoso. Todavía le quedaría su talento y eso era temible, ya que con sus dotes profesionales tenía suficiente como para sobrevivir aun con la pérdida de su belleza. Sería mejor, entonces, no llamar a Dugas para que abandonara la investigación. Algo le decía que todavía faltaba mucho para acabar con aquella chica.

Damon Rhys estaba borracho en una cantina de Cuernavaca cuando le llegó un mensaje de su ama de llaves, la única persona que sabía dónde encontrarlo.

Entre el muchacho que traía el mensaje y el tabernero tuvieron que hacer esfuerzos para que reaccionara.

Cuando por fin pudo leer el mensaje, mandó comprar el periódico y se enteró de lo sucedido. Una furia impotente se apoderó de Rhys mientras maldecía mentalmente a Shain. Pero luego reflexionó que no podía culparle. Mejor apuntar a los hijos de puta de International, que con su campaña publicitaria habían ensuciado la imagen de Annie y su película.

De todos modos, se culpaba a sí mismo más que a los demás.

Durante treinta y cinco años sólo se había ocupado de su persona. Y no estaba acostumbrado a que necesitaran de él. Pero Annie estaba agonizando. Y había ido a buscarlo. Si hubiera estado en casa, ahora ella estaría a salvo.

Diez minutos más tarde se encontraba en su hotel haciendo la maleta para tomar un vuelo a Los Ángeles. «¡Maldita bebida! —pensó—. Por favor, que esté viva hasta que yo llegue.» Le temblaban las manos, le dolía la cabeza y sentía el estómago revuelto. Nunca le había parecido que el mundo pudiera ser tan terrible.

«¡Maldita bebida!»

2

Abajo, abajo, abajo.

Sentía que las piernas se le movían en unas aguas muy espesas. Pero luego la escena cambiaba. Estaba en un salón que olía a quemado y trataba de despertar a su padre. Pero sabía que no lo conseguiría. Era un desconocido.

Y de pronto era la mano de una niñita a la que se aferraba, aunque sabía que sería su ruina. Y cuando la niñita abría los ojos, salía fuego de ellos. Annie trataba de huir, pero las pequeñas manos la retenían con fuerza.

Las llamas le lamían las piernas y devoraban el camisón, y la casa se derrumbaba, apagando sus gritos.

Y la niñita sonreía mientras tiraba de Annie, acercándola más, cada vez más...

Por último, todo terminaba. Desaparecían las llamas, el olor a quemado y la macabra figura de su pequeña asesina.

Pero, al despertar, el dolor era tan horrible que los gemidos se ahogaban en su garganta.

Al abrir los ojos se dio cuenta de que su rostro estaba cubierto por una máscara sofocante. Trató de mover los brazos, pero no pudo. Su boca estaba cerrada, era imposible gritar. También sus piernas estaban inmovilizadas.

«Déjenme morir –suplicó para sí–. Por favor, déjenme morir.»

Era un pensamiento lógico, y un ruego desgarrador.

Pero para los que la rodeaban no tenía sentido.

Porque oía las voces de la gente.

–No se preocupe –le dijo una enfermera, hablándole al oído–. Ya viene el médico. Enseguida se encontrará bien; no se ponga nerviosa.

Casi de inmediato, oyó una voz de hombre.

–Vamos a administrarle morfina... un cuarto de gramo... Sí, tiene muchos dolores...

Se alegró de que no le hablaran. Las voces denotaban preocupación. Sintió un pinchazo, las voces perdieron nitidez. El dolor quedó camuflado en medio de sus pesadillas, burlándose de ella, sin abandonarla. Entonces pudo localizarlo. Se centraba en el abdomen y la cara. Se irradiaba hacia la columna, el cuello, el brazo derecho y la pierna izquierda.

–Señorita Havilland, soy el doctor Reid –dijo la voz de un hombre. El rostro con gafas de un hombre joven apareció ante sus ojos–. Soy el residente de cirugía; éste es el hospital de UCLA, señorita Havilland. ¿Sabe por qué está aquí? ¿Recuerda lo que sucedió?

Trató de sacudir la cabeza, pero la mano la contuvo.

–No, señorita Havilland. No trate de mover la cabeza. Eso es muy importante. La tiene inmovilizada porque nos preocupa las posibles lesiones en el cuello. Ahora quiero que cuando me responda sí cierre los ojos una vez y dos veces para no. ¿Puede oírme bien?

Annie cerró los ojos. Al hacerlo recordó la señal en la ruta: SIN SALIDA...

–Sufrió usted un accidente de tráfico, señorita Havilland. ¿Lo recuerda?

Cerró los ojos con indiferencia.

–Eso sucedió hace treinta y seis horas. Ya la hemos operado para detener una hemorragia interna y un desgarramiento del bazo. Por eso le duele el estómago. Tiene la mandíbula sujeta con alambre porque se la fracturó al chocar contra el parabrisas del coche. Tiene una máscara especial en el rostro para proteger los cortes y las magulladuras. La sonda en el brazo y el tubo en la nariz son necesarios para mantener su situación estable y alimentarla, pero no los tendrá mucho tiempo. ¿Me ha comprendido?

Movió los párpados con dificultad.

–Ahora bien, su cadera, su pierna izquierda y el hombro derecho tienen unos tensores especiales para mantenerla inmóvil hasta que podamos practicarle una operación para corregir las fracturas. Lo mismo sucede con su columna. Está muy dañada, pero todo se solucionará. Ahora lo más importante es que se mantenga inmóvil a menos que nosotros le pidamos que mueva una parte específica de su cuerpo. Sé que es muy molesto, pero es de suma importancia. ¿Me comprende?

La desesperación con que asintió resultó perceptible sólo para ella.

–Ahora quiero que haga un par de cosas. Voy a tocarle el pie derecho y me gustaría que moviera los dedos hacia el techo...

La felicitó mientras movía los dedos de los pies y de las manos y los ojos cuando se lo indicaba. Luego comenzó a interrogarla sobre los dolores. Cerraba los ojos ante cada pregunta, ya que le resultaba imposible decirle que el dolor estaba en todas partes...

Un pensamiento cruzó su mente adormecida por los calmantes. Una palabra, que no llegaba a salir de sus labios, pero que sabía que también estaba en la mente del médico.

«El bebé...»

Sintió que le tocaba la mano y sacudía la cabeza.

–Ya tendrá otros bebés, señorita Havilland. Trate de no deprimirse. Lo que importa ahora es que saldrá de esto. No hay daños irreversibles en el aparato reproductor. Quiero que se concentre para cooperar con nosotros. ¿Hará eso por mí?

Su mente se oscureció, como si la droga la ayudara a

olvidar su desesperación. Sospechaba que el médico le mentía en cuanto a sus posibilidades de recuperarse. Ese pensamiento le resultó placentero. El mundo era un lugar que abandonaría con alegría.

Ahora se sentía como una momia, condenada al silencio, la inmovilidad y el dolor. Luego se sumergió en un sueño profundo.

3

Cuando despertó la habitación estaba en penumbra. Pero podía ver la luz del día a través de las persianas. En medio de su debilidad, sentía como si se le clavaran cuchillos en la cabeza.

Casi antes de poder pensar, comenzó a gemir. Supuso que debía de haber algún timbre para llamar a la enfermera, pero no podía mover la cabeza para buscarlo. La intensidad del dolor le impedía pensar.

Una mano de hombre, con dedos largos manchados de nicotina, atravesó su campo visual, cogió el timbre y lo oprimió. Luego lo colocó en la mano de Annie.

Vio a Damon Rhys, quien la miraba con sus ojos azules que brillaban en la penumbra.

–Aquí lo tienes, querida. Sujétalo. Vas a necesitarlo.

Trató de saludarlo, pero Rhys sacudió la cabeza.

–Tranquila, nena –instó, comprendiendo su intranquilidad–. No trates de hablar. Ni te muevas. Estás vendada como una momia, pero te recuperarás.

Llegaron la enfermera y un médico residente.

–¿Necesita calmantes? –preguntó, mirando sus torturados ojos.

–«¿Un globo necesita aire?», pensó Annie.

–¡Por supuesto que los necesita! –bramó Damon–. Por Dios, hombre, no le haga pensar que tiene que responderle. ¡Déle el calmante y que sea rápido!

Sintió que le cogía con delicadeza la mano, mientras el médico preparaba la inyección.

—Tranquila, nena. No te preocupes, yo estoy aquí.

La voz de Damon era afectuosa, con un toque de furia contra el médico.

Su despertar había sido tan doloroso como el anterior, pero de alguna manera más soportable porque le resultaba familiar.

Comenzó a sentir el efecto del calmante y una vez más tuvo la horrible sensación de que la devoraban. El remedio le producía pesadillas casi tan espantosas como el dolor. Pero algo en su interior le dijo que eso era lógico. Sólo el infierno podía competir contra el infierno.

Sus ojos enviaron un mensaje de angustia a Damon Rhys, quien la observaba en actitud paciente.

—Ahora no te preocupes. Voy a controlar a estos tipos. Ya estás fuera de peligro, nena, y estás más fuerte. Te han operado y todo funciona bien. Te han arreglado las fracturas y te operarán la espalda. Esta tarde viene el especialista, y yo estaré contigo todo el tiempo.

Cerró los ojos, agradecida. Se preguntó cuánto tiempo hacía que Rhys estaba allí. Algo en su sonrisa, le dijo que conocía su secreto.

—Perdí el...

Su voz era un gruñido, casi no podía mover los labios.

—Lo sé, querida, lo sé —replicó Rhys.

La miró con una ternura de la que jamás se hubiera imaginado capaz.

—Ahora debes concentrarte en salir de ésta con toda la paciencia que puedas. Tu futuro es un libro abierto. Puedes tener todos los bebés que quieras. Y recuerda, no voy a dejarte. Así que cierra los ojos para demostrarme que estás de acuerdo.

Cerró los ojos y se quedó dormida.

4

Ni el agotado y preocupado Damon Rhys ni la muchacha herida en la cama advirtieron su presencia entre la cantidad de médicos y enfermeras que entraban y salían de la habitación.

El disfraz había sido sencillo: una chaqueta blanca de médico, una tarjeta de identificación y un estetoscopio.

Wally Dugas había entrado muchas veces en hospitales para realizar investigaciones. El sistema de seguridad tenía fallos y, con un poco de habilidad, siempre lograba lo que se proponía.

Esta vez, Wally había entrado directamente en la habitación privada a la que había sido trasladada Annie después de una semana en la unidad de vigilancia intensiva. Tal como sospechaba, las enfermeras que la cuidaban tenían en su poder una historia clínica especial.

Saludó a la enfermera y tomó el pulso a la paciente. Era muy tarde y posiblemente estaría bajo los efectos de los calmantes.

Era la primera vez que la veía en carne y hueso. Era dolorosamente obvio que nunca vería a la verdadera Annie Havilland. Se había ido para siempre. La máscara que cubría su cara no dejaba lugar a dudas.

Su historial clínico le dijo el resto. Tendrían mucho trabajo para conseguir un rostro humano, y mucho más para que volviera a ser el «Ángel del sexo».

Volvió la página para mirar las indicaciones referentes a la medicación: morfina, quince miligramos cada cuatro horas.

«Dios –pensó– va directa al agujero...»

Wally volvió a leer la página anterior. Estaba embarazada y había perdido el bebé.

Reflexionó sobre la situación. De acuerdo con el informe policial, estaba sobria cuando sufrió el accidente, pero no llevaba puesto el cinturón de seguridad. La policía creía que atravesaba un estado de fuerte alteración emocional. Podría tratarse de un intento de suicidio o no.

Levantó la vista y miró al hombre que dormía en un sillón. Era Damon Rhys.

Pensó en todas las presiones a las que había sido sometida la joven. Pero ni siquiera Kurth podría haberla empujado a eso.

Sólo el amor podía haberla llevado a hacer lo que hizo.

El amor y saber que estaba embarazada...

Wally estaba convencido de que Shain era el responsable. Eso podría corroborarlo por medio de una discreta investigación, realizada años atrás. Gracias a ella conocía los hábitos sexuales de Shain.

¿Se habría negado Shain a reconocer al hijo? ¿La habría culpado por quedarse embarazada? Ya lo averiguaría, no tenía prisa.

Tomó nota de que su tipo sanguíneo era AB negativo. Pero ya lo sabía por el certificado de nacimiento. Algún día encontraría a la hermana perdida de Annie y podría conocer su tipo sanguíneo. Entonces sí controlaría el asunto.

«Quizá...»

Se mordió el labio mientras pensaba que quizá conociera a Annie mejor que ella misma. Aquella muchacha era una mezcla de su padre solitario y terco y de su madre actriz. Y con algo de su hermana. ¿Habría sospechado que su rápida carrera por la vida, rumbo al éxito, iba a terminar en una cama de hospital?

«Seguramente, no», meditó con tristeza Wally. Uno aprendía esa clase de cosas un instante demasiado tarde.

5

Durante los días que siguieron, Annie fue cobrando conciencia de la gente y las cosas que la rodeaban. Todavía tenía el tubo en la nariz y la sonda en el brazo. De vez en cuando, podía tomar líquidos con una pajita, aunque pasarían semanas antes de que pudiera comer algo sólido.

Su rostro permanecía vendado durante veintidós horas al día, a fin de que se cicatrizaran las heridas y la mandíbula se mantuviera inmovilizada.

Entretanto, el resto de su cuerpo seguía atacado por oleadas de dolor insoportable. El grupo de fisioterapia, dirigido por una joven que desbordaba vitalidad, llamada Judy Hagerman, se ocupaba de que realizara ejercicios simples, combatiendo su depresión, enfrentándola al mundo real para que abandonara su obsesión por el dolor.

A Annie le era terriblemente costoso responder al amistoso interrogatorio de Judy, pero apreciaba el interés de la joven.

También sabía que Damon Rhys permanecía junto a ella todo el tiempo. No sabía cuánto o dónde dormía. Lo único que sabía era que, cada vez que abría los ojos, podía verlo leyendo o escribiendo. Y cada vez que miraba su imagen en el espejo, él parecía notarlo, pues la observaba. Se acercaba a su cama y, si detectaba problemas, corría en busca de un médico.

Había contratado a tres enfermeras especiales para atenderla en turnos de ocho horas, porque no confiaba en el personal del hospital.

Algunas veces, Annie sentía el aroma a whisky, procedente del rincón donde Rhys se sentaba.

Cuando los especialistas la visitaban, Rhys salía con ellos al pasillo para intesarse por sus opiniones. Había una nota de preocupación paternal cuando hablaba de ella. Si se demoraban en administrarle los calmantes, su voz amenazadora resonaba en el corredor.

Annie nunca había imaginado que fuera posible sentir tanto dolor. El mundo era una pesadilla viviente, con su cuerpo destrozado en el centro.

Damon parecía sentir lo que Judy ya sabía: era necesario conectar a Annie con la realidad y mantenerla ocupada. Por eso pasaba largas horas leyéndole las noticias. También le explicaba sus planes para cuando pudiera salir del hospital.

—Hemos puesto una cama ortopédica en el dormitorio de atrás. Podrás ver las montañas. También un televisor y un aparato de música, aunque ya tendrás música con mi violín. Irán las enfermeras especiales y Conchita se ocupará de la comida. Eso es fundamental. También hemos preparado todo lo necesario para la terapia física. ¡Aquello ya parece un gimnasio! Y la vecina dice que podrás usar su piscina cuando quieras. Lo pasarás muy bien, querida.

—¿Por qué estás haciendo todo esto? —articuló Annie con dificultad—. Sé lo ocupado que estás. ¿Por qué no te dedicas a tus cosas y te olvidas de mí? Ya he destrozado mi vida. No quiero destrozar la tuya mientras estoy aquí.

Se le acercó y le cogió la mano.

—Nunca tuve una hija. Déjame sentir que me necesitas. Me estás haciendo un favor, ¿sabes, nena?

La única respuesta fue un parpadeo, pero su mano se apoyó con gratitud sobre la de Rhys.

Jan, la mayor y con más experiencia de las tres enfermeras especiales, sacudía la cabeza una noche mientras charlaba con la jefa de enfermeras de la planta.

—He visto a gente en mal estado, pero lo de esa pobre chica es realmente espantoso. Si consiguiera salir de ésta, sería un caso entre un millón. La mayoría de los pacientes en su estado no lo consigue.

—¿Cómo anda de ánimo? —preguntó la jefa.

Jan frunció el entrecejo, pensativa.

—Es curioso; a su manera, quisiera morirse. Ni siquiera el señor Rhys consigue animarla. Pero algo en su interior está esperando. Tiene una fuerza interior y, pese a su depresión, creo que saldrá adelante.

—¿Recibe visitas?

—Eso no cambia. Cada mañana llama Roy Deran, de Nueva York. Y manda una postal cada día. Y también Cantele, el de los coches. Está desesperado. Y todas las tardes, de dos a tres, como un reloj, una amiga llamada Aleine de Graw se instala en la sala de espera. Hace crucigramas y charla con las enfermeras. Es una mujer muy dulce; casi todas las chicas le cuentan sus problemas. Me gustaría tener amigas así.

—¿Y Shain? ¿Se preocupa por su estado?

—Apareció la primera semana. Por supuesto, no le dejaron entrar. Creo que el señor Rhys dijo que le cortaría la garganta si ponía un pie en la habitación de Annie. Desde entonces no ha vuelto.

En la habitación, Annie miraba la televisión a través del espejo. Damon, dormitaba en su sillón y la observaba de vez en cuando.

En un estante habían sido colocadas todas las tarjetas y en la mesa uno de los innumerables ramos de flores enviados por amigos y admiradores. Los otros se los llevaban las enfermeras para los pacientes más necesitados.

Ese día, las flores eran preciosas y Jan las había colocado en el lugar de honor, aunque habían llegado sin tarjeta, desde Miami.

Lo había comentado con Annie al colocar el florero, pero la joven no había podido aclarar el misterio.

No conocía a nadie en Miami.

6

Alice Havilland había desaparecido y eso era demasiado para Wally.

Pero el hecho que había precipitado su desaparición era la clave que lo convencía de que sus suposiciones sobre ella eran correctas.

Hacía unos diez años, la hija, cuando tenía doce o trece años, se había escapado de pronto de la custodia de Alice.

Sonny Ruggiero, un jugador que era el amante de Alice en esa época y que ahora se hallaba en prisión, recordaba el episodio.

—Era un invierno muy frío en Cleveland —le contó—. Estábamos en un motel de la ciudad. La chica se fue una mañana, mientras dormíamos. No se llevó nada, sólo su ropa. Dejó unos pocos juguetes viejos y algunos libros. Yo me quedé sorprendido. ¿Adónde podía ir una niña?

Sonrió.

—Pero, pensándolo bien, sabía arreglárselas muy bien sola. ¡Y por Dios que aquella chica era alguien de verdad!

El brillo en los ojos indicó a Wally que el hombre la había tenido en la cama.

—¿Y cómo se lo tomó Ali? —preguntó Wally.

—Bueno, no sé cómo explicarle. Tendría que haber conocido a Ali. No le gustó. Parecía, no sé, pensativa. No se puso como una loca, ni salió a buscarla. Se quedó como pensativa.

—Así, pues, no buscó a la chica. ¿Y qué pasó después?

El hombre volvió a sonreír.

–Se fue. Me dejó plantado. Desapareció. Y nunca volví a verla, ni supe nada de ella.

Hizo una pausa.

–Algunas veces pregunté por ahí..., pero se había borrado del mundo. Supongo que murió. No se puede desaparecer así. Siempre se sabe dónde está la gente. Y ya han pasado diez años.

Suspiró.

–No sé, pienso que Ali podría estar en algún lugar, muy lejos de la gente que conocíamos o, si no, muerta. Una de dos.

–¿Por qué sólo esas dos posibilidades? –preguntó Wally.

–Tendría que haberla conocido –repuso Sonny–. Debe de haber conseguido cazar algún cliente tonto, un viejo con pasta o un marido. O enloquecería a alguno tanto como para terminar con el cuello roto. Una de esas dos cosas. Créame.

Wally lo hizo.

A su manera ruda, Sonny Ruggiero había apuntado directamente al núcleo de la psicología de Alice. Wally estaba convencido de que ya no era una prostituta. Y no por la edad. Había mucho trabajo para mujeres como ella.

Sonny tenía razón al sospechar que Alice había abandonado aquella vida después de la desaparición de Christine. Pero estaba equivocado al pensar que era una coincidencia.

Alice abandonó esa vida *porque* Christine se había liberado de su dominio.

Wally miró por milésima vez la fotografía de la madre y la hija. La mano de la mujer apoyada sobre el hombro de la hija no era una mano protectora. Era un gesto de dominio y castigo.

Cuando la adolescente se libró de la dominación de la madre, la vida destructiva dejó de tener sentido.

Y, por supuesto, no persiguió a la niña. Dado que vivía al margen de la ley, no podía recurrir a medios legales para recuperarla. Y podía haber otra razón. Era posible que Alice tuviera miedo de su hija.

Wally sonrió al pensar que actualmente sería una mujer muy atractiva y que con seguridad debía de haber conquistado a algún hombre rico, un banquero o un ejecutivo. Era probable que considerara que doce o trece años habrían sido suficientes para marcar la vida de Christine para siempre.

Wally no tenía duda alguna respecto a qué pensaría una persona como Alice. Como tampoco dudaba de que algún día la encontraría.

La hija era otro asunto. Mucho más simple, desde luego.

Y tal vez más peligroso.

Honey, Tippy, Tina, Christine.

Cualquiera que fuera su nombre, ¿cuál habría sido su primer destino en aquella fría mañana de Cleveland?

La lista de posibles destinos era corta: el sur de California, Arizona, Miami.

Y como había crecido en el Este y en el Medio Oeste, elegiría Miami.

Encontrarla sería fácil, si seguía viva.

Wally estaba satisfecho de la evolución de sus investigaciones.

Al ocuparse de Annie había descubierto que su madre no estaba muerta. Y eso lo había conducido a una tercera persona desaparecida, la más enigmática de todas: Christine.

Y sabía que la encontraría pronto.

Porque aquel rostro en la fotografía con una mirada vacía y expectante, era igual que el suyo.

7

Harmon Kurth se puso de pie para recibir al visitante que entraba en su oficina.

El hombre, de pelo claro, tendría unos treinta años. Era alto y musculoso. Su apretón de manos era firme, pero no agresivo.

—Soy Frank McKenna, señor Kurth. Me alegro de conocerlo.

—Mucho gusto, Frank —sonrió Kurth—. Siéntese.

Mientras el desconocido acomodaba sus largas piernas, Kurth estudió sus ojos. Eran tranquilos, cautelosos, y de un color castaño claro. Daban la impresión de pertenecer a una inteligencia controlada. Se preguntó si sería el hombre que necesitaba. Tendría que averiguarlo.

—Bien —continuó—. Martin Farrow me ha hablado mucho de usted, Frank. Tengo entendido que empezó tarde la carrera de abogado.

—Así es, señor.

Aunque no dio explicaciones, Kurth sabía que había tenido que librar una dura batalla para pagar una vieja deuda de familia mientras estudiaba Derecho en la Universidad de Stanford.

—Pero eso no le ha impedido hacer una buena carrera.

Reaccionó a la pregunta con un gesto de incomodidad. Era evidente que no le gustaba hablar de sí mismo.

—Pero no está aquí por eso —prosiguió Kurth—. Marty Farrow me ha dicho que es usted un hombre en el que se puede confiar. Es por eso que lo ha enviado, para un trabajo importante, aunque pequeño.

—Sí, señor.

—Tenemos una actriz, aquí en International, cuyo nombre es Annie Havilland. Supongo que ha oído hablar de ella.

—Sí, señor.

—Bueno, como debe de saber, sufrió un accidente terrible. Casi se mata. Ahora está en el hospital, luchando por su vida. Es una cosa horrible. Todos estamos muy apenados. Annie es alguien muy especial para nosotros. Queremos que reciba todo nuestro apoyo. Pero no es aconsejable que se la visite, y no está en condiciones de recibirnos. Está del todo inmovilizada y es una mujer orgullosa. Como verá, está soportándolo todo sola. Y aquí es donde entra usted, Frank. Necesito a alguien en quien pueda confiar para que visite a Annie y se entere de cómo se encuentra. Al mismo tiempo, como mi representante oficial, quiero que se ocupe de que le apliquen la terapia adecuada.

Se encogió de hombros.

—Ya sé que la tratan los mejores especialistas —alegó—. Pero necesito saber más, tengo miedo de que se deprima; los hospitales son lugares muy impersonales.

Se mordió los labios, con gesto preocupado.

—Su informe me aliviará, Frank —aseguró—. Lo haría yo, pero sé que no quiere verme. Sospecho que está peligrosamente deprimida. Para eso lo necesito, Frank, para que me informe y me diga la verdad. Y, como se imaginará, eso no es posible en un lugar como éste, donde hay tantos aduladores... Bueno, ¿puede hacerme ese favor?

Un instante de vacilación indicó que Frank analizaba la insólita petición. Pero no podía negarse.

—Sí, señor —aceptó por fin—. Haré todo lo que pueda.

—Maravilloso. —Kurth se puso de pie—. Sabía que podría contar con usted, Frank. Marty me habló muy bien de usted; al parecer tiene un gran futuro.

Se dio cuenta de que Frank era mucho más alto que él, lo que le produjo una cierta incomodidad. Sin embargo, los ojos de McKenna no parecieron advertirlo.

—Recuerde, pues —indicó Kurth, mientras le estrechaba la mano—, que esa joven es una gran actriz y alguien muy valioso. Le debemos mucho y queremos ayudarla. Ocúpese de su depresión, busque alguna forma para que recupere las ganas de vivir. Pero dígame qué observa usted. Quiero hacer todo cuanto sea posible por ella.

—Haré todo lo que pueda, señor.

McKenna salió del despacho y Kurth se sentó, satisfecho.

Si Martin Farrow tenía razón, McKenna era el hombre que necesitaba. Alguien que no era del estudio, en quien se podía confiar pero que carecía de poder.

Y, tal vez, un joven que consideraría un privilegio el poder tener contacto personal con una estrella como Annie Havilland.

Un espía que no sabía que lo era.

Un agente que informaría lealmente a Kurth, que se preocuparía por el bienestar de Annie, y que jamás podría imaginar que su trabajo lo llevaría de modo inevitable a causar daño.

8

Durante las primeras doce semanas después del accidente, Annie permaneció postrada en la cama. La necesidad de tener inmovilizada la columna la obligaba a mantener aquella posición.

Contaba con un nuevo soporte que le permitía mover un poco la cabeza, y sus fracturas ya no necesitaban el sistema de tracción. Le habían retirado el tubo nasal y ya podía comer. Al cabo de ocho semanas ya no tenía el alambre en la mandíbula, ni la máscara elástica en la cara, aunque seguía vendada a causa de las heridas. Su rehabilitación era lenta y dolorosa.

Durante ese período, aunque cooperaba con todos, se sentía deprimida y sin fuerzas. El dolor de la columna le imposibilitaba dormir y los calmantes resultaban insuficientes.

Los médicos decidieron practicarle al cabo de unos pocos meses una operación en la columna para terminar con los dolores. Pero las esperanzas de éxito eran muy relativas. Mientras tanto, intentaban calmarla con electroestimulación, bloqueo de nervios e incluso acupuntura, pero el dolor se resistía a abandonarla.

Un día, durante su segunda semana en el hospital, o tal vez ya en la tercera –no recordaba claramente esa época–, Annie se dio cuenta de que había un rostro nuevo en el espejo situado junto a su cama.

Era un hombre muy alto, de ojos suaves y pelo claro. Llevaba un traje de estilo clásico y la miraba inexpresivo.

–Señorita Havilland –dijo–, espero no molestarla. Mi nombre es Frank McKenna. Simplemente quería saber cómo está.

Annie murmuró algo ininteligible. Supuso que pertenecía al personal del hospital.

–Estoy aquí a petición de sus colegas de International –continuó–. Quieren estar seguros de que la tratan bien. El estudio se preocupa mucho. Sólo quería pasar a verla y...

Pero al mencionar a International la mirada de Annie se alejó. El desconocido sintió el hielo detrás de su silencio. Tampoco podía adivinar sus pensamientos.

«Kurth –pensaba Annie–. Quiere saber cuánto le voy a costar a la compañía.»

Frank debía de ser un espía, enviado para asegurarse de que no tendrían problemas con ella. Bien, no iba a darle armas.

Cerró los ojos y fingió dormir. A los pocos minutos, gracias a los calmantes, se durmió de veras.

Cuando despertó, descubrió sorprendida que el desconocido seguía allí. Estaba sentado, mirándola.

Suspiró, indignada. El hombre se puso de pie y se aproximó.

Parecía incómodo por su intrusión, pero mantenía una calma que la impresionó. Su mirada firme y directa inspiraba confianza, aunque eso le resultaba imposible de creer porque sabía que estaba allí por Kurth.

Eso hizo que se forzara a hablar impulsada por la ira.

–No tiene que perder el tiempo quedándose aquí –adujo–. Los médicos le avisarán si empeoro. Estoy segura que tiene trabajo en el estudio.

Sacudió la cabeza.

–No trabajo para International, soy abogado de una firma que trabaja con el estudio.

«Entonces vuelve a tus libros de Derecho y déjame sola», estuvo a punto de decirle; pero la fatiga y su sentido de la educación le impidieron hacerlo.

Por toda respuesta, levantó apenas la mano y suspiró.

–No se desespere –aconsejó el hombre, como un eco lejano–. Trate de tener paciencia.

Su demostración de simpatía no obtuvo respuesta.

–Hago todo lo que puedo –murmuró, mirando hacia otro lado.

Un rato después oyó que la puerta se cerraba.

9

El desconocido llamado Frank regresó.

Visitaba a Annie cada dos semanas. Cada vez que entraba, Damon salía y los dos hombres intercambiaban unas palabras.

Annie no podía negarse a aquellas visitas, ya que Damon lo aceptaba y parecía alegrarse de que continuaran.

Resolvió tolerarlo mientras no la obligara a hablar sobre su tratamiento. Pese a su falta de respuesta, Frank permanecía esperando por una conversación que nunca se producía.

Durante esos silencios. Annie lo examinaba con detenimiento.

Vestía muy bien, con trajes oscuros a rayas que combinaban bien con su cuerpo alto y fuerte. Era bastante apuesto, tenía el rostro cuadrado y la nariz grande. Tal vez su esposa lo admirase; pero algo le decía a Annie que no estaba casado.

De todos modos, cualquier mujer lo encontraría atractivo. Por su aire sereno y equilibrado, los miembros largos y los ojos, de mirada suave y tierna, aunque no dejaban traslucir sus pensamientos.

Pero su atractivo físico servía sólo para aumentar su desagrado, cuando recordaba que realizaba la visita por encargo de International. Para Frank ella no era más que una propiedad dañada.

Pero sentía que el hombre intentaba sinceramente ayudarla a salir de su encierro. En condiciones normales le habría resultado simpático y habría sentido interés por saber algo sobre su vida.

Pero Annie tenía demasiados dolores para preocuparse por la molestia que le causaba con su silencio.

Todo lo que se refería a aquel hombre le resultaba insultante.

Era demasiado amable, demasiado silencioso, demasiado fuerte, demasiado *Frank*.

Pero una parte de ella esperaba visitas. La serenidad de Frank parecía actuar sobre ella como un sedante, pese a la irritación que le causaba que invadiera su intimidad.

Y como el enemigo que devoraba su vida era invisible e intocable, resultaba agradable tener a alguien a quien odiar.

Un día se acercó para decirle:

–Hoy la veo más fuerte, la felicito.

La respuesta de Annie fue un imperceptible gesto de rechazo.

–He visto *Medianoche* muchas veces –sonrió–. Creo que estuvo excelente en ese papel. Debe de sentirse muy orgullosa por su trabajo. Me doy cuenta de que le costó mucho.

Los ojos se le llenaron de lágrimas sin que pudiera evitarlo. Un gemido de angustia escapó de su garganta.

–¿He dicho algo malo? Lo único que he querido decir es que me pareció que Liane era muy diferente a usted, ahora que la conozco un poco, y que debió de ser un gran desafío dar vida a un personaje como ése. Perdóneme si no he tenido tacto al decirlo.

«Usted no me conoce» quiso decirle; pero guardó silencio. Y en lugar de hablar hizo un gesto con los ojos, para recordarle su situación actual.

–Tiene que darse tiempo –indicó en tono amable–. De veras, se pondrá bien.

Podía sentirlo cerca de ella; su mano parecía que deseara tocarla con simpatía, pero vaciló. Para no darle ánimos, miró hacia otro lado como si esperara que se marchase.

Cuando por fin cerró la puerta, sintió que no podía contenerse.

Después de todo, McKenna había logrado llegar a ella. Esperaba que se sintiera satisfecho.

Dos semanas después, cuando regresó a visitarla, otra vez lo esperaba el silencio.

10

Rubia..., muy joven..., hermosa...

Fue sorprendentemente fácil. Y Wally acertó al pensar en Miami.

El rastro de la niña apareció de inmediato. La gente la recordaba como una de las jóvenes prostitutas más prodigiosas, capaz de ganar miles de dólares al día.

Pero Wally debía actuar con precaución, porque la gente que le hablaba de Christine –ése era el nombre que usaba ahora– no lo hacía sobre una figura del pasado. La conocían como una adulta, activa y con éxito.

Y peligrosa.

Wally hacía sus averiguaciones con cautela, dejando entrever que buscaba a Christine para acostarse con ella.

Se enteró de que la muchacha, a diferencia de su madre, no había elegido aquella vida por propósitos perversos y tal vez demenciales.

Christine era inteligente y quería prosperar. Y por encima de todo, tenía coraje.

Todos le contaban la misma historia: elegía a sus protectores y se libraba de ellos cuando le apetecía. Ahorraba dinero, se cuidaba bien y era discreta. No había sido fichada por la policía y era una consumada chantajista.

No había fotos de ella.

Wally recorrió el camino de Christine hasta llegar a Tony Pietranera.

Joseph Mancini, de Miami, le habló con satisfacción del trato que hiciera con Tony, con lo que añadió otra pieza al rompecabezas de la personalidad de Christine.

–Ella es una buena chica, una de las mejores –explicó Mancini–. Tal vez, la mejor. Pero no se puede trabajar con una chica así si uno es un hombre de verdad. Ella no acepta órdenes. Un hombre inteligente se daría cuenta enseguida de que sería capaz de cortarle la garganta. Ésa es una verdad que sólo un tonto ignoraría. Y algo más –prosiguió–: para manejar mejor al hombre, hará que se enamore. Yo experimenté lo que le cuento en carne propia, y corté el lazo antes de que fuera demasiado tarde.

Hizo una pausa, pensativo.

–¿Cómo describirlo? Una dignidad..., una ternura..., no sé, pequeñas cosas. Se mete dentro de la piel. Le toca a uno el corazón. Hace que tenga uno ganas de cogerla en brazos, sentarla en las rodillas...

Levantó un dedo y arqueó una ceja con ironía.

–Ésas son señales que un hombre prudente reconoce

—prosiguió—. A una mujer así hay que tratarla como si fuera un miembro respetable de otra familia. Tenerla demasiado cerca es peligroso. Por eso se la vendí a Tony. Un tipo estúpido. Un mediocre. Perfecto para ella. Me dio lástima y quise prevenirlo, pero no me hizo caso. Y le aseguro que ya está listo y va a pagar por eso.

Se encogió de hombros.

—Pero cada hombre debe elegir su propio veneno —sentenció.

—¿Dónde puedo encontrarla? —preguntó Wally.

El hombre sonrió.

—Mire lo que le rodea —contestó—. Trabaja en toda la Costa, desde Boston a Miami. También en Chicago, Detroit... Pero ahora, en invierno, los hombres ricos están en Florida. Allí encontrará a Christine. Pero tenga cuidado, puede hacer que se enamore de ella. No diga que no le previne.

Wally no se molestó en decir a Joseph Mancini lo que ya sabía desde hacía tiempo. Ya estaba medio enamorado de Christine.

Pero no como un hombre se enamora de su amante.

Su corazón latía por la niñita de la foto.

Sabía que los abusos no siempre destruían a los niños. La Naturaleza les daba defensas. Pero invariablemente destruían a los adultos que llegarían a ser, y eso era lo más perverso.

Christine había pasado la niñez anhelando la liberación, que al llegar le dejó únicamente un vacío interior. Su agonía era silenciosa e invisible para los demás.

Por eso la amaba.

Y por una vez, sólo una vez, quería verla.

Wally todavía trabajaba para Harmon Kurth. Pero sabía que arriesgaba su vida al llevar la investigación hasta el final. Su destino lo esperaba en algún lugar de la noche, con la enigmática flor que creciera bajo el odio asesino de Alice Havilland.

Una flor, sin duda, más bella que ninguna.

Cuando la encontrara, lo sabía, afrontaría el peligro.

Y ese peligro lo atraía más que cualquier otra cosa.

11

Los Angeles Times. *5 de mayo de 1971*

Cinco meses después del accidente de coche que casi termina con su vida, el estado de Annie Havilland sigue siendo grave.

La actriz salió del hospital de UCLA hace siete semanas y recibe tratamiento en la casa de su amigo y mentor, el escritor Damon Rhys. Mientras se somete a tratamiento a causa de sus múltiples fracturas, espera que las operaciones de cirugía plástica restauren su rostro y una operación de la columna repare los daños en las vértebras cervicales.

Hemos sido informados de que, debido al dolor crónico, la señorita Havilland se ha convertido en una adicta a los calmantes. Los médicos que se ocupan de su tratamiento ni confirman ni niegan este punto.

Damon Rhys observaba el sueño de Annie. Sabía que, cuando despertara, su agonía y su depresión no disminuirían. Todos sus esfuerzos por animarla habían fracasado.

Llevaba casi cinco meses observando su batalla perdida contra el dolor insoportable y sus siniestros aliados, las drogas. Era una batalla desigual, pues el dolor le restaba fuerzas para recuperarse y los calmantes le producían una apatía que le impedía volver a sentirse bien.

Sin embargo, Damon sospechaba que la degradación de su estado físico —ya pesaba sólo cuarenta y ocho kilos— se debía a una desesperación interna que la consumía de forma gradual. Y creía que la causa era la pérdida del bebé. Resultaba patético verla, ya que era una luchadora y su deseo de vivir constituía algo natural en ella. Desde el día en que la conoció, Rhys supo que era de la clase de personas que no se rinden y no aceptan un destino que no sea el decidido por ellas. Esa determinación, junto con su talento, había sido lo que le había decidido a confiarle el papel de Liane.

Recordó el accidente. ¿Deseaba Annie matarse? De manera consciente, no. Ella no.

No. Si conducía tan deprisa habría sido por furia o preocupación, y se habría despistado al mirar la casa vacía de Rhys.

Pero a nivel inconsciente... Ésa era otra cuestión.

Se mordió los labios. ¡Sabía tan poco sobre ella! Su pasado, su padre adorado, la madre de la que nunca hablaba. ¿Cómo podía pensar en sus motivaciones?

De una cosa estaba seguro. El embarazo era la prueba de que Eric tenía algo que ver con su estado aquella noche.

Eric, quien con mucha prudencia había desaparecido después de un intento de visitar a Annie, pero cuya foto aparecía en la portada de todas las revistas, acompañada por la historia del dolor que le había causado la tragedia de su gran amor...

Durante el rodaje, Damon estaba seguro de que entre Eric y Annie no ocurría nada personal y eso le había producido un gran alivio; entonces agradeció que el irresistible encanto de Shain no le causara problemas en el trabajo.

Pero luego dejó de verlos y los olvidó. Al pensar en sus cosas, no se molestó en preocuparse por Annie.

Y debió haberlo hecho.

Eric Shain era su amigo, uno de los mejores actores de su generación, y más enfermo que ningún otro. Comparado con Shain, hasta Damon era un modelo de salud mental.

Pero Eric hacía que su enfermedad le confiriera a su persona un brillo especial. Ése era su talento, como actor tanto como persona. Y ésa era la clave de su seducción.

Y Annie había caído en la trampa- ¿Por qué no? Era un país libre. Podía elegir lo que quisiera.

¿Pero cómo había podido cegarse de aquella manera? Bueno, las mujeres son caprichosas. Y había algo más. Seguramente Shain despertaba sus instintos maternales.

¿Por qué había elegido al menos real de los hombres, al menos fiable de los amantes?

¡Y había permitido que la dejara embarazada!

Damon se acercó a la cama y contempló afectuoso a la joven que dormía.

Necesitaba beber, pero debería esperar hasta la noche, cuando llegara Jan a cuidar a Annie.

Quería emborracharse como en Cuernavaca...

Sacudió la cabeza para alejar su sentimiento de culpa.

Annie apareció como la víctima inocente de Shain. Pero en realidad era tan complicada como él. Y los dos tenían algo vital en común: eran actores. En la pantalla, por supuesto, pero también en la vida real.

Liane había matado a Terry en la película, y en la vida real los papeles se invertían. Pero Damon sabía que en el interior de Annie, sin que ella lo supiera, había algo mucho más peligroso que todos los Shain del mundo.

Detrás de la sonrisa, de aquellos ojos de tono plateado, tal vez en el centro de su coraje, se ocultaba algo que ella no aceptaría como propio.

Mientras contemplaba a Annie se dio cuenta de que todo lo sucedido lo llevaba otra vez a la necesidad de crear.

Tenía una idea.

Se acomodó en su sillón para empezar a escribir. Pero una vez más miró a Annie. Una última mirada antes de sumergirse en su próximo trabajo. ¿Guión? ¿Teatro? ¿Novela? No lo sabía. Pero era real y crecía en su interior.

Y el centro de todo era Annie. Ahora lo veía. Pero era más fuerte aún...

Tal vez más fuerte que Annie, pero no mayor que su destino.

Impensable sin ella. Sin Annie.

Se sintió tan egoísta como en Cuernavaca. Se encerraba en sí mismo, mientras Annie se quedaba con su dolor y sus vendajes.

Pero algo cobraba vida en su interior y debía obedecer a su dictado.

Dirigiendo una última mirada a la joven, se alejó.

12

Christine tomaba el sol tumbada junto a la piscina, una hora antes del almuerzo.

Tenía tres citas, una con un turista a quien había conocido

la semana anterior y las otras con dos jubilados. Tony tenía que solucionar algunos asuntos en Orlando, así que estaba sola.

Había fijado la mirada en un hombre joven que estaba, con su mujer y sus hijos, al otro lado de la piscina. Era atractivo y parecía un ejecutivo o un abogado. Debía de tener dinero o una cuenta de gastos importante para poder alojarse allí.

Había captado de inmediato la mirada de Christine y no le quitaba los ojos de encima mientra su esposa leía una novela.

En la soledad, Christine ordenaba su juego. Por cada jubilado que moría, necesitaba un nuevo cliente. Por cada chantajeado que quedaba en la miseria, necesitaba una nueva víctima.

De este modo, permanecía como una paciente araña, leyendo, mientras observaba a través de sus gafas de sol a la gente que la rodeaba.

Tomó nota de un hombrecito de aire inofensivo que se acercaba en dirección a ella. La ropa le sentaba mal y parecía un payaso. Con aspecto de vendedor sin suerte, de cara redonda, pelo claro y ojos pequeños.

–Perdóneme –dijo, con una sonrisa tímida–. ¿Me podría permitir unas palabras, señorita...?

–¿En qué puedo ayudarlo? –preguntó con tono amable.

–Bueno, para abreviar una larga historia, se trata de una persona desaparecida. Soy detective. Mi apellido es Dugas. Pero llámeme Wally.

Le dirigió una sonrisa inocente, mientras le tendía la mano. Christine la estrechó sin responder.

–Estoy buscando a una joven que desapareció hace tiempo –continuó–. He hablado con algunas personas y creen que usted puede haberla conocido. Es algo muy raro, señorita, pero le agradecería que me permitiera robarle unos minutos de su tiempo.

Todavía silenciosa, Christine lo observó.

–No quisiera molestarla –prosiguió–, pero creo que usted conoce a Tony Pietranera. Para ser sincero, él podría decirme todo lo que necesito saber; pero, como no está en la ciudad, he pensado que podría hablar con usted. Y ya no les molestaré más.

La velada amenaza no impresionó a Christine. No tenía miedo de que interrogara a Tony. Sin embargo, podía haber algo peligroso y desesaba saber de qué se trataba.

—Bueno —respondió—, no estoy segura de poder ayudarlo, señor...

—Wally —insistió—; no me gustan las formalidades. Pero me imagino que ya lo ha notado —y señaló su ridícula ropa.

Christine se estiró en el respaldo, mostrando todo su atractivo sexual para confundirlo.

—¿No quiere sentarse? —sugirió señalando una silla cercana.

—Muy amable —respuso, y se sentó en la silla—. Hace calor aquí.

Sacó un pañuelo y se secó la frente.

—Bueno, a lo mejor esto no le dice nada a usted. Esa chica fue separada de su padre hace muchos años. Tal vez justo antes de nacer. El padre está muerto, pero alguien relacionado con la familia quiere encontrar a la joven. Ella debe de tener la misma edad que usted...

Christine asintió de modo imperceptible.

—Pasó la infancia con su madre. Ahora bien, los antecedentes de la madre constituyen un rompecabezas. Su nombre era Alice, Ali, Alethea, o algo parecido. Disculpe la vaguedad, señorita, pero es una situación bastante imprecisa.

Volvió a secarse la cara.

—¿Querría tomar una limonada o tal vez una cerveza? —preguntó en tono afable Christine.

—Bueno, es usted muy amable —respondió con gratitud—. Un poco de té frío me vendría bien.

Christine llamó al camarero y pidió las bebidas.

—Bien —continuó Wally—; la joven que busco tenía distintos nombres: Honye, Tippy, Tina, Chrissie... Por lo que sé, nunca supo nada sobre su padre ni de esa parte de su familia. Se escapó de su madre, tal vez hace diez años. Por muy buenas razones, debo añadir. La madre era terrible.

Christine sonrió.

—¿Tippy, Tina..., es el apellido? —inquirió.

Wally se encogió de hombros.

—Bueno, otra vez lo mismo —repuso—. Esa gente usaba

muchos apellidos, Crawford, Thompson, Thomas, Davies... Es una historia muy complicada con la que no quiero molestarla, pero esa joven podría beneficiarse si se pone en contacto con la familia de su padre.

Levantó las cejas.

—Por otra parte, a menos que mis sospechas sean erróneas, es probable que a ella le guste conocerlos, en especial a su hermana.

El rostro de Christine era una máscara de amable interés.

Permanecieron en silencio mientras el camarero les servía el té helado.

—Bien, señor Dugas... Wally —sonrió Christine—, los nombres que ha mencionado no me dicen nada. Conozco a muchas jóvenes, pero todas tienen familia. Son personas normales...

Wally asintió mientras bebía su té.

—Ése es mi problema —replicó—. Ésta es una situación anormal. Esa mujer, la madre, vamos a llamarla Alice, se casó con un hombre perteneciente a una familia de buena posición y bien considerada en el pueblo donde residían. Tuvo un bebé, y al abandonar al marido dejó con él a la criatura. Una niña. Y luego, no mucho después, tuvo otra hija; y es a ésa a la que estoy buscando.

»Como habrá deducido —continuó—, la primera hija creció con el padre, mientras que la segunda lo hizo con la madre. Ésta llevaba una vida... peculiar, por decirlo de alguna manera, y por esa razón la familia no la aceptaba. El marido se separó de su familia por ella y nunca se reconcilió, pero cuidó bien de su hija hasta el día de su muerte.

Miró a Christine.

—La primera niña se las arregló muy bien —prosiguió—. Es actriz, y muy conocida. De la madre no se sabe nada. En realidad, se trata de que la familia quiere encontrar a la segunda hija.

—¿Y cuál es el apellido de esa familia? —preguntó con tranquilidad.

—Bueno, eso debo mantenerlo en secreto, de momento. Y, por supuesto, cualquier cosa que usted pudiera decirme también será estrictamente confidencial.

Sonrió y continuó hablando.

—Por otra parte, la joven a quien busco casi con toda seguridad ignora todo lo referente a su padre y a su familia. Eso es lo que hace que la investigación sea apasionante. Todo lo que puedo decirle es que la joven es rubia y muy bella. Es probable que se parezca a usted, señorita, si me permite el cumplido. Creció al lado de una madre enferma y perversa. No creo que la vida resultara muy fácil para ella...

Jugó con su sombrero.

—Es algo muy triste. Una niña creció con un padre que la amaba y que murió de una crisis cardiaca cuando ella tenía unos dieciocho años. Y la otra tuvo que soportar a una madre cruel y posiblemente loca. Ninguna de las dos conoce la existencia de la otra. Una tuvo suerte y la otra...

Sacudió lentamente la cabeza.

—Hay que admirar la naturaleza humana —continuó—. La segunda hija, ésa a la que estoy buscando, también se las ha arreglado muy bien. Es una profesional muy respetada. Una de las mejores en su campo. Es una perfeccionista. Pero usted sabrá, aunque desde luego no puede saberlo por experiencia, señorita, que esas cualidades son muy comunes entre los niños que han sufrido malos tratos. Saben manipular a la gente, dominarla. Porque de niños tuvieron que ser políticos y diplomáticos para evitar los castigos. Por eso, cuando crecen no tienen miedo. Poseen un sorprendente autocontrol. Nada los conmueve. El dolor está oculto...

Christine no dijo nada y Wally suspiró.

—Cuando pienso en lo que el mundo hace a esas jóvenes... Por supuesto, la suerte tiene mucho que ver con esto. Una niña vive una infancia feliz, mientras la otra es llevada de un lado a otro por su madre, sufriendo abusos que muchos no alcanzarían a imaginar.

Hizo una pausa.

Chistine permaneció inmóvil. Wally miraba pensativo el sombrero que tenía entre las manos, pero la joven podía sentir la atención que despertaba su cuerpo en él.

—Voy a decirle lo que pienso —concluyó— Usted puede haberse cruzado con ella sin saberlo. Incluso es posible que utilice ahora otro nombre, ya que es probable que no sepa quién es en realidad. Me gustaría que trate de recordar lugares, personas. Todo será estrictamente confidencial, eso ni lo dude. ¿Tal vez podríamos almorzar...?

Durante un rato, Christine observó al hombre con ojos inescrutables. La petición ocultaba una clara amenaza. Trató de evaluar la situación con sumo cuidado. Pero también advirtió algo más: su charla acerca de una familia, un padre, una hermana, la había fascinado. Decidió correr el riesgo, pero tomando precauciones.

—En este momento estoy muy ocupada, aunque no lo parezca —añadió riendo—. Tengo compromisos y no sé a qué hora terminaré... ¿Por qué no me dice dónde se hospeda? Tal vez tenga tiempo esta noche...

Con agradecimiento, Wally le facilitó el número de su habitación en el hotel.

—Es muy amable por su parte. Estoy seguro de que no lo lamentará.

Se puso de pie y le estrechó la mano. Se alejó, sintiendo la mirada de la joven en su espalda.

Cuando lo perdió de vista, Christine fijó su atención en el joven padre que jugaba con sus hijos en la piscina. Memorizó su rostro, porque no quería perderlo.

Pero sus pensamientos volvieron al pequeño detective de aspecto absurdo y mirada inteligente.

Como enemigos naturales dispuestos a enfrentarse en un inevitable combate, habían estado acercándose y rehuyéndose durante varios minutos.

Ahora había llegado el momento de la lucha.

13

Wally no podía saber si la información que había revelado a Christine era nueva para ella. Era lo bastante inteligente como para haber averiguado bastante.

Pero presentía que no era así. Presentía que Alice nunca le había hablado de su época con Havilland. Por un lado, debía de temer que eso pudiera beneficiar a Christine y era demasiado egoísta para permitirlo. Por otro, todos los padres que maltrataban a sus hijos guardaban secretos. Mantenían rincones de sus vidas en la sombra.

La muchacha había aceptado volver a verlo. Eso demostraba su interés por saber lo que Wally escondía en la manga. Pero la cuestión era que, al explicárselo todo, le conferiría un poder que no sabía adónde la conduciría.

Contempló el cuarto del motel. Tenía que ser cuidadoso cuando ella llegara. Era peligrosa. Debía convencerla de que no quería hacerle daño. Y eso no resultaría fácil.

Pero había invertido semanas en la elaboración de su plan y confiaba en sus resultados.

Se miró al espejo. Sus ojos brillaban expectantes.

Desde el momento en que la había visto, su corazón latía con más ligereza. Era más hermosa de lo que había imaginado.

Y en su interior yacía aquel frío núcleo de oquedad que regía su vida y lo unía a él.

Estaba seguro de que Harmon Kurth querría saber que la chica estaba allí, que era una prostituta de lujo y que probablemente era hermana de Annie Havilland.

Pero lo que haría esa noche no era para Kurth.

Era para Wally Dugas.

Lo llamó a las nueve para avisarle de que llegaría a las diez de la noche.

Wally había preparado la habitación. Tenía vasos y un cubo con hielo, botellas de soda y whisky. Cacahuetes y galletitas.

Su revólver estaba escondido en una cartuchera que llevaba colocada en la espalda. Si ella pensaba eliminarlo, estaba preparado.

En la habitación no había otra cosa que pudiera utilizarse como arma. Desde el momento en que Christine entrara, se proponía mantenerse por lo menos a un metro de distancia y no apartar la vista de su bolso.

Miró por última vez la mesa. Sobre su superficie de formica, entre el cenicero y los platos con cacahuetes y galletitas, estaba la foto de Christine con Alice, en la playa.

Christine fue puntual.

Llevaba un vestido de verano. Una fragancia, de adorable frescor y muy femenina, inundó la habitación. Las tiras de sus sandalias acentuaban la delicadeza de sus piernas. Parecía una hermosa joven recién casada, lista para salir con su esposo en una noche estival.

Traía consigo un bolso de tamaño mediano y sobre los hombros un chal. Wally sabía que había entrado sin que la vieran. Era una profesional y debía tomar precauciones.

—Debe disculparme si la miro como un tonto —dijo al abrirle la puerta—, pero usted es una joven de una belleza sorprendente.

Entró en la habitación con movimientos silenciosos como los de un gato. Wally señaló la mesa.

—¿Quiere beber algo? ¿Soda tal vez...?

Pero Christine había visto la foto y la contemplaba, inmóvil.

—Por favor —dijo Wally, cerrando la puerta—. Siéntese.

Muy despacio, Christine se sentó.

Wally hizo lo propio en la silla opuesta, sin perder de vista el bolso y el chal y los ojos azules fijos en la foto.

Dejó que la mirara durante unos instantes. Sabía que estaba tratando de llegar a una decisión, pero también que miraba su propio rostro y la vida que la había llevado a ser lo que era ahora, una vida que ella, probablemente, hacía todo lo posible por olvidar.

Wally comenzó a hablar.

—De niño yo estaba gordo. Mi padre me llamaba *Flaco*. Suspiraba y decía: «No sé qué voy a hacer contigo, *Flaco*». —Sonrió—. Mi padre y mi madre... eran dos contra uno. Los dos bebían y cuando estaban borrachos discutían. Y terminaban a golpes. Yo buscaba ayuda en uno de los dos, pero por lo general me equivocaba y me pegaban.

Suspiró.

—Papá pegaba fuerte, pero ella sabía cómo hacerme más daño aún. Porque yo confiaba en ella, supongo. Todavía puedo sentir las costillas rotas, y uno de los oídos todavía me zumba...

Contempló los ojos de Christine. Seguían fijos en la foto.

—Nunca me llevaron a que me viera un pediatra. Mi padre

era médico. Cirujano. Y se ocupaba de que nadie viera los golpes. Todos creían que era torpe y que por eso tenía hematomas. Oh, una vez una maestra de cuarto grado se dio cuenta. Y llamó a la asistenta social. Pero mi padre era un hombre importante, profesor universitario. Manejó todo el asunto con mucha facilidad.

Christine seguía contemplando la foto. De alguna manera, Wally estaba seguro de que miraba los ojos de la niña, esos ojos que esperaban con paciencia.

—No los abandoné hasta que terminé el instituto —concluyó Wally—. Es difícil alejarse de la gente a quien uno quiere... Pero me dediqué a la investigación privada por razones que estoy seguro que usted comprende. Necesitaba control. Ya había participado bastante de la vida. Quería observarla desde cierta distancia.

Dejó escapar una leve carcajada.

—Más tarde supe que se habían divorciado. Él se casó con una joven a la que doblaba la edad. Ella, con un hombre de negocios retirado con el que ahora vive en Hilton Head.

Se encogió de hombros.

—Estuve sólo durante todos esos años. En una ocasión conocí a una chica que buscaba a su padre. Yo lo encontré. Me habría aceptado..., pero no pude. No podía entregarme. Cuando algo se ha ido, es imposible. Hay puertas que no pueden abrirse.

Christine parecía una estatua.

—Mi trabajo perjudica a mucha gente. A veces a las personas equivocadas. No me preocupo por eso. Y sé que no es justo. Pero hacer lo correcto es un lujo que no todo el mundo puede permitirse.

Permaneció un momento en silencio.

—En este caso, no perjudicaría a la chica de quien le he hablado. Sólo necesito encontrarla. No quiero hacerle daño. ¿Cómo podría perjudicarla? Pero su hermana, esa que creció con el padre, bueno, no he sido del todo sincero con usted. En realidad, tiene problemas. Y uno de esos problemas es el hombre para el que trabajo.

Se produjo un largo silencio.

—Si no le importa, tengo que ir al baño. Por favor, siéntase como en su casa. Voy a tardar unos cinco minutos. Tal vez cuando vuelva, podamos ver si recuerda algo. La vida es muy complicada... y tal vez usted conozca a la chica a la que busco.

Entró en el cuarto de baño, bajó la tapa del inodoro, se sentó y miró su reloj. Hizo correr el agua para no oír los sonidos de la habitación.

Cuando se cumplió el plazo, apretó el botón, cerró el grifo y salió.

Por supuesto, Christine se había marchado.

La foto no estaba sobre la mesa.

Wally examinó la habitación sin cambiar de sitio nada de lo que había encontrado.

Luego se sirvió un poco de whisky y le añadió soda. Se sentó en la cama, miró su reloj y esperó.

A los cuarenta y cinco minutos descolgó el teléfono y marcó un número de larga distancia.

Después de varias llamadas, obtuvo respuesta.

—Residencia del señor Kurth.

—Habla Wally Dugas. ¿Está en casa el señor Kurth?

—Un momento por favor.

Después de una pausa, una voz respondió.

—¿Por que utiliza esta línea?

—Lo he intentado con la línea privada, señor Kurth. —Wally hablaba pronunciando con claridad—. Una grabación decía que está fuera de servicio.

—Voy a hacer que la revisen. Adelante, por favor. ¿Ha podido encontrarla?

—No, señor —contestó—. No es posible. Pero he llegado hasta el final de su rastro.

—¿Qué quiere decir? —preguntó impaciente.

—Le estoy hablando desde Miami. Ella era una prostituta muy respetada y una excelente chantajista. La asesinaron hace un año y medio. Fue una venganza entre gente de los bajos fondos; nada personal. Ella no era importante. Le rebanaron la garganta y la tiraron al mar. He visto las fotos del caso.

Se produjo un silencio.

—¿Y a qué conclusión ha llegado, señor Dugas? —La furia y la ironía podían percibirse en la voz de Kurth.

—Bueno, se llevó a cabo un análisis del grupo sanguíneo. No es definitivo, pero con esa base creo que se puede asegurar que no era hermana de Annie Havilland. Sin embargo, creo que sí era la hija de Alice Havilland. Su padre podría haber sido cualquiera de sus amantes. De todos modos, he hablado con la gente que conoció a Christine, y todo el mundo dice que era muy competente y que los hombres que la rodeaban la metieron en problemas.

Kurth suspiró.

—Muy bien, señor Dugas. —La voz era amarga—. Su trabajo ha agotado mi paciencia. Puede regresar a su casa y enviarme la cuenta. Pero quiero que entienda algo. El accidente automovilístico puede haber acabado con la carrera de Annie. Por lo menos como símbolo sexual. Ahora bien, por otra parte, puede darle el aire de una mártir, lo que es útil para la publicidad. Quiero su palabra de que no quedará nada de su pasado que pueda utilizarse más allá del episodio de Shain, que ya ha sido explotado. Por lo tanto, desde ahora ocúpese de que sea responsable en su vida privada y sexual. Eso es por tiempo indeterminado. Manténgame informado.

—Eso haré, señor Kurth —aceptó Wally.

Cortó la comunicación.

Permaneció sentado en la cama, pensando en Kurth y en lo que estaría tramando. Otras formas de terminar con Annie... El deseo de venganza de Kurth era insaciable.

Se puso de pie y se sirvió otro whisky con soda. No tenía por costumbre tomar alcohol, pero esta vez necesitaba hacer un brindis.

Por fin había encontrado a Christine y la había visto.

Ahora sabía cómo se sentían los inmigrantes que viajaban a la tierra de sus antepasados para encontrar desconocidos que llevaban sus mismos nombres. La sangre de su sangre...

La había encontrado. Y le había hecho el único favor que podía hacerle.

Y había hecho algo más, relacionado con él mismo.

Se puso de pie y desmontó el auricular del teléfono. El pequeño micrófono era ordinario, pero profesional. Toda su conversación con Kurth había sido grabada. Se acercó al televisor y extrajo el otro aparatito.

Christine había ido preparada. En esos minutos que la había dejado sola, había tenido tiempo de colocar los aparatitos, robar la foto y marcharse.

Se sentó, contemplando los pequeños micrófonos. Se preguntó qué habría sucedido si la situación hubiera sido diferente. Si la joven hubiera simplemente huido o enviado a otros para que lo amenazaran o mataran. O si ella hubiera acudido a la cita armada y con la intención de matarlo...

Pero nada de eso había sucedido.

Wally brindó en silencio por él y por su visitante.

No creía que pudiera verla de nuevo. Pero una vez había sido suficiente. Había iluminado su habitación y su fragancia era como el perfume de una exótica orquídea.

Recordó las palabras de Joseph Mancini. Sí, ella podía vencer la resistencia de cualquier hombre. Debía de haber causado la muerte a varios, quizá a muchos. Una flor rara y embriagadora.

Wally también había herido a muchos y matado a unos pocos. Era su hermana de sangre, la portadora de la misma enfermedad que él. La enfermedad que mataba el alma y fortalecía el cuerpo para poder caminar por el mundo sin problemas.

La había ayudado, pero al hacerlo la había armado con toda la información.

Y ella podía apretar el gatillo.

Una hora más tarde seguía meditando sobre el asunto, cuando llamaron a la puerta.

Con el revólver en la mano, abrió.

Christine estaba en el pasillo, sonriendo con suavidad. Ya no llevaba el chal. Llevaba el mismo vestido, pero el bolso era pequeño.

–Lamento haberme ido así –se excusó–. Ahora realmente me gustaría tomar algo.

La dejó pasar. Ella se acercó a la mesa, abrió el bolso, sacó la foto y la dejó sobre la mesa.

–Puede quedársela –alegó Wally, mientras cerraba la

puerta–. Tengo una copia. Con su permiso, me gustaría guardarla. Para mí significa algo, como le sucedía a Charlie Gryzbek.

En el cenicero estaban los micrófonos. Christine no los miró y se volvió hacia él.

–Muchas gracias –dijo.

–Muchas gracias, Wally –la corrigió.

–Gracias, Wally.

Se acercó lentamente y lo besó en los labios.

La calidez que se había prohibido durante su vida surgió de repente en su interior.

Por primera vez en veinte años tuvo miedo.

–Gracias –repitió, apagando la luz.

Se quitó el vestido y apareció desnuda, con una belleza irreal, inimaginable.

Wally la abrazó. La sentía pequeña y frágil. Era cálida y suave.

Sintió que se le humedecían los ojos. Experimentó el dolor de una larga separación y la alegría del encuentro. La piel que tocaba era tan desconocida y familiar a la vez, que se le escapó un suspiro de deseo.

Christine parecía entender lo que le sucedía. Lo desvistió con la ternura de una enfermera, lo condujo hasta la cama y le entregó el placer de su cuerpo.

Cada uno de los besos abría una herida y la cerraba con el mismo dolor y consuelo. Cada suspiro, cada estremecimiento era un himno, pues significaba que Wally no estaba solo. Había encontrado a un miembro de su propia raza y, por esa noche, ella le pertenecía; la carne de ella, llena del conocimiento de Wally y su propio conocimiento, era suya.

Se abrió el mundo y sintió que su abundancia lo llenaba, cálida, piadosa, bella.

Una hora más tarde estaba solo.

Christine se había deslizado de entre sus brazos, había recogido sus cosas, y con un beso, lo había dejado. No habían pronunciado una palabra, después de que ella dijera «gracias».

Wally creía, en su corazón y su mente, que nunca volvería a verla. Aquella noche sería la despedida.

Y tal vez por eso, al dejar el hotel a la mañana siguiente, se llevó la funda de la almohada y las sábanas.

Para Harmon Kurth, Christine había dejado de existir.

Para Wally, el trabajo debía concluirse.

14

Los Angeles Times. *8 de agosto de 1971*

La actriz Annie Havilland fue operada ayer en el hospital UCLA de dos hernias discales en la columna vertebral.

La operación era necesaria, se informó en el hospital, para paliar el dolor crónico que quedó como secuela del accidente de coche sufrido por la señorita Havilland el pasado diciembre.

El doctor Leonard Blair, el cirujano que la operó, explicó a los periodistas que la laminectomía parcial «se realiza para aliviar la presión en las raíces nerviosas y para permitir a la paciente una relativa liberación del dolor y una vida activa».

La operación no se había practicado antes por temor a una posible parálisis. Pero la persistencia del dolor acabó haciendo imprescindible la operación.

«En esas circunstancias —explicó el doctor Blair a los periodistas—, consideramos que el riesgo era justificado. Esperamos una excelente recuperación por parte de la paciente.»

El médico agregó que el equipo del hospital tenía la intención de continuar aplicando toda clase de terapias, tales como masajes, calor, relajantes musculares y calmantes para controlar los espasmos y un riguroso programa de ejercicios.

Al preguntar los periodistas sobre la información según la cual la señorita Havilland se había convertido en una adicta a las drogas con que combatía el dolor, el doctor Blair no quiso hacer comentarios.

Se espera que no haya otras operaciones ortopédicas en el caso de la señorita Havilland. No obstante, una intervención de cirugía plástica final en el rostro está programada para este invierno.

El doctor sacudió la cabeza con resignación, mientras leía la nota del *Times*. Había hecho frente al caso de Annie con todo el optimismo de que era capaz.

Era el único que sabía la verdad. Desde el momento en que había comenzado con la intervención supo que aquello no serviría de nada. El dolor crónico no mejoraría. Por lo menos, había conseguido darle más movilidad al cuello.

Los periodistas sabían muy bien que, a causa de los dolores, se había hecho adicta a las poderosas drogas. Éstas no conseguían terminar con aquéllos y, en cambio, retrasaban su recuperación. Su negativa a responder había sido recibida con sonrisas de complicidad.

Sabían que las cosas no iban bien. Pero sólo Blair se daba cuenta de que la medicina nunca las mejoraría.

Ahora, Annie había sido librada de sí misma. El dolor era problema suyo y sólo suyo.

15

Tony Pietranera estaba solo en su apartamento de la parte oeste de la ciudad y contemplaba las paredes, mientras en su mano sostenía un vaso lleno de whisky puro. Lo bebió de un trago y se dirigió al bar para llenarlo de nuevo.

No podía sentarse. Necesitaba estar de pie, caminar, moverse. Se sentía alerta como un tigre, pero atrapado y sin defensa.

Christine se había ido.

Terminó la segunda copa y vaciló antes de servirse la tercera.

Necesitaría toda su energía.

Al otro lado de la ventana se extendía la ciudad, con diez millones de personas. Más allá de los ríos que rodeaban esa isla, un país de doscientos millones de habitantes. Docenas de grandes ciudades. Gran cantidad de lugares donde ocultarse. Miles de identidades que adoptar.

Christine se había ido.

¿Cómo podría encontrarla?

Tony consideró el problema. Su influencia entre las distintas familias de la Costa Este era limitada. Y en el Medio Oeste no tenía conexiones.

Un hombre que no podía sujetar a su chica era considerado un tonto. El simple hecho de pedir ayuda a la organización lo convertiría en el hazmerreír de todos.

¿Qué podía hacer?

Debía encontrarla, traerla y castigarla con severidad. La ley y la tradición así lo imponían. Si ella conseguía humillarlo, su propia credibilidad profesional resultaría destruida.

Con otra chica, desfigurarla e incluso matarla sería el castigo apropiado para esa clase de ofensa. En el caso de Christine, por supuesto, medidas tan extremas serían injustificadas desde el punto de vista práctico.

La maldijo. Lo había convertido en su esclavo; no podía mandar, necesitaba seguirla.

¿No era es lo que le había dicho Joseph Mancini, cuatro años atrás?: «Ella es demasiado inteligente. Yo me lavo las manos. Pero si puedes controlarla, vale millones».

Tony había hecho oídos sordos ante aquellos consejos. Era ambicioso y quería a Christine.

Ahora pagaba por ello.

¡No era justo! Al privarlo de sus medios de vida, Christine cometía una injusticia imperdonable. Le había robado su propiedad.

Bien, entonces debía encontrarla.

Ese pensamiento le daba seguridad porque no tenía alternativa. Se sirvió la tercera copa.

Después de tomar un largo trago para calmar sus temores, se atrevió a mirarse en el espejo.

Lo que vio se le antojó impresionante.

No era el rostro de un frío hombre de negocios, determinado a castigar al empleado desleal.

Era el rostro de un amante despechado.

Se dio la vuelta horrorizado.

¿Y si ella no volvía?

Había sido abandonado por una criatura a la que sería capaz de entregar su corazón y su alma sin protestar.

No podía pensar ni tomar decisiones; lo invadía una infinita desazón.

Lo había abandonado.

Por último, regresó al espejo. Su rostro mostraba la desesperación. Pero luego, poco a poco, se fue dando cuenta de lo grave de su condición y su sangre se encendió hasta el punto de ebullición.

Era furia.

16

Annie despertó una mañana y miró por la ventana hacia las colinas. Sabía que era la hora de su pastilla. El frasco estaba sobre la mesita de noche, al alcance de su mano, junto a la botella de agua fresca.

Estudió el paisaje. Luego volvió a mirar el frasco del calmante. Sabía que una vez que lo tomara, un telón mental la separaría de aquella fresca mañana, refugiándola en un velo de algodón para que ni el mundo ni el dolor penetraran hasta el centro de sus nervios.

De esa manera no viviría. Pasaría el resto de su vida como una convaleciente, a la sombra de lo que se había hecho a sí misma.

Tenía el frasco en la mano. Representaba trescientos días de lucha inútil, un paso adelante, dos pasos atrás, desde la noche de su accidente.

También representaba una progresión desde la morfina al Demerol y otros calmantes semejantes desde su operación, cuyo fracaso era un secreto compartido por ella y los médicos.

Y, por encima de todo, aquel pequeño frasco encarnaba su falta de energía y su disgusto por su destino.

«Sí –pensó–, las pastillas son mi castigo.» Y la irrealidad que le brindaban era su autoimpuesta prisión, de cuyas paredes no podría escapar.

Extrajo una.

Para el mundo exterior, su accidente e incluso su existencia constituían sólo un recuerdo.

Medianoche había dejado de ser tema principal de publicidad. El impacto de Annie Havilland como Liane también era historia. Su famoso rostro ya no existía, y lo mismo sucedía con su carrera.

Ése era el camino que había elegido. Disfrutaba de su anonimato. Ya casi nadie la llamaba. Se sentía como una jubilada.

Sus días eran todos iguales, siempre esperando la siguiente pastilla.

Pensaba que, si conseguía recuperarse, tal vez podría trabajar en algo relacionado con el mundo del espectáculo. Quizá pudiera aprender a dirigir teatro o a dar clases a otros actores.

Pero esos planes se perdían en su mente. Eran para otra Annie Havilland, una persona activa y saludable que probablemente ya no volvería a existir.

Pensó en su vida anterior al accidente; los años pasados en Richland, su sentimiento de culpa por Liane y la horrible campaña del *Ángel del sexo*. Vio la irónica continuidad de su experiencia. Su mayor enemigo, durante toda su vida, había sido su propia sensación de distanciamiento con respecto a los demás, su convicción de que de alguna manera no pertenecía al mundo.

Y el mundo había colaborado en su ilusión. La mácula de su belleza se había vuelto contra ella en Richland, de la misma forma que su talento y el trabajo que dedicara al papel de Liane se volvieron contra ella a través del montaje publicitario.

Un montaje manejado por Harmon Kurth. Sonrió al pensar en la satisfacción que debió de sentir al enterarse de su accidente. Sin duda, supuso que la presión de los rumores escandalosos y la falta de trabajo habían contribuido a lo sucedido. Y tal vez tuviera razón.

Nunca llevaría a cabo la venganza que había soñado contra él. Pero no le importaba. Los hombres como Kurth, después de todo, tenían en sí mismos a sus peores enemigos. No necesitaban que los castigaran por sus pecados. Los pecados mismos eran su castigo. Lo importante para una persona normal era alejarse de los Kurth de este mundo y centrarse en el intento de ser uno mismo, un ser humano capaz de amar.

Ahora sabía que se había equivocado al planificar su carrera como un plan para castigar a Kurth. Debería haber pensado en salvar su propia alma. Ése había sido su error fundamental.

De esa manera, Annie pasaba sus días pensando en la soledad. Era su mundo privado de recuerdos, pesadillas y, algunas veces, aceptación.

Sin embargo, ese día, mientras observaba el paisaje, con la pastilla en la mano, el telón se levantó de pronto.

Con los labios fruncidos miró el calmante. Podía ver el poder que encerraba en su interior. Una vez que lo tomara, la dejaría sin fuerzas para pensar, sentir, esperar.

Y hoy sería igual a ayer, y mañana como hoy. Mientras ella lo permitiera.

Se puso de pie con el frasco en la mano y se dirigió al cuarto de baño. Mientras lo hacía, recordó el cadáver de Nick Marciano en el depósito; un patético monumento a una búsqueda frenética de la paz de su mente, que terminó en una muerte prematura que borró la sonrisa y el amor de sus ojos.

Annie miró el inodoro. Abrió con gesto lento el frasco y vació su contenido en la taza. Luego sacó los demás frascos y los vació uno por uno.

Cuando sólo quedaban las aspirinas, regresó a su dormitorio. Aspiró profundamente el aire de la mañana.

Ya era hora de que fuera ella misma.

La obstinación acudió en su ayuda, como una vieja amiga, mientras consideraba su decisión.

«Debo vivir por encima del dolor –se dijo–. Viviré como quiera vivir. Ya no seré la víctima de mi condición, o de mi pasado, o de mi desesperación. No culparé a mis médicos por los limitado de su ciencia ni me culparé por errores que ya no pueden borrarse. Ahora mi destino me pertenece, y es únicamente mío.»

Oyó el canto de un pájaro, olió el perfume de los jazmines y los eucaliptos. Abrió un libro y leyó un rato. Luego fue a la cocina, se sirvió un vaso de zumo de naranja y lo bebió pensativa.

La vida seguía su rutina familiar, tranquila y maravillosa. Todo lo que tenía que hacer era concentrarse en la belleza y variedad de las cosas que la rodeaban para poder escapar de su prisión y disfrutar de ser Annie Havilland otra vez.

Pero quedaba una cosa más. Tenía que enterrar a su bebé.

Salió a dar un largo paseo. Buscó la colina más aislada y llegó hasta la cima. Tuvo que usar las manos para cavar un agujero en la tierra de la montaña. Allí colocó el colgante que Harry Havilland le regalara una semana antes de su graduación, una semana antes de morir. Durante ocho años había sido su amuleto de la suerte.

«Adiós –dijo al niño que no había nacido ni tenía nombre–. Te quiero.»

Las lágrimas incontenibles parecieron purificarla. Brotaban de heridas invisibles, que ahora podían sangrar libremente y cicatrizarse, ahora que por fin aceptaba la pérdida.

Permaneció sentada durante largo rato, recuperando todo lo perdido.

Entonces regresó a casa.

Aquella tarde, recibió sonriendo a Judy. Conchita advirtió su nueva alegría. Damon levantó las cejas cuando lo recibió radiante.

Incluso la enfermera del doctor Blair, cuando llamó para confirmar una cita, también recibió su parte de esa alegría.

Aquella noche, Annie se acostó y trató de concentrarse en todo lo ocurrido ese día, pero, para su sorpresa, en media hora se quedó dormida.

A la mañana siguiente se despertó descansada.

«Sí –meditó–, la carrera de técnico de sonido no es mala.» Tendría que ir a la biblioteca y documentarse más. Tal vez podría llamar a Jerry Falkowski y pedirle ayuda.

Era hora de vivir de nuevo.

Annie estaba en camino.

17

Ya era el momento de quitarse la máscara.

El doctor Mahoney, un irlandés de modales mesurados y voz apacible, era el que había atendido a Annie desde la noche del accidente, y se había ocupado de su mandíbula fracturada y de todas las heridas de la cara. Con el tiempo se había convertido en su amigo y en el responsable de la nueva cara que tendría para el resto de su vida.

Un año y tres meses después del accidente, el médico sabía que habían hecho todo lo posible y que la cara que Annie vería ese día en el espejo ya no podría volver a cambiar.

Mahoney se trasladó a la casa de Rhys para quitarle personalmente los vendajes de la operación final.

–La montaña viene a Mahoma –bromeó mientras cerraba las persianas y se sentaba frente a la lámpara–. Las cicatrices pueden impresionarla, por la simple razón de que están ahí. Pero debe recordar que el resto de la gente no las verá. Mirarán su rostro y no notarán nada.

«A menos que salgan corriendo y se escondan», pensó Annie con un humor nacido del miedo.

–¿Los espectadores están preparados? –preguntó el médico con simpática teatralidad.

El médico sonrió a Damon, quien estaba sentado detrás de Annie. La muchacha no vio que levantaba los pulgares para darle ánimo porque mantenía los ojos fijos en la pared.

–Allá vamos, entonces.

Sacó las vendas con rapidez y Annie sintió el aire fresco en su piel. El médico asintió, con una leve sonrisa.

–¿Y? –preguntó Damon–. ¿Puedo mirar?

–Claro.

Annie esperó a que se acercara. Damon le cogió las manos y la miró. Annie le devolvió la mirada, como una niña culpable con la evidencia de su travesura escrita en el rostro.

Damon frunció el entrecejo, luego hizo un gesto de aprobación. Sus ojos azules brillaron.

–Espejo –gruñó, buscando el espejo de mano en la cómoda.

—Oh —dijo Annie, tratando de sonreír—. ¿Puedo mirar?

Le alcanzó el espejo. Respiró profundamente y se contempló su imagen en el espejo.

El rostro que vio era el de una desconocida.

Era cierto que las cicatrices eran mínimas. La piel era como la de cualquier mujer joven. Pero no se parecía en nada a la Annie Havilland de antes.

Los pómulos parecían más altos. La mandíbula, desde luego, era diferente. La nariz, perfecta, no era la suya. Pero lo que más le sorprendía era el cambio en los ojos. Eran profundos, luminosos y doloridos. Aquel sugerente y sensual brillo que la molestaba de niña y que luego apareció en Liane ya no existía. Como tampoco estaba aquella clara luz de invencible optimismo que la caracterizaba. Eran los ojos de una mujer, lejos ya de todo lo infantil, con pensamientos tan distantes como la más lejana de las estrellas.

Cerró los ojos, demasiado aterrorizada para seguir mirando y sintiendo las lágrimas que no podía evitar.

No sabía qué hacer con esa cara o cómo vivir dentro de ella. Tenía la sensación de que le habían robado el alma, reemplazándola por la de una desconocida.

Damon le apretó los hombros para consolarla y darle fuerza.

—Abre los ojos, nena —ordenó—. Mira, no tengas miedo.

—Estoy horrible, ¿no es cierto?

—Eres diferente —repuso con firmeza—. Sabías que iba a ser así. Pero, bueno, criatura, tú sabes que todos cambiamos, ¿no? Más pronto o más tarde. ¿Acaso querías quedarte como eras para siempre? Estamos hechos para el cambio. No podemos crecer si no perdemos lo que éramos antes. Diferente no quiere decir peor.

Se obligó a mirar otra vez el espejo. Quería apreciar la nueva cara desde una perspectiva estética, como si perteneciera a otra. Pero los ojos que la miraban parecían juzgarla y no estar allí para ser juzgados. La hicieron sentirse más atemorizada que nunca.

Damon la miró con expresión crítica.

—Veo posibilidades aquí —afirmó—. Posibilidades que antes no veía. Date tiempo. Ya las verás.

Dejó el espejo y se abrazó con fuerza a Damon. Él le dio

unas palmadas de afecto en la espalda, mientras el doctor Mahoney le explicaba:

–Puede tomar el sol con moderación, pero use la loción que le voy a recetar y póngasela siempre unos cuarenta y cinco minutos antes de salir. Puede lavarse con normalidad, pero usando jabón neutro. No utilice nada irritante, y use también cremas nutritivas. Mi enfermera le va a entregar una lista de lo que puede y no puede hacer.

La miró con aire satisfecho y se preparó para dejarla sola.

Pero Damon había salido al pasillo.

–¡Frank! –llamó–. Ven aquí, quiero que veas esto.

–¡No! –gritó Annie, con súbita violencia, impresionada al saber que Frank estaba en la casa–. ¿Qué..., qué está haciendo aquí? Damon, no quiero...

–Está haciendo un trabajo para mí –explicó Damon, repitiendo lo que decía cada vez que Frank iba a visitarla–. De todos modos, me alegro de que esté aquí. Quiero que te vea.

–¡No! –repitió de modo impulsivo Annie–. Espera..., oh, Dios mío...

Damon levantó las manos sorprendido.

–¿Qué pasa ahora? No me vas a decir que te preocupa lo que Frank piense al verte. Vamos, criatura. Recuerda quién eres.

La idea de que los ojos fríos y penetrantes de Frank la contemplaran le resultaba intolerable.

Pero era tarde para protestar, pues ya se encontraba en la puerta de la habitación. Annie se enderezó y lo miró.

Para su sorpresa, Frank se las arregló para ocultar lo que pensaba. Sus ojos no expresaban nada.

Pero tuvo el tacto suficiente de no acercarse demasiado.

Annie se preparó para lo que vendría. «Que piense lo que quiera», se dijo con valor. Después de todo, no significaba nada para ella.

–Adelante, dígalo. Ya sé cómo estoy. Soy adulta y esto ha sido culpa mía. No necesita engañarme.

Permaneció inmóvil, con los ojos fijos en los de ella. Annie casi no podía soportar la tensión.

Por fin habló.

—La admiraba antes, señorita Havilland. Pero, si eso no le molesta, me gusta más ahora.

Annie se ruborizó. No quería que la consolaran con mentiras. Pero la miraba con seriedad.

—Ciertos detalles de su personalidad se aprecian ahora con facilidad. No es que antes no estuvieran..., pero había que mirar mucho para descubrirlos. Ahora han salido a la luz, señorita Havilland. —Sonrió—. Ahora brillan.

Desconcertada, se volvió hacia Damon, quien asintió, mostrando su aprobación.

Se preguntó qué otra cosa que no fuera vergüenza podía reflejarse en su cara.

Antes de que pudiera responder a esa pregunta, tuvo una súbita revelación.

El miedo que había sentido mientras esperaba a que le quitaran las vendas no era simplemente por lo que iba a ver.

También era temor a lo que Frank pudiera pensar.

Frank, cuya presencia en su vida se había convertido en algo permanente.

«De toda la gente...», pensó.

La idea le resultaba casi graciosa. Y también tuvo la sensación de algo extrañamente placentero.

Tan agradable que la hizo sonreír mirando los suaves ojos de Frank.

18

Una semana después de que quitaran las vendas del rostro de Annie, Damon la dejó.

—No te preocupes —la tranquilizó—, no voy a emborracharme. Puedes estar contenta porque mis épocas de juerga han terminado gracias a ti, querida. No, ha llegado el momento de que me ponga a escribir. Volver a escribir, quiero decir.

Annie sabía lo que quería decir. Durante ese período de caos había desarrollado la idea que crecía en su interior, hasta lograr una historia totalmente estructurada y con personajes llenos de vida.

Sólo cuando terminaba ese proceso creativo interior comenzaba a pensar en su proyecto en relación con su forma final: obra de teatro, guión de cine, cuento, novela.

Annie se sentía bastante culpable por haber sido la causa de la interrupción de esa rutina.

De todos modos, sospechaba que tal vez había necesitado unas vacaciones más largas que otras veces.

De todas maneras, ya era hora de «reescribir». Y Damon hacía eso solo por completo. Viajaba a Manhattan, donde vivía su amigo y antiguo colega teatral, Abe Feingold, que era autor dramático y guionista.

Los dos se encerraban durante semanas en el apartamento de Abe, en Upper East Side. Damon se pasaba el día escribiendo y por la noche leía su trabajo a Abe, quien lo escuchaba con los ojos cerrados y hacía comentarios cuando le parecía que una frase carecía de fuerza.

—Tiene el mejor oído para la prosa de toda la historia del mundo —le había explicado Damon a Annie—. Es algo instintivo.

Abe era un hombre calvo y regordete, autor de ingeniosas comedias. Su especialidad era la adaptación de novelas para Broadway y obras de teatro para el cine.

La única música que escuchaba era la de Mozart, y mantenía a menudo discusiones con Damon sobre Bach.

Tenía tres amantes judías de mediana edad que se ocupaban de cocinarle, limpiarle el apartamento y masajearle la espalda sin perturbar su ritmo de trabajo.

Rose interpretaba a Mozart en el piano, Vera leía en voz alta y Sacha le daba masajes que le quitaban los dolores de cabeza. Y las tres se peleaban como demonios cuando se encontraban. Y, para asombro de Damon, eran tan parecidas que podrían ser hermanas.

Damon también leía las obras de Abe y lo ayudaba con sus certeros comentarios. Probablemente, la combinación del origen judío de Abe con las raíces sureñas de Damon hacía que el trabajo les resultara tan fructífero.

El público ignoraba esa relación. Simplemente, no podían trabajar el uno sin el otro.

Así que Damon se despidió con una sonrisa. Se llevaba consigo un viejo portafolios con sus papeles.

—Me voy, criatura —se despidió—. Conchita te cuidará. No dejes de hacer tus ejercicios. Le he pedido a Frank McKenna que venga a verte. Sé amable con él. No quiero que te quedes sola.

Los ojos plateados de Annie lo contemplaron con un toque de pena, pero una sonrisa le iluminó la cara. Damon pensó que nunca la había visto tan hermosa.

Y que tenía planes para esa cara.

—Sí, maestro —repuso ella, tendiéndole las manos.

Damon la ayudó a ponerse de pie y la abrazó.

—Nunca tuve una hija —repitió la brusca letanía, con una mezcla de ternura y humor.

—Cualquiera podría darse cuenta —sonrió Annie, tocándole el pelo rizado—. Serías un padre espantoso. No tienes sentido de la disciplina. Eres demasiado blando.

—Llámame a casa de Abe —gruñó como respuesta.

—De acuerdo, papá.

—Caminó hasta la puerta para ver cómo se marchaba.

Damon subió al taxi y le hizo un gesto de despedida.

Y se marchó.

Annie estaba sola.

19

—Ocho... Nueve... Diez... ¿Duele?

Annie no respondió. El esfuerzo le quitaba el aliento. Estaba sujeta a la máquina de ejercicios Nautilus, empujando con las rodillas juntas con el fin de fortalecer los músculos.

—Once... ¿Duele?

La voz de Frank era inexpresiva, mientras permanecía sentado, controlando los ejercicios.

—Ahh... —gruñó Annie con rabia e impotencia como única respuesta.

Frank añadía pesas de acuerdo con las instrucciones del doctor Blair. Annie estaba agotada, pero sabía que Frank esperaría en silencio hasta que recobrara las energías para un último esfuerzo.

Esta vez la agonía parecía prolongarse más allá de lo posible.

—¡Oh...! —gritó, al sentir una punzada en el muslo izquierdo—. ¡Maldición...!

—¿Qué pasa? —preguntó Frank—. ¿Es el músculo?

No pudo responder, le faltaba el aire.

—Descansa un momento. —La miró preocupado.

«¿Y qué crees que estoy haciendo?», pensó, mirando las paredes del sótano como si él no estuviera allí.

Las observaciones de Frank le resultaban irritantes y hubiera preferido que no hablara.

Las manos de Frank soltaron las correas y la ayudaron a salir de la máquina Nautilus para que se sentara en la mesa de masajes.

Era el día libre de Conchita y la casa estaba silenciosa.

Frank había ido a visitarla, cumpliendo la petición de Damon y, mientras charlaba, bastante incómodo, Judy llamó para avisar de que no podría ir. Preocupado por los peligros de la máquina, Frank insistió en reemplazar a Judy, e iba leyendo con suma atención las instrucciones del doctor Blair.

—¿Por qué no te recuestas? —aconsejó ayudándola.

—Encantada.

Agotada, se estiró.

Frank echó un vistazo por un momento a las instrucciones del médico.

—Ahora dime si te duele —dijo Frank mientras le estiraba la pierna izquierda.

Sintió una punzada, pero no volvió a sentir el dolor agudo. Negó con la cabeza.

—No, la verdad es que no —respondió al fin.

Frank le frotó la rodilla y la miró. Annie sacudió la cabeza. Siguió tocando con cuidado la parte interna del muslo.

—¿Duele aquí? —preguntó.

Antes de que pudiera responder, una ola de sensaciones la hizo estremecerse.

—¿Qué sucede? —preguntó alarmado, deteniéndose.

—Nada —repuso—, puedes continuar.

Sintió una leve punzada, pero era insignificante comparada con el impacto de involuntario placer que recorría su cuerpo.

—Casi no duele.

Trató de sobreponerse a la sensación de incomodidad que le producía el contacto de los dedos de Frank en sus piernas desnudas. Pero no podía negar que sus sentimientos hacia Frank se habían vuelto más complicados de lo que deseaba, y mucho más peligrosos. Frank era el último hombre del mundo a quien hubiera considerado como objeto de deseo, y muchos menos como pareja para ella.

Sin embargo, desde que vivía en casa de Damon esperaba las visitas de Frank y se preguntaba qué sentiría si le besara.

Pero Frank nunca se daba cuenta de nada.

Habían pasado dieciséis meses desde el accidente, dieciséis meses en los que nadie la había tocado como mujer.

Casi nunca deseaba pensar en su feminidad y se refugiaba en la diferencia pero, ahora que recuperaba las fuerzas, sentía que volvía a vivir como si fuera una planta que deseara extender sus hojas alrededor del fuerte cuerpo de Frank.

Frank no lo sabía.

Y ella no se lo demostraría.

Ese día, como siempre, Frank no había visto ni sentido nada, o por lo menos no había demostrado nada. Y esa enigmática calma parecía inflamarla más que ninguna otra cosa antes.

Annie se examinó en el espejo, desnuda en el cuarto de baño.

Pese a las cicatrices, no estaba tan mal. Su figura era la misma de antes y el cabello le caía de forma lujuriosa sobre los hombros, con el brillo de siempre. El rostro de la desconocida que la miraba desde el espejo era un rostro al que empezaba a acostumbrarse y que podía admirar por sus buenas cualidades.

Le faltaba la juvenil sensualidad que la hacía tan natural como modelo y como actriz, pero tenía un brillo misterioso que nunca había poseído antes.

Y Frank había dicho que le gustaba más su nueva cara.

«¿Me encontrará atractiva? —pensó—. ¿Me lo estará ocultando?»

Después de todo, seguía visitándola. Y Damon le había notificado que era soltero.

¿Estaría utilizando su amistad con Damon —una extraña simbiosis entre hombres muy diferentes— como una excusa para seguir en contacto con ella? Se culpó por permitirse aquellos pensamientos, pero sus fantasías no la abandonaban. ¿Qué sentiría al besarlo y sentirlo junto a su cuerpo?

¿Qué pasaría entonces con su dolor? ¿Y con su soledad?

Pero sus pensamientos prohibidos eran como las tontas anotaciones en el diario de una colegiala, pues Frank no sospechaba nada y mucho menos parecía sentir esa invisible presencia que flotaba entre ellos.

Y ahora Frank le masajeaba la espalda, con sus fuertes manos indiferentes a las oleadas de excitación que provocaban en su piel.

—Déjame ayudarte a subir las escaleras —dijo, al tiempo que la sostenía por la cintura—. Creo que ya has tenido bastante por hoy.

La proximidad del cuerpo de Frank la hacía vacilar. Debió darse cuenta del estado en que se encontraba porque se volvió para mirarla.

—Tal vez deberías acostarte —propuso.

«Contigo...», se dijo ella.

Suspiró y se mordió los labios.

—No te preocupes por mí. Voy a darme una ducha. Puedes irte cuando quieras.

Pero Frank la miraba preocupado y la siguió con la vista mientras se dirigía a su habitación.

Ducharse sólo sirvió para empeorar el tumulto de sensaciones que hervía en su interior. Cuando salió, envuelta en una toalla, esperaba encontrar la casa vacía.

Pero Frank estaba en el salón, de pie, con la chaqueta en el brazo.

—¿Todavía estás aquí? —preguntó con una nota de timidez que no pudo evitar.

—Ahora me voy —respondió—. Quería estar seguro de que te encontrabas bien.

—Nunca he estado mejor —replicó Annie, dando un giro con una mano en la cadera, como un obediente maniquí—. ¿Ves?

Pero el movimiento le provocó una punzada y tuvo que apoyarse en la pared.

—Ven —dijo Frank, cogiéndola del brazo.

La llevó hasta el dormitorio y la hizo acostarse.

Annie lo miró con ojos brillantes, mientras Frank se sentaba en el borde de la cama. Era tan alto, tan corpulento, y ella parecía una sirena...

¿Qué pensaría Frank? ¿Sentiría el cataclismo que la sacudía? ¿Cómo era posible que no lo hubiera notado, después de todo ese tiempo...?

—¿Te parece que debo llamar al doctor Blair? —preguntó—. Tal vez debería avisarle.

Annie negó con la cabeza.

—Ya me ha pasado otras veces. Judy me hace descansar unos días.

Con cuidado, Frank comenzó a frotarle la rodilla.

—¿Te duele?

Sacudió la cabeza, tratando de no respirar.

—Dime la verdad.

De nuevo le tocó el muslo con gran suavidad.

La mano de Annie se aferró a la muñeca del hombre; y con una voz que nunca había tenido antes, contestó:

—No, tonto. No me duele.

La mano de Frank se detuvo, confundida. Volvió la cabeza para mirarla. Vio la súplica en sus ojos y le contestó con una mirada llena de preocupación, tal vez desaprobándola... pero no: era de sorpresa.

Annie se dio cuenta de que era demasiado tarde. Era culpa suya, no debería haberse quedado sola con él.

Demasiado tarde. Había estado sola demasiado tiempo, se había resistido a Frank durante demasiado tiempo, había luchado contra el dolor y la frustración y había esperado demasiado.

Ahora era el momento de abandonar la lucha.

Todo era inútil.

Pero por un milagro del destino, que pareció infinitamente mayor que sus esperanzas, los labios de Frank se acercaron. La sombra de su cuerpo la cubrió y ella lo acercó más.

Nunca supo, ni necesitó saberlo, cómo las manos de ambos se unieron en silenciosa colaboración para desnudarla.

—Oh —murmuró, separándose unos centímetros de su cara—. Oh, tú no puedes desearme.

—Te deseo.

La voz profunda de Frank fue como una llama que la encendía.

Empezó a acariciarlo, mientras le ayudaba a quitarse la ropa.

«Sí, sí —pensó mientras sentía el milagro de ser poseída por él—. Sí, te deseaba.»

No tenía miedo porque no estaba sola.

Podía oír los jadeos de su propia rendición y lo abrazó con fuerza, sintiendo con deleite que le pertenecía.

20

Damon regresó a casa el 10 de abril, después de casi dos meses de trabajo en Nueva York.

Annie estaba tan excitada como una niña pequeña. Por fin dejaba de ser una voz sin cuerpo en el teléfono quejándose de Abe y de la vida en Manhattan. Otra vez iba a ser real, con su voz potente, sus abrazos paternales, su amado violín y la invisible electricidad que producía con su presencia.

Y, paradójicamente, no era sólo la excitación de su personalidad lo que echaba de menos, sino la estabilidad que le proporcionaría. Desde aquella providencial mañana, seis semanas atrás, en que Frank la ayudó en sus ejercicios, Annie vivía una tempestad de salvajes sentimientos fluctuantes que la dejaban confundida y llena de temor.

Después de aquella mañana, Annie había esperado la llamada de Frank. Y, por supuesto, una noche en que se encontraba sola en casa, Frank llamó para invitarla a cenar, con algo de timidez. No pudo captar el cambio instantáneo que causaban sus palabras.

La cena transcurrió con tranquilidad y la agradable velada terminó, para alivio y deleite de Annie, en el confortable apartamento de Frank, en West Hollywood.

Los pocos minutos de conversación mientras tomaban una copa pasaron como un sueño. Annie no supo cómo, por una gracia del cielo que no se había animado a pedir, los brazos de Frank la rodearon. Una vez más. Y cuando por fin se encontró en su cama, entregándose con todo su corazón, supo, como sólo una mujer podía saberlo, que el cambio que Frank había provocado en su vida le dejaría su marca para siempre.

Después de esa noche, Annie consideró que su buena suerte era mayor de lo que merecía, después de tantos meses de desesperada soledad. Sin embargo, no podía contener su terror mientras esperaba que la volviera a llamar. La ansiedad que experimentaba era tan nueva como desconcertante. Por una parte, Frank parecía haberla completado, dándole fuerza para afrontar su propio futuro con un nuevo coraje. Por la otra, una necesidad interior le decía que el futuro no significaba nada sin Frank.

La llamó y volvieron a encontrarse. Desde el principio de su relación hasta ese día habían estado juntos en seis ocasiones, cada vez con más intimidad que la anterior. Y entre una y otra ocasión había sufrido la agonía de la duda y de la espera.

No tenía tiempo de ordenar sus pensamientos, ni de medir sus alegrías y temores. Lo único que sabía era que ahora su pasado había quedado atrás, que cada célula de su cuerpo estallaba de deseo y felicidad; se había desviado de su camino interior y nunca volvería hacia atrás.

Tampoco sabía cuáles eran las esperanzas que había depositado en Frank. Lo único que sabía era que su voz tranquila y sus brazos cálidos constituían el imán que la atraía. Y a causa de esa íntima revolución, el resto del mundo estaba boca abajo. La vida la volvía más y más hambrienta y no podía apoyar los pies en la tierra.

Damon representaba un lazo con una época más ordenada,

y también más dolorosa. Esperaba que pudiera hacerla volver a la tierra, para poder tener alguna sensación de continuidad y propósitos definidos.

Ya no confiaba en sus propios sentimientos, pues eran demasiado intensos, demasiado confusos.

Pero confiaba en Damon y se alegraba de que regresara.

Con esa feliz anticipación ayudó a Conchita a preparar el almuerzo para recibirlo. A las doce oyó un coche en la entrada.

Al abrir la puerta, vestida con pantalones cortos y camiseta y con el pelo suelto, lo vio de espaldas, pagando el taxi. Vaciló sorprendida al ver que no estaba solo.

Una joven de unos veinte años, con cabello rubio rojizo, permanecía a su lado.

Llevaba pantalones y una blusa amarilla, el pelo recogido hacia atrás y un maletín.

Mientras el conductor bajaba las maletas, la muchacha se volvió para mirar a Annie y le dirigió una sonrisa amistosa. Su mirada era afectuosa, y su gesto enérgico acentuaba su belleza.

Damon se acercó corriendo con los brazos abiertos. Tuvo tiempo de darse cuenta de que estaba pálido y delgado, antes de que la abrazara con fuerza y la besara en la mejilla.

—¡Ah, ésta es mi chica! —exclamó, mientras el aroma a tabaco, loción y whisky la inundaban—. ¡Dios mío, estás fantástica! —afirmó, mientras hacía un gesto a la joven que se aproximaba con el maletín—. ¿No es cierto, Margot?

Las contempló encantado y luego puso un brazo sobre los hombros de Annie, mientras señalaba a su acompañante.

—Annie Havilland —dijo con orgullo—, quiero presentarte a la señorita Margot Swift. De Iowa, si puedes creer que ese lugar existe todavía. La he traído para que trabaje conmigo. Se quedará con nosotros durante un tiempo.

La joven dejó el maletín en el suelo y le tendió la mano. Annie se la estrechó, con la extraña sensación de que Margot Swift, aunque era una desconocida, le resultaba de alguna manera familiar.

—Usted no necesita ninguna presentación —replicó Margot con una sonrisa—. Soy una admiradora de su trabajo desde hace tiempo, señorita Havilland. He visto *Medianoche* infinidad de veces.

—¡Oh, llámame Annie! —sonrió—. Cualquier amiga de Damon es amiga mía. ¿Quieres decir que de verdad me has reconocido?

—Claro que sí —rió Margot—. Admito que te veo un poco diferente en persona, pero nunca había conocido hasta ahora a una estrella de cine.

Se quitó las gafas negras, y Annie pudo ver unos ojos de un profundo color verde. Pese a que era delgada y atlética, parecía bien alimentada, y sin temor a parecer una persona en lugar de una modelo artificial. Su aspecto saludable hizo que Annie se sintiera desmejorada, ya que todavía no había recuperado su peso.

La sonrisa de Margot era tan naturalmente cándida que su tacto al pasar por alto los cambios en el rostro de Annie no resultaba forzado.

—Éste —dijo Damon, señalando a Margot— es el mejor descubrimiento que he hecho en años. No sólo es una gran trabajadora, sino que conoce mis libros mejor que yo. Hablando de eso —hizo un gesto a Margot—, ¿por qué no le mostramos a Annie nuestro bebé?

Con una sonrisa de conspiración, Margot abrió el maletín y mostró a Annie una carpeta de hojas mecanografiadas.

Annie miró la primera página.

LA MEDIALUNA FÉRTIL

Una película de Damon Rhys

Annie abrazó a Damon.

—Entonces, ¿lo has conseguido? —preguntó ilusionada.

Él asintió, tocando la carpeta.

—Está todo aquí.

—Y me dijiste que te tirabas de los pelos con Abe y que no le veías salida. Ni siquiera sabía que tenías una nueva idea.

—Bueno, era una sorpresa; cuando lo leas verás por qué. Ahora entremos, quiero ver qué ha preparado Conchita. Margot nunca ha probado una verdadera comida mexicana.

Entraron en la casa y Damon las cogió del brazo con un gesto feliz. Annie no notó que la miraba de reojo al advertir el inconfundible resplandor que ahora iluminaba su cara. Si sospechó la causa, no hizo ningún comentario.

Mientras bromeaban durante el almuerzo, Annie tuvo la oportunidad de estudiar a Margot, que miraba todo lo que la rodeaba con los ojos muy abiertos y se reía de su poco sofisticado origen. Todo eso hizo que Annie sintiera una inmediata simpatía hacia ella y quisiera saber cómo había conocido a Damon.

—Bueno —respondió Margot, frunciendo la nariz y mirándolo de reojo—, estaba en Nueva York trabajando en Doubleday y asistiendo a unos cursos en la CUNY. Tenía la idea de casarme con un millonario o, por lo menos, de obtener la licenciatura y poder dar clases en la facultad. Me sentía fuera de lugar en la gran ciudad, pero trabajaba todo lo posible y... ¿por qué no le cuentas tú el resto?

Mientras Annie se volvía para mirar a Damon, la silueta de Margot le resultó tan familiar que pensó que debían de haberse cruzado en Nueva York.

—Bien —respondió Damon, levantando su vaso de whisky—, fue una cosa increíble. Abe y yo acabábamos de almorzar en uno de esos restaurantes *kosher* que a él le gustan y cogíamos un taxi para regresar, cuando ella —señaló a Margot— se asomó a la ventanilla aprovechando que cambiaba el semáforo y me preguntó si era Damon Rhys y si podía firmarle un autógrafo. Eso no sucede todos los días, tú lo sabes.

Se encogió de hombros y levantó una ceja con aire satisfecho.

—Si no la hubiera hecho subir al taxi, los demás coches la habrían aplastado. Empezamos a charlar y en tres minutos me di cuenta de que esta loca procedente de Iowa había leído todo lo que he escrito a lo largo de mi vida, y además lo recordaba. Llevaba dos libros míos en el bolso, todos subrayados. Por supuesto, eso era demasiado, así que la llevamos a casa de Abe para tomar café y allí me contó que pensaba hacer su tesis sobre mi obra.

Echó una mirada de paternal afecto a Margot.

—Una cosa trajo la otra, y la convencí de que aprendería

mucho más si nos ayudaba con el guión que trabajando en Doubleday durante el resto del año. Estuvo de acuerdo y conseguimos la organización que a Abe y a mí nos faltaba. –Señaló la copia a máquina del guión–. Con ella lo hemos hecho en la mitad de tiempo. Bueno, como yo conozco algo bueno cuando lo veo, la convencí para que viniera y trabajara como mi secretaria y asistente durante la preparación de *La medialuna fértil*. Podrá realizar cursos en la UCLA y escribir todas las tesis que quiera una vez que hayamos terminado con la película. Eso es todo.

Margot rió.

–Lo que no dice es que, desde esa tarde, todavía no he vuelto a la tierra. Si no hubiera sido por Abe y sus «tres viudas», habría muerto por la excitación de conocer a Damon Rhys. Cuando les dije a mis padres que me trasladaba a Los Ángeles, pensaron que iba del purgatorio al infierno, pero se alegraron por mí.

Le habló a Annie de sus padres y sus tres hermanos mayores, quienes permanecían en la granja de Iowa que ella había dejado cinco años atrás. A petición de Annie, sacó una foto en la que aparecía con tres jóvenes corpulentos, un hombre canoso y una mujer atractiva.

En la foto Margot parecía más delgada, pero el corte de pelo y el brillo de los ojos verdes era el mismo, así que debía de ser reciente.

–Es de la Navidad pasada –afirmó–. No los veo desde entonces, pero regresaré para pasar con ellos el Día de Acción de Gracias. Necesitan asegurarse de que no me ha devorado la gran ciudad. Además, los echo de menos. Mi papá dice que nadie podría sacar el campo de mi vida.

Al cabo de un rato, Margot se retiró para arreglar sus cosas y Damon habló en confianza con Annie.

–Es mucho más increíble de lo que parece –aseguró–. Es casi tanto mi otro yo como lo es Abe. Sabe lo que pienso y lo que intento hacer casi antes de que yo lo sepa. Le he dicho que debería escribir sus propias obras, pero no quiere ni hablar de ello. Quiere casarse y dar clases en algún lugar del Medio Oeste.

Suspiró.

–Me gustaría que trabajara conmigo en el futuro. Le he

dicho que si esos malditos académicos piensan meterme en la historia de la literatura, ella podría escribir su tesis sobre todas las variantes y cambios de *La medialuna fértil.* –Tocó la mano de Annie–. Te va a gustar, querida. Es tan natural como el lugar de donde viene, pero muy inteligente, y hará cualquier cosa por ti, ya lo verás.

Annie quedó impresionada por las alabanzas de Damon, ya que sabía que eso no era habitual en él. Y todo le parecía verdadero ya que, apenas la vio, sintió que Margot tenía una aguda intuición junto con una enorme prudencia. Y demostró su buena voluntad cuando, mientras Damon se ocupaba de hacer llamadas telefónicas para poner en marcha su proyecto, se ofreció a ayudar a Annie en sus ejercicios con la máquina Nautilus. Le hizo un par de preguntas, sin demostrar la más mínima curiosidad sobre las causas del accidente, aunque Annie sintió que imaginaba las trágicas circunstancias del hecho. Tenía una forma especial de evitar los temas que podían molestarla, que consistía en hacer bromas sobre sí misma.

Cuando supo que Annie recibía masajes en la columna, sus ojos se iluminaron.

–No me digas más. ¿Cuáles son las vértebras? –inquirió.

–Todavía tengo problemas discales en la cuarta y quinta y en los ligamentos lumbares. Y nunca hablamos de la parte cervical para no herir los sentimientos del doctor Blair, pero sé que mi cuello nunca volverá a ser igual.

–Has venido al lugar indicado –replicó Margot sonriendo–. O tal vez debería decir que yo lo he hecho. En Iowa trabajé como quinesióloga. Aprendí cuando mi hermano Bob tuvo un problema jugando al fútbol. Acuéstate en la camilla y veremos si lo hago bien.

Comenzó a masajearle la espalda.

–¡Oh! –exclamó Annie–. Es exactamente como lo hace Judy.

–Claro –murmuró Margot–. Ahora relájate. Tal vez pueda ser útil en esta casa a dos personas en lugar de serlo sólo a una.

Cuando terminaron, usaron la máquina Nautilus. Annie

observó que poseía una hermosa figura y una elegancia natural en los gestos, sin una pizca de narcisismo. Sus ojos eran de un verde esmeralda tan brillante que Annie le comentó que la impresionaba.

—No es raro que te llamen la atención —respondió riendo—. Son lentes de contacto. Soy fuerte como un caballo, excepto en lo tocante a los ojos. Tengo astigmatismo y una verdadera fotofobia. Lo mismo le sucede a Abe, y comparamos síntomas. De todos modos, el color de mis ojos es un horrible verde pera. Pero sin las lentillas no veo nada.

El color de los ojos de Margot hacía juego con su pelo rubio rojizo y le recordaba a Tina Merril sin las pecas.

Sin embargo, Margot tenía algo diferente y cada vez le resultaba más interesante y divertida.

Hacía que una se sintiera protegida por su equilibrio y generosidad. Sin embargo, la intuición le decía que Margot había tenido problemas con el sexo opuesto. Había una sombra profunda en el fondo de sus ojos que no le dejaba dudas.

Cuando salieron del sótano, tenía la sensación de que había encontrado una amistad que duraría toda la vida, y le complacía la idea de que vivieran bajo el mismo techo.

La cena de celebración en Ma Maison fue muy especial. Damon se dedicó a hacer bromas sobre todas las celebridades que estaban en el restaurante y las hizo reír durante toda la comida. Pero la tensión que acompañaba a aquella exhibición de humor era palpable.

Margot parecía haber captado la peculiar personalidad de Damon como Annie, pues se quedó conversando con ella en su dormitorio mientras llegaban los sonidos del violín. Luego, agotada por el viaje y las novedades, se acostó temprano.

Cuando Margot se retiró, Annie se reunió con Damon. Se acurrucó en el sillón, apoyando la cabeza en sus rodillas.

—Me gusta —murmuró—. Es encantadora.

—Siempre me rodeo de chicas encantadoras —sonrió Damon–. Sí, querida, creo que es una buena persona. Muy profunda, aunque no lo admitirá nunca, pero muy buena persona.

Algo en sus palabras demostraba que, como sucedía con Annie, sentía un afecto paternal hacia Margot. Pero Annie no estaba celosa. De alguna manera, sentía que había encontrado a la hermana que nunca tuvo.

–Creo que alguien le ha hecho daño –arguyó.

–Eso fue lo que sentí –respondió Damon–, pero ella no hablaría de esas cosas con un viejo borracho como yo. Aunque tal vez lo haga contigo, nena.

Durante un largo rato permanecieron en silencio. Damon le acariciaba el pelo y Annie disfrutaba del momento.

La sorprendió cuando la hizo enderezarse y la miró a los ojos.

–Si te parece, me gustaría que leyeras *La medialuna fértil*. Necesito saber tu opinión.

Sonrió, tocándole la cara.

–Has sido mi mejor mitad durante tanto tiempo que ya no me atrevo a escribir sin tu aprobación.

–Será un placer –aceptó Annie con una sonrisa.

Se llevó la carpeta a la cama y comenzó a leer a las once, mientras Damon permanecía dormitando en su sillón. Aunque Annie estaba cansada, sentía una gran excitación ante aquella nueva obra.

Leyó las dos primeras páginas y sacudió la cabeza. Luego empezó de nuevo. Siguió tres páginas y volvió a hacer un gesto de desconcierto. Volvió a comenzar. Siguió tres páginas y tuvo que volver a empezar desde el principio.

La medialuna fértil era diferente de todo lo que conocía de Damon. El lenguaje era simple y fácil de comprender, pero lo que emanaba de la obra era tan perfectamente extraño, tan único, que necesitaba detenerse para captarlo.

Era como el sabor de las ostras o el caviar: extraño al principio, luego inconfundible y por fin superior a todo.

Pero había algo más que una belleza especial en aquella historia. También era verdadera. Parecía la única verdad en el mundo.

Annie devoró la obra en cuarenta y cinco minutos. Después reinició la lectura, tratando de hacerlo con más calma.

Pero era imposible. Otra vez le provocaba una sensación de embriaguez que la hacía recorrer las páginas con ansiedad.

Como siempre, el argumento de Damon era sencillo. La protagonista tenía el insólito nombre de Eurydice, pero la llamaban Daisy.

Era un típica joven estadounidense que padecía la clásica tragedia de sucesivos matrimonios con hombres que abusaban de ella o la abandonaban. Sus tres maridos parecían diferentes, pero en realidad eran idénticos.

Su vida empezaba en el instituto, donde era elegida reina, pero nunca conseguía llamar la atención del único muchacho que le gustaba. Tras ese período se sucedían la facultad, su primer matrimonio y su primer divorcio, y luego el segundo y el tercer matrimonio. En el transcurso de la historia tenía tres hijos, quienes, de una manera misteriosa, formaban una parte de la personalidad de Daisy y un aspecto de su destino.

Al final, Daisy moría violentamente, justo cuando parecía librarse del molde destructivo de su vida.

La causa de la muerte impresionó a Annie.

Daisy moría en un accidente automovilístico.

Era un argumento más complejo que el de *Medianoche*, pero nunca perdía su sencillez.

Miró su reloj. Las tres de la mañana. Estaba agotada y al mismo tiempo sobreexcitada. Se levantó y se dirigió al salón, donde brillaba una luz.

Damon estaba en su sillón, esperándola.

Annie se sentó en un brazo del sillón, lo abrazó y lo besó en la mejilla.

—Eres un genio. Lo he leído tres veces. Nunca había leído nada parecido. No puedo creerlo.

—¿En serio?

Asintió, sin tratar de buscar las palabras para demostrarlo.

Lo que Damon dijo a continuación fue para ella como un puñetazo en el estómago y le borró la sonrisa de los labios.

—¿Crees que podrás hacer ese papel?

Lo contempló con incredulidad.

—Oh, oh, no...

—Lo he escrito para ti.

La miró alzando las cejas. Annie se dio cuenta de que estaba sobrio y era totalmente sincero.

—¡Oh, no! —repitió desesperada.

—Si me fallas —le advirtió—, tendré que reescribir toda la maldita obra para otra actriz. —Se encogió de hombros—. Y no sería bueno.

—Damon, no. No puedo actuar. ¡Por favor! No me lo menciones siquiera.

Pero Damon se mostró implacable y frío cuando sacudió la cabeza y repitió:

—Lo he escrito para ti. Sé que es lo mejor para la película.

—¡Pero Damon! Quince años en la vida de una mujer... No puedo hacerlo. No podría.

La observó con firmeza.

—Antes de tu accidente no hubieras podido —alegó—. Pero ahora puedes. Es por eso que lo he escrito para ti. ¿Me estás diciendo que no conozco mi oficio?

—¡Oh, Dios mío! —exclamó, pasándose la mano por el pelo—. Me asustas. No quiero actuar nunca más, Damon. No puedo. Desde que salí del hospital empecé a desear que la gente me olvidara y dejara de hablar de mí. ¿Puedes comprenderlo? Me sentía *feliz* porque mi carrera había terminado. Disfruté pensando en que podía hacer otras cosas...

Damon sacudió la cabeza con una sonrisa.

—Ésa fue tu manera de sobrellevar la convalecencia —replicó—. Necesitaste proteger tu cuerpo y ese corazón vulnerable que tienes. Pero tu carrera no ha terminado, querida. Todo este tiempo ha sido simplemente una pausa, la espera para dar otro paso. Y ahora es el momento. No puedes darle la espalda a tu futuro solamente porque te sientas insegura, ¿no crees? Ya sé que no es el camino más agradable. Pero para algunas personas así es la vida. Tú eres de esa clase. Piensa en ello. No eres cobarde, ¿no?

—¡Sí! —gritó con súbita violencia—. ¡Sí, soy cobarde! Solía pensar que podía llegar a la cima sólo porque deseaba hacerlo..., porque sentía que debía hacerlo; pero ahora todo lo que puedo hacer es andar sobre tierra firme. Ya no puedo escalar, Damon. ¡No puedo, Damon! No puedo...

—Me alegro de que digas eso —repuso—. Es justo la cualidad que necesito para Daisy. La incertidumbre sobre la estabilidad en el mundo. Sí, en realidad es la sospecha de que tal vez no resulte seguro caminar con los dos pies.

Su sonrisa era irónica e imperiosa.

—No, no estoy equivocado, Annie —continuó—. Puedes hacer ese personaje. No habrías podido hacerlo antes, cuando eras la pequeña Liane... pero ahora puedes. Y lo harás.

La joven sacudió la cabeza. Las lágrimas rodaron por sus mejillas. Le pedía algo imposible. Pero era la última persona en el mundo a la que se atrevería a fallar. Su desilusión era algo que no podría soportar.

—Todos esos años... Tres matrimonios... y los hijos —insistió Annie—. Necesitas mucha profundidad, y yo no la tengo. ¿Qué otra cosa he hecho en mi vida que no sea arruinar las más simples...?

Se interrumpió al advertir que había caído en la trampa.

Damon la palmeó con cariño.

—Ya lo descubriremos —alegó—. Te haremos las pruebas la semana que viene. Hoy he hablado con Mark, y en Nueva York hablé con Dunc Worth. Ya está todo arreglado.

Annie suspiró desesperada y se rindió.

—Te desilusionaré —lo previno.

Damon Rhys no dijo nada y le pasó la mano por los hombros con gesto paternal y distraído.

Sabía que debería luchar y ganar la última batalla para su película.

En la oscuridad de su habitación, al final del vestíbulo, Christine permanecía despierta, escuchando los murmullos del salón.

Annie estaba cediendo, podía oírlo en el tono de sus protestas.

En su disfraz de Margot Swift, Christine sabía lo importante que era ese momento. Damon tenía a Annie en la mente mientras escribía en Nueva York.

Christine sonrió. Ahora Damon tenía su camino.

Y ella el suyo.

El aumento de peso, combinado con su nuevo color de pelo y las lentes de contacto de color verde, la habían transformado lo suficiente como para personificar a Margot sin que nadie la reconociera.

Como sus actividades se habían limitado a la Costa Este y a ciudades del Medio Oeste, el único peligro lo había afrontado en Nueva York. Ahora que estaba en California, se sentía a salvo, a menos que apareciera alguien de su pasado.

Ése fue el puente que tuvo que cruzar.

Todo había resultado bastante sencillo. Desde pagar a unos desconocidos para la foto de la familia de Margot hasta el encuentro con Damon y Abe.

Muy fácil.

Y ahora estaba donde quería estar.

El siguiente paso era obvio. Simplemente observar y esperar. Esperar para ver qué sucedía.

Christine estaba preparada para cualquier cosa.

Conocería a Annie, la ayudaría a ella y a Damon con la película y observaría cómo su propio destino tomaba forma. Porque eso eran aquella habitación, aquella casa y aquella gente: su propio destino.

No tenía miedo. Recibiría lo que fuera, porque confiaba en que el futuro le daría la realidad, aunque destruyera la esperanza en el camino.

Por supuesto, le quedaba un trabajo sucio del que quería ocuparse antes de que transcurriera demasiado tiempo.

Pero esa parte sería la más fácil de todas.

21

Daily Variety. *17 de abril de 1972*

Con una jugada que ha conmocionado a la comunidad del mundo del cine, Damon Rhys elige a la ex Ángel del sexo*, la estrella Annie Havilland, para representar el papel protagonista en su nueva película* La medialuna fértil.

La señorita Havilland, cuya magnífica actuación como la malvada Liane frente a Eric Shain en Medianoche *causó sensación hace dos años, se alejó del cine a causa de un casi mortal accidente automovilístico que le dejó secuelas graves y la sometió a la dependencia de los calmantes. Su rostro quedó transformado por varias operaciones de cirugía plástica.*

Rhys anunció su propósito en International Pictures. La señorita Havilland no lo acompañaba. Desde su accidente vive en estricta intimidad, y no hay fotos recientes de su rostro.

Cuando los periodistas mostraron su escepticismo con respecto a las posibilidades de la actriz para un papel que se consideraba lleno de dificultades, Rhys respondió en tono combativo:

«Cuando la vean como mi Daisy –alegó–, no darán crédito sus ojos. Desde su accidente es aún mejor actriz. Muchos de ustedes se sorprenderán cuando vean su rostro en la pantalla.»

Los testigos que vieron las pruebas de la señorita Havilland esta semana dijeron que su rostro ahora es «común», «agradable», «bonito» e incluso «bello». En lo único en que todos coinciden es en que ya no se parece al rostro de Medianoche.

Harmon Kurth se dio la vuelta en su silla giratoria y arrojó el ejemplar de *Variety* sobre el escritorio. Al lado estaba la carpeta del guión de *La medialuna fértil* que Rhys le envió arrogantemente el día de su solitaria rueda de prensa, presentando a Kurth el asunto como un *fait accompli.*

Kurth permaneció pensativo unos instantes.

«La putita –murmuró–. La maldita puta.»

La carrera de Annie era asunto concluido. Sus espías así lo habían asegurado. Pero Rhys había encontrado la forma de hacerla empezar otra vez. Rhys era el causante de su resurrección. Algún día sería necesario eliminarlo, a menos que el alcohol lo hiciera antes.

Mientras tanto, se imponía una actuación decidida y contundente para controlar la situación.

Kurth sabía que podía hacer que resultara difícil, tal vez imposible, que Rhys consiguiera financiación, producción y equipo para rodar *La medialuna fértil* en Estados Unidos.

Por supuesto, eso no le impediría hacerlo en el extranjero. Pero tendría que trabajar sin su equipo habitual. Y Kurth tenía poder para bloquear la distribución en la cadena de los mejores cines. Y la película no rendiría beneficios, en particular ahora que la Havilland había perdido sus encantos. ¿Pero sería eso suficiente? ¿Bastaría para castigar a Rhys por su imprudencia y destruir a la Havilland para siempre?

Tal vez. O quizá no.

En cualquier caso, Kurth se preparaba para la lucha. Había conseguido que International llegara a ser lo que era ganando batallas más sangrientas que ésa.

22

–Vamos, Annie. ¡No des más vueltas!

Margot Swift esperaba en el borde de la piscina, mientras Annie, en biquini tiritaba pese al cálido aire de la tarde.

La vecina de Damon estaba en la casa, hablando por teléfono, como de costumbre. Estaba encantada de que las jóvenes usaran la piscina, ya que ella y sus amigas eran demasiado ancianas como para aprovecharla.

–Deja que me acostumbre –protestó Annie, caminando por el borde.

Todavía pesaba cinco kilos menos de lo debido y siempre tenía frío.

Margot sonrió.

–¡Mírame! Te enseñaré cómo se hace.

Se puso de espaldas al agua y se zambulló alegremente, como Annie recordaba que lo hacían sus compañeras en Richland.

–¡Ven! –gritó Margot, sacudiéndose el pelo–. ¡Por Dios, Annie, el agua está caliente! Vamos, zambúllete como lo he hecho yo.

–Imposible –respondió sentándose en el borde y mojándose los pies–. Nunca he podido hacerlo.

–Estás bromeando –replicó Margot–. ¿No eras campeona de natación? No me hagas reír.

–Tienes razón. Es raro, pero siempre he tenido miedo de zambullirme de espaldas y nunca lo he hecho.

—¡Entonces hazlo ahora! —rió Margot—. Te pones de espaldas, miras al cielo y te tiras. Es muy fácil. Lo hacen los niños. —Salpicó el cuerpo de Annie—. ¿No notas que está caliente? ¡Vamos!

—Oh, está bien, supongo que tienes razón.

—Puedes hacerlo —insistió Margot—. ¡Vamos, inténtalo!

Annie se puso de espaldas y recordó todas las veces que lo había intentado en su niñez. Miró al cielo azul, sin nubes. Decidida a olvidar, se zambulló. Por un instante, vio el cielo, los árboles, el rostro de Margot boca abajo y luego sintió el agua fría en el cuerpo.

—¡Muy bien! —rió Margot—. ¡Eres una mentirosa, sabías hacerlo!

—En serio, no sabía —sonrió Annie—. Es curioso cómo las cosas permanecen separadas en nuestra mente. En todos estos años nunca había pensado en intentarlo, y realmente es algo sencillo.

—Has hablado como una auténtica proustiana —comentó Margot, mientras se sentaba en el borde y Annie se colocaba a su lado—. ¿Has leído a Proust?

Annie negó con la cabeza.

—Ni una palabra. —Luego sonrió—. Excepto unas líneas que Damon me leyó hace tiempo. Sobre los cambios en los rostros de las mujeres.

—Damon se sentiría desilusionado —sonrió Margot—. Para él Proust lo es todo. ¿Sabes?, Proust creía que cada persona estaba hecha de miles de lo que llamaba «pequeños yoes», casi como las células del cuerpo. Cada uno aparece en la vida en el momento en que resulta importante de alguna manera. Y todos ellos coexisten sin comunicarse ni saber siquiera de la existencia de los demás.

Jugueteó con el pie dentro del agua, mientras continuaba hablando.

—La razón por la que la gente se contradice en sus opiniones o acciones es porque un pequeño yo o grupo de pequeños yoes cree y actúa de una manera que se sale de lo habitual, mientras otro yo, formado en otro tiempo, actúa de un modo opuesto, como si ése fuera el único modo de hacerlo. Proust diría que tus pequeños yoes conocían toda clase de zambullidas pero que quedaba uno, desde tu infancia, que creía que sólo los chicos mayores podían tirarse de espaldas. ¿Te das cuenta?

Annie frunció el entrecejo, algo perpleja.

—Supongo que sí.

—Fíjate en Daisy en *La medialuna fértil* —explicó Margot—. Parte de ella aprendió la lección al ser rechazada por Daniel en el instituto. Esa parte nunca volverá a enamorarse de un tipo tan narcisista. Pero otra parte (esa que todavía recuerda y admira a su padre) nunca admitirá la derrota y seguirá eligiendo a un Daniel tras otro, sin importarle los sufrimientos que le causen, porque sólo una parte de ella aprende la lección con cada hombre al que ama y luego pierde.

—Me doy cuenta de lo que quieres decir —respondió Annie—. Y, sin embargo, curiosamente, crece. Cambia. Prueba de ello son sus hijos, y la forma en que los ama. Y al final, posiblemente, no podrá cometer los errores del principio. ¿No crees?

—Exacto —afirmó Margot con una sonrisa—. Porque esos pequeños yoes pueden atrofiarse y morir, separados o todos juntos en un momento dado. Igual que, hace un minuto, esa parte tuya que creía que no podías zambullirte ha muerto. Igual que las células del cuerpo. Algunas mueren y son reemplazadas más deprisa que otras. A veces un accidente o un acontecimiento es lo que lo produce, como yo ahora que te he impulsado a hacerlo.

»De ahí que una persona, casi de la noche a la mañana, pueda adoptar una opinión que un año antes consideraría absurda, o haga o elija algo completamente diferente de lo que hacía antes. Y nos convertimos en alguien nuevo, sin importar lo aferrados que pudiéramos estar a lo anterior.

Annie miró pensativa a su amiga. Margot rió mientras se encogía de hombros.

—Ya he empezado de nuevo —se excusó—. Me parece que hablo como una profesora. Será mejor que me cuide.

—No —replicó Annie—. Creo que tienes razón. De alguna forma, Daisy va cambiando de modo sutil, y la tragedia consiste en que el accidente la mata justo cuando estaba preparada para experimentar algo del todo nuevo. Iba a ser libre.

—Correcto —asintió con seriedad Margot—. Y ésa es la parte opuesta de la medialuna por la que transcurre su vida. La medialuna fértil, ¿te das cuenta? La medialuna que le da el cambio y una nueva vida. Yo lo veo como si la curva de su existencia fuera un arco tomado del círculo. Por supuesto, el accidente lo corta para siempre. Pero, incluso si eso no hubiera sucedido, nunca llegaría a ser un círculo perfecto. En lugar de eso, se desviaría del punto de partida y seguiría por una dirección diferente.

Hizo una pausa, pensando en lo que iba a decir.

—Como las órbitas de los primeros libros de Damon. Creo que Damon es un verdadero pensador proustiano. Realmente me parece que así es.

Annie asintió, y su sonrisa escondió el hecho de que pensaba que todo aquello era lo que le había ocurrido a ella.

Las ideas de Margot sobre Daisy habían penetrado hasta su núcleo más íntimo. Hacía cuatro meses que era amante de Frank. Aunque ya casi no la visitaba, se veían varias noches a la semana.

Esas veladas juntos terminaban siempre en su apartamento. Y cada vez lo conocía mejor y lo amaba por eso. Aunque nunca hablaban del futuro, sentía por la profunda sinceridad de su voz que esa relación era algo serio para él, y que le dedicaba toda la fuerza de su personalidad. Y esa determinación hacía que lo admirara cada vez más.

Frank había sido un ambicioso estudiante, cuando la ruina de su familia lo obligó a abandonar sus estudios para ayudarles.

Cuando Annie le comentó que le impresionaba esa lealtad que le había hecho postergar sus planes, la respuesta, acompañada de un encogimiento de hombros, fue que había que ayudar a la gente cuando ésta lo necesitaba.

Esas pocas palabras expresaban un estricto sentido de la moral y de la responsabilidad que explicaban su vocación por el Derecho.

Annie no se animaba a preguntarle por qué no se había casado. Pero sospechaba que para compartir su vida buscaba a alguien que compartiera sus mismos valores y su fortaleza. Y se preguntaba si ella podría pasar la prueba.

Era imposible que Frank ignorara la causa de su accidente. Y, con seguridad, desaprobaba su elección de un hombre como Eric Shain.

Eso atormentaba a Annie. Y el silencio de Frank sobre aquella relación le resultaba doloroso.

Tal vez ese silencio era la prueba de su certeza de que ella no era la mujer para él y de que nunca lo sería.

Pero ahora era una mujer nueva, una nueva Annie a la que todavía no reconocía, porque cada día avanzaba su transformación.

Pero deseaba ser esa mujer a la que Frank protegía y amaba. Lo deseaba más que nada en la vida.

La verdad era demasiado hermosa y seductora para negarla. Annie había vuelto a enamorarse. Y una parte de su ser deseaba vivir así, mientras que otra se aterrorizaba de los sentimientos que crecían en su interior.

Para tranquilizarse, trataba de recordarse que Frank y Eric eran dos hombres por completo distintos. Eric era vulnerable, un joven con problemas que había despertado sus instintos maternales.

Frank, en cambio, era la figura sólida y protectora que le confería fuerza y confianza en sí misma.

Pero ya no podía volverse atrás, estaba demasiado enamorada de Frank, aunque éste no sospechara que había creado en ella una doble vida, una vida en la que renacían la carrera y la necesidad de alguien más allá de sus ambiciones personales.

Margot frunció el entrecejo al observar que Annie estaba temblando.

—Salgamos del agua —sugirió, tendiendo una mano para ayudarla a salir—. Creo que ya has estado bastante rato en remojo.

Con una fuerza sorprendente para sus esbeltos brazos, la sacó de la piscina y extendió una toalla sobre las baldosas, para que se acostara.

—Dime la verdad, ¿te duele algo? —preguntó, mientras buscaba el frasco de loción en su bolso.

—Bueno, esa zambullida me ha dejado un poco de dolor de

cabeza –murmuró Annie, mientras la mano de Margot le masajeaba la espalda.

–¿En serio?

–Pero me encuentro muy bien.

–Así me gusta.

Mientras Margot le pasaba la loción, Annie meditó sobre la forma especial en que la trataba. Primero la animaba a que realizara esfuerzos y luego se culpaba por hacerlo, aunque siempre le exigía cosas razonables y beneficiosas.

Luego se permitía hablar sobre temas intelectuales que resultaban útiles para el trabajo de Annie, hasta que se culpaba por resultar aburrida, cosa que jamás sucedía.

Era evidente que se preocupaba por la salud mental y física de Annie, con una constante y dedicada atención que era la esencia de su amistad.

A veces, Annie se preguntaba si Margot se dedicaba a ayudar a los demás para no pensar en sí misma. Quizá se tratara de eso.

O quizá tenía talento para mostrarse encantadora, o simplemente era la persona más encantadora del mundo.

Annie no lo sabía.

Lo que sí sabía era que representaba una bendición para esa etapa complicada de su vida, una etapa que, sin ella, habría sido un verdadero caos.

Sus comentarios sobre Proust eran otra de las formas de ayudarla a prepararse para el papel de Daisy.

Y las dos jóvenes eran algo más que amigas. De hecho, el lazo que Damon les había impuesto al tratarlas como hijas era algo muy real.

Como la mayoría de las hermanas, nunca se confiaban sus secretos más íntimos, pero poseían una especie de radar que hacía que las palabras no fueran necesarias entre ellas.

Annie nunca había hablado sobre Eric con Margot, de la misma manera que Margot evitaba hablar de una dolorosa etapa que Annie estaba segura había existido en su vida; y eso les proporcionaba esa afinidad que las convertía en hermanas. A Annie se le antojaba lógico que bromearan llamándose «hermanas», de la misma forma en que hablaban de «papá» o «nuestro padre» al referirse a Damon.

Aquellas siete semanas de convivencia los habían convertido en una familia. Damon era un verdadero padre, con sus bromas, sus cambios de humor y sus ocasionales borracheras, después de las cuales ellas, como dos hijas enojadas, lo obligaban a acostarse.

Al día siguiente Damon se disculpaba y era objeto de toda clase de bromas y reproches.

Necesitaban sentirse como una familia, ya que Damon tenía serias preocupaciones a causa de la película.

Por oscuras razones que nadie parecía entender, International Pictures daba largas al asunto, con excusas que Damon no aceptaba.

Aunque proclamara indignado que llevaría su guión a otra compañía, estaba preocupado de verdad. Pese a que no querían admitirlo, el problema era Annie, a quien ya no consideraban capaz de atraer la atención del público. Por otra parte, el argumento de la película era demasiado trágico como para que quisieran arriesgarse.

Annie sufría porque sabía que esa conspiración que Damon suponía dirigida contra él estaba destinada a ella en realidad.

Por supuesto, no podía decírselo a Damon, ya que lo consideraría una locura o lo creería y trataría de matar a Kurth.

Cuando intentaba convencerlo de que buscara a otra actriz, Damon se negaba a escucharla.

—Estás equivocada, nena —decía—. La gente aplaudirá mi película *porque* tú serás la protagonista, no a pesar de que tú actúes. No, querida, tú no eres mi problema.

Pero lo era. Y Annie lo sabía.

En esas circunstancias, la presencia de Margot Swift en la vida de Damon se hacía indispensable. Lo calmaba con su sentido del humor, su equilibrio y firmeza y su capacidad organizativa.

Atendía el teléfono, contestaba la correspondencia, le masajeaba la espalda todas las tardes, para relajarlo y para que bebiera menos, y pasaba a máquina los manuscritos. Y cuando tenía tiempo, caminaba, iba en bicicleta o nadaba con Annie y la mantenía ocupada. Y ahora Annie confiaba tanto en Margot que no temía confesar sus dolores y sus miedos.

Parecía que Margot hubiera nacido para fortalecer a Annie y a Damon.

Y con esa creciente amistad, Annie pudo compartir con Margot sus recuerdos de Harry Havilland. Aunque se refería de forma vaga a su madre, hablaba abiertamente de esos años de soledad y comprobaba con sorpresa que la joven comprendía perfectamente esos sentimientos.

—Ya sé cómo son los pueblos —afirmaba Margot—. Todos conocen la vida de los demás. Uno se muere de asfixia. Creo que en el único lugar donde se puede vivir es en una gran ciudad, en donde nadie te conoce ni a nadie le importas.

—¡Vamos! —replicó—. Tú tienes una hermosa familia. Sabes que te gustaría regresar.

—De visita —la corrigió sonriendo—. En realidad, ya no podría volver a vivir allí. Solía pensar que quería regresar para dedicarme a la enseñanza, pero eso está olvidado. Ya he visto mucho. Aquí estoy segura. Supongo que Damon ha conseguido despojarme de mi parte de campesina.

—Pero guardas un montón de recuerdos felices de tu pasado.

—Oh, sí, era muy divertido. Cuando era una niña mis tres hermanos me trataban como a una princesa. Pero cuando crecí, quería hacer el mismo trabajo que hacían mis hermanos y quería ser hombre como ellos.

Sacudió la cabeza riendo.

—¡Dios, era un marimacho a los once años! —continuó—. No quiero ni acordarme. Luego, volví a ser la princesita, en el instituto, y nadie se atrevía a tocarme un dedo, por mis hermanos, claro.

Se encogió de hombros.

—Sentía adoración por Carl, mi hermano mayor. Ahora tiene treinta y seis años y todavía es atractivo. —Notó la mirada pensativa de Annie—. ¿He dicho alguna cosa que te haya molestado?

—No —repuso—, pero de alguna manera haces que recuerde a papá. O me haces pensar en él. Por supuesto, es algo hermoso, pero trato de evitarlo. Me pone triste. Trato de no pensar que estoy sola en el mundo.

—Bueno, te agradezco la comparación con tu padre, pero, recuerda, hermanita —le tocó un mechón del cabello—, ya no estás sola. Nos tienes a los dos. A Damon y a mí.

Annie sonrió agradecida. Deseaba creer en esas palabras, pero no podía.

Desde el día de la muerte de Harry, pagaba su liberación e independencia de Richland con un profundo sentimiento de soledad que nada podía borrar del todo. Salvo cuando actuaba. Eso le permitía perderse en el personaje.

Pero la actuación estaba en su pasado... y tal vez en su futuro.

Mientras tanto, decidió que debía aceptar las palabras de Margot. Después de todo, Damon Rhys era lo más parecido a un padre desde que perdiera a Harry.

Y Margot, tan brillante, fuerte y valiente, era la hermana perfecta, aunque tal vez fuera demasiado buena para ese papel.

23

—¿Qué ha sido eso, Margot? Me parece haber oído algo.

—A mí también. Creo que es Annie. Voy a ver.

Margot dejó su pluma y se dirigió, descalza, hacia la entrada. Damon la siguió con la mirada.

Eran las tres de la madrugada. Como de costumbre, estaban sentados en silencio. Margot había aprendido a compartir con Damon aquellas horas, mientras Annie dormía, tomando notas cuando él le dictaba alguna idea repentina.

Entró en la habitación de Annie, que se debatía en medio de una pesadilla.

Cuando la tocó, se despertó, mirándola como si no la conociera, con los ojos llenos de lágrimas.

—Vamos —susurró Margot—. Todo está bien, ha sido sólo una pesadilla.

Durante un largo rato, Annie contempló la figura en las sombras. La luz de la entrada formaba un halo alrededor del brillante pelo de Margot.

—Siempre tengo ese sueño —suspiró por fin—. La casa está en llamas, yo corro hasta el salón y mi padre está allí con esa niñita desconocida. Y es como si él no fuera él, y al mismo tiempo sí, y ella soy yo, pero no soy yo. Entonces toco su mano para despertarla y las llamas salen de sus ojos. Me sujeta las manos y no puedo liberarme, y estoy envuelta en llamas y me quemo, me quemo...

Se estremeció.

—Entonces me despierto.

—Bueno, ahora estás bien —la tranquilizó—. Papá y yo estamos aquí como siempre, Dios está en el Cielo y todo está bien en Beverly Hills.

Annie sonrió, más tranquila.

—¿Tienes pesadillas?

—No de las que se repiten. —Margot sacudió la cabeza—. Por lo menos, no que yo sepa. Pero, en realidad, nunca recuerdo mis sueños.

Frunció el entrecejo.

—Sin embargo, es curioso que mencionaras una casa. Sueño con una casa de vez en cuando. Pero es un sueño feliz, el más feliz de todos.

—Cuéntamelo —pidió Annie.

—Bueno —repuso Margot, acariciándole el cabello—, es una casa grande. Tal vez cerca del océano. Todo es blanco, las paredes, los muebles, las ventanas... y el aire mueve las cortinas. —Sonriente, continuó—: La casa está llena de chicos que corren y juegan, pero todos los movimientos son lentos... Es una sensación de felicidad, de paz, porque todos están protegidos y son libres, y lo saben.

—¿Y dónde estás tú? —preguntó Annie.

—Ésa es la parte curiosa. No estoy allí. Antes eso me intrigaba, pero finalmente me di cuenta. Yo soy la casa. Soy blanca, bonita y fuerte, y es por mi causa por lo que los chicos están protegidos y no tienen que preocuparse por nada...

Su voz se perdió, mientras Annie sonreía y empezaba a quedarse dormida.

—Qué hermoso... —murmuró.

Detrás de su máscara, Christine sintió una punzada de ironía al mirar a la honesta y atribulada joven. Annie nunca sabría que acababa de compartir con ella la única fantasía feliz de sus veinticuatro años de vida.

Christine se puso de pie y sonrió con ternura.

¡Pobre Annie! Su simple pasado la había salvado de ser el blanco de asesinos expertos en causarle toda clase de daño. Y la primera y más malévola de todos ellos era la mujer que la había traído al mundo.

Las cicatrices de Annie, visibles e invisibles, estaban en sus huesos y en sus recuerdos, mientras que Christine albergaba las suyas en su corazón. Por sus cicatrices eran hermanas.

No, Annie no merecía ser castigada por su pasado. Ya la habían castigado demasiado.

El blanco estaba en otra parte.

Cuando Margot regresó al salón, vio que Damon estaba mirando al vacío con aire agotado. Se le veía sin fuerzas, desesperanzado.

—¿Cómo está nuestra chica? —preguntó.

—Ha tenido una pesadilla —contestó Margot—. Ya se ha vuelto a dormir.

—Bien —asintió cansado.

Margot le acarició el pelo con gesto afectuoso y se sentó en el sofá. Abrió su libro, un estudio sobre la novela del siglo XIX, y comenzó a leer.

En su interior, observaba con atención a Damon.

La vida lo abandonaba. Podía sentirlo, ya que era una experta en las esperanzas de los hombres. Si no podía empezar a rodar pronto, el alcohol y la depresión terminarían con él.

Era hora de actuar.

—Damon —dijo—, tengo que salir el viernes por la noche. Annie y tú tendréis que quedaros solos.

Levantó la vista distraído.

—¿Un novio?

Sonrió con picardía.

—Eso nunca lo diré.

24

El viernes por la noche Christine asistió a la fiesta de Larry Nieman, un importante productor. Sabía que encontraría a Kurth en la mansión de Bel Air y, como lo conocía a través de las fotografías, lo localizó sin dificultad. Se presentó como Margot Swift, secretaria y asistente de Damon Rhys.

Christine llevaba un vestido que acentuaba sus curvas, y el más sensual de sus perfumes. Se puso a hablar de las películas más recientes.

—Ahora las escenas de amor son muy insulsas —afirmó sonriendo—. Creo que el amor debe ser excitante, violento, loco. ¿No lo cree así, señor Kurth?

—Llámeme Harm.

Los pequeños ojos de Kurth la contemplaban con avidez. Se dirigieron hacia el bar.

Dos horas después estaban en un motel, ya que Margot rechazó la invitación a casa de Kurth, alegando que prefería ir a un lugar desconocido.

Kurth había bebido bastante y estaba muy excitado. La joven se desvistió y fingió impresionarse al ver su erección. Sin preámbulos, Kurth la arrojó sobre la cama y comenzó a gritarle obscenidades, mientras la penetraba por el ano.

—¡Oh, Harm! —gemía la joven—. ¿Por qué me haces esto? ¡Oh!

Cuando terminaron, estaba cubierta de hematomas, pero no sentía dolor. De hecho, lo único que sentía era el triunfo por haber conseguido lo que buscaba. Se despidieron y quedaron en volver a encontrarse.

Y Christine cumpliría su palabra.

25

Frank McKenna estaba sentado ante el escritorio de Harmon Kurth. Hacía ya un año que Kurth le había agradecido sus informes sobre el estado de Annie y, aunque no pensaba volver, lo citaron de nuevo sin darle explicaciones.

—Estoy seguro de que te preguntarás para qué te he llamado, Frank —dijo Kurth—. Después de todo, Annie salió del hospital hace tiempo. Y todos estamos encantados con su maravillosa recuperación.

Frank no dijo nada y se limitó a levantar una ceja con amable curiosidad.

—Bueno, sé que eres amigo de Damon y también de Annie; disculpa por repetir lo que me han dicho mis espías. Lo único que quiero es saber cómo sigue Annie.

La expresión de Frank no cambió. Pensaba si de verdad había algo que Kurth no supiera ya.

—Bueno, señor... —empezó a decir.

—Llámame Harm, por favor.

—Por supuesto. —Frank se aclaró la garganta—. Por lo que yo sé, Damon y Annie están bien. Muy nerviosos debido a la nueva película y preocupados por los problemas que...

—No digas más.

Kurth golpeó el escritorio con una violencia que sorprendió a Frank.

—¿Sabes, Frank? Hollywood puede ser un lugar de pesadilla —alegó—. Tenemos que luchar con banqueros que no saben nada de cine. Trabajo noche y día para conseguir fondos para la nueva película de Damon, pero es un proceso lento...

Suspiró con expresión filosófica y luego sonrió.

—Pero me dices que los dos están bien. Y eso es lo que importa, Frank. Dime, ¿en qué condiciones está Annie? ¿Cómo se siente?

—Parece fuerte, todavía un poco delgada, pero fuerte. La terapia parece...

—Bueno, es una chica valiente —interrumpió—. Eso siempre lo hemos sabido. Y no me sorprende que haya salido a flote después de lo que le sucedió. ¿Y Damon?

Frank se encogió de hombros.

—Está impaciente..., desea empezar a trabajar en la nueva película.

—No lo culpo. —Kurth asintió con aire grave—. Bueno, todos tenemos que soportar los problemas de producción. Es parte de este negocio y Damon lo sabe.

Kurth no tenía la intención de revelar todo lo que sabía sobre la vida de Rhys. En cambio, observó con atención a Frank.

—Te confesaré que siento un gran aprecio por Annie —afirmó—. Tú la conociste gracias a mí... y no sé hasta qué punto la has tratado...

Una vez más, la respuesta de Frank fue simplemente una amable mirada.

—Bueno, en todo caso, lo que quiero decirte es que si hay alguien que puede sobrevivir en este mundo del espectáculo, es ella. Tiene una intensidad, una sensualidad...

Sus labios se curvaron en una débil sonrisa.

—La conocí hace años —prosiguió—. Tal vez no debería decirte eso, pero es tan buena en la cama como en la pantalla.

Frank no pudo evitar el brillo de su mirada. Al advertirlo, Kurth levantó una mano en un gesto de disculpa.

—Tienes que disculpar mi forma de hablar. Eso es una antigua historia. Annie era una principiante y fue a casa para discutir el papel en una película llamada *Tres en uno.* Bueno, fue terriblemente seductora y, aunque soy un hombre que respeta a su familia y no se acuesta con actrices, no pude resistirme.

Suspiró con nostalgia.

—Nunca he conocido a ninguna tan espontánea, tan bella como esa joven. Pero el papel no era para ella y le dije que esperara su oportunidad. Me hizo caso y cuando regresó para la prueba para Liane fue un milagro. Me sentí muy orgulloso de ella... Al pensar en el accidente y lo que le sucedió, no puedo menos que culpar a Eric Shain. Pero Hollywood es una jungla y las actrices como Annie no son como el resto de las mujeres. Viven en un nivel de pasión, de intensidad que es casi suicida. Sabía que era una chica promiscua, lo sabía por experiencia —continuó con un suspiro—, así que no me sorprendieron los rumores durante el rodaje de *Medianoche*... Pero ahora lo que importa es que está de nuevo bien. Por eso te pido que no dejes que se desanime.

Frank asintió.

—Creo que ayudaría que empezara el rodaje —observó.

—No te preocupes por eso, Frank. Personalmente me ocuparé de que eso suceda. He ganado batallas peores.

Con un suspiro se puso de pie.

–Bueno –dijo, acercándose para estrechar la mano de Frank–, quería decirte que me alegro de que Annie esté bien y que cuento con que la ayudes.

–Haré todo lo que pueda, señor. –Frank estrechó la mano de Kurth y con una inclinación de cabeza se marchó.

Kurth volvió a sentarse y contempló el paisaje por la ventana.

No se había equivocado con Frank; ahora estaba seguro.

Ni con Rhys, ni con Annie.

Los tenía en el lugar que quería. Estaba satisfecho consigo mismo. No había otro en Hollywood con su habilidad.

Harmon Kurth se sentía superior a todos los hombres y, por otra parte, profundamente humano.

Porque esa noche vería a Margot Swift.

26

Kurth y Christine se encontraron tres veces a lo largo de la semana siguiente, y luego el otro fin de semana.

Las informaciones de Margot sobre Damon y Annie excitaban los perversos instintos de Kurth. La joven permitía que la maltratara y regresaba a su casa llena de golpes y magulladuras.

Sus gritos de clemencia eran cada vez más desesperados, porque quería llevarlo hasta el límite de sus perversiones.

Christine disfrutaba con el desafío. Consiguió una habitación en un motel y, a través de un contacto en Nueva York, contrató a Dandy Tatera, especialista en sonido y rodajes, que se comprometió a realizar el trabajo.

No tuvo dificultades en conducir a Kurth a esa habitación preparada y desde el principio exageró la inocencia de su actuación, invocando a su esposa y sus hijas, mientras le pedía que no la castigara con tanta crueldad.

Cuando todo terminó, Kurth se retiró satisfecho, dejando a la joven en la cama, cubierta de sangre.

—Todo ha terminado, Dandy —indicó Christine mirando a la pared.

La respuesta fue una débil luz en la pantalla del televisor.

27

Cuatro días más tarde alguien entregó un paquete en la oficina de Harmon Kurth. Contenía una cinta de vídeo.

Con curiosidad, Kurth lo colocó en el aparato de su despacho privado. Al cabo de unos instantes, tomó el teléfono para pedir que no le pasaran llamadas ni lo molestaran. Cerró las cortinas y miró toda la cinta.

El hermoso rostro de Margot Swift aparecía en primer plano, sus ojos agrandados por el terror. Luego aparecía el rostro enfurecido de Kurth. La cámara recorría el cuerpo golpeado y cubierto de sangre de la joven. Los insultos de Kurth aumentaban mientras la poseía una y otra vez.

Kurth observaba fascinado y asombrado. Qué extraño era ver sus propias fantasías sexuales en una película. No tenía miedo. En realidad, le resultaba cómico que la pequeña Margot intentara chantajearlo, en un ingenuo intento de ayudar a Rhys. La aplastaría como a una cucaracha.

La imagen que siguió borró la sonrisa de sus labios.

La cámara mostraba una pantalla de televisión donde se veían sus testículos contras las nalgas de Margot y la habitación donde, sentada en un sillón, se encontraban su esposa Rosemary y sus dos hijas. Maggie, la más pequeña, lloraba en silencio mientras Tess torcía la cara con asco.

Kurth se quedó sin aliento.

Sabía que estaban en Palm Springs, de vacaciones, esperando que fuera a buscarlas. La cinta de vídeo debía de haber sido rodada hacía poco tiempo. Tal vez, en ese momento, Rosemary estaba a punto de dejarlo, llevándose a las niñas.

Kurth llamó a su secretaria para que le pusiera en contacto con el hotel. Un momento más tarde se confirmaban sus sospechas.

—Se han ido, señor. No han dicho adónde iban.

Kurth miró el paquete de la cinta. Tenía un revólver de calibre 32, como recordó al punto. ¿Existía alguna salida? No. Tess y Maggie habían visto la cinta. Lo habían visto *a él.*

Tomó el arma y apuntó a su sien. Lo pensó mejor y se colocó el cañón en la boca.

Vaciló. ¿Y si matara primero a la Swift? ¿Por qué no derramar un poco de sangre antes de irse? Entonces se dio cuenta de que había una hoja escrita a máquina.

«Los Angeles Times, Hollywood Reporter, Los Ángeles Herald-Examiner, Daily Variety, National Enquirer.»

Durante un segundo, Kurth pensó en su poder sobre los medios de comunicación. Podía evitar que se publicara. Todos le debían favores. Pero había un sexto nombre en la lista: «Howard Mann».

Kurth sonrió. La chica había pensado en todo. No tenía sentido luchar. Mann se ocuparía de que la cinta saliera a la luz pública. Y la reputación de Kurth no sobreviviría a eso. Sería el fin para él.

El cañón de revólver estaba ahora en su boca.

Con un suspiro, Kurth apretó el gatillo.

28

El funeral de Harmon Kurth fue un acontecimiento. Habló para despedirlo Howard Mann, su rival y heredero, quien recordó las virtudes y el talento del difunto.

La ausencia de la esposa y las hijas se justificó por el estado de postración provocado por aquella dolorosa pérdida.

No se dieron explicaciones para el suicidio. En realidad, todos actuaron como si se tratara de una muerte por causas naturales.

Wally Dugas leyó la noticia en el *Times.*

«Me pregunto cómo lo hizo ella», se dijo.

Estaba seguro de que Christine era la responsable. Gracias a su disfraz de Margot Swift, se había enterado del peligro que significaba Kurth para la película de Damon y Annie. Y

Wally sabía que se había encontrado con Kurth en esas últimas semanas. La ausencia de Rosemary y las niñas tenía que deberse a que Christine les había informado sobre la conducta sexual de Kurth.

Wally conocía a Christine. Ella no se molestaría en chantajear a Kurth o tratar de llegar a un acuerdo. Simplemente lo había eliminado de la escena. Sin la influencia de Kurth, Rhys no tendría más problemas.

Wally recordó los meses anteriores. Sabía que al permitir que Christine escuchara su conversación con Kurth había hecho algo más que evitar que éste se inmiscuyera en la vida de las jóvenes. Era mucho más que eso. Había proporcionado armas a Christine para que se convirtiera en la enemiga más implacable y maligna que Kurth hubiera tenido jamás.

Y ahora, Kurth estaba muerto.

No sentía remordimientos por haber traicionado a su cliente. En lugar de ello, sentía un gran alivio ante su desaparición. Y una nueva curiosidad sobre Christine.

No se sorprendió cuando se acercó a Annie. Creía que no le haría daño. O no lo haría a menos que decidiera que Annie merecía algún castigo.

Pero todavía quedaba un trabajo por hacer.

Había analizado la sangre de Christine, y su tipo sanguíneo era O. Los grupos A y B eran la única combinación capaz de producir tanto O como AB. Annie era AB. Por lo tanto, Harry Havilland podía haber sido el padre de Christine. Pero eso no constituía una prueba definitiva.

Si tan sólo supiera cuándo había nacido Christine. Y dónde...

Pero tal vez nadie lo supiera.

Excepto la misma Alice.

29

Damon Rhys caminaba nervioso por el salón.

—Por Dios —murmuraba—, por Dios...

Annie y Margot, en apariencia sumidas en sus pensamientos, no lo perdían de vista.

–¡Oh, bueno! –exclamó–. ¡Mierda! Todos tenemos que morir.

Estaba pensando en Harmon Kurth y la noticia de su suicidio. Su instinto de escritor le decía que detrás del aspecto paternal de Kurth se escondía algo peligroso y tal vez insano. Y ahora su muerte lo enfrentaba a su tema preferido. Era como si vislumbrara el futuro que había elegido para sí mismo.

–Mierda... –repitió, tomando un vaso de whisky–. El hombre era un carnicero, eso lo sabía. Pero un tipo así no se suicida... Oh, bueno.

Margot no dijo nada. Sabía que Damon bebería más que de costumbre, y pensaba quedarse a su lado para ayudarlo.

Detrás de su máscara de Margot, Christine estaba serena. La mitad del trabajo estaba realizado. La otra parte pertenecía al hombre que caminaba ante ella.

Por su parte, Annie observaba a Damon. La desaparición de Kurth probablemente significaría el inicio de la mejor época de Rhys.

Sin embargo, la muerte parecía cubrir todo con su frío manto. Nada era seguro o permanente. Todo se destruía con el paso del tiempo. Annie había luchado durante cinco años contra Harmon, y ahora éste había desaparecido. Eliminado por fuerzas que no conocía ni podía imaginar, por fin estaba a salvo de su maligna persecución.

Pero esa noche no sentía alivio. En lugar de eso, tenía la sensación de un vacío total, demasiado íntimo y profundo para compartirlo con Damon y Margot.

Ya habían transcurrido dos semanas desde que Frank McKenna la llamara para suspender una comida. Y no había vuelto a llamar. La despedida había sido real. Se alegraba de no haber preguntado por la causa de su alejamiento.

Pero ahora sabía que no volvería a verlo.

Estaba sola otra vez.

30

Sandy Tatera estaba tumbado en la cama de su apartamento de Los Ángeles, disfrutando del recuerdo de Christine.

«¡Qué mujer! Qué generosidad la suya, al entregárseme junto con los tres mil dólares. ¡Y qué actriz!» Estaba satisfecho con el resultado de la cinta.

Sandy no deseaba estar en Palm Springs, pero Christine le hizo entender que lo necesitaba con su cámara mientras ella hablaba con la esposa y las hijas.

Se portó de un modo admirable, con su historia de una sorpresa del padre, para luego proyectarles la escena más horrible dando tiempo a que Sandy grabara sus reacciones. Fue tal la confusión que provocaron que pudieron alejarse sin problemas.

Fue algo cruel, pero no podía menos que admirar a Christine. Era una gran actriz, y muy inteligente.

Ahora, al enterarse del suicidio, se daba cuenta de que era el resultado de la cinta. Si eso era lo que buscaba Christine, no era asunto de Sandy.

Un verdadero profesional tenía que saber cuáles eran sus límites. Ése era el código de Sandy. Ningún hombre era una isla y todos se necesitaban. Había realizado el trabajo y Christine había pagado lo convenido.

Pero eso no terminaba ahí. Tenía que ocuparse de sí mismo, igual que hacía ella.

Sabía que Sam Coronas buscaba a Christine. Y que le pagaría dos mil dólares por la noticia. Y un favor a Coronas valía más que todo ese dinero.

Ningún hombre era una isla. Ésa era la naturaleza de esos negocios. El bien de muchos sobrepasa el beneficio de uno solo.

Sandy cogió el teléfono.

31

A los pocos días de la muerte de Kurth, los ejecutivos de International decidieron financiar la película de Damon Rhys.

Éste se sumergió de inmediato en el trabajo.

Decidió rodar la mayoría de los exteriores en el Medio Oeste y unas pocas escenas en Chicago.

Uno de los problemas más importantes sería el maquillaje de Annie, ya que debía interpretar al personaje desde los diecisiete hasta los treinta y cuatro años.

El ambiente de la casa cambió cuando el proyecto de *La medialuna fértil* cobró forma y se convirtió en una realidad que implicaría a unas doscientas personas en su producción y que debía estar lista para su proyección en menos de un año. Todos estaban nerviosos, excitados y satisfechos.

Damon se levantaba temprano y almorzaba cada día con sus colaboradores. Pasaba las tardes en el estudio, hablando por teléfono.

Se reservaba las cenas para estar con la «familia», es decir, para estar con Annie y Margot.

Margot trabajaba con Damon durante el día y por la noche no salía de casa; al parecer, sus citas con aquel novio desconocido no habían funcionado. Pero, como parecía feliz, ni Damon ni Annie se preocuparon por ese fracaso.

El caso de Annie era diferente. Sabía muy bien que, pese a su prudente silencio, tanto Damon como Margot se daban cuenta de que su relación con Frank pertenecía ya al pasado, y sabían que ella lamentaba esa pérdida.

Necesitaba el apoyo de ambos y al mismo tiempo no quería preocuparlos. Mientras el papel de Daisy la mantenía en un estado febril. En las últimas semanas había visitado a Tina, a la pequeña Natalie y a su nuevo hermanito David, y también a Norma Crane y a sus nietas. Deseaba ponerse en contacto con los niños y meterse en la piel de Daisy, una mujer que se lanzaba al matrimonio y la maternidad con un abandono casi insano.

Era un proceso doloroso. Daisy, a su manera, era tan opuesta a Annie como lo había sido Liane y representaba cualidades que Annie se había negado a aceptar en sí misma durante mucho tiempo. Y, como si esa crisis no fuera suficiente, debía regresar a la pantalla con un nuevo rostro. La simple idea de volver a posar ante las cámaras la aterraba.

Esta vez las presiones eran insoportables. Annie no podía controlarlas sin un poco de soledad y meditación.

Y por eso, de mala gana y tras comentarlo con Damon y Margot, hizo sus maletas y regresó a su apartamento de Hollywood.

La última vez que salió de aquella casa fue para dirigirse a la de Eric Shain para contarle que estaba embarazada y que el hijo era de él.

Era su propia casa, o lo que quedaba de su hogar. Aunque estar en casa de Damon significaba todo para ella, comprendía que debía hacer frente a su existencia solitaria antes de poder dar vida a Daisy.

Y, aunque era bastante raro, sentía que debía mantenerse cerca de su fracasada relación con Eric y el hijo perdido, tanto como del nuevo vacío dejado por Frank en su vida, si deseaba crear el personaje de Daisy.

Tenía que regresar a casa.

Margot la ayudó a llevar unas pocas cosas y se sentó con ella en el salón que antes le había resultado tan familiar, con el sofá, la mesa de café y los antiguos paisajes de California en las paredes.

Las dos eran conscientes de que allí se había desarrollado su relación con Eric cuando él era una torre fortificada que la protegía de un mundo hostil.

No aceptó la invitación para salir a comer esa noche con Margot y Damon, ni que le enviaran algo preparado por Conchita, y se despidió por la mañana porque quería salir de compras esa tarde y cocinar su cena. Deseaba volver a la soledad.

Debía enfrentarse a los fantasmas del apartamento: Eric, el bebé y, tal vez, lo más triste de todo, Nick, que le había encontrado aquel lugar.

Una vez que Margot la hubo ayudado a acomodar sus cosas, echó una ojeada al dormitorio.

–Falta algo –afirmó Annie–. ¿Qué me habré olvidado?

Las dos muchachas trataron de descubrirlo.

–Ya lo sé –dijo de pronto Margot–. Te has olvidado la foto de tu padre.

–Tienes razón.

Annie se dio cuenta de que la casa de Damon se había convertido en su verdadero hogar, y que haberse dejado la foto de Harry constituía una señal inconsciente de su falta de ganas de irse. Damon era ahora su padre y parte de ella le pertenecía, aunque el resto, ya casi curado, necesitaba independencia y privacidad.

–No hay ningún problema –arguyó Margot–. Te la traeré mañana.

Annie sabía que Margot deseaba asegurarse de que todo iría bien.

–Bueno –asintió–, te invitaré a almorzar.

Margot se levantó para marcharse y se detuvo delante de la puerta.

–¿Estás segura de que lo pasarás bien? Vamos a echarte de menos.

–¡Oh, yo también! –aseguró Annie, abrazando a su nueva amiga–. Pero tengo que estar sola. Estaré bien, te lo aseguro. Cuidarás a «nuestro papá», ¿verdad?

–Deja eso de mi cuenta. –Margot frunció los labios con cara de saber cuál era la forma de manejar las locuras de Damon–. Te veré mañana.

–Te espero.

Por supuesto, Annie seguiría haciendo sus ejercicios en el sótano de la casa de Damon y nadando en la piscina de la vecina hasta que comenzaran el rodaje, y se encontraría con ellos todas las veces que fuera posible. El tema doloroso de su alejamiento permanente de la casa de Damon debería quedar postergado hasta que terminaran la película.

Casi parecía imposible pensarlo, después de los últimos dieciséis meses, pero Annie no podía negar que el paso que acababa de dar era el primero en el camino que la conducía a su propia vida. De alguna manera se sentía como la hija mayor que dejaba parcialmente el hogar, mientras Margot, la menor, permanecía junto al padre.

Pero también el futuro de Margot con Damon era incierto. Annie y Damon dudaban de que aceptara como permanente el puesto de secretaria y asistente personal. Pese a que Damon había conseguido que «ya no fuera una chica del campo», como Margot solía decir, no había alterado su determinación de convertirse en profesora. No abandonaba su idea de conseguir un título. En ese sentido, era tan independiente como Annie.

Y tarde o temprano encontraría a su pareja y se casaría.

Annie sonrió al pensar en la dispersión de la imaginaria familia de Damon. Cuando las jóvenes se fueran, Damon, un padre vulnerable, las bendeciría y recibiría sus cartas. Y tal vez contestaría a éstas con salvaje ironía, con anécdotas y quejas sobre el mundo del cine y la literatura y, tal vez, esperaría la visita de los nietos que nunca había tenido.

Pero todo eso correspondía al futuro. Por ahora, tres personalidades distintas habían encontrado un hogar. Y Annie era la primera en alzar el vuelo fuera de ese lugar seguro y cálido.

Su destino estaba con Daisy y con el ojo impersonal de la cámara. Y a eso debía enfrentarse sola.

Annie permaneció sentada meditando durante unos minutos. Luego bajó y la señora Hernández la recibió con una taza de café y toda clase de noticias sobre su familia. Por suerte para Annie, la mujer ya conocía su nuevo rostro, gracias a las frecuentes visitas durante los últimos meses, y la trató como si regresara de un largo viaje.

Por otra parte, el cambio de apariencia le permitió salir a hacer compras sin que nadie la reconociera.

Horas más tarde, después de una comida sencilla y de estudiar el guión, se acostó y empezó a recordar la época en que Nick vivía y su vocación de artista la mantenía y alimentaba, logrando que todo lo demás se apagara ante su urgencia.

¡Cuánto tiempo había transcurrido! Pero el pasado la rodeaba, estaba en su interior, aún con vida pero de una forma diferente... Ahora sentía que se conocía menos que nunca. Ya no tenía un plan que cumplir, ni el odio a Harmon Kurth, ni el optimismo devorador, ni el bebé que habría sido el centro de su vida.

Sin embargo, tenía a Daisy y *La medialuna fértil*.

Pensó en Proust y sus «pequeños yoes», como le había explicado Margot, y en Roy Deran cuando decía que un actor sólo podía encontrarse a sí mismo a través de un personaje. Tal vez había llegado a un momento de transición que la arrancaría de sus hábitos familiares y cambiaría su vida para siempre.

¿Resultaría profética aquella idea de Roy? ¿El siguiente cambio de Annie dependería sobre todo de Daisy?

¿Por qué no? Algunos personajes tenían más impacto en uno que los seres reales... Pero Daisy era difícil de atrapar, tan fugitiva en su personalidad fragmentada. Era una pesadilla para cualquier actriz. Annie se sentía paralizada por el miedo a fracasar en semejante desafío, considerando toda la confianza que Damon depositaba en ella. Y, si fallaba en atrapar a Daisy, perdería una parte de sí misma.

De todas maneras, estaba en su casa otra vez, y experimentaba una sensación agridulce.

Annie empezaba a quedarse dormida sintiéndose curiosamente protegida por su hogar, cuando oyó el timbre del teléfono.

Se incorporó de golpe. Pero el teléfono había dejado de sonar. En ese momento percibió el sonido del contestador que recibía la llamada. Recordó que aquella tarde lo había conectado. Miró el reloj. Medianoche. Apretó el botón y observó cómo rebobinaba la cinta.

La voz le cortó la respiración.

«Hola, Annie. Soy yo. ¿Por qué no me llamas? Te he echado de menos.»

Se puso rígida.

«Frank...», pensó.

Iba a subir el volumen cuando el timbre de la voz que acababa de oír de súbito la llenó de pánico.

Era la voz de Eric Shain, no la de Frank.

Pero eso era imposible. Eric no la llamaría después de

tanto tiempo. Su estado de somnolencia le hizo pensar, con una lógica absurda, que ella estaba de regreso allí, en su dormitorio, donde tantas veces había esperado las llamadas de Eric. Y, por consiguiente, no era extraño que su voz la saludara esa noche.

Pero no podía ser. Era la voz de un fantasma. Hasta llegó a pensar que se había imaginado aquella llamada. Se quedó mirando el aparato. Tal vez habría un mensaje anterior a su accidente, que habría quedado grabado en el contestador.

No, no podía ser cierto. Totalmente despierta, encendió la luz. Con un esfuerzo volvió a apretar el botón con mano temblorosa. Ahora notó un tono de timidez en la voz que no había percibido antes, y una breve risa antes de cortar. Y la verdad la golpeó.

Era la voz de un desconocido, que tal vez estaba borracho.

Por un instante sonrió ante lo absurdo de la situación. No podía negar que había llegado a creer que era la voz de Eric. Luego sus ojos se llenaron de lágrimas. Luchó por contenerlas, hasta que se rindió y las dejó correr.

¿Por qué esconder la verdad? Eric estaba vivo para ella esa noche, con la antigua Annie que lo amaba con su ingenuo y confiado corazón. Y su pérdida todavía estaba fresca, como la agonía que sentía.

Pero ese sufrimiento no se limitaba a una herida. Porque la gran ironía era que esa noche eran muchas las Annies que sufrían. Frank McKenna, cuya voz había confundido antes con la de Eric, era otra herida tan terrible como la anterior.

Frank, cuya presencia nunca había llegado a aquella casa, ni su voz había llegado por aquel teléfono...

Sí, el vacío en su interior era definitivo como la muerte. Pero su horrible poder provenía del hecho de que nada moría dentro del corazón; lo que se amaba no se iba jamás y las heridas no cicatrizaban nunca. Ningún hombre se olvida una vez que se han abierto las puertas del corazón.

El dolor que azotaba a Annie en ese momento era peor que ninguno de los que había experimentado desde su accidente, pues provenía de su esencia más que de los acontecimientos del mundo exterior.

Permaneció sumida en sus pensamientos, demasiado confusos para poder expresarlos con palabras, pese a que su común denominador era la pérdida.

Cuando llegó la madrugada empezó a quedarse dormida. Pero, antes de que la venciera el sueño, algo la consoló y pareció abrirle una pequeña puerta al final del túnel en el que había entrado.

La larga vigilia tenía su irónico premio.

Ahora Annie sabía que, después de todo, podría hacer el papel de Daisy.

La había encontrado esa noche.

32

Carmine Gamino era tal vez uno de los hombres más temidos al este del Mississippi y tenía un importante cargo ejecutivo en la organización de Sam Corona en Miami.

Había iniciado su carrera en Detroit, amenazando, insultando y matando cuando su jefe se lo ordenaba. Su arma preferida era un golpe de kárate aprendido en Corea. Su precisión era notable y podía matar o fracturar la parte del cuerpo que quisiera.

Entonces sufrió el accidente.

Estaba ayudando a un colega de la Mafia a reparar una furgoneta cuando el dedo medio de su mano izquierda quedó atrapado en la prensa de metal.

Los médicos pudieron salvarle el dedo, pero cuando terminaron las operaciones quedó rígido e inmóvil en medio de la mano.

A Carmine le resultó divertido, y también le proporcionó una idea.

Decidió entrenar su dedo para usarlo como arma.

Comenzó a ejercitarlo y a romper ladrillos. Sus tendones se convirtieron en cuerdas de acero.

Podía golpear con ese dedo en los genitales, las costillas o el estómago, y derribar a la víctima o producir la muerte instantánea con sólo introducirlo en el ojo o en la garganta.

Carmine *el Dedo* se convirtió en una celebridad. Era un

hombre sin imaginación pero poseía una enorme falta de compasión. Estaba orgulloso de su habilidad y disfrutaba del temor y el respeto que infundía.

Como sucedía ahora con el hombre de traje oscuro y maletín que estaba frente a él.

Le satisfacía que aquel hombre viniera a pedirle ayuda, enviado por Sam Corona, sin importarle lo que le costaría.

Sonrió y levantó una ceja en un gesto de amable interrogación.

—Me alegro de que pueda hacerlo, Carmine —dijo Tony Pietranera—. Nadie podría manejarlo como usted.

—Lo que usted diga —repuso Carmine con falsa modestia, levantando su copa con la mano izquierda y apuntando con el dedo directamente a su interlocutor.

—Es un trabajo delicado —advirtió Tony—. Quiero que atrape a una mujer. Solía trabajar para mí. Y se escapó. No debe hacerle daño: la necesito sana. Pero no puedo correr riesgos. No es una chica como las demás.

Carmine lo miró con ojos inexpresivos. Pero disimuló su desprecio y, en atención a Sam Corona, lo trató con consideración.

—Créame —insistió Tony, interpretando mal el silencio de Carmine—, si mando a algún matón tonto para que me la traiga de los pelos, ella le cortará los huevos y me los enviará envueltos en papel de regalo. Es inteligente y peligrosa. Es una asesina de hombres.

Se aclaró la garganta.

—Por eso necesito firmeza, Carmine. Firmeza y disciplina. Simplemente tráigamela de vuelta y así comprenderá que no soy rencoroso, siempre y cuando ella cumpla con sus obligaciones. Le pedí a Sam que me recomendara a usted porque sabía que podía contar con su profesionalidad y porque no hay nadie más de su categoría.

Carmine asintió, pensando que aquel tipo hablaba demasiado. Sí, lo alababa demasiado y temía a esa mujer. Se preguntó por qué Sam se molestaba en hacerle un favor a un tipo de esa clase.

Tony tosía cada vez más nervioso. La presencia de Carmine lo atemorizaba físicamente. No había un ápice de humanidad en sus ojos oscuros. Sólo veía la arrogancia de un animal predador.

Cuando Carmine la trajera, Tony le haría entender que debía quedarse con él o la mataría, pero que olvidaría y la perdonaría si cumplía con sus obligaciones.

No quería pensar en el futuro, lo único que le importaba era saber que ella regresaría.

—¿Es ésta la dirección correcta? —inquirió Carmine, mostrándole una hoja de papel.

Tony asintió.

—Ahora, debe saber que la gente que está con ella es muy conocida —explicó—. Creo que debe llevársela sin líos. No alarme a esas personas. Ese tipo, Rhys, es un hombre importante y debe de tener mucho amigos. Hágala desaparecer con tranquilidad. Que deje un mensaje y nada más.

Carmine asintió, sin desviar su gélida mirada.

—Y, haga lo que haga, no deje de vigilarla ni un instante. No baje la guardia. Ni por un segundo. ¿De acuerdo?

—De acuerdo —sonrió Carmine.

33

Wally Dugas se encontraba en un callejón sin salida.

Gracias a sus propios esfuerzos, el pasado que tanta curiosidad despertara en Harmon Kurth había terminado con él. El escorpión vencido con su propio veneno. Pero con Kurth fuera de escena, la investigación de Wally sobre Annie Havilland ya no tenía razón de ser. Dos nuevos casos lo mantenían ocupado todo el día. Era hora de que se lavara las manos respecto a ese asunto.

Pero las dudas sobre el grupo sanguíneo de Annie y la misteriosa Christine continuaban acosándolo. Estaba convencido de que la paternidad de las dos jóvenes constituía la clave del asunto. Aunque trató de convencerse de que Alice no podía saber cuál de sus amantes había sido el padre de Christine, al final llegó a la conclusión de que ella lo sabía. O al menos lo sospechaba. La prueba era que había seguido adelante con el embarazo. ¿Y qué veía en los ojos, el cabello y las facciones de aquella niña para tratarla con tal perversidad?

¿Todo eso despertaría la curiosidad de Christine? ¿Pensaría en ese desconocido Harry Havilland y en la hija que había criado en Richland? ¿Se preguntaría qué había hecho para que su esposa lo abandonara, trayendo al mundo a otra hija y tratándola con tanta maldad?

La respuesta de todo eso la tenía Alice, y Wally sabía que estaba viva. Podía sentir su presencia en el mundo.

Viva y con una apariencia respetable, lejos de toda la gente que la había conocido.

Pero la encontraría, aunque le llevara mucho tiempo.

Wally tendría que saber, para su sorpresa, que esta vez su paciencia era innecesaria.

Estaba haciendo un trabajo en el oeste de Los Ángeles cuando de pronto vio su rostro.

34

Ayer comenzó el rodaje en Culver de la supersecreta película de Damon Rhys, La medialuna fértil.

El estudio estaba cerrado, y se negó a los periodistas el privilegio de ver a la estrella Annie Havilland en uno de los papeles más difíciles creados por Rhys.

Dicha dificultad resulta evidente, ya que Annie Havilland tendrá que representar a una mujer desde los diciesiete hasta los treinta y cuatro años. El maquillaje para conseguir esa transformación deberá sumarse a la «nueva cara» de la actriz, resultado de las operaciones de cirugía plástica practicadas a raíz de su accidente automovilístico de hace dos años.

El rodaje será una tarea agobiante para la todavía frágil estrella, ya que se informó que tiene constantes dolores y todavía no ha recuperado su peso normal.

Frank McKenna dejó el diario y miró por la ventana.
Al fin Annie había entrado de nuevo en acción.
Algún día, tal vez muy pronto, Annie llegaría a la cima.
Las poderosas manos de Frank se cerraron con ira y frustración, como en un vano intento de destruir el periódico y las paredes que lo separaban de Annie. Esas manos que habían cogido el teléfono para llamarla miles de veces después de la noche en que cancelara la invitación. Todavía le parecía oír el tono de desilusión y alarma en su voz cuando aceptó su despedida.
Desde entonces vivía en un estado constante de ira, ya que no podía tenerla junto a él. Y también pensaba de forma obsesiva en Harmon Kurth y sentía la ironía de lo ocurrido. Si la conversación en el despacho de Kurth no hubiera sucedido, ni su misteriosa muerte pocos días después... Pero todo había ocurrido así y no podía permitirse pensar que hubiera podido vivir feliz ignorándolo todo. Su orgullo no le permitía engañarse.
Ahora Annie estaba otra vez en su mundo. Nadie podía poseer a una mujer así: a él sólo le había correspondido un período de descanso en su carrera. La más cruel ironía era que nunca existiría ninguna mujer para él. Annie lo había dejado con una necesidad insaciable que cada día se hacía más insoportable.
«Es mejor haber amado y perdido que no haber amado nunca.»
La antigua máxima resonaba en su mente.
Era un consuelo muy relativo y una muestra de sabiduría inútil.
Arrojó el periódico a la papelera.

35

La suerte estaba echada.
El rodaje de *La medialuna fértil* estaba en marcha y debería terminar en tres meses.
Para Annie, el proceso empezó de la peor manera.

A causa de problemas de contrato de uno de los actores, no pudieron filmarse las escenas correspondientes a la adolescencia de Daisy, que había preparado durante semanas. Comenzaron con la protagonista inmersa en su segundo matrimonio, cuando tenía ya un bebé, estaba embarazada del segundo y había descubierto la infidelidad de su marido.

Era un momento de gran complejidad y Annie tuvo que prepararse casi de un día para el otro. Eso le dio la sensación de que ponía en peligro su propia estabilidad. Pero Damon lo había decidido y así debía ser.

Y su problema no era sólo artístico. Todavía no había logrado alcanzar su peso normal y, para que pareciera embarazada, debían maquillarla con especial esmero.

Para empeorar las cosas, el esfuerzo que le exigían las horas de rodaje incrementaba sus dolores de espalda y de cuello. Y no se atrevía a tomar calmantes que pudieran entumecer su mente. Así que apretaba los dientes y lo soportaba como podía.

El equipo se encontraba bajo el influjo de Damon, todos deseaban dar lo mejor de sí y Annie no era la excepción.

Tenía la sensación de que cada día se consumía, pero tenía que seguir adelante o morir en el intento.

El personaje de Daisy era una batalla entre el autoconocimiento y la autodestrucción. *La medialuna fértil* constituía una carrera entre aquellos dos enemigos implacables, con la muerte como meta final. Al igual que todos sus compañeros de trabajo, Annie no podía dejar de pensar que el destino fatal que Damon reservaba para su heroína dejaría su marca en todos ellos. La corriente eléctrica que los invadía a todos provenía del miedo tanto como de la excitación.

Y ahora no podía detenerse.

36

La calle era una de las más apacibles de Palm Spring. La casa, estilo neo-Tudor con toques de colonial español, tenía el aspecto de pertenecer a gente de muy buena posición.

Wally detuvo su coche y volvió a mirar la foto del *Southern California Bulletin*. Mostraba a un grupo de mujeres recibiendo un premio por sus obras de caridad en las reservas indias de Cahuilla y Soboba.

Y allí estaba ella, en la segunda fila. Se la veía mayor y diferente, pero Wally la reconoció con tanta rapidez que se sorprendió.

Tal vez la habían fotografiado sin que se diera cuenta, o quizá su nueva vida la hubiera vuelto arrogante.

Se había casado hacía nueve años con un ejecutivo de un importante banco, llamado Ralph Sonderborg. En la actualidad, su marido era el presidente del banco.

Antes de visitarla, Wally averiguó que cuando se conocieron ella se presentó como una viuda que no deseaba hablar de su pasado. En poco tiempo se casaron y la mujer se dedicó a las obras de caridad y a apoyar al Partido Republicano. Aquella mujer era Alice Havilland.

Wally bajó del coche. En el garaje de la casa había un Mercedes gris, y el chófer aguardaba en un Silver Cloud estacionado en la puerta.

—¿Necesita algo, señor? —preguntó el chófer.

—Sí, muchas gracias —respondió Wally—. La señora Sonderborg no me espera, pero acabo de llegar de San Francisco y voy un poco justo de tiempo. Si pudiera usted entregarle mi tarjeta, se lo agradecería mucho...

Le dio la tarjeta. Tenía impresas las palabras *Investigaciones Dugas* y un número de teléfono.

Por el otro lado había escrito tres nombres.

El chófer miró la tarjeta y, sin una palabra, entró. Diez minutos más tarde se abrió la puerta y una criada lo hizo pasar.

—La señora Sonderborg lo recibirá, señor.

Lo condujo a través de un lujoso salón hasta un pequeño porche en la parte de atrás de la casa.

—Por favor, tome asiento.

—La criada señaló un sillón frente a una mesa de café. Wally la obedeció. Cinco minutos después apareció otra criada para preguntarle si quería tomar algo.

—Té helado, muchas gracias.

Cuando Wally comenzó a tomarse la refrescante bebida, ya había pasado media hora.

«Está preparando su discurso», pensó sonriente Wally. Hasta que por fin oyó pasos y una mujer muy hermosa, vestida con una falda y una blusa, apareció en la puerta.

—Señor Dugas. —Se acercó con la mano tendida—. Por favor, no se levante. ¿Qué puedo hacer por usted?

«Es más joven que yo», se dijo Wally. Durante tanto tiempo la había considerado como una bruja siniestra que ahora su aparición lo sorprendió. Pero la foto que tenía en el bolsillo era la prueba de que sin duda se trataba de Alice.

¡Qué gran actriz!

Era una mujer muy atractiva, de mirada suave y cálida. Una mirada que lo desconcertó.

—Bueno —repuso al fin Wally—, no estaba seguro de si debía molestarla con algo que no la concierne. Pero son esas cosas que a veces ocurren. Estoy investigando a alguien, a petición de una persona. No es nada serio ni se refiere a nada ilegal. Pero si usted pudiera ayudarme con uno o dos recuerdos, me ahorraría bastante trabajo.

La mujer se sentó frente a Wally, con la tarjeta en la mano.

—Si puedo, lo haré —afirmó.

—Bien —continuó Wally—, trataré de ser breve. Corríjame si me equivoco. En abril de 1946 tuvo usted una hija. Había conocido al padre en Buffalo, donde él había obtenido el título de abogado; usted trabajaba en un teatro. El matrimonio terminó un par de años después y usted siguió su camino sola.

No respondió nada. Sus ojos lo contemplaban con atenta amabilidad, aunque no pudo evitar un destello de alarma. Ningún ser humano hubiera podido hacerlo.

Pero se esforzaba en conseguirlo y no perdió la compostura.

—Bien —continuó Wally, después de beber un sorbo de té—, usted recorrió un largo camino después de eso, según supe por las informaciones de varios de sus amigos y socios. Tuvo otra hija, que permaneció con usted hasta los doce o trece años, edad en que se fue de su casa. ¿Esto es más o menos correcto?

La miró con calma. Sabía que lo que había dicho, junto con los nombres que había escrito en la tarjeta era más que suficiente para preocuparla, porque estaba seguro de que en su vida actual nadie sabía nada de su pasado.

—Bueno —siguió con su reposado tono pueblerino—, como he dicho, señora, el caso en el que trabajo no le concierne directamente pero pensé que quizá pudiera ayudarme. Supongo que no mantiene contacto con la gente de Richland, donde creció su primera hija...

La mujer siguió sin contestar, y lo miró con serenidad.

Wally se aclaró la garganta.

—¿Y la segunda niña? ¿Sabe dónde está? —La paciente sonrisa se endureció de modo perceptible.

—¿Tiene idea de lo que sucedió con Leon Gutrich? —volvió a preguntar.

Era el primero de los nombres de la tarjeta.

—¿Y Mike Fontaine?

Su mirada era tan opaca como su silencio.

—¿Y qué me dice de Charlie Gzrybek?

Una débil sonrisa apareció en sus labios.

Ya era suficiente. Había llegado el momento de mostrarle la foto con Christine. La dejó sobre la mesa.

—Señor Dugas —dijo por fin—, no estoy segura de poder ayudarle. Tal vez si supiera algo más sobre el objeto de...

—Como le he dicho —replicó Wally—, nada importante para usted. Por supuesto, no puedo revelar la identidad de mi cliente o la naturaleza de mi investigación. Pero del mismo modo, nada de lo que usted me diga saldrá a la luz. La protección de mis fuentes es una cuestión de honor para mí.

La señora Sonderborg volvió a contemplar la foto. Wally podía ver a Christine mirando la foto en el cuarto del motel. Tal hija, tal madre. ¿Se sentiría orgullosa si supiera con qué facilidad había eliminado su hija a Harmon Kurth?

Y también volvía a ver a Liane en *Medianoche* cuando estudiaba a Eric para seducirlo.

Tal hija, tal madre. Allí la tenía, el eslabón que faltaba.

—Yo puedo darle algunas de las respuestas —alegó Wally—. Mike Fontaine murió en una pelea, hace diecisiete años. Charlie Gzrybek trabaja en una taberna, y Leon Gutrich sigue siendo un granjero. No pareció recordarla, pero guarda una postal que usted le envió desde un hotel de Buffalo.

La mujer lo miraba como si quisiera hipnotizarlo.

–Y en cuanto al joven abogado que fue su esposo, murió hace ocho años. Un ataque al corazón. Sus dos hijas están solas en el mundo. Ni madre ni padre. Por supuesto, no es asunto mío, pero no me sorprendería que ellas estuvieran interesadas en conocer su paradero.

–Señor Dugas –intervino por fin mirando la tarjeta–, mi marido tiene abogados...

Wally levantó las manos.

–No veo ningún motivo para molestar a su marido con esto –protestó–. No hay razón. Como le he dicho, no es algo importante; historia antigua en realidad. Y sé que el señor Sonderborg es un hombre muy ocupado.

–Por otra parte –añadió la mujer–, usted parece tener ya las respuestas. Salvo que haya algo más...

–Una cosa más, en realidad. Algo muy simple. Pero que me ayudaría mucho. Querría saber el nombre del padre de su segunda hija, señora Sonderborg. Sólo eso.

Wally esperó. No había duda de que estaba acorralada. Sabía que su peor enemigo había llegado a su puerta: el pasado.

Y ésa era la razón por la que Wally estaba allí. Para que supiera que el pasado no quedaba atrás y que nunca desaparecería. Lo miró como una serpiente lista para atacar.

–Señor Dugas –remarcó con tono reflexivo–, creo que todo esto es un error. Dudo que pueda ayudarlo. Sin embargo, le diré que la clase de información que busca simplemente no existe.

Le sonrió con amabilidad.

–Bueno –contestó Wally, devolviéndole la sonrisa–, ya sabe lo que se dice de los detectives. Estamos en el planeta para molestar a la gente y hacerle perder el tiempo. Al parecer, he hecho un viaje en vano.

–Lamento no haber podido ayudarle –se excusó, poniéndose de pie–. ¿Está seguro de que no hay nada más?

–Nada más, señora; pero me alegro de saber que está bien. En este mundo nuestro eso no es fácil de conseguir.

La mujer lo miró con aire de triunfal crueldad. Ésa era la

mirada que Wally esperaba y que había visto tantas veces en su vida.

–Le acompañaré a la puerta –ofreció con voz aterciopelada.

–No se moleste, recuerdo el camino. No había visto un salón así desde que hice una visita a la Casa Blanca. Gracias, señora Sonderborg, que pase un buen día.

Wally salió a la calle y subió a su coche.

Dentro de la casa se oyeron pasos en el segundo piso. Alguien abrió un cajón, y después lo cerró.

Un rostro se observaba en el espejo. Un brillo de determinación iluminó los ojos y luego se desvaneció tras una máscara imperturbable.

37

Annie no era la única que estaba perpleja.

Para Damon Rhys ningún rodaje había resultado tan perturbador como el de *La medialuna fértil.*

Al principio pensó que la fuente de su incomodidad estaba en Annie. Al crear el personaje de Daisy para ella no se había preparado para lo violento que resultaba observarla trabajar.

Annie se sumergía en la pasiva autodestrucción de Daisy con tal fuerza que dolía mirarla. Ahora era la víctima de una silenciosa catástrofe creada por Damon para ella.

Al pasar las primeras semanas se dio cuenta de que era algo más que eso. El clima de la película era el reflejo de su vida interior como artista.

No podía negarlo: aquella película sería su último esfuerzo. Una inspiración así no volvería a producirse otra vez.

Estaba confundido por completo con el peso de una responsabilidad que no podría soportar durante mucho tiempo más.

Y, pese a todo eso, paradójicamente, algo nuevo ocupaba su mente.

Se refería a Annie y Margot.

Después de cada agotador día de rodaje, Margot lo llevaba a casa, ayudaba a Conchita a preparar la cena mientras Damon bebía y tocaba el violín, atendía el teléfono y se iba a dormir temprano para poder levantarse en medio de la noche y anotar debidamente los cambios que él hacía en el guión.

Annie se iba a su apartamento a estudiar su papel y a dormir cuanto podía. Los fines de semana iba a casa de Damon para hacer sus ejercicios con Margot y conversar con Damon sobre la película.

Era en esos momentos en que la mitad de la mente de Damon se concentraba con mórbida intensidad en la película, cuando la otra parte se complacía con fascinación pensando en que las dos muchachas eran sus hijas espirituales.

Al principio no se trataba más que de una especie de admiración paternal y las comparaciones que le exigía su mirada de artista.

Annie y Margot eran completamente diferentes y extrañamente parecidas. Ambas eran fuertes, valientes y se protegían la una a la otra. Eran brillantes, tenaces, y no dejaban traslucir sus penas.

Como las hermanas, eran parecidas pero diferentes. Annie, la mayor, era más compleja, pero Margot no era tan simple como pretendía. Había nacido para ser una intelectual. Damon estaba convencido de que no debía malgastar su talento enseñando y que debía dedicarse a escribir.

Pero, como una hija terca, seguía insistiendo en sus planes.

Formaban un extraño dúo: la actriz y la intelectual, como dos maravillosas muñecas, creadas de la misma sustancia pero deliciosamente diferentes.

Damon sentía que, por algún misterio del destino, debía representar el papel de padre. Y aunque el placer que le proporcionaba esa situación era por completo inocente, tenía un toque de amor incestuoso.

Pero las cosas cambiaron cuando Annie se marchó.

Parecía que, como en una familia verdadera, la mayor y más segura había abandonado la casa para encararse al mundo, mientras que la menor, la que física y emocionalmente se parecía más a Damon, la rubia sensual, se había quedado en casa.

Sola con él.

Era un pensamiento vano, por supuesto. Pero no podía apartarlo de su mente. Y se había convertido en una obsesión.

Seguía a Margot con la mirada. La observaba escribir a máquina sentada con las piernas cruzadas como una colegiala. O leer, tirada en el sillón, con el pelo suelto cayéndole sobre los hombros como un manto lujurioso.

Le gustaba oler su fragancia.

—¿Qué perfume usas, hija? —preguntaba tratando de bromear—. Vas a hacer que acudan en manada todos los hombres a aullar bajo las ventanas.

—Se llama Baiser, si tanto te interesa. Y me alegro de que te guste, porque es muy caro.

—Ésa es una palabra sucia en francés —explicó Damon.

—¿En serio? Creí que significaba beso.

—Busca en el diccionario, nena.

Y al día siguiente, Margot, después de haber descubierto la referencia al acto sexual en su diccionario, lo acusaba de tener una mente retorcida.

—Igual que los fabricantes de perfumes fue la respuesta.

Pero, poco a poco, la joven Margot iba separándose del dúo formado con Annie y ocupaba cada vez más el centro de las fantasías de Damon.

Margot le recordaba un poema de Baudelaire sobre una gata que ocupaba la mente del poeta. Y se daba cuenta de que la joven se había adueñado de sus pensamientos.

Y mientras más se acentuaban las diferencias entre Margot y Annie, más aparecían las semejanzas.

Pero cada día se sentía más cerca de una de ellas.

Margot.

Damon se indignaba y se acusaba de estar volviéndose senil. Pero de nada le servía.

Esos pensamientos no lo abandonaban, y cada día lo envolvían un poco más, dulcemente, y peligrosamente.

38

El equipo de *La medialuna fértil* estaba agotado.

Estaban rodando la delicada escena en la que Daisy salía del hospital con su segundo hijo, y todo salía mal. El bebé estaba molesto. Un problema de electricidad había suspendido el rodaje durante casi una hora, y Damon había cambiado dos veces aquella parte del guión.

En medio de la confusión, Margot dejó el estudio para buscar en el despacho de Damon unos apuntes de aquella escena que podrían resultarles útiles.

Mientras caminaba bajo los rayos del sol, una mano la sujetó por el brazo.

Se volvió para ver a un hombre corpulento que la miraba con ojos inexpresivos. No sabía quién era, pero se dio cuenta inmediatamente de qué pretendía.

—Vamos, Christine. Hay un hombre en Nueva York que quiere hablar contigo.

Vaciló, mientras trataba de pensar.

—Escuche...

—No hay nada que escuchar —replicó el hombre aflojando la presión. La joven vio el dedo rígido en la mano izquierda—. No montes un escándalo. No querrás que esta gente conozca tu verdadera identidad, ¿verdad? Vamos, no voy a hacerte daño. Te llevo con Tony. Una vez que te lleve puedes pelear con él.

Christine pensó con calma y cautela. Al ver el dedo supo quién era aquel hombre. Todo el mundo conocía su reputación.

—¿Cómo sé que no va a hacerme daño? ¿Y si grito? Aquí hay personal de seguridad.

—¿Te parece que vendría a buscarte aquí si pensara hacerte daño? —sonrió—. Te habría matado anoche si así lo pretendiera. Tienes que ser razonable. Podrás hablar con Tony de tu problema. Mi trabajo termina cuando te deje en Nueva York.

Christine comenzó a caminar con él hacia la salida, pero luego se detuvo.

—Me buscarán —puntualizó—. Déjeme dejar un mensaje. Usted puede escribirlo.

—Eso ya está arreglado —arguyó—. El mensaje está en el despacho de Rhys. Alguien de tu familia ha enfermado. Cuando puedas, ya te comunicarás con él...

Sonrió otra vez.

—¿Nos vamos? —instó.

Había pensado en todo. O lo había hecho Tony. No tenía elección. Dejó que se la llevara.

39

—¿Cómo te encuentras?

La voz de Mark Salinger resonó en el oído de Annie.

—¿Algún dolor?

Annie negó con la cabeza.

—Estoy bien. Gracias por preocuparte.

Le palmeó el hombro con afecto. Todo estaba preparado para continuar el rodaje, pero Damon había salido en busca de Margot.

Annie descansaba en su silla ortopédica con los ojos cerrados, tratando de dominar sus dolores. Sabía que una fuerza interior le permitiría estar lista para seguir trabajando.

En ese momento, Damon se acercó con una mirada de preocupación.

—Querida —dijo, inclinándose hacia ella—, Margot se ha ido.

Annie lo miró, confundida.

—¿Qué ha pasado?

Le entregó una nota.

—Un enfermo en Iowa. Dice que ya nos llamará.

—No te preocupes, Damon. —Annie le cogió la mano—. Ya tendremos noticias, Margot estará bien.

Pero Damon no parecía convencido. En realidad, nunca lo había visto tan preocupado.

O tan viejo.

40

Era demasiado tarde para poder tomar un vuelo directo a Nueva York esa misma noche. Subieron a un taxi para ir al motel donde se hospedaba Carmine. El hombre no había permitido que Christine recogiera sus cosas de la casa de Damon.

–Lo que llevas es todo lo que necesitas –alegó–. Tony se ocupará de ti cuando llegues a su casa.

Examinó con detalle el contenido del bolso de la joven.

–Es lamentable –sonrió–, pero así son las cosas.

Tenía en común con Tony una tendencia a usar unas frases que no correspondían a su nivel ni a sus actitudes. Era sabido que se disculpaba en tono amable antes de matar o torturar a sus víctimas.

–Te quedarás esta noche conmigo y tomaremos el primer avión de mañana.

–Muy bien, pero tengo un problema.

La miró con aire de sospecha y asombro.

–Tengo la regla –dijo, sin molestarse en bajar la voz para que no la oyera el chófer–. Necesito algo de la farmacia.

El hombre observó con la paciencia de un reptil.

–A menos que no te importe que manche las sábanas.

Por fin la miró con un toque de preocupación.

–Chófer –indicó, sin apartar los ojos de Christine–. Pare en la próxima farmacia.

El taxi estacionó frente a una gran farmacia y Christine puso la mano en la puerta. La cogió por la muñeca.

–Nos bajamos los dos. Chófer, espere aquí.

Entraron juntos.

–Espero que tengas dinero –dijo Christine–. Puedes pedir. Necesito una caja de tampones grandes, una caja de toallas higiénicas, gel íntimo y unas bragas. Ahora te diré las marcas...

Carmine hizo una mueca de disgusto y le dio veinte dólares.

–Compra lo que necesites. Te espero en la puerta.

Christine se acercó al mostrador. La vendedora la miró.

–¿Qué necesita?

Christine empezó a hacer su pedido, mientras calculaba el coste y abría su bolso.

Cuando su pedido estuvo preparado, Christine tenía en la mano cuarenta dólares. Mirando de reojo hacia Carmine, pidió algo más.

Un momento más tarde, salía del negocio con todas sus compras listas para que el hombre las inspeccionara. Excepto una.

El taxi se detuvo frente a un modesto motel, cercano al aeropuerto. Se dirigieron directamente a la habitación. Cuando cerró la puerta, Carmine sacó una botella y se sirvió una copa, sin ofrecerle a Christine. Encendió el televisor y se puso a beber sin decir una palabra.

Era evidente que tenía intención de pedir que les sirvieran en la habitación la comida y que no pensaba perder de vista a la joven.

Christine se acostó y fingió dormir durante casi una hora, mientras su mente trabajaba a toda velocidad.

Conocía bien la reputación de Carmine. Era uno de los hombres más eficaces en su profesión. Tony no lo habría elegido si no deseara tenerla de nuevo sin sufrir daños, y si no la considerara muy peligrosa.

No intentó una aproximación amistosa. Sabía que con eso lo habría puesto en guardia.

No; su plan de ataque sería más sutil.

Se alegró de oír que pedía *pizza* por teléfono. Carmine no quería correr el riesgo de dejarla sola. Y ella tampoco quería eso. Ya la había visto el chófer del taxi. Era suficiente.

Por otra parte, su disfraz de Margot podría ayudarla a que el taxista no la recordara, había muchas otras chicas bonitas en Hollywood. Carmine debía de haberlo impresionado mucho más.

De todos modos, recordaba el nombre y el número de licencia del taxista. Cuando todo terminara, se ocuparía de protegerse.

Eso si no moría.

Trajeron la *pizza* a las siete. Christine se esforzó y comió una porción mientras Carmine terminaba el resto. De vez en cuando eructaba sin molestarse en pedir disculpas.

Christine se sentó en la cama y se cepilló el pelo mientras miraba la televisión. Cuando Carmine terminó de comer, comenzó a desvestirse.

—Voy a bañarme —anunció—. ¿Dejo la puerta abierta?

Sin una palabra, Carmine se dirigió al cuarto de baño y encendió la luz. El baño no tenía ventana.

—La puerta abierta —asintió, sin mirarla.

Christine se desvistió con calma, mientras Carmine seguía mirando la pantalla.

El ruido del agua que llenaba la bañera se mezclaba con los sonidos del televisor. Carmine apuró su bebida y se puso de pie. Entró en el cuarto de baño.

Christine estaba sumergida en la bañera llena de espuma de baño. Levantó la vista y lo miró con expresión amable.

—Como puedes ver, estoy sola.

Al cabo de unos instantes preguntó:

—Carmine, ¿cómo te pasó lo del dedo?

Él lo levantó con una sonrisa.

—Un pequeño accidente —explicó orgulloso—. Hace tiempo. No me duele.

La joven lo contempló admirada.

—Apuesto a que a los demás sí les hace daño, ¿no? —murmuró.

Asintió con modestia.

—¿Puedo..., puedo tocarlo?

Los ojos se le oscurecieron.

—Sólo una vez —insistió—. A Tony no le importaría.

El orgullo venció a la cautela. Se acercó, se sentó sobre la tapa del inodoro y se arremangó la camisa. Colocó la mano sobre el borde de la bañera, con el dedo apuntando hacia Christine.

La joven le acarició el dedo.

—Es tan duro —murmuró aterrada—, como una roca.

Suspiró y apretó el dedo. Su respiración se volvió entrecortada mientras miraba a Carmine.

—¿Alguna vez —preguntó con una sonrisa tímida— se lo has hecho a una chica con el dedo?

Carmine levantó una ceja. La joven no le soltaba el dedo. No dijo nada, pero no retiró la mano. Christine comenzó a acariciar el dedo.

—Es tan hermoso, tan duro y derecho...

Lo miró a los ojos. El hombre la observaba interesado.

—¿Querrías..., querrías hacérmelo? A Tony no le importaría. Y tienes derecho..., si quieres hacerlo...

Por un momento pareció vacilar, luego poco a poco se arremangó.

Carmine no dejaba de mirarla mientras su dedo la penetraba.

—¡Oh! —suspiraba, mientras su clítoris se endurecía por las caricias—. ¡Oh...!

Christine notó la erección que se marcaba en el pantalón del hombre. La joven gimió.

—Por favor, Carmine, a Tony no le va a importar. Será un premio por llevarme con él. Por favor...

Le bajó la cremallera y le desabrochó el cinturón.

Carmine se puso de pie y sus pantalones cayeron. Con orgullo se mantuvo ante ella con su miembro erecto.

—Oh, Dios, eres hermoso... —murmuró la joven.

El hombre se metió en la bañera. En un instante la penetró.

—Oh, lo haces muy bien... —susurró Christine, mientras le succionaba el dedo.

Carmine conocía a cientos de prostitutas, pero jamás había estado con ninguna tan sensual. Envidiaba a Tony y comprendía por qué la necesitaba tanto.

La joven empezó a sentir que Carmine alcanzaba el orgasmo. Con una mano le cogió suavemente los testículos y con la otra buscó bajo el agua.

—¡Oh, Dios! —gritó, mientras el hombre eyaculaba.

En ese instante lo atacó.

La navaja era de acero y le había costado veinte dólares. Pudo cortar con facilidad a través del escroto. Con un grito espantoso. Carmine cayó sobre ella. Quedó en estado de *shock*, pero Christine sabía que en unos segundos recobraría las fuerzas y la estrangularía.

Levantó la navaja y le seccionó la carótida.

La sangre inundó su cara y su pelo. Se alejó del cuerpo que yacía boca abajo en la bañera.

Abrió la ducha y se lavó con cuidado. Luego entró en la habitación y se vistió.

Limpió todas las huellas de la habitación y luego regresó al cuarto de baño. Tras un momento de reflexión, decidió dejar la ropa de Carmine donde estaba. Reunió todas sus cosas de aseo y las colocó en la bolsa.

Estudió el cuerpo de Carmine. Había planeado ese momento desde aquella misma tarde. Sabía lo que tenía que hacer.

Movió el cadáver con cuidado para no mancharse de sangre y lo dejó sentado.

Luego, con la navaja en la mano, se arrodilló para terminar su trabajo.

41

Damon Rhys recibió la llamada de larga distancia de Margot a las diez y media de esa noche.

—¡Nena! —aulló—. ¿Cómo estás? Tu mensaje parecía tan raro... ¿Cuál es el problema?

—No hay problema, papi. Mamá tuvo un dolor muy fuerte en el pecho y todos se asustaron. Ahora estamos en el hospital. No tiene nada que no pueda curarse con una semana de reposo. Pero voy a quedarme unos cuantos días para mantener controlados a los hombres, si no te importa. Son como niños sin una mujer en la casa.

—Por Dios, querida, por supuesto. Nos las podemos arreglar sin ti, pero ¿te quedarás mucho tiempo?

—No lo creo. No ha sido más que una falsa alarma. Mira, Damon, hay un vuelo el domingo que llega a Los Ángeles a las cuatro y media. ¿Podrías ir a recogerme?

—Por supuesto. No voy a dejar que mi chica ande sola por el aeropuerto. ¿Cuál es el número del vuelo?

—Es de United, el número 346, procedente de Des Moins.

—Allí estaré, querida —respondió Damon, buscando un bolígrafo para anotarlo.

—¿Estás seguro de que no será un problema? —preguntó, con un tono maternal que alivió a Damon.

—Claro que no, nena —aseguró—. Te estaré esperando. Comeremos juntos.

—¡Qué suerte, papi! Hasta el domingo.

—Hasta pronto. Cuídate.

Christine colgó el teléfono y contempló la habitación del motel en Long Beach, desde donde acababa de llamar. En una libreta había anotado los horarios de aviones que le indicó la operadora.

Si el vuelo se retrasaba, volvería a llamar a Damon para decirle que la esperara. Había supuesto que no le preguntaría el nombre o el número del hospital, pues estaba demasiado sumergido en sus problemas de rodaje.

Después de ese episodio, tendría que dar alguna dirección en Iowa; pero por ahora estaba a salvo. Damon no sospecharía nada y la esperaría el domingo.

Miró su reloj. En los próximos cuatro días no tendría otra cosa que hacer que ver la televisión y leer los diarios.

42

El cadáver de un hombre que se supone era un individuo del hampa ha sido descubierto en un motel en Inglewood. La policía lo ha identificado como Carmine Gamino, miembro de la mafia de Miami y temido asesino implicado en numerosos crímenes sin resolver.

Gamino fue encontrado desnudo en la bañera, con el cuerpo parcialmente mutilado. La policía describe su muerte como un típico ajuste de cuentas entre delincuentes.

Hasta ahora no hay sospechosos...

El periodista del *Times* concluyó la noticia con las frases de rutina.

—Listo —dijo, y se lo pasó al aprendiz—. Llévaselo a Sam y luego a composición.

Sacudió la cabeza mientras miraba las notas que tenía en el escritorio. Carmine Gamino al final había recibido lo que merecía.

El asesinato era tan sorprendente. Pero Carmine era el mejor y debieron de utilizar un batallón para vencerlo.

El periodista recogió sus notas y las arrojó a la papelera. Se encogió de hombros. Desde luego, se había visto obligado a suavizar la historia. Los policías se sorprendieron al encontrar a un tipo como Carmine con los testículos metidos en la boca. Así era como había sucedido.

Pero eso no podía escribirse para el público. No estaría bien.

43

Damon pasó el viernes y el sábado por la noche solo, tocando el violín y bebiendo más que de costumbre. Canceló todas sus citas y decidió, sin saber bien por qué, que quería disfrutar de su soledad.

Hacía un año que la casa no estaba tan vacía. Sólo el distante aullido de un coyote rompía el silencio.

Lo que le consolaba era el pensamiento de que Margot volvería. Sentía un placer especial al pensar que, en menos de un día, la joven estaría allí.

¿Cómo era posible que le pareciera tan increíblemente sensual después de haber vivido con ella durante meses considerándola su atractiva secretaria y una hija simbólica?

¿Qué había sucedido?

¿Por qué de forma tan súbita?

El domingo por la tarde, Damon se dirigió al aeropuerto de Los Ángeles para recoger a Margot.

La joven estaba un poco más delgada y su cabello había cambiado, cosa que le sorprendió. Lo tenía menos rizado y le caía con elegancia sobre los hombros. Le daba un aire más serio, que le recordaba a Annie. Y también estaba pálida, lo que era de extrañar, dado el clima de Iowa.

—Por Dios, Margot —dijo cogiéndola del brazo—. Estás distinta. ¿Cómo puede ser que en cuatro días una persona se transforme así? ¿Las cosas han ido peor de lo que me dijiste?

—En absoluto —rió—. Me aburría y decidí cambiar mi peinado. Y también hice una dieta, porque mi prima favorita está tan delgada que me hizo sentir gordísima. ¿Te gusta mi pelo?

—Encantador —respondió, aspirando su perfume, mientras le cogía la bolsa.

De regreso a casa, Margot sonreía, aunque sin hablar mucho.

—¿Lo has pasado bien? —preguntó Damon, apretándole la mano.

—Ajá —sonrió—. Pero tengo que admitir que me alegro de estar de vuelta. Creo que no hay demasiado del campo en mí. Ya estaba aburrida en Iowa. Cuando consiga mi título, intentaré trabajar en la UCLA o CUNY, si me aceptan. De todos modos, es muy agradable viajar tanto y no dejar nunca el hogar.

—Ésa es mi chica —gruñó Damon—. Sabes bien dónde te quieren. Y hay un montón de trabajo que te espera. Dios, el estudio era un manicomio sin ti.

Margot no quiso que salieran a comer porque tenía una sorpresa para él. Damon se quedó tocando el violín mientras la oía preparar la comida.

Le sirvió pollo a la sureña, con miel y maíz, y tarta de nueces de postre.

—¿Qué te ha parecido? —preguntó Margot, cuando terminaron.

—Increíble, nunca creí que pudieras cocinar así.

—Es todo lo que soy capaz de hacer hasta que Conchita me enseñe. El pollo es receta de mamá, y la tarta de tía Winnie.

—Hacía años que no probaba la tarta de nueces. Tuve una

amiga que la hacía. No era tan buena como la tuya, pero me gustaba mucho.

–¿Y cómo era?

–¿Quién?

–La chica. Tu amiga.

Damon se encogió de hombros.

–Oh, ¿quién se acuerda? –repuso–. Era actriz. Fue en mi época de promiscuidad. Fuimos amantes. Ella era algo especial, bastante siniestra. Provenía de una familia común, del Medio Oeste, casualmente. Pero tenía algo de prostituta. Nunca más la volví a ver. Supongo que debe de haberse casado con algún pilar de la comunidad, o que regentará un prostíbulo. Eso no supone demasiada diferencia para alguien como ella. En el teatro hay toda clase de gente rara.

»Es curioso –añadió después de una pausa–. No era una relación seria, pero me di cuenta de que quería atraparme. Para mí era buena para lo que ya sabes, pero no me sorprendería que en realidad me odiara por no tomarla en serio. Son esas cosas que uno no comprende en su momento.

Suspiró.

–De todos modos –concluyó–, su tarta no era tan buena como la tuya.

–Qué suerte.

–Tienes aire de preocupación, criatura. ¿Qué estás pensando?

–Me siento feliz de estar aquí. Feliz de estar contigo.

Margot insistió en lavar los platos y Damon la esperó en el salón, escuchando música.

–¿Sabes, hija? –dijo, cuando Margot se acercó–. Debo de estar chocheando, pero vosotras dos parecéis hermanas.

–¿Yo y quién?

–Annie, por supuesto. ¿Con qué otra puedo compararte?

–¿Annie y yo? –Había algo casi provocativo en su sorpresa–. Bueno, no creo que el parecido haga que tenga grandes oportunidades esta temporada.

Damon la miró. Tenía el aire de una inocente colegiala. Pero sentía su atractivo sexual. Era como una flor, fresca, brillante y tóxica.

–¿Así que me parezco a Annie? Está bien, si eso hace que te guste.

—¿Gustarme? Pero, querida, te adoro. Eres indispensable.

Se dio cuenta de que debía detenerse.

«Dios, evita que la desee», rogó.

La joven se acercó y apoyó la cabeza sobre sus piernas, en un gesto espontáneo e infantil.

Resultó algo muy incómodo para Damon, porque sentía que su miembro se endurecía. Margot debió de notarlo, porque se enderezó sonriente.

Damon la miró a los ojos. No podía hablar. La joven comenzó a acariciarle la nuca. Permaneció inmóvil. Quería detenerla, pero no encontraba las palabras. La muchacha comenzó a desvestirse. Una vez que terminó, lo besó en la boca. Le desabrochó la camisa y le acarició el torso.

—Querida... —intentó detenerla.

Pero lo besó con tanta dulzura, que tuvo miedo de eyacular en ese momento.

Luego lo ayudó a quitarse la ropa y, sin vacilar, se colocó el miembro de Damon en la boca. Jugaba como una niña con un juguete.

La miró a los ojos. Lo contemplaba con apasionado deleite.

Lo acarició hasta que alcanzó el orgasmo.

—No te muevas —susurró—. Vuelvo en seguida.

Poco más tarde, lo limpiaba con unas servilletas de papel.

—Nena —suspiró—. ¿Por qué has hecho esto? Lo siento tanto...

—No lo sientas, papi. Me has hecho muy feliz.

—Por Dios...

Se sentía orgulloso de haber hecho el amor con su hija. «Estoy loco —pensó—. Sólo un loco podría pensar eso.»

Pero Margot comenzó a besarlo y le hizo el amor de nuevo, sorprendiéndolo con esa nueva excitación.

La joven le murmuraba palabras tiernas y sensuales.

—¡Más, amor! ¡Oh, por favor, más! ¡Me gusta tanto!

En medio de gemidos de placer, Damon volvió a poseerla.

—Papi —suspiró—. Gracias.

No podía ver los ojos de la joven, que estaban abiertos, con una mirada brillante y serena.

44

El lunes 8 de noviembre, Tony Pietranera recibió un paquete entregado por un mensajero. No había remitente.

Lo colocó sobre el escritorio y lo contempló. Era bastante pesado. Por fin, lo abrió.

Contenía cierta cantidad de hojas, en su mayoría fotocopias. También había un paquete más pequeño.

Tony se puso pálido cuando empezó a recorrer las páginas. Era un informe detallado de todas sus actividades de chantaje, incluyendo fotos, cheques y cartas comprometedoras. Había suficiente material como para enviar a Tony a la cárcel durante treinta años.

Había una nota en la primera página.

«Hay gente que tiene los originales –decía–. Si me sucede algo se ocuparán de tomar las precauciones correspondientes. Adiós, Tony.»

No había firma.

La furia y la impotencia se apoderaron de Tony. Porque había deseado tener de vuelta a Christine, no tanto para castigarla como para amarla. Y ahora no la vería más.

Nunca más.

Permaneció mordiéndose los labios durante un momento antes de que el paquete más pequeño atrajera su atención.

Mientras lo abría, el olor repugnante que desprendía le dio náuseas.

Dentro de la caja estaba el dedo rígido de Carmine Gamino.

45

Tras catorce semanas de esfuerzos agotadores, el equipo pudo descansar. El rodaje de *La medialuna fértil* había terminado.

Ninguna película había causado tanta incertidumbre y consternación entre sus creadores.

Y ahora que habían terminado, Damon rezaba para poder montarla de acuerdo con sus expectativas. De algo estaba seguro: la actuación de Annie como Daisy era magnífica.

Había creado un personaje, agregándole toques sutiles de humor y belleza que resultaban inolvidables.

Durante las primeras semanas, Damon quedó en un estado cercano al colapso. La depresión era su peligro constante y Margot permanecía a su lado para prestarle apoyo.

Damon la necesitaba más que a nadie.

Después de su regreso de Iowa la intimidad creció día a día. Hacían el amor de madrugada o a cualquier hora del día en que Damon se sentía de repente atraído.

Durante treinta años había sostenido que no quería hijos. Pero ahora, al contemplar a aquella adorable criatura tenía la tentación de tener un hijo con ella.

¿Y por qué no? Todo lo que debía hacer era casarse con ella, amarla como ya la amaba y experimentar el milagro de ver el fruto de su amor. Podría dejarle todo para ella y su hijo después de su muerte.

¿Muerte? ¡Bueno, si sólo tenía cincuenta y nueve años! Podía envejecer con ella...

Pero no, no pensaba vivir tanto.

Entonces, ¿por qué no dejar algo suyo con Margot?

La tentación era muy fuerte.

Entretanto, Annie había podido conocer el agotamiento que entrañaba haber cedido su propia esencia a un personaje de ficción. El vacío que le había dejado Daisy era total. No sabía si podría actuar otra vez. Pero sí sabía que esta vez había dado todo lo que tenía.

Pasaba la mayor parte del tiempo en la casa, con Damon y Margot.

Cuando se sentían muy cansados después del trabajo, salían los tres para distraerse.

Al observar la forma en que Damon miraba a Margot, Annie se dio cuenta de que algo había cambiado. Pero lo que importaba era que los tres estaban juntos y eso era lo fundamental. Sentía que debían vivir como si todo eso fuera a durar para siempre.

Pero nunca sospechó que el tiempo apuraba su paso, como un maremoto que se formara en el fondo del océano.

46

The Hollywood Reporter. *20 de marzo de 1974*

Un nuevo par de pisadas adornará la acera del Teatro Chino a partir de esta tarde, con la más fascinante y admirable vida en la historia de Hollywood.

Surgiendo de las cenizas de una controvertida carrera, que le proporcionó tantas humillaciones como fama, Annie Havilland, con su actuación en La medialuna fértil *de Damon Rhys, tiene a Hollywood a sus pies.*

La película, estrenada este otoño, es un seguro ganador de varios premios de la Academia. Y la señorita Havilland es sin duda la más firme candidata para conseguir el Oscar, para el que acaba de ser nominada.

No hay duda de que Hollywood admira su indomable espíritu y quiere premiar su valentía y talento.

—Hemos llegado, chicas. Salgamos.

Margot abrió la puerta y empujó a Annie fuera del coche. Cogiéndola de la mano, junto con Damon, se abrieron paso entre los fotógrafos.

Annie se quitó los zapatos y luego se arrodilló para escribir su nombre. Asombrada, se dio cuenta de que eso significaba unirse a todos los «inmortales» de Hollywood. Y la Annie que ahora se ponía de pie no era la misma que había iniciado su carrera con tanto sufrimiento.

El tiempo era un amante cruel pero generoso, y proporcionaba nuevos sueños y sorpresas al igual que dolores y pérdidas.

Tal vez era mejor no tratar de comprenderlo. Quizá sólo el

corazón podía ver esas señales, oír los susurros y guardar sus secretos.

Una vez concluida la breve ceremonia, los periodistas siguieron tomando fotografías y haciendo preguntas.

Damon y Margot permanecieron a su lado, apoyándola, ya que eran las dos personas a quienes más quería y necesitaba en ese momento.

Y muchas de las fotos que se hicieron esa tarde captaron el brillo de los ojos azules de Rhys y las sonrisas de Margot, quien entrecerraba los ojos ante las luces de los flashes.

47

Los Ángeles Times. *22 de marzo de 1974*

ANNIE: UNA MUJER, UNA CARRERA, UNA LEYENDA

La sección de espectáculos está dedicada a la carrera de Annie Havilland, que podría conseguir su primer gran triunfo la próxima semana durante la entrega de los premios de la Academia. Invitamos a nuestros lectores a contemplar con nosotros las distintas etapas de la vida de esta estrella y su sorprendente carrera.

Índice de fotos: Annie a los siete años, en las rodillas de su padre, el abogado Harry Havilland, de Richland. Annie a los dieciséis años, en el instituto. Annie el día de su graduación. Pruebas para la película *Tres en uno.* Annie en la propaganda para la empresa de venta de automóviles Cantele. Annie en la propaganda de los cinturones de seguridad. Escenas de *Medianoche* y de L*a medialuna fértil.* En el centro: Annie en el Teatro Chino, después de dejar sus huellas en el famoso suelo de cemento; la acompañan Damon Rhys y Margot Swift, la joven graduada de Iowa, secretaria y asistente de Rhys y la mejor amiga de Annie.

48

31 de marzo de 1974

Faltaban dos días para la entrega de los Oscar.

Christine despertó sola en la casa. Damon le había dejado una nota diciéndole que no podía dormir y que se iba al despacho.

Sabía que sus nervios no soportaban la espera de la ceremonia. Lo mismo ocurría con Annie, que se había encerrado en su apartamento y se comunicaba con ellos por teléfono.

Christine se estiró y suspiró. Había dormido profundamente y todavía sentía las caricias de Damon en su cuerpo. Se preguntó qué haría esa mañana.

Se dirigío desnuda al baño y abrió la ducha. Cuando salió, se puso una bata corta y se envolvió el pelo en una toalla.

Mientras se servía un vaso de zumo de naranja, sonó el timbre de la puerta. Fue a abrir.

La mujer que estaba en el umbral la miró con las cejas levantadas.

—Cuánto tiempo sin verte, nena.

Christine tardó un segundo en estudiar a la figura elegante.

Alethea había cambiado. Se la veía distinguida. En apariencia, pertenecía a un mundo mejor.

—¿Puedo entrar, querida? —preguntó.

Christine pensó en Carmine y en Tony. Después de vacilar un segundo, dejó entrar a su madre.

¿Qué podía hacer?

Christine echó una mirada a la calle. Había un gran coche estacionado, sin chófer.

Alethea se detuvo en el salón.

—Qué hermoso lugar tiene Damon. Veo que le ha ido bien. Pero siempre esperé eso de él. Siempre fue un triunfador.

Christine pensó que era una suerte que Conchita tuviera su día libre.

Entonces Alethea miró a Christine de arriba abajo, admirando sus largas piernas.

–Y ahora tú eres parte de todo esto. Bueno, las fotos no te hacen justicia.

«Las fotos del periódico», recordó Christine.

Ahora lo entendía todo. Nunca permitió que le sacaran fotos hasta el día de la ceremonia en el Teatro Chino... El riesgo calculado había sido un error.

–Naturalmente, te reconocí enseguida –continuó Alethea con una sonrisa burlona–. Una madre conoce a su hija. ¿No es verdad, querida?

Hizo un gesto hacia el sillón.

–¿No me vas a invitar a sentarme?

Christine no dijo palabra. Observaba con atención a su madre.

«¿Qué poder tendrá?», se preguntaba.

Alethea se encogió de hombros.

–¿Así que le hiciste creer que eras una joven de Iowa? Eso no es muy conmovedor, querida. No deberías aprovecharte así de la gente.

Christine permaneció en silencio. Sabía que Alethea mostraría todas sus armas en el momento adecuado.

–Ésa no es la forma en que te eduqué. Creo que la honestidad es lo mejor. ¿Tú no, querida?

Así que era eso.

Demasiado tarde, Christine se reprochó no haber calculado la posibilidad de aquel encuentro. Después de neutralizar a Tony, creyó que estaba a salvo.

Pero allí estaba Alethea, armada sólo con la verdad y con la intención de revelarla.

A Damon.

Christine se dio cuenta de que no podía correr el riesgo de permitir que eso sucediera.

Seguía sin decir nada. ¿Cómo conocería tanto a Damon para calcular su reacción al saber la verdad? ¿Cómo podía estar tan segura?

Las palabras de su madre contestaron la pregunta.

–Damon y yo estuvimos juntos hace tiempo. Por si es una novedad para ti.

Rió. Era aquella risa peligrosa que la pequeña Christine sabía que terminaba en un castigo.

«¿Y qué? –pensó llena de furia–. Muestra lo que tienes.»

–Sabes, nos conocimos en el teatro. Oh, sí, conocí a Damie por fuera y por dentro. Un tipo muy apasionado, como estoy segura habrás notado.

Hizo una pausa, para apreciar el efecto de sus palabras.

–Después de que naciera tu hermana, tuve la buena suerte de dar con Damon. Por casualidad, mientras hacía compras en Buffalo con la niña. La vida era muy aburrida para mí en aquella época y me encantó poder pasar una tarde con él...

Sonrió.

–Me temo que la pobre Annie fue testigo de algo que no debería haber visto. Pero considerándolo bien, valió la pena.

Otra vez hizo una pausa, sonriendo con crueldad.

–Bueno –continuó–, después del tiempo acostumbrado, apareciste tú, querida mía. Entonces yo ya estaba muy lejos de Annie y su padre. Pero sabía quién y qué eras tú ¡Oh, sí!

Miró a Christine, calculando cuánto de lo dicho sorprendía a la joven. Asintió con gesto de aprobación ante la mirada vacía de su hija.

Habló con una nota de triunfo.

–Tienes sus ojos, ¿sabes? –señaló, mientras sus palabras golpeaban a Christine–. Una pequeña medialuna en el centro del iris. Como una media luna creciendo en un cielo azul.

Christine hizo un esfuerzo para permanecer inexpresiva.

–Qué ironía que nuestros caminos se hayan cruzado después de tanto tiempo, ¿no te parece? Órbitas que nunca debieron interceptarse, como diría Damon... Por otra parte, nada ocurre por accidente, ¿verdad, querida? En realidad es culpa tuya, si lo piensas. ¿Creíste que tu madre no se había dado cuenta de que cuando encontraste aquella foto de Damon y yo empezaste a soñar? ¿Creíste que no me di cuenta de que la tenías? Oh, no. Alethea se dio cuenta. Alethea lo sabía.

Rió.

–Simplemente –prosiguió– lo dejé pasar. Eso es lo divertido de la vida. Dejar que la gente siga y observar lo que sucede. Por ejemplo, cuando te escapaste, llevándote la foto, sabía que eso te llevaría a algo. Porque te conozco, querida. Y los hombres son unos tontos.

Christine permanecía ante su madre, en silencio, esperando lo que vendría.

—Así que me senté a esperarla —continuó Alethea—. Y mira qué interesante ha resultado todo. Nuestra Annie se las arregló para encontrar a Damon. No puede decirse que fuera casualidad, ¿no? quizá la casualidad no exista. De todos modos, yo sabía que ella estaba aquí, como todo el mundo. Pero tú, querida, para eso necesité algo de suerte, ¿no te parece? Y la foto del *Times* me proporcionó la última pieza del rompecabezas. Así, pues, aquí estoy.

Estudió con atención a Christine.

—Dios mío, una foto puede valer más que mil palabras, ¿no es cierto?

Levantó las cejas con lentitud.

—Has estado acostándote con él, ¿verdad? Creo que le importas. De veras lo creo. Por supuesto, se sentirá muy molesto cuando sepa la verdad. En algunos aspectos, nuestro Damon es bastante anticuado. Pero tiene derecho a saber la verdad, ¿no crees?

Alethea había jugado sus cartas.

—Verás —continuó, balanceando el bolso—, ninguno de vosotros me engañó. Y ninguno de vosotros ha estado nunca fuera de mi órbita. Porque Alethea siempre está cerca y Alethea siempre sabe. Nunca dudé de que si quería seguir la huella de vuestras miserables existencias, mi turno de destrozaros la vida llegaría algún día. Pero debo decir que me alegro de que hayas conseguido un poco de felicidad antes de que yo apareciera. De esa forma es más divertido destruirlo todo.

Christine, por fin, habló.

—¿Por qué no te sientas? —Hizo un gesto hacia el salón.

El tono neutro la puso sobre aviso.

—No, gracias. En realidad, debo irme. Tengo que...

Pero cuando se volvió, Christine se sacó la toalla de la cabeza, la enrolló y golpeó la nuca de su madre.

Alethea dejó caer el bolso. Se aferró a la garganta de la joven. Por un momento, el combate fue igualado. Pero Alethea era mayor y tenía menos fuerza que Christine. Empezó a jadear, mientras Christine le apretaba el cuello. Entonces su inteligencia la ayudó. Usando la única arma que tenía, clavó el tacón de su zapato en el pie desnudo de Christine.

El dolor recorrió el cuerpo de la joven, que sintió que se le fracturaba un hueso del pie. Perdió el equilibrio y se apoyó con más fuerza sobre Alethea.

Las dos mujeres cayeron al suelo.

—Pequeña idiota —murmuró Alethea, con los labios llenos de sangre y un diente roto—. Imbécil... Puedo ayudarte —jadeó desesperada—. Y no necesita enterarse...

Christine buscaba algo contundente para golpearla. Vio la estatua de la fertilidad sobre la mesa, estiró la mano y golpeó con fuerza la cabeza de Alethea.

La mujer continuaba luchando. Comenzó a salirle sangre del oído.

«No —protestó Christine—. No más sangre.»

De repente, Christine vio el antiguo garrote en la mesa. En un instante lo tomó y pasó la gruesa cuerda alrededor del cuello de Alethea.

Al sentir que se moría, ésta luchó por hablar.

—Acostarte con tu propio padre... Pequeña idiota... —Le salía sangre de la boca—. Lo descubrirá de todos modos... Te odiará... Los hombres no perdonan...

Christine apretó con fuerza, mientras veía que la piel de su madre se volvía violácea. Olía a excremento.

Rápida como un gato, Christine colocó la toalla bajo la cabeza de Alethea, se quitó la bata y limpió la sangre.

Fue a la cocina y volvió con trapos y esponjas. Limpió con cuidado el suelo.

Lavó la estatua de la fertilidad. Trajo una cortina del baño y envolvió el cuerpo de Alethea.

Todavía desnuda, examinó la habitación.

Sóno el teléfono y Christine pegó un brinco.

Esperó. Tenía que ser Damon. Seguramente pensaría que estaba en el jardín y que le daba tiempo para atender la llamada. Pero no pensaba hacerlo.

Miró el reloj. Las diez y media. De pronto pensó que Damon podría regresar antes de tiempo. Miró por la ventana. Gracias a Dios, Alethea había venido sola.

«Acostándote con tu propio padre...», se repetía.

Con un esfuerzo, se concentró y buscó en el bolso hasta que encontró las llaves del coche. El permiso de conducir estaba a nombre de la señora de Ralph Sonderborg, de Palm Springs, California.

Así que vivía cerca. Se preguntó cómo sería Ralph Sonderborg.

Ahora estaba todo aclarado. Si no hubiera sido por la foto del *Times* Alethea jamás se habría enterado de la existencia de Christine, y mucho menos de su papel de secretaria de Damon. Pero la foto la había alertado y había decidido que su momento fuera antes de la entrega de los premios de la Academia.

Lo que no pudo saber era que sus armas habían sido más efectivas de lo que sospechaba.

Porque Christine estaba embarazada.

El dolor del pie la hizo vacilar, pero tenía mucho que hacer. Todavía desnuda, llamó a la casa de Alethea.

—¿Puedo hablar con la señora Sonderborg, por favor?

—Ha salido de compras, señora. ¿Quiere dejar un mensaje?

—Bueno, no es urgente. ¿A qué hora volverá?

—Por la tarde. Hoy tiene su partida de bridge.

—Muchas gracias, llamaré después.

Christine se tranquilizó. Nadie sabía que había ido a la casa de Damon. Tenía sentido, considerando su misión.

Por un momento permaneció con los ojos cerrados. Una parte de su mente consideraba que todo estaba perdido. Pero el resto de su ser creía que con una acción adecuada podría salvarse.

Por último, abrió los ojos. Fue a su habitación, se vistió a toda prisa y salió para buscar el coche de Alethea y meterlo en el garaje.

49

Era tarde. El despacho estaba vacío.

Frank McKenna se hallaba sentado ante su escritorio, mirando la sección de espectáculos del *Times* con las fotos sobre la carrera de Annie. Hacía una semana que guardaba el ejemplar en su cajón. No podía tirarlo.

Hacía tiempo que no veía a Annie. Sin embargo, aquellas fotos se la devolvían con todos los recuerdos. Aun en las fotos de la infancia se notaba algo especial que la hacía diferente.

Volvió a mirar las fotos.

«Annie en su prueba para *Tres en uno*, dos años antes de su papel estelar en *Medianoche.*»

Algo en aquella foto lo hizo detenerse. ¿Qué era lo que le resultaba extraño?

De repente, tuvo la respuesta. La foto le resultaba extraña porque Annie jamás le mencionó la prueba para *Tres en uno*. ¿Por qué nunca le habló de ello antes? Después de todo, era una parte de su carrera, y se lo había contado todo menos lo referente a aquella prueba.

Pero Kurth sí lo había mencionado.

«Era tan seductora, que no pude resistirme... Soy un hombre que ama a su familia... No era para ese personaje, por eso no pude darle el papel...», recordó Frank.

Cerró los ojos porque todavía le dolían las palabras de Kurth.

¿Por qué no le había hablado de ese episodio? ¿Por qué avergonzarse de una noche sin importancia, ya que Kurth decía que en esa época era muy promiscua?

Eso era lo que Kurth decía...

Perplejo, Frank se puso de pie y comenzó a caminar por el despacho. De repente, se encontró ante el fichero. Buscó la letra K y abrió la carpeta de Kurth. En la parte inferior de la tapa había una referencia en rojo. Frank conocía el significado. Era la indicación de información confidencial que se guardaba en el despacho de Martin Farrow y no se podía consultar sin su permiso.

Frank pensó durante un momento, luego se encogió de hombros y regresó a su despacho. Pero allí estaba el ejemplar del diario. Miró las fotos de Annie.

Y de pronto recordó el suicidio de Kurth.

Se dirigió al despacho de Martin Farrow. Estaba cerrado. Fue a buscar las llaves en el escritorio de la secretaria. Abrió la puerta y entró. Con otra llave abrió el archivo confidencial. Enseguida encontró la carpeta de Harmon Kurth. La cogió y empezó a recorrer las hojas.

Sin levantar la vista del papel, se sentó en el escritorio de Martin Farrow y encendió la luz.

50

10 de abril de 1974. Las 09.12 horas

A la mañana siguiente, Damon estaba sentado en la cocina bebiendo café con coñac.

Había regresado a su casa muy borracho. Su nerviosismo por el Oscar se había agravado con la súbita partida de Margot.

La joven lo había llamado el día anterior para decirle que su madre estaba de nuevo enferma y que volvería a llamar esa noche para darle noticias.

Esta vez parecía más alarmada y le hizo prometer que no llamaría a Iowa sino que esperaría a que ella lo hiciera.

Damon tenía un compromiso para almorzar ese día con Annie y se alegraba de ello porque se sentía muy alterado.

Deseaba el Oscar más por Annie que por él. La joven lo necesitaba para su futuro. En cambio, él no estaba seguro de tener algún futuro.

Nunca había experimentado tal estado de agotamiento. Necesitaba un largo descanso, pero no sabía si volvería a escribir algo semejante.

Dos minutos más tarde, se puso a hojear con aire distraído el *Times*, hasta que le llamó la atención la noticia de un asesinato.

VIOLENTO CRIMEN DE UNA DAMA DE NUESTRA COMUNIDAD

El martes por la mañana la policía de Beverly Hills encontró un cadáver que fue identificado como el de la señora Sonderborg de Palm Springs.

Los oficiales de la policía, informados por los padres de dos adolescentes de la zona que descubrieron el cadáver desnudo de la víctima en una colina cercana a la reserva india de Lower Franklin, suponen que la muerte se produjo por estrangulamiento. También se encontraron indicios de ataque sexual.

La señora Sonderborg, esposa del presidente de First National Bank, Ralph T. Sonderborg, había salido de su casa el lunes por la mañana para hacer unas compras y no regresó a su casa. El ama de llaves informó a las autoridades sobre su desaparición a las seis de la tarde. El Mercedes plateado que conducía la señora Sonderborg todavía no ha sido hallado. Las circunstancias del hecho permanecen sin resolver. La policía informó a los periodistas de que todavía es muy pronto para hacer especulaciones sobre los móviles del crimen. Aún no hay sospechosos.

La señora Sonderborg, una figura muy conocida en Palm Springs por sus obras de caridad, no deja hijos...

Junto a la nota había una foto. No había envejecido. Estaba igual que cuando la conoció tantos años atrás. Sus ojos, de un estudiado candor y honestidad, ocultaban su brillo siniestro. Era la foto que Alethea habría elegido para engañar a los demás.

¡La esposa del presidente de un banco! Bueno, no era sorprendente. Era demasiado indecente, demasiado mercenaria para conformarse con menos.

Alethea asesinada, después de todos esos años. ¿No había una justicia poética en el hecho?

Pero por alguien desconocido...

Alethea, la perfecta manipuladora de hombres. Qué final. La esposa del presidente de un banco asesinada por un violador.

Miró otra vez la foto. Aquellos ojos que lo cautivaron en los pocos meses que pasaron juntos... Sólo una vez pudo ver su fondo moral detrás de su sensualidad. El día en que la rechazó. En ese momento comprendió que realmente quería casarse con él. Y cuando se le rió en la cara estuvo a punto de matarlo.

Eso le atemorizó y se alegró de separarse de ella. Que otro fuera su víctima.

Pero la vio otra vez, cuando ya estaba casada. Se encontraron por casualidad y pasaron la tarde en un hotel. Ella se comportó alegremente, sin demostrarle rencor...

Damon se frotó la frente. Tenía la sensación de que aquella tarde había ocurrido algo desagradable. Pero no podía recordarlo. Tal vez estuviera muy borracho aquel día.

Hizo un esfuerzo por recordar. Pero no pudo.

De todas formas, ella era más que un recuerdo para él. Su presencia regresaba en alguno de sus personajes. En Liane, por ejemplo.

Terminó de tomar el café y se sirvió coñac. Se sentía muy mal.

¡Si Margot estuviera allí!

Le había dicho que tenía lastimado un pie y que probablemente la escayolarían. Esos pies adorables que había besado tantas veces...

Volvió a mirar la foto de Alethea. ¿Quién podría imaginar con cuántos hombres se habría acostado, a cuántos habría engañado y lastimado en su vida?

Ahora la habían silenciado para siempre.

Debió resultar difícil matarla. Con seguridad luchó hasta el último instante.

Con esos pensamientos, Damon se dirigió al salón, que olía a desinfectante. Le preguntaría a Conchita qué había sucedido.

Miró el salón. Todo estaba igual. Sin embargo, sentía algo diferente.

Se detuvo ante la puerta de la habitación de Margot. Entró, dejó el periódico sobre el escritorio y abrió el armario. Pasó la mano por la ropa. Todo olía a su suave fragancia.

En un impulso, abrió un cajón y observó su ropa interior.

Pensó en la salud y energía de la joven, comparada con la existencia tenebrosa y furtiva de Alethea.

Se sentía vacío...

El brillo de unas medias de seda le llamó la atención. No podía recordar cuándo había visto por última vez a Margot con medias de seda.

Distraído, jugueteó con las medias. Sin querer, tocó la tapa de un cuaderno que estaba en el fondo del cajón.

¿El diario personal de Margot?

Damon se sintió culpable por invadir su intimidad. Iba a dejarlo, cuando un impulso borró sus escrúpulos y lo sacó.

Su instinto de escritor le decía que era un terreno peligroso. En una obra de teatro ése sería el momento en que el amante enloquecería al descubrir los secretos de su joven pareja.

Quiso sentarse en la cama, pero perdió el equilibrio y dejó caer el cuaderno.

Al abrirse, cayó una foto.

De rodillas, se quedó contemplándola.

Durante un largo rato no se movió. Se vio a sí mismo a los veinticinco años, con el pelo rizado y la barba que usaba en aquella época. Era evidente que había bebido, pero sus ojos brillaban henchidos de confianza y juvenil abandono.

Y contempló a Alethea. Una espléndida joven, con mirada alegre y alcoholizada, pero sin perder la cautela y la lucidez.

Hojeó las páginas del cuaderno. Eran notas personales. Muy inteligentes y, por lo que pudo ver referentes a *La medialuna fértil.*

Lo emocionaron, como si formaran parte de su adorable cuerpo. Pero recordó la foto y volvió a mirarla intrigado.

«¿Por qué...?», se preguntó, acuciado por la duda.

Una señal de alarma sonó en su cerebro. Recorrió las páginas y encontró otra instantánea.

Mostraba a Alethea, todavía muy joven, sosteniendo la mano a una niñita.

Los ojos de la niña eran impresionantes. Su paciencia tenía una frialdad que resultaba cautivadora.

Tardó un largo rato en darse cuenta de quién era.

«Dios...», murmuró.

Siguió recorriendo las hojas del cuaderno. Encontró un folleto con indicaciones para el embarazo. También había una receta con el nombre de un medicamento que desconocía.

«Para los mareos al despertar», había escrito el médico.

En la última página vio una lista de nombres, todos tachados excepto uno:

Deborah Anne Rhys

Damon echó un vistazo a todo lo que tenía ante sus ojos. Parpadeó. Quiso coger la botella de coñac, pero perdió el equilibrio.

Luchó por recobrar la lucidez. Se puso de pie, se dirigió hasta el cuarto de baño, trató de orinar sin conseguirlo y se detuvo ante el espejo para contemplarse durante un largo rato.

Luego regresó a la cocina, en uno de cuyos estantes estaba colocada la foto del *Times* en la que aparecía junto con Annie y Margot. La cogió y la llevó hasta la habitación de Margot. La puso en el suelo, junto al cuaderno, y volvió a arrodillarse con un gruñido.

Contempló las fotos. Annie, él, Margot; Alethea, él, a los veinticinco años y la niñita.

La niñita que fue Margot.

La examinó de cerca. Estudió el pelo de la niña, las cejas, las mejillas y la nariz. Luego volvió a observar los ojos.

«¡Dios mío, ella es mi hija!», pensó exaltado.

Horrorizado, se volvió, vio el periódico sobre el escritorio, lo cogió y lo colocó en el suelo, al lado de las fotos. Allí estaba Alethea otra vez, años después de que la conociera, años antes de su muerte.

«Evidencias de ataque sexual...», leyó para sí.

Se asombró durante un instante ante lo que sucedía en su interior. No era un detective. Pero era un autor teatral. La duda lo abandonó para dar paso a una certeza fatal, mientras buscaba la foto de Margot con su familia y la colocaba en el suelo junto a las otras instantáneas.

Sus ojos iban de una foto a la siguiente. Había olvidado el coñac. Una droga más poderosa que el alcohol corría por sus venas.

Por último, se puso de pie y se dirigió hacia el salón. Se sentó en un sillón junto al teléfono. Buscó un número en la agenda y pidió una conferencia. Mientras esperaba y volvía a sentir el desagradable olor a desinfectante, tomó con gesto impulsivo el antiguo garrote y jugueteó pensativamente con él.

–¿Con qué ciudad quiere hablar? –preguntó la telefonista.

–Linden, Iowa, por favor.

51

Las 11.14 horas

Annie estaba arreglándose para salir a almorzar con Damon, cuando la llamaron del despacho.

–¡Hola, Annie! –exclamó Helen–. Mira, Damon no puede almorzar contigo. Ha tenido que salir urgentemente e ir a su casa de Mojave a encontrarse con alguien. Tiene uno de sus días terribles, de modo que no me ha contado qué pasa. Pero ha dicho que no me preocupe, que ya llamará. Ha prometido regresar a tiempo para llevarte a la ceremonia de la Academia.

–Oh –replicó Annie, decepcionada–. Está bien, Helen, gracias por llamarme. Avísame si sabes algo más de Damon, ¿de acuerdo?

–Claro, Annie. Hasta luego.

Annie se dejó caer pesadamente sobre el sofá. Su buen humor se había desvanecido. Con la ausencia repentina de Margot y con Damon en el desierto, estaba sola por completo. Y eso era lo último que deseaba que le ocurriera durante el tiempo que faltaba hasta la ceremonia. Empezó a desnudarse, y sacó un par de vaqueros del armario.

52

Christine conducía sin rumbo el pequeño coche alquilado. Cada vez que se aproximaba a la casa de Damon, un impulso hacía que se alejara de ella.

Después de deshacerse del cadáver de Alethea en las colinas, había conducido el Mercedes hasta Santa Mónica y lo había dejado en una zona de aparcamiento. Luego se había dirigido a un bar, desde el que había averiguado las señas del médico que la había atendido y le había vendado el pie. A continuación, fue en autobús a un motel donde pasó la noche. A la mañana siguiente alquiló un coche.

Sabía que podía llamar a Damon, pero la idea de hacerlo le resultaba tan desagradable como la de regresar a la casa. Necesitaba más tiempo para poner en orden sus ideas.

Se detuvo en una cabina telefónica y marcó el número de Annie. Le respondió el contestador automático. Colgó y regresó al coche.

Se detuvo en un parque de atracciones y observó a un grupo de niños, mientras con ademán distraído se palpaba el vientre.

Por último, decidió telefonear al servicio de llamadas de Damon.

—Hay un mensaje para usted, señorita Swift. El señor Rhys se fue a la casa del desierto y la espera allí.

—No lo comprendo —respondió Christine—. No estoy en la ciudad. Le expliqué a Damon que estaría fuera durante varios días...

—El mensaje para usted es que la espera esta noche. Ha dicho que usted ya lo entendería. Eso es todo lo que sé.

Después de pensárselo un momento, Christine se dirigió a la casa del cañón.

Observó el salón. Todavía olía a desinfectante. En la cocina encontró una botella de coñac medio vacía.

Luego fue hasta su habitación. Sobre su escritorio estaba el periódico abierto en la página que informaba sobre la muerte de Alethea. Al lado encontró su cuaderno, abierto en la página con nombres. La receta del médico estaba junto a su foto con Alethea.

Regresó al salón. En la mesa del teléfono encontró su foto con los desconocidos contratados para que posaran como la familia de Margot en Iowa. La agenda estaba abierta en la página del teléfono de Iowa que le había dado a Damon.

Permaneció en silencio, pensando. Luego recorrió la casa.

Se detuvo en su habitación, abrió el cuaderno y empezó a escribir.

Querida Annie...

Durante unos instantes no pudo continuar. Luego la invadió una especie de paz, cuando comprendió la situación y lo que había decidido hacer.

Querida Annie:

Sé que nunca leerás esto. Te estoy dejando de la mejor manera que sé, aquí en mi soledad, donde mis palabras nunca te alcanzarán.

Sonrió con ternura mientras escribía. El teléfono sonó varias veces, pero ni se le ocurrió atender las llamadas.

Cuando terminó de escribir, guardó el cuaderno en el cajón. Recogió unas pocas cosas que colocó en un bolso y salió de la casa sin dejar una nota.

No tenía sentido. Iba a encontrarse con Damon.

53

Annie empezó a imaginar que enloquecía.

Añoraba a Damon más de lo que hubiera imaginado. Echaba de menos su afecto paternal y sus bromas, que la distraerían de su preocupación por el Oscar.

Y Margot estaba tan lejos, con su familia, precisamente ahora que la necesitaba tanto.

Annie se sentía como una autómata. No había comido más que un bocadillo en todo el día.

No podía menos que lamentar su decisión de quedarse sola en el apartamento, cuando podría estar en la casa del cañón, oyendo a Damon tocar el violín, nadando con Margot y ayudando a Conchita en la cocina.

Ahora, por desgracia, ellos no estaban y se sentía sola.

De pronto, decidió que saldría. Pero no quería enfrentarse a la gente.

Por último, telefoneó al servicio de llamadas de Damon.

—Hola, habla Annie. ¿Sabe algo de Damon?

—Que está en Arizona y que volverá a llamar.

—Gracias. Dígame, ¿sabe algo de Margot o tiene algún mensaje?

—Déjeme ver... Sí, hay un mensaje para la señorita Switf. No sé qué habrá hecho ella, pero lo ha recibido. El señor

Rhys ha dicho que la esperaba en la casa del desierto y que se dirigiera allí lo más pronto posible.

—Qué extraño. Margot está en Iowa... Bueno, gracias.

Cortó, más confundida que antes. ¿Qué pasaba? Primero Margot y ahora Damon... ¿Sería una broma?

¿Y si ocurriera algo serio?

Si la casa del desierto tuviera teléfono... pero Damon no quería que lo molestaran cuando estaba allí.

Faltaba poco más de un día para la entrega de los premios Oscar. Y no iba a quedarse sentada esperando sin saber qué estaba ocurriendo. ¿Pero qué otra cosa podía hacer?

De repente, recordó el número de Margot en Iowa. Vaciló. Nunca había llamado. Pero ahora era diferente. Empezó a marcar.

54

En 1947, Rhys había empezado a sentir la dirección que seguiría su talento. Todas las preguntas que formulaba en sus obras convergían en la misma serie de conclusiones. Sus obras de teatro se representaban en muchas ciudades y pueblos y Rhys viajaba para asistir a las representaciones.

Wally Dugas cerró los ojos y meditó un largo rato. En el escritorio de su despacho tenía el diario con la foto de la señora Sonderborg y la de Annie con Rhys y Margot.

La señora Sonderborg y la señorita Swift. Alethea y Christine.

Wally maldijo su propia estupidez. Había tenido la clave de todo. Sabía quiénes eran aquellas personas y cuáles eran sus motivaciones. Pero su mente no había funcionado con la suficiente velocidad.

Christine había asesinado a Alethea. De eso no le quedaba la menor duda. La evidencia de ataque sexual era una forma de desviar los hechos. Por la policía se había enterado de que no había restos de esperma en el cadáver.

Christine se había defendido de la única forma que sabía. Una discreta averiguación le informó de que el Mercedes de

Alethea había sido visto en las inmediaciones de la casa de Damon Rhys.

Christine había querido detenerla. Tal vez también tuviera intención de dañar a Annie, y no únicamente a Christine. De todos modos, el motivo del crimen era evidente.

¿Pero por qué Alethea estaba tan segura de poder dañar a Christine? ¿Cómo no había pensado que tanto Damon como Annie eran amigos de Margot?

Había algo que Alethea sabía y que no acababa de descubrir.

Volvió a mirar la foto de Damon con Annie y Margot. Se mordió los labios. La mirada de Damon a Margot se lo reveló. Eran amantes. Pero tenía que existir algo más. Tan peligroso que Christine se vio obligada a matarla para detenerla. Algo para lo que Christine no estaba preparada.

Christine estaba enamorada. Madre e hija peleando en la casa de Damon. El crimen podía considerarse perpetrado en defensa propia. Y también una ejecución, una revancha por su infancia.

Y todo habría sido perfecto si Alethea hubiera sido la amante de Damon. Entonces el triángulo habría sido perfecto.

Al pensar eso, Wally contuvo la respiración.

Volvió a recordar los viajes de Rhys. Alethea conocía a Damon en aquella época.

Llamó a la casa de Damon. No obtuvo respuesta. ¿Cómo encontrar a Christine?

Llamó al servicio de llamadas de Rhys.

—Tengo un mensaje urgente para el señor Rhys. En su casa no contesta nadie. ¿No sabe dónde puedo localizarlo?

—Está fuera de la ciudad, señor. Volverá mañana. Si me llama le daré su mensaje...

Eso significaba que estaba en la casa del desierto.

—Bueno, tal vez pueda ayudarme. Es algo complicado y muy urgente. El mensaje es para la señorita Swift. Acerca de un enfermo en su familia. Y la señorita Swift necesita recibir el mensaje ahora mismo.

—Bueno, señor, no puedo hablar con la señorita Swift, éste es el servicio de llamadas del señor Rhys...

—¿Está ella con él ahora?

—Señor, en realidad no puedo...

–Bueno, considérelo así; tengo un mensaje de suma importancia para la señorita Swift. ¿Le parece que sería una buena idea que la buscara en la casa de Mojave?

–Bueno, sí, señor. Creo que sería lo más rápido. O mandar un telegrama.

–Gracias, muchas gracias.

Wally colgó. ¿Y si Alethea hubiera decidido algo más que abrir los ojos a Rhys? ¿Y si hubiera tenido algo que decirle a Christine? Observó con atención las fotos. Cogió una lupa y contempló los ojos de Damon y Christine. El secreto estaba allí.

La pequeña medialuna.

55

Annie terminó de preparar la bolsa y fue en busca de su coche. No podía permanecer un minuto más en la incertidumbre.

En Iowa no existía ni el número de teléfono, ni la familia de Margot. Según la operadora, parecían no haber existido nunca.

El largo viaje hasta Arizona duraría toda la tarde, y llegaría allá al anochecer; pero no le importaba. Esperaba que eso no fuera una intrusión. ¿Pero cómo podría resultar así? Eran las dos personas a quienes más quería en el mundo y necesitaba estar con ellos.

56

Frank condujo el coche hasta el callejón de la casa de Rhys. Necesitaba hablar con él. Ya no podía esperar más. Después de haber leído la carpeta de Kurth, se había pasado el resto de la noche meditando sobre lo que había averiguado. Tenía la impresión de que solamente Damon podría explicarle la participación de Annie en todo aquel asunto. Pero durante toda la mañana había tenido que atender a varios clientes en el estudio.

La carpeta de Kurth había arrojado una nueva luz sobre todo el asunto. Contenía docenas de juicios de jóvenes actrices, víctimas de malos tratos y abusos sexuales por parte de Kurth, que se solucionaban con dinero, chantaje o intimidación. Su reputación de hombre honesto ocultaba una de las vidas privadas más repugnantes de Hollywood.

Y Annie había sido una de sus víctimas.

Frank había pasado la noche en un estado de furia impotente, por no poder vengarse de Kurth. Pensó en todo lo que había sufrido Annie, y también se sintió orgulloso por los esfuerzos que la habían conducido al triunfo pese a todo el poder de Kurth.

Sacudió la cabeza pensando que si Kurth intentó destruir su relación con Annie, lo había logrado. ¿Cómo era posible que un ser humano fuera tan malvado?

Tenía que hablar con Damon Rhys.

Aparcó el coche, y en ese momento se le ocurrió que debería haber llamado antes.

«Bueno –se dijo–, ya estoy aquí.» Y llamó a la puerta.

Le abrió Conchita. Parecía preocupada y lo recibió con alivio.

–¿Está el señor Rhys?

–No... no, señor, no está.

–¿Está en el despacho? Tengo que hablar con él.

–No está en el despacho. –La mujer sacudió la cabeza con vacilación.

–¿Sucede algo?

Conchita suspiró.

–Señor McKenna, no sé si debería decirle esto, pero no sé a quien contárselo. Ya he llamado a la secretaria del señor Rhys... Por favor, entre.

–¿Qué sucede? –volvió a preguntar.

–Hay... hay cambios en la casa. Mire, deje que le enseñe una cosa. Usted es abogado, tal vez pueda decirme qué debo hacer.

La siguió hasta la habitación de Margot. Le señaló el periódico y el cuaderno.

Frank echó una ojeada al diario y se encogió de hombros. Luego observó el cuaderno. Eran notas de Margot. Las hojeó superficialmente, hasta que encontró la carta para Annie. Leyó ésta con atención, y examinó el resto de los papeles.

—¿Damon ha visto esto?

—No lo sé.

Miró tembloroso a Frank.

—He telefoneado al servicio de llamadas del señor Rhys —explicó—. No había mensajes para mí. Pero me han dicho que estaba en la casa de Mojave y que tenían un mensaje para la señorita Swift, según el cual debía reunirse con él allí. Yo creía que Margot estaba con su familia en Iowa y estoy muy confundida. Pero tengo que decirle algo más, señor McKenna.

Frank la miró interrogativamente. Parecía muy perturbada.

—Esto es confidencial. Se trata de algo que tal vez yo tampoco debería saber. Quizá conozca usted el plan del señor Rhys para..., bueno, si decidiera no vivir más...

—Sí.

Frank había oído rumores acerca de aquello, pero nunca les había dado crédito.

—Es verdad, señor McKenna —afirmó Conchita—. Yo trabajaba para el señor Rhys cuando fue construida la casa del desierto. En el sótano hay unos tanques con gas venenoso... no sé cómo se llama. Y un dispositivo para destruir la casa. Pero está guardado en un armario especial, conectado con la calefacción y con el aire acondicionado de toda la casa. Hay una llave para entrar en el armario y abrir la válvula. La llave se guarda aquí, creo que como medida de precaución del señor Rhys, para las ocasiones en que bebe mucho.

Frank asintió. Parecía algo lógico.

—Bueno —suspiró Conchita—, la llave no está. Cuando he venido hoy, la casa parecía diferente. Cosas fuera de lugar y los papeles que le he enseñado. Acabo de llamar a la secretaria del señor Rhys y no sabe nada. No sé qué hacer. Tal vez debería llamar a la policía...

Frank pensó con rapidez.

—¿A qué hora ha llegado usted aquí?

—A la una, un poco más tarde quizá.

De algo estaba seguro. Rhys había visto los papeles en el cuarto de Margot. Por eso se había marchado y estaba ahora camino de Arizona.

—Muy bien, Conchita. Le agradezco que me haya contado esto. Voy a ocuparme de todo. Pero dígame, ¿dónde está Annie?

Se encogió de hombros.

—Creo que en su apartamento, no lo sé.

Frank se dirigió al teléfono. En el apartamento de Annie le respondió la voz grabada en el contestador. Trató de recordar el nombre de la casera de Annie, pero no pudo.

—Muy bien —dijo—. Quédese aquí. Si alguien telefonea diga que se comunique con el servicio de llamadas y avíseles a ellos que me pasen el mensaje a mí cuando yo llame. Luego hablaré con usted.

—¿Adónde va?

—Al desierto.

—¿Qué va a pasar?

Con un movimiento de cabeza, Frank se marchó.

No conocía la respuesta.

57

El tráfico de la autopista hizo que Wally perdiera el vuelo de las cinco y media de la tarde. Se quedó esperando en el aeropuerto.

—¡Si Rhys tuviera teléfono en esa maldita casa del desierto! —exclamó para sí.

Tampoco sabía qué le diría a Christine cuando la viera. Si todo iba bien, su presencia sería inoportuna.

Pero temía que Christine, y posiblemente también Rhys, atentaran contra sus vidas.

Miró de reojo las fotos. Se preguntó si Annie también tendría lazos de sangre con Rhys. Pero no; era la hija de Harry. Tenía las facciones de los Havilland. Ella y Christine eran medio hermanas, con Alethea como denominador común.

Los grupos sanguíneos lo habían confundido durante bastante tiempo. AB para Annie, O para Christine, A para Harry, B para Alice. Había pensado que las dos chicas eran hermanas naturales. Pero ahora, pese a no tener ninguna prueba, sabía que el grupo de Rhys sería el O.

Christine era la hija de Rhys. Ahora Wally lo sabía. Su teoría de que Alethea castigaba a Christine para vengarse de Harry ya no se sostenía. El odio estaba dirigido a Rhys.

Wally maldijo su suerte por haber perdido el vuelo.

58

Damon se movía con gestos metódicos, sin prisa.

Sabía que Margot vendría esa noche. Y eso le daba tiempo para prepararse.

Por supuesto, la joven se apresuraría a hacerlo cuanto antes. Cuando le dieran el mensaje, pensaría que la necesitaba.

Bueno, era cierto.

Usó su llave para abrir el armario del sótano y revisó el dispositivo del gas. Todo estaba a punto.

Entonces tomó su última decisión. No puso en marcha el mecanismo. Debía esperar a que llegara Margot. Una vez hubiera puesto en funcionamiento el dispositivo, tardaría cuarenta o cincuenta minutos en llenar la casa con el inflamable metano antes de que el piloto hiciera saltar la chispa debajo de la escalera.

Y no quedaría nada.

«¿Por qué tendrían que encontrarnos como pedazos de carne en el congelador?, –se dijo, mientras se servía un whisky–. No necesitaré esta casa nunca más.»

Cuando todo estuvo preparado, puso música y se sentó con su whisky en la mano a esperar a Margot.

59

Annie suspiró aliviada. La carretera estaba casi vacía y sólo tardaría una hora en llegar a Needles, un pueblo cuyo nombre divertía a Rhys. Luego cruzaría el Colorado, en dirección a Kingman y hacia la casa, situada en un lugar muy caluroso durante el día y helado por las noches.

Pero esa noche habría gente en la casa.

Gente que la recibiría.

60

Frank esperó que atendieran su llamada.

–Hangar 12, habla Jerry.

–Soy Frank McKenna, de Farrow y Pierce. Necesito un *jet* privado para ir a Arizona. Es urgente.

–No hay *jets*, señor McKenna. Han sido todos alquilados para una convención... Si hubiera hecho una reserva...

Frank se mordió el labio.

–¿Qué otra cosa tiene?

–Tenemos un Piper o dos y el Cessna. Es un poco más rápido. Puedo llevarlo yo si es importante.

–¿En cuánto tiempo?

–¿A qué lugar de Arizona?

–Al norte de Kingman.

–Tal vez dos horas y media, depende del viento.

Frank miró su reloj.

Su visita al apartamento de Annie no había dado resultado. La joven no estaba y la casera no le había permitido entrar. Pero en el servicio de llamadas le informaron que Damon esperaba a Margot y que Annie estaba enterada. Eso fue suficiente para Frank.

–Prepare el Cessna –indicó–. Estaré allí en quince minutos.

Colgó, sacudiendo la cabeza. Tardaría dos horas y media. Quizá fuera demasiado tarde...

61

—Señoras y señores, lamentamos el retraso —señaló la voz del capitán, a través de la megafonía de a bordo—. Debemos esperar unos minutos antes de dejar la pista. Estamos esperando la comida, y como éste es un vuelo nocturno no queremos que pasen hambre en el viaje a Las Vegas. Con un poco de suerte estaremos listos dentro de unos veinte minutos.

«Apresúrate», pensaba Wally, calculando irritado el tiempo que perdería en alquilar un coche y salir hacia el desierto.

Era posible que llegara tarde. Tal vez demasiado.

«¡Apresúrate!»

62

La casa estaba muy iluminada.

A Christine le pareció un oasis, después del largo viaje que había hecho.

Aparcó el coche, sacó su bolso y se acercó a la casa. Golpeó la puerta con los nudillos y luego abrió con sus llaves.

Con el resto de voluntad que le quedaba, sonrió. Tenía noción de lo que sucedía, pero quería entrar esa noche como Margot Swift, la amante de Damon y la madre de su hijo.

Damon estaba de pie en el salón, con los brazos abiertos. Margot dejó el bolso y se acercó.

—Querida. —La abrazó—. Bienvenida a casa.

La joven ocultó el rostro en el cuello de Damon, mientras aspiraba su inconfundible aroma.

—¿Necesitas refrescarte?

Sacudió la cabeza y le cogió la mano. Estaba lista para lo que él quisiera.

—¿Nos sentamos? —Señaló el amplio sofá—. ¿Quieres un trago?

—Sí, sírveme lo que tengas.

Damon se dirigió a la otra habitación y tardó un rato. Christine no se dio cuenta de que había bajado al sótano. Por fin, oyó el ruido del hielo en los vasos y lo vio regresar.

Colocó los vasos sobre la mesa, sacó una foto del bolsillo y la colocó ante ella. Alethea y la niña.

Christine no tocó la foto. Miró a Damon vencida por completo.

La sonrisa del hombre no mostraba enojo.

–¿Cómo te llamas? –preguntó.

Vaciló un instante.

–Christine.

–Christine –asintió con gesto paternal–. Es un nombre muy bonito. Un bello nombre para una hermosa joven.

Damon la abrazó y la besó. Luego se apoyó contra los almohadones, manteniendo un brazo sobre los hombros de la muchacha.

Le tocó la pierna con el pie vendado y volvió a mirar la foto de Alethea y la niña.

–Supongo que tuviste que hacerlo.

Christine asintió, con la cara escondida en el pecho de Damon.

–No me dio otra opción. Iba a destruirlo todo. Para eso había nacido.

–Sí, ya lo sé, mi amor –replicó Damon, jugueteando con su cabello.

Tomó un trago y suspiró.

–¿Tuvo tiempo de decirte todo lo que quería?

Christine asintió.

–No debes culparte –suspiró Damon–. Sé de quién es la responsabilidad. Yo debería haberlo sabido hace mucho. Pero uno se equivoca, creyendo que puede dejar atrás el pasado. No podemos. Siempre nos espera. –Se encogió de hombros con tristeza–. Ella significaba tan poco para mí. Ahora, demasiado tarde, me doy cuenta del error. Son los pecados de los padres, nena. Los pecados de los padres.

Le tomó suavemente la cara, mirándola con los ojos llenos de dolor.

–Y pensar que creciste con ella.

–Da igual –respondió Christine–. ¿Acaso no te he encontrado?

Asintió, sin convencerse. Los ojos de la joven se llenaron de lágrimas. Eso pareció liberarla, ya que era la primera vez que recordaba haber llorado.

–Papá, te amo.

–Y yo a ti. –Contestó él, cogiéndole las manos.

La muchacha se sentía embriagada. Los sollozos que le subían a la garganta eran una novedad que la hacía sonreír. Lo miró suplicante.

–¿No crees que..., que podríamos..., de alguna manera...?

–No, mi amor. –Su rostro tenía un aire de resignada calma–. Pero si lo deseas, puedes irte. Tienes que hacerlo ahora mismo. Lo entiendes, ¿no?

Le pasó la mano por el pelo rizado.

–Me quedo.

Una vez más la abrazó. Una claridad irreal inundaba la sala. Se preguntó si estaría viendo el mundo por primera vez. «Quizá –se dijo–. Pero lo que es seguro es que será la última.»

El pensamiento la hizo sonreír. A Damon le resultaría sin duda interesante esa ironía.

–Entonces... entonces nos iremos juntos, ¿verdad, hija? ¿Solamente tú y yo?

–Sí –susurró–. Sólo nosotros dos.

Le acarició el cabello con gesto distraído.

–¿Estabas sola con ella? ¿Cuando eras pequeña...?

–Tenía una hermana, pero nunca estuvo con nosotras. Yo..., nunca la conocí.

–Está bien. Uno conoce tan poco a la gente... hasta a los más cercanos. Pero cuando son importantes para nosotros, ésa es la parte que cuenta. Y eso es suficiente.

Le acarició el vientre.

–Deborah Anne Rhys –dijo.

Christine asintió y le acarició las mejillas.

–Ella iba a ser parte de ti papi. Toda tuya.

–Nuestra, querida, nuestra.

Christine trató de acomodar su visión. Casi no veía. Pero las imágenes en su interior eran muy claras.

–Cuando ella se presentó de nuevo tenía pruebas, ¿no? Algo que probara quién eras tú. ¿Qué era? –preguntó Damon, con gravedad.

A modo de respuesta, Christine levantó la cara y lo miró. Se dio cuenta de que había olvidado las lentes de contacto. Después de lo sucedido, consideró que ya no eran necesarias.

Por eso lo miraba con sus ojos azules, llenos de amor y entrega y con su marca: aquella pequeña medialuna.

Damon comprendió y estudió sus ojos con una mezcla de curiosidad y renuncia, satisfecho su intelecto aunque muertas sus esperanzas.

Le besó los párpados.

—Estoy orgulloso de ti. Tantas veces he dicho que no tenía una hija. Me alegro de que seas tú, nena.

—Y yo estoy contenta de que seas tú, papá.

—Entonces podemos irnos juntos sin mirar atrás.

Su voz era distante. Su rostro se volvía borroso. Con una punzada de dolor, pensó en la vida que tenía en su vientre y en la agonía de perderla. Ahora sabía cómo se había sentido Annie después del accidente.

Damon advirtió su turbación y la abrazó con fuerza.

—Juntos, mi amor —dijo, calmándola—. Ahora descansa conmigo.

Damon estaba cada vez más lejos. El mundo perdía su forma y la inundaban el silencio y la calma.

Ahora veía la casa de sus sueños. Las ventanas estaban abiertas, el cielo era tan blanco como las paredes. Los niños se movían como si los viera desde arriba. Ella era todo eso al mismo tiempo.

Christine era el mundo.

Y por eso podía perderse en esa calma exterior, que no dejaba nada dentro, porque lo era todo.

Ahora Damon no estaba, pero no se sentía sola. Porque donde se hallaba no podía sentirse sola.

La sensación de blancura aumentó y Christine se entregó a ella.

63

Annie estaba cansada.

Se dio cuenta de que casi no había dormido en los últimos días. El infinito desierto la adormecía peligrosamente.

Se sentía más solitaria que nunca, mientras las luces del coche iluminaban el paisaje desolado.

Pero sonrió, porque sabía que iba a encontrarse con Damon y Margot. La esperaba su familia, dejando atrás la frialdad de Los Ángeles.

Trató de pensar cómo los sorprendería y lo que diría cuando Damon abriera la puerta: «¿Ha encargado usted una pizza, señor?».

Ese pensamiento la alegró.

Miró el reloj. Las diez y cuarto de la noche.

Llegaría dentro de media hora.

64

Wally conducía por la desolada carretera 93 sin prestar atención a los límites de velocidad. Si lo detenían, convencería a la patrulla para que lo acompañaran.

Pero una sensación de miedo lo oprimía. Sentía el peligro que rodeaba a Christine, un peligro que ella no podría anticipar, porque nunca había surgido en su vida pasada.

Estaba en un terreno desconocido. Ése era el peligro.

Y de una forma extraña, lo mismo le sucedía a Wally.

La carretera estaba despejada. Podía ver muy lejos hacia delante. Pero tenía la sensación de que no llegaría a tiempo.

–¡Mierda! –exclamó acelerando–. ¡Mierda!

65

–¡Allí está el Colorado! –exclamó el piloto, señalando la forma oscura del río.

–¿Falta mucho? –preguntó Frank, mirando su reloj.

–Veinte minutos hasta el aeropuerto. Allí cogerá un coche...

Frank tocó el brazo del piloto.

–No vamos al aeropuerto.

El piloto lo miró alarmado.

–Escuche, señor McKenna. Hay leyes. Usted no puede...

–No hay tiempo. Siga mis indicaciones. Le aseguró que no se arrepentirá.

–Dios...

El piloto miró nervioso hacia el río.

66

Annie vio la casa desde la carretera.

Casi todas las luces estaban apagadas. Un resplandor en el salón daba al lugar el aspecto de un planeta lejano.

Detuvo el coche detrás de otro Sedán, que supuso era el automóvil alquilado por Margot. Se apeó del coche con la bolsa en la mano.

Trató de abrir la puerta con su llave. Estaba trabada. Sorprendida, golpeó con los nudillos y presionó el pulsador del timbre. No sucedió nada.

Se dirigió a la puerta trasera. También estaba atrancada.

Perpleja, comenzó a mirar por las ventanas.

Desde la ventana del salón, pudo ver el sofá donde Damon y Margot estaban juntos. La postura no era natural.

Annie sintió una súbita desesperación. Dejando la bolsa en el suelo, cogió una piedra y la arrojó contra la ventana próxima a la puerta principal. Pudo desbloquear la puerta.

Entró corriendo. La casa parecía rara. Comenzó a sentir que se mareaba. Se acercó al sofá.

Tocó el rostro de Damon. Estaba frío. Lo sacudió con fuerza, pero se cayó sobre el sofá, soltando la mano de Margot.

Tocó a Margot. Estaba tan fría y rígida como Damon.

En la mesa había dos copas y una foto. Trató de mirarla, pero su vista se nublaba. Casi no podía respirar.

Aterrada, se volvió hacia Damon e intentó moverlo. Quiso hacer lo mismo con Margot pero fracasó otra vez.

Los ojos se le llenaron de lágrimas. Sabía que sucedía algo horrible, pero no podía pensar.

Oyó un sonido distante que le pareció irreal. Consiguió bajar la cabeza de Margot hasta el suelo. La tomó de las manos para intentar arrastrarla.

El sonido aumentó y cerró los ojos. Se esforzó en mantenerlos abiertos en un último intento y vio las manos de Margot entre las suyas.

Y un antiguo sueño regresó a su mente. Vio el fuego que salía de los ojos de la niñita y sintió que las pequeñas manos le quitaban la sangre del cuerpo, haciendo que el suyo empezara a desaparecer.

El terror la llevaba a la inconsciencia. Sentía que todo perdía consistencia y se desvanecía.

En el último instante vio que los ojos de la niñita se abrían. Esta vez no tenían llamas, sino que eran de un frío color azul, como el agua que de niña le hacía pensar que se la tragaría para no dejarla salir nunca más.

Se abandonó mientras el azul la devoraba.

67

Frank podía divisar el Gran Cañón frente a él. La ruta era visible gracias a la providencial luna.

—Aterrice —ordenó.

—¿Dónde, hombre? Está loco —replicó el piloto, asustado.

—Aterrice en la carretera. Haga lo que le digo.

—¡Pero, vamos, hombre! ¡Nos mataríamos! Deje que lo lleve a Berry. Llegará a tiempo y seguiremos vivos, por Dios.

—Sé donde estamos —insistió Frank—. Ese pequeño resplandor es la casa. Aterrice o le rompo el cuello y aterrizo yo.

Con un suspiro de preocupación, el piloto comenzó a descender.

—¡Vamos! —apremió Frank, apretando los dientes—. Recto por la carretera.

El piloto aterrizó. Frank se desabrochó el cinturón de seguridad y corrió hacia la casa.

Vio el Sedán alquilado y el coche de Annie. Su bolsa estaba tirada en medio del camino.

Miró hacia la ventana con el cristal roto. Corrió hacia allí.

Damon yacía estirado sobre el sofá. Las dos muchachas se encontraban en el suelo, cogidas de las manos. De inmediato Frank se dio cuenta de que la casa estaba llena de gas. Recordó el dispositivo, pero ya no tenía tiempo de ocuparse de él.

Dejó la puerta abierta, se arrodilló ante Annie y la alzó como a una muñeca de trapo.

Sintió que se mareaba. Tenía que sacarla de allí.

Salió rápidamente de la casa y el aire fresco de la noche lo reanimó.

Depositó a Annie a unos pocos pasos de la puerta principal. Echó una mirada hacia el avión, detenido en el camino, y divisó un coche que se aproximaba. Se preparó para entrar a sacar a Damon y Margot.

Entonces recordó el dispositivo de Damon.

Levantó a Annie y comenzó a alejarse en dirección al avión.

El piloto lo observaba con incredulidad.

De repente, el cielo de la noche se sacudió con una explosión. Frank jamás había oído un estruendo semejante. Observó que las llamaradas se reflejaban en los ojos del piloto.

Cuando se volvió, la casa se derrumbaba entre las llamas.

Permaneció aturdido, con los nervios destrozados al darse cuenta de que unos segundos habían separado a Annie de la muerte.

Luego vio que del coche descendía un hombrecillo ataviado con una chaqueta clara.

Frank tomó el pulso de Annie, que latía débilmente, y se sorprendió al oír la voz del hombre.

–¿Rhys y la otra chica?

Frank sacudió la cabeza.

–Demasiado tarde.

EPÍLOGO

Annie estaba sentada al lado de Frank en el auditorio del Dorothy Chandler Pavilion escuchando a David Niven, que presentaba a Susan Hayward y Charlton Heston; éstos, por su parte, abrirían el sobre que contenía el nombre de la mejor actriz de 1973.

No escuchaba las palabras y las bromas que se hacían para disminuir la tensión en la sala.

La ceremonia se había realizado pese a la horrible noticia sobre Damon Rhys y su secretaria. El funeral no tendría lugar hasta dos días después.

Quince minutos antes habían otorgado el Oscar al mejor guión a Damon Rhys por la *La medialuna fértil.* Mark Salinger recibió el Oscar con lágrimas en los ojos, incapaz de expresar su agradecimiento en nombre de su amigo muerto.

Annie se aferró a la mano de Frank.

Su mundo aparecía haber terminado con la ausencia de Damon y Margot. La pérdida era aún peor porque no podía comprender la razón de lo sucedido.

El día anterior pensaba almorzar con Damon y esperaba recibir buenas noticias de Margot desde Iowa. Luego algo horrible los había atrapado y había estado a punto de terminar también con su propia vida. ¿Qué había sucedido?

Los periódicos especulaban sobre una depresión después de terminar la película, combinada con circunstancias desconocidas. Se suponía que la presencia de Margot había sido una trágica casualidad.

Pero Annie sabía que Damon aguardaba a Margot en la casa. ¿Esperaba que ella pudiera salvarlo de sus demonios?

Annie nunca lo sabría.

Lo único que sabía era que se habían ido.

Y ella estaba allí.

Frank permanecía inmóvil, sabiendo que la fuerza de su mano era muy importante para ella. Wally Dugas le había contado todo mientras se dirigían a la sala de urgencias en Kingiman, todavía sin saber si Annie se recuperaría del estado de asfixia.

El detective parecía poseer un conocimiento enciclopédico sobre la vida de Annie. No sólo le confirmó todo lo que había leído en la carpeta de Harmon Kurth, sino también que la campaña publicitaria para desacreditar a Annie había sido obra de Kurth.

–Ella nunca conoció a Shain hasta que rodaron juntos la película. Y aparte de Shain, nunca ha habido otro hombre en su vida, excepto usted –aseguró sonriendo Wally.

Frank pudo notar la pena que le causaba a Dugas la muerte de Margot y lo emocionado que estaba.

Los dos estuvieron de acuerdo en que Annie no debía saber la verdad sobre la explosión que casi la mata. La historia en sí misma ya era bastante monstruosa para cargarla con detalles.

–Ella es una superviviente, no necesita saber esas cosas –estimó Wally–. Puede vivir sin enterarse.

Sacudió la cabeza.

–Christine era diferente –añadió–. Lo sabía todo, tenía que saberlo. Sabía lo que le esperaba y no temía las consecuencias. Ya había pasado por bastantes cosas en su vida. Y en cuanto a Rhys, nunca sabré qué sintió al final.

Frank miró al detective.

–Orgullo, supongo.

«Y tal vez –pensó Frank–, ese orgullo le ayudara a terminar su vida junto con Margot.»

Frank nunca lo sabría.

Pero sabía que Annie estaba viva.

En la sala de urgencias le sostuvo la mano durante largo rato.

–Te amo –le decía– y quiero casarme contigo. No tienes que contestarme ahora, pero necesito que lo sepas, y que sepas también que te estaré esperando.

La respuesta fue un fuerte abrazo, hasta que la debilidad la obligó a acostarse otra vez.

Pero Frank no supo qué significaba ese abrazo.

—Las nominadas como mejores actrices son Joanne Woodward por *Deseos de verano, sueños de invierno*...

Nombraron una a una las actrices, y proyectaron secuencias de las películas. Annie pudo ver a Daisy en la pantalla.

Por último, llegó el momento: Susan abrió el sobre.

Los ojos se le llenaron de lágrimas.

—La ganadora es Annie...

Un tumultuoso aplauso impidió oír el resto.

Annie se volvió hacia Frank y le besó la mejilla. Él la ayudó a levantarse diciéndole con la mirada que podía acompañarla si quería. Negó suavemente con la cabeza y se dirigió al escenario.

Susan la abrazó, susurrando:

—Lo siento, Annie, tienes que ser valiente. Damon estará orgulloso de ti, dondequiera que esté.

Annie permaneció allí, con la estatuilla en la mano. Pensó que Damon no estaba con ella. Por un momento sólo fue consciente del dolor que le producía su ausencia y la de Margot, de lo injusto y arbitrario de su repentina desaparición.

Cuando los aplausos se apagaron, se dispuso a hablar.

—Muchas gracias por la bondad de todos y por este premio que significa mucho más de lo que puedo expresar.

»Todo el magnífico equipo que ha trabajado en *La medialuna fértil* sabía desde el principio que Daisy y su historia nunca hubieran existido sin el genio de Damon Rhys. Una de las pocas personas que lo comprendió fue Margot Swift, amiga y asistente de Damon, quien desempeñó un papel crucial en el rodaje. Margot llegó a la vida de Damon cuando éste había alcanzado la cima y ella estaba en sus comienzos. Al aceptar este premio quiero reconocer el amor que los hizo indispensables el uno para el otro, y a ambos para mí.

Miró al público con ojos brillantes.

—Esta noche siento que he perdido a mi familia —continuó—. Damon Rhys fue un padre para mí. Me inculcó el orgullo y el coraje necesario para sobreponerme cuando creía que estaba perdida. Lo quise con todo mi corazón... Y Margot fue la hermana que nunca tuve. Me apoyó y me comprendió tal vez mejor de lo que yo misma podía comprenderme.

Siempre pensaré con tristeza en el futuro que no pudo disfrutar, y con gratitud por todo lo que me brindó. Como todos ustedes, me siento muy mal por la pérdida de Damon Rhys y Margot. Pero no me siento sola. Todos ustedes están aquí conmigo. Y quiero que sean mi familia. Les prometo que no les fallaré y que no olvidaré esta noche mientras viva.

Bajó del escenario entre aplausos, mientras los rostros emocionados de todos los presentes sonreían.

Y vio que Frank la esperaba.

Los periodistas comprendieron que Annie estaba agotada y no la acosaron.

Media hora después, salió con Frank para buscar el coche.

El verano ya se notaba en el ambiente. El aroma de las flores se mezclaba con el aire del mar.

Frank llevaba la estatuilla en una mano y apoyaba la otra sobre el hombro de Annie.

Cuando llegaron al coche le preguntó:

—¿Adónde vamos?

—Ya lo sabes.

La besó en la mejilla.

Ambos sabían que el apartamento de Frank los esperaba; ya nada la separaba de él.

La mantuvo entre sus brazos, apartándola un poco para poder contemplar su frágil figura a la sombra de su poderosa fuerza.

—¿Y después de esta noche?

La mirada de Annie era una mezcla de dolor y añoranza.

—¿De verdad me quieres? No sé quién soy, Frank. No creo que sepa siquiera de dónde vengo ni adónde voy. ¿Puedes entender eso?

—Sé quién eres.

Lo miró con ternura. Tal vez tuviera razón. Tal vez toda su vida había estado intentando hacer algo que no podía lograr sola. Quizá la única forma de encontrarse fuera entregándose a aquel hombre. A lo mejor la única Annie Havilland que valía la pena conocer era aquella que se reflejaba en los ojos de Frank.

Escondió la cara en su pecho y supo que ya no sentía

angustia. El futuro se extendía inescrutable ante ella, con un peculiar resplandor de bondad.

Un momento más tarde subieron al coche, dejando la estatuilla en el asiento de atrás.

Frank la tomó de la mano y Annie cerró los ojos, feliz de poder descansar. Demasiadas luchas y lágrimas como para no necesitar reposo.

La mano de Frank era su línea de la vida, y sus ojos verían por ella aquella noche.

Le oprimió la mano, y como respuesta él se la acercó más.

Siguieron así durante todo el camino a casa.

ÍNDICE

Título de la edición original: *A Glimpse of Stocking*
Traducción del inglés: Alicia Dellepiane Rawson
Diseño: Emil Tröger
Ilustración: José M.ª Miralles
Foto de solapa por cortesía de Rights Unlimited

Círculo de Lectores, S.A.
Valencia, 344, 08009 Barcelona
1357939028642

Licencia editorial para Círculo de Lectores
por cortesía de Plaza & Janés Editores, S.A.

Depósito legal: B. 168-1993
Fotocomposición: Fotoletra, S.A., Barcelona
Impresión y encuadernación: Printer industria gráfica, s.a.
N. II, Cuatro caminos s/n, 08620 Sant Vicenç dels Horts
Barcelona, 1993. Printed in Spain
ISBN 84-226-4406-1
N.º 28621